Titus Simon
Kleinstadt-Hippies

Titus Simon

Kleinstadt-Hippies

Roman

Silberburg-Verlag

Titus Simon, Professor Dr., geboren 1954 in Backnang, verheiratet, drei erwachsene Kinder, studierte Rechtswissenschaften, Sozialarbeit, Pädagogik und Journalistik. Er arbeitete zwischen 1975 und 1992 mit jugendlichen Gewalttätern, in der Obdach- und Wohnungslosenhilfe und beim NABU Baden-Württemberg. 1992 bis 1996 hatte er die Professur »Jugend und Gewalt« an der Fachhochschule Wiesbaden inne, 1996 wurde er an die Hochschule Magdeburg-Stendal berufen. Er lebt heute als freiberuflicher Schriftsteller in Oberrot (Landkreis Schwäbisch Hall).

1. Auflage 2017

Umschlaggestaltung: Anette Wenzel, Tübingen.
Coverfoto: Archiv Silberburg-Verlag.
Lektorat: Gertrud Menczel, Böblingen.
Druck: Gulde-Druck, Tübingen.
Printed in Germany.

ISBN 978-3-8425-2054-7

Franziska macht Ernst

Das war es jetzt also. Gewissheiten waren verweht, Hoffnungen zerstoben. Und wieder einmal war er allein. Aron Winter sah aus dem Fenster. Die Landschaft Thüringens flog an ihm vorbei. Wobei der Begriff *fliegen* hier völlig deplatziert war. Der ICE hatte sich bereits zwischen Nürnberg und der ehemaligen Zonengrenze eher gemächlich fortbewegt, aber jetzt ruckelte er nur noch durch die dunklen, gewundenen Klüfte des Thüringer Schiefergebirges. Er passierte kleine Ortschaften, die sich ins Tal und an die angrenzenden, steil aufragenden Hänge schmiegten. Die meisten Häuser waren Altsubstanz, viele noch in DDR-Grau, von winzigen Vorgärten gerahmt. Manche zeigten ein auf- oder freigelegtes Spargelfachwerk, die Dächer waren, der hiesigen Tradition entsprechend, mit Schiefer gedeckt. Nur selten zuckte ein Sonnenstrahl durch die löchrige Wolkendecke und hellte einen winzigen Moment lang Flecken des tiefdunkelgrünen Waldes auf.

Aron sah hinaus. Gerade schlich der Zug durch einen leeren Bahnhof. Nur mit Mühe konnte man den abblätternden Ortsnamen an der geklinkerten Außenfassade entziffern: Unterloquitz. Schon folgte freies Feld, abgeerntet, kilometerlang, so, wie es zu LPG-Zeiten geformt worden war: schmal und lang. In Kürze würden sie das Saaletal erreichen.

Er war müde. Die beiden letzten Nächte hatte er kaum ein Auge zugetan. Die eintönige Fahrt ließ ihn mehrfach in einen unruhigen Schlaf verfallen. So wie draußen die Landschaft an ihm vorbeizog, zogen in mehreren von Kopfschmerzen geplagten Wachphasen Erinnerungen an sein Leben an ihm vorüber.

Er war schlecht gelaunt. Nicht nur das, er war müde, traurig und deprimiert. Das erste Mal seit Kindertagen fühlte er sich einsam. Dabei hatte er ja Familie, war zweimal verheiratet gewesen, hatte aus seiner ersten Ehe mit Margret vier jetzt erwachsene Kinder und dazu einige gute Freunde und Kollegen. In diesem Augenblick fühlte sich aber alles nach einer Reihe von Misserfolgen an, denn immerhin waren ja beide Ehen gescheitert – und jedes Mal war es überraschend für ihn gekommen. Schon damals, kurz nach der Jahrtausendwende, als Margret nach achtundzwanzig Ehejahren plötzlich die Scheidung wollte. Und später genauso bei Juliette, seiner zweiten Frau, mit der er nur ein paar Jahre verheiratet gewesen war. Obwohl sie fast fünfundzwanzig Jahre jünger war als er, hatte doch in ihrer Ehe, in der es fast nie zu Konflikten kam, für ihn nichts darauf hingedeutet, dass sie mit ihm nicht glücklich war.

Er schloss die Augen und wusste sofort, dass er nicht noch mal einschlafen würde. Auch zum Dösen oder zum Davongleiten in hoffentlich angenehme Tagträume würde er nicht kommen. Ihm schräg gegenüber saß auf der anderen Seite des Ganges ein Paar, das sich bereits seit der Abfahrt in Nürnberg – also seit Stunden – lautstark unterhielt. Sie nervten, aber er konnte nichts tun, konnte sich höchstens einen anderen Platz suchen. Sie lärmten nicht, redeten aber ununterbrochen.

Die Frau hatte ein schmales Gesicht, einen energischen Mund, die Augenbrauen waren stark betont. Ihre dünnen Haare standen in sämtliche Himmelsrichtungen vom Kopf. Grundlos setzte sie hin und wieder eine riesige, silbergrau gefasste Sonnenbrille auf. Ihr Begleiter hatte Ähnlichkeit mit den mittlerweile in jedem Asia-Shop erhältlichen Buddhafiguren. Das schwarze Haar war kurz geschoren, geltriefend, das Gesicht glattrasiert. Seine enge, grobe, weiße Leinenhose betonte unvorteilhaft seine fetten Oberschenkel. An den Füßen trug er graue Wollsocken und Haferlschuhe. Ein voluminöser Bauch zerrte die Rüschen seines weißen Baumwollhemdes wüst auseinander. Sie redeten vor aufgeklappten Laptops über Termine in Berlin, Präsentationen und Preisgestaltungen. Gesprächsfetzen ließen erahnen, dass sie mit Schuhmode zu tun hatten.

Immerhin: Mit einem Mal stand der Kerl auf und streifte eine viel zu enge und auch zu kurze hellgrüne Pilotenjacke über seinen unförmigen Leib. Die Frau erhob sich ebenfalls. Noch stiegen sie nicht aus, gingen wohl in den Speisewagen.

Als Juliette die Scheidung eingereicht hatte, konnte er zu seiner eigenen Verblüffung damit ganz gut umgehen. Er hatte immer geahnt, dass die Euphorie und die Bewunderung einer jungen Frau für einen wesentlich älteren Mann nicht ewig tragen würden, auch wenn er nach gängigen Maßstäben im Urteil anderer eine gepflegte Erscheinung, gebildet, unterhaltsam, immer noch attraktiv und beruflich erfolgreich war. In den gemeinsamen Jahren mit Juliette hatte sich wie Mehltau eine unmerkliche Entfremdung auf das Verhältnis zu seinen uralten Freunden gelegt. Gelegentliche Abenteuer schienen akzeptiert zu werden, auch der ungewöhnliche Lebensstil seines alten Freundes Christoph Böhringer, der seinen Alltag vollständig der Obsession unterordnete, immer neue Eroberungen zu machen. Ausgerechnet seine dauerhafte Beziehung mit einer Jüngeren löste Phantasien, Neid und Fragen aus, etwa danach, ob beim Älteren nicht mangelnde Reife für altersgemäße Partnerschaften und bei der Jüngeren nicht die Suche nach einem Vaterersatz dahintersteckten.

Einmal, sie hatten sich bei Angelika Rosenke – einer früheren Schulkameradin und alten Freundin – anlässlich ihres

Geburtstags getroffen, war es ausgerechnet Christoph gewesen, der ein gleichermaßen anzügliches wie primitives Spiel auf die Spitze trieb. Keineswegs zufällig begann er eine Episode aus der Schmonzette *Monaco Franze* zu erzählen, in der sich der bereits ältere Franze, gespielt von Helmut Fischer, in ein junges Ding verliebte. Aron Winter hatte daran keine Erinnerungen. Zu der Zeit, als diese Serie ausgestrahlt wurde, hatte er so gut wie nie ferngesehen. Bis in die Neunzigerjahre hinein hatten sie zu Hause kein Fernsehgerät. Einzig die Figur des *Tierpark-Toni* kam ihm bei Christophs umständlicher Ouvertüre in den Sinn, ohne zu wissen, was es mit ihr auf sich hatte. Er hatte den Namen irgendwann einmal aus Erzählungen über Episoden der Serie aufgeschnappt. Und er hatte ihn als überflüssiges Wissen behalten.

»Stellt euch vor«, fuhr Christoph Böhringer fort, »der *Monaco Franze* verabredet sich mit einer Zwanzigjährigen. Sein Freund Manni fragt ihn: ›Franze, du und eine Zwanzigjährige, was soll das werden?‹ Darauf der Franze: ›Das verstehst du nicht. Das ist erotisches Heimweh.‹«

Der Lacherfolg war mäßig gewesen.

Aron hatte eine hässliche Bemerkung in Richtung des Filmerzählers unterdrückt. Stattdessen sagte er ausweichend: »Tja, der Helmut Dietl ist auch schon tot.«

»Und der Fischer, der den Franze gespielt hat, lebt schon lange nicht mehr«, sagte jemand aus der Runde.

Angelika Rosenke fügte hinzu: »Karl Obermayr, der den Manni verkörpert hat, ist jung gestorben. Bayrhammer lebt nicht mehr, auch die wunderbare Erni Singerl ist schon etliche Jahre tot. Richtig morbid, das Ganze.«

Nach seiner zweiten Scheidung hatte Aron einige Jahre ohne feste Partnerschaft gelebt. Und auf einmal hatte er sich völlig überraschend neu verliebt. Das erste Mal war er Franziska vor zwei Jahren in Berlin begegnet.

Als der Zug Rudolstadt passierte, fiel ihm ein Satz ein, den Helmut Fischer gesagt haben sollte, als er bereits sterbenskrank war: »Das Leben macht sich mehr und mehr aus dem Staub.«

Dieses Zitat nahm seither einen Platz in dem Erinnerungsschatz ein, von dem er sich wünschte, dass er ihm erhalten bliebe.

Vor zwei Nächten war sein Leben vollkommen aus den Fugen geraten. Da er zurzeit immer sehr früh aufstehen musste, war er vor dem Zubettgehen nur ausnahmsweise nochmals an den Rechner gegangen und hatte seine Mails gesichtet. Längst war ihm zur Gewohnheit geworden, elektronische Post nur vormittags abzurufen. Die kleinen Kästchen und die Ungeduld anderer Zeitgenossen durften sein Leben nicht dominieren.

An diesem Abend war noch eine neue Mail eingegangen. Was er da las, schlug ihm mit voller Wucht auf den Magen und machte ihn völlig fertig. Vor allem, weil er sofort von der Unumkehrbarkeit des Mitgeteilten überzeugt war.

Irgendwann in der Nacht schreckte er auf. Er wusste nicht, wie lange er bereits in das schmale Rechteck seines Tablets gestarrt hatte. Immer und immer wieder las er den Text:

Lieber Ari,

ich schreibe dir, weil ich mich entschlossen habe, unsere Beziehung zu beenden. Ich habe mich entschieden. Ich will und kann nicht mehr.

Es war so, wie du mir vor langer Zeit mal gesagt hast: »Wenn du dich von mir trennst, wird es dir zuerst sehr schlecht gehen, aber dann sehr viel besser.« So ist es auch.

Die Gründe für meine Entscheidung kennst du. Wir haben so oft ausführlich darüber gesprochen. Ich möchte nicht, dass du zu mir kommst oder mich anrufst. Es ist alles gesagt.

Franzi

Ari hatte ihn während der letzten Jahrzehnte außer Angelika niemand genannt. Vor wenigen Tagen waren Franziska und er noch zusammen in München gewesen. Es hatte eher beiläufig geklungen, als sie ihm unter den Schatten spendenden Kastanien im Biergarten des *Augustinerkellers* zum wiederholten Male die Frage stellte: »Und du möchtest es auch künftig bei unserer Fernbeziehung belassen?«

»Schau«, hatte er gesagt, »es wäre doch eine Zumutung, mich alten Sack dauernd um dich zu haben.«

»Und du möchtest mit mir keine Kinder?«

Nächstes Jahr würde sie neununddreißig werden. Ihr ging es bei diesem Thema nicht um vage Erörterungen, sondern um Entscheidungen.

Er hatte vermutlich die Antwort gegeben, die alles Weitere ins Rollen brachte: »Ich bin dafür zu alt. Das weißt du. Ich habe vier Kinder, von denen die beiden älteren nur wenig jünger sind als du. Seit wir uns das erste Mal begegnet sind, habe ich immer mit offenen Karten gespielt und dich niemals im Unklaren gelassen.«

Sie hatte geschwiegen. Wie sie eine Weißwurst in die Hand genommen und hineingebissen hatte, wirkte energisch, mit wütendem Trotz geladen und dabei geradezu erotisch.

Draußen war eine strahlend helle Nacht. Er zwang sich, vom Bildschirm abzulassen. Minutenlang starrte er hinaus. Der riesige Vollmond stand noch auf der rückwärtigen Seite des Hauses. Er würde erst weit nach Mitternacht sein Fenster passieren.

Neben dem Tablet lag die aufgeschlagene Seite mit den Zeilen, die ihm als Erstes eingefallen waren:

Ich habe dich sehr geliebt. Und ich liebe dich immer noch wie verrückt. Es tut weh.

In den letzten Jahren warst du mir Geliebte, Freundin, kleine Schwester und Vertraute, der Mensch, dem ich am nächsten war. Und ich meinte zu spüren, dass es sich umgekehrt genauso verhielt. Doch jetzt beendest du unsere Beziehung per E-Mail – wie in einer schlechten RTL-II-Schmonzette.

Er hatte die Textpassage, die er ihr zu schicken gedachte, handschriftlich auf einen Schreibblock gekritzelt. »Beziehung« hatte er dann durchgestrichen und durch »Liebe« ersetzt. Er wusste nicht, welches Wort er wählen sollte. Stundenlang zögerte er, die Nachricht tatsächlich ins Reine zu schreiben. Erst am darauffolgenden Nachmittag tippte er sie ein und schickte sie ab. Es würde ihn entlasten. Er würde die kommende Nacht vielleicht nicht mehr durchgrübeln. Aber ihm war auch klar, dass dies an Franziskas Entscheidung nichts ändern würde und er sich zudem der Gefahr aussetzte, am Ende noch ihre Achtung zu verlieren. Sie waren keine Teenager mehr. Franziska war deutlich jünger als er und dennoch eine erfahrene und willensstarke Frau. Bereits am späten Abend bekam er eine weitere eindeutige Antwort:

Ari, bitte lass mich in Ruhe. Ich möchte, dass wir vorerst keinen Kontakt mehr haben. Mir geht es nicht gut. Es war falsch, dass ich deine Mail geöffnet habe. Ich muss jetzt an mich denken. Ich möchte, dass du das respektierst.

Franzi

Wie nannte man das? Eine klare Ansage! Was hatte er denn verbrochen? Er hatte sie nie bedroht, nie bedrängt. Ihre Beziehung war, so hatte er zumindest bis vorgestern angenommen, von geradezu unglaublicher Leichtigkeit gekennzeichnet gewesen. Aber nun schickte Franzi ihm diese Nachricht, die sich beinahe so las, als sei er einer, der in Krisen ausrasten, möglicherweise sogar gewalttätig werden könnte. Das schmerzte fast noch mehr als die sofortige Gewissheit, dass die Trennung nicht mehr rückgängig zu machen war.

Wenn er jetzt eine weitere Antwort schrieb, würde er zum lästigen, zum belästigenden Ex, käme er fast schon in den Geruch eines kleinen Stalkers. Schluss, aus, vorbei. Er hatte sich mit dem Unumstößlichen abzufinden.

Der Zug erreichte Naumburg. Die Sonne brach hervor, blendete ihn. Flecken blauen Himmels quollen an einzelnen Stellen durch das Wolkengrau.

Es war eine besondere Seelenverwandtschaft gewesen. Beide hatten das mehr als einmal festgestellt. Trotz des deutlichen Altersunterschieds erörterten sie gelegentlich gemeinsames Älterwerden. Im Augenblick fühlte er sich, als habe eine Windhose durch sein Innerstes getobt. Dieser Liebesverlust ließ ihn sein fortgeschrittenes Alter deutlicher spüren als alles andere, als die kleinen Wehwehchen, körperliche Ermüdung, nachlassende Spannkraft und erschlaffendes Gewebe. Mit Torschlusspanik hatte dies weiß Gott nichts zu tun. Er traute sich jederzeit zu, wieder eine Partnerin zu finden. Ihn schmerzte der Verlust dieser aus seiner Sicht ganz ungewöhnlichen, besonders innigen Beziehung.

Der Zug erreichte den Bahnhof Jena Paradies. Direkt über dem neuen Wahrzeichen der Stadt, einem runden Hochhausturm, stand – an eine Wollmütze erinnernd – eine einzelne graue Wolke. Der Himmel dahinter war strahlend blau.

Das Schuhdesigner-Paar – dafür hielt er sie – kehrte an seinen Platz zurück. Aron schlug die *Jüdische Allgemeine* auf. Er hatte sie, einer spontanen Regung folgend, in einer Stuttgarter Bahnhofsbuchhandlung erstanden. Aron spürte keine besondere Verbundenheit mit dem Judentum, obwohl sein Vater Jude und er selbst mehrmals in Israel gewesen war. Er kaufte das Blatt hin und wieder, weil auch sein Vater es gelegentlich gelesen und über darin geführte gesellschaftliche Debatten berichtet hatte. Sein Vater Jakob war einen schmerzvollen Tod gestorben. Das lag nun bereits vierzehn Jahre zurück.

»Roter Stern am Schwesternkittel« lautete die Überschrift eines Artikels über eine hochbetagte Jüdin, die wohl einst in der Roten Armee gekämpft hatte und jetzt in Israel lebte. Über sie war ein Film gedreht worden: *CECTPA*. Er hatte keine Ahnung, was dieser offensichtlich russische Titel bedeutete. Ein abgedrucktes Foto zeigte eine schelmisch dreinblickende Greisin. Das helle Haar war immer noch dicht. Knitz, so nannte man in manchen schwäbischen Gegenden den von ihr gezeigten Gesichtsausdruck. Beim Weiterlesen elektrisierten ihn mit einem Mal der Name der Frau und eine Ortsangabe. Die Hochbetagte hieß Eva Vater. Sie war früher Ärztin gewesen und arbeitete im hohen Alter immer noch als Schriftstellerin. Über *Wikipedia* fand Aron eine Übersetzung des Filmtitels. *CECTPA* bedeutete »Schwester«.

Ihre Kindheit hatte Eva Vater in Riga verbracht. Ihre Eltern waren im Wald von Rumbula ermordet worden. Auch Arons Großeltern hatte man vermutlich am 5. oder 6. Dezember 1941 nur wenige Kilometer von dieser Stelle entfernt erschossen. Sofern sie nicht bereits in jener eiskalten Nacht erfroren waren, als man sie aus dem Zug getrieben und dann viele Kilometer durch die verschneite Landschaft gehetzt hatte.

Der Name der Porträtierten löste in ihm recht präzise Erinnerungen aus. Achat Purina, die erste Frau seines insgesamt dreimal verheirateten Vaters, hatte ihm während seines ersten, knapp einjährigen Israelaufenthaltes von einem Jungen namens Juri Vater erzählt, der ihr ein großes Vorbild gewesen sei. Er war nur wenige Jahre älter als sie selbst. Vielleicht war sie sogar in ihn verliebt gewesen oder hatte zumindest für ihn geschwärmt. Andeutungen in diese Richtung hatte er jedoch nicht vernommen.

Seine Verwirrung stieg, als es ihm trotz der unstabilen Netzverbindung gelang, über *Google* eine Besprechung des Films zu finden, in der davon die Rede war, dass die 1922 geborene überzeugte Kommunistin 1997 nach Israel ausgewandert war. Dafür ausschlaggebend sei ihr Sohn gewesen, der damals bereits in Israel lebte. Der Sohn hieß Juri. Der Mann gleichen Namens, von dem Achat Purina ihm in Israel so begeistert erzählt hatte, musste kurz nach dem Ersten Weltkrieg geboren worden sein. Hatte diese ebenfalls aus Riga stammende Eva Vater ihren Sohn nach einem ermordeten Verwandten, etwa ihrem Bruder, oder gar nach dem Vater des Kindes benannt? Und handelte es sich dabei um denselben Juri, über den die erste Frau seines Vaters noch Jahrzehnte später ins Schwärmen geraten war?

Aron Winter war jetzt hochkonzentriert. Das weiter anhaltende Gequassel des Schuhmodepärchens nahm er nicht mehr wahr.

Riga, das wusste er aus den Erzählungen seines Vaters und Achat Purinas, war die Hölle gewesen. Schon vor dem Einmarsch der Deutschen erschlugen die sich *Donnerkreuzler* nennenden lettischen Faschisten zahlreiche Juden. Insbesondere solche, die nach dem überstürzten Abzug der Roten Armee im Verdacht standen, Kommunisten zu sein. Juri Vater war beides gewesen, Jude und Kommunist. Er hatte bereits als Jugendlicher der lettischen Untergrundbewegung angehört. Irgendwann in diesen Tagen schien Achat Purina ihn für immer aus den Augen verloren zu haben. Als sie Aron während seines ersten Israelaufenthalts 1973 bis 1974, einer Zeit, in der die Folgen des Jom-Kippur-Krieges noch deutlich sichtbar waren, von Juri Vater erzählte, war zu spüren gewesen, dass dieser für sie auch in politischen und kulturellen Fragen ein Vorbild gewesen war. Er hatte sie als junges Mädchen an moderne Literatur herangeführt, ihr den Weg zu den Beständen der progressiven *Ettinger Bibliothek* gewiesen. Dort lernte sie moderne deutschsprachige Belletristik kennen und stieß auch auf verbotene sowjetische Literatur. Juri selbst besuchte zu dieser Zeit noch die *Höhere Schule Nummer 4*, eine wegen ihrer humanistischen Bildung und ihrer Liberalität höchst umstrittene Reformschule. Er wurde Mitglied des illegalen Komsomol dieses Gymnasiums. Gleich zu Beginn der Ulmanis-Diktatur wurde dieser Hort freien Denkens geschlossen. Juri Vater ging in den Untergrund. Um unbelauschte Gespräche führen zu können, fuhren zu dieser Zeit die jungen Leute, die sich dem Widerstand gegen das autoritäre Regime nahe fühlten – Anglern gleich – frühmorgens mit dem Ruderboot auf die Düna hinaus.

In den frühen Neunzigerjahren wandelte Aron Winter auf den Spuren seines Vaters durch das Rigaer Ghetto. Dabei machte er auch das Haus ausfindig, in dessen Keller eine illegale Druckerei untergebracht war. Im ersten Stock befand sich das *Café Flora,* ein beliebter Treffpunkt für Literaten und Künstler.

Als die Sowjetunion 1940 das Land besetzte, trat Juri Vater in die Rote Armee ein. In den Tagen, in denen *Donnerkreuzler* Rigas zusammengetriebene Juden in der örtlichen Synagoge verbrannten, gelang seiner Einheit gerade noch die Flucht vor der deutschen Wehrmacht. Achat Purina ging in den Untergrund. Die Ermordung ihrer Eltern konnte sie nicht verhindern. Juri endete tragisch. In Kämpfen gegen Einheiten der SS-Division Wiking verteidigte er am Maschinengewehr seinen Unterstand in dem ukrainischen Dorf Shenderovka, bis der letzte Gurt verschossen war. Als die Deutschen seiner habhaft wurden, erhängten sie ihn an einem Haken im Dachgebälk eines halb zerschossenen Bauernhauses.

Wer war aber nun diese Eva Vater? War sie vielleicht die Ehefrau jenes Juri Vater gewesen, von dem Achat Purina mit so großer Bewunderung erzählt hatte? Oder war sie seine Schwester? Je mehr er darüber nachdachte, umso mehr war er davon überzeugt, dass die frühere Rotkreuzschwester und der ältere Juri in einem engen Verhältnis zueinander gestanden haben mussten. Er nahm sich vor, darüber noch mehr in Erfahrung zu bringen. Wenn er am Ziel war, würde er sogleich mit seinen Recherchen beginnen. Vielleicht lenkte ihn das ab.

In dem Maße, wie die augenblickliche Erregung und die intensive Erinnerung an früher abklangen, spürte er wieder sein Liebesleid. Es schlingerte ihm entgegen wie ein im Toben eines Orkans vom Kirchturm gewehter Dachziegel. Ohne Schutz, brutal und unerwartet.

Unumkehrbar. Wieder kam ihm dieses Wort in den Sinn und führte ihm vor Augen, dass seine Geschichte mit Franzi nun endgültig ans Ende gekommen war.

Noch vor wenigen Wochen war alles anders gewesen! Gelegentlich hatte er im Überschwang die letzten Jahre als »die prallste Wohlfühlphase meines Lebens« bezeichnet, vor sich selbst, aber auch gegenüber engen Freunden.

Moonchild

Bereits nach den ersten Akkorden durchströmte ihn ein seit Langem nicht mehr empfundenes Glücksgefühl. Aron Winter schloss die Augen. Er hörte und spürte die Musik mit demselben freudigen Erstaunen wie vor vierzig Jahren. Dabei hatte er ursprünglich gar nicht die Absicht gehabt, hierherzukommen.

Heini, ein Bekannter, der gleich ihm seit Jugendzeiten ein leidenschaftlicher Fan von Rory Gallagher war, hatte ihn angerufen. Ob er nicht Lust habe, ein Konzert der »Band of Friends« zu besuchen, das in der Winterbacher Lehenbachhalle stattfinden sollte. Die Gruppe sei keine Coverband. Zwei der drei Musiker, die am heutigen Abend auftreten würden, hätten längere Zeit mit *dem Größten* zusammengespielt. Der Bassist wäre derselbe, der ihn damals, Ende 73, Anfang 74, auf der *Irish Tour* begleitet hatte.

Aber was konnte man von ihnen schon erwarten? Rory Gallagher war seit mehr als 20 Jahren tot. Es war mehr als zweifelhaft, dass ein junger holländischer Gitarrist und zwei Rockveteranen, die noch ein paar Jahre mehr auf dem Buckel hatten als er selbst, auch nur einen Hauch jener magiegeladenen Atmosphäre erzeugen konnten, die er in mehr als einem Dutzend Konzerten *des Größten* gesucht und miterlebt hatte.

Schlussendlich hatte er sich von Heini überreden lassen, dem Freund, der so anders war als er selbst. Heini war Schlosser, liebte das Angeln und bekannte sich freimütig dazu, dass sein kultureller Horizont sich auf die »drei großen B« beschränkte: Blues, Bier, Bockwurst. Aron dagegen war seit mehr als zwanzig Jahren Professor für Stadtsoziologie und Stadtentwicklung. Er liebte den *Blauen Reiter*, den französischen *Film noir*, hörte außer den Meisterwerken der Rockmusik mit großer Leidenschaft und wachsendem Verständnis italienische Opern, über die er ausschweifend zu erzählen wusste. Heini trank zu viel, hatte eine ungesunde Gesichtsfarbe und war aufgeschwemmt. Ihm hingegen war es gelungen, Disziplin zu halten. Seit drei Jahrzehnten hatte er nicht zugenommen. Viele gleichaltrige und auch etliche jüngere Frauen bezeichneten ihn als »stattlichen, attraktiven Mann«. Und wenn sie unter sich waren, fügte manche hinzu, er sei einer von denen, die »frau« nicht von der Bettkante stoßen würde.

Als das Konzert begann, stand Aron alleine in der Nähe des Durchgangs zum Foyer. Heini war losgezogen, um weiteres Bier zu besorgen. Eines würde er auch noch trinken, aber nicht mehr, denn Heini hatte ihn unter Erwähnung seiner Lust auf maßlosen Konsum bereits auf der Herfahrt darum gebeten, auf dem Heimweg den Fahrer zu machen.

Schon der Beginn des Konzertes überraschte ihn. Statt der erwarteten verbrauchten Rockveteranen betraten zwei drahtige Burschen die Bühne. Gerry McAvoy, der zwanzig Jahre Gallaghers Bassist gewesen war, übernahm, mehr noch als der junge Gitarrist Scherpenzeel, die Rolle des Einpeitschers und Frontmanns. Der weißhaarige Schlagzeuger Ted McKenna saß mit der Würde und der Gelassenheit eines in abertausenden Konzerten gereiften Musikers hinter seinen Trommeln. Er spielte präzise und rationell, tat keinen Schlag zu viel. Ein Könner eben, der ebenfalls drei Jahre mit *dem Größten* zusammengespielt hatte. Er saß aufrecht mit geradem Rücken auf seinem Schemel und strahlte eine enorme Ruhe aus. Hin und wieder lächelte er zu dem mehrhundertköpfigen Publikum hinunter, gerade so, als wollte er sagen: »Es kann nichts schiefgehen. Vertraut uns, alles wird gelingen.«

Die ersten Takte des Auftakttitels *Last oft the Independents* waren noch nicht verklungen, da spürte Aron Winter auch schon ein wohliges Kribbeln im Nacken. Sträubten sich seine Nackenhärchen? Es erinnerte an ein Gefühl, das er meist dann verspürt hatte, wenn eine unerwartete Begegnung mit einer attraktiven Unbekannten so weit gediehen war, dass ein gemeinsames Nach-Hause-Gehen nicht nur möglich, sondern sogar wahrscheinlich wurde. Er spürte wieder die alte Leidenschaft längst verloren geglaubter Tage. Als er einen Moment lang die Augen schloss, wurde er sich des Umstandes bewusst, dass er sich noch immer gelegentlichen Selbsttäuschungen hingab. Es hatte sehr wohl Momente in seinem Leben gegeben, in denen ihn dieses Gefühl getrogen hatte. Der Zauber eines langen Abends, einer mit allen Sinnen erfahrenen Annäherung, zerbarst urplötzlich. Enttäuschende Ernüchterung machte sich breit, wenn die Unbekannte mit einem Mal klarstellte, dass es nicht zu mehr kommen würde. Das war ihm nicht oft widerfahren. Dennoch brachte die Erinnerung an jede einzelne dieser Episoden stets auch den Schmerz zurück, den die zerstobenen Hoffnungen ausgelöst hatten. Er erlebte diese Ernüchterungen wie jenen Augenblick, in dem kerzenbestrahlte Zweisamkeit in der Nische eines Nachtclubs mit einem Mal grell ausgeleuchtet wurde. Schon in jungen Jahren hatte er sich abgewöhnt, in solchen Momenten weiter zu werben oder gar um die Zuneigung der Angebeteten zu flehen. Er hatte das ein einziges Mal in frühester Jugend getan. Damals hatte er sich dem abweisenden Mädchen gegenüber so sehr als kleiner Wicht, als gleichermaßen aufgegeilter wie armseliger Wurm gefühlt, dass er sich noch lange dafür geschämt hatte. Über dieses gleichsam schmerzhafte wie peinliche Erlebnis war er früh zu der Erkenntnis gelangt, dass Mädchen und Frauen derartige Jammervorstellungen nicht ertrugen und es völlig sinnlos war, um Mitleid oder gar Zuneigung zu betteln.

Der Großteil des Publikums war zwischen fünfzig und sechzig, Leute eben, die Rory Gallagher vor Jahrzehnten in seinen Bann gezogen hatte. Leute wie er. Die meisten waren damals langhaarige Freaks gewesen, Haschrebellen, Aufbegehrende, Suchende. Als er die Halle betrat, erschreckte ihn der Anblick. Viele Anwesende waren auf die eine oder andere Weise vom Leben gezeichnet. Fahle, faltige Gesichter, schüttere Haare, Bäuche, Glatzen. Er hatte den Eindruck, dass weniger als ein Viertel der Konzertbesucher Frauen waren. Und auch sie hatten das Engelhafte ihrer Jugend verloren. Forschend sah er sich um. Einzelne Frauen gefielen ihm. Manchen sah man an, dass sie einstmals sehr hübsch gewesen sein mussten. In vielen Gesichtern hatten die Erlebnisse vieler Jahre mehr Spuren hinterlassen, als es ihrem wahren Alter entsprach. Die, die heute hier waren, hatten in ihrem Leben mehr gekifft, geraucht und getrunken als andere.

Er schalt sich einen alten, eitlen Narren. Auch er war ja nicht mehr der Jüngste. Wenngleich – er hatte sich nicht gehen lassen. Und die Laune der Natur hatte ihm im Zusammenwirken guter Gene beider Herkunftsfamilien sein dichtes Haar erhalten. Einstmals war es blond gewesen, und dies, obwohl seine Mutter pechschwarze Locken besessen hatte. Wenn er jetzt in den Spiegel blickte, sah er ein nahezu glattes Gesicht, das von einer dichten, fast stahlgrauen Mähne umrahmt wurde.

Heini war noch nicht zurück. Aron kämpfte sich zur Rückwand der Halle durch, vor der eine lange Theke aufgebaut war. Er fand seinen Freund im Gespräch mit einer ihm unbekannten Rothaarigen. Er ließ sie ungestört und kaufte sich ein Bier.

Die »Band of Friends« intonierte *Moonchild*. Der junge Gitarrist meisterte das komplizierte Intro erstaunlich gut. Er spielte solide, machte gar nicht erst den Versuch, den großen Meister zu übertreffen. Devot. Er reckte in jeden aufbrausenden Beifall hinein die Hände beschwörend in die Höhe, gerade so, als erflehe er Kraft und Inspiration von dem, den

Aron Winter bei jeder passenden Gelegenheit als den besten Gitarristen der Rockgeschichte bezeichnete. Und er zitierte dabei oft Jimi Hendrix, der auf die Frage eines Journalisten, wie man sich als weltbester Gitarrist denn fühle, ohne Zögern mit »Keine Ahnung, da müsst ihr Rory Gallagher fragen« geantwortet hatte. Aron stritt sich gerne mit Anhängern aktueller Popmusik, die er brüsk als einfalls- und seelenlose Maschinenmusik diffamierte. Das Alter, sagte er hin und wieder zu Freunden, zeige sich nicht zuletzt auch darin, dass es immer weniger Orte und Gelegenheiten gebe, den geliebten Vergnügungen von früher nachgehen zu können.

Er blieb am Tresen stehen und betrachtete das Publikum von hinten. Es schien sich tatsächlich zu verjüngen. Hatten vor Konzertbeginn noch blasse Gesichter, Merkel'sche Mundwinkel und sichtbare körperliche Beeinträchtigungen dominiert, überwog urplötzlich Leichtigkeit. Er sah in glückliche Gesichter, Münder, die den Text formten. Die Menge geriet in Bewegung. Die Ersten tanzten bereits, andere wippten noch mit dem Fuß. Er sah die alte fließende Geschmeidigkeit, die Tanzstile, die Jugendliche vor vier Jahrzehnten in so unterschiedlicher Weise gezeigt hatten. Damals wie heute waren sie geprägt von den verschiedenartigen Naturellen, unterschiedlichem Können und der jeweiligen Bereitschaft, aus sich herauszugehen. Noch immer gab es welche, die in ausschweifenden Bewegungen tanzten, sich scheinbar oder tatsächlich entrückt dem Fluss der Rhythmen hingaben. Er sah einzelne ältere Frauen, die sich wie früher so ausladend gebärdeten, als seien riesige Schleier zu bändigen, die ihre Körper umspielten. Andere beließen es dabei, mit auf die Schenkel gelegten Händen den Oberkörper zu bewegen, gerade so, als sollten ihre machtvollen Gefühle daran gehindert werden, die Hülle des Körpers zu verlassen. Ihre kümmerlichen Bewegungen waren Frucht der Furcht, auch nur für einen kurzen Moment die Kontrolle über sich selbst zu verlieren.

Wenige Minuten bevor das Konzert begann, war er seinem Bedürfnis gefolgt, sich noch mal die Beine zu vertreten. Nachher würde er zwei oder mehr Stunden eingekeilt in der Menge stehen. Er durchquerte das Foyer und betrat einen phantasielos gestalteten Pausenhof. Außer den Rauchern, die am Eingangsbereich klebten, befand sich nur noch ein einzelner Mann auf dem Hof. Er ging in schnellen, trippelnden Schritten und ließ nachfolgend die Arme kreisen. Dann hob und senkte er die Schultern, wie Aron es gelegentlich tat, um nach langer Schreibtischarbeit seinen verspannten Nacken zu lockern. Die Schultern nach hinten, dann fallenlassen, dann wieder nach hinten und wieder runter. Nach einer kurzen Pause begann er die Prozedur von vorne. Aron Winter schlenderte auf ihn zu. Der Mann war schlank, hatte ebenfalls dichtes graues Haar, trug einen Dreitagebart und eine runde Brille, die an jene erinnerte, die in den Sechzigern »in« gewesen waren. In seiner Haltung und seinen Körpermaßen glich er Eric Clapton.

»Müssen Sie sich vor einem Konzert auch immer noch ein bisschen bewegen?«, fragte der Unbekannte und fügte erklärend hinzu: »Am Ende schmerzen mir von der langen Steherei immer die Knie. Häufig auch die Schultern und der Nacken. Haben Sie keine Probleme?«

»Es geht so«, murmelte Aron und stellte sich sogleich die Frage, ob er mit derlei Beeinträchtigungen überhaupt ein Rockkonzert besuchen würde.

»Wenn sie spielen«, sagte der Fremde mit einem Lächeln, »sind die Schmerzen nach kurzer Zeit verflogen. Nach dem Konzert sind sie dann umso heftiger.«

Aron, dem anderer Leute Bekundungen über körperliche Befindlichkeiten grundsätzlich unangenehm waren, versuchte das Thema zu wechseln. »Haben Sie Gallagher früher live gesehen?«

»Mindestens zehn Mal.« Über das Gesicht des Mannes huschte ein seliges Lächeln. Sofort wirkte er jünger. »Einmal, es muss so um 1970 herum gewesen sein, hab ich ihn in Schorndorf noch mit ›Taste‹ gesehen.«

»In der *Manufaktur*? Dann hätten wir uns vor über vierzig Jahren schon mal begegnen können.«

»Wirklich?« Der Mann lächelte erneut. Erinnerungen sprudelten aus ihm heraus. Sie hätten sich im selben Jahr auch auf der Insel Fehmarn über den Weg laufen können, wo Jimi Hendrix wenige Tage vor seinem Tod sein letztes Konzert gab.

In der Halle brandete Beifall auf, begleitet von rhythmischem Stampfen, Gegröle, aufmunternden und fordernden Rufen.

»Wir müssen rein«, sagte der Mann. »Gleich geht es los.«

Schon nach dem ersten Titel hatte Aron die Gewissheit, dass der Abend nicht als enttäuschender Aufguss früherer großer Konzertereignisse enden würde. Er stellte sein Bier auf die Theke. Das in die Jahre gekommene Publikum wurde von den Musikern vollkommen in den Bann gezogen. Ihr Können ließ jegliche Skepsis verfliegen. Immer mehr Körper bewegten sich im Einklang mit Riffs und Rhythmen. Er sah in frohe Gesichter. Es machte den Menschen sichtlich Freude, wieder einmal so aus sich herauszugehen, wie sie es vor Jahrzehnten getan hatten. Viel zu selten gab es Gelegenheit dazu.

Damals, als er das »Taste«-Konzert in der Schorndorfer *Manufaktur* besucht hatte, war er noch keine sechzehn gewesen. Es war nicht sein erster Konzertbesuch. »Gila« hatte er bereits in Murrhardt gesehen, dem Ort, in dem er die Jahre seiner frühen Kindheit verbracht hatte. Gitarrist und Frontmann war Conny Veit gewesen, der Sohn des schwäbischen Volksschauspielers Werner Veidt, der eigentlich aus Erfurt stammte und irgendwann einmal seinen Geburtsnamen um ein *d* bereichert hatte. Der einstige *Straßenkehrer Gottlob Friederich* und spätere SDR-*Bruddler* starb 1992 elend und fast vergessen als Sozialfall in einem Backnanger Altersheim.

Besuche von Festivals und Rockkonzerten waren in seiner Jugend Arons ganz große Leidenschaft gewesen. Und zudem waren es stets kleine Abenteuer. Es begann damit, dass er das nötige Geld auftreiben musste. Seine Mutter hielt ihn knapp. Großeltern, Tanten und Onkel, die er hätte anbetteln können, gab es nicht. Er war der erste Schüler seiner Gymnasialklasse, der regelmäßig kleinere Jobs annahm. Mit Schneeschieben, Möbelschleppen und Obstaufsammeln fing es an. Später arbeitete er an der Kinokasse und bei einem Wengerter im Nachbarort. Er sortierte gebrauchte Kisten nach weiterer Tauglichkeit und reparierte die leicht beschädigten.

Chris, Joschi und Honey, seine drei engsten Jugendfreunde, bekamen im Gegensatz zu ihm genügend Taschengeld. Chris wusste häufig nicht einmal, was er mit dem vielen Geld machen sollte, das ihm seine Mutter Marlene und die Großmutter hinter dem Rücken des unbeherrschten Vaters zuschoben.

Um Konzerte besuchen zu können, musste Aron weite Anreisen in Kauf nehmen. In Seelbach, wo sie die großväterliche Wohnung bezogen hatten, als er zehn war, herrschten Langeweile und provinzielle Ödnis. Meist bewegte er sich per Anhalter. Hin und wieder konnte er sich einem der Älteren anschließen, einem der kiffenden Lehrlinge und Jungarbeiter, die sich bereits gebrauchte Autos leisten konnten. Wolfgang Lauber, den alle nur *Wolle* nannten, war angeblich der Erste in der Stadt gewesen, der *haschte*. Mit ihm zu fahren war nicht ungefährlich. Während die Hinfahrt meist ohne Probleme verlief, war er bei der Heimfahrt von Konzerten oder Feten zumindest besoffen. Oft hatte er *einen durchgezogen*, wie er es nannte. Das hinderte ihn niemals daran, den Wagen voller Konzertbesucher selbst nach Hause zu fahren. Aron fuhr deshalb lieber mit Joe Berger, einem ruhigen, gutmütigen Burschen. Auch setzte der alle, die er mitgenommen hatte, immer vor der Haustüre ab. Er selbst wohnte in einem winzigen Weiler, von dem er grinsend behauptete, die einzigen Kultureinrichtungen seien die beiden Zigarettenautomaten. Und zwei gebe es auch nur deshalb, weil da einer irgendwann mit demjenigen Streit angefangen habe, an dessen Hauswand der erste Automat hing. Joe gehörte zu einer Autoclique, die ihre NSU TTs im ständigen Wettbewerb untereinander und mit anderen Cliquen tunten, umlackierten und mit Sportzubehör ausstatteten. Mindestens einmal in der Woche wuschen, wachsten und polierten sie ihre Schlitten. Damit der Heckmotor mehr Luft bekam, wurde die Klappe mittels zweier Gummiabstandhalter einige Zentimeter offengehalten.

Arons leidenschaftliche Begeisterung für Rockkonzerte zog verschiedene Schwierigkeiten nach sich. Die in der Schule waren die offensichtlichsten. Bis zu seinem vierzehnten Lebensjahr war er ein unauffälliger Schüler gewesen. Die ersten vier Grundschuljahre hatte er noch in Murrhardt hinter sich gebracht. Als er Ende der vierten Klasse die Aufnahmeprüfungen für das Gymnasium mit Erfolg gemeistert hatte, sah seine Mutter diesen Zeitpunkt als günstig an, die nun schon lange leer stehende elterliche Wohnung in Seelbach zu beziehen. Für ihn und seine Schwester bedeutete dies eine schlimme Zäsur.

Sie waren in Murrhardt aufgewachsen. Freundschaften hatten sich gebildet. Die ganzen Jahre über hatten sie in einer kleinen Dreizimmerwohnung gelebt. In der ersten Zeit war der Vater noch bei ihnen gewesen. Dann ging er Ende der Fünfzigerjahre nach Amerika. Anfangs hatte Leonore den Kindern noch Hoffnungen gemacht: Sie würden dem Vater folgen, wenn der alles Notwendige geregelt und eine Wohnung für sie gefunden hätte. Doch Jakob Winter machte keine Anstalten, seine Familie nachkommen zu lassen.

Die Mutter sprach wenig darüber. Sie war immer eine starke Frau gewesen. Sie brauchte diese Robustheit, denn ihr schlugen aufgrund ihrer wenig angepassten Lebensweise vielerlei Anfeindungen entgegen. In ihrer Jugend hatte sie den Kommunisten nahegestanden. Der Einfluss des Vaters, Christian Schimmelpfennig, der für die KPD im Seelbacher Gemeinderat saß, hatte darauf einen geringeren Einfluss gehabt, als die meisten dachten. Bereits als junges Mädchen hatte Leonore ihren eigenen Kopf gehabt und war weder vom Vater noch von der ängstlichen, immer kränklichen Mutter zu bändigen gewesen. Die Pubertät ließ sie in die Höhe schießen. Eine Zeitlang war sie die Größte der Klasse, größer noch als sämtliche Jungen ihres Alters. Sie wurde dennoch nur selten gehänselt. Sie war kräftig und auf geheimnisvolle Weise weiblich und schön, ohne den damals gängigen Idealen zu entsprechen. Sie trug nie Zöpfe. Ihr dichtes schwarzes Haar wucherte wild in alle Richtungen. In der Zeit, in der das von erheblicher Bedeutung war, behaupteten manche, sie habe sicher Judenblut in den Adern. Der Familienname »jüdele« so gewaltig, meinte auch ein örtlicher Funktionsträger und forderte von ihrem Vater nicht nur einmal einen Ariernachweis.

Christian Schimmelpfennig hatte Seelbach gleich nach dem Krieg verlassen. Die Mutter war da bereits tot und die Tochter ging längst ihre eigenen Wege. Ursprünglich hatte der Vater die Absicht gehabt, die Seelbacher Vierzimmerwohnung zu verkaufen. In Stuttgart fand er lange keine Arbeit. Er blieb Kommunist, was seine Arbeitssuche erschwerte. Weshalb er die Wohnung nicht verkaufte, blieb sein Geheimnis. Nach 1960 hatte er sie die meiste Zeit leer stehen lassen. In größeren Zeitabständen fuhr Leonore mit dem Motorroller von Murrhardt nach Seelbach, um die Wohnung zu lüften und zu säubern. Im Untergeschoss des Hauses wohnte die Witwe Klein, deren verstorbener Mann ein Freund und Genosse des Vaters gewesen war. Wilhelm Klein wurde trotz dreier fehlender Finger, die man ihm im ersten Krieg abgeschossen hatte, Ende 1944 zum Volkssturm eingezogen. Er kam noch in den letzten Kriegstagen um. Man verheizte ihn mit anderen alten

Männern und mit den Hitlerjungen, die fast noch Kinder waren, in der Schlacht um Heilbronn.

Hedwig Klein achtete auf die Wohnung. Nahezu bei jeder Begegnung schalt sie Leonore dafür, dass sie keine Mieter suchte. »Mädchen, der Leerstand schadet nur. Und den Mietzins könntest du gut gebrauchen.«

Obwohl Letzteres zutraf, ließ Arons Mutter sich nicht umstimmen. Die Arbeit bei der ARWA in Unterrot verschaffte ihr nur ein kärgliches Auskommen. Die dort tätigen Frauen wurden schlecht bezahlt. Für Leonore und die Kinder hätte es nicht gereicht, wenn ihr Ex-Mann nicht hin und wieder eine Postanweisung aus Amerika geschickt hätte. Anfangs hatte er gar kein Geld geschickt.

Als Aron acht Jahre alt wurde, begann er seinen Vater zu hassen. Dabei spielte weniger eine Rolle, dass er nicht da war. Er hatte sich letztendlich aus dem Staub gemacht, obwohl er anfangs immer beteuert hatte, er ließe sie nachkommen. Spätestens in einem Jahr sei alles wohlbereitet, eine Wohnung gefunden.

Arons Vater war Jude. Er hatte als Einziger seiner Familie die Deportation und die Vernichtungslager überlebt. Als er in die Vereinigten Staaten aufbrach, folgte er dem zähen Werben eines Geflüchteten, der seine Kindheit und die frühe Jugend ebenfalls in Seelbach verbracht hatte. Carl Goldman war nie sein Freund gewesen. Aber Carl gehörte wie er zu den Überlebenden. Und vielleicht deshalb hatte der ihm immer wieder ermunternde Briefe geschickt und Wege geebnet. Vor allem aber hatte er ihm eine Stellung angeboten, die Jakob, der nie eine Ausbildung abgeschlossen hatte, nicht ausschlagen konnte.

Eines Nachmittags hatte er seiner Frau am Küchentisch der kleinen Dreizimmerwohnung eröffnet, dass er fortgehe. Seine Entscheidung war zu diesem Zeitpunkt bereits unumkehrbar. Es folgte kein Streit, nicht einmal eine längere Diskussion. Leonore protestierte nicht dagegen. Ob sie zu diesem Zeitpunkt geglaubt hatte, eines Tages mit den Kindern ihrem Mann folgen zu können? Aron nahm sich vor, die Mutter zum passenden Zeitpunkt danach zu fragen. Anfangs schien ihm keine Gelegenheit günstig dafür zu sein. Später war ihm eine Antwort darauf nicht mehr wichtig. Aron trauerte nicht um seinen Vater. Er fehlte ihm weniger, als andere vermuteten. Er hatte ihn immer als distanziert erlebt. Nicht bösartig, eher abgewandt und in einer Welt zu Hause, die für andere verschlossen war. Oft war er außer Haus. Aus den Gesprächen der Eltern konnte er bereits in früher Kindheit heraushören, dass es noch eine andere Familie gab. Der Vater war in Israel schon einmal verheiratet gewesen. Dort lebten auch zwei Kinder von ihm. Aron hatte keine Vorstellung von seinen Stiefschwestern. Er war sich nicht einmal sicher, während der Kindheit Fotos von ihnen gesehen zu haben. Sie waren einige Jahre älter. Mehr wusste er nicht von ihnen.

Die Erinnerung an den Vater verblasste zusehends. Jakob Winter hatte mit seinen Kindern nur wenig unternommen, selten mit ihnen gespielt, kaum mit ihnen mehr als Alltägliches besprochen. Manchmal machten sie während der Sommermonate Ausflüge mit dem Bus. Diese gehörten zu Arons eindrücklichsten Erinnerungen an die Kindheit. Noch immer klang die kindliche Freude jenes Augenblicks nach, in dem der gelbe Postomnibus zwischen dem Sträb'schen Anwesen und dem Haus des Arztes Dr. Berner auftauchte. Mit dröhnender Motorbremse rollte das langschnauzige Ungetüm auf die Haltebucht vor dem Altersheim, das man im ehemaligen städtischen Krankenhaus eingerichtet hatte. Damit begann die Fahrt. Sie war erfüllt von freudigen Erwartungen an den Tag. Der Bus steuerte die Almsiedlung an, hielt kurz in Unter- und Oberneustetten. Ein längerer Halt unterbrach die Fahrt vor der Kirchenkirnberger *Krone*. Auf der Höhe der Busfenster wuchsen ihnen üppige Geranien entgegen. Helene stieg hin und wieder auf die braunen Ledersitze, um die Blüten besser betrachten zu können. Dies rief regelmäßig leise und manchmal auch laute Unmutsbekundungen Mitreisender hervor. Der Vater schwieg meistens, während die Mutter das eine oder andere Mal eine spitze Erwiderung machte.

Nach dem Halt am Ortsausgang von Kaisersbach dauerte es nur noch zwei Minuten, bis der Bus die Ebniseekreuzung erreichte. Gemeinsam mit anderen Ausflüglern stiegen sie aus. Schnellen Schritts eilten nun alle über abfallende Trampelpfade den letzten Kilometer durch den Wald. Die Kinder tollten voraus. Die Eltern blieben meist im Pulk der anderen zurück. Der Vater trug einen durchgewetzten amerikanischen Militärrucksack. Die Mutter hatte Decken, Handtücher und Badebekleidung in eine altmodische, bestickte Badetasche gestopft, die sie an zwei originellen Bambusgriffen trug. Immer lauter ertönten Lärmen, Lachen, Plantschen und Rufe der Badegäste. Während die einen es sich bereits im Gras bequem gemacht hatten, umrundeten andere auf der Suche nach einem passenden Rast- oder Liegeplatz den See. Um diese frühe Stunde waren fast nur Kinder und einige eifrige Gesundheitsschwimmer im Wasser.

Für Aron und seine Schwester bestand der Tag vor allem aus Plantschen, Herumtollen, Durchstreifen der Büsche und der nahen Uferwiesen. Manchmal trafen sie andere Kinder, mit denen sie spielen konnten. Regelmäßig schlief der Vater ein. Wenn sie sich ihren Platz eingerichtet hatten, ging die Mutter sofort ins Wasser. Meistens schwamm sie einmal rund um den See. Glückstrahlend kam sie zurück und legte sich noch etwas außer Atem neben ihren Mann auf die große Decke. Ihr wohlgeformter Brustkorb, der in einem wasserglänzenden schwarzen Badeanzug steckte, hob und senkte sich noch eine Zeitlang heftig. In dem Maße, wie sich ihr Atem beruhigte, begannen sich ihre Gesichtszüge zu entspannen.

Während sie mit geschlossenen Augen dalag, huschte manchmal ein Lächeln über ihr Gesicht. Aron rätselte darüber, woran sie dabei dachte. Bereits als Vierjährigem war ihm aufgefallen, dass seine Mutter manchmal verträumt lächelte, wenn sie sich tagsüber hinlegte und die Augen schloss.

Der Vater ging meist zur Mittagszeit kurz ins Wasser. Er schwamm ein paar Züge und kehrte alsbald zur glitschigen Sandsteintreppe zurück, die in Sichtweite ihres traditionellen Liegeplatzes in den See führte. Niederes Gebüsch und einige alte Bäume trennten ihr Lager vom Schotterweg, der einen geschlossenen Ring um den See bildete. Auf der wegabgewandten Seite begrenzte ein Stacheldraht die Liegefläche. Unmittelbar dahinter erstreckte sich eine steil ansteigende Wiese bis an den Rand des kleinen Örtchens Ebni. Als er noch klein war, hatte Aron gelegentlich vor dem Zaun gestanden und den Kühen dabei zugesehen, wie sie gemächlich das Gras zermalmten. Mitunter gelang es ihm, eine neugierige junge Kuh mit Hilfe eines saftigen Grasbüschels an den Zaun zu locken. Wenn der Vater es bemerkte, rief er warnend: »Pass auf, dass sie nicht deine Hand erwischt.«

Die Mutter schien sorgloser zu sein. Oder sie hatte mehr Vertrauen in seinen Verstand. Selten vernahm er von ihr einen Tadel, eine Warnung oder gar ein Verbot. Das machte es ihm später leichter, als vaterloses Kind in einer Umgebung aufzuwachsen, in der dies als Makel galt. Am meisten schmerzte ihn der Spott anderer Kinder. Seine Ersatzväter fand er beim Herumstreunen in den Hausgärten, in denen alte Männer beschaulich ihr Gemüse anbauten. Er fand sie in den kleinen Werkstätten, in die er als Kind immer Zutritt hatte. Man duldete ihn in der Schreinerei, ließ ihn in die Schlosserei. Sogar der gelegentliche Besuch einer Backstube wurde ihm gestattet. Auch hier konnte es vorkommen, dass Lehrlinge und Gesellen Scherze über ihn machten oder mit ihm Schabernack trieben. Aber immer dann, wenn es zu derb wurde, fand sich ein

Meister oder ein Altgeselle, der die Burschen in die Schranken wies. Er sah vieles und interessierte sich für die Arbeitsabläufe. In einer Schlosserei ließ ihn der Inhaber manchmal an einer motorgetriebenen Eisensäge helfen, auf der eingespannte Rund- oder Flacheisen mit gleichförmiger Schnittgeschwindigkeit auf das gewünschte Maß gelängt wurden.

Leonore Winter hatte ihren Kindern den Umzugstermin erst offenbart, als Aron die Aufnahmeprüfung für das Gymnasium bestanden hatte.

»Auf dem Murrhardter Progymnasium kannst du ohnehin kein Abitur machen«, lautete eines ihrer Argumente. »Außerdem müssen wir in der Wohnung eures Großvaters keine Miete bezahlen.«

In einer regnerischen Woche im März 1964 wurde der Umzug durchgeführt. Leonore hatte ein paar Tage freigenommen. Sie reinigte zuerst die Seelbacher Wohnung, wobei ihr ihre alte Freundin Caroline und Witwe Klein zur Hand gingen. Carolines siebzehnjähriger Sohn Hans half ihr dabei, zwei Räume zu tapezieren und die Küche oberhalb des Wassersteins sowie neben und hinter dem Herd mit lindgrüner Ölfarbe zu streichen. Hans hatte eine dunklere Hautfarbe, was auf seinen amerikanischen Vater zurückging, der sich noch vor seiner Geburt auf Nimmerwiedersehen aus dem Staub gemacht hatte. Hans half an mehreren Abenden nach Feierabend und war auch an jenem Samstag zur Stelle, an dem die Möbel angeliefert wurden.

Leonore hatte die Wahl gehabt, einen Kohlenhändler oder einen Malermeister um Hilfe zu bitten. Beide besaßen einen *Gutbrod Atlas 800* und beiden war sie über die Jahre hinweg eine gute Kundin gewesen. Sie entschied sich für den dunkelgrünen Zweitakter des Malermeisters Veitinger. Zwar wies dessen Pritsche Farbspuren auf. Aber bei diesem Gefährt reichte es aus, die Ladefläche mit einigen Jutesäcken abzudecken, während sie bei Verwendung des Kohletransporters damit rechnen musste, dass ihre Habe während der Fahrt mit Kohlenstaub überzogen wurde.

Sie brachte einen bescheidenen Hausstand nach Seelbach. Zudem war in der einstmals väterlichen Wohnung weitaus mehr Platz als in der winzigen Dreizimmerwohnung, die sie jetzt verließ.

Für Aron war der Umzug gleich in mehrerlei Hinsicht eine harte Zäsur. Er stand an der Schwelle zwischen Volksschule und Gymnasium. Auf der neuen Schule kannte er niemanden. Der Auszug aus der dünnwandigen, luftigen Dreizimmerwohnung bedeutete auch das Zurücklassen der Räume, in denen der Vater noch präsent gewesen war. Ohnehin begannen die Erinnerungen an ihn langsam zu verblassen. Die neue Umgebung beschleunigte diesen Vorgang.

Dass der Vater Schreckliches durchlebt hatte, wusste er seit frühester Kindheit. Regelmäßig kreisten die gedämpften Gespräche der Eltern um ermordete Familienmitglieder, die in Lagern oder auf Todesmärschen umgekommen waren. Sie bemühten sich, so leise zu sprechen, dass die Kinder nichts mitbekamen. Aber die Neubauwohnung war hellhörig und gelegentlich sprach der Vater vor Wut oder vor Erregung lauter, als er es beabsichtigt hatte. Von all dem – den Lagern und Todesmärschen – hatte er als Kind keine Vorstellung gehabt. Die Begriffe hatten nichts mit dem zu tun, was ihm vertraut war. Die Mutter hatte sich lange darum bemüht, ihn vor diesen Schreckensbildern zu bewahren und hatte ihm Antworten gegeben, die ihm bereits als Achtjährigem unpräzise erschienen. Den Vater hatte er nie fragen können. Als dieser Deutschland nicht mehr ertragen konnte, war Aron gerade vier geworden.

Später fiel der Junge in der Volksschule mit Fragen auf, die andere nicht stellten. Sie hatten dafür weder einen Anlass noch das nötige Wissen. Er hatte beides. Früh gab er sich mit Mutters allgemein gehaltenen Erklärungen nicht mehr zufrieden, wonach der Vater es im Land der Täter einfach nicht mehr ausgehalten habe. Wer waren sie und was hatten sie getan? In dem Land, dessen Bürger jetzt alles versuchten, um ihre Schuld hinter der Fassade des sogenannten Wirtschaftswunders zu verstecken. Was für ein Wunder sollte das sein? Während seine Mitschüler in der neuen Stadtbücherei in den Geschichten vom Räuber Hotzenplotz schmökerten, durchstreifte er bereits die Reihen mit der Literatur, die Erwachsenen vorbehalten war. Schon bald entdeckte er die beiden Bände der *Illustrierten Geschichte des Zweiten Weltkriegs*. Fotos von Menschenhaufen, Schreckensgestalten, die so spindeldürr waren, dass sie zu zerbrechen drohten. War es das, was die Mutter meinte? Meist wurde er bereits nach kurzer Zeit von der jungen Aushilfe weggeholt, die nachmittags die Aufsicht in der Bibliothek führte. Diese Bücher seien nichts für Kinder. Mit sanftem Zwang schob sie ihn an den Schultern vor sich her zu den Reihen, in denen die Regale mit Kinderbüchern standen.

Je älter er und Helene wurden, umso genauer wurden die Antworten der Mutter. Im Umgang mit anderen Kindern war ihm schon in der Vorschulzeit aufgefallen, dass diese Großeltern, Onkel und Tanten hatten. Sie dagegen kannten außer der Mutter und dem fernen Vater kein weiteres Familienmitglied. Aron hatte noch schwache Erinnerungen an Großvater Schimmelpfennig. Helene konnte sich an den wortkargen, fast kauzigen Mann nicht mehr erinnern.

Wo denn die Eltern des Vaters wären, fragte Aron eines Tages.

»Tot«, erwiderte die Mutter.

»Warum sind sie so früh gestorben?«

»Man hat sie in ein fernes Land gebracht und dort ermordet.«

»Wer macht so was?«

»Hitler und seine Schergen.« Hier zögerte die Mutter, ehe sie ergänzte: »Und die vielen kleinen und großen Helfer, die es an jedem Ort gegeben hat.«

»Auch bei uns hier?«

»Auch bei uns.«

In Seelbach wurde ihm ein weiteres Mal bewusst, nie Großväter und Großmütter gehabt zu haben. Er freundete sich rasch mit einigen Jungen an, die wie er die Aufnahmeprüfung zum Gymnasium bestanden hatten und die sich gleich ihm umtun mussten, in der neuen Umgebung zurechtzukommen.

Joschis Mütze

Sommerferien waren für Aron immer eine langweilige Zeit gewesen. Er teilte nicht die überschäumende Freude der neuen Mitschüler, von denen etliche wenigstens ein paar Tage mit ihren Eltern in Urlaub fuhren. Immerhin gab es während der ersten Seelbacher Jahre noch andere Jungen, deren Eltern sich keine Reise leisten konnten. Die ersten Sommerferien seiner Gymnasialzeit blieben ihm in besonders guter Erinnerung. Er war noch zu jung für eine Ferienarbeit und seine Mutter betraute ihn nur selten mit Arbeiten in Haus und Garten. Vielleicht war das auch eine heimliche Belohnung dafür, dass er die Aufnahmeprüfung mit Bravour bestanden hatte und im ersten Quartal zwischen Ostern und den großen Ferien keine Klagen über seine schulischen Leistungen laut geworden waren. Viel Zeit verbrachte er während dieses Sommers mit Kurt Würz, der von klein auf *Kudde* genannt wurde. Er war eines der wenigen Handwerkerkinder, denen der Besuch einer weiterführenden Schule gestattet wurde. Sein Vater war Schreinermeister und als solcher Inhaber eines alteingesessenen Betriebs. Er sah es als unschicklich an, in den besten Wochen des Jahres in Ferien zu gehen.

Die Vormittage flossen träge dahin. Dafür waren die Nachmittage voller Abenteuer. Sie trafen sich meist gleich nach eins, wenn der Meister wieder in die Werkstatt ging oder einen Kunden besuchte. Jeder Nachmittag verlief anders. Mal spielten sie mit Größeren bis zum Sechs-Uhr-Läuten Fußball. Mal zogen sie über die Wiesen oder pirschten durch die nahen Wälder. Sie bastelten Rohrflöten oder bauten sich Bögen. Aus Astgabeln und Einmachgummis fertigten sie Schleudern. Wenn es notwendig war, erledigten sie letzte Handgriffe dafür in der Schreinerei. Kritische Blicke und väterliche Mahnungen, mit den Schussapparaten gefälligst keinen Blödsinn anzustellen, begleiteten sie dabei.

Wenn es ihm seine Mutter erlaubte, gesellte sich an manchen Tagen ein weiterer Schulkamerad zu ihnen. Joachim Schreiner, den sie alsbald *Joschi* riefen, war ein ängstliches Kind, der Kleinste in der Klasse. Mit seiner Unbeholfenheit zog er gelegentlich den Spott sowohl der Lehrer als auch etlicher Mitschüler auf sich. In solchen Situationen bewies Aron bereits als Elfjähriger Mut, indem er sich zumindest den gleichaltrigen Spöttern entgegenstellte.

Der erste Winter, den die kleine Familie in Seelbach verbrachte, war bitterkalt. Der Schnee türmte sich zu meterhohen Haufen und Wällen auf. In den schlecht isolierten Neubauwohnungen fror so manche Wasserleitung ein, was die Schadenfreude der Altstadtbewohner hervorrief, deren Aborte noch mit einer blechernen Wasserkanne oder mit dem Eimer gespült werden mussten. Mit der Kanalisierung Alt-Seelbachs sollte erst im übernächsten Sommer begonnen werden.

An einem dieser Kältetage kam Joschi verspätet zum Unterricht. Von seinem Zuhause bis zur Schule war er, so schnell es ihm möglich war, über die verharschten und vereisten Wege gerannt. Keuchend und vor Erschöpfung wankend betrat er das Klassenzimmer. Noch ehe der Erdkundelehrer einen Tadel aussprechen oder nach den Gründen der Verspätung fragen konnte, brach Gelächter aus. Anfangs lachten nur einzelne. Dann wurde das Gelächter lauter, um nach einer gut hörbaren Ermahnung des Lehrers wieder abzuflauen, bis es gänzlich erstarb. Stilles Grinsen und hämische Gesten hielten die restliche Stunde über an. Der Grund für die Erheiterung wurde in der großen Pause deutlich. Mit den Rufen »Mädleskapp, Mädleskapp« begannen sie Joschi zu hänseln, der als Einziger ohne Mütze auf den Pausenhof gegangen war. Und wieder rief die Meute »Mädleskapp, Mädleskapp«.

Einer fragte hinterhältig, Neugierde vorspiegelnd: »Wo hasch denn dei' Kapp?«

Alle hatten gesehen, dass Joschi die rote Mütze, die offensichtlich seiner Schwester gehörte, zusammengeknüllt in die Tasche seines kurzen Wollmantels gestopft hatte. Es war eine Mütze, die über die Ohren reichte. Die seitlich angebrachten Bändel wurden unter dem Kinn zu einer Schleife gebunden. So etwas trug kein Junge. Solche Mützen gehörten auf die Köpfe ganz kleiner Kinder oder die der Mädchen.

Durch das Gelächter aufmerksam geworden, schlurfte Siegbert Merz zu ihnen herüber, ein blasser, pickeliger Schüler, der eine Klasse über ihnen war. Merz wurde von den Jüngeren gefürchtet. Sofort mischte er sich in die Hänseleien ein, befeuerte sie erneut und forderte Joschi Schreiner auf, er möge seine Kapp doch mal zeigen.

Joschi stand verdattert und beschämt im Kreis der Buben und rührte sich nicht.

»Na, gib schon her!«, forderte der Größere ungeduldig. Er machte sich daran, die Mütze aus Joschis Manteltasche zu ziehen, was dieser verzweifelt zu verhindern suchte. Merz bekam einen Bändel zu fassen und zog daran. Der Kleine presste die Hände auf die Tasche. Der Bändel riss ab. Die Hilflosigkeit Joschis mündete in einen heftigen Heulanfall. Bald weinte er bitterlich. Rotz troff aus der Nase. Dicke Tränen liefen ihm über das Gesicht. Bereits am Morgen hatte sein Elend begonnen. Er besaß nur eine einzige warme Mütze. Und als diese nicht auf Anhieb gefunden wurde, bestand seine gleichermaßen fürsorgliche wie strenge Mutter darauf, dass er sich mit einer Kopfbedeckung seiner kleinen Schwester gegen die strenge Kälte schützte.

»Heul doch nicht wie ein Weib.« Siegbert Merz versuchte sein eigenes Erschrecken mit starken Worten zu überspielen.

Die anderen schwiegen. Die wenigsten hegten große Sympathien für den Kleinen, der seit Beginn des jetzigen Schuljahrs zunehmend in die Rolle des Klassenkaspers abglitt. Aber wirklich Böses wollte ihm auch niemand.

Joschi hörte nicht auf zu plärren. Aron ging auf ihn zu und legte ihm den Arm um die Schultern. Sein schlechtes Gewissen plagte ihn. Auch er hatte sich an den Hänseleien beteiligt. Leise sagte er zu dem Weinenden: »Gib mir die Mütze.«

Aufheulend schüttelte der Kleine den Kopf und schob erneut die Rechte schützend vor die Manteltasche.

»Komm, gib sie mir. Ich sorge dafür, dass sie genäht wird.« Er griff zur Hand, die die Tasche schützte. Er konnte spüren, wie der Junge allmählich seinen Widerstand aufgab. Schließlich ließ er es zu, dass der Größere die Mütze aus der Manteltasche zog. Der abgerissene Bändel lag im zertretenen Schnee. Aron hob ihn auf und ging auf Siegbert Merz zu. Ganz ruhig sagte er zu ihm: »Du nimmst sie mit nach Hause und lässt sie von deiner Mutter nähen.«

»Du hast sie wohl nicht alle«, empörte sich der Ältere. Erstaunt darüber, dass einer es wagte, so etwas von ihm zu fordern, stemmte er beide Fäuste in die Hüften.

»Du nimmst sie mit.« Aron war ein Jahr jünger, aber genauso groß wie Merz. Er komme in seinem Längenwachstum nach seiner Mutter und mehr noch nach dem alten Schimmelpfennig, vernahm man gelegentlich von den Leuten, die die Familie kannten. Er trat noch näher an den anderen Jungen heran. »Du bringst sie heute Abend geflickt zu Joschi. Sonst passiert was.«

»Was soll denn passieren, Jud?«, fragte Merz höhnisch.

Aron war noch nie als Jude bezeichnet worden. Er fühlte sich auch nicht als Jude. Als er in der zweiten Klasse war, hatte er seine Mutter einmal gefragt: »Sind wir Juden?«

Leonore hatte kurz gezögert und dann »nein« gesagt.

»Aber der Vater ist doch Jude, oder?«

»Dein Vater ist Jude. Ich bin keine Jüdin. Nach dem Gesetz des jüdischen Glaubens kann nur der Jude sein, dessen Mutter Jüdin ist. Also sind Helene und du keine Juden. Aber das ist auch ganz und gar unwichtig.«

Jetzt, auf dem Pausenhof, fühlte er sich wie vor den Kopf geschlagen. Das erste Mal begegnete ihm *Jud* als Schimpfwort. Später würde ihm das noch einige Male passieren. Ohne nachzudenken schlug er ansatzlos zu. Sofort schoss Blut aus Siegberts Nase. Er bedeckte sie mit beiden Händen. Gebeugt wandte er sich zur Seite. Er machte keine Anstalten, sich zu wehren, was Aron und die anderen verwunderte. Diejenigen aus seiner Klasse, die ihn besser kannten, sagten später, Merz sei schon immer ein Schisser gewesen. Einer, der sich nur mit Schwächeren anlegte.

Die Sache hatte für Aron kein Nachspiel. Merz ging aus gutem Grund zu keinem Lehrer und erzählte auch seinen Eltern nichts. Der Dumme bei der Geschichte war von Beginn an Joschi und er sollte es auch bleiben. Als er mittags ohne Mütze nach Hause kam, setzte es eine Ohrfeige seiner strengen Mutter.

Von nun an suchte Joschi Arons Nähe. Er warb um dessen Freundschaft und dieser gewährte sie ihm auch, was ihm anfangs die eine oder andere abfällige Bemerkung eintrug. Was er denn mit dem Schwächling wolle, wurde er gefragt. So richtig klar war ihm dies auch nicht. In den ersten Wochen schwieg er oder gab ausweichende Antworten. Kudde verhielt sich eine Zeitlang äußerst reserviert. Er hatte zwar nichts gegen Joschi und fühlte sich auch nicht mit ihm in einem Wettbewerb um Arons Freundschaft. Aber der Kleine hatte schräge Ideen. Bereits als Dreizehnjähriger trug er die Haare länger als alle anderen und neigte zu spontanen Aktionen, die den Handwerkersohn verwirrten. Ganz schön ausgeflippt sei Joschi, sagte er, ohne zu präzisieren, was genau damit gemeint war.

Der Direktor

Der Wechsel auf das Seelbacher Gymnasium stellte für Aron auch in einer weiteren Hinsicht eine gewaltige Zäsur dar. Erstmals wurde ihm bewusst, dass seine Familie arm war. Und außer ihm gab es nur noch einen weiteren Mitschüler, dessen Eltern ebenfalls geschieden waren. Schnell wurde ihm bewusst, dass er mehr leisten musste als seine Schulkameraden, die aus alteingesessenen, wohlhabenden Familien stammten. Seine Mutter gehörte nicht zu denen, die dazu in der Lage waren, hin und wieder einen Lehrer zum Nachmittagskaffee einzuladen oder auf andere Weise am Netzwerk der gehobenen Stadtgesellschaft mitzuspinnen.

Bei der Mehrzahl seiner Mitschüler war er aber schnell beliebt. Dazu trug bei, dass er ein aufgeweckter und hübscher Junge war. Zudem hatte er die Geschicklichkeit und Sportlichkeit seines Vaters geerbt. Schon nach kurzer Zeit gehörte er zu denen, die der Sportlehrer zur Vorführung neuer Turnübungen vortreten ließ. Bis er sich einen festen Freundeskreis erschlossen hatte, dauerte es gerade mal ein Jahr.

Im Unterschied zu seiner stillen Schwester ging Aron offen auf die Jungen seines Alters zu. Obwohl Joschi vor allem in den ersten beiden Gymnasialklassen in einer Außenseiterposition gestanden hatte, erschlossen sich Aron über ihn mehrere weitere Freundschaften. Das galt insbesondere für die zu den beiden Mädchen ihrer langsam Gestalt annehmenden Clique.

Mary Krafczik, die ihren richtigen Vornamen Marianne von klein auf hasste, stellte sich als Erste an Joschis Seite. Ihr resolutes Auftreten und ihre laute, feste Stimme machten es ihr leicht, für den Eigenbrötler Partei zu ergreifen. Sie war durchsetzungsfähiger als die meisten Mitschüler, legte sich gelegentlich auch mit einzelnen Lehrern an und duldete keine Ungerechtigkeiten. Im Wechsel mit Angelika Rosenke besetzte sie durchgängig bis zum Abitur den weiblichen Part der Klassensprecher.

Letztere suchte von Beginn an Marys Nähe. Sie war schon in jungen Jahren eine Suchende gewesen und blieb es zeitlebens. Früher als andere Mädchen dokumentierte sie im Auftreten und ihrer Art, sich zu kleiden, dass sie mit den Hippies, Freaks und allen anderen sympathisierte, die sich im Aufbruch und auf der Suche nach neuen, unverkrampften Lebensformen befanden. Im Unterschied zu Mary, die recht schnell ihre beste Freundin wurde, kamen ihr oftmals Zweifel. Dann legte sie eine Nachdenklichkeit an den Tag, die den anderen nicht verborgen blieb. In gut gemeinter Absicht neckten sie sie, was ihre Zweifel manchmal noch verstärkte. Gelegentliche Aufforderungen aus dem Kreis der Clique, nicht immer nach dem tieferen Sinn einer Sache zu suchen, sondern einfach nur Spaß zu haben, bewirkten meist das Gegenteil und ließen die unsichtbare Distanz zwischen ihr und denen, die die Dinge locker sahen, weiter wachsen.

Der Umgang mit den allermeisten Lehrern gestaltete sich für Aron schon früh als komplizierte Angelegenheit. Auch wenn er nie darauf hinwies, dass sein Vater ein Opfer der Nazis gewesen war, stellte er sich oftmals quer, wenn historische Themen in einer Weise behandelt wurden, die er als tendenziös oder einseitig empfand.

Als er fünfzehn war, kam es zu einem Eklat. Sie hatten Geschichte bei Hermann Stotz, der es als seine Aufgabe ansah, seinen Schülern zu vermitteln, dass man sich unverändert in einer Phase befand, in der das Abendland mit dem Osten um die Vorherrschaft rang. Zwischen Aron und Stotz entbrannte ein Disput darüber, ob die Rote Armee Deutschland befreit oder lediglich unterjocht habe. Und als der Geschichtslehrer vom *Blutzoll* sprach, den die Wehrmacht gerade in den letzten Kriegsmonaten erbracht habe, um die aus dem Osten flüchtende Bevölkerung zu schützen, konnte sich der Junge nicht länger zurückhalten. Er meldete sich und sprach davon, dass dieser sinnlose Durchhaltewillen möglicherweise seinem Onkel das Leben gekostet hatte. Mehr sagte er nicht dazu. Als Stotz nachfragte, wie das gemeint sei, erwiderte er nur, das sei eine Familienangelegenheit. Und als der Lehrer, der sich angegriffen fühlte, sich mit dieser Antwort nicht zufriedengab, fragte der Junge ihn sichtlich erregt: »Waren Sie in der SS?«

Schneller, als man es ihm zugetraut hätte, eilte Stotz auf ihn zu und gab ihm eine schallende Ohrfeige. »Warte nur, Bürschchen!«

Aron stand auf.

»Willst du dich wohl setzen!«

Der Junge ignorierte den Lehrer und ging zur Tür. Er folgte keinem Vorsatz. Es war eine mechanische Reaktion auf das Brennen seiner Wange und das Unrecht, das er verspürte. Stotz rannte ihm hinterher, umkurvte den Jungen ungelenk und stellte sich ihm in den Weg. Aron überragte ihn bereits um einen halben Kopf.

»Nö, SS können Sie nicht gewesen sein.«

Hinter sich hörte er Gelächter. Rasch drängte er sich an dem Lehrer vorbei, rannte die knarrende, geölte Treppe hinunter und verließ das Schulgelände. Atemlos erreichte er den nahen Stadtpark und setzte sich auf eine Bank. Rentnerinnen kamen vom nahen Friedhof. Wahrscheinlich hatten sie die Gräber ihrer verstorbenen Angehörigen gegossen. Aron kannte Derartiges nicht. Großvater Schimmelpfennig war in Stuttgart beerdigt worden. Und die wenigen intakten Gräber auf dem einstmals jüdischen Teil des Seelbacher Friedhofs waren verwildert. Sie betraten ihn selten. Seine Mutter hatte es sich zur Angewohnheit gemacht, Unkraut und wilde Reiser auf der eingefassten Fläche auszureißen, die früher einmal die Grabstelle der Winters gewesen war. Eigentlich waren hier nur der Ururgroßvater und die Ururgroßmutter beigesetzt worden und dann – 1940 – Salomon Winter, Arons und Helenes Urgroßvater. Berta, seine Witwe, wurde zwei Jahre später nach Theresienstadt verschleppt, wo sich ihre Spur verlor.

Die Liste der Familienmitglieder, die in Riga ermordet und in einem der dortigen Massengräber verscharrt worden waren, war ungleich länger: die Großeltern Joseph und Rosa, Jakobs Schwestern Judith und Helene. Elias, der ältere Bruder seines Vaters, hatte am längsten überlebt. Sehr wahrscheinlich war er erst auf einem der letzten Todesmärsche aus den evakuierten Konzentrationslagern ums Leben gekommen.

Seine Mutter hatte ihm erzählt, dass früher einmal davon die Rede gewesen war, auch eine ledige Cousine der Urgroßmutter sei noch vor dem Ersten Weltkrieg in dem Familiengrab beigesetzt worden. Genaueres hatte sie nie in Erfahrung bringen können. Der alte Stein war von der Grabstelle entfernt worden. Es hieß, man habe die meisten Grabsteine und einen großen Teil der Einfriedungen in den späteren Kriegsjahren zur Befestigung einer Teilortserschließung verwendet, die von Kriegsgefangenen und Zwangsarbeitern durchgeführt worden sei. Aber weder Leonore noch die Menschen, zu denen sie regelmäßig Kontakt hatte, kannten jemanden, der darüber Genaueres wusste.

Am Tag nach diesem Vorfall blieb Aron der Schule fern. Leonore nahm sich einen halben Tag frei, um einer Vorladung des Direktors Folge zu leisten, die der Hausmeister der Schule am Nachmittag in einem blauen Umschlag überbracht hatte.

Als sie kurz vor der Mittagszeit nach Hause kam, sagte sie zu ihrem sie erwartungsvoll anschauenden Sohn lediglich:

»Du gehst morgen wieder normal in die Schule. Die Sache ist bereinigt.«

Ob er nachsitzen müsse, fragte der Junge.

»Ich sagte doch, die Sache ist ausgestanden«, sagte sie in einer Weise, die ihn von weiteren Nachfragen abhielt.

Anderntags bat ihn die Klassenlehrerin nach dem Ende einer Musikstunde nach vorne und sagte ihm, er solle sich nach dem Unterricht beim Schulleiter einfinden.

Das Wort *einfinden* befremdete ihn. Warum sagte sie nicht einfach, er solle zum Direktor kommen?

Ohne dies beabsichtigt zu haben, hatte er sich mit seinem Auftreten bei seinen Klassenkameraden gewaltigen Respekt verschafft. Die Jungen umringten ihn in der großen Pause. Für viele von ihnen war dies eine Zeit, in der sie zähe Kämpfe mit ihren Eltern, vor allem mit ihren Vätern austrugen. Es ging um die wenigen Zentimeter, die die Haare etwas weiter über den Kragen standen, um abendliches Auf- und Wegbleiben und um die abgeschnittenen oder am weiten Schlag ausgefransten Jeans, mit denen gefälligst nicht in die Schule gegangen werden sollte. Aber alles überlagerten die Konflikte um das *Gejaule, das kein Mensch aushält*, die Musik, die die Jungen den Nachmittag über hörten, anstatt ihre Hausaufgaben zu machen. Mit Lehrern hatte sich allerdings noch keiner angelegt, auch wenn die jetzigen Neuntklässler fasziniert und bewundernd auf den letzten Abiturjahrgang geblickt hatten. Der hatte mehrheitlich die offizielle Abschlussfeier boykottiert und dies auch noch mit der Begründung, man wolle sich die Selbstbeweihräucherung einer überwiegend reaktionären Lehrerschaft ersparen. Der Status, den sie sich gegenüber den Jüngeren errungen hatten, litt nicht darunter, dass diese Begründung nie offiziell vorgetragen wurde und erst nach den letzten mündlichen Prüfungen die Runde gemacht hatte. Damit taten sie dem einen oder anderen Junglehrer unrecht, was lediglich von Arons Klassenkameradin Angelika Rosenke angesprochen wurde, die mittlerweile für ihre Freunde *die Angie* war.

Manch einer der Abiturienten handelte sich zudem heftige Auseinandersetzungen mit den Eltern ein. Von der *Schand* war die Rede. Was sollten denn die Leute denken? Aber derartiges Schülerverhalten entsprach dem Zeitgeist. Vor zwei Jahren hatte eine Gruppe um Fritz Teufel den Funken der studentischen Revolte auch an die Schulen getragen. Ein paar Jahre nachdem er das altehrwürdige Ludwigsburger Friedrich-Schiller-Gymnasium Richtung Berlin verlassen hatte, wurden dort des Nachts im Treppenhaus Transparente aufgehängt, auf denen geschrieben stand: »Wählt Rote Schülerfront«.

Chlodwig Bergheim war erst zwei Jahre zuvor zum Direktor des Seelbacher Gymnasiums ernannt worden. Im Auswahlverfahren hatte er sich zur Überraschung vieler gegen den langjährigen stellvertretenden Schulleiter durchgesetzt. Konrektor Kling hatte im Hintergrund des amtsmüden Vorgängers nicht nur den Laden zusammengehalten, sondern das naturwissenschaftliche Profil der Schule deutlich geschärft. Aber die Entscheidungsträger hatten auf eine unvoreingenommene Kraft von außen gesetzt, die der Schule in der sich abzeichnenden Umbruchzeit Kontur und Halt geben sollte. Und Bergheim, der später, wann immer es sich anbot, wie beiläufig erwähnte, einst der jüngste Major der Panzertruppe gewesen zu sein, hatte an allen bisherigen Wirkungsstätten Führungsstärke bewiesen. Zudem war er ein Feingeist, Geschichts- und Deutschlehrer, der Hoffnungen darauf weckte, die von sittlicher und moralischer Verwahrlosung bedrohte Schülerschaft wieder in geordnete Bahnen zu lenken.

Gleich nach der sechsten Stunde ging Aron in den zweiten Stock hoch, wo sich das Rektorat befand. Als die Sekretärin ihn erblickte, murmelte sie nur halblaut: »Du sollst gleich reingehen.«

Bergheim saß in dunkelblauem Anzug hinter einem ausladenden schiefergrauen Schreibtisch. Wie jeden Tag hatte er auch heute wieder eine frische Fliege umgelegt. Sein dunkles, welliges Haar war streng nach hinten gekämmt.

»Setzen Sie sich«, sagte er statt einer Begrüßung.

Als Aron Platz genommen hatte, sah ihn der Direktor schweigend an. War das sein Konzept? Die Schlange starrt auf ihr Opfer, harrt darauf, dass ihr Gegenüber sich unbedacht verhält? Die Art, wie Bergheim nach einer Weile das Gespräch eröffnete, irritierte Aron. Kein Nachfragen nach dem gestrigen Vorfall, keine Vorwürfe.

»Winter«, sagte der Direktor beinahe bedächtig, »ich habe wenig Lust darauf, dass wir hier ein Spiel eröffnen.«

Der Junge sah den Schulleiter erstaunt an.

»Was für ein Spiel?« Er stockte. Dann räusperte er sich. Unsicher sah er auf das riesige Ölgemälde, das an der Wand hinter dem Schreibtisch hing. Abstrakte Malerei, dick in düsteren Farben mit der Spachtel aufgetragen. Nur an wenigen Stellen wurden die dunklen Schattenwürfe von kaum wahrnehmbarem hellen Braun und gelb unterlegten Weißtönen durchbrochen.

Bergheim verschränkte die Finger und sah ihn mit starrem Blick durch seine schmalrandige Brille an.

»Winter, Sie wissen doch genau, wovon ich rede. Zurzeit wird doch in ganz Deutschland das Schmierstück ›Die rebellische Jugend legt sich mit ihren Nazi-Eltern an‹ aufgeführt. Und natürlich auch mit ihren Lehrern und den Professoren an den Universitäten. Ich möchte nicht, dass sich an meiner Schule ein solch dramatisches Szenario ereignet, in dem ein hochdekorierter Wehrmachtssoldat in seinem Zivilberuf den Sohn eines überlebenden Juden drangsaliert. Verstehen Sie mich?«

»Was hat das mit meinem Vater zu tun?«

»Winter, ich habe den Eindruck, dass Sie lediglich so tun, als verstünden Sie mich nicht. Wenn Sie hier Abitur machen wollen, unterlassen Sie Ihre Provokationen. Von mir werden Sie nicht besser, aber auch keinen Deut schlechter behandelt als andere Schüler.«

Stotz strafte ihn von nun an mit Missachtung. Wenn jemand gleichzeitig mit ihm streckte, um eine gestellte Frage zu beantworten, rief er grundsätzlich die anderen auf. Schlechter als »gut« waren seine Noten in Geschichte, Gemeinschaftskunde und Latein, also in den Fächern, die Stotz lehrte, dennoch nie.

In der Oberstufe unterrichtete sie ein Neuer namens Klaus Werner, der offensichtlich die Gnade des Direx gefunden hatte. Er war der einzige Junglehrer, der nach absolviertem Referendariat an der Schule bleiben durfte. Alle anderen waren versetzt worden. Einige gegen ihren Willen, während andere froh waren, dem Dunstkreis von Bergheims autoritärem Stil entkommen zu können.

Stotz galt als Auslaufmodell, klein, dick, stets schwitzend, immer bemüht, die Oberherrschaft über die Heranwachsenden nicht zu verlieren. Seine markantesten Auftritte hatte er in seinem Amt als Verwalter der Schulbuchklassensätze. Für diese Aufgabe hatte man ihm einen fensterlosen Raum zugewiesen, in dem neben den vom Boden an die Decke reichenden Regalen und einem Schreibtisch, unter dem ein hell furnierter Rollcontainer stand, nicht mehr viel Platz war.

Alte Freundinnen

Leonore ging mit ihren Kindern selten in ein Lokal. Sie war sparsam und musste es auch sein. Ihr Verdienst bei der Strumpffabrik ARWA reichte bei Weitem nicht. Es kam zwar immer mal Unterhalt von Jakob, dem in Amerika lebenden Vater der beiden Kinder. Aber es gab Phasen, in denen er nur sehr unregelmäßig Geld schickte. Immerhin war vor einigen Jahren das Kindergeldgesetz geändert worden. Nun gab es diese minimale Unterstützung schon für das zweite und nicht erst für das dritte Kind. Aber sie musste mit jedem Pfennig rechnen. 25 Mark zu haben oder nicht zu haben war schon ein Unterschied.

Bei einem Sonntagsfrühstück mahnte sie ihre Kinder: »Schlagt euch jetzt nicht den Bauch voll. Wir gehen heute Mittag ins *Haller Eck*. Es gibt Rehbraten. Und den macht Caroline ganz vorzüglich.«

»Das esse ich nicht«, empörte sich Helene. »Die armen Tiere.«

»Du kannst ja was anderes essen«, schlug ihre Mutter vor.

Als sie das Lokal betraten, waren nur noch wenige Plätze frei. Doch Leonore hatte sie angekündigt. Caroline, die Wirtin und gute Freundin der Mutter, begrüßte erst diese und dann die Kinder herzlich und führte sie dann an einen freien Tisch, auf dem ein mittig geknicktes Reservierungskärtchen stand.

Die beiden Frauen plauderten noch ein wenig. Dann sagte Leonore resolut: »Wir dürfen dich nicht so lange aufhalten.«

Und an die Kinder gewandt, fragte sie: »Was habt ihr euch ausgesucht?«

Aron bestellte, wie auch die Mutter, Rehbraten mit Spätzle, Salat und Preiselbeeren. Helene war unschlüssig. Schließlich nahm sie einen Salatteller, was ihr den milden Spott des älteren Bruders eintrug.

Als Caroline die bestellten Getränke brachte, fragte Leonore: »Wen hast du heute in der Küche? Etwa Hans?« Sie meinte Carolines jüngeren Sohn.

Die Wirtin schüttelte den Kopf. »Sonntags hilft mir meine Schwiegertochter. Schau, da drüben …«, sie zeigte auf ein Kleinkind, das seitlich vom Tresen auf einem Kinderstuhl an einem niederen Tischchen saß und seine eigene Welt aus Legosteinen entstehen ließ. »Das ist mein kleiner Augenstern, mein Enkel.« Sie stellte die Gläser auf den Tisch und fuhr dann deutlich leiser fort: »Sie sind nicht mehr zusammen.«

»Wer?«

»Na, Hans und meine Schwiegertochter.«

»Ach!«

»Wusstest du das nicht?«

»Ich bin doch die Letzte, die so was mitkriegt.«

»Ich muss weitermachen.«

Die Ehe von Hans, den damals alle *Django* nannten, und Xeni hatte von Anfang an unter keinem guten Stern gestanden.

Eigentlich liebte Carolines Jüngster eine andere. Zugleich wollte er auf die erotischen Abenteuer mit Xeni nicht verzichten. Lange war er hin- und hergerissen. Und als er sich dann doch für die solidere Petra zu entscheiden begann, war Xeni schwanger. Sie heirateten und richteten sich in Bibersfeld im Haus ihrer Eltern eine freigewordene Dachwohnung ein.

Wo Hans jetzt wohl steckt, fragte sich Leonore. Sie zügelte jedoch ihre Neugierde, als Caroline die beiden Wildgerichte auftischte. Sie waren köstlich. Auch Aron schmeckte es offensichtlich. Helene schien mit ihrer fleischlosen Kost nicht zufrieden zu sein. Sie stocherte in dem Salat herum und ließ manches auf dem Teller liegen.

Nach dem Bezahlen umarmten sich die beiden Frauen herzlich.

»Du musst bald wieder vorbeikommen, wenn ich mehr Zeit für dich habe«, mahnte die Wirtin. »Dienstagabend ist immer gut. Da machen wir nicht mehr auf. Und Mittwoch ist Ruhetag.«

Leonore machte sich Sorgen um ihre alte Freundin, die schon so manchen Schicksalsschlag zu bewältigen hatte. Sie wirkte abgespannt, verhärmt, erschöpft. Obwohl sie immer eine Kämpferin gewesen war. Oder gerade deswegen?

Sie waren nahezu im selben Alter, waren nicht mehr jung, hatten die Vierzig schon lange überschritten. Jugendfreundinnen waren sie nicht gewesen. Sie hatten sich in den Wirren der Nachkriegszeit kennengelernt. Des Öfteren hatten sie sich in einem Backnanger Club getroffen, den ein aus Galizien nach Deutschland versprengter Jude, den es in das dortige DP-Lager verschlagen hatte, mit der Lizenz der Amerikaner betrieb. Anfangs hieß der Laden, in dem überwiegend Amerikaner und Schwarzmarktschieber verkehrten, »Fischel's Bar«. Im April 1946 wurde daraus ein Qualität und Seriosität suggerierendes »Olmert's«.

Caroline war mit Franz Lang verheiratet gewesen. Die beiden hatten sich kurz vor dem Krieg auf dem Canstatter Wasen kennengelernt. Sie hatte die Schiffschaukel bedient. Er kam immer wieder, so lange, bis ihm der Überschlag an der Rundschaukel gelang. Franz hatte sie gegen den Willen seines Vaters, des jähzornigen und zu cholerischen Ausbrüchen neigenden Köcherhofbauern geheiratet. Eine, die im Karren gelebt hatte, tauge nicht als Frau des späteren Hoferben. Die Wut des Altbauern steigerte sich ins Unermessliche, als seine

Schwiegertochter sich ihm widersetzte und dann auch noch mir nichts dir nichts vom Haupthaus ins leerstehende Ausdinghaus zog.

Während des Krieges, ihr Mann war als SS-Angehöriger an wechselnden Fronten im Einsatz, hatte sie der Alte böswillig bezichtigt, sie habe mit einem Polen *Rassenschande* betrieben. Obwohl es nicht der Wahrheit entsprach, landete sie im Frauengefängnis Gotteszell. Einige Wochen später wurde der junge, lebenslustige Feliks Wieczek – der Pole, mit dem sie angeblich ein Verhältnis gehabt haben sollte – im Beisein zahlreicher Kriegsgefangener und Zwangsarbeiter auf dem Köcherhof gehängt.

Nur wenige Wochen, nachdem man sie schließlich vorzeitig aus der Haft entlassen hatte, erreichte sie die Nachricht vom Tod ihres Mannes. Er hatte in amerikanischer Uniform in Italien an einer Operation hinter den feindlichen Linien mitgewirkt. Nach seiner Festnahme hatte ihn ein Militärgericht zum Tode verurteilt.

Dieser Ehe entstammte ihr erster Sohn Ludwig. Zwischen ihm und seinem Halbbruder Hans hatte es schon im Kindesalter Streit gegeben, der bis ins Erwachsenenalter anhielt. Seit dem Tod des Altbauern bewirtschaftete Ludwig den Köcherhof. Seine Berufswahl hatte nicht nur, aber auch mit seiner steten Suche nach dem nie gesehenen Vater zu tun. In der Schaustellerfamilie, der Caroline entstammte, fand Ludwig diesen nicht angemessen beachtet und gewürdigt.

Nach dem Tod ihres Mannes zog Caroline wieder zu ihrer Familie. In den ersten Nachkriegsjahren ging sie, wie früher auch, wieder mit auf die Rummelplätze, Volksfeste und Kirmesvergnügungen. Meistens arbeitete sie an der Schiffschaukel, denn ihr gelang es am besten, Unentschlossene zu einer Mutprobe im sich überschlagenden Schiffchen zu animieren. Später half sie ihrer Mutter im *Haller Eck*, das früher einmal eine Matzedeie, eine jüdische Matzenbäckerei gewesen war.

Leonore kannte den zweiten Sohn Hans wesentlich besser als den Erstgeborenen. Das Kind entstammte einer Verbindung mit dem amerikanischen Sergeanten Arturo Rodriguez, der afroamerikanische und mexikanische Wurzeln hatte. Als die Schwangerschaft offenkundig wurde, verschwand der Mann. Er ließ sich an einen anderen Standort versetzen und ging nur wenig später in die Staaten zurück. Damit hatte Caroline nicht gerechnet. Rodriguez hatte auf die Nachricht kommender Vaterschaft nach außen hin vollkommen gelassen reagiert. Aber das war vermutlich nur Teil seiner Strategie gewesen, sich ohne großes Aufheben abzusetzen.

Für die ledige Mutter war es eine harte Aufgabe, zwei Kinder verschiedener Väter großzuziehen. Die Jugendbehörden mischten sich ein. Der Ruf, einen *Amibankert* großzuziehen, belastete schwer. Und zu allem Übel lehnte Ludwig seinen Halbbruder schon als Kleinkind ab und tat alles, um dem *Bastard* das Leben schwer zu machen.

Als Ludwig nach der Schule auf den Hof des Großvaters ging, wurde es für den Kleinen vorübergehend um einiges leichter. Doch schon bald kam es zu neuen Konflikten, die eskalierten, als Ludwig und Hans sich um dasselbe Mädchen bemühten.

Beiden gelang es bis ins Erwachsenenalter nicht, eine Partnerschaft einzugehen, die dauerhaft und beständig war. Dem cholerischen, häufig betrunkenen Ludwig liefen die Frauen regelmäßig davon. Hans hielt eine Zeitlang in der freudlosen Ehe mit Xeni aus, um seinem Sohn Jan sein eigenes vaterloses Schicksal zu ersparen. Doch als der Junge drei Jahre alt war, zog er aus. Kurze Zeit wohnte er wieder bei der Mutter im *Haller Eck*. Sie ließ ihn ihren Unmut und ihre Trauer deutlich spüren. Hans, das *Mischlingskind*, war ein rechter Unglückswurm. Den Glauben an Besserung hatte Caroline in dem Maße verloren, wie ihr klar wurde, dass sie als Mutter auf den Werdegang ihres Sohnes keinen Einfluss mehr hatte.

Chris

Die Sommerferien 69 waren zu Ende. Am ersten Schultag betrat im Gefolge ihres alten und neuen Klassenlehrers Erich Krömer ein feingliedriges, blondes Bürschlein den frisch eierschalenfarben getünchten Raum. Die Mädchen sahen interessiert nach vorne. Manche trugen das erste Mal ihre neuen Hot Pants. Manche hatten sich welche gekauft. Für Mary hatte ihre Mutter eine geschneidert – trotz der Proteste des Vaters. Andere hatten einfach einer Jeans die Beine abgeschnitten und den fransigen Rand vernäht.

Der Knabe sah gut aus. Trotz seiner zierlichen Statur wirkte er reifer als die meisten anderen Jungen der Untersekunda. Noch ehe Krömer etwas sagte, war den meisten klar, dass sie einen neuen Mitschüler bekamen. Auch Aron betrachtete abwägend und zugleich interessiert den Neuankömmling. Kam da einer, der ihm die Vorherrschaft in der Klasse streitig machen konnte? Der Neue wirkte selbstbewusst. Lässig schob er die Ärmel seines modischen weißen Pullovers zurück. Im tiefgeschnittenen Ausschnitt steckte eine goldgefasste Sonnenbrille. Das lockige blonde Haar trug er mittellang.

»Herrschaften, ich bitte um Ruhe und frische Aufmerksamkeit«, mahnte Krömer in seiner schnoddrigen Art. »Ich darf Ihnen Christoph Böhringer als neuen Mitschüler vorstellen.«

Aufmerksam und erstaunt hörten sie Krömers Ausführungen. Dieses Erstaunen hatte nur zum Teil mit dem Neuen zu tun, der sich wohl gleich auf den einzigen freien Platz setzen würde. Das war der neben Marianne Krafczik, deren langjährige Nebensitzerin Karin Grosche im letzten Schuljahr sitzen geblieben war, gescheitert an Mathe, Physik und Chemie. Mathe: sechs, Physik und Chemie jeweils eine Fünf. Aber mehr als auf den Neuankömmling ging das sachte Erstaunen der meisten darauf zurück, dass der Lehrer »Ihnen« gesagt hatte, »Ihnen« und nicht mehr »Euch«. Dabei folgte er freilich einer alten Tradition der Schule. Ab der Untersekunda, die man neuerdings *zehnte Klasse* nannte, wurden die Schüler mit »Sie« angeredet. Wohl ein Drittel von ihnen würde im nächsten Jahr mit der mittleren Reife abgehen und hatte sich schon jetzt an den Status fast erwachsener Auszubildender zu gewöhnen.

»Herr Böhringer wird sich Ihnen mit ein paar Worten selbst vorstellen.«

Der Neue straffte sich. Damit hatte er nicht gerechnet.

»Also gut. Ich bin der Chris. Wir sind vor ein paar Jahren hierher gezogen. Aber danach war ich erst mal auf nem Internat und dann auf der Waldorfschule. Ich bin jetzt sechzehn.«

»Der ist mal sitzengeblieben«, flüsterte Aron Joschi zu.

»Vielleicht wurde er ein Jahr später eingeschult. Das wollten sie mit mir auch machen.«

»Zwerg.«

»Winter, halten Sie Ruhe«, mahnte Krömer, ehe er sich der Tafel zuwandte. »Kann mir jemand sagen, wo wir vor den Sommerferien stehengeblieben sind?«

Angie Rosenke meldete sich als Einzige.

»Prima Angelika. Auf dich – äh, Sie – hatte ich meine Hoffnungen gar nicht gesetzt. Nun?«

»In welchem Fach denn?«

»Was?«

»Ich weiß ja nicht, welches Fach Sie bei uns in diesem Schuljahr unterrichten.«

»Ja nun, einen Moment lang hatte ich wohl doch zu große Erwartungen. Das trifft es jetzt besser.« Krömer wirkte bei diesen Worten keineswegs schroff oder zynisch, eher nüchtern, vielleicht sogar ein Quäntchen resignativ. »Kann sich jemand aus dieser Klasse an etwas anderes erinnern, als dass ich bei Ihnen Mathematik unterrichtet habe, Mathematik und nur Mathematik?«

Krömers Stimme kiekste. Und wie immer wusste keiner seiner Schüler, ob er sich ärgerte oder von einem plötzlichen Anfall grimmiger Heiterkeit gepackt worden war. Man konnte allerdings davon ausgehen, dass er sich in seiner schon des Öfteren an den Tag gelegten Meinung bestätigt sah, wonach die meisten Mädchen auf dem Gymnasium, zumal einem naturwissenschaftlich ausgerichteten, nichts zu suchen hatten.

In der großen Pause folgte eine beträchtliche Schar dem Neuen in die Raucherecke. Gelassen zündete er sich eine *Peter Stuyvesant* an und stellte sich mit einem unmerklichen Nicken zu den Rauchern aus der Oberstufe.

»Du darfst doch noch gar nicht rauchen«, erboste sich Micha Geier, ein Schüler aus der Unterprima. Er ärgerte sich darüber, dass niemand sein selbstgebatiktes T-Shirt bewunderte, das er heute das erste Mal angezogen hatte, obwohl es am Morgen recht kühl gewesen war.

»Wer sagt das?«, erwiderte Chris. Dann inhalierte er demonstrativ. »Ich bin sechzehn, ich darf das.«

Aron wurde mit dem Neuen lange nicht warm. Es gab nie einen offenen Konflikt. Er stand auch nicht in sichtbarer Konkurrenz zu ihm. Seine bislang dominante Rolle in der Klasse beruhte auf sicherer, natürlicher Autorität. Und solange Angie den Neuen nicht anhimmelte, war ihm auch egal, wenn andere Mädchen für ihn schwärmten.

Besuch bei den Göttern

Drei Tage, nachdem Franzi ihm ihre Trennungsabsicht per Mail hatte zukommen lassen, hielt Aron einen Vortrag an der Amsterdamer Universität. Er war am Vorabend mit der Bahn angereist, hatte schlecht geschlafen, aber am Vormittag wohl ganz ordentlich vorgetragen. Zumindest ließen der Beifall und die Lebendigkeit des nachfolgenden Fachgesprächs darauf schließen. Er hatte noch mit den Kollegen zu Mittag gegessen, dann aber die Tagung früher als geplant verlassen. Er war überreizt, müde und deprimiert. Es war das erste Mal, dass er nach Amsterdam kam und nicht in guter Stimmung war. Ein früher Titel von »Golden Earring« fiel ihm ein: *The Song is over*. Ein unbekanntes Lied, als wenig beachtete B-Seite ihres Welthits *Radar love* produziert. Die Ballade hätte sich gut an die Verästelungen seiner Melancholie angefügt. Heute kannte kaum jemand mehr die holländische Band, die in den Siebzigerjahren Kult gewesen war. Dabei galt Rinus Gerritsen immer noch als einer der besten Bassisten der Rockgeschichte.

Bis sein Zug fuhr, hatte er noch vier Stunden Zeit. Er nutzte die Gelegenheit, zu bummeln, die alten Wege zu gehen, die er und die meisten seiner Freunde früher einmal gegangen waren. Damals wie heute war Amsterdam ein magischer Ort, ein Fluchtpunkt, ein Erlebnisraum für Exzess und Ekstase, aber auch einer, in dem es leichtfiel, interessanten Menschen zu begegnen. Für viele blieb die Stadt mit Fantasien, Träumen und Illusionen über das andere, das freiere Leben verbunden.

Er hatte sich diesbezüglich nicht von den anderen *Freaks* unterschieden. Auf Plätzen und an den Grachten herumhängen, die Nächte im *Melkweg* oder im *Paradiso*. Beide gab es vierzig Jahre später immer noch. Dieses Mal blieb ihm zu wenig Zeit, um einen dieser Clubs zu besuchen.

Gepennt hatten sie meistens in irgendeiner Wohnung, in die sie im Morgengrauen mitgeschleppt wurden, oder in einem der damals zahlreichen besetzten Häuser.

In den letzten Jahren hatte er immer wieder Einladungen zu solchen internationalen Fachtagungen erhalten wie hier in Amsterdam. Die ihm gestellten Themen sollten Antworten auf die *großen* Fragen der Stadtentwicklung geben: Gentrifizierung, Wohnen im 21. Jahrhundert, die Krise der Mega-Städte. Obwohl es manchmal ein großer Aufwand war, genoss er die besondere Atmosphäre dieser internationalen Zusammenkünfte.

Er hatte ein einfaches Hotel in Bahnhofsnähe genommen. Das Zimmer war schlicht, aber das Wichtigste war gegeben: schalldichte Fenster und eine gute Matratze. Das Klo war so eng, dass er sich bei geöffneter Tür diagonal auf die Schüssel setzen musste. Er war am Vorabend der Konferenz früh zu Bett gegangen und in Gedanken an Franziska eingeschlafen, wachte dann aber bald wieder auf, weil er anfangs das Fenster offen gelassen hatte. Das monotone Rauschen des Verkehrs hätte ihn normalerweise nicht gestört. Doch draußen klickte, klapperte und schnarrte es in einem fort. Unmittelbar vor dem Hotel lag der weltgrößte Fahrradabstellplatz. Man hatte ihm gesagt, dass hier bis zu achttausend Fahrräder in einer rund um die Uhr zugänglichen bewachten Anlage standen. Auch mitten in der Nacht verging keine Minute, in der nicht irgendjemand sein Fahrrad holte oder aber als Neuankömmling sein *Fiets* zumindest mit einer schweren Kette sicherte, sofern es nicht ein ganz uralter *Geppel* war.

Nachdem er anderntags das zentral gelegene Gebäude der *Faculteit der Geesteswetenschappen* verlassen hatte, schlenderte er durch die ihm wohlbekannten Grachten. Das historische Zentrum hatte sich seit Jahrzehnten nicht wahrnehmbar verändert. Herengracht, Keizersgracht, Prinsengracht. Herenstraat und Prinsenstraat als Querspangen. Die schönen Brücken bildeten die Knoten im jahrhundertealten Netz.

Nur wenige Meter vom *Stadthuis* entfernt lief er am Rande einer Gracht geradewegs auf eine Stele zu, die an die deportierten und ermordeten Amsterdamer Juden erinnerte. Und nur wenige Schritte weiter hatte er ein erneutes Déjà-vu-Erlebnis. Vor ihm lag nun der Trödelmarkt, den es an dieser Stelle schon gegeben hatte, als er 1973 auf dem Weg von Schottland nach Marokko zwei Tage Zwischenhalt in Amsterdam eingelegt hatte. Für das, was die Stadt ihm hätte bieten können, war dies viel zu wenig Zeit gewesen. *Paradiso* oder *Melkweg*? Wenn er sich recht erinnerte, hatte er sich für ein Rockkonzert im *Paradiso* entschieden. An den Trödelmarkt hatte er noch lebhafte Erinnerungen. Vor einem Container voller gebrauchter Klamotten hatte er die *perfekte* Lederjacke bereits anprobiert. Und hatte sie doch wieder ausgezogen. Abgesehen von einem nicht verkraftbaren Griff in die Reisekasse hatte die Einsicht gesiegt, dass es ein beschwerliches und zugleich albernes Unterfangen gewesen wäre, eine schwere Lederjacke durch Europa und Nordafrika zu schleppen. Zudem bestand die Gefahr, dass sie ihm unterwegs irgendwo geklaut wurde.

Jetzt, da er Jahrzehnte später erneut das Gelände des Trödelmarktes betrat, erfasste ihn ein Gefühl von *gefrorener Zeit*. Hippieklamotten, neue und gebrauchte Schuhe und Stiefel, die man heute zumindest als Massenprodukt nicht mehr herstellte, Schmuck wie vor fünfzig Jahren. Aus Silbergabeln gebogene Armreifen, jene sechs-, acht- oder zwölfteiligen Ringe, die sich leicht zerlegen, aber nur schwer nach einem feststehenden System wieder zusammensetzen ließen.

Bücher quollen aus den Ständen. Tausende Langspielplatten standen auf meterlangen Tischen. Dazwischen wuselten Schaulustige. Außer den ganz Jungen waren es viele seines Alters. Und darunter auch solche, die – wie er – ihren Jugenderinnerungen nachspürten. Beiläufig, weil in Gedanken, durchstöberte er ein Schallplattensortiment. Es war viel Stuss dabei, auch Unbekanntes. Aber auch etliches, was er zu Hause noch im Regal stehen oder zumindest früher gelegentlich aufgelegt hatte. Jede Menge von »The Doors«, »Pink Floyd«, »Ten Years After«, »The Who«.

Und plötzlich hielt er eine Scheibe in Händen, die ihn elektrisierte. Schon der bloße Anblick ihrer schmuddeligen Schutzhülle rief eine wache Anspannung und ein sanftes Prickeln im Nacken hervor. Es handelte sich um *Tomorrow Never Knows*, eine seltene Aufnahme. Jimi Hendrix spielte mit Jim Morrison, Johnny Winter und Buddy Miles. Was für eine unglaubliche Besetzung!

Der Händler, ein schmaler Mann, der sein schütter gewordenes langes Haar zu einem dünnen Zopf gebunden trug, schien sein Interesse an der Schallplatte bemerkt zu haben. Er erhob sich und kam leichtfüßig aus seiner Sitzecke, die er sich an der hinteren Wand des Blechcontainers eingerichtet hatte. »Jede LP kostet fünf Euro.«

Das war kein Preis, bei dem es sich zu handeln lohnte.

Aber er unterließ den Kauf. Zuhause würde er die Rarität ein-, zwei-, vielleicht sogar fünfmal abspielen. Doch schon nach wenigen Tagen würde er sie in seine vieltausendteilige Sammlung einsortieren. Für die würden ihn eines hoffentlich noch fernen Tages seine Kinder und Enkel verfluchen, wenn sie sich daranmachen mussten, sein filigran zwischen den Dachsparren eingepasstes Schallplattenarchiv aufzulösen und in Kisten verpackt durch das enge Treppenhaus zu schleppen. Und zudem, auch wenn diese Platte eine Rarität war, so hatte sie mit ihrem leicht erkennbaren Kratzer nicht den geringsten

Sammlerwert. Und schließlich war es ihm in jungen Jahren vergönnt gewesen, Hendrix spielen zu sehen. Das musste genügen.

Damals, 1970, neigten sich die Sommerferien unbarmherzig ihrem Ende zu. Gerade hatte die achte Fußballweltmeisterschaft den Deutschen Spiele beschert, die später zu Legenden wurden. Deutschland besiegte England 3:2 nach 0:2-Rückstand. Ein Hinterkopf-Kopfballtor von Uwe Seeler drehte das Spiel. Dann Deutschland gegen Italien, 3:4. Schnellinger, ausgerechnet Schnellinger, der in Italien spielte, hatte kurz vor Ablauf der regulären Spielzeit das in die Verlängerung führende 1:1 erzielt. Später würde man es das *Jahrhundertspiel* nennen.

Dieses Jahr hatten die großen Ferien später als sonst begonnen. Aber jetzt, in den letzten Augusttagen, waren auch diejenigen aus Arons Clique wieder im Lande, die mit ihren Eltern im Urlaub gewesen waren. Manche hatten dazu keine rechte Lust gehabt, hatten sich gegen die *spießige Familienveranstaltung* gewehrt. Am Ende hatten sie sich dem Druck der Eltern gebeugt. Der eine oder andere war der Undankbarkeit bezichtigt worden. Andere waren der Überzeugungskraft der Erwachsenen, allerlei Versprechungen oder kleinen Schmeicheleien erlegen. Aron und Joschi waren die ganzen Ferien in Seelbach geblieben. Sie hatten viel Zeit miteinander verbracht. An einem heißen Nachmittag kam Joschi in Begleitung eines Älteren zu ihrem gewohnten Treffpunkt. Wolle Lauber war schon über zwanzig. Trotz der Hitze behielt er seine Afghanen-Weste an. »Sie ist original«, sagte er mit unüberhörbarem Stolz. Er sei da gewesen, habe *Knowledge* mitgebracht. Was sein besonderes Wissen war, konnte er auf Anhieb nicht so richtig erklären.

Am darauffolgenden Sonntag stieß er im Stadtpark erneut zu ihnen. Aron und Joschi lagen ausgestreckt auf dem Rasen, was mal mit Empörung, mal voller Feindseligkeit von jenen beäugt wurde, die auf dem Weg zum Friedhof waren oder einfach durch den Park schlenderten. Die Missbilligung der Erwachsenen störte sie nicht weiter. Joschi hatte für so was ohnehin kein Gespür und Aron, der gerne provozierte, hatte die Robustheit seiner Mutter geerbt. Als Lauber sie erspähte, verließ er den feingeschotterten Weg und kam über den Rasen zu ihnen herüber. Einer Frau, die vermutlich deswegen etwas zu ihm gesagt hatte, musste er ihrer Reaktion nach wohl eine beleidigende Antwort gegeben haben. Die beiden Jüngeren amüsierten sich über das lautstarke Schimpfen, das mit der Bemerkung schloss, es sei höchste Zeit, dass ihn mal jemand in den Stiefel hineinbrächte. Aber vielleicht sei bei ihm schon Hopfen und Malz verloren.

Grinsend setzte sich Wolle zwischen sie. »Spießige Alte«, nuschelte er mit einem fröhlichen Lächeln, wobei er eine Zahnlücke in den oberen Schneidezähnen zeigte. Hinter dem rechten Ohr holte er einen sich nach vorne verdickenden Joint hervor. Das Papier war an der Spitze kunstvoll zusammengezwirbelt. Er zündete ihn an, entfernte mit dem angefeuchteten Finger die überstehende Asche, inhalierte, hustete, rotzte und zog wieder daran. Den inhalierten Rauch behielt er lange in der Lunge. Dann stieß er ihn in kleinen, kunstvoll geformten Wölkchen wieder aus. Nochmals zog er an dem Joint und reichte ihn dann zu Aron hinüber, der ihm am nächsten saß. Aron, der noch nie gekifft hatte, nahm ihn, zog zweimal daran und gab ihn an Joschi weiter, der einige kurze Züge nahm. Als Wolle, der gierig gesaugt hatte, Aron erneut den qualmenden Stummel hinhielt, reichte der ihn weiter, ohne ein zweites Mal daran zu ziehen.

»Was isch los, Alter? Des isch doch prima Shit.«

»Lass es gut sein«, nölte Aron gelangweilt. »Man muss sich nicht schon am helllichten Tag zudröhnen.«

Der andere schüttelte gleichermaßen irritiert wie belustigt den Kopf und saugte, von gelegentlichem Husten unterbrochen, in kurzen Abständen noch mehrmals an dem rasch kleiner werdenden Stummel.

Aron streckte sich im Gras aus. Mit unter dem Kopf verschränkten Armen starrte er angestrengt in das feinmaschige Gewirr aus Blättern und Ästen, das sich wie ein Schirm über ihm wölbte. An einzelnen Stellen überstrahlte das stechende Blau des wolkenlosen Himmels das leuchtende Grün. Joschi döste vor sich hin. Er hatte sich auf die Seite gedreht und stützte den Kopf mit der linken Hand. Schwankend erhob sich Wolle. »Lahmarschige Bande«, murmelte er und machte sich grußlos davon. Joschi wälzte sich nun ebenfalls auf den Rücken. Die Köpfe nah beisammen, lagen die beiden Freunde lang ausgestreckt fast in entgegengesetzter Richtung, stumm miteinander verbunden, und dennoch jeder seinen eigenen Gedanken und Tagträumen nachhängend.

»Wollen wir uns die Götter anschauen?« Abrupt stellte Joschi diese Frage. Er blieb, wie auch Aron, auf dem Rücken liegen. Auch jetzt ähnelten sich ihre Körperhaltungen. Die Arme unverändert unter dem Kopf verschränkt, ein Bein angewinkelt, das andere locker darübergelegt.

Welche Götter? Es soll doch nur einen Gott geben. »Du sollst keinen anderen Gott neben mir haben.« Aron kicherte. »Ich bin nicht religiös.«

Das ist das Zeug, das wir geraucht haben, dachte Joschi. Sonst kichert der nie. Zumindest nicht so mädchenhaft albern wie eben.

»Du bist nicht religiös? Ich dachte, du bist Jude.«

»Quatsch.« Aron setzte sich auf, zog die Beine an und legte die Arme darum. »Wer sagt denn so was? Hast du mir damals nicht zugehört, als ich dem Merz eine gescheuert habe? Mein Vater ist Jude. Meine Mutter ist konfessionslos. Um Jude zu sein, muss die Mutter ebenfalls Jüdin sein.«

»Komische Regelung. Du gehörst also keiner Religion an?«

»Bist du religiös?«

»Ich bin getauft. Gläubig bin ich nicht.«

»Religion ist was für die, die anders nicht durchs Leben kommen.« Aron hatte sich wieder auf den Rücken gelegt. »Von welchen Göttern hast du vorhin geredet?«

»Von den wahren Göttern.« Joschi grinste verschmitzt über beide Backen.

Ein Kind ist er noch, dachte Aron. Vor allem dann, wenn er grinst. »Red keinen Scheiß! Die wahren Götter, so ein Blödsinn.«

»Na, wer sind die wahren Götter?«

»Du bist bekifft, Mann, voll zugedröhnt.«

»Wer sind die wahren Götter? Jimi und Rory natürlich. Wir könnten beide sehen. Nächstes Wochenende sind beide beim *Love and Peace Festival* auf Fehmarn. Das ist eine Nordseeinsel.«

»Ostsee, Fehmarn liegt in der Ostsee. Erdkunde, Klasse sechs.«

»Egal, ist lange her. Ob Nordsee oder Ostsee, per Anhalter ist man locker in zwei Tagen da.«

»Am Montag darauf ist wieder Schule. Da wäre man auf keinen Fall wieder rechtzeitig zurück.«

»Wenn man dort oben jemand anbaggern könnte, der, ich sag mal, bis Frankfurt fährt, könnte es klappen. Zumindest bis zum Schulbeginn am Montag wären wir wieder hier.«

»Aber nur, wenn man nicht in den Schulgottesdienst geht.« Aron erhob sich und tänzelte über den Rasen. Offensichtlich fand er langsam Gefallen an der Idee. Das wäre etwas Außerordentliches, wertvoller als jede Urlaubsreise. »Ich frag mal die anderen. Weißt du, wo es Karten im Vorverkauf gibt? Das kostet wenigstens vierzig Steine. Selbst wenn man was zum Essen mitnimmt, braucht man mindestens fünfzig Mark. Hast du die? Meine Mutter gibt mir keinen Pfennig.«

»Ich kann dir was leihen. Wie viel hast du denn?«

»Mehr als zwanzig Mark hab ich grad nicht.«

»Ich kann dir nen Zehner vorstrecken. Frag mal den Chris. Der leiht dir bestimmt was. Und wenn er mitgeht, erlässt er dir einen Teil davon.«

»Hab ich kein' Bock drauf. Ab Herbst hab ich Samstagnachmittags einen Job. Gemeindebriefe austragen. Gibt pro Brief fünf Pfennig.«

»Der Gottlose trägt der Kirche die Post aus. Das wäre früher nicht gegangen.«

»Der Katechet ist ein Liberaler. Hat mich bei der Disco im Gemeindehaus angequatscht.«

Der Vorschlag der beiden versetzte ihre Clique in helle Aufregung. Jetzt, da auch die, die mit ihren Eltern im Urlaub gewesen waren, wieder zu Hause waren, sprachen alle nur noch von dem Festival. Hendrix käme. »Taste« mit Rory Gallagher ebenfalls, also beide Götter. Und dann noch »Canned Heat«, »Ten Years After«, »Procol Harum«, »Ginger Baker's Airforce«, »Emerson, Lake and Palmer« und »Sly and the Family Stone«. Auch gute deutsche Bands, wie beispielsweise »Frumpy«, waren angekündigt.

»Wir könnten doch in zwei Gruppen trampen«, schlug Angie Rosenke vor.

Jacky Müller, der sich gerne wichtigmachte, wollte seinen Bruder fragen. Vielleicht hatte der Bock, mit dem Auto hochzufahren.

»Quatsch nicht«, entgegnete Honey Langner gereizt. »Der hat doch letztens begeistert von dem ›Flippers‹-Konzert am Fornsbacher Waldsee geschwärmt. Hat denen nach Konzertende sogar noch geholfen, die Boxen im Lastwagen zu verstauen. Wer auf die ›Flippers‹ steht, hat doch keine Lust, Hendrix oder ›Vanilla Fudge‹ zu hören.«

»Ich kann dir nen Zehner leihen«, sagte Christoph Böhringer zu Aron. »Meinetwegen auch zwei. Aber ich fahr nicht mit. Da oben ist es um diese Zeit sicher schon windig und kühl. Und wenn es regnet, liegt man drei Tage im Matsch. Wie Woodstock, bloß viel kälter.«

»Der feine Herr ist sich für Freiluftabenteuer wohl zu schade«, lästerte *Herbie* Buhl, der insgeheim bereits entschieden hatte, hierzubleiben. Sein Vater würde ihm strikt verbieten, da hochzufahren. Und wenn er doch lostrampte, wäre er fällig. Der würde ihn rausschmeißen. Oder er nahm ihn von der Schule.

»Vielleicht fährt ja Wolle Lauber«, plapperte Angie. »Der fährt doch bestimmt gerne seine Kiste in der Gegend spazieren.«

Anderntags kam Honey ganz aufgeregt auf den Marktplatz. Das Gros der Clique lümmelte um den Brunnen herum. Die meisten saßen auf dem Brunnenrand, stets darauf achtend, dass ihr Allerwertester nicht nass wurde.

»Habt ihr das gehört. Im *Pop Shop* haben sie durchgesagt, das Festival finde nicht statt. Die Veranstalter könnten die Auflagen nicht erfüllen. Zu wenig Klos und mit den Deichen gäbe es auch Probleme.«

»So ein Quatsch«, erwiderte Chris, nachdem er zuvor eine im Mund angesammelte größere Menge Spucke in den Brunnen gespien hatte. »So ein Ding wird doch nicht an ein paar Klos scheitern. Und was soll mit den Deichen sein? Glaubst du, die Freaks buddeln in der Erde rum?«

Angie sah missbilligend zu ihm hinüber. Sie fand Christophs ständige Spuckerei ekelhaft, sagte aber nichts. Noch Jahre später fragte sie sich, ob alle aus der Clique Christoph Böhringer just ab dem Zeitpunkt nicht mehr *Stoffel*, sondern nur noch *Chris* genannt hatten, als er damit aufhörte, überall herumzuspucken. Aber möglicherweise war das auch nur eine fixe Idee.

»Kam aber im Radio«, verteidigte sich Honey.

Sie stritten und spekulierten noch eine ganze Weile.

Nach einer weiteren halben Stunde tauchte Joschi auf. »Wisst ihr, wo in Stuttgart der Vorverkauf gemacht wird?«

»Na, spuck's schon aus.«

»In Stuttgart kriegst du die Karten bei Beate Uhse. Die Pornomutti sponsert das Festival.«

»Na, dann kann ja nichts schiefgehen«, sagte Christoph Böhringer mit einem breiten Grinsen. »Die Jungs von der Behörde kriegen eine Zehnerpackung Präser, dann klappt das mit den Genehmigungen.«

Am Donnerstag, den 1. September, stromerten Aron und Joschi über die Autobahnraststätte Wunnenstein. Joschi hatte an seinem olivgrünen Rucksack ein Pappschild befestigt, auf das er mit einem roten Filzstift *Hamburg* geschrieben hatte. Einwände gegen die Richtungsangabe wehrte er vehement ab: »Wir müssen erst mal in den Norden. Alles Weitere wird sich finden.«

Alle anderen aus der Clique waren zu Hause geblieben.

Jacky Müller hatte als Erster die Segel gestrichen. Kleinlaut druckste er herum, sprach vom Stress mit den Alten und davon, dass das Geld nicht reiche.

Zwischen Angie und ihrem Vater hatte es einen wüsten Streit gegeben. Sie hatte gebettelt, geheult, gekämpft. In tiefer Not unterbreitete sie sogar den Vorschlag, künftig nach erledigten Hausaufgaben täglich eine zusätzliche Stunde für die Schule zu lernen. Aber ihr Vater ließ sich nicht erweichen. »Du fährst nicht. Und damit basta.« Ihre Mutter, die sie in letzter Zeit des Öfteren unterstützt hatte, hielt sich schweigend aus dem Konflikt heraus.

Weshalb Honey am Ende zu Hause geblieben war, blieb unklar, obwohl er mehrfach davon sprach, dass man eben nur zu zweit noch gut trampen könne. »Drei nimmt doch kein Mensch mit.« Da Angie Rosenke nicht mitdurfte, musste auch Marianne Krafczik zu Hause bleiben. Und damit fiel für Christoph Böhringer der Wichtigste aller Gründe weg, die anderen zu begleiten. Gehindert hätte ihn daran niemand und am nötigen Geld hätte es nicht gefehlt. Sein Vater war in der Schweiz. Allein oder mit seiner Nutte, wie Christoph Böhringer den anderen erzählt hatte. Seine erneut von einem depressiven Schub geplagte Mutter äußerte zwar allerlei Befürchtungen. Sie hatte ihm aber den Festivalbesuch nicht verboten und ihm noch schnell fünfzig Mark in die Hand gedrückt. »Iss ordentlich, mein Junge«, hatte sie gesagt. »Und wenn es regnet, meldest du dich bei Strombergers. Die haben doch am Ortsrand von Puttgarden ein Ferienhaus.« Trotzdem blieb er lieber da.

Schon über eine Stunde und entsprechend missmutig durchstreiften Aron und Joschi die Raststätte. Es war frühe Mittagszeit. Auf der Suche nach einer Mitfahrgelegenheit sprachen sie die Reisenden direkt an, wenn diese das Rasthaus verließen oder ihre Tankrechnung bezahlt hatten. Bislang hatten sie damit noch keinen Erfolg gehabt. Bernie Kübler hatte sie im Opel seines Vaters auf die Autobahnraststätte gebracht. Er ging in die letzte Klasse und war über beide Ohren in Angie Rosenke verliebt. Angie, die ihr schlechtes Gewissen plagte, weil sie ihre Clique auf den Besuch des Festivals zusätzlich scharf gemacht hatte, konnte den älteren Schüler dafür gewinnen, die beiden wenigstens zur Raststätte zu bringen.

Bernie hatte noch vor Löwenstein eine Stones-Kassette in den Recorder geschoben und von da an kein Wort mehr mit ihnen gewechselt. Es war offensichtlich, dass er sie für unreife Bürschlein hielt, die ihm intellektuell nicht gewachsen waren. Er sah es nicht als lohnend an, sich weiter mit ihnen abzugeben.

Nach mehr als einer Stunde war ihnen das Glück hold. Aron gabelte einen Holländer auf, der nach Braunschweig fuhr. Das war mehr als die halbe Strecke. Dummerweise zwängte sich der zwei Meter große Schlacks in ein *Daffodil*, einen betagten DAF 30. Mit ihrem Gepäck fanden die beiden Tramper in dem Kleinwagen nur wenig Platz. Zudem erreichte das Fahrzeug gerade mal eine Spitzengeschwindigkeit von kaum mehr als 100 Stundenkilometern und das auch nur, solange es nicht bergauf ging. In den Kasseler Bergen hingen sie meistens hinter Lastwagen. Der Holländer verabschiedete sich von ihnen mit der Überlassung einer halben Schachtel *Gitanes Maïs*. Spät abends begingen sie den Fehler, einen Wagen zu besteigen, der sie nach Celle brachte. Das sah auf Joschis zerfledderter Straßenkarte gut aus. »Luftlinie sind wir näher dran«, hatte er noch gesagt. Das stimmte zwar, aber von nun an bekamen sie keine *big lifts* mehr, sondern taten nur noch kleine Hüpfer. Über Eschede ging es nach Uelzen. Den größten Teil der Nacht verbrachten sie in Bad Bevensen. Erst am darauffolgenden Mittag erreichten sie Dahme.

»Von dort aus hätten wir auch laufen können«, behauptete Joschi, wenn er später von ihrem Fehmarnabenteuer erzählte. Noch Jahre später war dabei eine leise Resignation herauszuhören.

Ab Großenbrode war die E 47 komplett verstopft. Sie gingen zu Fuß über die Brücke, die den Fehmarnsund überspannte. Die bis an den Horizont reichende Autokolonne kam auch nicht schneller voran. Seit dem frühen Morgen stürmte und regnete es ununterbrochen. Beide hatten sich dünne braungraue Plastikregenmäntel übergezogen, unter denen sie trotz des trostlosen Wetters alsbald zu schwitzen begannen. Lange bevor sie das Festivalgelände erreicht hatten, landeten sie in einer rasch größer werdenden Menge, die gegen den Einlass drängte. Unter den Wartenden machten Gerüchte und Latrinenparolen die Runde.

»Am Eingang gibt es Theater«, wurde gemunkelt. Dann hörte Aron, dass Rocker die Neuankömmlinge nicht durchließen. Am grauen Horizont konnten sie bereits den Leuchtturm des Flügger Strandes erkennen. Aber noch hatten sie die

Wiese des Bauern Störtenbecker nicht erreicht, die der für gutes Geld an die Veranstalter verpachtet hatte. Aus der Ferne erklangen unverständliche Ansagen. Zwischendurch ertönte Musik. Doch schon bald stockte die Übertragung. Nach einer Weile war wieder eine Stimme zu hören. Vor ihnen behauptete einer, es habe Hinweise auf eine nicht funktionierende PA-Anlage gegeben. Erst später würden sie erfahren, dass der wunderbare Bluesmusiker Alexis Korner den vergeblichen Versuch unternommen hatte, dem sich anbahnenden Chaos mittels einer beruhigenden Moderation zu begegnen. Die erste Band, es handelte sich um die Folkrock-Gruppe »Cravinkel«, war wegen der nicht behobenen Beschallungsprobleme kaum zu hören gewesen.

Als Aron und Joschi sich dem Einlassbereich näherten, war unschwer zu erkennen, dass die Schilderungen über das Auftreten von Rockern nicht aus der Luft gegriffen waren. Ein sichtlich betrunkener Kuttenträger stolperte links von der Autoschlange auf die Marschierer zu, stieß Entgegenkommende zur Seite, entriss einem von ihnen eine bereits geöffnete Weinflasche, die er sofort gierig an die Lippen setzte. Er trank in langen Zügen. Dann pfefferte er die noch halbvolle Flasche in den Morast. Als er sich ihnen näherte, zog Joschi Aron geistesgegenwärtig hinter einen stinkenden DKW. Der Höllenengel schwankte an ihnen vorüber. Aron verkniff sich ein Lachen. Der Kerl trug zwei dicke Ketten im Stil gekreuzter Patronengurte über der Brust. Auf den Rücken seiner ärmellosen Jeansjacke hatte er mit roter Ölfarbe den Schriftzug *Bloody Devils* gepinselt. Etliche von denen würden drei Jahre später die Hamburger *Hells Angels* gründen.

Soeben hatte das Konzert einer weiteren Band begonnen. Es hörte sich erträglicher an. Und noch immer waren sie nicht auf dem Festivalgelände.

»Ich glaube, sie haben die Technik jetzt im Griff«, sagte ein Blonder, der einen Moment lang neben ihnen verharrte.

»Burning Red Ivanhoe«, sagte Joschi mit Kennermiene.

Der Regen wurde stärker. Er peitschte ihnen aus rasch wechselnden Richtungen entgegen.

»Das wird wie Woodstock«, griente der Blonde, dessen unbedeckte strähnige Haare klitschnass am Kopf und auf den Schultern klebten.

»Wie Woodstock, nur kälter.« Joschi gab Christophs Ausspruch zum Besten.

Am Eingang begegneten ihnen weitere Unannehmlichkeiten. Ein Rocker trat so heftig gegen die Tür eines R4, dass eine tiefe Delle zurückblieb. Andere konfiszierten die mitgebrachten alkoholischen Getränke der Neuankömmlinge. Hin und wieder durchsuchten sie Einzelne nach Drogen, dies freilich in der Absicht, das Gefundene selbst zu konsumieren.

Aron fragte seinen Freund leise flüsternd: »Wo hast du deinen Shit?«

»Blue Suede Shoes«, sang Joschi, dabei die Melodie nur unzulänglich treffend.

»Hippie, willst du mich verarschen?«, brüllte einer der Rocker, der hier wohl das Sagen hatte. Joschi hob abwehrend die Hände. Der massige Kerl gab ihm eine deftige Kopfnuss. Einer zweiten konnte er sich durch geschicktes Wegducken entziehen. Damit war er glimpflich davongekommen. Während sie über die durchweichte Wiese stapften, setzte Joschi seinen Singsang fort: »I have the Pieces in my Shoes.«

»Du hast den Shit in deinen Schuhen? Der ist doch bestimmt klitschnass.«

»Glaube ich nicht. Außerdem ist nasser Shit allemal besser als gar keiner.«

Die beiden Freunde konnten nicht wissen, dass die Rocker in der Nacht zum Freitag aus Hamburg angereist waren. An mehreren Tankstellen hatten sie unterwegs mit der Drohung, *den Laden kurz und klein zu schlagen*, kostenloses Tanken erpresst. Gleich nach ihrer Ankunft lieferten sie sich mit Einheimischen und als Ordner vorgesehenen persischen Studenten eine Massenschlägerei. Mehrere Perser waren dabei durch Messerstiche verletzt worden. Noch vor Sonnenaufgang hatten sie den Festival-Initiator, Helmut Ferdinand, und seine Mitveranstalter so unter Druck gesetzt, dass diese die Rocker als neue Festival-Ordner anheuerten.

Joschi und Aron stellten ihr winziges Zweimannzelt dort auf, wo schon zahlreiche andere Zelte und mittels Planen allerlei notdürftige Unterschlupfe errichtet worden waren. Danach stampften sie fröstelnd über die klitschnasse Wiese in Richtung der Drehbühne. Alles sollte perfekt laufen. Während eine Band vor dem Publikum aufspielte, sollte auf der abgewandten Bühnenhälfte bereits das Equipment der nächsten Gruppe aufgebaut werden. Aber dazu kam es am ersten Festivaltag nicht mehr. Enttäuscht standen die beiden Seelbacher Jugendlichen inmitten der pfeifenden und johlenden Menge, der ein sichtlich geplagter Alexis Korner eine Hiobsbotschaft nach der anderen überbrachte.

Der Auftritt von »Renaissance« musste wegen Problemen mit der regennassen Anlage abgebrochen werden. »Colosseum« stand irgendwo auf der Strecke im Stau. »Cactus« war noch nicht angereist. Es gab auch keinerlei Nachricht von der amerikanischen Bluesrock-Band. Und als ob dies alles nicht schon schlimm genug gewesen wäre, verkündete der kleine tapfere Mann nur wenig später, dass »The Taste« noch vor dem geplanten Konzert wieder abreisen musste, um einen Nachfolgeauftritt nicht zu gefährden.

»So eine Scheiße«, jammerte Joschi, während die vieltausendköpfige Menge ihrer Enttäuschung mit Pfiffen und Gebrüll Luft machte. »Einer der Götter ist weg. Ich pack es nicht!«

»Vielleicht soll man neben Gott Hendrix doch keine anderen Götter haben.«

Mit Einbruch der Dunkelheit begannen die Rocker mit der Jagd auf alle, die sie als Hippies ansahen, und das waren die meisten. Auf der Bühne erzeugte jetzt eine Formation namens »Kluster« mit mehreren Synthesizern einen diffusen Klangteppich.

Joschi sah sich immer wieder furchtsam um und registrierte, wie sich die Stimmung immer mehr aufheizte, angefacht durch die sogenannten Ordner. »Lass uns abhauen«, raunte er. »Die Musik ist scheiße. Und wenn wir noch länger hier rumstehen, kriegen wir auch noch eins in die Fresse.«

Aron nickte wortlos.

Schlotternd vor Kälte zogen sie sich in ihr winziges Zelt zurück. Aron machte sich daran, im Schein einer Kerze mit der Klinge seines Taschenmessers eine Raviolibüchse zu öffnen. Den Inhalt schlangen sie kalt hinunter. Aus Angst vor den Rockern trauten sie sich nicht, vor dem Zelt ihren winzigen Esbit-Kocher anzumachen. In der Ferne vernahmen sie eine weitere Durchsage von Alexis Korner. Wieder entbrannte Gejohle und Gebrüll.

»Hoffentlich hat er jetzt nicht verkündet, dass Hendrix auch nicht kommt.« Joschi wühlte sich umständlich in seinen klammen Schlafsack. Im Liegen drehte er einen Joint, den er an der rußenden Kerze entzündete.

Aron erwachte als Erster. Er hatte sich nicht mehr die Mühe gemacht, seine Klamotten auszuziehen. Die durchnässten Turnschuhe hatte er die Nacht über in einer Plastiktüte unter dem seitlich überstehenden Zeltdach verstaut. Jetzt kramte er ein paar indische Ledersandalen aus seinem Rucksack, legte sie aber sofort zurück, denn die würde er in dem Matsch verlieren. Er öffnete den Reißverschluss des Zeltes einen Spalt. Es hatte aufgehört zu regnen. Als sie gestern ihr Zelt aufgebaut hatten, lag ihr Platz noch am Rande einer wachsenden Zeltstadt. Jetzt befanden sie sich mittendrin. Die nächstliegende Begrenzung war nicht mehr zu sehen. Es war noch früh. Draußen waren nur wenige unterwegs. Die meisten schliefen noch.

Joschi wachte auf. »Sieht man da draußen noch Rocker?«, fragte er mit heiserer Stimme. Er hatte sich im Lauf der Nacht erkältet.

»Ich mache einen Tee«, sagte Aron.

»Sind da draußen Rocker?«

»Nö. Wahrscheinlich liegen die noch besoffen in ihren Unterkünften.«

»Hast du noch Wasser?«

»Die Feldflasche ist fast noch voll. Nach dem Frühstück geh ich los. Irgendwo muss es ja Wasser geben.«

Die Rocker waren die halbe Nacht randalierend über den Flügger Strand und die angrenzende Festivalwiese gezogen. Nur wenige Besucher hatten mitbekommen, dass die Veranstalter kurz vor dem Morgengrauen die Reißleine gezogen hatten. Sie zahlten den Rockern vorab ihren Lohn für nie erbrachte Sicherheitsdienstleistungen aus und verfrachteten die Meute auf mehrere Busse und Lastwagen, die sie zurück auf das Festland brachten.

Aron hatte sich mittlerweile alte Zeitungen besorgt. Er zog seine knöchelhohen Turnschuhe aus und stopfte zerknüllte Doppelseiten hinein. Das wiederholte er so oft, bis er die immer noch feuchten Schuhe wieder anziehen konnte. Joschi schniefte vor sich hin. Zudem hatte er Halsweh.

Um die Mittagszeit ging der Musikbetrieb weiter.

»Geh du mal alleine«, krächzte Joschi. »Ich komme später nach. Außer Hendrix und ›Ten Years After‹ schau ich mir nichts mehr an.«

Aron schloss das Zelt von außen und ging in Richtung Bühne. Bei jedem Schritt quoll braunes Wasser aus dem Boden, der keine Feuchtigkeit mehr aufnehmen konnte. Wie ein Storch stakste er zu den Latrinen hinüber. Der Morast wurde immer tiefer. Der Zustand der Sanitäranlagen war fürchterlich. An den meisten Klos waren die Türen ausgebaut worden. Man hatte sie in der Nacht an Lagerfeuern verbrannt oder als Windschutz verwendet. Er überlegte, ob er zum Strand hinunter sollte, um dort seine Notdurft zu verrichten. Da er nicht noch mehr vom soeben begonnenen »Frumpy«-Konzert verpassen wollte, ging er mit aller Vorsicht aufs Klo, immer bemüht, nur ja nichts zu berühren. Von außen starrten ihn Leute dabei an, wie er über der Öffnung in die Hocke ging.

Inga Rumpf und der Keyboarder Jean-Jacques Kravetz heiterten das durchgefrorene und verängstigte Publikum wieder etwas auf. Weit und breit waren keine Rocker zu sehen. Aron fühlte sich das erste Mal richtig wohl.

Wenn er sich im fortgeschrittenen Alter an dieses und andere große Rockfestivals erinnerte, die er in jungen Jahren besucht hatte, dachte er regelmäßig an eine spezielle Besonderheit des *Love-and-Peace-Festivals* auf Fehmarn. Es waren nicht so sehr die katastrophalen Zustände, die Rockergewalt und das nasskalte, zeitweilig stürmische Wetter. Ihm blieben die Tage auf Fehmarn als diejenigen in Erinnerung, an denen er außer mit Joschi kaum mit jemandem geredet hatte. Bei anderen Festivals lernte er viele Menschen kennen. Hin und wieder war sogar eine kurze Liebesbeziehung entstanden. Am Flügger Strand war er während der Konzerte, zwischen den Zelten oder an anderen Stellen des Festivalgeländes eigentlich mit niemandem richtig in Kontakt gekommen. Die Menschenmasse erinnerte ihn an traurige Pferde, die tagelangen Dauerregen ertragen mussten und dabei mit hängenden Köpfen regungslos auf der aufgeweichten Koppel standen. Viele Pärchen versuchten eng umschlungen der Nässe und der Kälte zu trotzen. Zu zweit verharrten sie regungslos unter einer Plane, einer Decke oder einem über die Köpfe gebreiteten Schlafsack. Auf dem Boden saßen nur noch jene, die irgendetwas aufgetrieben hatten, was als taugliche Unterlage in den Morast gelegt werden konnte.

Etwas Tröstliches hatte das Konzert von »Ginger Baker's Airforce«. Es hatte aufgehört zu regnen. Die rhythmische Musik brachte sichtlich Bewegung in die durchgefrorene Menge. Für wenige Augenblicke kam unbeschwerte Festivalstimmung auf. Ein paar störten sich an einer Deutschlandfahne, die an der Bühnenbegrenzung angebracht worden war. Und der nachfolgende Auftritt der Free-Jazz-Formation um Peter Brötzmann legte sich wie früher Nachtfrost auf die zarten Ansätze besserer Stimmung. Zudem hatte es wieder zu regnen begonnen. Die exzessiven Klangimprovisationen nagten an Arons Gemüt. Er kam sich vollkommen verloren vor. Noch während des Konzertes ging er Wasser holen und anschließend zurück zu ihrem Zelt.

Joschi brachte keinen Ton mehr heraus. »Ich kann nicht mehr«, krächzte er nach einer Weile. »Aber hol mich aus dem Zelt, wenn Hendrix spielt.«

Einsam und verloren stand Aron am frühen Abend im Schlamm, um sich die schweigende Menge, aus der immer dann wütende Schreie und Pfiffe ertönten, wenn Alexis Korner eine neue Hiobsbotschaft verkündete. »Procol Harum« und »Ten Years After« würden nicht auftreten. Hunderte Jugendliche begannen in der Nähe der Bühne zu randalieren. Dabei fielen auch etliche Zelte in sich zusammen, die mittlerweile bis fast direkt vor den Aufbauten standen. Andere skandierten: »Hendrix, Hendrix.« Ein Gerücht besagte, etliche hätten ihn, von Hamburg kommend, auf dem Bahnhof Puttgarden gesehen. Doch sein Auftritt wurde kurzfristig auf Sonntag verlegt. Offiziell wurde dies mit dem schlechten Wetter begründet. Andere meinten, das Weichei müsse sich von der Anreise im Strandhotel *Dania* erholen.

Immerhin begann »Canned Heat« zu spielen. Damit hatten viele nicht gerechnet, denn zwei Tage zuvor war deren

Gitarrist Alan Wilson an einer Überdosis Barbiturate gestorben. Obwohl sie nur wenige ihrer Hits und stattdessen meist langsame Bluestitel spielten, wurden sie von einem dankbaren Publikum begeistert gefeiert. Sie hielten auch durch, als die Windböen die Becken des Schlagzeugs über die Bühne fegten. Während des weiteren Konzertverlaufs wurden diese dann von einem Roadie festgehalten, damit Adolfo de la Parra, den alle nur *Fito* nannten, weiterspielen konnte. Mitten im Konzert schleppte ein baumlanger GI eine Holztür an, legte sie in den Schlamm und lud Umstehende dazu ein, sich neben ihn zu setzen. Aron reagierte als Erster und hockte sich auf die trockene Unterlage. Nach einer Weile bot ihm der dunkelhäutige Amerikaner *Pot* an. Er war äußerst nervös, murmelte ständig vor sich hin. Manchmal lachte er unvermittelt auf. Dann wieder kratzte er sich mit den Fingernägeln durch sein kurzes gerolltes Haar.

»I'm a grazy Nigger«, brabbelte er. »I'm the graziest Nigger of the World.« Zuckend ließ er den Oberkörper kreisen. Er hatte seine Kumpel verloren, meinte gar, dass sie bereits abgereist seien, weil ihnen der *Great Fucking Shit* schon seit gestern auf den Geist gegangen sei. Noch ehe die Band ihr legendäres *Going Up the Country* anstimmte, stand Aron auf. Ständig war irgendjemand über seine Beine oder die Tür gestolpert. Zudem wurde er unablässig mit Schlamm bespritzt.

Am Sonntagmorgen erwachte er wieder recht früh. In der Ferne waren Motorengeräusche zu hören. Das Zeltinnere schimmerte in einem intensiven Orangerot. Schien draußen die Sonne? Er blieb noch einige Minuten entspannt auf dem Rücken liegen. Als er sich lang ausstreckte, berührte er mit den Händen die feuchtkalte Außenwand. Joschi schlief mit rasselndem Atem. Aron beschloss, jetzt gleich die Latrinen aufzusuchen. Anschließend wollte er für sich und seinen kranken Freund Tee kochen. So leise wie möglich zog er den Reißverschluss nach oben. Draußen ging die Sonne auf. Noch wärmte sie nicht. Ein kalter Wind ließ die Zeltwände flattern. An manche Zelte schmiegten sich Schlafende, die sich notdürftig mit Plastikfolien bedeckt hatten. Nosferatugestalten huschten über das Gelände. Keine gab einen Laut von sich. Einer, der im Schlamm saß, lachte meckernd. Mit den Fingern beider Hände fuhr er sich ununterbrochen durch die zerzausten Haare. Vermutlich war er auf Trip. An den Latrinen waren mittlerweile auch die letzten intakten Türen demoliert oder ausgebaut worden. Auch sie hatte man während der Nacht verfeuert oder als Windschutz benutzt. Die zusammengetretenen Reste von Dächern, Seitenwänden und anderen Bauteilen lagen im nassen Schotter. Aron ging zu einem entfernt gelegenen Fäkalloch, vor dem sich noch keine Festivalbesucher aufhielten. Vorsichtig hängte er seinen Parka an einen Nagel und hockte sich über die verunreinigte Latrine, dabei stets darauf achtend, nur ja nichts zu berühren.

Auch später wollte das Chaos kein Ende nehmen. Als wieder eine der angekündigten Gruppen nicht erschien, schlug der verzweifelte Alexis Korner dem wütenden Publikum vor, selbst auf der Bühne zu musizieren. Resigniert kehrte Aron zum Zelt zurück. Joschi schlief noch immer. Das Wasser war alle. Er nahm die leere Feldflasche und ging hinüber zum Waschplatz. Trotz der Kälte hatten sich etliche splitternackt ausgezogen und wuschen sich unter den dünnen Rinnsalen, die aus den provisorischen Leitungen flossen. Der klebrige Morast war über und über mit Müll bedeckt. Aron putzte sich die Zähne und wusch oberflächlich Hände und Gesicht. Dann ließ er Wasser in die Feldflasche laufen. Wieder am Zelt angekommen füllte er den Aluminiumtopf und entzündete am Boden des aufklappbaren Minikochers mehrere Esbit-Tabletten.

»Scheiße«, fluchte er leise, denn er fand in der Seitentasche seines Army-Rucksacks nur noch zwei Beutel Malventee.

Joschi war inzwischen wach. Er lag noch immer im Schlafsack. Mit steifen Gliedern robbte er nun zum Zelteingang.

»Wann spielt denn Hendrix? Ich geh erst raus, wenn Hendrix spielt.«

»Wir sollten aber jetzt abbauen. Und uns sofort vom Acker machen, wenn Hendrix gespielt hat. Sonst reicht es uns morgen nicht in die Schule.«

»Morgen ist doch nur Schulgottesdienst und ein bisschen Pillepalle. Richtig los geht es doch erst am Dienstag.«

»Kriegst du eine Entschuldigung von deiner Mutter? Ich nicht.«

Joschi beharrte darauf, weiter im Zelt und im Schlafsack zu bleiben.

Irgendwann am späten Vormittag brandete vor der Bühne Lärm auf.

»Fängt er jetzt an?«, fragte Joschi. Hastig wühlte er sich aus seinem Schlafsack.

»Keine Panik«, beruhigte Aron. »Wenn die mit dem Soundcheck beginnen, müssen wir los. Ich wärme mich auch noch kurz im Zelt auf.«

Die Sonne brach durch die Wolken. Im Zelt wurde es angenehm warm, zumal sie hier vor den Windböen geschützt waren. Von draußen drangen Wortfetzen zu ihnen herein. Wahres mischte sich mit Gerüchten. Hendrix sei eingetroffen. Er halte sich mit dem Rest der Band in einem riesigen Wohnwagen auf, den man eigens für ihn aufgestellt habe. Die beiden Freunde machten sich daran, ihre Rucksäcke zu packen.

Aron zog sich trockene Socken an. Seiner früheren Eingebung folgend sagte er: »Es wird jetzt nicht regnen. Lass uns schnell noch das Zelt abbauen. Dann können wir nach dem Hendrix-Konzert gleich abzwitschern.«

Schweigend stopften sie das vollkommen verdreckte Zelt in den zugehörigen Sack, der nun das dreifache Gewicht hatte. »Zu Hause schmeiß ich das Ding, so wie es ist, in den Fischteich meines Opas, bürste es aus und stelle es zum Trocknen im Garten auf.«

Um eins kam Jimi Hendrix im bunten Papageiengewand zusammen mit Billy Cox und Mitch Mitchell auf die Bühne. Das erschöpfte Publikum war gespalten. Die einen klatschten frenetisch, die anderen pfiffen, weil der Auftritt um einen Tag verschoben worden war. Die meisten aktivierten ihre letzten Kräfte. Pfiffe und Jubel vermischten sich mit den ersten Klängen von *Killing Floor*. Die Band eröffnete ihr Konzert mit der Coverversion eines wenig bekannten Titels von Howlin' Wolf. Es folgte eine routiniert heruntergespielte Vorstellung. Schon früh spielte das Trio die beiden magischen Titel *All Along the Watchtower* und *Hey Joe*. Viele erlebten das Konzert in einer merkwürdigen Melange aus Erschöpfung, Trance und Ekstase, gerade so, als wollten sie noch ein kleines Quäntchen Verzückung durchleben, nachdem die letzten Tage so reich an Enttäuschungen gewesen waren. Keiner ahnte, dass sie soeben Zeugen eines Ereignisses wurden, das in späteren Jahren nicht wenigen mehr bedeuten würde als die im Jahr zuvor stattgefundene Wahl Willy Brandts zum Bundeskanzler oder Jahrzehnte später das weltgeschichtliche Ereignis der deutschen Wiedervereinigung. Erschöpft, aber wenigstens für kurze Zeit glücklich, standen sie im Matsch des Flügger Strandes vor einer Bühne, über die an den Vortagen die Gischt der See gepeitscht war. Mehrere Musiker hatten über ihre feuchten Instrumente oder Mikrophone Stromschläge erhalten. Joschi und Aron standen unter den knapp 20 000, die noch ausgehalten hatten, und erlebten das letzte Konzert der »Jimi Hendrix Experience«. Jahre später, wenn einer der beiden unter Freunden oder von Musikliebhabern gefragt wurde, was ihnen am nachdrücklichsten in Erinnerung geblieben war, gaben sie unabhängig voneinander dieselbe Antwort. Nicht *Hey Joe*, nicht *Foxy Lady*, nicht die Hendrix'schen Gitarrenorgasmen waren das Eindrücklichste gewesen. Für Aron und Joschi blieb der Höhepunkt des Konzerts, ja des Festivals und der ganzen wahnsinnigen Tage, das Intro von *Room Full of Mirrors*, die Eröffnung mit dem fulminanten Bass-Solo von Billy Cox. Die Band verabschiedete sich mit *Voodoo Child* und ließ sich unmittelbar danach von einem Hubschrauber in Richtung Hamburg ausfliegen.

»Lass uns abhauen«, krächzte Joschi. »Die anderen Bands kannst du erden.« Da irrte er sich. Hätten sie damals durchgehalten, wäre ihnen eine noch unbekannte Band namens »Rote Scherben« begegnet. Unter diesem Namen absolvierten einige Nachwuchsmusiker ihren ersten Festivalauftritt. Zur selben Zeit, als der unbekannte Sänger Ralph Christian Möbius, der sich nur wenig später *Rio Reiser* nennen würde, ihre spätere Hymne anstimmte, zündeten aufgebrachte Jugendliche den hölzernen Veranstaltungspavillon an: *Macht kaputt, was euch kaputt macht*. Die Festival-Verantwortlichen hatten sich schon zur Mittagszeit mit dem Rest Bargeld aus dem Staub gemacht. Mehrere Bands traten infolgedessen nicht mehr auf.

Aron und Joschi waren unter den Ersten, die wieder an der Straße standen. Zwei Dreißigjährige aus Münster ließen sie in ihren R4 steigen. Der Beifahrer reichte ihnen mehrere zerfledderte *Pardon*-Hefte. »Die legt ihr unter eure Schlammtreter.«

Musterung

Der Zeitgeist brachte es mit sich, dass bis auf Kudde Würz alle männlichen Schüler den Wehrdienst verweigerten. Nach Vollendung des achtzehnten Lebensjahrs hatten sie bereits ihre Wehrerfassung zugeschickt bekommen. Bernie Kübler, der vor einem Jahr nach nochmaligem Sitzenbleiben nun zu ihrer Klasse gehörte, war bereits als *untauglich* ausgemustert worden. Eine deutliche Fehlstellung der linken Hüfte hatte sich in dieser Angelegenheit als günstige Fügung erwiesen. Später sollte er der Erste aus Arons Bekanntenkreis sein, der ein künstliches Hüftgelenk bekam.

Weil es im zuständigen Kreiswehrersatzamt nach einem nie geklärten Anschlag einen Aktenbrand gegeben hatte, wurde die Musterung der anderen kurzfristig nach Ludwigsburg verlegt. Die meisten nahmen den Zug. Lediglich Chris Böhringer fuhr mit dem Wagen seiner Mutter dorthin und nahm noch zwei aus seinem Jahrgang mit, die am selben Vormittag gemustert wurden. Aron nahm den Zug nach Ludwigsburg, in Heilbronn musste er umsteigen. Zu Fuß hastete er vom Ludwigsburger Bahnhof zur Jägerhofallee und meldete sich gerade noch pünktlich bei einem Kriegsversehrten an. Er gehörte zu einer Gruppe von knapp zwanzig jungen Männern, die erst am späten Vormittag damit an der Reihe waren, ihre Körper einer eingehenden Begutachtung unterziehen zu lassen. Nach seiner Registrierung wurde Aron in einen Umkleideraum geschickt. Ein penetranter Schweißfußgeruch überlagerte eine diffuse Mischung weiterer Ausdünstungen. Sogleich verspürte er einen leichten Brechreiz. Etliche Achtzehnjährige waren gerade dabei, sich auszuziehen. Sie hatten sich bis auf die Unterhose zu entkleiden und dann fast nackt so lange zu warten, bis man sie einzeln aufrief. Die meisten trugen weiße Feinrippunterhosen.

Später hatte Christoph Böhringer, der bereits dunkelblaue Boxershorts trug, feixend davon berichtet, dass der Musterungsarzt ihn mit den Worten empfangen hatte: »Mit Ihrer Badehose brauchen Sie den Wehrdienst gar nicht erst anzutreten.« Und er habe geantwortet, er habe eh vor, zu verweigern. Wenn er nicht untauglich sei. Christoph hatte gleich mehrere ärztliche Atteste mitgebracht. Seine stärkste Waffe war *juvenile Kyphose*, besser bekannt als *Morbus Scheuermann*. Am Ende wurde er *tauglich fünf* gemustert. Er war zu seiner nicht geringen Freude wehruntauglich, obwohl er sich nicht nur kerngesund, sondern *fit wie ein Turnschuh* fühlte.

Der Geruch in der Umkleidekabine, in der sie zu warten hatten, war weitaus unangenehmer als in ihrer alten Schulturnhalle. Die meisten hockten mit angezogenen Füßen auf Holzbänken, bis sie aufgerufen wurden. Der Betonboden war eiskalt. Aron war so vorausschauend gewesen, sich noch ein Paar Badelatschen mitzunehmen. Schleppend verstrich die Zeit. Auch nachdem er seinen Namen vernommen hatte, zog sich die Prozedur über Stunden hin. Sehtest, Hörtest, allgemeine Untersuchung. Zwischendurch längere Wartephasen. Mit nichts als der Unterhose bekleidet saßen sie auf den engen Fluren. Einer fiel aus der Reihe. Er trug einen blauen Frotteebademantel. »Mein Bruder war letztes Jahr hier«, grinste er. »Ich war vorgewarnt.«

Mit Böhringer konkurrierten *Smoky* Fischer und Joschi Schreiner um den höchsten Grad der Untauglichkeit. Alle drei hatten Atteste dabei. Fischer, der sich im Alter von fünfzehn Jahren den Daumen hälftig am Keilriemen eines laufenden VW-Motors abgerissen hatte, rechnete sich beste Chancen aus. Schreiner hatte, wie Chris Böhringer, einen ärztlich attestierten *Morbus Scheuermann*. Zudem hatte man bereits bei der letzten Schuluntersuchung festgestellt, dass sein eines Bein zwei Zentimeter kürzer war als das andere. Umso mehr verwunderte es ihn und später auch andere, dass er *tauglich drei* gemustert wurde. Damit war er nicht generell vom Wehrdienst befreit, sondern nur für bestimmte Aufgaben untauglich. Smoky Fischer wurde ausgemustert. Einen mit nur einem halben Daumen konnte man kaum gebrauchen. Zudem hatte er die Dreistigkeit besessen, auf Nachfrage zu sagen, er kiffe regelmäßig und nehme ab und zu auch andere Drogen.

In den darauffolgenden Wochen erhielten diejenigen, die einen Antrag auf Kriegsdienstverweigerung gestellt hatten, in unregelmäßigen Abständen Vorladungen zur Verhandlung ihrer Angelegenheit vor dem Prüfungsausschuss des zuständigen Kreiswehrersatzamtes. Da die Mehrzahl der Termine vormittags angesetzt wurde, häuften sich die Anträge auf Unterrichtsbefreiung. Erst dadurch wurde Direktor Bergheim gewahr, dass erstmals in der Geschichte dieser Schule der weitaus größte Teil der männlichen Abiturienten den Wehrdienst verweigern würde. Am Montagmorgen der Woche, in deren Verlauf die ersten mündlichen Verhandlungen stattfinden sollten, kam ihre Deutschlehrerin Lieselotte Heim aufgeregter als sonst ins Klassenzimmer. Auf dem Stapel ihrer Unterrichtsmaterialien lag ein Zettel. Ehe sie ihren Unterricht begann, verkündete sie, dabei zwischendurch immer wieder auf den Zettel blickend, dass die angehenden Wehrdienstverweigerer sich aufgeteilt in drei kleinen Gruppen nacheinander beim Direktor einfinden sollten. Aron und Joschi waren mit Jakob Müller der zweiten Gruppe zugeteilt. Es war offensichtlich, dass Bergheim den Antragstellern ins Gewissen reden wollte.

Zwanzig Minuten, nachdem die ersten vier gegangen waren, sagte Frau Heim: »Winter, Müller und Schreiner, Sie können jetzt hoch gehen. Warten Sie vor dem Sekretariat, bis die anderen aus dem Rektorat kommen.«

Gemächlich schlenderten die drei durchs Treppenhaus.

»Was will der?«, fragte Müller.

»Der will uns umdrehen«, zischte Joschi. »Der macht uns Stress.«

»Den anderen vielleicht«, erwiderte Aron. »Wir sind doch für den nur hoffnungslose Fälle, vaterlandslose Gesellen.«

»Jacky doch nicht«, protestierte Joschi.

Aron legte den Arm um Jakobs Schultern. »Jacky bewegt sich schon lange in schlechter Gesellschaft.«

Sie passierten den Lehrmittelraum. Seit sie das Gymnasium besuchten, hatte kein anderer als Oberstudienrat Stotz die Herrschaft über Bücher, Atlanten, Landkarten und Exponate ausgeübt. Die Tür zu dem Raum stand offen. Stotz schien ihre Schritte gehört zu haben. Er kam an die Tür und winkte sie wortlos zu sich heran.

Fragend sah Joschi die beiden anderen an. Aron zuckte mit den Schultern.

Energisch winkte ihnen Stotz ein weiteres Mal. Nachdem sie zögernd den Raum betreten hatten, der bis unter die Decke mit Schulbüchern und anderen Utensilien gefüllt war, schloss er die Tür.

»Lasst euch bloß nicht rumkriegen«, sagte er leise und dennoch bestimmt.

Die drei Schüler sahen ihn verwundert an.

»Bergheim will euch dazu bewegen, eure Anträge auf Kriegsdienstverweigerung zurückzuziehen.«

»Wie kommen Sie darauf?«, fragte Aron, nun misstrauisch geworden.

»Ihr müsst mir glauben«, wisperte Stotz. »Ihm sind Wehrdienstverweigerer ein Gräuel. Er will diese Schande nicht über seine Schule kommen lassen. Bleibt standhaft. Ich weiß, von was ich rede. Ich habe den ganzen Schlamassel des letzten Krieges von Anfang bis zum bitteren Ende mitgemacht.«

Vorsichtig öffnete der Lehrer die Tür und blickte hinaus. Dann wies er sie wortlos an zu gehen.

Als sie den oberen Stock erreichten, kamen ihnen auch schon ihre Klassenkameraden entgegen.

»Der will uns mit seinem Gequatsche umdrehen«, knurrte Christoph Böhringer. »Cool bleiben.«

Im Büro Bergheims standen dichte Rauchschwaden. Eine angerauchte Zigarre lag im flachen Marmor-Aschenbecher.

»Wenn Sie rauchen wollen, dürfen Sie das.«

Nur Joschi folgte der Aufforderung und zündete sich eine Selbstgedrehte an, die er einem zerbeulten Blechetui entnahm.

Bergheim kam zügig zur Sache. »Müller, weshalb verweigern Sie den Wehrdienst? Und dies in einer Zeit, in der die Bedrohung durch den Osten mit einer klaren Antwort und einer sichtbaren Wehrbereitschaft erwidert werden muss?«

In dem Augenblick, in dem Bergheim das Wort an Jacky richtete, wurde Aron klar, dass es in diesem Gespräch lediglich um Jakob Müller ging. Joschi und er waren in den Augen des Schulleiters renitente Burschen, hoffnungslose Fälle. Mit ihnen würde er sich nicht lange abgeben.

Jacky sprach stotternd von Gewissensgründen, von der Vermeidung von Schuld, vom Schutz des Lebens.

Aron bemerkte, dass der Direktor sich Mühe gab, nicht die Contenance zu verlieren. Mit vorgebeugtem Oberkörper sprach er leise zu Müller: »Junge Männer haben Verantwortung zu übernehmen. Das Leben stellt Forderungen. Sie zu erfüllen ist auch eine Frage des Charakters.«

Aron blickte Joschi an. Dessen Nase und Kinn waren blasser als sonst. Dafür waren die Wangen sichtlich gerötet. Mit dem Zeigefinger der rechten Hand spielte er mit einer Haarsträhne. Kaum merklich zitterte seine Unterlippe.

Jacky Müller hatte sich wieder gefangen. »Ich werde meiner gesellschaftlichen Verantwortung doch dadurch gerecht, dass ich Zivildienst leiste.«

»Sind Sie religiös?« Bergheim war lauter geworden.

Jacky Müller zögerte, ehe er antwortete, gerade so, als denke er darüber nach, die richtigen Worte zu finden. »Nicht sonderlich.«

»Dann sollten Sie das mit der Verweigerung bleiben lassen. Oder sympathisieren Sie mit einer dieser kommunistischen Gruppen?«

»Nein«, erwiderte Jacky nun sichtlich erregt. Und sich verhaspelnd fügte er hinzu: »Links vielleicht schon, aber kein Kommunist.«

»Ihre Haltung scheint mir nicht gefestigt genug zu sein, um das Verfahren erfolgreich zu absolvieren.«

Aron richtete sich auf. »Herr Direktor, weshalb stellen Sie uns diese Fragen? Das ist doch unsere Sache.«

Bergheim kniff die Augen zusammen, lehnte sich zurück und griff nach der Zigarre, die mittlerweile erloschen im Aschenbecher lag. Er machte keine Anstalten, sie erneut anzuzünden. Aron hatte mit einem energischen Rüffel gerechnet. Doch Bergheim war bemüht, die Kontrolle über die Situation nicht zu verlieren. Hierfür schien es ihm wichtig, nun eben nicht, wie so häufig, laut zu werden oder sonst auf eine Weise zu reagieren, die seine Schüler von ihm erwarten konnten.

»Winter, in Ihrem besonderen Fall sind die Dinge nachvollziehbar. Und unser Joachim Schreiner ist immer mit dabei.«

»Ich bin kein Mitläufer«, protestierte Joschi. »Ich habe meine eigenen Gründe.«

»Das mag ja sein.« Die Erwiderung des Schulleiters klang beinahe milde.

Aron sah auf das große, nahezu quadratische Gemälde, das hinter dem Direktor die halbe Wand einnahm. Bergheim malte. Es hieß, er habe vor dem Krieg ein paar Semester Kunst studiert. Sein Stil irritierte. Er malte nicht naturalistisch, was Aron bei einem alten Militaristen vermutet hätte. Er malte abstrakt, in düsteren Farben. Schwarz und dunkle Blautöne dominierten. Sollte ein heller Streifen im Hintergrund den Horizont andeuten? Im Vordergrund etwas Weiß und ganz wenig helles Braun. Getupft, gespachtelt, an manchen Stellen in Schlieren. War das die Gischt, die einen Wellenkamm krönte?

Bergheim erhob sich.

»Meine Herren«, sagte er statt einer Verabschiedung. »Müller, Sie überlegen sich das noch.« Aron sah sich in seiner Vermutung bestätigt, dass es dem Direktor vor allem um Jacky gegangen war. Einen Augenblick lang hatte er das Gefühl, ein Ausgegrenzter zu sein.

Draußen warteten bereits Honey, Herbie Buhl und Smoky Fischer. Letzterer wunderte sich über seine Vorladung zum Direx. Schließlich war er wegen seines Daumens ausgemustert worden.

Grinsend fragte der Apothekersohn: »Was ist das hier? Die heilige Inquisition oder der Vorhof der Hölle?«

Als Aron mit seinen beiden Klassenkameraden in den Unterricht zurückkehrte, hatte bereits die Geschichtsstunde begonnen, die in diesem Schuljahr ein Neuer hielt. Assessor Elbracht bemühte sich darum, mit gelegentlichen kritischen Einwürfen das Interesse an seinem Fach zu wecken, was ihm zu seinem Leidwesen gerade bei den meisten Mädchen nicht gelang. Aron, der sich sonst gerne in Disputen mit dem Geschichtslehrer maß, konnte einige Zeit dem Stoff nicht folgen. Ihn beschäftigte nicht so sehr das Gespräch mit dem Direktor, obgleich sein Verhalten empörend, ja anmaßend gewesen war. Letztlich konnte es ihm nur recht sein, dass Bergheim ihn in Ruhe gelassen hatte. Das Überraschendste war der Auftritt von Stotz gewesen. Dass ausgerechnet der ihnen den Rücken stärkte, hatte er nicht erwartet. Respekt. Einem Verschwörer gleich hatte er sie in sein Kabuff gewinkt. Und er hatte sie zur Standhaftigkeit bei der Verweigerung ermahnt, wo sie von ihm eine gänzlich andere Haltung erwartet hätten. Hatte Stotz damals, als er sie in der Mittelstufe in Geschichte unterrichtet hatte, nicht von *Blutzoll* geredet? Hatte er zu aktuellen politischen Vorgängen nicht Kommentare abgesondert, die man getrost als reaktionär bezeichnen konnte? Jetzt war er ihnen auf solch überraschende Weise beigesprungen.

Aron sah nach vorne. Elbracht fasste nochmals die zentralen Ergebnisse des *Friedens von Brest-Litowsk* zusammen, dabei die Gebietsverluste der Russen ausführlich beschreibend.

Der alte Stotz musste als Soldat Schreckliches durchlitten haben. Anders war sein ungewöhnlicher Auftritt nicht zu erklären.

Country Joe

Im März hatte Aron noch nicht einmal die Ladung zu seiner Verhandlung erhalten. Etliche seiner Klassenkameraden und auch andere seines Jahrgangs waren bereits an der Reihe gewesen. Er wunderte sich darüber. Beunruhigt war er nicht. Bei den anderen hielten sich Anerkennungen und Ablehnungen die Waage. Honey war durchgekommen. Zwei Tage vor Arons Termin mussten die Freunde Joschi trösten, dessen Antrag abgelehnt worden war. Ausgerechnet Joschi, der sich wie kein Zweiter vorbereitet hatte, der sich früher als die anderen mit dem Thema beschäftigt und viel dazu gelesen hatte! Einmal hatte er sogar in Schwäbisch Hall die von einem jungen Pfarrer angebotene Beratung für Kriegsdienstverweigerer aufgesucht.

Sie saßen auf Honeys Bude. Joschi war am Boden zerstört. Angie Rosenke hatte den Arm um ihn gelegt und versuchte ihn zu trösten. »Beim nächsten Mal wirst du bestimmt anerkannt.«

Honey legte die zweite Seite der Woodstock-Triple-LP auf. Sie begann mit dem *I-feel-Like-I'm-Fixin'-to-Die-Rag* von »Country Joe & The Fish«:

And it's one, two, three,
What are we fighting for?
Don't ask me, I don't give a damn,
Next Stop is Vietnam.

Noch während der Titel lief, kramte Honey aus dem Bücherregal einen Kanten Shit hervor, brach ein Stück ab und machte es über der Flamme seines Feuerzeugs geschmeidig. Mit übertriebener Lässigkeit schob er mit dem Daumen den Deckel des Benzinfeuerzeugs zurück. Dann bröselte er das Haschisch gleichmäßig auf den Tabak, der auf dem exakt geklebten Papier lag. Honey konnte wirklich die schönsten Joints drehen, schlanke, gleichmäßige Kegel, stramm, aber auch nicht zu fest gestopft. Nicht diese schlaffen Dinger, bei denen man Angst haben musste, dass die Glut abbrach.

Und Country Joe sang:

And it's five, six, seven,
Open up the pearly gates,
Well there ain't no time to wonder why,
Whoopee! We're all gonna die.

»Hast du kein Bier?«, fragte Kudde.

Honey schüttelte den Kopf. »Ich kann Tee machen.«

»Ich steh nicht so auf Tee. Ich glaub, wir kiffen zu viel. Irgendwann haut's uns d'r Seier naus.«

»Aber Bier saufen wie ein Loch«, nölte Mary, die bisher nichts gesagt hatte. Ihre Gedanken kreisten um Aron. Es hieß, er habe jetzt in Hall eine feste Freundin. Selbst hatte er dazu noch nichts gesagt. Sie sah zu ihm hinüber, als der Joint bei ihm angelangt war. Sie saßen auf Matratzen, deren Bezüge Honey verschiedenfarbig gebatikt hatte. Zwischen ihnen stand ein kleines, niederes Holztischchen, dem die Beine fehlten.

Seine Mutter schimpfte immer wieder darüber, dass man in dieser *Räuberhöhle*, wie sie es nannte, nicht einmal mehr ordentlich staubsaugen konnte. Alles lag auf dem Boden rum. Die Matratzen seien nichts anderes als riesige Staubfänger. Dabei gehörte Honeys Mutter zu den toleranteren Menschen der Elterngeneration. Gelassener als andere ertrug sie, dass fast täglich etliche von Kurts Freunden und des Öfteren sogar ihr völlig Unbekannte auftauchten. Sie sagte niemals etwas, wenn ein halbes oder auch mal ein ganzes Dutzend Langhaariger sich im Zimmer ihres Sohnes herumfläzte, während sie mit ihrem Mann von morgens bis abends in der Apotheke stand und zwischendurch noch rasch das Mittagessen für die Familie kochte.

Bis auf Aron, der nur wenige Züge genommen hatte, waren alle schon ordentlich bekifft, als Honey einen zweiten Joint in Umlauf brachte. Bedächtig wie ein Bildhauer oder ein Holzschnitzer hatte er mit großer Fingerfertigkeit sein neues Werk geschaffen. Die zweite Tüte war genauso filigran gebaut wie die erste. Mit ruhigen Bewegungen zündete er die fein säuberlich zusammengezwirbelte Spitze an, blies dagegen und ließ zuerst das überstehende Papier abbrennen, ehe er mit gewaltigen Zügen den schlanken Kegel zum Glühen brachte.

Als Angie Minuten später das Pappmundstück im Aschenbecher ausdrückte, dunkelte es draußen bereits.

»Bevor meine Eltern Feierabend machen, sollten wir noch ein bisschen lüften«, nuschelte Honey.

Joschi saß mit gekreuzten Beinen auf dem Fußboden und kratzte sich die Kopfhaut. »Das ist Klassenjustiz«, murmelte er, ohne dabei jemanden anzusehen.

»Das ist Unrecht, Mann, aber keine Klassenjustiz«, entgegnete ihm Aron. »Klassenjustiz ist ein repressives Urteil der den Herrschenden hörigen Gerichtsbarkeit über Angehörige der unterdrückten Klassen.«

Joschi sah zu ihm auf. Seine dunklen, traurigen Augen wirkten durch die Stellung seiner Brillengläser noch größer als sonst. »Du verteidigst die Reaktion.«

»Ich verteidige niemanden. Dass andere anerkannt wurden und du nicht, ist eine Riesensauerei. Du warst wesentlich besser vorbereitet, hast dir Gedanken gemacht. Das zeigt die Willkür dieser Verfahren. Das Ganze ist eine Farce, eine große

Verarsche. Aber Klassenjustiz ist etwas anderes. Zum Beispiel die Todesurteile gegen Sacco und Vanzetti.«

»Die kenn ich nicht. Wer soll das sein?« Angie sah Aron fragend an. Dabei kaute sie gedankenverloren am Nagel ihres rechten kleinen Fingers.

»Erklär ich dir später«, erwiderte Aron. Es geht gerade darum, dass der negative Ausgang eines KDV-Verfahrens keine Klassenjustiz darstellt.«

»Ist trotzdem scheiße«, mischte sich Kudde ein. »Du hast endlos Stress. Musst den ganzen Mist noch mal über dich ergehen lassen. Und weißt noch nicht mal, wie lange sich das hinzieht.«

»Sag mal, Ari, hast du jetzt ne Freundin?«, fragte mit einem Mal Angie. Dabei sah sie herausfordernd zu Aron hinüber, der sich nach einem Stuhl sehnte.

»Wie kommst du darauf?«, fragte der zurück.

»Bernie hat dich in der *Belinda* letztens mit einer gesehen.«

Mit *Bernie* war Bernhard Kübler gemeint, der vergangenes Jahr durchs Abi geflogen war und nun in ihrer Klasse einen zweiten Anlauf nahm.

»Der Schwätzer«, lachte Aron. »Als der mich mit Biggi gesehen hat, waren wir noch gar nicht zusammen.«

»Biggi heißt sie also«, schnaubte Angie.

»Bist wohl eifersüchtig«, giftete Mary Krafczyk, für die diese unerwartete Botschaft ebenfalls einen Anflug von Enttäuschung mit sich brachte.

»Quatsch! Ich freu mich für Ari.« Angelika Rosenke versuchte fröhlich zu klingen. Aber ihre raue Stimme verriet sie.

Die Fahrkarte

Als Bernhard Kübler sich in der *Belinda* zu ihnen an einen der wenigen Tische setzte, kam er zumindest den beiden Jungen ungelegen. Ari und Smoky hatten die beiden Mädchen soeben erst kennengelernt. Sie waren den beiden aufgefallen, weil sie offensichtlich das erste Mal hier waren. Zumindest hatten sie sie hier noch nie gesehen. Beide waren auffallend hübsch. Biggi, in die sich Ari noch am selben Abend verlieben würde, trug ein blau gebatiktes Stirnband um ihre volle dunkelbraune Mähne. Eine indische Seidenbluse ließ sie locker über ihre Jeans fallen. Das andere Mädchen hieß Margot Lautenschlager und war ihre beste Freundin. Sie selbst nannte sich *Maggie*. Trotz der Hitze, die in der brechend vollen Diskothek herrschte, hatte sie ihre Kunstfellweste nicht abgelegt, die sie über einem unifarbenen T-Shirt trug. Vor einigen Tagen hatte sie die Führerscheinprüfung bestanden und trotz der heftigen Proteste ihrer Mutter durfte sie am Samstagabend den Wagen ihres Vaters benutzen.

»Wir fahren nach Sulzbach«, hatte sie ihrer Freundin vorgeschlagen. »Dort soll es eine neue geile Disco geben.«

Ursprünglich wollten noch zwei Jungs aus ihrer Klasse mitfahren. Doch die waren zum verabredeten Zeitpunkt nicht auf dem Haalplatz erschienen, wo sie sich treffen wollten.

»Gib den Dödeln noch drei Minuten, dann fährst du los.« Birgit Buhtz war sauer. Den einen der beiden mochte sie ohnehin nicht. Der war ihrer Meinung nach ein ganz hohler Schwätzer und immer zur Stelle, wenn andere was zu trinken oder zu kiffen dabei hatten. Und nie steuerte er selbst etwas bei.

Margot hatte zustimmend genickt und entschlossen ihre blonden Haare zurückgeworfen. »Ich muss pünktlich um zwölf zu Hause sein. Nur unter der Bedingung hat mein Alter seinen Wagen rausgerückt.«

Ob an ihrem Tisch noch Platz sei, hatte sie eins der beiden hübschen Mädchen gefragt. Smoky sah zu Aron hinüber. Sie hatten sich selbst vor einer halben Stunde an den Tisch zu Wolle Lauber und Joe Berger gesetzt. Jetzt lümmelten die beiden Älteren an der Theke, die fast die ganze Stirnwand einnahm.

»Ja, klar, setzt euch!«, antwortete Aron rasch und rückte einladend ein Stück näher an die Wand. »Da saßen zwar eben noch welche. Aber die hängen jetzt da vorne rum.«

»Darf man fragen, wer ihr seid?«, fragte Smoky in seiner hölzernen Art.

»Man darf«, antwortete die Blonde mit einem schelmischen Grinsen. »Ich bin Maggie und das ist meine beste Freundin Biggi. Und wer seid ihr?«

Nachdem sich alle vorgestellt hatten und Belangloses über Herkunftsort und Schule ausgetauscht worden war, entwickelte sich ein gleichermaßen reges wie nettes Gespräch.

Zwischendurch kam Wolle Lauber zu ihnen herüber, schüttelte wortlos den Kopf und verschwand mit dem Glas, das er zuvor auf dem Tisch hatte stehen lassen.

Arons bedächtige Art imponierte den Freundinnen fast noch mehr als sein Erscheinungsbild. Zwischendurch standen sie immer wieder mal auf, um auf die stets überfüllte Tanzfläche zu gehen.

»Seid ihr da festgewachsen – tanzt ihr nicht?«, stichelte Biggi.

»Schon«, nuschelte Smoky. »Aber nur Stehblues oder wenn das Licht aus ist.«

Kurz vor halb zwölf kam Maggie wieder zurück an ihren Tisch und verlangte ihre Weste, die sie schließlich doch noch abgelegt hatte.

»Wo wollt ihr denn hin?«, fragte Aron sichtlich überrascht.

»Nach Hause. Ich muss um zwölf das Auto meines Vaters in der Garage abgestellt haben. Sonst gibt er mir die Karre nicht mehr.«

»Echt schade.«

»Vielleicht kommen wir ja mal wieder vorbei«, sagte Maggie und breitete demonstrativ die Arme aus. Dann hauchte sie: »Ciao.«

»Süße Mädchen«, sagte Smoky, nachdem die beiden die *Belinda* verlassen hatten.

»Kann man sagen«, erwiderte Aron.

Dann erstarb ihr Gespräch. Manchmal sahen sie auf die Tanzfläche. Die Mädchen waren in der Überzahl. Wie immer. Nur Richie, ein zierlicher Kleiner aus Spiegelberg, tanzte ausdauernd zwischen den Mädchen seiner Clique. Und zu einzelnen Titeln begab sich auch einer von den älteren Gästen auf die Tanzfläche. Alle nannten ihn *Gill*, was wohl nicht sein richtiger Name war. *Gill – der König des Boogaloo*. Manche, die schon dreißig oder noch älter waren, sagten voller Bewunderung, dass seine schlangenartigen Bewegungen und das Stakkato seiner Schritte an Johnny Ventura erinnern würden. Aber den kannten die meisten Jüngeren nicht mehr. Sogar wenn er betrunken war, tanzte er beeindruckend. Seine Arme wirbelten durch die Luft und sein Oberkörper schien die Biegsamkeit einer Weidenrute zu besitzen. Niemand war geschickt genug, seine schnellen Shuffle-Schritte nachzuahmen.

Als Smoky den rechten Fuß ausstreckte, berührte er etwas Glattes, das auf dem Boden lag. Vielleicht war es nur ein Bierdeckel? Neugierig geworden bückte er sich unter den Tisch.

»Schau mal«, sagte er zu Aron. In der Hand hielt er eine Plastikhülle.

»Das hat jemand verloren.«

»Mal sehen.« Smoky machte sich daran, den Inhalt der schmalen Hülle in Augenschein zu nehmen.

»Lass das«, rügte ihn sein Freund. »Man stiert nicht in den Sachen anderer Leute rum.«

»Hör mal, Alter! Wie willst du denn sonst rausfinden, wem das gehört?« Er zog eine Bus-Monatskarte aus der Hülle. »Schwäbisch Hall. Die gehört bestimmt einem der Mädchen.«

»Zeig mal«, sagte Aron, der nun neugierig geworden war. Ehe der andere sich versah, schnappte er sich das Busticket.

»Birgit Buhtz. Das war die Dunkelhaarige.« Er nahm die Hülle und schob die Monatskarte, ein Streichholzbriefchen und einen Zettel mit Telefonnummern wieder hinein. »Weißt du was? Ich wollte morgen eh nach Hall trampen. Ich geh da vorbei und bring ihr die Sachen.«

»Wieso du? Ich hab das doch gefunden.«

»Du stehst doch eher auf die Blonde.« Aron war aufgestanden.

»Woher willst du das wissen?«

»Das hat man vorhin gleich gemerkt.«

»Du hast doch gar keine Adresse.«

»Ich schau morgen mal im Telefonbuch. So viele Familien Buhtz wird es in Hall schon nicht geben.«

»Willst du wildfremde Leute anrufen?«

»Ich hab schließlich was Wichtiges vorbeizubringen. Die werden mir schon sagen, ob sie eine Tochter haben, die Birgit heißt. Vielleicht ist sie sogar selbst am Apparat.«

Gleich am anderen Tag, es war ein Samstag, trampte Aron alleine von Seelbach nach Schwäbisch Hall. Smoky wäre gerne mitgekommen. Doch Aron hatte ihn noch am Vorabend auf dem Parkplatz der *Belinda* abgewehrt.

Seine Vermutung war richtig gewesen. Samstags hatte er in diesem Schuljahr erst zur dritten Stunde Unterricht. Er war dennoch früher aufgestanden, hatte eine Handvoll Groschen mitgenommen und war zur nächsten Telefonzelle gegangen. Beim vierten Anruf hatte er eine Frau mittleren Alters am Telefon, die sich nach kurzem Zögern als Birgits Mutter zu erkennen gab. Er solle doch das Etui einfach mit der Post schicken. Man würde ihm seine Unkosten selbstverständlich erstatten.

Er sei heute Nachmittag ohnehin in Hall, log er.

Gleich nach Schulschluss bat er Joschi, seine Schultasche mit zu sich nach Hause zu nehmen. Er müsse so schnell wie möglich nach Hall.

Das Trampen klappte gut. Ein neugieriger VW-Fahrer nahm ihn mit.

Ob er seine Freundin besuche, wollte er wissen.

»Ja«, erwiderte Aron. Ein Wunsch vermengte sich mit dem Bedürfnis, keine weiteren Fragen des geschwätzigen Kerls beantworten zu müssen. Zudem, so ein kleines bisschen freundschaftlich hatte sich das Mädchen gestern Abend ja verhalten.

Der Mann ließ ihn an der Abzweigung Richtung *Diak* aussteigen.

Birgits Mutter war an der Tür und begrüßte ihn mit den Worten: »Wirklich nett, dass Sie die Fahrkarte persönlich vorbeibringen. Das wäre doch nicht nötig gewesen.«

Sie machte keine Anstalten, ihn hereinzubitten. Und wenn Birgit gar nicht zu Hause war?

Er war erleichtert, als sie hinter ihrer Mutter auftauchte. Energisch drängte sie diese zur Seite. »Wieso sagst du nicht, dass ich Besuch habe?«

»Der junge Mann wollte nur deine Busfahrkarte vorbeibringen, die du so leichtfertig hast liegen lassen.«

»Ich kenne ihn«, erwiderte Birgit schnippisch. Und ohne ihre Mutter weiter zu beachten, fragte sie: »Willst du hochkommen? Ich mache gerade Tee.«

Wann immer er Zeit hatte, trampte er von nun an nach Hall. Später würde er sich an die Spanne zwischen dem Beginn des letzten Schuljahrs und seiner Abreise nach Israel als die schönste und unbeschwerteste Phase seines *bisherigen* Lebens erinnern. Und je älter er wurde, umso mehr gelangte er, auch wenn er diesen Gedanken lange von sich gewiesen hatte, zur Überzeugung, dass es vielleicht sogar die schönsten Monate seines *gesamten* Lebens gewesen waren.

»Du hast gar keine Zeit mehr für deine Clique«, schmollte Honey.

Angie und Mary begegneten ihm eine Zeitlang sichtlich reserviert. Offensichtlich hatte Angelika Rosenke doch heimlich ein Auge auf ihn geworfen.

Entgegen den Vermutungen seiner Freunde war anfangs keineswegs klar gewesen, dass sich aus den Begegnungen mit Birgit eine Liebesbeziehung entwickeln würde. Einige Wochen hatte er sich vergeblich Hoffnungen gemacht. Denn zu mehr als einem Begrüßungs- und bestenfalls noch zu einem Abschiedsküsschen war es nicht gekommen. Als er sie bei ihrem vierten Treffen richtig küssen wollte, hatte sie ihn abgewehrt.

»Ich bin gerne mit dir zusammen, aber ich liebe dich nicht«, hatte sie gesagt.

Was für ein Tiefschlag. Hoffnung machte ihm lediglich der Umstand, dass sie ihn offensichtlich mochte und sich überall mit ihm zeigte. Zudem schien kein anderer Junge in ihrem Leben eine Rolle zu spielen.

Letztendlich siegte seine Beharrlichkeit. Nach und nach erkannte er auch, dass sich hinter Birgits stets forschen Auftritten ein gehöriges Maß Unsicherheit verbarg. Kurz vor Weihnachten 1972 waren sie ein Paar geworden. Die Euphorie, die er aus dieser Liebe saugte, trug ihn durch die letzten Schulmonate. Trotz seines geringen Lernaufwands war er während der Jahre, in denen es darauf ankam, ein guter Schüler gewesen.

Die Befürchtung seiner Mutter, die Freundschaft mit Birgit könne seine Abiturleistungen beeinträchtigen, erwies sich als unbegründet.

Obwohl sie jetzt miteinander gingen, wie man damals sagte, hatte sie über den Jahreswechsel hinaus noch keine Bereitschaft gezeigt, mit ihm zu schlafen. Umso mehr war er überrascht und erfreut, als sie ihm bei einem Spaziergang am Einkorn ins Ohr flüsterte: »Was würdest du davon halten, wenn ich nach dem schriftlichen Abitur meine Unschuld verlieren möchte?«

Er watete mit gesenktem Kopf durch das überfrorene Laub. Sichtlich verlegen fiel ihm nichts Besseres ein, als zu erwidern: »Da sagst du mir aber rechtzeitig Bescheid.«

An diesen hundsblöden Satz erinnerte er sich nun Jahrzehnte später. An einem regnerischen Tag erreichte sein Zug den Bahnhof Kassel-Wilhelmshöhe. Gelegentliche Böen peitschten den Regen bis unter die Bedachung. Das hielt ein junges Pärchen auf dem gegenüberliegenden Bahnsteig keine Sekunde davon ab, endlos lange miteinander zu knutschen. Innig hielten sie sich umschlungen. Aron sah, wie das Mädchen sein Gesicht unter die Achsel des jungen Mannes drückte, gerade so, als wolle sie sich gegen die Regenschleier schützen. Er verspürte mit einem Mal eine tiefe Wehmut, wissend, dass dieses atemlos machende Verliebtsein den Jüngeren vorbehalten war, vor allem jenen, die das erste Mal von diesem Gefühl überwältigt wurden.

Er empfand jedoch keinen Neid. Während seines bisherigen Lebens war er auf zahlreiche Schätze gestoßen. Aber er wusste, dass diese ganz besondere Innigkeit so wenig wiederkehren würde wie die unbändige Körperkraft, die er einstmals besessen hatte. Dass man ihm regelmäßig zu verstehen gab, er sei für sein Alter noch ein recht stattlicher Mann, blendete ihn nicht. Stets zog er einen dicken Trennstrich zwischen den Attributen »begehrenswert« und »stattlich«.

Break on Through to the Other Side

Die Ladung vor den Ausschuss für Kriegsdienstverweigerung bekam er zwei Wochen vor den schriftlichen Abiturprüfungen als Einschreiben. In einer mündlichen Verhandlung sollte festgestellt werden, ob die von ihm schriftlich geltend gemachten Verweigerungsgründe zutreffend waren. Honey Langner und Herbie Buhl waren längst anerkannt und hatten sich bereits um Zivildienststellen beworben. Buhl hatte sich im Unterschied zu den anderen einen Platz in der Nähe Seelbachs gesucht. Der Grund dafür war die anfangs heimlich, dann offen gepflegte Liebesbeziehung mit Arons Schwester Helene. Jacky Müller war einmal durchgefallen und Joschi hatte es bereits das zweite Mal – jetzt vor der höheren Prüfungskammer – erwischt. Niemand aus seinem engeren Freundeskreis hatte das für möglich gehalten.

»Das ist der blanke Hohn«, sagte Herbie einfühlsamer als sonst. »Dass ich durchgekommen bin und du nicht, ein Witz!«

Nach der zweiten Ablehnung war Joschi wieder völlig am Boden zerstört. Er musste gegen diese Entscheidung möglichst rasch Klage vor dem Verwaltungsgericht einreichen. Dazu bedurfte es eines Rechtsanwaltes. Wer sollte für die Kosten aufkommen? Seine Mutter konnte ihm das Geld nicht geben und stand zudem der ganzen Situation recht hilflos gegenüber. Sein Vater war von Anfang an *gegen den Quatsch*, wie er es nannte, gewesen.

»Wir müssen uns um Joschi kümmern«, hatte Angie eines Abends in der *Belinda* gesagt, als sie dort mal ohne Joschi saßen. Sie hatte klarer als die anderen erfasst, in welch kritischer Lage sich ihr Freund derzeit befand. Und vorwurfsvoll blaffte sie gleich noch Aron an: »Du hängst nur noch mit dieser Biggi rum und merkst gar nicht, dass dein bester Kumpel vor die Hunde geht.«

Aron unterdrückte eine hässliche Bemerkung und zündete sich wortlos eine Zigarette an, was er äußerst selten tat. Er hatte festgestellt, dass er weniger kiffte, wenn er nicht rauchte. Auch als die anderen ihn erwartungsvoll ansahen, sagte er nichts.

Angie beließ es nicht nur bei Worten. Sie ging selbst mit gutem Beispiel voran. In ihrer Funktion als Klassensprecherin ging sie auf die beiden Lehrer zu, in deren Fächern Joschi zwischen zwei Noten stand. Sie versuchte ihnen klarzumachen, dass Joschi wegen seiner abgelehnten Verweigerung in großer Not war. »Wie kann sich jemand auf die Schule konzentrieren, wenn er so im Schlamassel steckt?«, fragte sie mit jener Resolutheit, die sie schon immer für alle aufbringen konnte, die sich in Probleme verheddert hatten. Ihr Leben lang würde sie damit hadern, dass es ihr zwar leicht fiel, für andere die Kastanien aus dem Feuer zu holen, es ihr aber nur selten gelang, sich erfolgreich für ihre eigenen Belange einzusetzen.

Diese Angelegenheit war für Joschi in mehrfacher Hinsicht von existenzieller Bedeutung. Wenn er im Herbst ein Studium aufnahm, lief er Gefahr, es unterbrechen zu müssen, um seinen Wehrdienst abzuleisten. Und wenn er erst beim Bund war, drohten ihm als nicht anerkanntem Kriegsdienstverweigerer weitere Schwierigkeiten.

Aron hatte sich kaum mit seinem eigenen Antrag befasst. Für ihn stand fest, dass er im Nachfolgestaat des »Dritten Reiches« keinen Dienst an der Waffe leisten würde. Und er war davon überzeugt, dass gerade diese Argumentation, die bei anderen unweigerlich zu einer negativen Entscheidung führen würde, vor dem Hintergrund seiner Familiengeschichte ihre Berechtigung hatte.

Der Zeitpunkt der Verhandlungsansetzung überraschte sogar den Schulleiter. Nach seiner knappen Aufforderung betrat Aron dessen Büro. Chlodwig Bergheim war gerade im Begriff, sich eine Zigarre anzuzünden. Rasch wedelte er das Streichholz aus und nahm paffend einige Züge, zwischen denen er mehrmals einen prüfenden Blick auf die noch schwach glimmende Glut warf.

»Guten Morgen, Herr Direktor.«

»Winter, was gibt's?«, fragte dieser, statt den Gruß zu erwidern.

»Ich muss am sechzehnten vom Unterricht befreit werden. Sehen Sie.« Aron entnahm dem geöffneten Umschlag das Schreiben der Wehrverwaltung. »An diesem Tag ist um halb elf meine KDV-Verhandlung.«

Bergheim warf einen flüchtigen Blick auf das Papier und reichte es sogleich zurück. »Winter, von Ihnen habe ich, ehrlich gesagt, nichts anderes erwartet. Aber dass man Sie so kurz vor den schriftlichen Prüfungen heranzieht? Ungewöhnlich, wirklich ungewöhnlich.«

Aron schwieg.

»Setzen Sie sich«, sagte Bergheim nach einer Weile. Er paffte. »Sie sollten Ihre Klassenkameraden nicht beeinflussen.«

»Tue ich nicht.«

»Tun Sie doch. Will Ihnen zugutehalten, dass Sie es nicht vorsätzlich machen. Sie haben Autorität. Sie gäben einen guten Offizier ab.«

»Ich habe mich aber anders entschieden«, erwiderte Aron mit einem Kratzen im Hals. Das Ganze wurde ihm unangenehm.

»Soll ich ein Schreiben aufsetzen lassen, damit man Sie bis nach den schriftlichen Prüfungen zurückstellt?«

Aron schüttelte den Kopf. »Ich will das hinter mich bringen.«

»Auch gut. Die Freistellung vom Unterricht wird Ihnen natürlich gewährt.«

Der Weg vom Ludwigsburger Bahnhof zum Kreiswehrersatzamt zog sich auch diesmal hin. Das Gewirr der Backsteinbauten, die allesamt noch aus der Zeit stammten, als Ludwigsburg die größte Garnison Württembergs gewesen war, erschwerte die Orientierung. Er wusste aus Erzählungen seiner Mutter, dass sein Großvater Josef als Angehöriger des Dragonerregiments »Königin Olga« hier im August 1914 zum Kriegseinsatz an der Westfront verladen worden war. Mit Stolz habe er die weißen Schulterklappen mit dem rot bekrönten Namenszug getragen. Als Jude Deutschland dienen zu dürfen, wenngleich dem württembergischen König mehr verpflichtet als dem Kaiser, war für ihn vor allem anderen Ausdruck lange ersehnter Gleichstellung gewesen. Aber bereits im Oktober war die von französischen Maschinengewehren dezimierte württembergische Kavallerie abgesessen und richtete sich eilends in den provisorischen Gräben bei Lille und Ypern ein. Keiner hatte geahnt, dass sich der nun beginnende Stellungskrieg vier Jahre hinziehen würde. Und Großvaters hoch dekorierte Verdienste als Sprengstoffexperte hatten ihn und seine Familie später nicht vor der Deportation nach Riga bewahrt.

Aron traf gerade noch rechtzeitig im Kreiswehrersatzamt ein und erhielt vorab ein Formular, mit dem er nach der Verhandlung seine Fahrtkosten abrechnen konnte. Man wies ihn an, in einem Aufenthaltsraum so lange Platz zu nehmen, bis man ihn aufrief. Er betrat den kalten, kargen Raum. Lindgrün gestrichener Putz bröckelte an mehreren Stellen. Außer einigen Stühlen befanden sich darin nur noch ein betagter Kleiderständer sowie ein seitlich an eine Wand gerückter Tisch, auf dem Schriften lagen, die für den Dienst bei der Bundeswehr warben. Durch eine hellgrau gestrichene Tür hörte er Stimmen. Sprecher und Lautstärke wechselten. Er verstand nichts von dem, was da gesprochen wurde. Wahrscheinlich drehten sie gerade einen anderen armen Tropf durch den Wolf.

Nach allem, was ihm seine Freunde von den Verfahren berichtet hatten, war er zu dem Schluss gekommen, sich nach Kräften gegen jede Form der Demütigung zu wehren. Die bevorstehende Verhandlung ängstigte ihn nicht. Er verspürte eine gewaltige Wut bereits bei der Vorstellung, sogleich von Männern inquisitorisch befragt zu werden, die wohl in der Mehrzahl Wehrmachtsangehörige gewesen sein mussten. Möglicherweise hatte sich der eine oder andere sogar an Kriegsverbrechen beteiligt.

Im Nebenraum war es still geworden. Dann ertönten Schritte und er vernahm das Öffnen und sofort darauf das Schließen einer Tür. Offensichtlich hatte das Verhandlungszimmer mehrere Zugänge. Er hörte Gemurmel, Stille, weiteres Gemurmel. Dann wurde die andere Tür erneut geöffnet und wieder geschlossen. Er sah auf seine Uhr. Seine Verhandlung hätte bereits vor einer Viertelstunde beginnen sollen. Wieder vernahm er Gesprächsfetzen. Dann wurde plötzlich die Tür zu dem Raum geöffnet, in dem er saß. Ein junger Mann mit langen, blonden Haaren und einem noch schütteren Bart stürmte herein. Sein Blick war starr nach unten gerichtet.

»Hallo«, grüßte Aron. Als der andere aufblickte, erkannte er sofort dessen Verzweiflung.

»Scheiße«, sagte der Blonde mit belegter Stimme. »Abgelehnt!«

Ein Textfragment ging Aron durch den Sinn. *Der Regen tröpfelte seine Traurigkeit in meinen unbeschwerten Vormittag.* Woher kannte er das?

Einige Minuten später wurde Aron Winter hereingerufen. Ein Mann, der sich ihm wenig später als der Vorsitzende des Prüfungsausschusses vorstellte, wies ihm den Stuhl ihm gegenüber zu. Seitlich links von ihm saßen zwei, rechts ein weiterer Beisitzer. Der Vorsitzende mit Namen Volker Schwielow, ein blasser blonder Mann mit dunkel gefasster Brille, stellte ihm, dabei links außen beginnend, »die drei Herren« vor, die letztendlich über seinen Antrag zu befinden hätten. Er selbst sei nicht stimmberechtigt, habe lediglich für einen geordneten Ablauf zu sorgen. Ganz links, und somit ihm am nächsten, saß Gisbert Renner, ein Mann mit gesunder, wenngleich eine winzige Nuance zu stark ins Rötliche gehender Gesichtsfarbe. Sein dichtes dunkles, lockiges Haar war frisch geschoren. Er trug ein jägergrünes Jackett, das Ähnlichkeit mit einem Trachtenjanker hatte. Der Beisitzer neben ihm wurde als Rolf Müller vorgestellt. Der Endfünfziger hatte sein hellbraunes Jackett über die Lehne seines Stuhles gehängt und war, während er den Antragsteller musterte, im Begriff, die Ärmel seines geblümten Hemdes bis unter die Ellenbogen hochzukrempeln.

Den beiden gegenüber saß ein stiller, sehr ernst dreinblickender Mann, auch er war Brillenträger. Obwohl Gunter Bertram der Älteste in dieser Runde war, gehörte er dem Gremium erst seit dessen letzter Neubesetzung an. Er war vom SPD-Kreisverband seines Heimatlandkreises vorgeschlagen worden und innerlich fest entschlossen, den Anträgen, sofern es irgendwie vertretbar erschien, durchgängig zu folgen.

Nach der Feststellung der Personalien, der erläuternden Verkündigung verschiedener Hinweise zum Verfahren und der Verlesung des Begründungsschreibens forderte Volker Schwielow Aron auf, seinen Antrag zu erläutern. Der tat dies wortreich, wobei er die Problematik einer möglichen zugespitzten militärischen Situation sowie die geschichtliche Last Deutschlands besonders betonte. Dies führe zu der Verpflichtung, dass von deutschem Boden niemals mehr ein bewaffneter Konflikt ausgehen dürfe.

Bertram stellte ihm eine wohlwollend gemeinte Zwischenfrage. Arons Antwort stellte diesen offensichtlich zufrieden, was er mit mehrmaligem Nicken unterstrich.

Den beiden Herren auf der anderen Seite schien die Antwort weniger zu gefallen. Renner, ein Fuhrunternehmer aus Bietigheim, wiegte zweifelnd sein gelocktes Haupt. Der Mann daneben machte sich ausführliche Notizen.

Da kein anderer etwas sagte, ergriff Schwielow wieder das Wort: »Ihren Ausführungen werden die Anwesenden kaum widersprechen wollen. Sie entsprechen dem gesunden Menschenverstand, sind also vernünftig. Allein, Vernunftgründe sind noch nicht ausreichend, um berechtigt zu sein, den Dienst mit der Waffe zu verweigern.« Und auffordernd fügte er hinzu: »Versuchen Sie doch Ihre Gewissensgründe, sofern vorhanden, zu präzisieren.«

Aron Winter sprach vom Tötungsverbot als dem sichtbaren Ausdruck einer zivilisierten Gesellschaft und davon, dass er für keinen Staat der Welt jemanden töten würde.

Rolf Müller gab Schwielow ein Handzeichen und sah noch kurz zu diesem hinüber, ehe er das Wort ergriff: »Es gibt doch Situationen, in denen man dem Staat ein Verteidigungsrecht zubilligen muss.«

»Das sehe ich nicht so.«

Renner schnaubte hörbar, beugte sich nach vorne und begann ihn mit strengem Blick zu fixieren.

Aron erkannte winzige Schweißtropfen auf seiner Stirn. Warum zog der Mann nicht seine dämliche Lodenjacke aus? Kurz überlegte er, ob er ihm die Entledigung seines Jacketts empfehlen sollte, unterließ es aber.

»Es gibt Situationen, in denen ein Gemeinwesen einer inneren oder einer von außen kommenden Bedrohung ausgesetzt sein kann.« Schwielow sprach leise und routiniert. War es Milde? Oder langweilte er sich über diese Darstellung, die er so oder ähnlich wohl schon viele Male aus den Mündern junger Männer gehört hatte?

»Es gibt eine individuelle Notwehrsituation, aber keine, die ein ganzes Volk betrifft«, fuhr Aron mit fester Stimme fort.

»Man kann diese Dinge auch zusammenführen.« Eifrig mischte sich nun Bertram ein, der sich sicher war, dass der Antragsteller, der auf ihn einen klugen Eindruck machte, die jetzt von ihm aufgeworfene Frage leicht würde beantworten können. »Versetzen Sie sich doch einen Moment lang in die – zugegebenermaßen fiktive – Situation, dass es zu einem bewaffneten Konflikt zwischen den Warschauer-Pakt-Staaten und der NATO kommt.«

»Schwer vorstellbar.«

»Nur mal angenommen.« Bertram saß zurückgelehnt auf seinem Stuhl. Mit den Händen formte er in Höhe des Magens ein Gebilde, das man Jahrzehnte später als *Merkel-Raute* bezeichnen würde. »Innerhalb eines solchen Konfliktes ist es doch ohne Weiteres denkbar, dass Sie Waffengewalt anwenden müssen, um andere zu schützen.«

»Ja«, mischte sich Renner nun lebhaft ein, »nehmen wir einmal an, russische Soldaten bedrohen Ihre Familie.«

»Das halte ich für unrealistisch. Deutschland hat in diesem Jahrhundert zweimal Russland angegriffen. Umgekehrt war das bislang noch nicht der Fall.«

»Haben Sie eine Freundin?«, insistierte Müller.

»Ja, ich habe eine Freundin. Aber was soll das?«

»Nehmen wir einmal an«, fuhr Müller unbeirrt fort, »Ihre Freundin würde innerhalb eines bewaffneten Konflikts zusammen mit anderen als Geisel genommen. Es besteht die

Gefahr, dass man sie ermordet oder ihr auf andere Weise Gewalt zufügt. Würden Sie nicht versuchen, das zu verhindern?«

»Das ist doch sehr konstruiert. Als Kriegsdienstverweigerer, der ich bin, trage ich niemals eine Waffe.«

»Nehmen wir das einfach mal an«, sagte Bertram lahm.

»Ich möchte mir das nicht vorstellen.«

»Wenn Sie Ihre Glaubwürdigkeit unter Beweis stellen wollen, müssen Sie schon auf die Fragen der Beisitzer eingehen«, mahnte der Vorsitzende.

»Diese Fragen sind sittenwidrig.«

»Hören Sie mal«, erboste sich Renner. »Sie sind nicht der Erste, den wir in einer Verhandlung vor uns haben.«

»Beantworten Sie bitte die Frage«, mahnte Schwielow nochmals.

»Sie meinen, ich soll mir vorstellen, wie meine Freundin das Opfer einer Gewalttat wird?«

»Ja. Und wir wollen von Ihnen wissen, wie Sie sich in einer solchen Situation verhalten würden.« Man sah es Renner unschwer an, dass er Mühe hatte, die Fassung zu wahren. »Stellen wir uns vor, einer der Russen – ich verbessere: einer der Aggressoren – macht Anstalten, Ihre Freundin zu vergewaltigen.«

»Und ich hätte eine Waffe?«

»Ja, das unterstellen wir mal«, sagte Bertram. Er war insgeheim enttäuscht darüber, dass der Antragsteller seine Steilvorlage für eine schlüssige und erfolgversprechende Darstellung nicht aufgegriffen hatte.

Aron blickte einen Moment lang zur Decke. Dann sah er zuerst den Vorsitzenden, dann Renner und schließlich Müller an. »Ich würde ihm ins Gesicht schießen. Mitten in die Fresse.« Aron sagte dies mit größtmöglicher Beherrschung. Nach außen wirkte er vollkommen ruhig.

»Was täten Sie?«, flüsterte Bertram, der sich bislang als Verbündeter Winters betrachtet hatte.

»Wir lassen uns nicht veräppeln«, brüllte mit einem Mal Renner.

»Das tue ich nicht.« Winter konzentrierte sich nur noch darauf, ruhig zu klingen. Er zögerte kurz und fuhr dann fort: »Wenn ich's recht bedenke, ich würde ihm mit einer Salve die Fresse zerhacken.«

»Sie sind ein Monster«, japste Müller.

»Sie sind kein Kriegsdienstverweigerer«, sagte Bertram resigniert. Er legte die gefalteten Hände auf die vor sich ausgebreiteten Unterlagen und fuhr dann fort: »Sie stehlen uns die Zeit.«

»Meine Herren«, sagte Aron in die eingetretene Stille hinein, »Sie haben doch alle gedient. Kann es sein, dass jemand an der Ermordung meiner Familie mitgewirkt hat?«

»Unerhört«, brüllte Renner. Dann schrien und redeten die drei Beisitzer laut durcheinander.

Der Vorsitzende nahm die Arme nach vorne. Mit erhobenen Händen versuchte er, dem Tohuwabohu Einhalt zu gebieten.

Aron hatte diesen Verlauf nicht geplant. Einen Augenblick lang war er über sich selbst überrascht. Scham und Stolz rangen in seinem Inneren um die Oberhand.

»Ich unterbreche die Sitzung«, sagte Schwielow so laut als möglich. »Wir haben Klärungsbedarf.«

Erst jetzt zog Gisbert Renner sein viel zu warmes Jackett aus. Große Schweißflecken verdunkelten sein Hemd an mehreren Stellen. Mit dem Taschentuch wischte er sich die nasse Stirn ab, dann den Hals und schließlich beide Handrücken.

Müller klopfte wütend mit seinem Kugelschreiber auf die Resopalbeschichtung des Tisches. Bertram strich sich mit gespreizten Fingern mehrmals durchs mittlerweile in Unordnung geratene Haar.

»Ich habe die Sitzung unterbrochen«, fuhr Schwielow fort, »weil Ihre Äußerung Fragen aufwirft, die vor der Weiterführung dieser Verhandlung beantwortet werden müssen. Sind Angehörige von Ihnen im »Dritten Reich« umgekommen?«

»Mehrere.«

»Waren diese nachweislich im Widerstand? Ich frage dies, weil Sie offensichtlich kein Jude sind.«

»Ich bin kein Jude. Aber die Ermordeten waren Juden.«

»Wie kann das sein?«, platzte Bertram dazwischen.

»Haben Sie schon einmal von der Seelbacher Unternehmerfamilie Winter gehört?«, fragte Aron.

»Ja natürlich«, entgegnete Bertram. »Aber den Unterlagen nach sind Sie konfessionslos, also kein direkter Nachfahre dieser Familie, zumindest kein Jude.«

»Jude ist man, wenn die Mutter Jüdin ist. Meine Mutter ist das nicht.«

»Aber die Umgekommenen entstammten Ihrer Familie?«, erkundigte sich Schwielow. Nebenher fertigte er kurze Notizen für das Protokoll.

»Die Ermordeten.«

»Wie?«

»Sie sind nicht irgendwie umgekommen. Sie sind ermordet worden. Meine Großmutter, meine beiden Tanten, mein Onkel. Ein weiterer Onkel zweiten Grades mitsamt seiner Familie.«

Der Vorsitzende schrieb wortlos weiter. Dann sah er auf und sagte vorwurfsvoll: »Sie hätten sich und uns dies alles ersparen können. Nachkommen von Ermordeten oder anderweitig Verfolgten des Nazi-Regimes werden vom Wehrdienst freigestellt. Sie könnten sich lediglich freiwillig zur Bundeswehr melden. Für den zivilen Ersatzdienst besteht diese Möglichkeit nicht.« Er machte sich weitere Notizen und fuhr dann fort: »Sie können jetzt gehen. Allerdings müssen Sie einen formellen Antrag auf Wehrdienstbefreiung stellen. Und die Richtigkeit der von Ihnen geschilderten Sachverhalte haben Sie mit einem beglaubigten Nachweis zu belegen.«

Aron wurde von dieser unerwarteten Wendung vollkommen überrascht. Erleichtert erhob er sich und nickte wortlos in die Runde. Renner sah finster zu ihm auf.

Draußen machte er sich auf die Suche nach der Amtsstube, in der ihm die Reisekosten erstattet wurden.

Als er an der vierspurigen Stuttgarter Straße angekommen war, kaufte er sich an einem Kiosk eine Flasche Bier. Er ging hinüber zur nahegelegenen Bärenwiese und setzte sich auf das noch spärlich wachsende Gras. Der überraschende Ausgang der Verhandlung ließ seine Pläne für die Zeit nach dem Abitur durcheinanderpurzeln. Er hatte vorgehabt, zuerst eine Zeitlang zu jobben, dann mit Birgit, Joschi, Angie und Honey ein paar Wochen mit einem alten VW-Bus wegzufahren. Und für danach hatte er achtzehn Monate Zivildienst eingeplant. Eine Stellenzusage hatte er bereits: Fahrdienst beim ASB. Dann doch gleich studieren? Er hatte sich noch keinerlei Gedanken darüber gemacht, was für ihn das geeignete Fach wäre. Neigungen hatte er schon. Aber auf eine schnelle Entscheidung war er nicht vorbereitet.

Ein langhaariger Bursche riss ihn aus seinen Gedanken.

»Eh Mann, hast du was zu verchecken?«

Aron schüttelte nur den Kopf. Der andere trottete wortlos davon.

Der Ausgang seines Verfahrens war für die Freunde eine Sensation.

»Hast du die Ärsche wirklich gefragt, was sie im Zweiten Weltkrieg gemacht haben?«, erkundigte sich Angie nun bereits zum dritten Mal. Nur Joschi schaute ihn aus seinen dunklen Augen traurig an.

Aron drückte ihn an sich. »Joschi, das wird auch bei dir gut ausgehen. Davon bin ich überzeugt.«

Seine Mutter zeigte nach seiner Schilderung keine sonderliche Regung. Wie um sich nochmals zu vergewissern, fragte sie: »Du musst also keinen Zivildienst leisten? Dann gewinnst du wertvolle Zeit.«

»Was machst du denn dann?«, fragte Helene.

Er zögerte.

»Wenn du klug bist, fängst du sofort mit dem Studium an«, sagte seine Mutter, während sie einen Salat wusch.

Wenig später, als sie zusammen am Tisch saßen – Leonore hatte Schnitzel gebraten und dazu gab es Röstkartoffeln mit grünem Salat – stocherte er seltsam abwesend in seinem Essen.

»Schmeckt es dir nicht?«, fragte die Mutter. Es klang eher überrascht als vorwurfsvoll.

Er sah von seinem Essen auf. »Nein, nein, es schmeckt wie immer. Mir ging gerade nur eine Idee durch den Kopf. Vielleicht gehe ich ein Jahr nach Israel. Es gibt da so internationale Friedensdienste. Die haben auch dort Einsatzstellen. Und ich könnte unsere Halbschwestern kennenlernen.«

»Blödsinn, Junge.« Leonore schnaubte verärgert. »Ich geb dir das Geld, damit du mit deinem Vater telefonieren kannst. Oder schreib ihm einen Brief. Der hat es nämlich dort nicht lange ausgehalten.«

Die Zeit der schriftlichen Prüfungen verlief für Aron gänzlich unspektakulär. Die Aufregung der anderen steckte ihn kein bisschen an. Er absolvierte sämtliche schriftlichen Arbeiten völlig entspannt. Während jeder Prüfung trank er mit Genuss und gebilligt von den Aufsicht führenden Lehrern zwei der jetzt in Mode gekommenen Milchtüten leer. In Mathematik und Physik hatte er – soweit das nach den Prüfungen zu rekonstruieren war – alles richtig. Und was den Deutschaufsatz anging, hatte er ebenfalls ein gutes Gefühl.

Bir Hakeim

Unverändert schlug schwerer Regen gegen die Scheiben des ICE, der nun mit hoher Geschwindigkeit über die Schnellbahntrasse zwischen Kassel und Göttingen raste. Der Zug hatte Verspätung. An Tagen wie diesen litt Aron Winter oft an jener milden Depression, die er gelegentlich, wenngleich nur im engsten Freundeskreis, als *Überreste einer althebräischen Melancholie* bezeichnete. Das war deshalb bemerkenswert, da er sich weder als Jude betrachtete noch andere religiöse Bindungen verspürte.

Er fuhr zurück nach Magdeburg. Der Vortag hatte ganz im Zeichen der Erinnerung an ein merkwürdiges Zusammentreffen von drei gänzlich unterschiedlichen und auch nicht miteinander im Zusammenhang stehenden Ereignissen gestanden. Jedes Jahr seither musste er an diesem Tag wieder daran denken.

Gestern vor zehn Jahren war sein Vater gestorben. Jakob Winter, zu dessen Wesen er nie völlig durchgedrungen war, den er zu Zeiten bewundert, geliebt und gehasst hatte und dessen Leben für ihn bis zu seinem letzten Tag und sogar über den Tod hinaus von zahlreichen Geheimnissen umwittert blieb. Geliebt hatte er ihn eigentlich nur in frühester Kindheit. Später mischten sich Enttäuschung und Wut über die erlebte Trennung mit Achtung und Respekt vor den Umständen seines hochdramatischen Überlebens.

Genau am Todestag des Vaters trafen auch mit der erst am frühen Nachmittag eingehenden Post zwei Briefe ein, die sein weiteres Leben nachhaltig bestimmen sollten. Ein Brief von seiner Frau und ein Schreiben der Otto-von-Guericke-Universität Magdeburg, wie unschwer an den Absendern zu erkennen war. Er konnte sich auch Jahre später genau daran erinnern, wie er mit gespannter Erwartung das Schreiben des Magdeburger Rektors öffnete, der ihm endlich bestätigte, worauf er in den letzten Monaten gehofft hatte. Er hatte tatsächlich den Ruf an die dortige Universität erhalten. Seine Bewerbung um eine Professur war erfolgreich gewesen, was ihm nach zehnjähriger Tätigkeit an der Fachhochschule Mainz noch eine universitäre Karriere eröffnete. Eine winzige Freude an diesem so überaus traurigen Tag, die er gerne mit seinen Freunden bei einem fröhlichen Umtrunk geteilt hätte. Aber das ging leider nicht, denn er musste sich ja um die Vorbereitungen zur Bestattung seines Vaters kümmern.

Der zweite Brief seiner von ihm schon seit Längerem getrennt lebenden Frau überraschte ihn zunächst nicht, denn sie war über das lange Leiden und qualvolle Sterben seines Vaters, wenn auch nicht über seinen Tod, natürlich informiert. Vermutlich wollte sie ihm ihr Mitgefühl ausdrücken in dieser schweren Zeit.

Arons Vater war an Leukämie erkrankt und hatte in der ihm eigenen, unnachgiebigen Art darauf bestanden, die letzten Wochen ohne Behandlung und vor allem ohne schmerzstillende Medikation zu ertragen. »Ich will meinen Tod bewusst erleben«, hatte er gesagt. »Man hat mir schon so viel gestohlen in diesem Leben. Meinen Tod kriegt ihr nicht.«

Niemand konnte den Sterbenskranken von dieser Idee abbringen. Weder das Personal im Altenheim noch die Ärzte oder der Stuttgarter Rabbiner – und auch er nicht, der er noch den meisten Kontakt zum Vater hatte, und auch Helene und seine vier Halbgeschwister aus Jakobs erster und dritter Ehe nicht. Von denen kam allerdings ohnehin nur Judith, die Älteste, hin und wieder zu Besuch nach Deutschland.

Dass dieser Brief seiner Frau ihm ebenfalls in unauslöschlicher Erinnerung blieb, hatte damit zu tun, dass sie sich mit keinem Wort nach dem Befinden seines Vaters erkundigte. In wenigen Zeilen eröffnete sie ihm nur, dass sie die Scheidung eingereicht hatte.

Diese Mischung aus tiefer Trauer, banger Zukunftserwartung und schmerzhafter Enttäuschung hatte dazu geführt, dass er den Tag wohl sein Leben lang nie vergessen würde. Und gestern hatte er sich bereits zum zehnten Mal gejährt!

Aron Winter war aus diesem Grund zuerst auf den Seelbacher Friedhof gegangen. Zu seiner Freude hatte er festgestellt, dass auf dem schlichten Grabstein seines Vaters einige Steine lagen. Es gab also noch andere Menschen, die Jakob Winter in Erinnerung behalten hatten. Nach einem kurzen Gang über den Friedhof hatte er seine Mutter besucht, die trotz ihrer einundneunzig Lenze noch selbständig in ihrer Wohnung lebte. Helene kümmerte sich um sie.

Aron Winter hatte seinen Vater, der nach einem unsteten Leben seine letzten Jahre in Stuttgart verbracht hatte, in Seelbach zur letzten Ruhe begleitet. Dort war Jakob Winter geboren worden und dort hatte er seine Kindheit und Jugend verbracht Als ihm 1942 als einem der wenigen die Flucht aus dem Rigaer Ghetto gelang, hatte ihn eine junge Lettin vor dem sicheren Tod gerettet und ihn zu einer Partisaneneinheit gebracht. Die selbstlose Helferin war Achat Purina, sie wurde später seine Ehefrau. Aufgrund seiner »geschickten deitschen Finger«, die Janis Caunis, dem Führer ihrer Kampfgruppe, aufgefallen waren, wurde er zur Herstellung von Zündern und Sprengsätzen ausgebildet. Nach der weitgehenden Vernichtung ihrer Einheit gelang ihm mit Achat Purina eine abenteuerliche Flucht, die ihn über Schweden, Spanien und Gibraltar nach Nordafrika führte. Dort schloss er sich der *Jüdischen Brigade* der britischen Armee an. Als Mitglied eines

Sprengkommandos verschlug es ihn in eine Einheit jüdischer Freiwilliger. In dieser war er der einzige Deutsche unter palästinensischen, französischen, polnischen und lettischen Juden. Schon im Juni 1942 waren sie unter denen, die bei Bir Hakeim Angriffe der italienischen Division *Ariete* zurückschlugen. Halb verdurstet behaupteten sie ihre Stellung an einem Ort, der bis dahin auf keiner Karte zu finden war. Einige Furten kreuzten sich in der Nähe ausgetrockneter Brunnen. Wenige Tage später stand der schwäbische Jude Rommels Panzern gegenüber, die zur Unterstützung der Italiener anrückten. Jakob Winter befand sich zehn Tage in der Hölle. Doch die Juden von Bir Hakeim entwickelten sich zu einem Stachel, der Rommels rasches Vordringen verhinderte und dadurch dessen Einheiten tödlichen Schlägen der englischen Luftwaffe aussetzte.

Nichts ist dauernd als der Wechsel,
Nichts beständig als der Tod.

Als sein Blick das etwas überhebliche Bahnhofsschild *Universitätsstadt Göttingen* streifte, kamen ihm jene Zeilen in den Sinn, ein Auszug aus einem Zitat Ludwig Börnes, das Heinrich Heine seiner *Harzreise* als Motto voranstellt. Letzterer begann 1824 seine lange Wanderung in dieser Stadt, deren Berühmtheit er auf *ihre Würste und die Universität* zurückführte. Der Satiriker und Polemiker hielt nicht viel von den dortigen Gelehrten und diesem Ort, in dem »*eine neue Studentengeneration die andere fortdrängt, und nur die alten Professoren bleiben stehen in dieser Bewegung, unerschütterlich fest, gleich den Pyramiden Ägyptens – nur dass in diesen Universitätspyramiden keine Weisheit verborgen ist.*«

Desiderius Jonas, unter allen Kollegen sein bester Freund und gleich ihm Göttinger Absolvent, hatte es einmal knapper, aber nicht weniger treffend formuliert: »Göttingen und seine Wissenschaften werden im Allgemeinen überschätzt.«

Und dennoch hatten sie beide hier gerne gelebt, studiert, diskutiert, gefeiert und geliebt. Es waren entscheidende Jahre ihres Lebens gewesen.

Wie auch sein Freund hatte Aron Winter dort nach zahlreichen eher flüchtigen Liebschaften seine spätere erste Frau kennengelernt. Die in jeder Hinsicht *kämpferische Beziehung* mit der französischen Politaktivistin Claudette war erst wenige Wochen beendet, als er in dem damaligen Szenelokal *Becherweyde* in der Groner Straße Margret Zeller kennenlernte. Sie war so ziemlich in allem das blanke Gegenteil ihrer Vorgängerin. Sie war klug, aber zurückhaltend, liebte innig, hatte aber – soweit er das wusste – in den 27 Jahren, die sie zusammen waren, nie eine Affäre. Sie hatte einen Standpunkt, der seiner Haltung zu vielen Dingen nahe kam. Aber im Gegensatz zu Claudette, die ihn überallhin mitschleifte, wo eine Demo, eine Platz- oder Hausbesetzung stattfand, blieb sie Ereignissen, die in Gewalt ausarten konnten, lieber fern.

Sie heirateten am 1. Mai 1979. Er hatte seinen Kommilitonen und Mitbewohner Desiderius Jonas als Trauzeugen benannt. Dem war es gelungen, einen Standesbeamten aufzutreiben, der bereit war, sie an einem Feiertag zu vermählen.

Dass Aron keinen seiner alten Freunde zum Trauzeugen gemacht hatte, erzeugte mehr Groll, als er erwartet hatte. Joschi war richtig sauer. Aber auch Angie und Honey schmollten. Ausgerechnet Christoph Böhringer half ihm, die Wogen zu glätten.

»Seit ich euch kenne, habt ihr die Ehe immer als eine kleinbürgerliche, spießige Einrichtung bezeichnet. Ari wollte euch doch nur die Peinlichkeit ersparen, bei so was mitzumachen.«

Die Hochzeit fand im kleinen Kreis statt. Nach der amtlichen Zeremonie ging das Brautpaar mit den Trauzeugen essen. Dass Greta, wie er sie meist nannte, schwanger war, hatte eine gewisse, allerdings nicht die entscheidende Rolle gespielt. Damals liebten sie sich inniglich. Die meisten ihrer Göttinger Freunde sahen in ihnen das *ideale Paar*. Als am 4. Januar 1980 sein erster Sohn Joshua geboren wurde, hatte er gerade mit seiner Promotion begonnen. Sie lebten von Gretas Nebenverdienst, den paar Mark Kindergeld und seinem kargen Promotionsstipendium der Friedrich-Ebert-Stiftung. Seine Mutter konnte ihm nichts zuschießen. Seine recht begüterten Schwiegereltern hatten die Partnerwahl ihrer Tochter aufs Schärfste missbilligt, weshalb sie ihrer Tochter *keinen Pfennig* zu geben bereit waren. Da ihre Eltern vermögend waren, bekam Greta kein BAföG und sie war ihrerseits zu stolz und zu enttäuscht, um auf dem Klageweg gegen die eigenen Eltern vorzugehen.

»Wir waren arm, aber glücklich«, sagten beide einhellig, wenn sie auf diese Zeit zurückblickten, auch als sie längst geschieden waren.

Der ICE verließ den Bahnhof. Nun regnete es wieder so stark, dass das Wasser in welligen Schlieren die Scheiben hinunterschoss. Je schneller der Zug fuhr, umso langsamer flossen sie ab. Bis jener kurze Augenblick erreicht war, in dem das Wasser im Gleichgewicht gehalten wurde. Sekunden später zerstob es in alle Richtungen. Mit einem Mal musste er an Honey denken. Im vorletzten Schuljahr hatten sie eine Schülerband gegründet. Honey sang, er war begabt. Und er legte immer großen Wert darauf, Texte zu schreiben oder wenigstens auszusuchen. Der platschende Regen brachte ihm Zeilen in Erinnerung, die sie damals vertont hatten: *Rain, guttering down in waterfalls of slime.*

Das Stakkato der Silben war wie für einen Rocktitel gemacht. Sie hatten Honey nie gefragt, woher er den Text hatte. Er brachte gleich eine Idee für die Vertonung mit. Die Silben knallten ins Mikro, Bass und Schlagzeug fanden sich leicht. Chris, der besser war als die anderen, legte kurze Gitarrenriffs darüber.

Jahrzehnte später, im Sommer 2013, bekam er auf einem Tübinger Bücherflohmarkt ein Bändchen mit englischen Gedichten in die Hand. Versonnen hatte er es durchgeblättert. Und plötzlich fand er die Zeilen wieder: *»Rain, guttering down in waterfalls of slime, kept slush waist high that, rising hour by hour, choked up the steps too thick with clay to climb.«*

Es war noch beeindruckender, als er damals geahnt hatte. Er notierte sich die Verse und daneben seine Übersetzung: *Regen, niederströmend in Kaskaden aus Schlamm, ließ den Schlick hüfthoch steigen, Stunde um Stunde, und überzog die Stufen mit einer so dicken Lehmschicht, dass man nicht mehr herauskam.*

Honey hatte ihnen nie erzählt, dass der Text gar nicht von ihm war. Die Zeilen waren Teil des Gedichts *The Sentry*. Geschrieben von Wilfred Owen, dem wohl bedeutendsten britischen Schriftsteller des Ersten Weltkriegs. In Frankreich hatte man ihm das *Military Cross* verliehen. Er fiel noch im November 1918, wenige Tage vor dem Waffenstillstand. Er hatte das durchlebte Grauen und die daraus resultierende tiefe Verstörung in zahllosen Gedichten und Sonetten verarbeitet. Die allermeisten waren erst *post mortem* veröffentlicht worden. Ein weiteres Gedicht fiel Aron auf, und die Verse, die ihn besonders berührten, schrieb er sich ebenfalls auf.

Männer schliefen marschierend,
vielen blieben die Stiefel stecken –
Doch hinkten weiter, blutwund, blind und wie in Stücken …
Gas! Gas! Schnell, Jungs!
Einer schrie noch laut …
Wenn du nur einmal im würgenden Traum
Hinter dem Karren gingst, auf den wir ihn geworfen, …
Danach wär der Krieg auch für dich kein Fest:

Du würdest
Die Lüge nicht mehr erzählen: Süß und ehrenvoll
Ist es, fürs Vaterland zu sterben.

Sein Vater hatte mit ihm nie über die Details seiner grauenhaften Kriegserlebnisse, besonders in Nordafrika, gesprochen, aber das Wenige, was er berichtete, ließ ahnen, durch welche Hölle er in den Jahren zwischen 1942 und 1945 gegangen sein musste. Am Nachmittag seines zehnten Todestages besuchte Aron die Ausstellung *Mythos Rommel* im Stuttgarter *Haus der Geschichte.* Mit grimmiger Heiterkeit musste er nach intensiver Betrachtung feststellen, dass zumindest die schwäbische Geschichtsschreibung immer noch nicht dazu bereit war, dessen Mythos anzukratzen. Dass ausgerechnet vierhundert jüdische Freiwillige, von denen mehr als dreihundert ihr Leben ließen, zum Scheitern des *Wüstenfuchses* beigetragen hatten, wurde hier nicht vermerkt. Bir Hakeim blieb in Deutschland – anders als in England, Frankreich und Israel – weiterhin eine *Schlacht ohne Namen*. Er stieß in der Ausstellung lediglich auf ein großformatiges Bild, das einen sichtlich erschöpften Rommel mit seinem Stabschef Oberst Fritz Bayerlein und anderen Offizieren zeigte. *Lagebesprechung in Bir Hakeim 1942* lautete die nichtssagende Beschriftung.

Als der Zug in Braunschweig einfuhr, wurde Aron jäh aus den Erinnerungen an seinen Vater gerissen. Obwohl er Kriegsdienstverweigerer war, hatte er diese Seite seines Vaters am meisten bewundert. Wobei *bewundert* vielleicht doch der falsche Begriff war. Er zollte seiner Furchtlosigkeit großen Respekt, auch wenn ihm andere seiner Eigenschaften eher gleichgültig waren und er ihn für manches, was er getan hatte, sogar verachtete.

Kehraus

Ludwig war seit geraumer Zeit wieder alleine auf dem Anwesen. Das entsprach zwar nicht ganz den Tatsachen, wohl aber seiner Sichtweise. Die beruhte darauf, dass ihn zum wiederholten Mal eine Frau verlassen hatte, die es auf dem Hof – vor allem aber mit ihm – nicht länger ausgehalten hatte. Allein war er keineswegs. Noch lebte Maria, eine geborene Dörfler, die zweite Frau seines längst verstorbenen Großvaters. Ein gutes Jahr nach dem frühen Tod der Altbäuerin hatte dieser zum zweiten Mal geheiratet. Diejenigen, die mit dem Köcherhofbauern zu tun gehabt hatten, bestätigten, dass Friedrich Lang nach der zweiten Eheschließung verträglicher geworden war, weniger streitsüchtig, vor allem aber weitgehend befreit von seinen früheren, oftmals brachialen Wutausbrüchen.

Noch immer führte die rüstige Greisin den Haushalt. Daneben kümmerte sie sich um die Hühner, *das Geziefer*, wie sie sagte, und sorgte dafür, dass der Jungbauer das Wohnhaus nicht vollkommen verwahrlosen ließ.

Ludwig war, wie bereits sein Großvater, bestrebt, in Frieden mit ihr auszukommen. Aber von seinen privaten Eskapaden, die ihn regelmäßig in die Bordelle Heilbronns, ins *Tanzkaffee Wien* oder ins Backnanger *Rififi* führten, konnte Maria ihn ebenso wenig abhalten wie von seinen sturzbesoffen unternommenen Autofahrten. Längst hatte sie resigniert und machte keinen Versuch mehr, ihm seine Exzesse und Torheiten auszureden.

An diesem Fastnachtsdienstag des Jahres 1975 entschloss sich Ludwig nach Beendigung der abendlichen Stallarbeit doch noch auf den Fasching zu gehen. Kurz zog er in Erwägung, ins *Sonneck* nach Hall zu fahren, verwarf diesen Gedanken aber rasch wieder. Ihm stand der Sinn nach einem krachenden Saalfasching. Und einer der besten Faschingsdienstagsbälle fand damals in der Murrhardter Stadthalle statt. Vielleicht ging dort noch was mit einer Frau. Und wenn nicht? Auch egal.

Es war schon weit nach zehn, als er die zum Bersten volle Halle betrat. Obwohl Kapelle, Bühnenbild und Saaldekoration nicht herausragend waren, saßen die Feiernden dicht gedrängt an langen Tischreihen. Freude, Ausgelassenheit und Erregung steuerten auf den Siedepunkt zu.

Das Publikum war jung. Die Band spielte überwiegend aktuelle Popmusik, beschränkte sich auf ein Minimum der gängigen Karnevalsschlager. Das gefiel nicht allen. Auch Ludwig war nicht sonderlich begeistert. Zumal er auf Anhieb keine attraktive Frau erspähte, die unbegleitet an dem Faschingskehraus teilnahm.

Er verließ den Saal und drängte sich zwischen diejenigen, die im Foyer an der schlicht dekorierten Bar saßen und tranken. Unter die in der Mehrzahl schon recht angetrunkenen Männer mischten sich in loser Folge Pärchen, die auf ihre frische, meist flüchtige Bekanntschaft mit einem Sekt-Orange oder einem härteren Getränk anstoßen wollten.

Ludwig hatte seine dritte Asbach-Cola vor sich, als er aus dem überdrehten Geflachse und Gekreische eine ihm bekannte Stimme heraushörte. Er sah sich um und erkannte Xeni, seine Ex-Schwägerin, in aufreizend lasziver Aufmachung. Sie war stark geschminkt und trug ein Silberkrönchen. Der dazu passende, mit Silberfäden bestickte BH war wenigstens zwei Nummern zu klein. Sie flirtete ausgelassen mit einem als Pirat verkleideten Dunkelhaarigen, den Ludwig nicht kannte.

Nun schien sie ihn ebenfalls wahrgenommen zu haben, denn sie winkte mit einem schelmischen Kichern zu ihm herüber.

Er rutschte von seinem Barhocker, griff sein Glas und ging zu den beiden hin.

»Was machsch denn du da?«, begrüßte er sie.

Ihren Begleiter, den er weder gegrüßt noch angeschaut hatte, schien das Auftauchen eines so dickfelligen Burschen zu ärgern. Zumal dieser jetzt auch noch Anstalten machte, sich zwischen ihn und Xeni zu drängen, wobei er ihm demonstrativ den Rücken zukehrte.

»Mach dich mal nicht so breit«, sagte der Pirat. Dabei straffte er demonstrativ seinen braun geschminkten muskulösen Oberkörper, über dem er eine einfache schwarze Weste trug.

»Han i null g'wählt, dass du lallsch?«, erwiderte Ludwig kryptisch, ja drohend.

»Keinen Streit hier«, mahnte einer vom hektisch arbeitenden Bar-Team. Der lange Lulatsch stellte ein halb eingeschenktes Glas beiseite und legte seine stark behaarten, kräftigen Unterarme demonstrativ vor den beiden Streithähnen auf den Tresen.

Xeni lachte kreischend. Sie war betrunken und offensichtlich enthemmt.

Ludwig begehrte sie nicht wirklich. Die Vorstellung, die frühere Frau seines verhassten Bruders anzufassen, widerte ihn an.

»Cool down, Jungs, cool down«, brabbelte die Betrunkene.

Der Pirat ging an Ludwig vorbei und stellte sich mit dem Rücken zur Wand neben Xeni.

»Zwei Bacardi-Cola«, orderte er beim nächststehenden Barkeeper. Wie alle anderen auch war dieser ein Ehrenamtlicher einer örtlichen Jugendorganisation. Der Umsatz an der

Bar war noch an jedem Fasching die wichtigste Einnahmequelle des Jahres gewesen. Und getrunken wurde hier noch wenigstens bis morgen früh um drei.

»Für mich keine Cola-Rum«, wehrte Xeni ab. »Schenk mir noch einen Sekt ein, nein, lieber einen Eierlikör.«

»Hahaha, Eierlikör«, schnaubte Ludwig. »Den trinkt höchschtens noch dei' Oma.«

»Ich hab keine Oma mehr«, schmollte Xeni.

Ludwig spürte nun die Wirkung des Alkohols. Noch saß er sicher auf seinem Barhocker. Er lallte nicht und hatte auch keinen stieren Blick. Er war ein Gewohnheitstrinker. Dass er zu viel intus hatte, bemerkte er kurioserweise an winzigen Veränderungen seines Hörvermögens. Die Gespräche und das Gelächter der anderen hörten sich so an, als geschähe alles unter Wasser. Er war nicht mehr richtig bei sich. Und er war nicht mehr in vollem Umfang bei den anderen.

Jetzt spielte die Kapelle die *Schöne Maid.*

Ja, wer hatte eigentlich für ihn Zeit? Er schloss die Augen. Wieder hörte er Xenis Lachen. Seine Gedanken verwoben sich mit Textfragmenten. »Hoja, hoja, ho.«

Er atmete tief durch, einmal, noch einmal und ein drittes Mal. Noch immer spielte die Kapelle diesen Mitgrölsong, verlängerte ihn, weil jetzt die Stimmung im Saal überkochte. Auf der Tanzfläche, an den Tischen, selbst hier im Foyer wurde das Lied mitgesungen.

Er öffnete die Augen. Unbemerkt von ihm war Xeni mit dem Kerl verschwunden. Verbittert sah er sich um. Lachende, fröhliche Menschen, larventragende oder geschminkte Gesichter, Paare, hinter und neben sich Männercliquen. Betrunkene Männer, Männer, die alleine gekommen waren und auch wieder alleine gehen würden. Das große Saufen ging weiter.

Ludwig stand schwerfällig auf, ohne seine letzte Asbach-Cola auszutrinken und torkelte in Richtung Ausgang.

Als er in die kalte Nacht hinaustrat, bemerkte er einen Burschen in einem Indianerkostüm, der nahe der Hallenwand in die Büsche kotzte.

Es war genau die Stelle, an der Hans, dieser Bastard, ihm vor annähernd zehn Jahren mit Hilfe von zwei anderen Typen aufgelauert hatte. Ohne Vorwarnung hatten sie auf ihn eingeschlagen und am Ende übel zugerichtet. Nein, Xeni, über die dieser Bankert jahrelang drübergerutscht war, würde er nicht einmal mit der Mistgabel anfassen.

Hinter sich hörte er das Würgen des Indianers. Ludwig sog die Luft tief ein. Fahren würde er schon noch können.

Aschermittwoch

Mittwochs hatte das *Haller Eck* Ruhetag. Nicht montags, wie die Mehrzahl der anderen Lokale und Boizen in Seelbach. Jetzt nach Fasching war das ganz praktisch. Es war nicht wie früher, als Carolines Mutter noch die Kneipe führte. In den Fünfzigerjahren hatten sie gut besuchte Faschingsbälle veranstaltet. Es wurde gesungen, musiziert und getanzt. Der Höhepunkt war immer der Auftritt ihres Vaters gewesen. Er glänzte als begnadeter Büttenredner. Im Eulenspiegelkostüm zog er die örtliche Prominenz durch den Kakao und begleitete bekannte und selbstverfasste Lieder auf dem Akkordeon.

Ihr Bruder Willi, der später den Schaustellerbetrieb übernahm, stand dem Vater in nichts nach, obwohl er ein anderes Naturell besaß. Er sang zur Gitarre und ebenfalls zur Ziehharmonika und tanzte in Frauenkleidern. Am Faschingsdienstag füllte sich das Lokal bereits zur Mittagszeit. Es gab *Gaisburger Marsch*, den man ohne Aufwand aus einem riesigen Kessel schöpfen konnte. Andere Speisen wurden nicht angeboten. Die Mutter war voll und ganz damit beschäftigt, in einem riesigen Topf mit verflüssigtem Schmalz Hunderte von Fasnetsküchle zu backen. Wenn sie braun mit etwas hellerem Rand auf dem sprudelnden Öl ruckelten, war es Zeit, sie mit der Spätzleskelle herauszufischen und auf einem Geschirrtuch abtropfen zu lassen. Hans war damals noch ein Kind. Wenn er die Hände gründlich gewaschen hatte, durfte er die noch heißen Küchle vorsichtig in einer kleinen Schüssel wälzen, die eine Mischung aus Zucker und Zimt enthielt.

Obwohl Berta am Herd schwitzte und schnaubte, war es stets ein langer Kampf, bis Caroline ihre Mutter zu einer Pause überreden konnte. Sie übernahm solange das Herausbacken des Schmalzgebäcks.

Nun war die gute Alte auch schon seit etlichen Jahren tot. Sie hatte ihren Mann ganze zwei Jahre überlebt. Carolines Vater Friedrich wurde von allen nur *Fréderic* genannt, und das wohl schon seit den Tagen, in denen er Ende des Ersten Weltkriegs in französische Kriegsgefangenschaft geraten war. Er war wohl ein rechter Hallodri gewesen, hatte manch heimliche Liebschaft gepflegt. In den ersten Nachkriegsjahren war er in größerem Stil auf dem Schwarzmarkt tätig. Seine mobile Lebensweise hatte das begünstigt. Aber wenn sie jetzt an ihren Vater dachte, so war er in ihrem Leben immer ein Fels gewesen, auf den sie während sämtlicher Krisen und Tragödien bauen konnte. Er fehlte ihr mehr, als sie zuzugeben bereit war.

Mit Abstrichen hatte sie die Fastnachtstradition weitergeführt. Wie früher gab es am Fastnachtsdienstag einen Gaisburger Marsch. Und noch immer strömte die Kundschaft wegen der Fasnetsküchle. Nur den Saalfasching mit Liedern, Büttenreden und Tanzvergnügen gab es nicht mehr. Es war zu viel Aufwand und die Leute waren mit solch schlichten Vergnügungen nicht mehr zu locken.

Am Morgen des Aschermittwochs stand sie etwas später auf. Das hatte keinen besonderen Grund. Sie war einfach liegengeblieben und hatte auch danach noch herumgetrödelt. Gerade als sie mit dem Ankleiden fertig war, klingelte es.

»Ich komme«, rief Caroline laut, warf sich rasch einen Kittelschurz über und öffnete die Wohnungstür. Zwei Polizisten standen davor. Der Größere hielt seine Mütze in beiden Händen vor dem Bauch. Der Kleinere schwitzte stark. Vorschriftswidrig hatte er seine Uniformjacke aufgeknöpft.

Sie blickte unwillkürlich auf den ausladenden Schweißfleck unter seiner linken Achsel.

Aufgrund des Ansturms auf den Murrhardter Faschingsausklang hatte er an der Halle keinen freien Parkplatz gefunden. Er war ja auch spät dran gewesen. Verärgert war er in Richtung der neu erbauten katholischen Kirche gefahren, einem modernen Gebäude, das viele eines Sakralbaus unwürdig fanden. Dort fand er einen freien Platz.

Beim Verlassen der Stadthalle dauerte es eine Weile, bis er sich an den Standort seines Wagens erinnerte. Obwohl es nur ein kurzes Stück Weges war, fror er. Die Nachtluft tat ihm gut, erfrischte ihn. Er würde problemlos fahren können. Wann hätte er je das Auto stehen lassen?

Er fuhr durch die Murrhardter Weststadt. Nach dem Krieg hatte man hier die Flüchtlinge und Heimatvertriebenen angesiedelt. In Höhe der neuen BP-Tankstelle bog er auf die Landstraße ein. Er würde sicher nach Hause kommen.

In Bartenbach torkelten Betrunkene auf der Straße. Wahrscheinlich kamen sie aus dem *Adler*, wo im Saal vermutlich eine Tanzveranstaltung stattgefunden hatte. Mit gedrosselter Geschwindigkeit fuhr er an den trunken Lärmenden vorbei. Einer schlug mit der Faust auf das Wagendach. Ohne anzuhalten fluchte Ludwig leise vor sich hin.

Auf der langen Geraden nach Sulzbach beschleunigte er nur maßvoll. Nur nicht auffallen. Aber zu langsam fahren durfte er auch nicht.

Von Sulzbach aus spielte es keine Rolle, ob er die Strecke über Großerlach wählte oder durch das Lautertal fuhr. Einer alten Gewohnheit folgend entschied er sich für die Fahrt über Spiegelberg.

Auf Höhe der Sulzbacher Brauerei wurde ihm sofort klar, dass dies ein Fehler gewesen war. Etwas weiter vorne, gegenüber der Diskothek *Belinda*, leuchtete das unerbittlich bösartige Rot der Kelle eines Streifenpolizisten auf. Die freie weißbehandschuhte Hand winkte ihn auf einen längs der Fahrbahn angelegten Parkstreifen. Hier wurden Fahrzeuge kontrolliert. Und ihn hatte es erwischt. Fieberhaft überlegte er, was zu tun war. Zum Umdrehen war es zu spät. Zudem war der Gegenverkehr trotz der frühen Morgenstunde stärker als sonst. Faschingsheimkehrer fuhren verlangsamt an der Polizeikontrolle vorbei. So mancher wird froh darüber gewesen sein, dass nur in der Gegenrichtung kontrolliert wurde.

Während er im Schritttempo auf den Polizisten zufuhr, öffnete er das Fenster. Die kalte Nachtluft tat ihm gut. Er war völlig klar im Kopf. Wenn er rechts ranfuhr, würden sie ihm den Lappen nehmen. So viel stand fest.

Auf der Gegenfahrbahn war für einen kurzen Augenblick kein Fahrzeug unterwegs. Das beförderte seine Entscheidung. Er blendete das Fernlicht auf, zog auf die linke Spur und beschleunigte den Wagen. Der Polizist wich erschrocken zur Seite. In dem Augenblick, in dem er sich genau auf der Höhe der Kontrolle befand, löschte er das Scheinwerferlicht. Das Band der Straße war nur noch zu ahnen. Doch er kannte jeden Meter der Strecke. Schleudernd bog er scharf rechts ab. Nun konnten sie das Nummernschild nicht mehr erkennen. Er schaltete die Scheinwerfer wieder an. Triumphierend gab er Gas. Er war jetzt hellwach. Und er wusste, was zu tun war. Wenn er es bis kurz vor Spiegelberg schaffte, war er außer Gefahr. Er würde nach Dauernberg hochfahren. Von dort aus kannte er zahlreiche Schleichwege. Kaum anzunehmen, dass ihm hier eine alarmierte Streife begegnete. Er beschleunigte. Der Blick in den Rückspiegel beruhigte ihn. Niemand schien ihm zu folgen. Entspannt lehnte er sich zurück. Er drückte den Zigarettenanzünder in die Buchse. Aus der rechten Hosentasche nestelte er ein zerknautschtes Päckchen HB. Paffend brachte er die Zigarette zum Brennen. Genussvoll inhalierte er. Schwein gehabt, wirklich Schwein gehabt. Das hätte schiefgehen können. Verdammt!

Noch die nächste langgestreckte Kurve. Gleich würde rechts die Abzweigung kommen. Die steil in die Höhe führenden Serpentinen würde er vorsichtig wieder ohne Licht fahren, damit man von der Landstraße nicht sehen konnte, dass hier ein Fahrzeug abgebogen war. Sobald er sich genügend weit im dichten Wald befand, konnte er die Scheinwerfer wieder anschalten. Das Problem wäre gelöst.

Das war knapp. Gerade jetzt brauchte er seinen Führerschein. Entspannt beschleunigte er. Verdammt! Er spürte sofort, dass er viel zu weit nach rechts geraten war.

Auf dem Friedhof herrschte eine gespenstische Stimmung. Nur wenige Menschen hatten sich zur Beerdigung eingefunden. Ludwig war, wie schon sein Großvater Friedrich, als Choleriker bekannt und gefürchtet gewesen. Doch im Unterschied zu diesem besaß er nicht dessen gefürchtete Autorität. Die Leute mieden ihn. Er hatte etliche Trinkkumpane besessen, aber nie wirkliche Freunde gehabt.

Es war das erste Mal seit langer Zeit, dass Caroline ihren Schwägerinnen und ihrem Schwager begegnete. Gustav Lang war während der gemeinsam verbrachten Kinderjahre ein guter Freund von Jakob Winter gewesen. So lange, bis ihm der Vater den *Verkehr in dem Judenhaus* streng verboten hatte. Mit ihm hatte sie sich immer gut verstanden. Nach dem Tod ihres Mannes galt Gustav als Hoferbe. Doch er machte den Platz für Ludwig frei, auch weil seine Frau das Leben auf dem Köcherhof als freudlose Existenz empfand.

Pauline war zur Beerdigung angereist, Carolines Schwägerin, die schon früh mit ihrem Vater gebrochen und nie mehr den Anschluss an die Familie gesucht hatte. Sie kam alleine. Zur Beerdigung des Altbauern damals hatte sie ihren Lebensgefährten mitgebracht, mit dem sie wohl immer noch unverheiratet zusammenlebte. Ihre Schwester Hermine war nicht gekommen. Sie hatte sich mit einem langen Brief entschuldigt. Vor wenigen Wochen war ihr Mann Heinz einem tückischen Krebsleiden erlegen. Manche vermuteten, dass die Erkrankung auf seine jahrzehntelange Arbeit in einer Motorengießerei zurückzuführen war.

Als die Trauergemeinde den Friedhof verließ, hakte Gustav seine Schwägerin unter. »Was soll denn jetzt mit dem Hof werden?«, fragte er.

Caroline machte eine hilflose Geste, ehe sie antwortete: »Gustl, ich weiß es nicht. Jetzt könntest du ja wieder auf den Hof zurück.«

Ihr Schwager schüttelte den Kopf und erwiderte leise: »Nein, Caroline, das ist ein für alle Mal vorbei. Ich habe damals nicht um den Hof gekämpft. Jetzt bin ich bereits über fünfzig. Wir sind zufrieden mit dem, was wir haben. Die Flächen kannst du sicher leicht verpachten. Es sind ja einige hochwertige darunter.«

»Das kann man wohl sagen.« Sie wurde mit einem Mal laut. »Mein Bub war noch nicht unter der Erde, als schon die ersten danach gefragt haben. Erst haben sie so getan, als wollten sie mir kondolieren. Aber nach ein paar dürren Beileidsworten haben sie ganz unverfroren nach diesem oder jenem Acker und nach dem Wald gefragt. Der vom Kressental hat gemeint, ich solle mich unbedingt immer an ihn wenden. Er würde jede Pacht oder jeden Kaufpreis überbieten, die andere zahlen wollen.«

»Es gibt keinen Anstand mehr«, seufzte Gustav. »Um die Flächen musst du dir keine Gedanken machen. Nur den Hof wird man schlecht vermieten oder verpachten können. Diejenigen, die vergrößern wollen, haben doch längst Aussiedlerhöfe gebaut. Und die anderen geben früher oder später auf. Im Ausdinghaus ist nichts mehr gemacht worden, seit wir ausgezogen sind. Und das ist schon bald zwanzig Jahre her.«

An einem regnerischen Samstagabend betrat Hans den Gastraum des *Haller Ecks*. Die wenigen Gäste wurden von einer jungen Frau bedient. Er war erleichtert, hatte er doch befürchtet, hier auf Xeni zu treffen, die gelegentlich bei seiner Mutter aushalf. Hin und wieder brachte sie auch den Enkel – seinen Sohn – vorbei. Das Kind war gerne bei seiner Großmutter und die war glücklich, wenn der Kleine da war. Seine Ex-Frau konnte so ohne großen Aufwand am Wochenende ausgehen. Die Bedienung nickte ihm zu. Jetzt erkannte er sie. Sie arbeitete normalerweise an der Kasse des kleinen Lebensmitteldiscounters am Marktplatz. Früher einmal hatte das Haus dem jüdischen Kolonialwarenhändler Weiß gehört. Aber dieser war – so hieß es – im »Dritten Reich« umgekommen. Mehr war nicht bekannt und mehr interessierte die Leute auch nicht.

Hans wunderte sich, dass trotz der wenigen Gäste eine Aushilfe da war. Aber die Zahl der Gäste schwankte und war schwer vorherzusehen. Seiner Überzeugung nach gehörte der Laden dringend renoviert.

Wie er vermutet hatte, traf er seine Mutter in der Küche an. Hier schien die Zeit stehen geblieben zu sein. Sah man von dem schrankhohen Kühlschrank ab, war die Ausstattung seit den Fünfzigerjahren nicht verändert worden. Das war die große Zeit der Wirtschaft gewesen, die damals noch von der Schürbelgroßmutter geführt wurde. Acht Jahre war die mittlerweile tot. Und sein Großvater, der dem Schaustellerbetrieb mehr als vierzig Jahre vorgestanden hatte, war gestorben, ehe sein erster Urenkel auf die Welt kam.

»Na«, sagte Caroline statt einer Begrüßung. Und während sie sich die Hände abtrocknete, stellte sie lakonisch fest: »Warst lange nicht mehr hier.«

»Hab viel zu tun, Mutter. Aber ich bringe dir eine gute Nachricht. Ich kenne Leute, die den Hof pachten wollen.«

»Da gibt es nicht viel zu pachten. Die besten Flächen sind weg. Zwei nasse Wiesen noch und der Gemüsegarten. Richtung Seelbach noch zwei, drei Baumstücke.«

»Das spielt keine Rolle. Es sind junge Leute. Sie sind etwas spinnert. Wollen als Selbstversorger leben. Aber das Wichtigste ist, dass das Haus dann nicht mehr leer steht. Irgendwann bricht dort noch jemand ein.«

»In dem alten Schuppen ist doch nichts zu holen.« Mit kraftvollen Bewegungen scheuerte die Mutter jetzt den alten Backtisch. Wenn er sich recht erinnerte, stammte dieser noch aus den Tagen, als sich hier eine jüdische Bäckerei befunden hatte.

Einen Moment lang war er erstaunt darüber, dass dieses Monstrum noch jede Visite des Wirtschaftskontrolldienstes überstanden hatte. Kein Metall, keine beschichtete Oberfläche, nur altes, blank gewischtes Holz. Wirklich erstaunlich.

»Das werden doch keine dieser langhaarigen Spinner sein«, sagte seine Mutter. »Landkommunen gründen die jetzt. Und dann bleiben die Wiesen ungemäht.«

»Seit wann bist du denn so engstirnig. So kenne ich dich gar nicht.« Hans lachte. Er war gleichermaßen erheitert wie überrascht, seine Mutter so reden zu hören. Das entsprach so gar nicht ihrem Wesen. Sie war doch selbst immer eine Vogelwilde gewesen.

»Überleg doch mal, das Haus ist bewohnt und du bekommst Miete. Die kannst du doch bestimmt gut brauchen. Jetzt, wo der Laden hier nicht mehr so läuft wie früher.«

»Wer sagt das?«, fauchte sie.

Er zündete sich eine Zigarette an. »Mutter, jeder, der Augen im Kopf hat, sieht das. Kann ich die Leute mal vorbeischicken? Ich muss weiter.« Demonstrativ schaute er auf seine Uhr.

»Was sind das denn für welche?« Jetzt klang sie versöhnlicher.

»Ich kenne nur eine von denen. Angelika Rosenke. Sie war mit dem Aron in der Klasse, dem Sohn von Leonore. Wie geht es ihr eigentlich?«

»Ich glaube, ganz ordentlich.«
»Hat sie einen Mann?«
»Das geht dich nichts an.«
»Also hat sie keinen.«
»Ich sagte doch, das geht dich nichts an.«
»Also kann ich die Rosenke vorbeischicken?«
»Aber versprochen ist noch nichts.«
»Werde ich so ausrichten. Ciao, Mutter.«

Ob das klappen würde? Seine Mutter hatte den richtigen Riecher gehabt. Es war eine ganz schön wilde Clique gewesen, die ihn eines Freitags in der *Belinda* angesprochen hatte. Obwohl, eigentlich waren ihm nur zwei aufgefallen. Angie Rosenke hatte ihn gefragt, ob er wüsste, was aus dem Köcherhof würde. Der stünde doch schon seit mehr als zwei Jahren leer. Der sei doch am Verfallen.

»Keine Ahnung«, hatte er etwas schroff gesagt. Obwohl er gerne mit der Frau sprach. Sie war hübsch, etwas verwildert, ein Hippiemädchen eben. Rotes T-Shirt, wahrscheinlich selbst gebatikt, ausgebleichte Latzhose. Sie hatte barfuß getanzt, obwohl immer wieder Scherben auf dem Boden landeten. Die alte Neumann sah es nicht gerne, wenn jemand ohne Schuhe tanzte. Später kam noch ein Typ dazu. Etwas älter als Angie. Ebenfalls barfuß. Er trug nichts als eine gelb eingefärbte, einstmals wahrscheinlich weiße Leinenhose. Richtiges Pissgelb. Sie hätten die Schnauze voll von Berlin. Die Zukunft läge in der autonomen Versorgung. Immer mehr *People* zögen jetzt aufs Land.

Dass sie nicht mehr als dreihundert Mark im Monat zahlen konnten, hatte er seiner Mutter nicht gesagt. Hans, der für manche immer noch *Django* war, ging fest davon aus, dass sie ein solch läppisches Angebot ausschlagen würde.

Abschaum

Jahrzehnte später war es schwer auszumachen, wer von ihnen als Erster ein *Freak* geworden war. Sie bezeichneten sich, wie damals Abermillionen andere auch, mit wachsendem Selbstbewusstsein selbst so. Einst war dies ein abfälliger Begriff für Krüppel, skurrile Jahrmarktsattraktionen und Abartige gewesen. Mittlerweile galten Freaks als diejenigen, die Konventionen und überholtes Denken zu überwinden trachteten. Das Stigma begann seine Träger zu adeln. Die Ablehnung durch die Erwachsenen samt deren Kritik und Strafphantasien waren häufig nur schwer zu ertragen. Aber letztendlich befeuerten diese das jugendliche Protestverhalten, das in der Provinz meist wesentlich gemäßigter auftrat als in den Metropolen. Und mit jeder überstandenen Konfrontation wuchs das Selbstbewusstsein der Jugendlichen.

Honey und Joschi waren diejenigen, die früh in einem nie offiziell ausgelobten Wettbewerb um die längsten Haare standen. Honey konkurrierte wiederum mit Smoky Fischer bei der Kifferei. Wobei Smoky nur kiffte. Honey brachte früh Pillen ins Spiel. AN 1, Captagon und Speed. Später auch LSD.

Kein Zweifel bestand daran, dass Joschi sich die ganze Zeit über am nachlässigsten kleidete. Seine zerschlissenen Jeans besserte er mit groben Flicken aus. Sommers wie winters trug er eine außen gemusterte und innen mit einem Webpelz gefütterte Weste. Darunter im Sommer verwaschene T-Shirts, im Winter robuste Baumwollhemden und – allerdings nur bei schier unerträglicher Kälte – einen viel zu großen Parka darüber, den er, wie viele andere auch, gebraucht beim *US-Kiemele* in Seifertshofen erstanden hatte.

Mary besorgte sich früh Klamotten aus den Stuttgarter Boutiquen. Aus Indien importierte oder zumindest im *Indian Style* gefertigte Ware. Und dazu lange, billige Ketten, Leder- und Armbänder.

Angie trug lange Zeit, wie viele Jungs, meist Jeans und T-Shirts. Im Winter Jeans, dicke Wollpullover und Parka. Im März 1972 verblüffte sie alle. Ohne besonderen Anlass überraschte sie die Clique, die am Marktbrunnen rumhing und anderntags auch die restlichen Mitschüler mit einer dreiviertellangen grünrotgoldenen Pumphose, über der sie eine mit Silberfäden bestickte taillierte grüne Jacke trug. Ihre bislang hellbraunen langen Haare schillerten hennafarben.

Aron besaß bereits mit vierzehn – und damit vor allen anderen – eine hellgrüne Jeans im Schlaghosenstil. Darüber trug er meist seine schwarze Cordjacke. Wenn es heiß war, hatte er oft eine über dem Gürtel endende bronzefarbene Jeansjacke an. In deren kleinen Brusttaschen konnte er gerade mal Zigaretten und einen Schlüsselbund verstauen, der an einem abgewetzten, glänzenden Lederbeutel befestigt war, der manchmal Kleingeld, manchmal Shit und gelegentlich beides enthielt. Die seltenen Scheine hatte er stets in der Hosentasche.

Als sie fünfzehn, sechzehn waren, verdrängten sie am Seelbacher Marktplatz ganz allmählich jene ältere Clique, die bei gutem Wetter ihre getunten NSU-TTs zur Schau stellte. Die Heckklappen und häufig auch die Türen standen offen. Man zeigte sich Lederbezüge, selbstgefertigte Überrollbügel und Sportlenker. Aber noch wichtiger waren Auspuffanlagen und Umbauten am NSU-Motor. Die jungen Männer, allesamt Freunde von Joe Berger und Wolle Lauber, die für die Clique um Aron fast wie große Brüder waren, setzten sich nach eingehender Begutachtung der Neuerungen auf die Sandsteinfassung des Marktbrunnens. Rauchend fachsimpelten sie noch eine Weile, bis sich die Ersten davonmachten und nach und nach auch die anderen wegfuhren.

Diesem vermeintlich feststehenden Ritual drohte schleichend Gefahr. Immer häufiger stießen die NSUler, wenn sie von der Arbeit kamen, auf die langhaarigen Oberschüler, die sich bereits am Nachmittag auf dem Brunnenrand breitgemacht hatten.

Honey und Joschi waren meist die Ersten. Angie und Aron kamen erst später. Mary ließ sich nicht jeden Tag blicken und Smoky saß die halbe Woche mit Haller Freunden auf der dortigen Haalmauer. Chris kam selten und dann nur kurz, häufig nur, um zu erfahren, bei wem man sich später traf oder was für sonstige Unternehmungen noch anstanden. Früh waren ihm öffentliche Gruppenbildungen zuwider.

Die älteren NSU-Jungs fühlten sich durch die Jüngeren nicht gestört. Meist war noch genügend Platz auf dem Rund. Und manchmal fühlte sich der eine oder andere geschmeichelt, wenn eines der Mädchen fragte, ob es mal eine Runde mitfahren dürfe.

Gefahr drohte eher von gleichaltrigen Lehrlingen, die nach Feierabend auf ihren *Kreidlern*, *Maicos* oder *Zündapps* um den Marktplatz und durch die umliegenden Straßen und Gassen kurvten. Manchmal kamen Jungs vorbei, mit denen sie in der Volksschule gewesen waren. Sie stellten ihre Maschinen auf den Ständer, lehnten sich über den Lenker, sodass das Hinterrad vom Boden abhob, und gaben weiter Gas. Besonders gern provozierte ihr Anführer Johann Patczyk, den seine Freunde *Patsche* nannten, obwohl er in Anlehnung an seinen Vornamen viel lieber *Jonny* gerufen worden wäre.

Waren Wolle oder Joe anwesend, ergriffen sie meist für die Jüngeren Partei, was gelegentlich zu kleineren Wortgefechten mit der Mopedclique führte, die allerdings großen Respekt vor den älteren Lehrlingen zeigte.

Zu einer kleinen Rangelei zwischen Patczyk und Aron kam es, als Patsche wieder einmal großspurig mit seiner Zündapp vorfuhr, extrem spät bremste und deshalb mit dem Vorderrad Mary am Bein touchierte, die mit den anderen auf dem Brunnenrand saß.

Es war nichts passiert, was der Rede wert war, doch Aron war stinksauer. »Pass doch auf, du Seckel«, raunzte er.

Das konnte der andere nicht auf sich sitzen lassen, weshalb er nochmals Gas gab und – dieses Mal durchaus gekonnt und kontrolliert – einen halben Meter in Arons Richtung schlitterte. Der gab dem Aggressor einen so derben Stoß, dass er ins Straucheln geriet und mitsamt seiner aufgebohrten GTS 50 umfiel. Rasch rappelte er sich wieder auf, stellte das Moped auf den Ständer und ging, um die Blamage ungeschehen zu machen, auf Aron los. Es war eine einseitige Angelegenheit. Am Ende nahm der Größere den Angreifer in den Schwitzkasten und ließ ihn erst los, als der abklopfte. Die anderen aus der Mopedclique hatten sich nicht eingemischt, was die Sache nur verkompliziert und womöglich gefährlich gemacht hätte.

Die Jugendlichen, die, wie schon Generationen vor ihnen, am Marktbrunnen herumlümmelten, boten keinen Anlass zu Beschwerden. Im Grunde genommen verhielten sie sich lammfromm. Sie krakeelten nicht, belästigten niemanden, tranken tagsüber fast nie Alkohol und hinterließen keinen Müll. Und dennoch gab es Unmutsäußerungen: »Zottelkinder«, »Langhaardackel«, »langhaarige Stromer«, »Gammler«.

Obwohl Aron und seine Freunde niemanden belästigten, fühlten sich viele bereits durch ihre bloße Anwesenheit gestört. Da sie rauchten und ihre Kippen, wie alle anderen auch, auf dem schiefen Pflaster austraten, machte man sie auch für alle sonstigen Verunreinigungen des Marktplatzes verantwortlich.

Der Begriff »Gammler« erwies sich als dominant. Sie hörten ihn von nun an regelmäßig, ebenso wie: »Denen müsste man mal ordentlich ...« Und gelegentlich erklang, mal sehr erregt, mal gemurmelt, in Zwiesprache vorgetragen oder gezischt das Unwort: »Arbeitslager.«

Die Jugendlichen reagierten höchst unterschiedlich.

Aron gab hin und wieder eine zynische, manchmal auch zweideutige Antwort. Und wenn er sehr verärgert über Äußerungen zu ihrem Aussehen war, provozierte er gelegentlich mit der Bemerkung: »Meine Haare werden öfter gewaschen als deine fettigen Strähnen.«

Manchmal wurde ihm erwidert: »Mer merkt, dass du koin Vadder hasch.« Und einer empörte sich mit den Worten: »Man merkt glei', dass dein Vadder an Jud isch.«

Angie war über die unberechtigten Beschimpfungen oft so erregt, dass sie nicht wusste, ob sie sich mehr über die Unmutsbekundungen der Erwachsenen oder darüber ärgern sollte, dass ihr im Gegensatz zu Aron passende Antworten oft zu spät einfielen.

Joschi war meist bedrückt. Er wollte sich einfach so geben können, wie es ihm gefiel. Derbe Antworten entsprachen nicht seinem Wesen und er hätte sie sich auch nicht getraut.

Chris, der selten am Marktplatz herumhing, zeigte großes Talent für kryptische Antworten. Gerne und häufig zitierte er die eröffnende Textpassage des Liedes *Apocalyptic Bore* von »Amon Düül II«, die lautete: »Wenn die Sonne der Kultur niedrig steht, werfen selbst Zwerge lange Schatten.« Keiner aus der Clique wusste zu dem Zeitpunkt, dass es sich dabei um ein Zitat von Karl Kraus handelte.

In Seelbachs Kneipen verkehrten sie nur selten. Mit Ausnahme von Honey und Chris hatten alle anderen oft große

Mühe, genügend Geld für ihre Wochenendaktivitäten, Konzertbesuche und gelegentlichen Haschischkauf aufzutreiben. Dass sie die örtlichen Wirtschaften mieden, beruhte jedoch vor allem darauf, dass kaum ein Lokalbesuch ohne Spott, böse Worte und unerwünschte Anmache vorüberging.

Wenn schlechtes Wetter war und sie keine Lust hatten, sich bei jemandem zu Hause zu treffen, gingen sie manchmal ins *Haller Eck*. Wollte sich da einer über die *Gammler* auslassen, wies ihn die resolute Wirtin energisch in die Schranken: »In meinem Lokal wird niemand angepöbelt.«

Und sie nahm dabei auch in Kauf, dass ab und zu einer der anderen Gäste erwiderte: »Mir kennat ons'r Bier au woanders trenka.«

»No trenkat'r halt woanders«, sagte sie gespielt gleichgültig. Sie tat das im sicheren Wissen, dass die alten Bruddler das nächste Mal doch wieder bei ihr auftauchen würden.

Wenn Aron im fortgeschrittenen Alter an diese kleinen verbalen Scharmützel dachte, kam ihm in den Sinn, dass sie als Jugendliche die kleinen Hässlichkeiten weitaus besser ertragen hatten als zu der Zeit, in der sie als Endzwanziger nur noch gelegentlich in ihren Heimatort zurückkehrten. In Göttingen, Tübingen, Berlin oder München waren sie aus der Übung geraten, den alten Lästermäulern etwas entgegenzusetzen. Man blieb in den Studienorten zunehmend unter sich, lebte in Kommunen und Communities, besuchte Programmkinos, Szenekneipen und Kulturzentren.

Im späten Frühjahr nach dem *heißen Herbst*, dem *Raketenherbst* des Jahres 1983, hatte Aron seine Mutter besucht. Es war das erste Mal nach Weihnachten an einem sommerlich heißen Tag im Mai. Er hatte ein schlechtes Gewissen, obwohl Leonore ihm nie einen Vorwurf machte, ja sie fragte noch nicht einmal, weshalb er so selten kam.

Auf dem Marktplatz tummelten sich längst andere Jugendliche. Sie waren zehn und mehr Jahre jünger als er. Über ihre langen Haare regte sich niemand mehr auf. Einer von ihnen – trotz der Hitze in grellroter Kunstlederjacke – drehte mit laut knatterndem Moped eine Runde um das Rathaus und durch die umliegenden Gassen. Nach gut einer Minute bremste er mit Karacho vor den ausgestreckten Beinen seiner Freunde. Das Vorderrad kam leicht ins Rutschen, Steinchen spritzten auf. Einer der Kumpels hob halb im Spaß und doch auch im Ernst die Faust. So war damals auch Patsche herangeprescht. Nichts schien sich verändert zu haben.

Und dennoch, auch in Seelbach war der Fortschritt oder das, was man dafür hielt, nicht aufzuhalten. Noch war die Innenstadt von spektakulären Abrissen verschont geblieben. Doch der Gemeinderat hatte bereits mehrheitlich beschlossen, eine neue Innenstadtdurchfahrt und den Bau einer Tiefgarage zu realisieren. Aber was ging es ihn an? Er konnte eh keinen Einfluss nehmen. Und für das, was er mittlerweile über Stadtentwicklung vorzubringen wusste, fand er hier kein Ohr. Das mussten nun andere ausfechten. Er hatte gehört, dass es jetzt im Ort sogar *Die Grünen* gab. Eine junge Lehrerin hatte etliche Jugendliche um sich geschart. Die meisten waren jünger als Aron. Diese Erkenntnis verblüffte ihn.

Es war noch hell, als er sich auf den Weg ins *Haller Eck* machte. Verschwitzt und müde trat er in den Schankraum. Er grüßte Caroline, die im Begriff war, mehrere Viertele einzuschenken. Der vordere Gastraum war halb gefüllt. Das kleine Nebenzimmer schien leer zu sein. Keiner seiner früheren Freunde war hier. Aber das hatte er nicht anders erwartet.

Patsche war da, stand am Tresen. Neben ihm saß ein Bursche in Gipsermontur auf einem Barhocker. Gelangweilt spielte er mit einem zerknüllten grünen Zigarettenpäckchen. *Eckstein No. 5*. Dass es die noch gab! Nachkriegsware, wer rauchte so was noch? Den Gipser kannte Aron nicht. Die anderen Gäste waren allesamt Rentner. Vier spielten vor einem geöffneten Fenster Binokel. Dreien von ihnen brachte Caroline nun den Wein. Sie hatte Mühe, die Gläser auf dem Spieltisch zwischen Kartenstapeln, Streichholzschächtelchen, Bierstengeln, Aschenbechern und qualmenden Zigarren unterzubringen. Sie nahm ein Väschen mit gelben Kunstblumen vom Tisch. »Zum Wohlsein.«

Nachdem Aron sich bei ihr ein trübes Weizenbier bestellt und sich an den Tresen gesetzt hatte, stieß sich Patsche von seinem Platz ab und fläzte sich auf den Hocker neben ihm.

»Was sagsch jez zu denne Sauereia von de Grüane? Erscht henn se im Bundestag d'r Bundesadler mit Farb vollg'schpritzt ond jez goht oiner von denne her ond versaut amma General soi Uniform.«

Scheiße, dachte Aron, der nicht die geringste Lust auf ein derartiges Gespräch verspürte. Das mit dem General war nicht im Bundestag, sondern im Hessischen Landtag passiert. Ein Abgeordneter namens Schwalba-Hoth hatte während eines Empfangs den in Frankfurt stationierten General Paul S. Williams aus Protest gegen die amerikanische Militärpolitik mit Blut bespritzt. Laut erwiderte er: »Ach, Patsche, nicht alles, was auf der Welt geschieht, ist mein Bier.«

»Aber im März hasch mit zwanzig andre an Uffruf in d' Zeitong g'setzt. Dass m'r se wähla sollat. I han se Gott sei Dank net g'wählt.«

»Das hätte ich schon gemacht, aber ich war da gar nicht beteiligt. Ich war gar nicht hier.«

»Doch, du warsch dabei.«

»Denk doch, was du willst.«

Verhalten und dennoch deutlich vernehmbar, schallte es vom Tisch der Binokelspieler herüber: »Saukerle sen des, echte gottsallmächtige Saukerle.«

Aron fühlte sich unwohl. Wie damals, als sie noch junge Burschen waren, als man sie als *Gammler* und *Langhaardackel* verspottet und beschimpft hatte. Die Situation hatte heute nichts Bedrohliches mehr. Aber sie war ihm lästig. Er wollte in Ruhe sein Bier trinken, nicht mit solchen Blödmännern streiten.

»Zwei Pärla«, freute sich der Kartenspieler, der ihm den Rücken zuwandte.

»Du muosch doch zugeba, dass dess an rechter Scheiß war«, mischte sich der Gipser ein.

»Mein Gott, was sind denn ein paar Blutspritzer im Vergleich zu den Blutströmen, die in Mittelamerika vergossen werden – angeblich im Namen der Freiheit.« Aron sah den Junghandwerker über den Rand seines Weizenbierglases an.

Der fühlte sich offensichtlich provoziert. Wütend stellte er sein Bierglas auf der Theke ab. »Wissat'r was, die Grüane g'hörat älle verschossa. Ond des mit Hufnägel.«

»Erschossen hat man bis 1945. Anscheinend hast du das noch nicht begriffen.«

»Was willsch domit saga?« Der andere sah ihn drohend an.

»Dass du ein hirnloses Arschloch bist.«

Der Gipser stierte ihn an. Mit überraschender Schnelligkeit gab er Aron einen Stoß vor die Brust.

Der wollte sich wehren.

»Na, na, na«, mahnte die Wirtin. »Das hört mir sofort auf.«

»Der hat's net so g'moint«, versuchte Patsche abzuwiegeln.

»Zahlen«, murmelte Aron und legte ein Fünfmarkstück auf die Theke.

»Einen schönen Gruß an deine Mutter«, sagte Caroline, als sie ihm das Wechselgeld zuschob.

»Und du setzsch dich wieder na«, schnaubte sie in Richtung des Gipsers. Der ließ sich ohne Widerworte langsam auf den schlanken Hocker sinken und steckte sich erneut eine Filterlose an.

Es fehlen zwei

Im Autoradio kamen Nachrichten. Erneut waren zahlreiche Flüchtlinge vor Libyen ertrunken. Aron war schon mehrere Monate nicht mehr in Seelbach gewesen. Im Gegensatz zu sonst hatte er dieses Mal das Auto genommen. Er gedachte einige Tage zu bleiben. Während der monotonen Autobahnfahrt ging ihm Christoph Böhringer nicht aus dem Sinn. Warum hatte der ausgerechnet ihn mit so einer merkwürdigen Aufgabe betraut? Während die Freundschaft zu Joschi über die Jahrzehnte hinweg Bestand hatte, hatte sich die enge Beziehung zu Christoph innerhalb weniger Jahre verloren. Aron hatte zu keinem Zeitpunkt eine schlüssige Erklärung dafür gefunden. Es blieb ein Rätsel. Zumal es kein tiefergehendes Zerwürfnis oder ein anderes einschneidendes Ereignis gegeben hatte. Die Studienzeit war vollgesogen gewesen mit neuen Gedanken, Begegnungen, Freundschaften und Liebesbeziehungen, da traten manche alten Freundschaften in den Hintergrund. Vielleicht hatte es bei Christoph einfach damit zu tun gehabt, dass er damals einen höchst ungewöhnlichen Weg eingeschlagen hatte. Das letzte Mal war Aron ihm während eines Klassentreffens begegnet. Seit sich ihr Abitur das zehnte Mal gejährt hatte, wurden diese in größeren Abständen von zwei seiner alten Freundinnen organisiert.

Angie hieß jetzt mit Nachnamen Hollstein. Sie hatte zwei Kinder aus erster Ehe und arbeitete stundenweise im Steuerbüro ihres zweiten Mannes. Nach Jahren der Suche, des Experimentierens und der selbstausbeuterischen Arbeit in *autonomen Projekten* war dies ihr erster vernünftig bezahlter Job.

Mary hatte nach ihrer Scheidung wieder ihren Mädchennamen angenommen.

Aron war diesen Zusammenkünften lange ferngeblieben. Die Begegnungen mit etlichen seiner Mitschüler kamen ihm stets vor wie peinliche Schwanzvergleiche. So mancher legte da Wert darauf, den anderen mitzuteilen, was für ein toller Hecht er geworden war und welche Karrieresprünge er bereits hinter sich hatte. Angie hatte ihn schon mehrfach bekniet, doch mal dazuzukommen. Er sei doch einer der markantesten Mitschüler gewesen. Mit ihr und Joschi traf er sich ohnehin regelmäßig, wenngleich in größeren Abständen.

»Die sind alle ganz ruhig geworden«, hatte sie seiner Skepsis und seinen Befürchtungen entgegnet. »Die alten Pavianmännchen zeigen sich nur noch höchst selten ihre knallroten Ärsche.«

Die Parkplätze in der Nähe des Friedhofs waren schon gut belegt. Er bekam aber noch einen der höher gelegenen, freien Plätze. Just als er den Wagen verließ, setzte ein feiner Sprühregen ein. Er spannte einen kleinen, schwarzen Schirm auf und ging in Richtung der winzigen Leichenhalle. Unter dem schmalen Vordach und auf den angrenzenden Kieswegen drängten sich bereits etliche Dutzend Trauergäste. Noch immer versagte der Pfarrer den Zugang zur Friedhofskirche für die Beisetzungen von Verstorbenen, die zu Lebzeiten keiner christlichen Kirche angehört hatten. Und da eine zeitgemäße Aussegnungshalle fehlte, standen die meisten Trauergäste im Freien und heute zudem im Regen. Als Ersten machte er Jacky Müller in der Menge aus. Aron nickte ihm zu und drängte sich in Richtung der drei Kühlkammern, vor deren Türen das Bestattungsunternehmen für ältere Trauergäste zwei Reihen hölzerne Klappstühle aufgestellt hatte. Der Sarg war in einem schmalen Raum aufgebahrt, dessen Flügeltüren weit offen standen. Links und rechts davon hingen mehrere Kränze auf passenden Gestellen. Angie hatte dafür gesorgt, dass auch die Klassengemeinschaft einen Kranz finanzierte. Nicht alle hatten sich daran beteiligt, aber es war genügend Geld zusammengekommen.

Christophs Mutter blieb sitzen, als er sie ansprach und ihr mit einem langen Händedruck nochmals sein Beileid bekundete. Sie hatten vor ein paar Tagen miteinander telefoniert. Nachdem die Leiche gefunden worden war, hatten die nachfolgenden polizeilichen Ermittlungen die Bestattung um mehrere Tage verzögert.

Sie sah ihn lange an, und während sie seine Hand noch umklammert hielt, sagte sie leise: »Danke, dass du gekommen bist. Chris hat meist von dir gesprochen, wenn er mich mal besucht hat.«

Aron war darüber äußerst verwundert. Er und Chris hatten sich in den letzten Jahren kaum gesehen und während ihrer seltenen Begegnungen nur oberflächliches Zeug geredet. Aber er sagte nichts. Die alte Frau wandte sich ihm erneut zu. Die obere Gesichtshälfte wurde durch einen winzigen schwarzen Schleier verdeckt, der an der Krempe ihres ausladenden Hutes befestigt war. So blieben Stirn, Augen und ein Teil der Nase dem Betrachter verborgen. Aron hätte gerne in ihre tiefschwarzen Augen geschaut, von denen stets eine leichte Tristesse ausging. Aber er sah nur die leicht schräg stehenden Nasenlöcher und den überstark geschminkten Mund, um den sich ein ovaler Kranz feiner Falten in die altersblasse Haut legte.

»Mein herzliches Beileid«, sagte er nochmals.

Noch immer hielt die Greisin seine Rechte zwischen ihren behandschuhten Händen. »Wirklich schön, dass du gekommen bist.«

»Das ist doch eine Selbstverständlichkeit. Wir waren Freunde.« Sein Blick schweifte zu Karl hinüber, Christophs älterem Bruder. Der heutige Firmeninhaber schien in Gedanken zu sein. Oder er versuchte, ihn zu ignorieren. Aron nickte ihm zu, ging aber nicht zu ihm hin.

Waren er und Chris gute Freunde gewesen? Er spürte Trauer, aber sie war nicht zu vergleichen mit dem Leid, das Honeys Tod in ihm ausgelöst hatte. Kurt Langner, den alle spätestens seit dessen dreizehntem Lebensjahr nur Honey genannt hatten, war nie von den Drogen, Medikamenten und dem Alkohol losgekommen. Wenige Stunden nach seinem Tod hatte ihn Angie gleich noch morgens um halb drei angerufen, was den Unmut seiner ersten Frau heraufbeschworen hatte.

»Zu jeder Tages- und Nachtzeit belästigt uns diese Schnepfe, und sei es auch nur, weil ihr eine winzige Laus über die Leber gelaufen ist.«

Nach dieser Bemerkung verspürte Aron das einzige Mal während ihrer 27 Ehejahre das Bedürfnis, Margret zu ohrfeigen. Selbst als sie ihm ihre Scheidungsabsicht offenbarte, befielen ihn keine solch aggressiven Regungen. Ohne ihr den Grund für die späte – oder allzu frühe? – Störung zu nennen, verließ er das Schlafzimmer und schlief den Rest der Nacht auf der roten Ledercouch seines Büros.

Honey war zwar nicht sein allerbester Freund gewesen. Aber er war immer freundlich, witzig und stets loyal. Ehe er einen Freund in einer Notlage hängen ließ, klaute er 20 Mark aus der Registrierkasse der elterlichen Apotheke und nahm in Kauf, dass ihn der Vater zornbebend schüttelte und brüllend die Wahrheit aus ihm herauszupressen versuchte. Honey war es auch, der sie mit verschiedensten Drogen in Berührung brachte. Jahrelang entnahm er heimlich Medikamente aus einer Box, in der der Vater schadhafte Packungen oder abgelaufene Arzneien verwahrte. Er versorgte ihre Clique mit Captagon und AN1, als Letzteres noch rezeptfrei zu erwerben war. Er war kein hübscher Junge und wurde später auch kein attraktiver Mann. Aber viele Frauen und Mädchen mochten ihn wegen seiner sanften Heiterkeit und seines Feingefühls. Zudem hatte er wunderschöne, lange blonde Wimpern. Als sie beide um die vierzig herum waren, hatte Honey mit Angie die Nacht durch über die bevorstehende Trennung von ihrem ersten Mann geredet. Das endete für beide erst mit dem Sonnenaufgang und einem gewaltigen Rausch.

Am Tag nach Honeys Tod hatte Angie Aron nachmittags ein zweites Mal angerufen. Am Abend war er zu ihr gefahren. Sie hatte bereits einiges getrunken, vielleicht auch Tabletten genommen.

»Dich habe ich früher einmal geliebt«, schniefte sie nach längerem Schweigen, während er die dritte Flasche Wein entkorkte. »Aber wenn es mir schlecht ging, hab ich meistens mit Honey geredet.«

Honey war an einer Überdosis Heroin gestorben. Er konsumierte eigentlich nur gelegentlich. Selbst Skeptiker glaubten, dass er die Droge im Griff habe. Kurz zuvor war seine Frau mit den beiden Kindern ausgezogen. War es ein Unfall oder doch Selbstmord? Die Frage wurde nie eindeutig geklärt. Aber Angie und Joschi waren von der Selbstmordthese überzeugt. »Der war so erfahren im Umgang mit Drogen. Der war lange clean, trank nicht mal mehr Alkohol. So einer setzt sich nicht aus Versehen den goldenen Schuss.«

Aron drehte sich unschlüssig um und ging zwischen den Trauergästen hindurch, die sich unter dem Vordach drängten. Er war nicht an den Sarg gegangen. Als er gerade überlegte, doch noch umzukehren, erblickte er Joschi, der neben Angie stand. Das schüttere Resthaar trug er unverändert lang. Er trug keinen Anzug. Immerhin hatte er ein Jackett angezogen. Nein, die alte Frau hatte Unrecht. Chris war ein Freund, aber ein *guter* Freund war er ihm nicht gewesen. Dieses Attribut hatte für Honey gegolten. Heute waren nur noch Angie, Mary, Joschi und Jacky Müller gute Freunde aus Jugendtagen, auch wenn Letzterer ihm mit seinen altbackenen Ansichten mehr und mehr auf den Geist ging. 2013 hatte er sich mit einer Mischung aus Koketterie und Verlegenheit dazu bekannt, FDP gewählt zu haben.

Aron hatte ihm kopfschüttelnd erwidert: »Dein Pech ist, dass die Parteien, die du wählst, immer den Einzug in den Bundestag verpassen.«

Jacky Müller hatte während der 1970er Jahre durchgängig DKP gewählt und auch im Freundeskreis für sie geworben. 1980 wandte er sich vor den Bundestagswahlen den *Grünen* zu, die damals noch an der Fünfprozenthürde scheiterten.

»Das ist der Beginn der Altersperversion«, hatte sich Joschi ereifert, »im fortgeschrittenen Erwachsenenalter noch damit anzufangen, FDP zu wählen. Das ist krank.«

Zur Überraschung aller bekannte sich Jacky schon ein Jahr später dazu, bei den Kommunalwahlen *Die Linke* gewählt zu haben. »Hab die Wagenknecht in Stuttgart gesehen. Geile Frau.« Und als Mary ihn daraufhin finster ansah, beeilte er sich hinzuzufügen: »Ich meine das nicht aufs Sexuelle bezogen.«

Chris war erst 1969 in die Klasse gekommen. Einige Wochen zuvor hatte sich Arons Mutter wie so oft durchgesetzt, dass er und Helene sie zu einem Sonntagsspaziergang begleiteten. Sie sagte einfach: »Ich koche heute nichts. Wenn ihr was essen wollt, müsst ihr mitgehen. Im *Haller Eck* gibt es Rehbraten.«

Murrend zogen sich die beiden Heranwachsenden festes Schuhwerk an und folgten der Mutter, die bereits im Garten wartete und währenddessen Unkraut und welke Blüten aus den Rabatten zupfte.

Auf dem Rückweg kamen sie oberhalb der *Weißen Villa* aus dem Wald. Obwohl die beiden Kinder das Haus noch nie betreten hatten, besaßen sie bildhafte Vorstellungen vom Inneren. Ihre Mutter hatte ihnen nicht nur erzählt, dass der prächtige Bau einst von Salomon Winter errichtet worden war, ihrem Urgroßvater väterlicherseits. Sie hatte ihnen auch das Interieur beschrieben, so gut sie das nach Jahren noch konnte. Und sie erinnerte stets daran, dass sie selbst keine zehn Mal in dem Haus gewesen war. Nachdem sie sich seinerzeit mit Jakobs Schwester wegen ihrer heimlichen und zugleich gefährlichen Liebesbeziehung in die Haare geraten war, habe sie das Anwesen nie mehr betreten.

»Die Witwe des früheren Besitzers ist zu ihren Kindern in die Schweiz gezogen. Das Haus steht leer.« Mit zusammengekniffenen Augen blickte sie auf das immer noch stattliche Anwesen hinunter.

»Dann können wir es uns ja zurückholen«, jauchzte Helene. »Auf jeden Fall könnten wir einziehen.« Als sie ein Jahrzehnt später während der Auseinandersetzungen um das Freiburger Dreisameck als Hausbesetzerin verhaftet wurde, hegte ihr Bruder einen Moment lang den heiteren Gedanken, dass ihr Engagement aus dem unterdrückten Wunsch resultierte, den alten Kasten mittels Schwarzbezug wieder zum Familiensitz zu machen.

»Das geht nicht. Euer Vater hat eine läppische Entschädigung angeboten bekommen. Und er hat das Geld genommen. Einen Teil davon habe ich für euer späteres Studium zurückgelegt.«

»Wer sagt denn, dass wir mal studieren werden?«, nölte Aron. »Oder wart ihr Hellseher?«

Die Mutter lachte. »Wir waren immer optimistisch. Dein Vater und ich hatten wenigstens darin eine Gemeinsamkeit. Sonst hätten wir vieles nicht ausgehalten.« Ihr Lachen erlosch. Ein herber Zug legte sich um ihren Mund.

»Was wird jetzt aus dem Haus?«, bohrte Helene weiter.

»Keine Ahnung. Aber ich glaube nicht, dass die alte Frau noch einmal zurückkehrt. Vielleicht verkaufen sie den Schuppen. Die Fabrik ist ja bereits vor Jahren von einem Mainzer Spezialglashersteller übernommen worden.«

Leonore sollte mit ihrer Vermutung Recht behalten. Schon kurze Zeit später bevölkerten zahlreiche Handwerker das Anwesen. Es gebe einen neuen Besitzer, hieß es. Und der wolle erst einziehen, wenn das in die Jahre gekommene Gebäude grundlegend modernisiert worden sei. Von nun an hörte man ab und an Neuigkeiten aus der *Weißen Villa*.

»Stellt euch vor, da ist noch eine holzvertäfelte Bücherei drin, mit jeder Menge alter Bücher, die kein Mensch mehr lesen kann. Einige sollen in Tschechisch sein.«

»Ist doch wunderbar«, erwiderte Leonore dem Überbringer dieser Nachricht, einem einheimischen Malermeister. »Die sollte man unbedingt erhalten.«

»Nein, nein«, der Mann schüttelte seinen ergrauten Kopf. »Die alte Schachtel hat nur den Ramsch stehen lassen. Da waren deutliche Lücken in den Regalen. Geizig wie sie war, hat die bestimmt die wertvollsten Bände davongeschleppt.«

A Million Miles Away

Aron Winter schlängelte sich weiter durch die Trauergemeinde. Noch immer stießen Neuankömmlinge dazu. Die Bemerkung eines Münchner Kollegen ging ihm durch den Kopf, der einmal gesagt hatte: »Wenn'st a große Leich willst, musst' jung sterben.«

Damals hatte er sich anlässlich einer Aussegnungsfeier für den im 93. Lebensjahr verstorbenen Dekan ihrer früheren Tübinger Fakultät verwundert darüber geäußert, dass – gemessen an der Bekanntheit und am Lebenswerk des Verstorbenen – doch recht wenige zur Aussegnung erschienen waren.

Aron steuerte die Gruppe seiner ehemaligen Klassenkameraden an. Diese war in der letzten Viertelstunde doch noch größer geworden. Er begrüßte Kurt Würz, der ein medizintechnisches Unternehmen führte. Wallo Busch war gekommen, der nach der zehnten Klasse abgegangen war und mittlerweile das Malergeschäft seiner Eltern übernommen hatte. Es hieß, er komme mehr schlecht als recht über die Runden. Aber sein Anzug saß wie immer perfekt. Eine dunkle Seidenkrawatte schmiegte sich ästhetisch an das eierschalenfarbene Hemd.

Den optischen Gegensatz dazu bildete Joschi. Immerhin trug er ein, wenn auch schlecht sitzendes, dunkelbraunes Wolljackett. Der Kragen seines weißen Hemdes war nicht gebügelt und stand offen, war aber sauber. Die Absätze seiner Schuhe waren schiefgetreten.

»Hast du mit seiner Mutter gesprochen?«, fragte Marianne Krafczik, als Aron sie mit einem Kuss auf die Wange begrüßte. Er roch ihr betörendes Parfüm, dessen Wohlgeruch sich mit der unangenehmen Ausdünstung eines kleinen Blumensträußchens vermengte, das sie in ihrer behandschuhten linken Hand hielt.

»Sagst du ein paar Worte?«, fragte Angie. »Du kannst das am besten.«

»Warst ja auch fast die ganze Schulzeit unser Klassensprecher«, mischte sich Herbie Buhl ein. Mein Gott, ist der dick geworden, dachte Aron und erwiderte abwehrend: »Darauf bin ich nicht vorbereitet.«

»Das brauchst du auch nicht zu sein«, sagte Joschi.

»Chris hätte sich sicher gewünscht, dass eine Frau spricht.«

»Werd nicht albern«, erboste sich Angie, »das hat er nicht.«

»Woher willst du das wissen?«

»Wirst schon sehen. Er hat klare Anweisungen hinterlassen, wie seine Beerdigung abzulaufen hat. Alle, die heute erscheinen, sollen zu einem üppigen Leichenschmaus geladen werden. Das wird seinen Bruder, den alten Pfennigfuchser, sicher gewaltig ärgern.«

Aron wollte etwas erwidern. Doch nun setzte eine traurige irische Weise ein, die von einem Datenträger abgespielt wurde. Als das Lied verklungen war, stellte eine schlanke, schwarz gekleidete Frau den MP3-Player mit einer Fernbedienung ab. Ihr glattes blondes Haar war exakt in der Mitte gescheitelt und rahmte ein schönes, ernstes Gesicht. Sie trat nach vorne, sah einen Moment schweigend zu den Trauernden und sprach dann mit wohlklingender Stimme einen alten irischen Segensspruch. Ehe sie erneut schwieg, forderte sie die Anwesenden auf: »Lassen Sie uns einen Augenblick lang in Stille des Verstorbenen gedenken.«

Zur Überraschung vieler erklang danach *A Million Miles Away* von Rory Gallagher. Vermutlich hatte Chris auch das festgelegt. Die Blicke von Joschi und Aron kreuzten sich. Aron schlug als Erster die Augen nieder. Zu dritt waren sie oft zu Konzerten *des Größten* getrampt.

Die schwarzgekleidete Frau trat wieder nach vorne. »Mein Name ist Jutta Feininger. Christoph Böhringer hat unser Bestattungsunternehmen noch zu Lebzeiten damit betraut, die heutige Trauerfeier nach seinen Vorgaben zu gestalten.«

Aron hätte jetzt gerne das Gesicht von Karl Böhringer gesehen. Doch der saß neben seiner Mutter in der vordersten Reihe.

Nach einem ruhigen Instrumentalstück, das Aron nicht kannte, begann die Frau auf eine Weise über den Verstorbenen zu sprechen, als sei er ein alter Bekannter von ihr gewesen. Aron hatte keine Ahnung, wie oft und wie intensiv sich Chris mit ihr über sein Leben und den Ablauf seiner Beerdigung unterhalten hatte. Sie vermittelte den Eindruck, als habe es einen nachhaltigen Austausch gegeben. Sie sprach mit ruhiger, klarer Stimme und einer Betonung, die keinen Zweifel daran ließ, dass alles so gewesen war, wie sie es vortrug. Sie erwähnte das immer schwierige Verhältnis zum Vater und die enge Bindung an die Mutter. Der Bruder fand keine Erwähnung. Sie zeichnete das Bild eines Mannes, der einem Schmetterling ähnelte, der das Leben leicht genommen und seinem Tod gefasst entgegengesehen hatte.

»Er hat sich nicht gewehrt«, sagte die Frau und blickte dabei in die Gesichter der Anwesenden. »Er hat im Tod keinen Freund gesehen, sondern einen zuverlässigen Fremden, der ihn auf die andere Seite des Flusses begleitet.« Sie wandte sich um und betätigte erneut die Fernbedienung.

Nach wenigen Takten erkannte Aron das Lied: *Midnight Rambler*, einen wenig bekannten Titel der »Rolling Stones«. Wann immer Christoph Böhringer bei einer Tanzveranstaltung aufgetaucht war, hatte er dieses Lied gefordert. Nicht immer war die LP *Let It Bleed* vorhanden gewesen, was ihn wütend gemacht und gelegentlich zu Ausfälligkeiten hingerissen hatte. Ansonsten mochte er die »Stones« nicht. Aber auf diesen einen Titel tanzte er wie ein Besessener, einem Berserker, einem Derwisch gleich. Dabei sang er immer nur drei Zeilen des Textes mit:

So if you ever meet the midnight rambler
Coming down your marble hall
Well he's pouncing like proud black panther

Er hatte seinen Freunden nie erzählt, was es gerade mit diesen Zeilen auf sich hatte. Aron versuchte sich krampfhaft daran zu erinnern, ob er ihn einmal danach gefragt hatte.

»Nun besteht Gelegenheit, dass Freunde und die Menschen, die dem Toten sehr nahe standen, einige Worte sprechen«, sagte in diesem Moment Frau Feininger.

Aron wurde durch einen sanften Rippenstoß aus seinen Gedanken gerissen. »Mach es mir zuliebe«, wisperte Angie.

Er straffte sich und ging nach vorne. Auf dem kurzen Weg fiel ihm ein Konzept ein. Es war in der Tat eine seiner ganz besonderen Stärken, auch auf die Schnelle die jeweils passenden Worte zu finden. Auf gar keinen Fall würde er erwähnen, dass Chris ihn dazu bestimmt hatte, seinen Leichnam zu finden.

»Liebe das Leben und denke an den Tod.« Mit dieser Zeile von Erich Kästner begann Aron Winter, ein Bild von Christoph Böhringer zu zeichnen, das die Trauergemeinde spaltete. Manchen gefiel es, dass er ausführlich auf den ausgefallenen Lebensstil des Verstorbenen einging. Andere waren empört. Er sprach ruhig. Angie folgte gebannt seinen Worten. Er meinte ein leichtes Nicken Joschis erkannt zu haben.

»Um so zu leben, bedurfte es großer Kühnheit. Die hat Chris besessen.« Ursprünglich wollte er damit enden. Doch die Worte Jutta Feiningers ließen ihn anfügen: »›Wer den Fluss überquert, muss eine Seite verlassen‹, sagte Mahatma

Gandhi. Chris hat unsere Seite verlassen. Wir werden stets an ihn denken.« Er nickte der Mutter zu, die die ganze Zeit zu ihm aufgeschaut hatte. Dann wandte er sich in Richtung der geöffneten Kammer, die den Sarg beherbergte. Er verneigte sich einige Sekunden lang und ging dann an seinen Platz zurück. Angie kniff ihn in den Unterarm. »Gut gemacht«, raunte sie.

Jacky Müller sagte es später weniger galant: »Vom Klassensprecher zum Beerdigungsredner. Eine eindrucksvolle Karriere.« Es sollte ein Witz sein. Doch niemand fand die Bemerkung spaßig. Aron ignorierte sie. Er überlegte einmal mehr, ob die Rollen, die sich während einer langen gemeinsamen Schulzeit in einer Klassengemeinschaft herausbildeten, zwangsläufig wieder aufbrachen, wenn man sich später in größerer Runde wieder begegnete. Was sagten die Rollentheorien der Soziologen dazu? Er versuchte, sich daran zu erinnern, wurde aber von Joschi abgelenkt, der ihn fragte, ob er mit in den *Sonnenhof* käme, wo sich alle trafen, die auf der Beerdigung gewesen waren. Wie zur Verstärkung fügte er hinzu: »Chris wollte es so.«

Während der kurzen Autofahrt kam ihm erneut in den Sinn, dass Chris Böhringer kein wirklich guter Freund gewesen war. Er war ein Kumpel, einer der gerne mal über die Stränge schlug und regelmäßig andere in seinen Bann gezogen hatte. Aber eine besonders vertrauensvolle Beziehung hatte seinem Empfinden nach zwischen ihnen nicht bestanden. Umso merkwürdiger erschien ihm jetzt, dass Chris sich am Ende gerade an ihn gewandt hatte. Er nahm sich vor, mit den anderen nicht darüber zu reden.

»Kommst du mit raus?«, fragte Angie, die im Lokal neben ihm saß. »Ich will eine rauchen.« Auffordernd berührte sie seinen Unterarm.

Draußen dunkelte es bereits. Einzelne Trauergäste kamen heraus, verabschiedeten sich mit kurzen Worten und machten sich auf den Heimweg. Nicht allen hatten die Verfügungen des Verstorbenen gefallen, die er für die Zusammenstellung der Speisenfolge getroffen hatte. Manche stocherten lange im Beilagensalat. Aron hatte mit gutem Appetit Wurstsalat, Schlachtplatte und etwas Kassler mit Erbspüree verspeist. Der Schnaps war vorzüglich. Ansonsten hatte er nur Wasser getrunken.

Angie zündete sich eine Zigarette an.

»Hast du mal was mit ihm gehabt?«, fragte er.

Statt wütend zu reagieren, lächelte sie verschmitzt, näherte ihr Gesicht dem seinen und fragte zurück: »Hattest du hin und wieder den Eindruck?«

»Gelegentlich schon. War da nicht mal was während dieser Orgie auf dem Köcherhof?«

»Und würde das irgendetwas ändern?«

Er zögerte lange, ehe er fragte: »Inwiefern? Zwischen uns?«

»Das, was zwischen uns hätte sein können, ist doch lange her. Mehr als ein halbes Leben.« Sie lachte aufreizend.

»Hast du Lust, dass ich heute mit zu dir gehe?«

»Ari, was hätten wir davon?« Sie redete ihn an wie damals. Sie war bislang die Einzige gewesen, die ihn hin und wieder *Ari* genannt hatte.

»In Erinnerung an schöne Momente.«

Sie nahm einige hastige Züge. Dann drückte sie die Kippe aus. »Ari, du weißt, ich liebe meinen Mann schon lange nicht mehr. Aber Fremdgehen ist mir einfach zu anstrengend geworden. Und vergiss nie: Wir sind gute Freunde. In der Freundschaft liegen unsere schönsten Momente.«

Das andere Leben

Christoph Böhringer hatte sich bereits in jungen Jahren einen Plan zurechtgelegt. Das war in der Zeit gewesen, als er mehr und mehr zum Einzelgänger wurde. Zumindest sahen das seine Freunde in späterer Rückschau so. Mit seiner alten Clique war er immer seltener zusammengekommen. Seine Idee war nicht besonders weitreichend und hatte für die allermeisten Menschen, auch die in seiner direkten Umgebung, keinerlei Konsequenzen. Abgesehen vielleicht von einem oder vielleicht sogar zweien, die er zu diesem Zeitpunkt, von dem hier die Rede ist, noch gar nicht kannte. Aber für ihn war es wichtig gewesen, sich der Zäsur, für die er sich entschieden hatte, planvoll zu nähern. Zwei Tage vor seinem 40. Geburtstag quartierte er sich im »Hotel Hohenlohe« ein, einem besseren Haus in der Siederstadt Schwäbisch Hall, mit guter Küche, gepflegtem Ambiente und vor allem einem wirklich attraktiven Solebad mit Saunalandschaft und mehreren Becken. Eines lag im Freien und konnte dank seiner warmen Wassertemperatur auch im Winter genutzt werden. Das Haus gehörte entsprechend der von ihm entwickelten Systematik, über die er mit niemandem redete, zu den *offenen Kombieinrichtungen.* Damit meinte er Hotels mit Bade- und Wellnessbereich, die außer für die Hotelgäste auch für Gäste aus der Stadt und der näheren Umgebung zugänglich waren. *Geschlossene Kombieinrichtungen*, eine andere, von ihm entwickelte begriffliche Kategorie, verfügten neben dem Hotel- und Gastronomiebereich zwar auch über Schwimmbad und Sauna, die allerdings nur für Hotelgäste reserviert waren. Bessere Hotels mit Wellness-, aber ohne Bade- und Saunabereich nannte er *Solos.* Weiterhin waren für seinen von jeder gängigen Norm abweichenden Lebensstil *Kurkombis* und *Kursolos* von Bedeutung. So nannte er Kurhotels mit oder ohne Spa- und Wellnessbereich.

Sein Leben spielte sich schon seit langer Zeit in solchen Kur- und Hotelanlagen ab und im Laufe der Jahre hatte er seine Strategie und seine Technik immer weiter verfeinert.

Er war am Nachmittag angereist, hatte seinen Campingbus auf dem Hotelparkplatz abgestellt und im Hotel eingecheckt, was er nicht immer tat, wenn er in eine *offene Kombieinrichtung* ging. Manchmal zog er es vor, am frühen Abend nur den Bade- und Saunabereich zu nutzen und dann, wenn es nicht wie erhofft lief, auch mal eine Nacht in seinem Camper zu verbringen. Das kam nur äußerst selten vor und er meinte dabei immer einen kleinen Tod zu sterben, wie vermeidbare Niederlagen sich für ihn anfühlten. Sein Stolz und seine ausgeprägten Reinlichkeitsbedürfnisse gestatteten ihm nicht, sich in diesen Nächten in seinem Bus liegend selbst zu befriedigen. Wenn er das häufiger täte, würde es hier schon nach kurzer Zeit muffeln. Irgendwas floss immer dahin, wo es nicht hin sollte.

Nach dem Einchecken hatte er sich gründlich rasiert, noch einmal Finger- und Zehennägel prüfend betrachtet, am einen oder anderen Nagel noch etwas nachgefeilt. Frauen, zumindest solche, auf die er aus war, legten nicht immer Wert auf ein übermäßig gepflegtes Aussehen, wohl aber auf fein gerundete Finger- und Zehennägel, die auch bei innigen Umschlingungen nicht kratzten. Er betrachtete sich als Liebeskünstler und das, was er beherrschte, war nur zum Teil das Produkt von Aussehen und Konstitution. Ebenso wichtig waren ein gewisses Maß an unbekümmerter Dreistigkeit, Stil und Erfahrung.

Die Lektion mit den Nägeln hatte er schon als Achtzehnjähriger gelernt, als ein Mädchen noch spät in der Nacht wütend aufgesprungen war, als er es mit einem ungeschliffenen Zehennagel so böse gekratzt hatte, dass ihr das Blut in breiter Bahn über die Wade floss. Sie hatte das Blut abgewischt, ihre Jeans angezogen – ein langes, weites Hemd hatte sie im Bett noch angehabt, auf einen Slip hatte sie in spielerischer wie eindeutiger Absicht gleich verzichtet – und war gegangen. Und sie kam auch nicht wieder. Zumindest nicht in dieser Nacht. Danach hatte er selbst Hand an sich gelegt und anschließend zum ersten Mal in seinem Leben mit umfassender Mani- und Pediküre begonnen. *Learning by doing* eben. Und so verlief das auch bei zahllosen anderen Gelegenheiten. Und selbst jetzt, in der Blüte des Lebens, wie man gemeinhin sagte, lernte er noch dazu.

Er war schon oft hier gewesen und kannte sich somit bestens aus. Zumal das »Hohenlohe« das Etablissement war, das seinem Heimatort am nächsten lag. Seine Familie war nach Seelbach gezogen, als er mitten in der Pubertät steckte. Das Städtchen lag nur zwölf Kilometer von Schwäbisch Hall entfernt. Das führte gelegentlich zu winzigen Komplikationen, wenn er überraschend mal auf einen mehr oder weniger guten Bekannten aus seinem Heimatort stieß. Er hatte freilich genügend Routine und Kaltschnäuzigkeit entwickelt, um derlei Situationen so zu meistern, dass seine wesentlichen Ziele nicht gefährdet wurden. Auch tat er viel dafür, dass der Bekannte später nicht mit dem Gedanken nach Hause fuhr, was denn aus ihm, Christoph Böhringer, für ein Arschloch geworden sei.

Es war an der Zeit, hinunterzugehen, um in der Sauna- und Badelandschaft zu eruieren, welche Chancen sich ihm heute boten. Die Tage um seinen Geburtstag herum waren immer problematisch. Die *Angebotsseite*, wie er es für sich selbst formulierte, war in den ersten Märztagen bestimmt von den Sonderangeboten. Die Wellness- und Erholungshotels hatten meist nach Fasching eine Flaute, die bis zu den Ostertagen anhielt. Die in diesen Tagen besonders günstigen Arrangements wurden meist von kostenbewussten Ehepaaren fortgeschrittenen Alters und jungen Pärchen mit knappem Budget gebucht. Seine Zielgruppe – allein reisende Frauen mittleren Alters – war nicht sehr zahlreich vertreten. Zudem, in den Wochen, in denen die Sonderangebote Gültigkeit besaßen, tauchten häufiger als sonst laute Frauencliquen auf.

Christoph Böhringer durchschritt die ihm gut bekannten Flure, über die man in den Bade- und Wellnessbereich gelangte.

»Gott hat ihm ein schönes Gesicht geschenkt«, hatte seine Großmutter väterlicherseits mit leuchtenden Augen gesagt, als er ihr das erste Mal gezeigt wurde. Stolz hielt ihn sein Vater auf dem Arm, was später nicht mehr oft passieren sollte. Großmutter Julie Böhringer war eine geborene Katzenstein. Deren Vater, der Zahnarzt Dr. Isaak Katzenstein, hatte als Abkömmling des hiesigen großbürgerlich-liberalen Judentums eine arme Ostjüdin geheiratet, was Ende des 19. Jahrhunderts nicht nur in beiden Familien große Aufregung hervorrief, sondern erhebliche Unruhe in das jeweilige soziale Umfeld brachte. Wilhelm Böhringer, Christophs Großvater, arbeitete zusammen mit seinem jüngeren Bruder im aufstrebenden Metallbetrieb des strengen Vaters. Der ältere Sohn hatte kurz nach dem Ersten Weltkrieg sein Ingenieursstudium zu Ende gebracht, welches er kriegsbedingt unterbrochen hatte. Er setzte gegen das zögerliche Beharren des Vaters und seines denkfaulen jüngeren Bruders durch, dass das Produktionsspektrum um mechanische orthopädische Hilfsmittel erweitert wurde. Das Elend der zahllosen Kriegskrüppel hatte ihn darauf gebracht, wobei sich hier Geschäftsinteressen und Mitgefühl auf wunderbare Weise symbiotisch verschränkten.

Als ihm Mitte der Zwanzigerjahre Julie Katzenstein das erste Mal bei einem Tanzvergnügen begegnete, wusste er sofort, dass er diese Frau gewinnen und heiraten wollte und sonst keine. Julie sah das nach einigen Verabredungen ebenso. Sie entschieden sich zu einer fulminanten Liebesheirat. Es wurde die exzessivste Hochzeit aller Zeiten, von der im verschlafenen Dorf noch lange die Rede sein sollte. Aus Berlin und München reisten Künstler an, die Julie in ihren wilden Jahren kennengelernt hatte. Statt der Dorfkapelle, die üblicherweise bei Hochzeiten Walzer und Ländler aufspielte, hottete eine der ersten Berliner Jazzbands. Noch Jahrzehnte später wurde im Dorf erzählt, dass der Trompeter ein Neger gewesen sei, mit so dicken Lippen, wie man sie noch nie zuvor bei einem Menschen gesehen habe. Eine schmächtige, blasse Gestalt mit wirrem Blick entpuppte sich als der revolutionäre Dichter Erich Mühsam. Eines Nachts, den Dichter plagten wieder einmal seine düsteren Depressionen, hatte Julie ihm im ekstatischen Treiben der Münchener Bohème das Versprechen abgerungen, wenn es einmal so weit sei, auf ihrer Hochzeit zu erscheinen. Womit auch gleich gesagt war, dass der Dichter selbst niemals der Bräutigam sein würde. Zu schon vorgerückter Stunde trug Hans Bötticher, ein weiterer Münchner Dichterfreund, den sie einst als mageren Hänfling im »Simplicissimus« in der Türkengasse kennengelernt hatte und der später als Joachim Ringelnatz reüssieren würde, ein Gedicht vor. Großmutter Julie rezitierte es noch 60 Jahre später mit eindrucksvollem Timbre, weswegen auch Christoph zumindest die erste Strophe auswendig aufzusagen wusste:

Ich habe an deiner Brüste Altar
Die Nacht bei dir durchsonnen.
Ich träumte unendliche Wonnen
Im Zauberdufte aus Deinem Haar.

Der Blütenstaub der Jugend am Leib
Lagst Du mit fiebernder Stirne
Als Fremde bei mir – eine Dirne,
Und warst ein halberblühtes Weib.

Und Tränen sah ich, so heimatfremd,
So sündenschön verrinnen.
Sie netzten schneeiges Linnen,
Das glich einem Totenhemd.

Weder die Katzensteiner noch die Böhringerische Linie fanden den Vortrag einer Hochzeit angemessen. Tanten und andere ältere Damen zerrten an ihren Männern, damit diese sie bei ihrem Empörung demonstrierenden vorzeitigen Abgang begleiteten. Immerhin, Zahnarzt Katzenstein, der Brautvater, beruhigte mit einer beeindruckenden Rede an das Brautpaar die Gemüter. Und am Ende sei doch niemand vorzeitig abgereist. Noch mehr aber witterten die geladenen Einheimischen einen Skandal. Auch später noch, bis in die sechziger Jahre hinein, war in Wirtshäusern und bei Gesellschaften von dem *Busen- und Hurengedicht* die Rede, das einst auf der Hochzeit des älteren der beiden Böhringerbuben vorgetragen worden sei.

Und einer traf in der Nacht noch eine einsame Entscheidung. Karl Böhringer, Wilhelms Vater, der bis zum Schluss versuchte hatte, die Hochzeit zu verhindern, fraß seine kalte Wut in sich hinein und fällte beim letzten Glas den Entschluss, später, wenn es einmal so weit war, Friedrich, Wilhelms jüngeren Bruder, zum alleinigen Firmenchef zu machen.

Ein gütiges Schicksal fügte es, dass der jüdische Zahnarzt Katzenstein am 22. Januar 1933, also eine gute Woche vor Hitlers Machtergreifung, an den Folgen eines Hirnschlages starb. Julie war durch ihre Ehe mit einem Mann, der nun plötzlich als *Arier* bezeichnet wurde, zunächst einmal geschützt. Während sich die Mehrheit der hiesigen Bevölkerung, wohl auch aufgrund der mittlerweile machtvoll gewordenen Position der Industriellenfamilie Böhringer, zurückhaltend, aber anständig verhielt, wie man später sagen würde, wuchs im Hause Böhringer ein Gespinst aus Wut, Feigheit, Berechnung und Intrigen. Der alte Patriarch untersagte seinem älteren Sohn die Verhandlungen mit wichtigen Geschäftspartnern. Unumwunden wurde die Belastung angesprochen, die aus der Ehe mit einer Jüdin resultierte. Friedrich, der Jüngere, nutzte die Gunst der Stunde, um seine Position in der Firma zu festigen und seinen Zuständigkeitsbereich auszuweiten, was ihm gelang, obwohl der Alte von seinen Fähigkeiten keineswegs überzeugt war.

Das Loch im Zaun

Als Christophs Großvater Wilhelm Böhringer Julie Katzenstein das erste Mal begegnete, hatten ihn sogleich die wiegenden Schritte der schönen Unbekannten in den Bann geschlagen. Er sah ihr nach, als sie am frühen Abend ein Heilbronner Tanzcafé betrat. Er war so fasziniert von dem Bild, dass er seine Schritte ebenfalls dorthin lenkte. Sie hatte soeben an einem kleinen Tisch vor einer Säule Platz genommen, bislang noch unbemerkt von den beiden Kellnern, die in einheitlich gestreiften Westen bedienten. Darunter trugen sie weiße Hemden mit gestärkten Manschetten und identische Fliegen. Im Hintergrund spielte eine Dreimannkapelle ganz passabel gängige Tanzweisen. Wilhelm ging davon aus, dass jeden Moment der Liebhaber, Verehrer oder Tanzpartner dieses prächtigen Weibes auftauchen würde, vielleicht wegen einer kleinen Verspätung eine Entschuldigung murmelnd. Offensichtlich nahmen dies auch die Kellner an. Keiner machte Anstalten, diesen Gast zu bedienen. Böhringer hingegen hatte bereits Gelegenheit gehabt, Kaffee und Cognac zu bestellen.

Sichtlich empört rief die junge Frau nach einigen Minuten so laut, dass es alle Gäste im Umkreis hören konnten: »Kann ich endlich meine Order aufgeben?«

Mit einer verlegen gemurmelten Entschuldigung eilte der ältere Kellner an ihren Tisch und fragte dann noch mal nach, so als habe er die Bestellung nicht richtig verstanden. »Wollen Gnädigste wirklich ein Bier und einen Korn?«

»Was habe ich denn gerade gesagt?«, erwiderte sie resolut.

Nach einer weiteren Viertelstunde verblüffte sie Wilhelm Böhringer, der zwei Tische von ihr entfernt Platz genommen hatte, mit der Frage: »Wollen Sie tanzen?«

Wilhelm Böhringer hegte, wie viele Bürgerliche in der damaligen Zeit, noch bis 1936 die Hoffnung, dass der Nazispuk alsbald sein Ende finden würde. Sein Vater war derselben Ansicht. Gleich anderen deutschnational Gesinnten war er der Meinung, dass der Siegesrausch sich alsbald verflüchtigen und Hitler vom Hof gejagt werden würde, wie er sich ausdrückte.

»Diese nach oben gespülten Kretins in ihren Müllmänneruniformen«, sagte er gerne bei passenden Gelegenheiten in Anspielung auf die Braunhemden der SA, »werden an den ihnen gestellten Aufgaben bald wieder auf Normalgröße gestutzt.«

Friedrich war 1934 der Partei beigetreten, was den Vater mehr ergrimmte als den älteren Bruder. Wilhelm Böhringer vermied Dispute um politische Ansichten allein schon deshalb, weil er sie als Zeitverschwendung betrachtete. Doch hin und wieder entzündete sich Streit zwischen den Brüdern daran, dass Julie trotz ihrer jüdischen Herkunft weiterhin versuchte, am öffentlichen und vor allem am kulturellen Leben teilzunehmen.

Unverändert fielen rege Besuche von Münchner und Berliner Freunden im Dorf auf. Mehrmals schon war der Ortsgruppenleiter beim Seniorchef vorstellig geworden. Aus Respekt vor dessen großen Verdiensten für Dorf, Volk und Vaterland wolle er ihn warnen. Man sei im Hause Böhringer gut beraten, *die Jüdin* mehr an die Kandare zu nehmen. Auch er könne nicht viel tun, wenn sich eines Tages höhere Stellen einschalten oder sich der Volkszorn über dem Judenweib entladen würde. Und bereits im Gehen fügte er noch hinzu: »Sie sollten ein Machtwort sprechen. Ihr Sohn wäre gut beraten, sich von der Jüdin scheiden zu lassen.«

Der alte Böhringer behielt diese Episode für sich. Sein Ältester würde diesen Vorschlag zurückweisen. Und nicht nur das. Angesichts der zu erwartenden Erregung waren unbedachte Handlungen nicht ausgeschlossen. Der Jüngere, der jetzt häufiger Intrigen gegen den Bruder spann, brauchte das erst recht nicht zu erfahren.

Dass die Kleingeister doch länger an der Macht bleiben würden, wurde Wilhelm Böhringer im Sommer 1936 klar. Die erfolgreiche Inszenierung der Olympischen Spiele in Berlin hatte das Ansehen der Nazis im Ausland erheblich gesteigert. Vor allem aber hatten die Machthaber in diesen Tagen die wohl höchstmögliche Zustimmung im eigenen Lande erlangt.

Kurz vor Silvester offenbarte Wilhelm dem Senior, dass er die Absicht habe, eine leitende Stellung in Wien anzutreten.

Wann er dort beginnen wolle, fragte der sichtlich schockierte Firmenchef nach einer Weile.

Der Umzugswagen sei auf den 18. Januar bestellt. Am 1. Februar werde er seine neue Arbeit aufnehmen. Im Interesse aller und einer sicheren Abreise wegen bat er den Vater um Diskretion.

An einem kalten Januarmorgen des Jahres 1937 überraschte Wilhelm Böhringer seine Frau Julie noch im Ankleidezimmer mit einem Strauß aus dreißig tiefroten Rosen und einem wertvollen Collier, das er ihr von hinten um den Hals legte. Dann führte er sie ins Esszimmer, wo das böhmische Hausmädchen – Deutsche durften schon nicht mehr für Juden arbeiten – bereits das Frühstück serviert hatte.

Er vergewisserte sich, dass niemand mithörte. Dann raunte er seiner Frau ins Ohr: »Ich habe mich in Wien erfolgreich um eine Stelle beworben. Dort lebt sich's leichter als hier.«

Julie und ihr Mann verlebten ein glückliches Wiener Jahr. Doch auch hier war wachsender Antisemitismus zu spüren. Mehr Sorgen bereiteten dem jungen Paar die Aufmärsche und Kundgebungen, die für einen *österreichischen Anschluss an das Reich* abgehalten wurden.

Am 11. März 1938 kam Wilhelm Böhringer erst spät nach Hause. Er war kreidebleich und so aufgelöst, wie ihn Julie noch nie erlebt hatte.

Was denn los sei, wollte seine Frau wissen. »Beruhige dich doch erst einmal.«

»Wie soll ich mich beruhigen? Stell dir vor, über dem Polizeipräsidium am Schottenring weht bereits die Hakenkreuzfahne.«

Am anderen Morgen überschritten 65 000 Wehrmachtssoldaten und bewaffnete Polizei die Landesgrenze.

Und schon einen Tag später wurde Böhringer am Praterstern unfreiwillig Zeuge einer der ersten *Reibpartien*. Man zwang ältere Wiener Juden, mit Wurzelbürsten und Lauge ein Bild Schuschniggs vom Sockel des Tegetthoff-Denkmals zu entfernen, wo es in einer der vorausgegangenen Nächte von Hitlergegnern mit Hilfe einer Schablone aufgemalt worden war.

Am 15. März triumphierte Hitler auf dem Wiener Heldenplatz. Unter dem Jubel zehntausender Menschen meldete er Vollzug: »Als der Führer und Reichskanzler der deutschen Nation und des Reichs melde ich vor der Geschichte nunmehr den Eintritt meiner Heimat in das Deutsche Reich.«

Am darauffolgenden Sonntag, es war der 20. März, unternahm das Paar einen Ausflug nach Lustenau. Er hatte Julie am Vorabend dazu überreden müssen. Sie verspürte wenig Lust, an einem Sonntag so früh aufzustehen, wie es ihr Mann vorgeschlagen hatte: »Damit wir was haben vom Tag.«

Auch seiner Idee, eine Wanderung in den Rheinauen zu machen, konnte sie wenig abgewinnen.

Zwei weitere Ausflüge folgten. Wilhelm Böhringer war klug genug, attraktive Kaffeehaus- und Museumsbesuche in das Programm aufzunehmen.

Beim dritten Durchstreifen der Auenlandschaft des oberen Altrheins kam ihr der Verdacht, dass es ihrem Mann gar nicht ums sonntägliche Vergnügen ging.

»Du schnüffelst doch hier rum«, sagte sie vorwurfsvoll, als sie an einem regnerischen Nachmittag durch die wassertriefende Landschaft stolperten.

Er sah sie von der Seite an, schwieg noch geraume Zeit und sagte dann: »Vielleicht müssen wir eines Tages rüber.« Er wies in Richtung Schweizer Grenze.

Einige Monate nach dem *Anschluss* bestand die alte österreichische Zollorganisation noch immer. Böhringer hatte die Absicht gehabt, bis Ende des Jahres 1938 in die Schweiz überzusiedeln. Unbemerkt von deutschen Kontrollen hatte er mehrmals hohe Geldbeträge dorthin transferiert. Plötzlich wurde am 5. Oktober damit begonnen, ein »J« in die Reisedokumente jüdischer Bürger zu stempeln. Dies und die von der Schweiz ab sofort geforderte Vorlage einer Aufenthaltsbewilligung machten seinen Plan zunichte, noch vor Weihnachten legal in die Schweiz auszureisen.

Um seiner Frau dennoch einen Grenzübertritt ins Nachbarland zu ermöglichen, recherchierte er, notdürftig als Wanderer und Bergsteiger getarnt, im vorarlbergischen Grenzgebiet. Doch die für den kleinen Grenzverkehr recht durchlässige Landesgrenze war mittlerweile auf Schweizer Seite gesperrt worden.

Ende Oktober konfrontierte Wilhelm Julie mit der Feststellung, wenn man das Reich noch verlassen wolle, müsse man es jetzt tun. Längeres Verweilen sei zu gefährlich.

»Wir können dort neu anfangen. Ich kenne jemanden, der mir eine Anstellung geben würde.«

Julie, die nur ungern klein beigab, kämpfte mehrere Tage mit ihrer Entscheidung. Wilhelm mahnte zur Eile. Sie müssten über die grüne Grenze. Wenn erst einmal Schnee gefallen sei, wären sie in den Nächten leichter auszumachen. Und außerdem könne jeder die frischen Spuren erkennen.

In der Nacht vom 2. auf den 3. November verließen sie den österreichischen Teil des *Reichs*. Außer dem, was sie auf dem Leib trugen, hatten beide nur noch das bei sich, was in einen Rucksack passte. Ein guter Freund Wilhelms hatte sich bereit erklärt, nach ihrer Flucht den zurückgebliebenen Hausstand zu verkaufen und ihnen den Erlös über Mittelsmänner zukommen zu lassen. Eine entsprechende Vollmacht war hinterlegt worden. Wobei die Frage im Raum stand, ob nicht die Wiener Finanzbehörden das restliche Mobiliar beschlagnahmen würden.

In Lustenau trafen sie verabredungsgemäß den Mann, der sie für ein stattliches Salär zu einem sicheren Durchschlupf führen sollte.

Sie stolperten länger als eine Stunde durch die Dunkelheit, wateten durch nasse Wiesen und durchquerten umgepflügte Äcker. Schwer klebte die Erde an ihren Wanderschuhen. Mehrfach musste Wilhelm Julie ermahnen, leiser zu sein, wenn sie zu laut vor sich hin schimpfte.

Nach einer weiteren Viertelstunde blieb der Schleuser mitten im blattlosen Buschwerk der Auen des Alten Rheins stehen. Flüsternd machte er sie in der Ferne auf einen schwachen Lichtschein aufmerksam. »Dort drüben ist der Grenzposten Schmitter. Nehmt den als Orientierung.« Dann wies er auf eine Zone nahe der winzigen Zollstation. »Und da verläuft das Rohr. Bleibt unbedingt außerhalb des Lichtscheins des Zollhauses. Sonst kriegen sie euch.«

Zwei Stunden später wateten sie durch einen Kanal, der zur Wasserregulierung des Alten Rheins diente, in Richtung Schweizer Terrain. In Sichtweite des Kanals hatte Wilhelm noch einige Zeit in die Nacht gelauscht, um sicherzugehen, dass keine Streife unterwegs war. Julie fror. Sie bemühte sich, das Klappern ihrer Zähne zu unterdrücken.

Das Rohr führte nur wenig Wasser. Dennoch waren sie am Ende bis über beide Knie durchnässt. Als sie den steinernen Tunnel hinter sich gelassen hatten, robbten die beiden vorsichtig auf allen vieren über einen grasüberwachsenen Damm. Erst jetzt war sich Wilhelm sicher, dass sie sich auf Schweizer Boden befanden. In der Dunkelheit war zu hören, wie eine Wagentür geöffnet wurde. Das Herz klopfte Julie bis zum Hals. War es Grenzpolizei? Oder die Gendarmerie? Waren ihre Anstrengungen umsonst gewesen?

Zu ihrer Verblüffung begrüßte Wilhelm den Fahrer mit Handschlag. Der sagte kein Wort. So durchnässt und dreckig, wie sie waren, stiegen sie ein.

Zwei Nächte verbrachten sie im Haus ihres selbstlosen Unterstützers. Am dritten Tag kam der Geschäftsfreund ihres Mannes, er hieß Rötliberger, früher als sonst nach Hause.

»Sobald es dunkel wird, gehen wir zu Grüningers Büro. Dann haben Sie das Schlimmste überstanden.«

Etliche Monate später, Wilhelm Böhringer hatte längst seine neue Stelle als Exportkaufmann angetreten, stellte Julie beim Abendessen ihren Mann zur Rede: »Warum hast du mich eigentlich nicht genauer in deinen Fluchtplan eingeweiht? Wenn ich nur daran denke, wie plötzlich der dunkle Wagen auf der Chaussee stand, sträuben sich mir heute noch die Nackenhaare. Ich dachte, dort wartet die Polizei und alles ist aus.«

Wilhelm schenkte sich einen Cognac ein, hielt ihn prüfend gegen das Licht und ließ die Flüssigkeit im Glas sanft rotieren. »Es war so abgesprochen. Weil es besser war. Wenn die Flucht aufgeflogen wäre, hättest du nichts preisgeben können.«

»Glaubst du, ich hätte irgendwas verraten?«, empörte sie sich.

Zu diesem Zeitpunkt war Grüninger, der St. Gallener Polizeihauptmann, bereits vom Dienst suspendiert. Als Rötliberger sie damals in dessen Büro gebracht hatte, war dieser äußerst wortkarg. Ohne viele Worte zu machen, datierte er den Einreisestempel, den er in ihren Pässen anbrachte, auf einen Tag zurück, der noch vor dem Abschluss des verschärften Einreiseabkommens zwischen dem Deutschen Reich und der Schweiz lag.

Der schmalgesichtige Mann, der mit seinem altmodischen Zwicker wie aus dem letzten Jahrhundert wirkte, nannte ihnen die Adresse der örtlichen Flüchtlingshilfe.

Im April 39 wurde Paul Grüninger, der mittels seiner Manipulationen über zweitausend Juden die Einreise und damit höchstwahrscheinlich das Überleben ermöglicht hatte, mit Schimpf und Schande aus dem Amt gejagt.

Im Unterschied zu den meisten anderen jüdischen Flüchtlingen war Julie die Unterbringung im Sammellager Widnau erspart geblieben, da ihr Mann Nichtjude war und zudem über eine reguläre Anstellung verfügte.

Während die Eltern sich in Wien aufhielten, lebte ihr Sohn Roland vorwiegend bei den Großeltern. Was anfangs mit den beengten Verhältnissen begründet wurde, entsprach später dem Wunsch der Großmutter und des Kindes und kam auch den Bedürfnissen der Mutter entgegen.

Da Julie nicht ohne Gefahr ins Reichsgebiet reisen konnte, oblag es ihrem Mann, das Kind gelegentlich aus Deutschland nach Wien zu holen. Das gelang ihm freilich nicht immer. Der Junge sträubte sich. Und dem feinsinnigen Mann fiel es schwer, sich gegen die eigene resolute Mutter durchzusetzen, die in schneidendem Tonfall verkündete: »Der Junge bleibt da. Hier hat er es besser.«

An die Behörden konnte er sich nicht wenden. Julie galt trotz ihrer Ehe mit einem *Arier* im Sinne der Nürnberger Rassengesetze als *Volljüdin*.

Als Wilhelm die Flucht zu planen begann, hielt er es für den sichersten Weg, das Kind noch eine Zeitlang bei den Großeltern zu lassen. Sobald sie sich in der Schweiz leidlich eingerichtet hätten, würde er den Jungen nachholen.

Er konnte nicht ahnen, dass seine eigene Mutter ihn später unter Druck setzen würde. Er solle froh sein, dass der Sohn einer Jüdin unauffällig in einem prominenten Haushalt leben könne. Und in Begleitung des Jungen käme ein illegaler Grenzübertritt überhaupt nicht in Frage. Er könne doch unmöglich mit dem Kind in der Hand durch den Schlamm waten.

Als Wilhelm ohne den Jungen zurückkam, machte ihm Julie eine Szene. Doch ihr Schmerz währte nur kurz. In der freien Luft St. Gallens fand sie rasch Anschluss an die Ostschweizer Bohème. Und sie genoss das Glück, an die früheren Exzesse wieder anknüpfen zu können. Wilhelm Böhringer litt dagegen gleich in mehrfacher Hinsicht. Sein Sohn fehlte ihm sehr und der Rückfall seiner Frau in ihren früheren Lebensstil missfiel ihm. Zugleich schämte er sich dafür, dass er sich einmal mehr nicht gegen seine herrschsüchtige Mutter hatte durchsetzen können.

Körperspiele

»Gott hat ihm ein schönes Gesicht geschenkt.« Diesen Satz wiederholte Großmutter Julie häufig. Christoph meinte sich daran erinnern zu können, dass er vier war, als er diese Bemerkung erstmals so bewusst wahrnahm, dass sie von da an unauslöschlich in seinen Schatz an Erinnerungen gehörte. Vielleicht prägten sich ihm diese sieben Worte auch so nachhaltig ein, weil er sie so oft gehört hatte. Beim letzten Mal war er 18 gewesen. Wenige Wochen später starb die Großmutter. Bis dahin hatte diese ständig wiederkehrende Feststellung bereits viel Unheil angerichtet.

Sein Vater konnte den Satz schon lange nicht mehr hören. »Du setzt dem Jungen bloß Flausen in den Kopf«, war einer seiner harmlosesten Kommentare. Und der brennende Hass seines vier Jahre älteren Bruders auf Christoph hatte sich in den Jahren so ausgehärtet, dass auch später nie mehr so etwas wie brüderliche Zuneigung zwischen ihnen entstehen konnte.

Wenige Jahre zuvor hatte der Vater die »Weiße Villa« in Seelbach erworben und vor dem Einzug der Familie umfassend modernisiert. Für Christoph war damit eine Wende zum Besseren verbunden. Seine Mutter hatte nach einem Vorfall darauf bestanden, dass er das Internat verlassen durfte, in das ihn sein Vater gesteckt hatte, als er knapp zwölf gewesen war.

Seine Mutter, Marlene Böhringer, blieb bis weit über fünfzig eine schöne Frau. Als er ein Kind und sie eine junge Frau war, hatten sie ein ungezwungen körperliches Verhältnis zueinander. In dem Maße, wie sie über das Schwinden der Liebe ihres Mannes und seine maßlose Fremdgeherei traurig und verbittert wurde, zog sie den Kleinen an sich. Als die Eltern begannen, in getrennten Schlafzimmern zu nächtigen, kroch Christoph oft unter die Decke seiner Mutter, die ihn an sich drückte und küsste. Angenehm an ihr war, dass sie immer gut roch. Er kannte ihren reifen, immer noch schönen Körper, da sie sich seit jeher nackt und ohne Scham in der Wohnung bewegte und sich ungezwungen vor ihm zeigte. Sie war immer nahtlos braun, auch ihr Hintern war anders als die blassen Flächen, die ihn in seiner Jugend bei den jungen Mädchen irritierten, ohne ihn freilich gänzlich abzuschrecken. Wenn sie aus dem Bad kam, drückte sie ihm eine gut riechende Mixtur in die Hand, die sie selbst auf Olivenölbasis zusammengerührt hatte. Er rieb ihr den Rücken ein. Anfangs kam er nur mit Mühe bis an ihre Schultern. Sie stand dabei immer in ihrem Schlafzimmer und legte sich nicht, wie er es gesehen hatte, als der Vater sich noch um seine Frau bemühte, auf die Wohnzimmercouch, die sie zuvor mit einem großen Badetuch abgedeckt hatte.

Als Zehnjähriger machte er sich ein Spiel daraus, die Einölung auszuweiten. Obwohl noch ein Kind, ging er recht geschickt vor, weitete die Linie nur langsam, Zentimeter für Zentimeter vom Rücken in Richtung Po aus. Am Ausbleiben der leichten Schläge, die sie ihm meist auf den Unterarm gab – seine Hände konnte sie nicht erreichen – lernte er rasch, dass es kein Problem war, den Übergang zwischen Pobacken und Hüfte zu berühren. Auch die äußeren Oberschenkel durfte er in die Prozedur des Einölens einbeziehen. Ging er jedoch nach innen und führte die öligen Fingerspitzen zwischen die Hälften ihres wohlgeformten Hinterns oder gar in Richtung ihres Anus, kam ein harsches »Lass das!«, verbunden mit einem heftigeren Schlag auf den Unterarm.

Längst bemerkte er sein rasches Längenwachstum nicht mehr nur an den Bleistiftstrichen, die seit seiner frühen Kindheit an der Zarge der Küchentür nach oben fortgeführt und nach gelegentlichem Überstreichen von neuem begonnen worden waren, sondern auch daran, dass es ihm alsbald möglich war, beim Einölen des Rückens über die Schultern seiner Mutter zu sehen. Immer seltener führte er nun die Finger in die riskanten Zonen ihres Hinterns, sondern begann ganz allmählich damit, die öligen Fingerkuppen unter ihren Armen hindurch in Richtung der mittelgroßen, immer noch wohlgeformten Brüste zu führen, die nur einen winzigen, kaum wahrnehmbaren Tick bereits den Gesetzen der Schwerkraft folgten. Zu seinem großen Erstaunen zeigte seine Mutter überhaupt keine Regung, als er den Brustansatz berührte. Er zwang sich zur Geduld und strich das ölige Gemisch auch Wochen später nur wenige Zentimeter über die Außenseiten der Brüste.

Eines Sonntags schloss sich die Mutter nach dem Aufstehen lange im Bad ein, was sie sonst nicht tat. Der Vater war in der Nacht nicht nach Hause gekommen, was nun immer öfter vorkam und worüber nicht gesprochen werden durfte. Er lauschte, hörte, wie sie das Wasser einließ, dann, wie sie in die gefüllte Wanne stieg. Als sie ihm nach über einer Stunde die zierliche Flasche in die Hand drückte, in der sie ihre geheimnisvolle Mixtur zu verwahren pflegte, sah er trotz ihrer Pflegebemühungen und dem kräftiger als sonst aufgetragenen Rouge, dass sie geweint hatte.

Christoph gab sich an jenem Sonntag besonders viel Mühe beim Einölen. Alle Partien des Rückens massierte er lange und gründlich. Er spürte, wie die Mutter sich dabei entspannte. Als sie mehrmals kurz nacheinander, wohl als Ausdruck sichtlichen Wohlempfindens, den Nacken nach hinten warf, führte der Junge seine öligen Hände unter ihren Armen hindurch, massierte lange die zarten Außenseiten der Brust, was ihm ja bislang immer gestattet worden war, bestrich sich die Hände nochmals mit der öligen Mischung, führte sie erneut unter den Armen hindurch und umfasste mit den Handflächen beide Brüste. Regungslos verharrte der Junge. Er spürte sein Herz klopfen. Er hörte es nicht, aber er meinte es heftig zu spüren. Auch die Mutter bewegte sich nicht, ja sie schien nicht einmal zu atmen. Zu einer Skulptur vereint standen sie auf dem in Apricot gehaltenen Langhaarteppich, der im Schlafzimmer der Mutter vor dem Spiegeltisch lag und auf den sie sich gerne stellte, um von ihm eingeölt zu werden.

Christoph hielt den Atem an. Verschiedene Gefühle stritten in ihm. Scham, vermengt mit einem gewissen Maß an Heiterkeit, die aus der Kühnheit seines Tuns erwuchs, wachsendes Unbehagen über das Schweigen und das regungslose Verharren seiner Mutter.

Nach einiger Zeit, von der er nicht wusste, wie lange sie tatsächlich gewesen und die ihm schier endlos vorgekommen war, legte sie ihre Hände auf seine, die immer noch ihre Brust umfassten, und lachte kichernd. Zart nahm sie seine Hände und führte sie um beide Seiten ihrer Taille wieder nach hinten. Erst schüchtern, dann fester stimmte er in ihr fast kindliches Lachen ein, tat intuitiv das Richtige, indem er fortfuhr, die unbedenklichen Zonen ihres Rückens zu massieren, die immer noch ölig glänzten.

Diese Grenzüberschreitung hatte für den Jungen keine unangenehmen Folgen. Seine Mutter redete nicht darüber. Weder tadelte noch ermunterte sie ihn. Es war auch nicht so, dass er sich dauerhaft eine neue Handlungsoption erobert hatte. Manchmal ließ sie es zu, wenn seine Handflächen ihre Brust berührten. Hin und wieder blockte sie ihn mit fest an die Seiten gepressten Armen ab. Mal lachten sie gemeinsam, wenn er ihre Brüste in den Händen hielt. Hin und wieder sagte sie, je nach Laune, vergnügt, ernsthaft oder gereizt: »Lass das.« Und Christoph pflegte sich daran zu halten. Eine weitere Lektion, die er früh lernte: Wer die Grenzen akzeptierte, die die Mädchen und Frauen setzten, hatte langfristig mehr Spaß mit ihnen. Früh galt er – je nach Herkunftsmilieu der Betrachter – als »Kittellutscher«, »Frauenversteher«, »einfühlsamer« oder »moderner« Mann. Dass es sich nur um eine meisterlich erbrachte strategische Leistung handelte, vermutete kaum jemand.

Wobei er niemals den Versuch machte, mit den Fingerspitzen ihre Brustwarzen oder deren Hof zu stimulieren. Anfangs wusste er noch nicht, dass diese Option überhaupt existierte. Und als er sich darauf verstand, wurde ihm intuitiv und übrigens auch für diesen Fall völlig zutreffend klar, dass derartige Versuche nicht nur von seiner Mutter unterbunden, sondern zu engeren Grenzziehungen, wenn nicht sogar zum Abbruch dieser zwischen einer Mutter und ihrem Sohn doch recht ungewöhnlichen Körperspiele geführt hätten.

Jetzt, da der Vater immer häufiger wegblieb, schlief er öfter im Bett seiner Mutter. Darüber, ob er, wie bereits früher, zu den Huren ging oder eine feste Geliebte hatte, wurde schamhaft in allen Familienteilen spekuliert, ohne dass es zu einer Klärung kam. Auch jetzt erahnte Christoph instinktiv, dass im Bett andere Regeln galten als tagsüber, wenn er sie einölte. Obwohl es ihn manchmal reizte, griff er nie an ihre Brust und sie führte auch nie seine Hand dorthin. Dafür konnte er gelegentlich eine innige Nähe zu ihrem wohlgeformten Hintern herstellen, nämlich immer dann, wenn das relativ steife Leinennachthemd, unter dem sie nichts trug, nach oben gerutscht war. Er, der im Bett stets eine kurze Schlafanzughose und die dazugehörige Jacke trug, presste seine Oberschenkel leicht gegen ihre Pobacken. Erst Wochen später führte er bei einer derartigen Gelegenheit auch seinen Unterleib heran. Als er im noch vorpubertären Stadium hin und wieder eine Erektion hatte, scheute er sich zuerst, seine noch recht zierliche Versteifung an den nackten oder den bedeckten Hintern seiner Mutter zu drücken. Doch einmal zog er mit kaum wahrnehmbaren Bewegungen sein Höschen aus und führte sein erigiertes Glied vorsichtig an den nackten

Hintern seiner Mutter. Sie schlief so fest, dass sie nicht bemerkte, wie er die Spitze seines Geschlechtsteils an der glatten Haut rieb. Dadurch ermutigt, näherte er sich vorsichtig der Furche zwischen ihren Pobacken, strich mit der Eichel darüber, stieß auf eine Stelle, an der dies besonders angenehm war und drang nun ohne Bedacht ein kleines Stück ein.

Derb schlug seine Mutter nach ihm, traf dabei seine Hoden und hielt einen winzigen Augenblick seinen abschwellenden Penis zwischen Daumen und Zeigefinger. Eine Gemengelage aus Schmerz, tiefer Demütigung, Scham und Wut ließ ihn heftig in Tränen ausbrechen, was die Mutter sofort wieder milde stimmte. Sie nahm ihn in den Arm, drückte ihn fest an sich und sagte dann zärtlich und bestimmt zugleich: »Stoffel, du wächst jetzt zum Mann heran. Das freut mich sehr. Das macht deine Mama wirklich stolz. Aber du musst jetzt nachts in deinem Bett bleiben.« Sie küsste ihn liebevoll auf beide Wangen. Wortlos und voller widerstreitender Gefühle, unter denen Scham das stärkste war, verließ er das allerletzte Mal das Bett seiner Mutter.

Eines Sommers, wenige Wochen vor seinem zwölften Geburtstag, fiel die Entscheidung, dass er in ein Internat sollte. Er selbst hatte darauf keinen Einfluss. Abgesehen davon, dass sein Vater davon überzeugt war, dass es seinem Bruder und ihm gut tun würde, aus den »kleinpimpfigen Bildungsanstalten«, wie er es nannte, herausgehoben zu werden, gab es an sich keinen Grund. Christoph war ein leidlich guter Schüler, etwas schwächer zwar in den naturwissenschaftlichen Fächern, aber stets gut bis sehr gut in Deutsch, Geschichte und Englisch. Selbst im Fach Sport, das ihn nur wenig interessierte, war er im Vergleich der männlichen Schüler seiner Klassenstufe stets im vorderen Leistungsdrittel.

Seine Mutter Marlene hatte bereits vor vier Jahren vergebens gegen die Internatsunterbringung seines Bruders Karl protestiert und damals erheblich an Kraft gelassen und nur noch weitere Demütigungen durch den Vater erfahren. Großmutter Julie, die Einzige, die dem kalten Ehrgeiz ihres Sohnes hin und wieder energisch entgegentrat und dies auch tun konnte, ohne in rhetorisch überlegener und zugleich brutaler Manier gedemütigt zu werden, machte ihrem Sohn diesmal wegen Chris erneut heftige Vorwürfe, ohne an der Entscheidung etwas ändern zu können. Diese stand für Christophs Vater bereits fest, ehe er sie ausgesprochen hatte.

Die Wahl war bereits damals, als Karl vom heimischen Gymnasium aufs Internat wechseln musste, auf eine katholische Bildungsanstalt im Bayrischen gefallen. Dafür gab es weder religiöse Gründe noch Spuren einer Familientradition. Das Haus galt als konservativ und hart, war im Vergleich zu anderen Schulen nicht zu teuer und stand in dem Ruf, in den vergangenen zwei Jahrzehnten viel für die Ausbildung des Nachwuchses der Wirtschaftseliten geleistet zu haben.

Christoph fügte sich in sein Schicksal. Der Fahrgenuss, den sein Vater ihm für die Reise im neuen Mercedes Cabriolet in Aussicht gestellt hatte, wollte sich bei ihm nicht einstellen. Die Bäume zahlreicher Alleen flogen vorbei. Vater und Sohn sprachen wenig. Auch als er zur Mittagszeit in einem Wienerwald-Lokal bestellen durfte, was er wollte, wurden nur wenige Worte gewechselt, die beliebig blieben und dem Jungen wenig Anhaltspunkte dafür vermittelten, was auf ihn zukam. Sein Bruder Karl hatte ihm nichts erzählt. Die Zeit, die er und sein Bruder zu Hause verbringen durften, war klar festgelegt. Im ersten Internatsjahr war ihm nicht gestattet, zwischen dem Schuljahresbeginn, der damals in Bayern Ende August lag, und den Herbstferien nach Hause zu kommen. Auch zwischen Herbst- und Weihnachtsferien musste er die Wochenenden im Internat verbringen. Später durfte er außerhalb der Ferienzeit an einem Wochenende im Monat nach Hause fahren. Gelegentlich kam es aus disziplinarischen Gründen zur

Verweigerung dieser Wochenendheimfahrt. Das stellte aus der Sicht der ausschließlich männlichen Schüler die härteste Form der Bestrafung dar.

Der Charakter einer derartigen Anstalt brachte es mit sich, dass sich unter dem Lehrpersonal immer wieder Pädagogen befanden, deren Gründe für die Wahl des Berufs nicht nur auf der Verehrung des englischen Internatswesens beruhten. Für den einen oder anderen stand eine besondere Zuneigung zu Knaben im Vordergrund, wobei die meisten der pädophil veranlagten Lehrer und Erzieher ihre Bedürfnisse zu zügeln wussten, da der Direktor in der Vergangenheit in Einzelfällen strenge Sanktionen verhängt hatte. Neben eine fristlose Kündigung trat in den bekannt gewordenen Fällen auch die Strafanzeige. Das verhinderte freilich nicht, dass Christoph Böhringer, der Junge, dem Gott ein so schönes Gesicht geschenkt hatte, eine erhebliche Zahl an Verehrern unter den Lehrenden hatte. Und die Ornatträger und andere gläubige Katholiken unter ihnen hatten viel damit zu tun, die ob ihrer unkeuschen Gedanken notwendig gewordenen Exerzitien abzuhalten.

Aber selbst wenn ihn einer der Lehrenden gelegentlich mit äußerst merkwürdigen Begründungen auf seine Stube bat, wurde Christoph nicht weiter bedrängt.

Doch es lauerten in dieser Anstalt noch andere Gefahren. In einem System, das bestimmte Traditionen kultiviert, entwickeln sich im Lauf der Zeit Rituale. Diese unterscheiden sich in offizielle und subkulturelle. Die offiziellen werden von der Institution und ihrem Umfeld meist öffentlich zelebriert. Hierzu gehören Schulanfangs- und Entlassfeiern, Jahres- und Stiftungsfeste, in denen bestimmte Zeremonien ihren festen Platz haben. Die subkulturellen Rituale entwickeln sich unterhalb des offiziellen Systems und sind überwiegend oder sogar ausschließlich auf den Kreis der Schülerschaft beschränkt. Das Spektrum der Handlungen reicht dabei von harmlosen

Späßen bis hin zu Gewalthandlungen, die bei Licht betrachtet Straftaten darstellen.

In dem Internat, auf dem nun Christoph vier Jahre nach seinem älteren Bruder aufgenommen wurde, hatte sich unter den Schülern ein ganzes Spektrum an Regeln, Einschränkungen, Prüfungen und Aufgaben entwickelt, die Neuankömmlinge einzuhalten, hinzunehmen oder zu bewältigen hatten.

Das fing in der Stube an. Der Neue bekam in den Vierbettzimmern das schlechteste Bett und den wackeligsten Schrank. Er hatte für die Stubenkameraden, die bereits länger auf dem Internat waren, allerlei kleine Dienste zu erledigen. Zu den Regeln des Hauses gehörte, dass jeder neu aufgenommene Schüler einen älteren Mentor hatte, der ihm bei der Eingliederung in den Alltag und bei der erfolgreichen Bewältigung der schulischen Anforderungen behilflich sein sollte. Nun hatte sich, entgegen der von der Leitung gehegten Absichten, unter den Schülern die Gepflogenheit herausgebildet, dass der Neuankömmling die Unterstützung seines Mentors in angemessener Weise zu honorieren hatte. Waren es anfangs nur kleine Dienste wie Schuheputzen oder Besorgungen außerhalb des Internats, so steigerten sich diese Anforderungen im Lauf der Jahre. Aus der Beziehung zwischen dem Neuling und seinem Mentor wurde in vielen Fällen ein Sklavenhalterverhältnis. Dem waren lediglich jene Schüler nicht unterworfen, die trotz ihres noch jugendlichen Alters schon sehr kräftig oder aber in der Lage waren, anderen älteren Schülern Geld dafür zu geben, dass sie entweder die Aufgaben für die Mentoren erledigten oder durch die Androhung von Gewalt dafür sorgten, dass derartige Forderungen unterblieben.

Christoph stammte zwar aus einer wohlhabenden Familie, doch sein Vater ließ ihn, wie auch die deutlich ältere Schwester und seinen Bruder Karl, stets in einer finanziell prekären Lage, die nur geringfügig durch Geldgeschenke der Mutter oder der Großmutter gemildert wurde. Dadurch war es ihm nicht möglich, die in seinem Fall recht hohen Anforderungen seines Mentors, der überdies als Gewalttäter unter der Schülerschaft verschrien war, abzuwehren. Er hatte für diesen nicht nur die üblichen »Spann- und Frondienste«, wie man hier sagte, zu leisten, sondern auch das besondere Pech, dass sein Mentor Fritz Lechner für die Beschaffung aller Dinge zuständig war, die man für »flotte Feiern« brauchte. Hierzu gehörten Zigaretten, Alkohol und die kleinen Pillen, die Lechner sich von den GIs besorgte, die in der acht Kilometer entfernten Kreisstadt stationiert waren. Es war von nun an Christoph Böhringers Pflicht, das Zeug an den Lehrern und Aufsichtspersonen vorbei ins Internat zu schmuggeln. Er erledigte diese Aufgabe recht gut, um nicht zu sagen hervorragend, was freilich die Gier seines Mentors noch befeuerte. Statt sich mit dem zufriedenzugeben, was der Junge besser erledigte als andere, stellte Lechner immer neue Forderungen an ihn, da er seinen Kundenkreis erweiterte.

Ein möglicher Weg, sich vom Joch des Peinigers zu befreien und zugleich das Internat für immer zu verlassen, kam ihm ausgerechnet in den Tagen vor seiner Konfirmation in den Sinn. Die Evangelischen nahmen das ganze Schuljahr über am Konfirmandenunterricht der örtlichen Kirchengemeinde teil. Chris wurde, wie die Mehrzahl seiner Klassenkameraden, in seinem Heimatort konfirmiert, sofern die aufnehmende Pfarrei ihm den regelmäßigen Besuch der vorbereitenden Stunden bescheinigte. Mehr noch als die religiösen Fragen bewegte die Jungen und Mädchen die Spekulation darüber, was es an Geschenken, vor allem an Barem, geben würde, und was man sich von dem erhaltenen Geld eines Tages würde leisten können. Chris war in diesen Gesprächen sehr zurückhaltend. Er durfte mit wenigen, allerdings wertvollen Geld- und Sachgeschenken rechnen. Materielle Wünsche hatte er keine. Allenfalls sehnte er den Zeitpunkt herbei, Lechner und das Internat hinter sich lassen zu können. So reifte in ihm die Idee zur besonderen Verwendung eines Teils der zu erwartenden Barschaft.

Es dauerte einige Zeit, bis er in Erfahrung brachte, zu welcher seiner beiden wöchentlichen Hohlstunden Fritz Lechner und die anderen Jungen aus dessen Stube – unter ihnen auch Karl – im Unterricht waren. Einen Teil des Geldes, das er wie erwartet zur Konfirmation erhalten hatte, wollte er in die Umsetzung seines Plans investieren.

Am nächsten Wochenende, das er im Internat verbrachte, übte er ausdauernd und heimlich so lange, bis es ihm gelang, die einfachen Bartschlösser der Zimmertüren zügig und nahezu lautlos mit einem Dietrich zu öffnen.

Gleich zu Beginn besagter Schulstunde, in der er frei, Lechners Klasse hingegen Latein hatte, betrat er sichtlich verstört das Vorzimmer des Direktors. Der Schulsekretärin, die ihn erwartungsvoll musterte, raunte er leise zu, er müsse sofort den Schulleiter sprechen. Es sei sehr wichtig, mehr noch, es ginge um Leben und Tod.

Fräulein Braschke sah ihn irritiert und zweifelnd an. »Bub, so schlimm wird es schon nicht sein.«

»Ich gehe erst wieder, wenn ich mit dem Direktor gesprochen habe«, wimmerte Christoph.

Kopfschüttelnd wies ihm die Sekretärin einen Stuhl zu. Direktor Wiesinger käme in zehn Minuten.

»Böhringer, was gibt es nun schon wieder?«, begrüßte ihn der Leiter des Internats. Der Endfünfziger trug einen altmodischen schwarzen Anzug. Am zu weiten Hemdkragen baumelte eine stahlgraue Fliege. Seine etwas gebeugte Haltung, die dunkel gefasste Brille mit runden Gläsern und ein weißer, an manchen Stellen gelbstichiger Vollbart gaben dem Mann ein deutlich älteres Aussehen.

Mit tränenerfüllten Augen sah der Junge zu ihm auf. »Ich weiß nicht mehr weiter.«

»Bei was weißt du nicht mehr weiter?«

Christoph Böhringer schwieg und verbarg das Gesicht hinter gekreuzten Armen.

»Du musst schon reden.«

»Die schlagen mich tot.«

»Wer soll dich totschlagen?«, empörte sich der Schulleiter. »In unserer Anstalt wird keine Gewalt geduldet.«

»Fritz Lechner hat mich gezwungen, ihm meine Geldgeschenke zu geben.«

»Welche Geldgeschenke.«

»Mein Konfirmationsgeld.«

»Das kann nicht sein.«

»Doch«, erwiderte der Junge trotzig. »Und er kauft Rauschgift, das er hier im Haus handelt.«

»Starker Tobak, Böhringer, starker Tobak.« Und an die Sekretärin gewandt, polterte Wiesinger: »Burgmüller muss her, sofort!«

»Aber Herr Direktor, Oberstudienrat Burgmüller ist im Unterricht.«

»Das ist mir egal. Holen Sie ihn umgehend.«

»Sehr wohl, Herr Direktor.«

Während Roswita Braschke das Klassenzimmer aufsuchte, in dem Burgmüller gerade unterrichtete, fragte der Schulleiter: »Wann hat dir Lechner das letzte Mal Geld abgepresst?«

»Letzte Woche. Am Montag nach meiner Konfirmation hat er mir aufgelauert und mir gesagt, wenn ich gesund bleiben will, muss ich ihm hundert Mark abgeben.« Christoph Böhringer sah den erfahrenen Pädagogen mit weit aufgerissenen Augen an.

Oberstudienrat Burgmüller, Fritz Lechners und Karls Klassenlehrer, betrat das Rektorat mit hochrotem Gesicht.

Hat er schon wieder heimlich getrunken?, fragte sich Wiesinger.

»Das ist ganz unmöglich«, japste Burgmüller. Fräulein Braschke hatte wohl schon Andeutungen gemacht.

Der Direktor schien aber bereits eine Entscheidung getroffen zu haben. »Holen Sie Matthes«, wies er seine Sekretärin an. »Und er soll Werkzeug mitbringen.« Fritz Matthes war der Hausmeister, der auch für die Pflege der Außenanlagen zuständig war.

Gemeinsam marschierten Wiesinger, Burgmüller und Matthes die schmucklosen, langen Flure entlang in Richtung jenes Gebäudeteils, in dem sich die Unterkünfte der Internatsschüler befanden. Christoph Böhringer folgte in gehörigem Abstand.

»Die Tür ist offen«, wunderte sich Matthes, der seiner Aktentasche bereits den passenden Ersatzschlüssel entnommen hatte. »Soll ich den Schrank öffnen?« Fragend sah er den Schulleiter an.

»Lassen Sie das«, antwortete Wiesinger barsch. »Wir machen uns nicht die Finger schmutzig. Am Ende haben wir es dann mit den aufgebrachten Eltern zu tun. Es wäre ja nicht das erste Mal. Burgmüller«, er wandte sich dem Angesprochenen zu, »holen Sie Lechner.«

»Ich möchte ihm nicht begegnen«, sagte Christoph mit gespielter Angst. »Der schlägt mich nachher grün und blau.«

Noch ehe jemand etwas erwidern konnte, verschwand der Junge in Richtung seiner Stube. Wenige Minuten später ließ Wiesinger Fritz Lechner seinen Schrank öffnen. Sie stießen sogleich auf Fläschchen mit Pillen, einige in Alufolie gewickelte Haschischklumpen, eine zierliche Waage und winzige, körnige rosa Bröckchen, die in schmale Streifen Tesafilm eingeklebt waren.

»LSD«, sagte der Hausmeister.

»Woher wissen Sie das?«, schnaubte der Direktor.

»Aus den Aufklärungsfilmen, die sie jetzt immer zeigen. Man holt mich gelegentlich, wenn die Lehrer nicht mit dem Projektor klarkommen oder sich mal wieder der Film verheddert hat.«

»Was ist das?«, fragte Burgmüller den kreidebleichen Lechner und wies auf eine deutlich sichtbare Papierkante, die unter einem Stapel weißer Feinrippunterhemden hervorlugte. Wiesinger wartete keine Antwort ab, griff danach und machte unmittelbar darauf Anstalten, den Jungen zu schlagen.

»Nicht, Herr Direktor«, mahnte der Klassenlehrer.

»Spitzbube, perfider«, brüllte der Schulleiter und reichte Burgmüller kommentarlos einen Briefumschlag. Dieser war bereits geöffnet worden und in altertümlicher Schrift an den Konfirmanden Christoph Böhringer adressiert. Eine Karte war nicht mehr enthalten, jedoch zwei Fünfzigmarkscheine.

»Der Junge hat also nicht gelogen«, fauchte Wiesinger.

Der aufgebrachte Internatsdirektor hatte umgehend die Polizei verständigt. Das führte später zu Vorwürfen aus der Elternschaft. Man habe von einer gleichermaßen anspruchsvollen wie teuren Anstalt eine andere Form von Konfliktlösung erwartet.

Als Christoph ins Rektorat gerufen wurde, wirkte er niedergeschlagen und verstört. Er bleibe keine Nacht mehr hier. Auch wenn Fritz Lechner noch am selben Tage die Schule verlassen müsse, fühle er sich hier nicht sicher. Das hatte wohl seine Berechtigung, ahnte doch zumindest sein Bruder Karl, wie sich die Sache wirklich verhielt.

»Ich will mit meiner Mutter telefonieren«, jammerte der Junge und fügte hinzu: »Aber sprechen Sie bitte zuerst mit ihr.«

Christoph Böhringer gelang es ohne Mühe, seiner Mutter die Zustimmung abzuringen, noch am selben Tag mit dem Zug nach Hause fahren zu dürfen. »Von dem Geld, das mir Lechner abgenommen hat, kann ich mir die Fahrkarte kaufen.«

Der sichtlich niedergeschlagene Direktor hatte wortlos nickend sein Einverständnis erklärt. Und nach einem Räuspern sagte er: »Matthes soll dich mit deinem Gepäck zum Bahnhof bringen.«

Fräulein Braschke hatte den Eindruck, dass der Junge plötzlich wie ausgewechselt war. Sie meinte einen triumphierenden Zug und ein kaum merkliches Lächeln in seinem Gesicht zu erkennen, unterließ es aber, diese Wahrnehmung auszusprechen. Und außerdem, was ging sie das Ganze an? Zumal sie davon überzeugt war, dass man mit dem Lechner nicht den Falschen erwischt hatte.

In der »Weißen Villa«

Nachdem Christoph seinem Widersacher die vernichtende Falle gestellt und mit maßgeblicher Unterstützung seiner Mutter das Internat verlassen hatte, wurde er das restliche und noch ein weiteres Schuljahr dennoch nicht in der »Weißen Villa« heimisch. Wie bislang auch bewohnte er ein nur flüchtig eingerichtetes Kinderzimmer. Nach dem Internatsaufenthalt besuchte er die Freie Waldorfschule Uhlandshöhe. Die Woche über wohnte er trotz der gleichsam energischen wie wirkungslosen Interventionen von Mutter Marlene und Großmutter Julie auf Anordnung des Vaters bei seinem strengen Onkel Friedrich. Zwischen diesem und Roland Böhringer hatte sich schon vor Jahrzehnten ein festes Bündnis gegen Christophs Großeltern herausgebildet. Der Wechsel auf das Seelbacher Gymnasium wurde dem Jungen erst gestattet, als er seinem Vater androhte, die Schule ohne Abschluss zu verlassen.

Dass der frühere Winter'sche Familienwohnsitz neuen Eigentümern gehörte, hatte Aron eines Sonntagmorgens beim Frühstück erfahren. Leonore sprach davon eher beiläufig. Die Vorgeschichte der Villa kannten die Kinder bereits.

1939 war die Spiegelfabrik der Winters enteignet worden. Gottfried Metzig, ein früherer Disponent der Firma, war nicht nur der jüngste, sondern auch der skrupelloseste des fünfköpfigen Konsortiums gewesen, das zunächst mit der Weiterführung der Geschäfte betraut worden war. Der Mann, der in der württembergischen Wehrwirtschaft *die richtigen Leute kannte*, wie man damals zu sagen pflegte, drängte die vier anderen in erstaunlich kurzer Zeit aus den Leitungsgremien des zunehmend als kriegswichtig angesehenen Betriebes. Handstreichartig hatte er sich dabei auch die »Weiße Villa« angeeignet. Mittels einer noch während des Krieges äußerst geschickt betriebenen Beteiligungspolitik, die seine aus der Schweiz stammende zweite Frau aufs Entschiedenste befördert hatte, war auch eine Rückgabe nach 1945 vereitelt worden. Metzigs Witwe schwamm endgültig wieder obenauf, als Jakob Winter – der Einzige, der ihr noch gefährlich werden konnte – in den frühen Sechzigerjahren das Angebot einer *Ausgleichsabgabe* annahm. Arons Vater stand bereits vor einem Neustart in den Staaten und war fest entschlossen, Deutschland für immer den Rücken zu kehren.

Gerade als Aron sich sehr zum Unmut seiner Schwester den letzten Rest Kaba einschenkte, sagte ihre Mutter, dabei das Gequengel ihrer Tochter nicht beachtend: »Metzigs Witwe ist in die Schweiz gezogen. Vielleicht hat sie es auf dem unrechtmäßig angeeigneten Besitz nicht mehr ausgehalten.«

»Warum hat sich unser Vater später auf diesen Kuhhandel eingelassen?«, fragte Helene.

»Damals blieb ihm nichts anderes übrig. Das wurde ganz geschickt eingefädelt. Und die Zahlung haben sie ihm auch noch hochnäsig wie einen Gnadenakt angeboten. ›Nicht um Unrecht gutzumachen‹, hat das Lumpenmensch gesagt. ›Nur um des Friedens willen.‹ Ein Teil davon ist für eure Ausbildung zurückgelegt. Die Kinder eures Vaters, die in Israel leben, haben die gleiche Summe erhalten.«

»Hast du die andere Frau mal gesehen?«, fragte Helene.

Leonore schwieg einen Augenblick, schüttelte dann den Kopf und erwiderte: »Nein, die andere Frau und auch die Kinder habe ich nie gesehen. Aber euer Vater hat von ihnen erzählt. Ab und zu hat sie ihm einen Brief geschrieben.«

Der Erwerb der »Weißen Villa« war für Roland Böhringer nur möglich geworden, weil Metzigs Witwe die Seelbacher Glas- und Spiegelwerke – die einstige Winter'sche Spiegelfabrik – bereits Ende der Fünfzigerjahre an einen großen Mainzer Glashersteller verkauft hatte. Die Belegschaft war seitdem um mehr als die Hälfte reduziert worden. Die imposante Gründerzeitvilla blieb im Besitz von Veronika Metzig. Nach dem frühen Tod ihres Mannes hatte sie immer wieder mit einer Rückkehr nach Rorschach, ihrem direkt am See gelegenen Schweizer Heimatort, geliebäugelt. Über die Jahre war sie mit den ihrer Meinung nach so provinziellen Seelbachern nicht richtig warm geworden.

Aron hatte das an der Frommbergstraße gelegene Anwesen bislang noch nie betreten. Seine Mutter hatte niemals Anstalten gemacht, während eines Spaziergangs einen Schwenk über den kleinen Park zu machen, der frei zugänglich war und an einem neuen, grün gestrichenen Gartentor endete. Es unterbrach nahe dem Haus den Schotterweg, der zu den 93 Stufen führte, über die man zu Fuß von der unteren Frommbergstraße die kleine Anhöhe erreichte. In den letzten Jahren waren die Rabatten nicht bestellt worden. Manche sahen darin einen Hinweis darauf, dass die letzte Besitzerin schon seit Längerem in Gedanken an ihrem künftigen Schweizer Wohnort weilte. Manche Seelbacher sagten auch, dass ein Mann im Haus fehle. Das stimmte nur bedingt. Die Witwe hatte im letzten Jahr wieder geheiratet. Der Mann, ein gebürtiger Schweizer, weilte so gut wie nie in Seelbach und schien sich um die Pflege des Anwesens nicht kümmern zu wollen.

Hin und wieder erzählte Leonore ihren Kindern von der Umtriebigkeit, die früher in der »Weißen Villa« geherrscht hatte. Gartenfeste, Sommerfeste, einmal im Jahr sogar ein Feuerwerk.

»Bist du als Kind manchmal dort gewesen?«, fragte Helene.

»Ich war mit deiner Tante Helene befreundet«, entgegnete die Mutter leise. »Die letzten Male war ich immer heimlich im Haus. Es gab eine Zeit, in der durfte man deinen Vater und mich nicht zusammen sehen. Ein deutsches Mädchen konnte nicht ohne Weiteres in einem von Juden bewohnten Haus verkehren. Später hat man die Familie eures Vaters aus der Villa vertrieben. Bis man sie von hier weggebracht hat, hausten sie zusammen mit anderen Juden in einem ganz erbärmlichen Loch.«

»Wie sieht ein erbärmliches Loch aus?«, fragte das Mädchen.

Einen Moment lang versuchte sich die Mutter zu erinnern. Unscharfe Bilder gingen ihr durch den Kopf. Heimlich hatte sie manchmal etwas Essbares in Pinchas Spighels jämmerliche Unterkunft gebracht. Später hatte man ihn zusammen mit den anderen gleich nach der Ankunft in Riga erschossen.

»Es waren enge, heruntergekommene Räume. Für zehn Personen nur ein Klo. Kein Bad, nur ein Kaltwasserhahn in einer modrig riechenden, feuchten Küche.«

»Kein Bad? Das ist ja eklig. Igittigitt.«

Christoph Böhringer fand rasch Zugang zur Clique. Dennoch dauerte es über ein Jahr, ehe Aron Winter das Anwesen betrat, das von seinem Urgroßvater erbaut worden war und in dem sein Vater und dessen Geschwister ihre Jugend verbracht hatten. Das lag nicht daran, dass Christoph ihn und die anderen nicht zu sich nach Hause einlud. Das Gegenteil war der Fall. Christophs Mutter drängte des Öfteren darauf, dass er ihr seine neuen Freunde vorstellte. Das tat sie meist dann, wenn ihr Mann sich nicht zu Hause aufhielt. Und das war regelmäßig der Fall. Roland Böhringer blieb oftmals mehrere Tage hintereinander aus geschäftlichen Gründen weg. Und Geschäftsreisen gab er auch vor, wenn er sich heimlich mit einer seiner wechselnden Geliebten traf. Da Christophs vier Jahre älterer Bruder Karl dem Vater nachschlug, wie ihre Großmutter mit kritischem

Unterton zu sagen pflegte, wandte sich die Mutter wieder mehr dem Jüngeren zu, zumal der Ältere nach bestandenem Abitur bereits seinen Wehrdienst ableistete. An dem Abend des Tages, an dem Aron nachmittags das erste Mal in der »Weißen Villa« gewesen war, fragte ihn seine Mutter beim Abendbrot: »Sind es von der Straße zum Haus wirklich 123 Stufen? Dein Vater hat sie als Kind immer gezählt und sich furchtbar darüber geärgert, wenn sein Bruder Elias ihn mit dazwischengerufenen falschen Zahlen durcheinandergebracht hat.«

»Es sind viele Stufen. Aber ich habe sie nicht gezählt. Wie käme ich denn dazu?« Aron lachte hell auf.

»Warst du unten in der großen Küche? Der Eingang liegt etwas seitlich von dem Schotterweg, der an die Treppen anschließt. Früher sind dort die Lieferanten vorgefahren.«

Der Junge schüttelte den Kopf. »Wir waren kurz im Wohnzimmer, wo Christophs Mutter uns etwas zu trinken gegeben hat. Dann sind wir zu Chris aufs Zimmer und haben mit seiner neuen *Carrera-Rennbahn* gespielt. Er hat eine ganz tolle Anlage. Die geht durch den ganzen Raum.«

»Die untere Küche hat wunderbare Delfter Fliesen, schöne blauweiße Kacheln.«

»Ich war nicht drin, Mutter. Vielleicht kann ich das nächste Mal reinschauen. Oder ich frage Chris.«

»Passt der zu euch?«

»Wieso soll er nicht passen?«

»Na, die sind doch stinkreich.«

»Nö, der Chris ist ganz okay. Ein bisschen seltsam vielleicht, aber in Ordnung. Der ist froh, dass er nicht mehr auf dem Internat ist. War wohl eine harte Zeit für ihn.«

Auch in späteren Jahren erzählte Aron seiner Mutter nicht, dass er oft angespannt und manchmal sogar regelrecht aufgewühlt war, wenn er sich dem Anwesen näherte. Er befand sich nicht immer in derselben Gefühlslage. Die Empfindungen wechselten. Doch wenn er sich über den mit Obstbäumen gesäumten Weg jener Stelle der Frommbergstraße näherte, von der aus die Villa bereits gut zu sehen war, verspürte er stets eine Beklemmung. Auch mochte er die lange Treppe nicht, die, nur von zwei gepflasterten Absätzen unterbrochen, steil in die Höhe führte. Hatte er das Haus erst einmal betreten, legte sich sein Unwohlsein. Christophs Kinderzimmer unterschied sich von denen anderer Freunde nur dadurch, dass es wesentlich größer war und anfangs weitaus mehr Spielsachen, später stapelweise Schallplatten, Musikkassetten und Comics herumlagen.

Jedes Mal, wenn sich die Clique bei Christoph verabredete, erkundigte sich Aron so unauffällig wie möglich danach, ob Christophs Vater zu Hause war oder mit seinem Kommen gerechnet werden musste. Schon mehrfach hatte er erlebt, wie die Stimmung plötzlich wechselte, wenn Roland Böhringer den Raum betrat. Eben noch wurde vergnügt gespielt, Musik gehört oder Geburtstag gefeiert. War Letzteres der Fall, gab es anfangs Kuchen, Kakao oder Tee. Später brachte Frau Böhringer noch Schnittchen. Salami- und Leberwurstbrote mit Gurken, sogar Coca-Cola dazu, was es bei Aron zu Hause nie gab. Die Stimmung war gelöst und ungezwungen.

An einem dieser Geburtstage war Christophs Vater über die Feiernden hereingebrochen wie ein Blizzard. Schon unten in der Eingangshalle machte er seiner Frau lautstarke Vorhaltungen darüber, dass sie es wieder nicht geschafft hatte, *diese Geschichte* bis zur verabredeten Uhrzeit zu beenden. Sie wisse doch ganz genau, dass er noch zu tun habe. Er könne gerade jetzt keine Störungen gebrauchen.

Wonach er durchs Haus tobte, fluchend nach irgendetwas suchte, verärgert das Fehlen eines erwarteten Schreibens monierte und seinen ganzen Zorn in eine Schimpftirade fließen ließ, die sich wie meist in solchen Fällen gegen seine Frau richtete. Dass Jungen und Mädchen einer Schülerclique zu Besuch waren, ignorierte er auch diesmal vollkommen.

In stillem Einverständnis über die Unerträglichkeit der Situation verabschiedeten sich Christophs Freunde rasch, nicht ahnend, dass nun auch der Junge sein Fett abkriegte. Er solle sich angewöhnen, dass eine Geburtstagsfeier ihr Ende finden müsse, und künftig darauf achten, dass *diese Gestalten* verschwunden seien, wenn er nach Hause käme. Und ob er heute schon etwas für die Schule getan habe? Nach dem *Desaster* auf der Waldorfschule sei dies seine letzte Chance. Sitzenbleiben käme nicht nochmals in Frage. Dann müsse er eben runter von der Schule. Es gebe genügend Leute, die ihm noch so viel schuldig seien, dass sie einen seiner Söhne in die Lehre nehmen würden. Auch wenn dieser bislang in seinem Leben noch nicht viel zustande gebracht habe. Das Herumgammeln von verwöhnten Industriellenbürschlein habe er in den Familien einzelner Geschäftspartner schon zu oft erlebt, um dem irgendetwas Gutes abgewinnen zu können.

So kam es, dass sich Christoph weitaus häufiger bei Aron, Joschi oder Honey aufhielt als diese bei ihm. Auch später, als er die Umstände kannte, unter denen Arons Familie neben der Fabrik und sonstiger Habe auch die Villa genommen wurde, kam er gerne zu Aron nach Hause. Er mochte Leonore von Anfang an. Obwohl sie es nach objektiven Maßstäben weitaus beschwerlicher hatte als seine eigene Mutter, hörte er sie niemals jammern. Und sie war im Gegensatz zu seiner Mutter völlig frei von trübsinnigen Gedanken. Ohne sich anzubiedern, unterhielt sie sich interessiert mit Arons Freunden, hörte sie an, kritisierte sie auch, wenn sie mal wieder zu offensichtlich über die Stränge geschlagen hatten. Aber ihr Tadel hatte nichts Bevormundendes und war völlig frei von der hilflosen Panik, die viele Eltern im Umgang mit ihren rebellierenden Sprösslingen an den Tag legten. Als Aron sich das Haar wachsen ließ, sagte seine Mutter lediglich: »Wer längere Haare hat, muss sie mehr pflegen. Mein Lieber, mit Fettsträhnen wie Joschi sie hat, läufst du mir nicht herum.«

Joschi war der Erste gewesen, der seine Mähne lang trug. Er zelebrierte sein Anderssein nicht mit Leichtigkeit. Bei ihm bedurfte es immer großer Anstrengungen. Seine Eltern, brave, fast biedere Leute, verstanden ihren Sohn schon lange nicht mehr. Der Stolz darüber, dass er es aufs Gymnasium geschafft hatte, wich früh ihrer Furcht, man rede schlecht über ihn, seine Haarpracht oder seine nachlässige, ja schlampige Kleidung. Joschi war auf der Suche nach seinem eigenen Weg und einer dazugehörigen Haltung deutlich ernster und nachdenklicher als die anderen. Er las viel und forderte, wo immer es möglich war, das tiefer gehende Gespräch. Und weil sein Anderssein sich weniger als bei den anderen auf die Übernahme aktueller Attitüden und Moden erstreckte, war er weitaus unsicherer, manchmal geradezu furchtsam.

Aron und auch andere, die ihm näher standen, hatten oft Mitleid mit ihm, wenn er mit wirren Haaren und durch die starken Brillengläser unvorteilhaft vergrößerten Pupillen vor der Klasse stand und sich einzelne Lehrer daran weideten, den kleinen Gammler nach allen Regeln des jeweiligen Faches vorzuführen. Dies galt vor allem für Mathematik und Physik. In den Sprachen war er Durchschnitt, in Deutsch wenigstens gut. In Geschichte, Gemeinschaftskunde, Biologie und Erdkunde hatte er meist eine Eins.

Das Fehmarn-Abenteuer hatte Aron und Joschi noch mehr zusammengeschweißt. Es war gut möglich, dass der stets nachdenkliche, oftmals unsichere und in all seinen Zweifeln zögerliche Joschi den stets sicher und souverän auftretenden Freund mehr benötigte als dieser ihn. Umgekehrt ließ Aron keinen Zweifel daran, dass ihm Joschi, der vieles hatte, was ihn zu seinem Antipoden hätte machen können, seitdem näher stand als die anderen Cliquenmitglieder. Das gemeinsame Erlebnis dieses eigentlich enttäuschenden Spektakels, dieses *freakigen Desasters*, hob sie zumindest eine Zeit lang aus dem

Kreis derer heraus, die am Ende gekniffen hatten und nicht mitgefahren waren.

Jetzt, da Hendrix tot war, konnten sie schon mit der bloßen Erwähnung des Fehmarn-Festivals mit vielen ins Gespräch kommen, die sie bislang nur flüchtig oder gar nicht kannten. Mittlerweile gab es auch in der Provinz Orte, an denen es nach Patschuli und Haschisch roch, an denen politisiert wurde oder man sich einfach unter Gleichgesinnten treffen konnte. Nach Schwäbisch Hall ins *Alpha* war es nur ein Katzensprung. So nannten die meisten den »Club Alpha 60«, den einige Jahre zuvor eine Handvoll kritischer Oberschüler gegründet hatte. Irgendwann im Herbst 1970 platzte Kudde Würz mit der Nachricht in ihre Runde, in Sulzbach habe jetzt ein *Superladen* aufgemacht, die »Belinda«. Dort gebe es im Unterschied zu anderen Diskotheken keine Türsteher. Und vor allem sei es scheißegal, wie man aussehe und welche Klamotten man trage. »Wir könnten am Samstag dorthin trampen«, schlug er vor.

Aron hatte eine bessere Idee. »Ich frag mal Wolle, vielleicht hat er Bock zu fahren.« Wolfgang Lauber, mit dem er das erste Mal in seinem Leben gekifft hatte, begegnete ihm weiterhin ausgesprochen freundlich, obwohl er fünf Jahre älter und längst mit der Lehre fertig war. Auch andere aus Laubers Clique ließen sie beim Trampen nicht stehen. Joe Berger, der seit Jahren an der Vergasereinstellung seines NSU-TT tüftelte, gehörte dazu, auch Walter *Jackson* Schober. Er war der Erste, der in Seelbach Ente fuhr. Nach Meinung vieler Mädchen sah er aus wie John Lennon. Obwohl er als Dreher von seinen Kollegen dafür gehänselt wurde, pflegte und förderte er dieses Image, indem er eine *Lennon-Brille* trug. Die Gläser waren ohne Einschliff, denn er sah gestochen scharf. Er wirkte unnahbar, gab sich einen intellektuellen Anstrich, dabei Marx und Mao zitierend und hin und wieder fernöstliche Weisheiten einflechtend. Niemand wusste, ob es sich dabei um profundes Wissen oder frei erfundenes Geschwafel handelte.

Liebesleid

Dass sein Vater nun schon über ein Jahrzehnt, wenn nicht sogar noch viel länger, fremdging, war in der Familie Böhringer weder ein Geheimnis noch sprach man darüber. Christoph verglich diese Situation und wie mit ihr umgegangen wurde, mit einer spätherbstlichen Landschaft, über die sich wabernder, undurchdringlicher Nebel gelegt hatte. Die Mutter litt. Die einstmals so schöne und stolze Frau schloss sich stundenlang in ihrem Schlafzimmer ein, um dann stets gut gekleidet, aufwändig frisiert und dezent, aber wirkungsvoll geschminkt wieder zu erscheinen. So als wolle sie zeigen, egal, bei welchem Weib er auch gerade lag, sie war immer noch die attraktivere Frau.

Nie wurde im Familienkreis darüber gesprochen. Selbst unter den Geschwistern kam es noch nicht einmal zu einem heimlichen Austausch, obwohl klar war, dass alle drei Bescheid wussten.

Einmal, Christoph mochte so um die sechzehn gewesen sein, hatte er seiner Mutter unumwunden empfohlen, sie möge sich doch auch einen Liebhaber nehmen. Er hatte bereits die ersten sexuellen Erfahrungen gesammelt, dabei auch die Trauer bei einer Zurückweisung kennen gelernt. Somit hatte er eine entfernte Ahnung von den Gefühlen seiner Mutter oder glaubte doch zumindest, sie zu haben.

Zu seiner Überraschung war sie über seinen Vorschlag so sehr in Rage geraten, dass sich ihre Hände vor ihrem Leib verkrampften. Mit vor Wut zitternder Stimme sagte sie zu ihm:

»Christoph, ich möchte nie mehr so etwas Respektloses von dir hören.«

Christoph litt unter dem Seelenzustand seiner Mutter mehr als seine Geschwister. Er, dem es zunehmend leichter fiel, sexuelle Kontakte anzubahnen, war traurig über die Vorstellung, dass seine Mutter in ihrer Depression versank und nicht in der Lage war, sich aus eigener Kraft zu befreien. Sie kam ihm vor wie eine jener Frauen, die man im Mittelalter zur Sühne eines Ehrverstoßes lebendig eingemauert hatte. Die Schönheit seiner Mutter verging, ohne dass jemand daraus Vergnügen schöpfen und ihr zugleich das Gefühl schenken konnte, geliebt zu werden.

Je mehr Christoph über seinen Vater nachdachte, umso mehr wurde ihm bewusst, dass es ihm eigentlich egal war, ob er zu Huren ging, oder, was gelegentlich gemunkelt wurde, eine dauerhafte oder immer wieder wechselnde Geliebte hatte. Ihn quälte das stille Leiden seiner Mutter, das diese langsam verzehrte. So hatte es ihn auch niemals interessiert, wer diese Frauen waren, mit denen sein Vater sich vergnügte, und er hatte auch keinen Versuch unternommen, ihm nachzuspionieren. Dafür verachtete er ihn zu sehr.

Es war deshalb ein merkwürdiger Augenblick, als er an einem herrlichen Sommertag seinem Vater das erste Mal in Begleitung einer wesentlich jüngeren, wirklich hübschen Frau begegnete.

Er war mit seiner *Kreidler* nach Konstanz gefahren, wo an diesem Wochenende etwas außerhalb der Stadt ein Popfestival stattfand. Ins Zentrum hatte er nur deshalb einen Abstecher gemacht, um noch etwas zu essen und eine Flasche Wein zu kaufen, ehe er sich auf das Festivalgelände begab.

Als er den kleinen Lebensmittelladen verließ, sah er das Paar auf der gegenüberliegenden Straßenseite. Auf Anhieb würde ihn sein Vater mit Sicherheit nicht erkennen. Chris trug noch die Fransenjacke, die er niemals zu Hause anzog. Zudem hatte er den silbernen, visierlosen Helm und eine große Sonnenbrille auf. Easy-rider-mäßig eben. Weder der Vater noch seine Begleiterin blickten in seine Richtung. Zu sehr waren sie mit sich selbst beschäftigt. Sie unterhielten sich lebhaft. Die Blicke der Frau streiften wie beiläufig über die Auslagen der Schaufenster, an denen sie vorbeischlenderten. Die Frau war noch sehr jung. Er schätzte sie nicht viel älter als zwanzig. Sie war blond und trug ihre Haare auf altmodische Weise hochgesteckt und nicht als die offene wilde Mähne, die sie, wenn er das Volumen ihres Haares in Betracht zog, wohl ohne Weiteres würde tragen können.

Er folgte ihnen ohne Plan und Berechnung, eher verspielt und beiläufig. Er wunderte sich darüber, dass er hier auf den Vater traf, denn es hieß doch immer, er habe noch eine Geschäftswohnung auf der Schweizer Seite. Von Mattwil war hin und wieder die Rede gewesen. Geschäftliche, steuerliche und private Belange seien auf charmante Weise zusammengeführt worden. So jedenfalls lautete die Quintessenz der Sprüche, die hin und wieder in gleichermaßen geschäftigen wie großschwätzigen Männerrunden gemacht wurden.

Sie verließen das Zentrum. In seiner Wildlederjacke begann er zu schwitzen. Christoph konnte beobachten, wie das ungleiche Paar in einem Appartementhaus in der Nähe des Seeufers verschwand. Einige Meter entfernt stand der dunkelblaue 300er seines Vaters. Er sah auf dem Klingelbrett nach. Zwölf ihm unbekannte Namen standen darauf. Er überlegte noch einen Moment, ob er warten sollte, bis vielleicht in einer der Wohnungen ein Fenster geöffnet oder eine Jalousie geschlossen wurde, als Zeichen dafür, dass eben jemand die Wohnung betreten hatte. Aber er verwarf diesen Gedanken, ging dorthin zurück, wo er sein Moped abgestellt hatte, und fuhr in Richtung Festivalgelände.

Als mit dem Auftritt von Joe Cocker der Top-Act vorüber war, begann er zu sondieren, welches Mädchen er noch in sein Zelt mitnehmen könnte. Ein Zelt dabei zu haben, schuf strategische Vorteile, wie auch der Besitz eines Mopeds, sofern man nicht so ungeschickt war, einen Mitfahrer dabeizuhaben. Der zweite Sitz musste immer frei sein. Christoph hatte rasch gelernt, dass es auf Festivals oder bei Konzerten mit mehreren Bands sinnvoll war, den Top-Act abzuwarten. Die aufgeregten kleinen Mädchen huschten immer vor zur Bühne, wollten den Stars nahe sein. Erst wenn sie wieder in die Masse zurückfluteten und vielleicht noch eine weniger bekannte Band den Abend abrundete, lohnte es sich, die Initiative zu ergreifen. Nicht zu früh und natürlich auch nicht zu spät. Ein bisschen was zu kiffen, was zu trinken, und dann noch, wie bei kleinen Kindern, etwas Schokolade, zum Beispiel ein Riegel Bounty, den man zwischen die Zähne nahm, um dann das Mädchen am anderen Ende abbeißen zu lassen. Ruhig bewegen, cool sein, ohne dabei arrogant zu wirken. Und ein bisschen Licht musste noch sein. Wegen des schönen Gesichts, das Gott ihm geschenkt hatte, wie Großmutter Julie immer sagte.

Obwohl es schon nach zwölf war, als er sich mit einem sechzehnjährigen Mädchen an der Hand durch die auf dem Boden Liegenden und Sitzenden mit hüpfenden Schritten den Weg zu seinem kleinen Zelt bahnte, herrschte immer noch eine feuchte Hitze. Er hatte nur noch wenig Wasser, das er zum Waschen seines Gesichtes, seiner Achseln und seines Schwanzes verwendete. Den kläglichen Rest gab er dem Mädchen, das ein Tuch benetzte, mit dem sie ihren zierlichen Oberkörper abrieb. Dann wischte sie mit dem Lappen eher rituell denn gründlich in ihr Höschen und warf ihn anschließend Richtung Eingang. Es war eine Begegnung, bei der bereits jetzt feststand, dass sie wohl einmalig bleiben würde, beschränkt auf diese Nacht und vielleicht noch den kommenden Tag. Sie nahm die Pille. Zumindest sagte sie das. Er fragte nicht weiter nach. Es war gut. Sie kam zuerst. Sie unterdrückte einen schwachen Schrei, vielleicht, weil sie sich inmitten einer riesigen Ansammlung von Zelten befanden, vielleicht auch, weil es ihre Art war. Als er kam, dachte er an den wiegenden Gang der Frau, die er am Vortag in Begleitung seines Vaters gesehen hatte.

Oidipus Tyrannos

König Ödipus, diese mythologische Gestalt der griechischen Tragödie, tat in Unkenntnis etwas, was seinen originären Überzeugungen zutiefst widersprach. Christoph Böhringer dagegen gedachte planmäßig vorzugehen, um seinen Vater nicht physisch, sondern nur vor seinem eigenen geistigen Auge zu töten, indem er sich auf eine Weise über ihn stellte, die nur sie beide anging, die keiner Bezeugung bedurfte und die anderen, zumindest, wenn es nach ihm ging, jetzt und in der Zukunft verborgen bleiben sollte. Anders als Ödipus, der Überkluge, der ohne sein planendes Zutun in die tragischen schuldig-unschuldigen Verfehlungen schlitterte, hatte sich Chris in keiner Sackgasse verrannt. Er ging kalten Blutes und wissend vor. Sein Vater sollte, selbst wenn er noch ein letztes Mal gewalttätig würde, künftig über ihn keine Macht mehr besitzen. Und wenn er ihn halb totprügeln würde, er käme nicht mehr von der aufgezwungenen Demütigung frei.

Karla Potsis interessierte ihn nicht als Frau, nicht als Sexualpartnerin und schon gar nicht als Geliebte. Dass Christoph Böhringer ihr nachstellte, hatte andere Gründe. Als er sie während des Konstanzer Festivalwochenendes in Begleitung seines Vaters das erste Mal wahrgenommen hatte, war er weniger über die Tatsache überrascht gewesen, dass sein Vater eine so junge Geliebte hatte. Verblüfft hatte ihn die Beobachtung, wie unverblümt er sich mit dem jungen Ding in der Öffentlichkeit zeigte. Um den Bodensee herum bestand jederzeit die Möglichkeit, dass er auf einen seiner zahlreichen Geschäftspartner traf, die gerne die Nähe der Schweiz suchten und am See ein Haus, einen Zweitwohnsitz oder zumindest einen Bootsliegeplatz ihr Eigen nannten. Er nahm eine solche Möglichkeit offensichtlich gelassen hin, wie er auch in Kauf nahm, dass dies eine weitere, demonstrativ an den Tag gelegte Geringschätzung seiner Ehefrau bedeutete.

Für die Unternehmung, die er vorhatte, wählte Christoph ein Wochenende, an dem sein Vater nachweislich im Ausland war. Dabei hatte er sich beileibe nicht auf dessen bloße Ankündigung verlassen, er fliege aus geschäftlichen Gründen nach San Diego. Sein Vater hatte oftmals Geschäftsreisen vorgegeben, wenn er bei einer seiner Geliebten oder einer Hure war.

Chris schlich heimlich in das Büro seines Vaters. Die vormalige Bibliothek des herrschaftlichen Gebäudes war aufgeteilt und neu ausgestaltet worden. Den abgetrennten Teil hatte man modernisiert. Das dunkle Holzinterieur war in dem neu entstandenen Zimmer restlos entfernt worden. Ursprünglich war der Raum als Sekretariat gedacht, in dem eine zweite Bürokraft seines Vaters arbeiten sollte. Dies hatte sich alsbald als überflüssig erwiesen, weshalb das Arbeitszimmer hauptsächlich als Ablage und Archiv genutzt wurde. Christophs Mutter hatte sich insgeheim sehr über die Herausnahme der fein gedrechselten und reich verzierten Regalwände geärgert. Doch sie hatte in dem Wissen geschwiegen, dass jeder Einwand, und sei er noch so zurückhaltend und sachlich vorgetragen, je nach Stimmungslage ihres Mannes, eine laute, wütende, verletzende oder beleidigende Antwort nach sich gezogen hätte.

Das dahinterliegende Privatbüro Roland Böhringers war mit diesem neu entstandenen Raum durch eine doppelflügelige gläserne Schiebetür verbunden. Hier hatte man die aufwändig verzierten Regaleinbauten, Vitrinen und Holzvertäfelungen belassen. Auch ein Teil der alten Bücher und Folianten sowie etliche der großformatigen, aber wertlosen Gemälde, die die Vorbesitzerin nicht mit in die Schweiz genommen hatte, befanden sich noch am alten Platz.

Leise huschte Chris an den ausladenden, anthrazitfarbenen Schreibtisch seines Vaters. Im Tischkalender war eine Abflugzeit vom Stuttgarter Flughafen eingetragen. Doch das genügte ihm noch nicht. Hektisch suchte er nach Tickets. Seinem Vater, diesem alten Trickser, traute er ohne Weiteres zu, ein geplantes Rendezvous mit seiner Geliebten durch den Eintrag einer Abflugzeit in seinen leicht einsehbaren Kalender zu kaschieren. Auf den Ablagen des Schreibtischs wurde er nicht fündig. Vorsichtig öffnete er mehrere Schubladen. Die Flugkarten oder andere eindeutige Hinweise auf einen Auslandsaufenthalt des Vaters waren nicht zu finden. Sachte schob er die doppelte Schiebetür wieder zu. Ihm war eine andere Möglichkeit eingefallen.

Zwei Tage später, er befand sich bereits auf dem Weg an den Bodensee, rief er von einem Postamt die Sekretärin seines Vaters an. Er benötige die Nummer, unter der er seinen Vater im amerikanischen Hotel erreichen könne. Rasch schob er die Frage nach, wie lange sein Vater im Ausland bliebe. Anstandslos erfuhr er das Gewünschte. Die Auslandsvorwahl entsprach der, die er in der Telefonzelle auf einer schwenkbaren Tafel vermerkt fand.

Als er sich wieder auf sein Moped schwang, fiel ihm ein, dass der Vater die Geliebte mitgenommen haben könnte. Man würde sehen.

In Konstanz folgte er der Ausschilderung zum Hafen. Südlich der Anlegestelle, von der aus die Fähren nach Meersburg abfuhren, lag ein Campingplatz. Er baute das Zelt auf, ging zu dem Imbiss, der zum Zeltplatz gehörte und aß eine Gulaschsuppe.

»Schmeckt's?«, fragte die Betreiberin erwartungsvoll.

Er nickte. In der Tat war die Suppe wirklich gut. Kräftig und ausgewogen gewürzt, sämig, mit reichlich Fleischeinlage. Mit Sicherheit selbstgekocht. Während er am Imbiss war, hatte sich rechts von seinem Zelt eine Familie niedergelassen. Steilwand, Vorzelt, Vordach, Hund, zwei Kinder. Der Wagen, ein Citroën, stand auf dem Schotterweg. Es waren Belgier. Sein aus früheren Beobachtungen genährtes Vorurteil wurde rasch bestätigt. Nachdem das Zelt stand und im Vorraum eine Art Kunstrasen ausgerollt worden war, begann die Mutter damit, das Areal mit Wäscheleinen zu umspannen. Wo es an Bäumen, Zaunpfählen oder anderen geeigneten Befestigungspunkten fehlte, rammte der Mann dünne Stäbe in den Boden, die er mit Zeltschnüren abspannte. Chris war das wurscht. Er hatte ohnehin nicht vor, mehrmals in seinem Zelt zu übernachten.

Für seine Unternehmung hatte er sich akribisch vorbereitet. Er wusste, dass die Geliebte seines Vaters im *Staader Fährhaus* in der Fischerstraße bediente, einem Konstanzer Traditionslokal. Montags war Ruhetag. Zweimal hatte er dort angerufen, um herauszufinden, wie lange Karla Potsis sonntags arbeitete. Das erste Mal hatte man ihm keine Auskunft gegeben. Beim zweiten Anruf war eine junge Frau am Telefon. Er gab sich als ihr Cousin aus, der Karla mit seinem unangekündigten Besuch überraschen wollte. Die junge Serviererin gab ihm arglos Auskunft.

»Und sagen Sie ihr bitte nicht, dass ich angerufen habe. Sonst ist die Überraschung dahin.«

An diesem Sonntag arbeitete sie nur über die Mittagszeit. Das Lokal schloss um halb drei. Bis sie fertig war, konnte es eine Stunde später werden.

Mittags aß er alleine. Es gelang ihm, sich so zu platzieren, dass er von Karla Potsis bedient wurde. Er plauderte mit ihr, ließ sich bei der Auswahl des Weins beraten, verhielt sich aber so, dass es nicht aufdringlich wirkte.

Er roch ihr Parfüm. Es war dasselbe, das sein Vater auch seiner Mutter schenkte. In diesem Augenblick war er davon überzeugt, das Richtige zu tun. Obwohl, *richtig* war es nicht. Die Folgen für die junge Frau waren nicht absehbar. Jetzt, da sie ihm beim Auftischen der Getränke und Speisen nahe kam, nahm er wahr, dass sie nicht so jung war, wie sie damals aus der Ferne gewirkt hatte.

Sie verließ den Gasthof kurz vor vier. Christoph inszenierte eine Zufallsbegegnung. Er wollte den Eindruck vermeiden, als habe er auf sie gewartet. Sie zögerte kurz, als er sie zu einem Kaffee einlud. Aber sie ließ sich darauf ein und führte ihn sogleich zu einem schön gelegenen Café am Bodenseeufer. Sie bestellte ein Eis. Er fragte, wie er den Weg zum Wollmatinger Ried finden könne. Sie reagierte, wie er es erhofft hatte. Im Wissen darum, dass sein Vater wohl niemals mit dieser Frau gewandert oder spazieren gegangen war, schlüpfte er in die Rolle des wanderfreudigen Naturburschen.

Bereits in der Nähe des Reichenauer Damms ließ sie sich von ihm küssen. Er bedrängte sie nicht. Wenn sie keinen anderen Freund hatte, wovon er ausging, war sie lange alleine gewesen. Sie war es, die auf dem Rückweg vorschlug, sie könne abends für sie beide eine Kleinigkeit kochen. Er spürte bei ihr kein Zögern. Ihm wurde mit einem Mal klar, dass sie seinen Vater nicht liebte. Sie benutzte ihn. Genauer, die beiden benutzten sich gegenseitig. Vermutlich zahlte er ihr das Appartement. Sein Vater wollte sie besitzen, wie alles, was ihm wichtig war. Liebe oder wenigstens Zuneigung hatte Chris in seiner Gegenwart noch nie verspürt.

Karla entkorkte eine Flasche Wein. Sie schenkte beiden ein, trank in großen Schlucken. Er hielt sich zurück.

Der säuerliche Alkoholgeschmack störte ihn beim Knutschen. Aber er sagte nichts. Unwohl war ihm bei dem Gedanken, in ein Bett zu steigen, in dem ansonsten sein Vater vögelte. Er steuerte den Verlauf so, dass sie das erste Mal auf dem flauschigen Teppich des Wohnzimmers miteinander schliefen. Erst spät in der Nacht ließ er sich von der Frau mit sanfter Gewalt ins Schlafzimmer ziehen.

Als sie später bei gelöschtem Licht in seinem Arm lag, fragte sie ihn flüsternd: »Wie alt bist du?«

»Neunzehn.«

»Und wie alt schätzt du mich?«

»Schwer zu sagen.« Er zögerte. Aus der Ferne, damals, als er sie zusammen mit seinem Vater in der Konstanzer Altstadt gesehen hatte, hätte er sie auf zwanzig geschätzt. Jetzt waren ihm beim Näherkommen winzige Fältchen in den Augenwinkeln aufgefallen. Und wenn sie lachte, legte sich ihre Mundpartie auf eine Weise in Falten, wie er es bei seinen bisherigen Partnerinnen noch nie gesehen hatte. »Ich schätze mal fünfundzwanzig.«

Sie lachte glucksend und gab ihm im Dunkeln einen leichten Schlag auf den Hinterkopf. »Kleiner Spinner. Ich bin achtunddreißig.«

Das hätte er nicht vermutet. Karla Potsis war doppelt so alt wie er. Sein Vater war gerade mal neun Jahre älter als sie.

»Das hätte ich nicht gedacht.«

»Schmeichler.«

»Nein, wirklich, mein Ehrenwort darauf.«

Aus tiefem, wohligem Schlaf schreckte ihn ein halblauter Schrei. Die zugezogenen Vorhänge erfüllten das Schlafzimmer mit milchigem rosa Licht. Normalerweise hätte er sich über die plüschige Beleuchtung lustig gemacht.

Karla rüttelte angstvoll an seinem Arm. Als er sie erstaunt ansah, presste sie hervor: »Mein Freund kommt.«

Im Flur rief eine Männerstimme: »Karla! Überraschung! Du liegst doch nicht noch im Bett? Ich komme gleich.«

Es war die Stimme seines Vaters. Ihm war schleierhaft, wie er jetzt hier auftauchen konnte. Waren die Reisedaten, die ihm seine Sekretärin mitgeteilt hatte, falsch gewesen? Oder hatte er umgebucht, um ein paar Tage seines USA-Aufenthalts für seine Geliebte abzuzweigen?

Chris glitt aus dem Bett und schlüpfte in seine Hose. Sein Vater war aufs Klo gegangen. Vielleicht konnte er gerade noch verschwinden. Der Balkon war zu hoch. Er musste durch die Wohnungstür. Er ergriff seine Lederjacke und mit der anderen Hand die Schuhe.

Karla hatte sich mittlerweile einen Morgenmantel übergezogen und versuchte fieberhaft, das zweite Deckbett in eine ordentliche Lage zu bringen.

Als Christoph Böhringer ins Wohnzimmer huschte, verließ sein Vater gerade das Bad. Er sah ihn erstaunt an, den Mund sperrangelweit offen, die Stirn in Falten gelegt. Er schien die Situation nicht sofort zu erfassen.

Chris ging noch zwei Schritte in Richtung Flur. Karla stieß einen Schreckenslaut aus. Allmählich schien Roland Böhringer zu begreifen, was sich hier zugetragen hatte. Er trippelte auf seinen Sohn zu. Überraschend leise zischte er: »Du bist eine richtig perverse Drecksau.« Dann wandte er sich mit einem abrupten Schwenk von seinem Sohn ab und stürzte sich auf die Frau. »Hure«, brüllte er und schlug ihr zweimal ins Gesicht. Beim zweiten Schlag donnerte sie mit dem Hinterkopf an den Türpfosten.

Christoph Böhringer überwand seine Erstarrung und stieß seinen Vater mit beiden Armen in die Seite. Der taumelte gegen das Sofa, fand aber sogleich wieder Halt. Es war das erste Mal, dass Christoph die Hand gegen seinen Vater erhob. Er empfand weder Scham noch Reue. Der Tabubruch schien ihn zu befreien.

»Lass die Frau in Ruhe«, sagte er drohend. »Wenn du sie noch einmal anfasst, lasse ich dich auffliegen.«

»Du kleiner, dreckiger Wichser«, brach es aus seinem Vater hervor. »Was glaubst du eigentlich, wer du bist? Du bist krank im Kopf, durch die Drogen irre geworden. Du gehörst in die Klapse. Das habe ich schon vor Jahren zu deiner Mutter gesagt.« Er rang nach Luft.

»Ihr kennt euch?«, fragte Karla.

»Wenn mich nicht alles täuscht, hast du vermutlich heute Nacht mit meinem verkommenen Sohn gevögelt, du Schlampe.«

Tränen schossen ihr in die Augen, liefen ihr übers Gesicht.

Mit einem Mal tat sie Chris leid. Er hätte sie da nicht hineinziehen dürfen. Einen Augenblick lang verharrte er unentschlossen. Konnte er jetzt weggehen? Es war ihm danach. Aber würde sein Vater anschließend nicht seine ganze Wut an Karla auslassen?

Roland Böhringer befreite ihn aus seiner misslichen Lage. Ohne sich umzudrehen, stürmte er aus dem Appartement. Während er sein Jackett von der Flurgarderobe riss, sagte er noch, an seine Geliebte gerichtet: »Bis Samstag bist du hier raus. Kannst hingehen, wo du hergekommen bist.« Er knallte die Wohnungstür hinter sich zu. Seine Schritte verhallten im Treppenhaus.

Karla setzte sich mit schräg zur Seite gestellten Beinen auf die äußerste Kante der Wohnzimmercouch. Mit auf ihn gerichtetem Blick stützte sie ihren Kopf in eine aus Daumen, Zeige- und Mittelfinger der rechten Hand gebildeten Gabel.

Chris spürte, dass es nichts mehr zu sagen gab, was die Lage verbessern konnte. Wortlos verließ er die Wohnung. Er fühlte sich hundeelend.

Nach seinem wenig später erfolgten Auszug besuchte er seine Mutter bis zum Tod seines Vaters immer nur dann, wenn dieser unterwegs war. Was aus Karla wurde, hatte er nie erfahren. Gelegentlich verspürte er den Wunsch, sich im *Staader Fährhaus* nach ihr zu erkundigen. Jedes Mal unterdrückte er diese Regung.

Familientragödien

An einem regnerischen Tag im November des Jahres 2014 kam Aron Winter ein letztes Mal nach Seelbach zurück. Seine Mutter war gestorben. Bis zum Schluss hatte sie ein selbstständiges, wenngleich zurückgezogenes Leben geführt. Wenn sie hin und wieder durch die Stadt ging, begegneten ihr diejenigen, die sie noch kannten, stets mit Respekt und Verwunderung. Letzteres hatte damit zu tun, dass sie seit Jahrzehnten immer gleich gekleidet und frisiert war, die immer noch dichten Haare locker nach hinten gesteckt. Schelmisch hing ihr manchmal eine störrische Strähne, die der strengen Einbindung entronnen war, ins Gesicht. Als sie ihren neunzigsten Geburtstag feierte, war ihre lockige Haarpracht immer noch dunkel. Nur einige graue Strähnchen rahmten die Stirn. Und obwohl manche eine gegenteilige Vermutung hegten, hatte sie niemals in ihrem Leben ihre Haare gefärbt, ja noch nicht einmal getönt. Sie war stets sauber, aber auf altmodische Weise gekleidet und trug in der Wohnung und im Garten kaum mehr gebräuchliche, blassbunte Kittelschürzen.

Helene rief Aron eines Morgens in Berlin an, um ihm mitzuteilen, dass ihre Mutter aller Voraussicht nach wohl in den nächsten Tagen sterben werde. Er nahm noch am selben Tag den Flieger nach Stuttgart. Doch als er gegen sieben Uhr abends in Seelbach ankam, war Leonore bereits tot. Pia, seine älteste Nichte, öffnete ihm die Tür. Als er neben Helene ans Bett seiner Mutter trat, war deren Hand noch warm. In diesem Augenblick haderte er mehr damit, zu spät gekommen zu sein, als mit ihrem Tod. Sie war im 92. Lebensjahr zu Hause gestorben.

Seine Schwester erhob sich und umarmte ihn wortlos. Er hielt sie eine Weile so im Arm, dass er über sie hinweg die Tote betrachten konnte. Sie war bereits würdig zurechtgemacht. Er wunderte sich darüber, dass sie ihr bestes graues Kostüm trug. Hans Lang hatte Helene beim Waschen und Ankleiden der Toten geholfen. Er war bis kurz vor Arons Eintreffen da gewesen. Er war gekommen, um die Frau, die, wie er sagte, immer gut zu ihm gewesen sei, noch einmal zu sehen. Und er war geblieben, um Helene und Pia bei diesem letzten Liebesdienst zu unterstützen. Hans Langs Mutter Caroline war drei Jahre zuvor gestorben. Ihr verbliebener Sohn hatte sie die letzten Jahre betreut und am Ende auch noch zu Hause gepflegt, als die Demenz so überhandnahm, dass sie selbst ihn nicht mehr erkannte.

Am Fußende des Doppelbettes, in dem die gesamte zweite Lebenshälfte der Verstorbenen hindurch kein Mann genächtigt hatte, stand, dem Neuankömmling still zunickend, mit gefalteten Händen Werner Reifferscheidt. Helenes zweiter Mann war nur wenige Minuten vor seinem Schwager eingetroffen.

Noch ehe Aron danach fragen konnte, sagte Helene: »Die Beerdigung ist am Freitag. Die Zwillinge kommen erst übermorgen.« Und sie fügte hinzu: »Gut, dass du schon da bist. In einer halben Stunde holen sie Mutter ab.«

»Hast du sie hergerichtet?«

»Gewaschen, gekämmt, angezogen. Hans hat mir dabei geholfen.«

»Welcher Hans?«

»Hans Lang, der Sohn von Mutters Freundin Caroline. Den sie früher ›Django‹ genannt haben.« Helene schluchzte. »Ich habe es gerne getan. Die Mutter war uns nie eine Last. Aber es war auch gut, das Pia und Hans dabei waren. Stell dir vor, Hans hat ihr am Schluss sogar noch ihre besten Schuhe angezogen.«

»Erinnerst du dich noch an Helens Geburtstag?« Fragend sah Reifferscheidt zu ihm herüber.

Aron, der sich stets ärgerte, wenn sein Schwager seine Schwester *Helen* nannte, erwiderte zögerlich: »Schon, aber was genau meinst du?«

»Wir haben uns doch damals Gedanken darüber gemacht, was werden wird, wenn Mutter eines Tages nicht mehr kann«, antwortete Helene anstelle ihres Mannes.

Sie ist immer noch schön, dachte Aron. Als sie jung waren, hatte er die außerordentliche Schönheit seiner Schwester nie beachtet. Einmal hatte ihr Vater von den *jüdischen Einfärbungen* ihres besonderen Aussehens gesprochen. Das war in den späten Siebzigern gewesen. Er war erst ein paar Jahre zuvor wieder nach Deutschland zurückgekehrt. Helene durchlebte gerade die Krisen und später das Scheitern ihrer glücklosen Verbindung mit ihrer ersten großen Liebe. Aron hatte sich damals gefragt, was sein Vater damit gemeint haben könnte. Eine Zeitlang grübelte er darüber, ob dieser nicht ein heimlicher Rassist war, ein – wenngleich nicht gläubiger – Jude, der Jüdisches über anderes stellte. Angeblich gehe das dichte schwarze Haar auf Urgroßmutter Berta zurück, die Aron nie gekannt und von der er auch nie ein Foto gesehen hatte. Ihre großen dunklen Augen gaben Helene selbst dann etwas Melancholisches, wenn sie fröhlich war oder lachte.

Aron war erleichtert gewesen, als Helene noch im Jahr ihrer Scheidung den ruhigen, stets ausgeglichen wirkenden Werner Reifferscheidt kennenlernte. Denn ihre erste Liebe, die nach früher Schwangerschaft in eine fatale Ehe mündete, gehörte seinem früheren Kumpel Herbie Buhl. Damals, als Helene sich in ihn verliebte, waren er und Buhl Klassenkameraden gewesen. Zwischen ihnen bestand keine besonders enge Beziehung. Nie hatte sich die Nähe entwickelt, die ihn mit Joschi, Honey, mit Chris, Angie oder Kudde Würz verbunden hatte. Aber er war doch ein Freund gewesen. Er selbst hatte seine Schwester mit Buhl zusammengebracht, sie hin und wieder, wenngleich anfangs noch widerstrebend, zu einigen der zahlreichen Partys mitgenommen, die Chris in der »Weißen Villa« immer dann feierte, wenn Roland Böhringer mit einer seiner wechselnden Geliebten unterwegs oder, wie er immer vorgab, tatsächlich auf Geschäftsreise war.

Später, nach der Scheidung von Herbie, hatte der besonnene Werner Reifferscheidt Helenes Tochter Pia angenommen wie sein eigenes Kind, sie nach zähem Ringen mit Buhl, der sich jahrelang schändlich verhielt und ihnen das Leben schwer machte, sogar adoptiert.

»Du hast dich benommen wie ein Drecksack«, hatte Aron zu Herbie gesagt, als er ihn einmal ohne Wissen seiner Schwester aufgesucht hatte. »Du stimmst jetzt der Adoption sofort zu!«, hatte er ihn angeschrien.

»Und wenn nicht?«, hatte der zurückgefragt, ganz ruhig, unverschämt ruhig. »Wirst du dann wieder deine überlegene Körperkraft ausnutzen? Mir den Schädel einschlagen?«

Aron fühlte in diesem Moment, dass eine langjährige Freundschaft jäh ihr Ende fand. Es war das erste Mal in seinem Leben, dass er entschlossen war, einen Freund zu verstoßen. Es blieb unausgesprochen. Es spielte sich blitzartig in seinem Innersten ab. »Notfalls ja«, antwortete er nach kurzem Zögern.

»Du würdest mich schlagen?« Der andere lächelte süffisant.

»Wenn du nicht sofort damit aufhörst, Helene weiter unglücklich zu machen, werde ich alles daransetzen, dich richtig in die Scheiße zu reiten.«

»Große Worte. Und vulgär dazu.«

Ob dieses Gespräch neben dem Zerbrechen einer Männerfreundschaft noch weitere Folgen nach sich zog, blieb unklar.

Immerhin erklärte Herbie Buhl nach einem weiteren halben Jahr, er wolle der Adoption seiner Tochter durch den zweiten Mann seiner Exfrau nicht länger im Weg stehen.

Pia hatte in Würzburg Medizin studiert. Bereits während ihrer Facharztausbildung heiratete sie Khaliq Al Sayed, einen aus Syrien in die DDR geflüchteten Arzt. Noch vor dem Zerfall des Landes war er unter Umständen, über die nicht gesprochen wurde, nach Ulm übergesiedelt. Die Eheschließung mit dem 15 Jahre älteren Mann arabischer Herkunft hatte in Helene die nie ausgesprochene Befürchtung reifen lassen, diese Verbindung habe so wenig Bestand wie ihre eigene mit Herbie Buhl oder die ihrer Eltern. Doch diese Sorge erwies sich als unbegründet, Pia führte eine glückliche Ehe.

1984 wurden Helenes und Werners gemeinsame Kinder, die Zwillinge Jakob und Elias, geboren. Beide studierten nach der Schule Physik und Chemie und gingen in den Schuldienst.

»Dass du einem deiner Söhne den Namen unseres Vaters gibst«, hatte sich Aron erstaunt geäußert, als er von dieser Absicht erfuhr. »Obwohl der uns so schmählich im Stich gelassen hat.«

»Unser Vater ist ein Getriebener«, hatte ihm seine Schwester mit Entschiedenheit geantwortet. »Der konnte nicht anders.«

Der Name Elias ging auf Jakobs älteren Bruder zurück. Leonore hatte gelegentlich von ihm erzählt. Sie schilderte ihn als klugen Geist, als rebellischen, fanatischen Linkszionisten. Und sie hatte einmal hinzugefügt: »Er hat sich oft mit eurem Großvater und sogar noch mit eurem Urgroßvater gestritten, der die Spiegelfabrik gegründet hat. Er wollte schon früh auswandern und ist doch geblieben. Die Bindung an die Familie war stärker. Und sie führte ihn mit den anderen ins Verderben.« Sie zögerte einen Moment und fuhr dann fort: »Mit allen anderen außer eurem Vater. Der hat wie durch ein Wunder überlebt.«

Als sein Vater wegging, war Aron gerade mal vier und Helene erst drei Jahre alt gewesen. Wenn es überhaupt Erinnerungen gegeben hatte, so waren diese nach und nach verblasst. Bestenfalls wurden sie über das Betrachten alter Fotografien oder Mutters Erzählungen aufgefrischt. Als Jakob nach Amerika aufbrach, war noch nicht klar, dass dies zum Bruch seiner zweiten Ehe führen würde. Er folgte dem Werben Carl Goldmans, eines EDV-Pioniers, dessen Vater Max vor dem Krieg der einzige Arzt in Seelbach und der beste Freund von Arons Großvater Joseph gewesen war. Eine so enge Freundschaft wie zwischen den Vätern hatte zwischen den Söhnen nicht bestanden. Aber in seinem Werben um die Übersiedlung Jakobs war Carl genauso erfolgreich wie in seinen geschäftlichen Unternehmungen.

Hatte Aron seinen Vater wirklich gekannt? Jetzt, da er selbst alt geworden war, dachte er mehr als früher darüber nach. Seine Zweifel wuchsen. Er konnte sich gut daran erinnern, dass der Vater gelegentlich Pakete schickte. Zu einzelnen Begegnungen kam es in den späten Sechzigerjahren. Jakob Winter kam nun aus geschäftlichen Gründen in größeren Abständen nach Deutschland. Und nach seiner dritten Scheidung kehrte er 1977 endgültig wieder in die alte Heimat zurück und arbeitete fortan bis zu seiner vorzeitigen Pensionierung als leitender Entwicklungsingenieur an deutschen IBM-Standorten. Er machte in den Staaten eine Karriere, die in Deutschland kaum möglich gewesen wäre, zumal er nie studiert hatte.

Als der kleine, drahtige Mann ihm nach langer Zeit der Trennung wieder das erste Mal gegenübertrat, war er dem Jungen merkwürdig fremd. Jakob wollte sie besuchen, bestand jedoch darauf, dass sie sich nicht in Seelbach begegneten. Auf

Leonores Vorschlag hin trafen sie sich im *Café Graf* in Murrhardt, wo sie als Jungvermählte ein paarmal gewesen waren. Jahre später hatte Aron dort an Sonntagen manchmal Kuchen geholt. Er und die Mutter nahmen meistens Käsekuchen. Helene bevorzugte cremige Torten oder, wenn es die rechte Zeit dafür war, Erdbeerkuchen.

Aron blieb von dieser ersten Wiederbegegnung in Erinnerung, dass der Mann im modischen Anzug anfangs lange schwieg. Er vermied es, den Kindern über den Kopf zu streichen oder auf andere Weise Nähe zu zeigen. Was die Eltern geredet hatten, wusste er schon als junger Mann nicht mehr. Das für ihn Eindrücklichste war die ganz außergewöhnliche Beherrschtheit seiner Mutter gewesen. Ob es ihrer damaligen Stimmungslage wirklich entsprochen hatte oder Ausdruck ungewöhnlich starker Selbstkontrolle gewesen war, hatte er nie erfahren.

Bis er die Schule verließ, trafen sie sich noch ein halbes Dutzend Mal. Aus der Sicht des Heranwachsenden waren es meist oberflächliche, nichtssagende Gespräche gewesen. In den späteren Jahren war er manchmal nicht mitgegangen. Erst als Jakob wieder in Deutschland lebte, kam es vermehrt zu ernsthaften, gelegentlich sogar zu tiefgründigen und im wachsenden Maße für beide Seiten schmerzhaften Gesprächen. Zuvor, als er sich als Jugendlicher mit dem Bild seines Vaters auseinanderzusetzen begann, gewannen zwei Facetten besondere Gestalt. Auf der einen Seite wurde für ihn ein Mann sichtbar, der, wenngleich mit Hilfe anderer, seine Deportation überlebt und später als Partisan und als Angehöriger erst der britischen und dann der US-Armee den NS-Staat bekämpft hatte. Dem gegenüber stand die Frage, weshalb dieser unter anderen Umständen so mutige Mensch sie auf so schmähliche Weise verlassen hatte. Erst im fortgeschrittenen Erwachsenenalter wurde dem Sohn allmählich bewusst, unter welchen Traumata der Vater als Folge des vollständigen Verlustes der

Herkunftsfamilie und seiner persönlichen Kriegserlebnisse im lettischen Untergrund, in Nordafrika und in verschiedenen Ländern Europas gelitten haben musste.

Nach dessen Tod stellte er sich oft die Frage, weshalb er den Vater nie mit der direkten Frage nach den Gründen seines Weggehens konfrontiert hatte. Die einzig plausible Begründung fand er in dem Umstand, dass zwischen ihnen nie jene Reibungspunkte existierten, die eine klassische Vater-Sohn-Beziehung ausmachten. Als Erwachsene erzählten sie sich gelegentlich von dem, was sie gerade machten. Dabei sprach der Vater stets mehr von den technischen und wissenschaftlichen Problemen seiner Arbeit als von seinen Empfindungen. Auf seine früheren Ehen und die daraus hervorgegangenen Kinder ging er höchstens dann ein, wenn Aron entsprechende Fragen stellte. Jakob war im Umgang mit ihm ein durchaus lebhafter Gesprächspartner, fragte nach Studien- und später nach Berufserfolgen, und nahm die Antworten entgegen, ohne zu loben oder zu tadeln.

Mehrmals hatte Aron sich die Frage gestellt, ob es wenigstens einen Moment gegeben hatte, in dem der Vater Kritik an ihm geäußert hätte. Er kramte in seinen Erinnerungen, ohne fündig zu werden. Es handelte sich stets um die Gespräche zweier Erwachsener, die durchaus von Interesse am jeweils anderen geprägt waren. Gegenseitige Rücksichtnahme, vielleicht auch die Furcht vor den Folgen einer möglichen Grenzüberschreitung, hatten es verhindert, den Dingen tiefer auf den Grund zu gehen. Zudem: Jakob Winter vermied es auch später, Seelbach zu besuchen. Der Umstand, dass ihre Treffen an anderen Orten stattfanden, trug zu deren nüchtern-oberflächlichem Verlauf bei. Auch Leonore passte sich dem an. Wenn sie dabei war, erkundigte sie sich nie nach den anderen Familien. Allenfalls musste der seltene Gast sich die ein oder andere von Helene neugierig gestellte Frage anhören, die er dann eher wortkarg beantwortete.

Anders als ihr Bruder beschäftigte sie sich bereits in ihren kindlichen Fantasien mit den Halbgeschwistern in Israel und Amerika, von denen erstere etliche Jahre älter, die anderen hingegen wesentlich jünger waren als sie selbst. Früher als in Aron reifte in ihr der Entschluss, später einmal nach Israel zu reisen, dort zu arbeiten und, sofern sich dies einrichten ließe, mit den Halbgeschwistern und deren Mutter in Kontakt zu treten.

Aron besaß bis zum Abitur keine besonderen Kenntnisse über das Land und wusste auch nicht, wo jene Orte lagen, die sein Vater früher einmal erwähnt hatte. Von einem Kibbuz Negba war ein- oder zweimal die Rede gewesen und davon, dass Achat Purina, Jakobs erste Frau, dort eine gestaltende Rolle spielte.

Aron erinnerte sich auch noch schwach an die damalige Berichterstattung über den Sechstagekrieg und dass sein Vater verschiedene Absonderlichkeiten in diesem Zusammenhang erwähnt hatte. Dazu gehörte, dass seine Frau Kommandeurin einer örtlichen Miliz gewesen sein sollte. Dina, Arons damals siebzehnjährige Halbschwester, war unmittelbar nach dem Sechstagekrieg zu einem dreiwöchigen Arrest verurteilt worden, weil sie von einer im Hinterland stationierten Ausbildungseinheit der Luftabwehr *an die Front desertiert* war.

Ehe er nach dem Abitur eine einsame Marokko-Reise antrat, statt, wie eigentlich geplant, mit seinen Freunden mehrere Wochen in einem alten VW-Bus durch England, Schottland und Wales zu reisen, hielt er sich für die Zeit danach mehrere Möglichkeiten offen. Er hatte sich sowohl an mehreren Universitäten für Studienplätze der Rechtswissenschaften und der Soziologie als auch bei der *Aktion Sühnezeichen Friedensdienste* um einen Platz in den Freiwilligendiensten in Israel beworben. Lange hatte er geschwankt.

Seine Entscheidung, nach Israel zu gehen und das Studium zurückzustellen, traf er ausgerechnet in Marokko. Auf seiner Reise nach Marrakesch war er an einem brutofenheißen Augustabend müde und vom rötlichen Staub bedeckt in Hadida gestrandet, einem kleinen Dorf über dem Tal des Asif M'Goun. Der glühend rot versinkende Sonnenball tauchte die Kasbah und kleinere Lehmbauten der Berber in gleißendes Licht. In dem Café, das er wie alle anderen mit bloßen Füßen betreten hatte, sah man im winzigen Fernseher gerade Bilder vom brachialen Vorgehen israelischer Militärs gegen arabische Zivilisten. Die Männer, die hier Kaffee, Tee oder Wasser tranken und fast ausnahmslos rauchten, diskutierten gleichermaßen empört wie unverständlich. Er verstand die aufgeregten Kommentare nicht, aber er spürte Distanz zu der Empörung, obwohl er das gezeigte Vorgehen der israelischen Uniformierten nicht guthieß. Und obwohl er und etliche andere aus seiner alten Clique wachsende Sympathien für die *palästinensische Sache* entwickelt hatten. Joschi hatte sogar ein Schulverweis gedroht, weil er einen PLO-Aufkleber auf seiner Schultasche angebracht hatte.

»Den Holocaust nicht vergessen heißt heute: gegen die Vertreibung der Palästinenser vorgehen«, hatte Angie einmal im Geschichtsunterricht der 13. Klasse gesagt und damit eine damals gängige Haltung vieler kritischer Jugendlicher zum Ausdruck gebracht.

In dem kleinen Café in Hadida reifte in Aron der Entschluss, nach Israel zu fahren. Und er hoffte plötzlich, dass seine Bewerbung bei der *Aktion Sühnezeichen* erfolgreich sein würde. Vor einem Monat, bei seiner Abreise, hatte noch keine Nachricht vorgelegen. Er musste nicht zum Bund und er musste keinen Zivildienst leisten. Gegenüber seinen Freunden hatte er anderthalb Jahre gewonnen.

Seine Vermutung, dass seine Mutter seine Entscheidung tolerieren würde, erwies sich bei seiner Rückkehr als prinzipiell zutreffend. Allerdings hörte er aus ihrer Art nachzufragen heraus, dass sie offensichtlich Unbehagen mit der Vorstellung verband, dass es nun zu persönlichen Kontakten zu Jakobs erster Familie kommen würde.

»Wie soll ich wissen, wie sie mir begegnen werden«, wiegelte er ab. »Vielleicht haben sie gar kein Interesse daran, mich zu sehen. Schließlich sind sie ja von Vater ebenfalls im Stich gelassen worden.«

»Er hat es in Israel nicht ausgehalten«, entgegnete Leonore scharf. »Dieser Steinhaufen hat ihm nie Heimat bedeutet.«

»Das spielt doch keine Rolle. Er hat sich dort genauso aus dem Staub gemacht wie hier.«

»Nach all dem, was dein Vater durchgemacht hat, müsstest du mehr Verständnis für ihn aufbringen.« Mit einem Mal war in Leonore eine uralte Regung wieder zu Tage getreten, die lange verschüttet gewesen war. Sie empfand endlich wieder einmal das Bedürfnis, Jakobs Handlungen und sein Verhalten gegenüber anderen verteidigen zu müssen.

Vila Blanca

Aron lag erschöpft in einem abgedunkelten Zimmer der *Vila blanca*. Vor Jahren hatte er diesen Namen im Kreis seiner damaligen Miteigentümer des alten Hofes durchgesetzt. Er lag eine gute Stunde Fußweg von dem Dörfchen Rocafort entfernt, versteckt an einen Felsen geschmiegt am Rande einer hügeligen Landschaft. Die Namensgebung war einer Laune entsprungen, einer ebenso plötzlichen wie starken Erinnerung an die »Weiße Villa« in Seelbach. Das einsam im ansteigenden Vorland der katalanischen Pyrenäen gelegene Anwesen hieß ursprünglich nur *La Vila*, was eigentlich ein unpassender Name war. *Masia* wäre zutreffender gewesen. So nannten die Katalanen noble und zugleich funktionale Landhäuser dieser Art. Meterdicke Mauern, an die zwanzig Räume, eine große Halle und drei arkadengefasste Stockwerke verliehen dem Gebäude trotz der unübersehbaren Spuren des Verfalls eine stilvolle Noblesse.

Schon seit drei Jahrzehnten kamen sie hierher, werkelten mit wechselndem Einsatz, genossen die Vitalität der urwüchsigen Landschaft, das Essen, den Wein, früher auch die Kifferei, stritten sich, liebten und hassten einander hinter den dicken Mauern, in den Gewölben, Nebengebäuden und verwinkelten Innen- und Hinterhöfen.

In den Tagen, in denen fernab in Deutschland mit dem Fall der Mauer ein neues Kapitel aufgeschlagen wurde, standen sie abgeschnitten von der Nachrichtenwelt in dem damals halb zerfallenen Anwesen und entschieden sich, es zu kaufen.

Aron war seinerzeit noch in erster Ehe mit Margret verheiratet, einer Architektin, die er gegen Ende des Studiums in Göttingen kennengelernt hatte. Pep und Tomás waren dabei gewesen, ein schwules katalanisches Paar, sein alter Freund Christoph, der sich vorübergehend in einer bisexuellen Phase fühlte, vorgab, gleichermaßen Männer und Frauen zu begehren. Nach längerem Zaudern hatte sich auch Anita beteiligt, eine alte Freundin von Margret, die damals als Journalistin in Frankfurt arbeitete. Beim Kauf des Hauses standen alle bereits *mitten im Leben*, wie man so sagte. Sie waren keine Suchenden der Alternativbewegung mehr und keine Aussteiger, sondern Leistungsträger, die ihre berufliche Stellung gefunden hatten und liquide genug waren, um gemeinsam die horrenden finanziellen Lasten zu tragen.

Anita, die stets auf der Suche nach neuen Lebensmittelpunkten und Partnerschaften war, hatte sie im sechsten Jahr verlassen. Es wurde ihr zu viel, auch die Jugendfreundschaft mit Margret begann zu bröckeln. Das vermeintliche Idyll, ein Landhaus, umgeben von acht Hektar Grund, forderte harte Arbeit, Geld und Zeit. Die ersten Jahre erwiesen sich im Nachhinein als die ergiebigsten. Sie hatten das Dach neu gedeckt, Fenster und Türen eingebaut, Wände verputzt, zerschlagene Fußböden gefliest, Zisternen abgedichtet und die unmittelbar am Haus gelegenen Grundstücke kultiviert. Den weitaus größten Teil der Ländereien hatten sie schon nach wenigen Jahren an einen Imker und Schafhalter verpachtet, froh darüber, die Arbeit los zu sein und ein paar armselige Peseten und manchmal etwas Fleisch oder einige Gläser Honig dafür zu bekommen. Auch jetzt, fast dreißig Jahre später, waren die Sanierungsarbeiten noch nicht abgeschlossen. Als sie alle um die fünfzig waren, dämmerte den meisten, dass sie auf die Weise, wie sie dort arbeiteten, zu ihren Lebzeiten niemals endgültig fertig würden. Etliche Zimmer waren gerichtet, eine große und eine kleine Küche funktionierten und ein intakter größerer Saal machte es möglich, dass sich zwanzig und mehr Personen um eine große Tafel versammeln konnten. Die Wasserversorgung funktionierte leidlich und die Zisternen hielten große Mengen des gesammelten Wassers. Aber noch immer gab es Räume, in denen der sandige Putz von den Wänden bröckelte und grobe Findlinge sichtbar wurden, die mit nichts anderem als rötlich-toniger Erde verfugt waren, die an den nach außen gerichteten Mauerteilen von jedem Regenguss weiter ausgeschwemmt wurden.

Aron war schon nach kurzer Zeit das Zugpferd der ganzen Unternehmung geworden. Er brachte das meiste Geld auf, mehr noch als Christoph, und packte unverdrossen an. Seine erste Frau und die vier Kinder hatten lange mitgearbeitet. So lange, bis Margret sich von ihm abwandte und die Kinder eigene Wege gingen. Anita hatte sich tränenreich von ihnen verabschiedet und dann später einen Rechtsanwalt eingeschaltet, als es um ihre Auszahlung ging. An den früheren Gruppenkonsens, dass das Anwesen immer nur dem *tätigen Kollektiv* gehöre, fühlte sie sich nicht mehr gebunden. Es folgte eine hässliche Auseinandersetzung, die letztendlich für den Rest der Gruppe glimpflich ausging, weil Anita davor zurückschreckte, ein spanisches Gericht einzuschalten. Christoph hatte sich ganz allmählich zurückgezogen. Während seiner letzten Lebensjahre setzte er seine Prioritäten anders und kam nicht mehr nach Katalonien. An den geringen Gemeinkosten für das Anwesen beteiligte er sich bis zu seinem Tod.

Aron war allein im Haus. Er genoss die Stille des alten Gemäuers. Von draußen vernahm er gelegentlich ein Rascheln im hohen Gras, den Schrei oder den Gesang eines Vogels. Er öffnete den Laden vor dem winzigen Fenster einen Spalt und spürte sofort die Sonne auf seinem Gesicht. Hier oben schien sie zwei Stunden länger als in den Winkeln der engen Täler, die für die Gegend um den *Montcau* so typisch waren. Jedes Mal, wenn er mit dem Wagen oder dem Motorrad durch die

Gegend fuhr, hatte er nach zahllosen engen Kurven und Kehren das Gefühl, er befinde sich in einer bizarren Unterwasserlandschaft. Der Blick auf die Hügel glich dem eines Tauchers auf küstennahe Meereswelten.

Draußen war es immer noch heiß. Er ließ das Fenster geschlossen und genoss noch einen Augenblick die Kühle hinter den meterdicken Mauern. Vor etlichen Jahren hatte er mit einer in Deutschland maßgefertigten Isolierglasscheibe Fortschritt in das jahrhundertealte Gemäuer gebracht. Wie alt es war, wusste niemand. In Talamanca existierten Unterlagen, die bis zur Mitte des 19. Jahrhunderts zurückreichten. Neben einer schmalen Seitentür war die Jahreszahl 1785 in Stein gemeißelt, darunter nicht mehr lesbare Zeichen, von denen man vermutete, dass sie früher einmal den Namen des Hauses oder des Besitzers gebildet hatten.

Vor Sonnenaufgang war er am Morgen in die rund zweihundert Kilometer entfernt gelegene *Comarca Terra Alta* aufgebrochen. Er hatte kein Ziel gehabt, wollte *cruisen*, die Landschaft mit dem Motorrad erkunden. Am späten Nachmittag kam er von diesem Ausflug zurück. Erschöpft hatte er sich auf sein riesengroßes Bett geworfen, das die Breite des Zimmers nahezu vollständig ausfüllte. Seit etlichen Jahren schlief er hier alleine. Das riesige Bett hatte er bislang im Zimmer gelassen. Schon im dritten Jahr wurde heftig um die Raumaufteilung gefeilscht und gestritten. Anfangs sollte alles allen gehören. Anita hatte als Erste auf einer klaren Zuordnung der Zimmer bestanden. Um den Raum, den Aron jetzt als Schlafzimmer nutzte, hatten er und seine Frau lange mit Pep und Tomás gefeilscht. Am Ende setzte er sich mit dem anfangs nicht akzeptierten Argument durch, er habe in diesem Raum bereits die Wände verputzt und den Boden neu gefliest. Im Nachgang wurden noch etliche Grundsatzdebatten um Prinzipien, um die Ausgestaltung des Gemeinschaftseigentums und um die Frage geführt, ob die Erledigung bestimmter

Arbeiten besondere Ansprüche legitimiere. Das Problem war schließlich gelöst, als Pep, die kleine Tunte, wie Aron ihn in Gedanken selbst heute noch titulierte, sich mit einem Mal in einen winzigen Balkon verliebte, der einem anderen Zimmer nach Osten vorgebaut war. Man konnte ihn nicht begehen. Er war gerade groß genug, um zwei große Pflanzkübel hinauszustellen. Als Aron das Balkönchen gefliest hatte, war die Harmonie im Kollektiv wieder eine Zeitlang hergestellt.

Nur noch ein paar Minuten wollte er ausruhen. Er lag auf dem Rücken, nackt, die Beine leicht gespreizt. Nach der kalten Dusche, die er sich nach der mehrstündigen Motorradfahrt gönnte, hatte er am Nachmittag eine lange nicht mehr gekannte mentale Frische verspürt.

Dass er bereits vor fünf Uhr aufbrach, wäre früher undenkbar gewesen. Wie oft hatten sie sich einst vorgenommen, vor Sonnenaufgang einen Bergaufstieg oder eine Arbeit am Haus zu beginnen oder im Oktober in der Morgenkühle die Oliven zu ernten, die auf mehr als achtzig weitläufig im Gelände verstreuten alten Bäumen wuchsen. Trotz guter Vorsätze kroch dann der Erste doch erst wieder um zehn Uhr aus dem Bett, nach und nach der Rest, manche noch gezeichnet von der durchzechten Nacht, einzelne bekifft, andere immer noch träge vom reichhaltigen, späten Essen. Meist hatten sie lange Gespräche geführt. Denen entwuchsen hin und wieder Beschlüsse und Vorsätze, die sie bereits am nächsten Morgen wieder über den Haufen warfen, und sei es nur deshalb, weil einer meinte, Oliven müssten vor Sonnenaufgang geerntet werden. Und wenn sie doch noch nach draußen gingen, erschöpfte sie die harte körperliche Arbeit schon nach wenigen Stunden. Auch waren sie die sommerliche Gluthitze nicht gewöhnt. Nach langer, in den kühlen Räumen des Hauses verbrachter Siesta arbeiteten ein paar von ihnen noch von sieben bis neun. Schon zuvor beorderte Tomás die halbe Mannschaft in die Küche. Er war ein begnadeter Koch. Aber bei der Zubereitung des Fleisches, beim Waschen und Schnippeln des Gemüses mussten ihm wenigstens drei Leute zur Hand gehen. Vom Spülen sah er sich befreit. Er hatte schließlich gekocht. Das war dann die Aufgabe derer, die bis zum Einbruch der Dunkelheit noch auf der Baustelle gearbeitet hatten, um irgendeine begonnene Arbeit fertigzustellen.

In den frühen Zweitausenderjahren waren darüber heftige Konflikte aufgebrochen. Aron hatte mit Bedacht und Absicht Tomás einen *Zaunkönig* genannt – er wählte bewusst den katalanischen Ausdruck *Corgolet* –, der all seine Auftritte und Inszenierungen als kreativer Gestalter oder in der Rolle des Kochs nur dann erfolgreich durchführen konnte, wenn ihm etliches Fußvolk zur Seite stand. Tomás hatte danach über ein Jahr kein Wort mehr mit ihm gesprochen. Während der wenigen Wochen, die Aron – damals noch mit Margret und den beiden Jüngsten – in der *Vila blanca* verbrachte, blieb der in seiner Eitelkeit Gekränkte dem Anwesen fern, was ihm leicht fiel, hatte er doch das Jahr über zahlreiche Möglichkeiten, das Haus zu nutzen.

Draußen durchbrach ein Kuckuck die Stille. Sein rauchiger Ruf hörte sich fremd an. In Deutschland hatte er seit langem keinen mehr gehört. Hatte er jemals einen gesehen? Irgendwoher kannte er dessen Aussehen. Er wusste, dass es kein besonders ansehnlicher Vogel war, mit grauem Gefieder, heller Brust, von der sich Querstreifen dunkel abhoben. Im Flug ähnelte er einer Bratwurst an zu kurzen Flügeln. Er besaß einen viel zu kleinen Kopf, wirkte unproportioniert. Darin ähnelte er dem Zaunkönig. Aron lachte, lag dabei immer noch auf dem Rücken, unverändert nackt, die Beine von sich gestreckt. Der Zaunkönig sah aus wie ein dunkelbraunes Knäuel mit steil aufgerichtetem Schwanz. Das Bild erinnerte ihn an Tomás. Stets war er nahtlos tiefengebräunt und hinter jedem Jungen her, der nicht *bei drei auf dem Baum* war. Er lief auch dann völlig nackt auf dem Gelände herum, wenn andere

Eigentümer und deren Gäste da waren. Manchen Frauen hatte das sogar gefallen, obwohl bekannt war, dass der Kerl nicht auf Frauen stand. »Schade«, hatte die eine oder andere gedacht und hin und wieder sogar mit sinnlichem Schmunzeln gesagt.

Einmal hatte sich eine kleine Tragödie ereignet. Angie Rosenke war in den Neunzigern Arons und Christophs wiederholt ausgesprochener Einladung in die *Vila blanca* gefolgt. Sie hatte wohl vergessen, vielleicht auch nur verdrängt, dass die beiden verbliebenen Miteigentümer ein schwules Pärchen waren. Tomás kümmerte sich charmant um sie. Er hatte sie in Girona vom Flughafen abgeholt. Während der Fahrt erläuterte er ihr auf unterhaltsame Weise die Landschaft, lachte sie an, hielt ihren Blicken stand. Das ging so zwei Tage und eine Nacht. Bis er ihr sagte, dass sie eine großartige, sympathische Frau sei, deren Freundschaft ihm viel bedeute – spät durchschaute sie die Belanglosigkeit seiner Worte –, aber Sex könne es zwischen ihnen nicht geben. Mit Frauen klappe es bei ihm nicht. Nicht einmal ab und zu. Zuneigung sei möglich, anhaltende Freundschaft auch, aber keine körperliche Liebe. Tags darauf, Tomás war bereits nach dem Mittagessen nach Sitges gefahren, kam es zwischen ihr, Aron und Christoph zu einem heftigen Streit. Sie warf den beiden vor, die ganze Zeit über ihren vergeblichen Bemühungen zugeschaut, ja, sogar sich auf fiese Weise heimlich über sie lustig gemacht zu haben. Umso überraschender war für die anderen, dass Christoph und Angie in der darauffolgenden Nacht mehrmals miteinander schliefen. Die Entladungen ihrer Lust vollzogen sich laut und waren überall im Haus deutlich zu vernehmen. Es war nach langer Zeit das erste Mal nach einer flüchtigen Romanze, die sich vor etlichen Jahrzehnten nahezu unbemerkt auf dem Köcherhof abgespielt hatte.

Margret war die Einzige gewesen, die sich regelmäßig über die von Tomás ungeniert gezeigte Nacktheit beklagt hatte. Sie sprach von Respektlosigkeit und davon, dass den Kindern nicht permanent ein komischer Nackter vor der Nase herumtanzen müsse. Daraufhin zeigte sich Tomás noch demonstrativer unbekleidet. An einem Samstag im August erreichte dies einen skurrilen Höhepunkt. Unmittelbar nach der Ankunft einiger deutscher Freunde begann der Katalane mit einem kleinen Motorpflug eine der brachliegenden Terrassen umzupflügen. Er gedachte auf den sich in die Höhe ziehenden, völlig verwilderten Anbauflächen einen kleinen Weinberg anzulegen. Richie, ein Studienfreund Margrets, kam, während die anderen bereits bei einem kleinen Imbiss saßen, etwas verspätet ins Haus. Er lachte Tränen. Unter irrem, ihn sprachlos machenden Gelächter wies er ins Freie. Ein Mann, lediglich mit Turnschuhen und einem Piratentuch als Sonnenschutz bekleidet, schob den Pflug durch den steinigen und trotz der vorherigen Rodung des Buschwerks immer noch verwilderten Untergrund. Minuten später standen alle vor dem Haus und sahen sich das ungewöhnliche Schauspiel an. Mit Ausnahme von Margret standen alle lachend und feixend auf dem Hof. Wütend schob sie die beiden Mädchen ins Haus, wild entschlossen, diesen Vorfall im Kreis der Eigentümer zu thematisieren.

Pep war anders, diskreter. Im Unterschied zu Tomás machte er aus seinem Schwulsein keine politische Mission. Er bekannte, dass er darüber niemals mit seiner Familie und schon gar nicht mit seinen Eltern gesprochen habe.

Einmal sagte er ernst, fast traurig: »Wir sind immer noch die Kinder Francos.«

Wie er das meine, hatte Aron wissen wollen. Er verstand den Sinn dieser Äußerung nicht. Zumal Pep und Tomás oft davon erzählt hatten, dass sie sich als Jugendliche an den Protesten gegen die Diktatur beteiligt hatten, die in Barcelona anfangs der 1970er Jahre aufs Heftigste entbrannt waren.

»Wir können nicht so unbefangen schwul sein wie Schwule in Deutschland oder in Skandinavien«, hatte er erwidert.

»Noch in den Achtzigern traute sich kaum jemand, sich öffentlich zu seiner Homosexualität zu bekennen.«

Aron erinnerte sich bei diesen Gesprächen an die Tage, die er 1973 in Barcelona verbracht hatte. Gleich nach dem Abitur hatte er sich auf eine lange Reise begeben. Zwölf Wochen war er unterwegs. Per Anhalter von Seelbach nach Marokko. Schelmisch fügte er bei späteren Schilderungen hinzu: »Über Schottland nach Marokko.« Das war insofern zutreffend, als er Joschi, Chris, Mary und Angie anfangs begleitet hatte, die mit einem betagten VW-Bus über die britische Insel reisten. In Inverness hatte er sich, sehr zum Leidwesen von Angie, die richtig darüber in Rage geriet, von seiner Clique getrennt. Er hatte dies von Anfang an so geplant, es jedoch niemandem mitgeteilt. Das nahmen ihm auch später noch manche übel. Mit einem billigen Nachtbus fuhr er zurück nach London, wo er ein paar Tage und Nächte in *Tent City* Quartier nahm, der mit weitem Abstand preisgünstigsten Unterkunft der Metropole. Eigens für Tramper und Globetrotter war eine Ansammlung großer Armeezelte errichtet worden. Das Beste daran war, dass man sofort zu jungen Leuten – *Freaks* – aus aller Herren Länder Kontakt fand. Die Rucksäcke konnten den ganzen Tag über in einem sicheren, bewachten Metallkäfig verwahrt werden. Rund um die Uhr kam man an seine Sachen ran.

Gleich würde er aufstehen und noch mal duschen. Er öffnete den nach innen aufgehenden Laden erneut einen Spalt, um die Uhrzeit auf dem kleinen Wecker erkennen zu können, der auf einem einfachen, von ihm vor Jahren selbst gefertigten Nachttisch stand. Beruhigt legte er sich zurück und schloss den Laden. Er hatte noch reichlich Zeit.

Damals, im Sommer 73, hatte er lange an einer staubigen Landstraße auf einen *Lift* gewartet. Er stand in Santa Susanna, einem kleinen Ort abseits der Küste, im spärlichen Schatten eines dürren Baumes, als neben ihm ein relativ neuer Renault anhielt. Damals existierte in Spanien noch keine Autobahn. Zumindest konnte er sich nicht daran erinnern, während seiner Touren auf eine gestoßen zu sein.

Der Grenzübertritt von Frankreich nach Spanien war ein Desaster gewesen. Diejenigen, die ihn in Perpignan aufgegabelt hatten, ließen ihn am Grenzübergang Le Perthus aussteigen. Es war vereinbart, dass sie ihn nach dem Passieren der Grenze weiter mitnähmen. Den Grenzübertritt sollte er zu Fuß machen. Man kannte ihn schließlich nicht und wollte keinen Ärger. An der Abfertigung und auch davor traf er auf mehrere junge Leute, Langhaarige, Freaks, Rucksacktouristen.

»Die lassen dich nicht rüber, wirst sehen«, sagte ein Deutscher, der in ihm, aus welchem Grund auch immer, einen Landsmann erkannt hatte.

Aron näherte sich unverdrossen den Grenzpolizisten. Ihre Uniformen, insbesondere die Mützen, erinnerten an eine längst vergangene Zeit. Hier in Spanien war der Faschismus noch nicht untergegangen. Das Erscheinungsbild der Grenzer war ein deutlicher Hinweis darauf.

Ein Hagerer mit zittrig hängenden Schnurrbartspitzen prüfte eingehend seinen neu ausgestellten Reisepass. Wie lange er in Spanien zu bleiben gedenke? Immerhin ließ sich der Beamte dazu herab, mit ihm Französisch zu sprechen. Ob er genügend Geld bei sich habe? Spanien habe bereits zu viele langhaarige Bettler hereingelassen.

Aron war erleichtert. Was sollte noch schiefgehen? Den Gepflogenheiten der Zeit entsprechend hatte er den größeren Teil seiner Reisekasse in Form von Travellerschecks in einem ledernen Brustbeutel verstaut. Er hatte noch knapp tausend Mark in Schecks bei sich, einige Francs und noch ein paar Mark in Barem. Das musste reichen.

Der Schnauzbärtige belehrte ihn eines anderen. Er habe nicht angeben können, wie lange er in Spanien bleibe. Möglicherweise hinge er in Ceuta oder Melilla fest, bekäme gar kein Visum für Marokko. Er machte eine Kunstpause und sagte dann pathetisch: »No puede entrar.« Und als Aron gestikulierend signalisierte, dass er ihn nicht verstanden habe, wiederholte er in einer Art Französisch und in schlecht ausgesprochenem Englisch: »No possible entrrrer! You not enterrrr espain!« Fehlte nur noch, dass er das Wort *Patria* in den Mund nahm.

Blass vor Wut und im ersten Moment sprachlos kehrte Aron zu den anderen Trampern zurück, die im Niemandsland auf ihren Rucksäcken, im vertrockneten Gras oder auf dem Bordstein saßen.

Manche sahen mitfühlend zu ihm herüber. Andere zuckten resignierend mit den Schultern. Er ging zu dem Deutschen, der ihn zuvor angesprochen hatte.

»Ich bin der Matthias aus Gießen, sag einfach Matze«, stellte sich dieser ihm vor.

»Ich versuch's an einem anderen Übergang. Kommst du mit?«

Matze nickte und schulterte sofort seinen orangeroten Rucksack, der prall an einem Messinggestell hing. Nach einem Blick auf Arons Straßenkarte machten sie sich auf den Weg nach Le Boulou. Erst abends erreichten sie Argelès.

»Die Franco-Schweine klauen uns mindestens einen Tag«, fluchte Aron.

»Der Weg ist das Ziel«, erwiderte Matze. »Wir übernachten hier am Strand. Ist doch nicht schlecht, oder?«

Resignierend fügte sich Aron in sein Schicksal.

»Wenn es dunkel wird, kommen wir sowieso nicht rüber«, meinte der andere.

So ohne Weiteres erreichten sie den Strand nicht. Campingplatz reihte sich an Campingplatz. Dazwischen gab es kein Durchkommen. Als sie versuchten, einen der Plätze zu durchqueren, wurden sie vom Einlasspersonal barsch zurückbeordert und des Geländes verwiesen. Es dunkelte bereits, als sie nahe dem von zahlreichen Deutschen belegten *Camping Le Roussillonnais* einen Durchschlupf fanden. Sie errichteten in gehörigem Abstand zum Wasser ihr Lager. Nach einem hastig verschlungenen Abendessen, bestehend aus einem Rest Baguette, Käse und Hartwurst, gingen sie hinüber zu einem der nun zahlreich aufflackernden Feuer. Zu seiner Verblüffung wurde Aron aus dem Kreis derer, die um das Feuer lagerten, mit großem Hallo begrüßt. Im Lichtschein der vom Wind verwirbelten Flammen grinsten ihn zwei Langhaarige an, die er vom Sehen kannte, beide wie er *Belinda*-Gänger. Es handelte sich um junge Backnanger, die mit einer Gruppe des dortigen *Club junges Europa* unterwegs waren, der hier, ganz dem Gedanken der deutsch-französischen Begegnung verpflichtet, bereits seit etlichen Jahren ein Sommerlager betrieb.

Aron und Matze plauderten noch eine Weile mit einigen, die mit ihnen am Feuer saßen. Gelegentlich nahmen sie einen Schluck aus der Rotweinflasche, die ihnen gereicht wurde, und kifften noch ein wenig.

»Darf keiner der Betreuer wissen«, meinte der, der die Tüte gebaut hatte, ein langer Schlacks mit schulterlangen, dunklen Haaren und einer unvorteilhaft aussehenden Kassenbrille auf der Nase. In deren Gläsern spiegelten sich die Flammen. »Die schicken uns sonst sofort nach Hause.«

Am anderen Morgen marschierten die beiden Tramper beim ersten Licht vom Strand zur Landstraße, die von Argelès-Plage über Port-Vendres nach Cerbère und von dort weiter ins spanische Portbou führte. Es dauerte lange, bis sie jemand mitnahm. So früh am Morgen waren nur wenige Leute unterwegs. Und so kurz vor der Grenze war die Bereitschaft, Tramper aufzugabeln, noch geringer als sonst. Am Ende nahm sie ein wortkarger Bauer mit, der einen größeren Posten Eier transportierte. Einige Kilometer vor der Grenze ließ er sie aussteigen. Er bog nach rechts auf eine unbefestigte Piste ab und entschwand alsbald ihren Blicken in den küstennahen Ausläufern der Pyrenäen. Erst zur Mittagszeit erreichten sie zu Fuß den Grenzübergang. Dort kam es zu einem Déja-vu. Wie am Vortag kontrollierte sie ein schnauzbärtiger Grenzpolizist. Nach eingehender Durchsicht der Reisepässe wies er sie mit herrischen Gesten an, im Inneren der Station die Inhalte ihrer Rucksäcke auf einen langen Tisch zu packen. Am Ende wurde ihnen mit der Frage nach der Höhe ihrer Barschaft erneut die Einreise verwehrt.

Sichtlich geknickt setzte sich Matze im französischen Grenzgebiet auf das Ende einer Leitplanke.

Aron zündete sich eine Selbstgedrehte an und sah sich um. »Ich trampe ein Stück zurück und probier's von Cerbère oder meinetwegen sogar von Perpignan mit dem Zug.«

Matze spuckte mit gesenktem Blick auf den Boden und schüttelte den Kopf. »Ich warte, bis die hier Personalwechsel haben. Vielleicht klappt's dann.«

So trennten sich ihre Wege.

»Viel Glück«, sagte der eine.

»Ich wünsche dir einen guten Lift«, erwiderte der andere.

Einen Tag später gabelte ihn ein Professor, der an der *Autónoma* lehrte, am Stadtrand von Figueras auf. Auf der französischen Seite hatte ihn ein Pärchen bis nach Perpignan mitgenommen. Dort hatte er sich ein Billett nach Figueras gekauft. Da kein Zug mehr fuhr, verbrachte er die Nacht im Bahnhofsinneren zwischen Hippies, Jugendlichen auf Interrail-Tour, Trampern und gestrandeten Nachtschwärmern. Dem Vorbild anderer folgend, rollte er seinen Schlafsack auf dem Boden aus. Den Rucksack schob er hinter sich an die Wand. Es wurde eine unruhige Nacht. Zweimal trieb sie eine Polizeistreife mit lautem Gebrüll und herrischen Gesten aus dem Bahnhof. Doch nach deren Verschwinden nahmen alle wieder ihre angestammten Plätze ein. Wie einige andere nahm er den ersten Zug, der in Richtung Girona fuhr. Er suchte sich einen Platz unter Reisenden, die nicht wie Rucksacktouristen aussahen. Zwischendurch machte er sich auf einem engen, stinkenden Klo frisch, soweit es eben ging. Die spanischen Grenzpolizisten, die durch den Zug patrouillierten, musterten ihn eingehend und nahmen sich für die Durchsicht seines Reisepasses reichlich Zeit. Aber sie ließen ihn unbehelligt. Er konnte einreisen. Und auf der Ausfallstraße in Richtung Girona hielt bereits das zweite Auto, dem er seinen rechten Daumen entgegenreckte. Ein junges Pärchen nahm ihn in einem völlig überladenen R4 mit nach Santa Susanna. Sie hatten die Absicht, dort eine Woche miteinander zu verbringen.

Was sie dorthin führe, hatte er gefragt.

»Der Name hat mich so angemacht«, erwiderte das Mädchen, das die meiste Zeit ihre dunklen Locken kämmte und sich nach einer Weile daranmachte, unter allerlei Verrenkungen ihre Fußnägel mit türkisfarbenem Nagellack zu betupfen. Hin und wieder warf sie ihrem Freund vorwurfsvolle Blicke zu. Er fahre mit Absicht unruhig. Darüber entbrannte ein kurzer Streit, der Aron an sein letztes Treffen mit Biggi erinnerte.

Wenige Tage vor Überreichung der Abiturzeugnisse hatten sie sich aus eigentlich nichtigem Anlass getrennt. Noch kurz vor seiner Abreise hatten sie miteinander geschlafen. Sie hatten im Bett geraucht. Und plötzlich hatte Biggi den Vorschlag gemacht, sie wolle eine Zeitlang alleine bleiben, prüfen, ob ihre Beziehung noch Zukunft habe. Die Schulzeit sei vorbei.

»Du bist ja drei Monate weg«, hatte sie gesagt. Etwas Vorwurfsvolles war herauszuhören.

»Hättest ja mitkommen können.«

»Du hast mich ja nie gefragt.«

»Willst du mit?«

»Jetzt ist es zu spät.«

Beide hatten gespürt, dass es vorbei war.

Der Professor hatte ihn vor die Alternative gestellt, entweder in Riudellots de la Selva auszusteigen oder zu einem Abendessen mitzukommen. Er treffe sich mit Freunden, Kollegen und einigen Studenten. Man wolle überlegen, wie man weiter gegen das Regime protestieren könne, ohne alle in Gefahr zu bringen.

Auf seine Frage, wo genau das sei, antwortete der Fahrer ausweichend. Es sei ein abgelegenes Haus im Montseny-Gebiet. Er könne dort übernachten und anderntags mit ihm nach Barcelona fahren. »Außerdem ist ein Freund aus Reus da, das ist noch ein gutes Stück weiter im Süden. Wenn ich mit ihm spreche, nimmt er dich bestimmt mit.«

Aron hatte eingewilligt.

Jahrzehnte später hatte er sich während eines Urlaubs auf die Suche gemacht. Margret verbrachte den Nachmittag mit den Kindern am Strand. Er stieß auf das Flüsschen Riera de les Corts, an das er sich zu erinnern glaubte. Doch das versteckt auf einer bewaldeten Anhöhe liegende Anwesen hatte er nicht wiedergefunden. Erst ein Zufall sollte ihm Jahre später dabei helfen, den Ort ausfindig zu machen.

Die ganze Fahrt über hatte ihm der Professor in schlecht verständlichem Französisch von den Studentenprotesten der letzten Monate berichtet. »Die Mumie lebt noch und zieht ein letztes Mal alle Register. Sie lässt die Knüppel tanzen. Leute werden verhört, verhaftet, im Gefängnis geschlagen. Aber der Franquismus geht seinem vorbestimmten Ende entgegen.«

Der Abend verlief für Aron ziemlich langweilig. Seine Tischnachbarn waren nett und freundlich zu ihm. Aber die meisten sprachen kein Englisch. Die Gespräche wurden auf Spanisch geführt. Manchmal hatte er den Eindruck, einzelne sprächen Dialekt. Jahre später würde ihm klar werden, dass damals auch Katalanisch gesprochen wurde, was unter Franco lange verboten war.

Aron sah erneut auf die Uhr. Er war für den Abend zu einem Festessen eingeladen. *Cal Carter*, ein Restaurant, in dem er seit 25 Jahren verkehrte, feierte sein fünfzigjähriges Bestehen. Am Vorabend hatte er auch schon dort gegessen, Erbsen mit Tintenfisch und schwarzer Bratwurst, einer *Kölsche Flönz* nicht unähnlich. Und danach die unvergleichliche Lammschulter, im Backofen geschmort, mit fein gegartem Gemüse angerichtet. Bei jedem seiner Besuche kam der kleine, rundliche Wirt Jordi Perich i Singla im Verlauf des Abends an seinen Tisch. Er konnte gleichermaßen gut kochen und von der Gegend und ihrer Geschichte erzählen. Dieses Mal setzte er sich nicht nur, um ein paar Minuten über das zu plaudern, was sie beide seit ihrer letzten Begegnung erlebt hatten, sondern um ihn zu der Jubiläumsfeier einzuladen. Er verstand Jordi ganz ausgezeichnet. Der Wirt, der mit den anderen Gästen und den Angestellten sonst nur Katalanisch sprach, verständigte sich mit ihm in einem gut artikulierten, langsam vorgetragenen Kastilisch.

Es war Zeit, aufzustehen. Er öffnete das winzige Fenster, das einen Blick auf die bizarr gegliederte Landschaft freigab, die er damals während der Fahrt im offenen Wagen des Professors das erste Mal wahrgenommen und sofort lieben gelernt hatte.

Von dem Ort, in dessen Nähe sie sich damals getroffen hatten, hatte der Professor behauptet, es gebe dort keinen einzigen Franco-Anhänger. Erst vier Jahrzehnte später förderte die universitäre Forschung zutage, dass die heimlichen Treffen in Viladrau – so hieß der Ort, zu dem das einsam gelegene Anwesen gehört hatte – von wechselnden Spitzeln ausgehorcht worden waren, die sich als vermeintliche Oppositionelle Zugang zu diesem Kreis verschafft hatten.

Wann immer sich Aron an diese beiden Tage erinnerte, die ihm schon früh einen besonderen Zugang zu Spanien, seiner Geschichte und seinen Konflikten erschlossen, fiel ihm auch der Morgen ein, an dem ihn wie erhofft ein Freund und Vertrauter des Professors, ein hagerer, wortkarger Mann, in Richtung Süden mitgenommen hatte. Obwohl es am Abend zuvor spät geworden war, brachen sie noch vor Sonnenaufgang auf. Der Hagere hatte ihn geweckt, ihm wortlos einen ungezuckerten Kaffee gereicht und ihm Grüße vom Professor ausgerichtet, der noch schlief.

Sie durchfuhren eine dicht bewaldete Gegend. Schon bald leckten erste Sonnenstrahlen über die gerundeten Kuppen der Berglandschaft des Montseny. Er hatte nicht erwartet, in Spanien auf eine solch wunderbar grüne Landschaft zu stoßen. Die kurvenreiche Piste führte durch Steineichenwälder, die an manchen Stellen durch Pinienhaine aufgelockert wurden. Wohl eine Stunde lang begegneten sie keinem Menschen. Erst als sie sich der Küste näherten, keuchten PS-schwache Lastwagen die Serpentinen hoch. Später dann, sie waren in Richtung Sabadell unterwegs, verdichtete sich der Autoverkehr. Viele alte Wagentypen, meist französischer Herkunft, verdeutlichten, dass Spanien ein armes, rückständiges Land war.

Der Mann ließ Aron vor Tarragona aussteigen. Bereits am Nachmittag erreichte er Castellón, wo er zu bleiben gedachte. Dem Verzeichnis nach, das er mit sich führte, gab es hier eine Jugendherberge, somit eine Möglichkeit zu duschen und die getragene Wäsche zu waschen.

Gemächlich fuhr er im ersten Gang die rötlich schimmernde Piste hinab zu der Straße, die von Rocafort nach Mura führte. Mit Castellón untrennbar verbunden war eine skurrile Begegnung. Außer ihm war an diesem Abend nur noch ein weiterer Gast in der Jugendherberge, was ihn überraschte. Ein Japaner, der bereits seine Radlerkleidung gewaschen und im Freien zum Trocknen aufgehängt hatte, saß breitbeinig auf dem Hof, mit nichts als einem dünnen, offen getragenen Seidenkimono bekleidet. Eilig schloss er den Gürtel. Das »Hallo« des Ankömmlings erwiderte er mit einem kurzen Nicken und einem undefinierbaren Laut. Auch danach sprachen sie wenig miteinander. Meist antwortete der Japaner knapp auf Arons neugierig gestellte Fragen. Er behauptete, mit dem Fahrrad vom Nordkap nach Gibraltar unterwegs zu sein. Die Strecke vom äußersten Norden Skandinaviens bis hierher habe er bereits hinter sich. Kurz darauf, es war noch heller Tag und unverändert heiß, verabschiedete er sich. Er müsse ins Bett. Morgen breche er um vier Uhr auf. Es sei deshalb besser, wenn er, Aron, in einem anderen Raum schlafe. Die Herberge sei ja bis auf sie beide leer.

Vielleicht hätte er diese Begegnung schnell vergessen, aber Gibraltar war einer der Fluchtorte seines Vaters gewesen und der Name der Stadt weckte seine besondere Aufmerksamkeit. Als Jakob Winter den Gräueln von Riga mit knapper Not entkommen war, hatte ihn eine junge Frau in den Wald zu Partisanen gebracht. Später gelangte er mit ihr auf abenteuerlichen Wegen zunächst nach Schweden und von dort aus nach Gibraltar.

Er war viel zu früh im *Cal Carter*. »Fünf Uhr«, hatte Jordi gesagt, 17 Uhr. *Des de les cinc* stand auch auf dem Plakat unterhalb des verglasten Kastens, in dem die erlesene Speisekarte des Lokals hing. Er ärgerte sich bereits auf dem Parkplatz, den man im letzten Jahr neu am Ortseingang des kleinen Dörfchens Mura angelegt hatte. Nur zwei weitere Autos standen dort. Und im Lokal nahm der Wirt mit seiner Familie noch einen Zwischenimbiss. Er wusste, dass man in Spanien nie pünktlich zu der Zeit auftauchte, zu der man eingeladen war. Es war geradezu eine Beleidigung, zumindest ein Affront, so früh zu erscheinen. Er hatte sich zu viele Gedanken gemacht. Waren die Katalanen in der Beziehung anders als die Andalusier? Sie waren es offensichtlich nicht. Es würde noch Stunden dauern, bis der Festbetrieb losging. Der Wirt bot ihm etwas zu trinken an und führte ihn, gerade so, als wolle er ihn aus dem Weg haben, in einen kleinen Speisesaal, zu dem vom Erdgeschoss eine um neunzig Grad verschwenkte steinerne Treppe hinabführte. In diesem hatte man allerhand Erinnerungsstücke zu einer kleinen Ausstellung zusammengefügt. Mehr noch als die zahlreichen Fotos von Sportlern und anderen Prominenten, die wohl irgendwann einmal den Weg in dieses Lokal gefunden hatten, faszinierte ihn ein Tisch, der im Stil der Sechzigerjahre eingedeckt war. Dazu passend lag darauf eine Speisekarte aus dem Jahr 1964, vielleicht die erste überhaupt, die Jordis verstorbener Vater in dem damals neu eröffneten Lokal seinen Gästen vorgelegt hatte.

Sopa 12,–

Tortilla 20,–

Die Gerichte kosteten damals Pfennigbeträge. Auf dem Tisch lag auch eine alte Rechnung vom 22. April 1972. Nur ein Jahr darauf hatte er als Rucksacktourist das Land durchquert.

Fecha 22.4.1972

Sopa 15,–

Tortilla 25,–

Butifarra con Patatas 30,–

Menú del Día 80,–

Alles in Peseten. Und keine Gerichte, wie man sie heute als *typisch katalanisch* ansah und als besondere Spezialitäten schätzte.

Auf dem Weg nach Marokko reiste er immer dann, wenn es die Umstände erlaubten, etwas abseits der Küstenstraßen. Alles war so billig gewesen, dass er es sich trotz knappster Kalkulation erlauben konnte, jeden zweiten Tag in einem Lokal zu essen. Er lernte Lammfleisch zu schätzen, welches er beim ersten Mal vor allem deshalb bestellt hatte, weil *Cordero* wesentlich preiswerter war als Schweinernes oder etwas vom Rind. Er aß Paella zu einem Preis, der umgerechnet gerade mal einer Mark entsprach.

Von oben hörte er die leisen Essensgeräusche der Familie des Patrons. Der Sohn war ein begabter Filmemacher. Da er keine Festanstellung fand, schlug er sich mit kleineren Projekten durch. Und wenn mal gar nichts ging, jobbte er – wie auch jetzt – im Lokal des Vaters.

Auch zwei von Jordis Nichten bedienten seit Jahren regelmäßig im Restaurant. Dabei hatte die eine ein Ökonomiestudium abgeschlossen und die andere besaß mehrere Sprachendiplome.

Das Land spie seine Besten aus, machte sie zu Exilanten oder zu Geringverdienern. Und wir im Norden Europas sind noch stolz darauf, wenn Spitzenkräfte aus dem Süden bei uns um schlecht bezahlte befristete Stellen konkurrieren, dachte Aron. Widerlich.

Eines der Mädchen kam herunter, fragte freundlich, ob er einen Kaffee wolle. Oder vielleicht ein Bier?

»Später«, sagte er und wandte sich einer nachkolorierten Fotografie zu. Sie zeigte Jordis Mutter, wohl in den Fünfzigerjahren. Sie war eine Schönheit gewesen. Dunkle große Augen, hohe Stirn, ein fein geschnittenes Gesicht. Das Bild zeigte sie gebückt neben einem Rosenstrauch. Mit einem Hauch Koketterie, der Monroe ähnelnd, lachte sie den Fotografen an. Zu ihrem wundervollen, maßvoll dekolletierten, tiefroten Kleid wollten ihre hellen, ausgetretenen Schuhe nicht so richtig passen. Das Haar trug sie so, wie spanische Frauen amerikanische Mode der damaligen Zeit interpretierten: lang, sanft gewellt und so geföhnt, dass mehr Volumen vorgetäuscht wurde. Das Foto hätte auch das Motiv eines Filmplakats sein können, einen Liebesfilm oder eine heitere Komödie ankündigend.

Während der letzten Jahre litt sie an Demenz. Aron erlebte ihren Verfall nicht als schleichenden Prozess, wie dies Angehörige tun. Jedes Mal, wenn er nach einigen Monaten das Restaurant betrat, war er schockiert über den Fortgang der Krankheit. Anfangs konnte er ihr noch bei der Erledigung einfacher Arbeiten im Restaurant zusehen, die sie wortlos lächelnd in Angriff nahm. Sie legte Wert auf schöne Arrangements auf den Tischen und faltete kunstvoll Servietten. Sie goss die Blumen und brach ab und an einzelne welke Blütenblätter ab. In späteren Jahren saß sie oft stundenlang am Fenster. Dann wieder sprang sie plötzlich auf und irrte stumm durch das weiträumige Haus, stand so lange desorientiert zwischen den Tischen, bis eine Angehörige, meist war es Jordis Frau, sie nach oben führte.

Para Jordi de Cal Carter hatte Sergi, ein früherer Star des FC Barcelona auf das Portrait seiner selbst geschrieben und sein *Sergi* daruntergesetzt. Sergi Barjuán i Esclusa stammte aus der Gegend, aus Les Franqueses del Vallès. Das war nicht weit entfernt vom *Parc Natural del Montseny*.

Er hatte seinen Rundgang durch die kleine Ausstellung fast beendet, als er auf ein großes Plakat stieß, das zurückgesetzt an der Wand hing. Auf den ersten Blick bestand keine Beziehung zu dem Restaurant, seinen Betreibern oder seinen Gästen. *Karlovy Vary 2007*. Er war in dem Jahr das erste Mal auf dem Karlsbader Filmfestival gewesen und hatte sich diesen Film angesehen: *Bolboreta, Mariposa, Papallona (Butterfly)*. Er war damals nur deswegen in die Aufführung gegangen, weil es ein katalanischer Film war. Hatte er als cineastisch überreizter Festivalbesucher übersehen, was hier zwischen den anrührenden Exponaten mit einem Mal deutlich wurde? Teile des Films spielten in diesem Restaurant und in dem Dörfchen Mura.

Damals, im Sommer 73, hatte er schon frühmorgens das Achtbettzimmer verlassen, in dem er die Nacht alleine verbracht hatte. Der Japaner war bereits losgeradelt. Nach einem improvisierten Frühstück holte er sich beim Herbergsvater seinen Jugendherbergsausweis ab, den dieser bereits am Vorabend abgestempelt hatte. Mit dem schweren Rucksack auf dem Rücken trottete er zu der Straße, die nach Süden führte. Durch einen Zufall umfuhr er Valencia. Ein langhaariger Einheimischer hatte ihn mitgenommen und bot ihm an, bei ihnen eine

Nacht zu bleiben. Sechs Leute, Spanier und Franzosen, hätten einen verlassenen Bauernhof übernommen. Es sei nicht einfach. Man überwache sie. Unangemeldet käme die Guardia Civil und durchsuche das Anwesen. Oder sie erkundige sich nach Personen, die angeblich bei ihnen untergetaucht wären. Der Fahrer versprach ihm Kost und Logis. Nur müsse er am Abend, wenn die Hitze des Nachmittags gebrochen war, mit anpacken.

Ohne es zu ahnen, hatte er sich auf eine Knochenarbeit eingelassen. Als der alte Peugeot auf das grobe Pflaster des Innenhofes rumpelte, konnte er sehen, dass ein Teil der Belegschaft gerade dabei war, einen alten Stall neu einzudecken. Man begrüßte ihn, reichte ihm ein irdenes Gefäß, in dem Quellwasser kühlgehalten wurde, und wies ihm alsbald einen Platz in einer Kette zu. Jeweils zwei Ziegel wurden von einem zum nächsten gereicht. Bereits nach wenigen Minuten war er schweißnass. Die erhoffte abendliche Kühle stellte sich auch später nicht ein.

Nach Sonnenuntergang aß er mit den anderen. Außer den sechs Bewohnern war noch ein schwedisches Paar zu Besuch. Die auf dem Hof lebende Französin hatte die beiden voriges Jahr in Paris kennengelernt. Es gab gegrilltes Gemüse, dazu Brot und etwas Ziegenkäse. Getrunken wurde Brunnenwasser. Man habe sich das Weintrinken abgewöhnt, sagte der, der ihn unterwegs aufgelesen hatte. Der Alkohol nehme dem Kollektiv zu viel Energie, beneble die Sinne. Auch das Kiffen wollte man nach und nach sein lassen. Aber damit sei man noch nicht so weit.

Es war spät geworden. Die Feierlichkeiten anlässlich des Restaurantjubiläums hatten sich bis in die Morgenstunden hingezogen. Und da er am darauffolgenden Vormittag einen Termin bei einem Handwerker gehabt hatte, legte er sich in der schwülen Hitze des Nachmittags wieder hin. *Dormir una siesta*. Die alte Gewohnheit wurde mehr und mehr der Moderne geopfert. Wer in Madrid oder Barcelona in klimatisierten Büroräumen arbeitete, brauchte nachmittags nicht zu ruhen. Die modernen Menschen zogen es vor, früher nach Hause zu kommen. Eine Siesta zu halten, war für ihn immer etwas Besonderes gewesen, etwas, das sich von seinem Alltag abhob.

Fernes Gewittergrollen hatte ihn während der letzten Nacht bereits nach zwei Stunden wieder aus dem Schlaf gerissen. Er blieb mit geschlossenen Augen noch eine Weile im vollkommen abgedunkelten Zimmer liegen. Wie spät mochte es jetzt sein? Mit einer Taschenlampe leuchtete er auf seine Armbanduhr. Es war noch vor fünf. Er ahnte, dass er keinen Schlaf mehr finden würde. Hier dauerte es oft sehr lange, bis ein Gewitter vorbei war. Mehrmals schon hatte er erlebt, wie sie abzogen, in der Ferne nur noch leise grollend, dann aber mit unverminderter Kraft zurückkehrend, zurückgeworfen von den Berghängen, die sich hier, einer riesigen Schüssel gleich, kreisförmig zusammenfügten.

Als der Regen einsetzte, öffnete er das Fenster. Draußen wurde es hell. Am Fliegengitter klebten mehrere Insekten, die gerne ins wind- und regengeschützte Innere geflüchtet wären. Er lauschte dem murmelnden Geräusch, das der Regen auf dem ausgebesserten Dach erzeugte. Es hielt, es war dicht. Aber später einmal würden sie es neu decken müssen. Windböen peitschten Kaskaden von Wasser gegen die gepflasterte Auffahrt. Dann war auch schon das gedämpfte Prasseln zu hören, das der Regen in den Kronen der Bäume verursachte, die verstreut im Innenhof standen. Einige betagte Kirschen waren darunter. Deren Ertrag ließ schon seit Jahren zu wünschen übrig. Aber es machte sich niemand die Mühe, die Bäume im ausgehenden Winter einem fachgerechten Schnitt zu unterziehen.

Allmählich setzte sich ein monotones Rauschen durch, das der sintflutartig prasselnde Regen in der Busch- und

Baumlandschaft erzeugte, die *La Vila* auf zwei Seiten umgab. Nach Norden fielen die landwirtschaftlich genutzten Terrassen in Stufen ab, die der Pächter erst vor wenigen Tagen nochmals gemäht hatte. Und auf der anderen Seite des Weges, der vom Fluss nach Talamanca führte, stand niedriges Getreide auf schmalen Feldern, die vom selben Bauern bewirtschaftet wurden.

Es hörte auf zu regnen. Noch tropfte es an zahllosen Stellen auf Wege, Gras und Pflaster. Es war gut möglich, dass schon bald die Sonne die Wolken durchstieß. Lautes Vogelgezwitscher setzte ein.

Er erhob sich, öffnete die Tür zu dem riesigen Balkon und schob die Klappläden an die Wand. Den früheren Besitzern hatte er wohl überwiegend als Freiluftarbeitsfläche und weniger als Ort der Entspannung und des Vergnügens gedient. Drei Bögen umspannten die Vorderfront des Hauses vollständig. Der mittlere war so schadhaft, dass zwei Metallsprieße aufgerichtet worden waren, um einen Teil der tonnenschweren Last von ihm zu nehmen. Auch der Klinkerboden musste noch an vielen Stellen repariert oder, besser noch, völlig neu verlegt werden.

Die Luft war frisch, trug den Geruch der regenfeuchten Vegetation. Er setzte sich auf seinen Lieblingsplatz. Hinter dem Bogen, der am weitesten vom Weg abgerückt war, hatte er sich eine hübsche Ecke eingerichtet. Rechts unter ihm blühte der Ginster. Mittendrin kämpfte sich eine junge Feige nach oben. Die meisten Bäume, die sie im Lauf der letzten 25 Jahre gepflanzt hatten, waren eingegangen. Die Feige hatte es wohl geschafft. Wind kam auf, trieb prickelnde Tropfen unter das über den Balkon hinausragende Dach. Zur Linken wuchs dichtes Buschwerk, aus dem etliche Pinien und einzelne Kiefern emporragten. Auch von dort schlug ihm ein würziger Geruch entgegen. Auf dem Herd gurgelte die *Cafetera*, was ihm signalisierte, dass der Kaffee fertig war.

Wenn er hier war, stand er jetzt früher auf, als er das in Deutschland tat. Die Vernunft des Alters schenkte ihm köstliche Stunden, die sie, als sie noch jung waren, in bestialischen Räuschen verschlafen hatten. Seine erste Frau hatte ihn oft mit Vorwürfen überhäuft, wenn sie wieder einmal alle vier Kinder alleine versorgen musste, die mit dem Frühstück nicht warten wollten, bis der verkaterte Vater und nach ihm meist noch andere übel Zugerichtete aus den Betten und Schlafsäcken krochen.

Die ersten Sonnenstrahlen wärmten ihn sogleich. Das Licht brach sich am wulstigen Rand einer bunten Glasschale, die auf einem einfachen Holzregal stand. Sie hatte Pep gehört. Mittlerweile war Pep bereits über zwölf Jahre tot. Er war der erste Aids-Tote gewesen, den Aron persönlich gekannt hatte. Wobei Pep nicht an Aids gestorben war, sondern an einer Folgeerkrankung, einem Karzinom. Eigentlich hieß er gar nicht Pep. Er war kein Katalane, stammte aus Alicante. Aber die Hiesigen machten seinen kastilischen Vornamen *Pedro* zu dem hier gebräuchlichen *Pep*. Er hatte nicht dagegen protestiert, wenngleich er dem wachsenden katalanischen Nationalismus meist mit der ihm eigenen feinsinnigen, stets melancholisch unterlegten Ironie begegnet war. Pep war Tomás zuliebe von Alicante nach Sabadell gezogen. Und dort waren sich alle, die später *La Vila* kauften, das erste Mal begegnet. 1982 war das gewesen. Franco war erst seit wenigen Jahren tot. Die Spuren des Faschismus waren noch überall sichtbar und die Wunden, die er geschlagen hatte, noch weithin zu spüren. Sie hatten sich auf einem internationalen Workcamp kennengelernt. Allesamt waren sie keine Jugendlichen mehr, sondern frisch im Berufsleben stehende junge Erwachsene, die in ihren jeweiligen Gruppen als Teamer fungierten.

Erst ein Jahrzehnt nach dem Kauf des Anwesens hatte Aron durch einen Zufall erfahren, dass man ursprünglich gar nicht an ihn gedacht hatte, als es darum ging, eine Gruppe

Interessierter zu finden, die sich zutraute, das alte Gemäuer zu erwerben und wieder nutzbar zu machen. Er war den anderen zu geradlinig, zu dominant und zu wenig *gay* gewesen. Tomás war damals heimlich in einen jungen Mann verliebt, der einer Heilbronner Partnerorganisation angehörte. Aber dieser war schwulen Avancen nicht aufgeschlossen. Zudem hatte er an dem Projekt kein Interesse und auch nicht das nötige Geld.

Anita, damals eine der Gruppenleiterinnen, war anfangs Feuer und Flamme gewesen. Sie hatte sich schon während des ersten Workshops in Xavi verliebt, der auf katalanischer Seite zu den wichtigen *Monitores* gehörte. Xavi war einer der wenigen, zu denen Aron immer noch Kontakt hatte. Wenn sie sich gelegentlich zu einem opulenten Abendessen trafen, saß ihm ein gutgelaunter, kahlköpfiger Dicker gegenüber, Inhaber einer bedeutenden, international tätigen Werbeagentur und Vater dreier erwachsener Kinder. Gelegentlich versuchte er sich für seinen beruflichen Erfolg zu rechtfertigen. Aron hatte den Eindruck, der frühere Anarchist und Hausbesetzer schämte sich dafür.

Das Licht brach sich aufs Neue in der Glasschale. Für Aron war es mehr als ein schön anzuschauendes optisches Phänomen. Es war ein Gruß von Pep, geheimnisvolle Energie. Solange sich die Sonnenstrahlen am wulstigen Rand dieser Schale brachen, würde er den feingliedrigen, hochsensiblen Freund nicht vergessen.

Mit Tomás und ihm selbst waren ausgerechnet die beiden Gründer im Projekt geblieben, die sich am wenigsten ausstehen konnten. Mit Pep hatte er viele lange Gespräche geführt, die ihn reicher machten, weil sie über gängige politische Themen, die Rechte von Lesben und Schwulen und die anstehenden oder noch immer unerledigten Baumaßnahmen hinausführten. Aron hatte Pep zweimal nach Alicante begleitet. Voll Neugier und mit vielen Erinnerungen im Gepäck hatte er zahlreiche Orte wieder aufgesucht, in die ihn seine Reise im Sommer 1973 das erste Mal geführt hatte.

Damals nahm er seinen Weg von Castellón nach Alicante. Sein Jugendherbergsverzeichnis ließ ihn dort auf eine gut ausgestattete Unterkunft hoffen. Er erreichte die Stadt am Nachmittag, fragte sich im Gewirr der Straßen und Gassen zur Jugendherberge durch. Ein kräftiger Herbergsvater empfing ihn vor dem Anwesen. Er begrüßte ihn freundlich, teilte ihm aber sogleich mit, dass er nicht bleiben könne. Das Haus werde derzeit umfassend renoviert. Aber gleich um die Ecke, in der Calle de Antares, vermiete eine alte Frau Zimmer. Es sei nicht teurer als in der Herberge und dort bekäme er sogar ein Einzelzimmer. Der drahtige Mann brachte ihn sogleich zu dem Haus. Eine Alte, die nur noch zwei Schneidezähne besaß, hörte ihm wortlos zu. Dann watschelte sie über den Innenhof, von dem sieben Türen in ebenerdig angelegte Räume führten. Sie schloss eine der Türen auf. Dahinter verbarg sich ein einfaches, aber sauberes Zimmer, karg, für ihn aber ausreichend möbliert. Wie lange er bleiben wolle?

Der Leiter der Jugendherberge übersetzte das unverständliche Gemurmel der Alten ins Französische.

Er wisse es noch nicht.

Sie bestand darauf, dass er wenigstens fünf Nächte im Voraus bezahlte. Manche Rucksacktouristen hätten sich hinter ihrem Rücken aus dem Staub gemacht.

Aron zögerte. So lange wollte er eigentlich nicht an einem Ort bleiben. Er beglich dann aber die Summe sofort, nachdem er den lächerlichen Preis vernommen hatte. Eine Nacht kostete umgerechnet gerade mal eine Mark. Die Nutzung einer Gemeinschaftsküche und der Dusche waren inbegriffen.

Er dankte dem Mann, der sich sogleich verabschiedete. Auch die Frau zog sich zurück. Für die nächsten Tage hatte er den Hof für sich alleine. Im Prinzip hätte er jedes andere Zimmer nutzen können. Sie waren nicht belegt. In den Schlössern steckten von außen die Schlüssel. Im Innenhof spendete eine mittelhohe Platane etwas Schatten, der allerdings nicht bis zu jener Stelle reichte, an der ein gusseiserner Tisch und zwei Klappstühle vor der Hauswand standen. Direkt daneben war der Eingang zu einer schlichten Küche, in der sich ein vierflammiger, mit Flaschengas betriebener Herd, eine einfache Spüle, ein mit Geschirr und Töpfen zugepackter Küchenschrank und zwei Hocker befanden. Rechts davon war der Zugang zu einem schmalen, fensterlosen Raum. Gleich neben der Tür waren zwei Waschbecken angebracht. An der Stirnseite ragte eine blecherne Dusche aus der Wand. Es gab nur Kaltwasser, aber anderes hatte Aron auch nicht erwartet.

Am frühen Abend erkundete er die Altstadt, kaufte Brot, Käse und Tomaten. Mit einer Plastiktüte in der Hand bummelte er hinunter zum Strand. Das erste Mal in seinem Leben schwamm und plantschte er im Mittelmeer. Als er aus dem Wasser kam, nahm er sein bescheidenes Abendessen zu sich. Währenddessen ließ er sich vom aufkommenden Wind und der bereits tief stehenden Sonne trocknen. Dann stand er auf und ging barfuß nah am Wasser den Strand entlang. Abseits der Strandabschnitte, die nach der Hitze des Tages von den Einwohnern der Stadt bevölkert wurden, traf er alsbald auf eine internationale Ansammlung von Freaks, Trampern, Interrail-Touristen, Globetrottern und Gestrandeten. Er kam rasch mit einem Franzosen in Kontakt. Die anderen nannten ihn Gerard. Er schien die Meute zu steuern, obwohl er wenig sprach. Als es dunkel wurde, machten sie ein Feuer. Immer wieder kamen Leute hinzu, die verschiedenerlei zu essen und zu trinken mitbrachten. Später sagte ihm einer, dass die meisten am Strand schlafen würden. Er könne die Nacht mit ihnen verbringen. Sie würden nicht jeden bei sich haben wollen, aber er sei okay. Als Gruppe blieben sie unbehelligt. Hin und wieder würden sie unsanft von der Guardia Civil geweckt und weggeschickt. Aber es sei noch niemals vorgekommen, dass die Streife ein zweites Mal aufgetaucht sei. Man könne weiterschlafen, sobald die Bullen weg wären. Aron versprach, eine andere Nacht zu bleiben. Er habe seinen Schlafsack in der Altstadt. Von seiner Unterkunft erzählte er nichts.

Am nächsten Vormittag schlenderte er nach kargem Frühstück – er verzehrte dabei die Reste vom Vorabend – durch die belebten Gassen der Altstadt. Dabei gelangte er, ohne es beabsichtigt zu haben, zu dem nur wenig mehr als 150 Meter hohen Berg Benacantil. Auf diesem thronte, einem Sahnehäubchen ähnelnd, das Castillo de Santa Bárbara, eine der ausgedehntesten Burganlagen Europas. Außer Atem erreichte er den oberen Ring, der von einer geschlossenen Mauer umgeben war, aus der mehrere Aufbauten emporragten. Dem Mittelmeer zugewandt verliefen Felsen senkrecht in die Tiefe. Gegenüber fielen Vorbauten, Kaskaden gleich, in Richtung der Altstadt ab. Er hatte nach allen Seiten einen fantastischen Ausblick. Er konnte das Meer sehen, den Hafen. Und wenn er sich auf die gegenüberliegende Seite des Mauerrings begab, hatte er die Altstadt vor sich und das in der Ferne aufragende küstennahe Bergland.

Während der Mittagshitze kehrte er in die Calle de Antares zurück. In dem geschlossenen Innenhof fand sich, egal wie die Sonne auch stand, immer ein schattiger Fleck.

Erst am Nachmittag ging er an den weniger belebten Küstenstreifen, der an das Hafengebiet angrenzte. Schon von Weitem winkten diejenigen von der Strandclique zu ihm herüber, die sein Kommen bemerkt hatten. Er setzte sich zwischen sie, hörte ihnen zu, rauchte, nahm hin und wieder einen Schluck aus einer der ständig kreisenden Flaschen billigen Weins.

Als sich der Strand leerte, machten sich einige auf, um im spärlich wachsenden ufernahen Unterholz Brennbares zu finden. Das Feuer züngelte erst schwach, als sich vier Burschen im Gänsemarsch näherten. Allen voran stapfte Gerard. Ihm folgten drei weitere Franzosen. Alle hatten schwer zu tragen. Gerard warf eine Zehnliterdose in den Sand. Sie war ohne Etikett, zerbeult, aber unversehrt. Nur ein winziger Aufdruck wies darauf hin, dass es sich um konservierte Pfirsichhälften handelte. Derjenige, der nach ihm ankam, brachte zwei Plastiktüten voller Gemüse. Keuchend schleppten die beiden Letzten eine nahezu vollständige Rinderkeule an. Gerard dirigierte lautstark ein paar eifrige Helfer, die unaufgefordert damit begonnen hatten, Steine gegenüber einem Felsbrocken in einer Weise aufzuschichten, dass die dazwischen aufgehängte Keule nicht den Sand berührte.

Der kleine Franzose, den Aron nach der Herkunft der Nahrungsmittel fragte, erzählte, dabei verlegen grinsend, man sammle nur auf, was im Hafen so hin und wieder von den Paletten falle. Dabei war offensichtlich, dass die Bande die Sachen im Hafen stahl. Unaufgefordert machten sich zwei Spanier daran, die Keule mit Fahrtendolchen zu zerlegen. Die grob abgeschnittenen Fleischstücke brieten sie über mehreren dünnen Metallstäben, die in Gitterform auf vier Steinen über dem Feuer lagen. Währenddessen öffnete Gerard mit einem einfachen Büchsenöffner den Deckel der Riesendose gerade so weit, dass er das aufgehebelte Stück nach oben biegen konnte. Einer nach dem anderen griff vorsichtig durch die zackige Öffnung und fischte mit der bloßen Hand Pfirsichhälften heraus.

Der kleine Franzose, er hieß Philippe, setzte sich während des Essens neben Aron. Während er gierig mehrere Pfirsichhälften verschlang, erzählte er unaufgefordert, er sei in Limoges aus einem Erziehungsheim ausgerissen und nach der Schneeschmelze über die küstennahen Berge ins Land gekommen. Dann stand er auf und füllte einen Plastikbecher mit klebrigem Pfirsichsaft.

Einer der Spanier, die mit dem Braten des Fleisches beschäftigt waren, schnitt eine größere Scheibe in mehrere Teile, die er auf einem Blechdeckel herumreichte. Aron spießte ein längliches Stück mit dem Messer auf und biss vorsichtig davon ab. Es war noch heiß und schmeckte nicht sonderlich. Eine Seite war angekohlt. Salz, Pfeffer oder andere Gewürze fehlten. Er beschränkte sich auf die eingemachten Pfirsichhälften und wenige Streifen gegrillten Gemüses.

Etwas abseits von der Gruppe sprach Gerard mit einem Mann, den Aron bislang noch nicht gesehen hatte. Er musste wohl soeben erst angekommen sein. Der Mann war älter als die anderen und hob sich durch seine gepflegte Kleidung vom Rest der Gruppe ab.

Aron konnte beobachten, wie Gerard mit einer fast unmerklichen Kopfbewegung in seine Richtung wies. Der Neuankömmling kam herüber und setzte sich neben ihn. Nur wenig später fragte er in passablem Englisch, ob er irgendwo in der Stadt für die nächsten Tage eine Bleibe habe. Aron wunderte sich darüber, denn er hatte den anderen nichts von seiner angemieteten Unterkunft erzählt. Der Neuankömmling, der sich als Juan vorstellte, begründete sein Anliegen damit, dass er soeben aus Marokko zurückgekommen sei und gutes Haschisch bei sich habe. Es sei ihm zu gefährlich, die Nacht am Strand zu verbringen. Man müsse jederzeit mit einer Kontrolle rechnen. Aron bot ihm an, dass er morgen bei ihm schlafen könne. Diese Nacht wolle er mit den anderen am Strand verbringen.

Stunden später schreckte er mit einem Mal aus dem Schlaf auf. Ein Geräusch, ein Ausruf vielleicht, hatte ihn geweckt. Sie hatten noch lange am Feuer gesessen. Hin und wieder kreiste ein Joint. Ein Spanier hatte passabel Gitarre gespielt. Zu manchen Liedern sang eine mollige Holländerin. Sie hatte eine gute Stimme, machte allerdings den Fehler, Janis Joplin imitieren zu wollen. Sie und eine französische Germanistikstudentin waren die einzigen Frauen unter fünfzehn jungen Burschen.

Gerard, der neben ihm geschlafen hatte, fluchte auf Französisch. Aron beobachtete schlaftrunken, wie ein Uniformierter den Lichtkegel seiner Taschenlampe auf den Schlafsack des kleinen Franzosen richtete. Dann trat er zu. Der bestiefelte Fuß traf Philippe in den Leib. Ein Schmerzenslaut ertönte. Fast gleichzeitig entledigten Gerard und Aron sich ihrer Schlafsäcke und stürzten sich auf den Hilfspolizisten der Guardia Costal. Aron tat dies lediglich mit der Absicht, ihn abzudrängen. Gerard schlug sofort zu. Der unbewaffnete Ordnungshüter stürzte zu Boden. Schläge und Tritte prasselten auf ihn ein. Im allgemeinen Durcheinander näherte sich Juan, der Marokkofahrer, Aron und raunte ihm zu, es sei wohl besser, den Rest der Nacht woanders zu verbringen. Aron antwortete leise: »Si«, und begann damit, seinen Schlafsack aufzurollen.

Ihre Schritte hallten in den menschenleeren Gassen. Doch unbehelligt von der Guardia Civil erreichten sie das Haus in der Calle de Antares. Aron bot Juan eines der leeren Zimmer an. Doch der bestand darauf, auf einer mitgebrachten Luftmatratze in Arons Zimmer auf dem Boden zu schlafen. Nachdem er diese aufgeblasen hatte, stopfte er eine Pfeife mit bestem marokkanischem Haschisch und einer geringen Menge Tabak.

Ob er denn wisse, dass Gerard ein in Frankreich gesuchter Mörder sei, fragte er, während er die kurze Pfeife Aron reichte.

Anderntags war Gerard verschwunden. Auch andere, die in der Nacht noch am Feuer gesessen hatten, tauchten nicht mehr auf. Aron teilte Juan mit, dass er nur noch kommende Nacht bleiben würde. Er müsse weiter. Sonst käme er nie nach Marokko. Er sei bereits etliche Wochen unterwegs.

In Anknüpfung an ihre Unterhaltung vom Vorabend erwiderte dieser grinsend: »So ist das eben, wenn man von Deutschland über Schottland nach Marokko reist.«

Das Angebot, die restlichen beiden bezahlten Nächte in Arons Unterkunft zu bleiben, lehnte Juan ohne Angabe von Gründen ab.

Jahre später sagte ihm ein spanischer Bekannter, dass er möglicherweise großes Glück gehabt habe. Als die Hippies in Massen nach Spanien kamen, habe die Guardia Civil zahlreiche Lockspitzel eingesetzt, um die Langhaarigen, die aus der Sicht des Regimes den Geist der Subversion verströmten, über Drogendelikte ins Gefängnis zu bringen. Und er fügte hinzu: »Die spanischen Knäste waren damals keinen Deut besser als die in Nordafrika.«

Wie es sich wirklich verhalten hatte, blieb im Verborgenen. Das gab Aron die Gelegenheit, immer wieder neue Bilder in seine Erinnerungen zu streuen. Ob Gerard wirklich ein Mörder war? Und weshalb sollte Juan, der vielleicht einen ganz anderen Namen trug, solch eine Behauptung aufstellen? Würde das ein Polizeispitzel tun? Fragen, die im Verlauf der nachfolgenden Jahrzehnte, wie vieles andere auch, zu romantischen Verklärungen amalgamierten.

Cuatro Esquinas

Am Tag nach dem spanischen Desaster, es war der 14. Juni 2014, hatte er sich in El Pont de Vilomara in dem altertümlichen Zeitungsladen mehrere Zeitungen gekauft. Der steinalte Inhaber hatte das kleine Geschäft letztes Jahr seinem Sohn übergeben. Nur noch hin und wieder standen er oder seine Frau hinter der mit einer Glasplatte abgedeckten Verkaufstheke. Beide kannte Aron seit über 25 Jahren.

Die katalanische Presse sah in Iker Casillas, dem spanischen Torwart, den Hauptschuldigen. Zur Halbzeit hatte es noch 1:1 gestanden. Mit dem Seitenwechsel kam in Salvador Regen auf. Blind flankte von halblinks. Robben nahm den Ball zärtlich an der Strafraumgrenze an, foppte den großen Piqué – was die Bewohner dieser Gegend besonders schmerzte, denn der stille Bärtige kam von oben vom Berg, aus Talamanca – und brachte die Holländer 2:1 in Führung. Zehn Minuten vor dem Abpfiff trieb Robben den Ball leichtfüßig über den halben Platz, ließ Sergi Ramos hinter sich, umkurvte Casillas, das Ergebnis hieß 5:1. Van Persie und Robben hatten im Spiel ihres Lebens das Ende einer Epoche besiegelt, in der zumindest die Erfolge der spanischen Fußballnationalmannschaft für etwas Trost und Aufheiterung bei der krisengeschüttelten Bevölkerung gesorgt hatten. Er hatte die Partie im *Cuatro Esquinas* angesehen, einem einfachen Lokal im Zentrum von *Ponte*, wie sie den Ort nannten. Im früheren Saal hatte der Wirt einen kleinen Supermarkt eingerichtet, den er selbst betrieb.

»La crisis economica«, sagte er halb entschuldigend, halb erklärend. Die Wirtschaftskrise mache auch vor ihm nicht halt. Gegessen wurde jetzt in einem winzigen Speiseraum, der verwinkelt hinter der Bar lag. Auch am darauffolgenden Abend lehnten nur zwei alte Männer am Tresen. Im Raum dahinter saß außer ihm nur ein altes Ehepaar an einem weiteren gedeckten Tisch. Der Fernseher lief mit beinahe abgestelltem Ton.

Während er sich ein Vier-Gänge-Menü gönnte, blamierte sich der große Favorit Uruguay gegen das frisch aufspielende Team aus Costa Rica. Nach einem Rückstand zur Pause spielten die Mittelamerikaner den zweimaligen Weltmeister an die Wand und gewannen mit 3:1.

Er aß zuerst eine *Sopa de galets*, eine Suppe mit Bällchen vom Fleisch des Kapauns, anschließend sein Lieblingsgericht: *Canelons*. Danach servierte ihm der Patron einen einfach und doch exzellent zubereiteten Seeteufel an etwas Gemüse und einem Hauch frittierter Kartoffeln. Zum Schluss gab es *Crema cremada*, hausgemacht, und Kaffee. Der Wirt spendierte einen Mojito.

Als er ins Freie trat, regnete es. Dass es zuvor gestürmt haben musste, war hin und wieder an dem schlechter werdenden Fernsehempfang zu vermuten gewesen. Er fuhr langsam durch den Ort. Kinder jagten sich in klitschnassen Kleidern durch die nächtlichen Gassen. Als er das Dorf hinter sich gelassen hatte, verlangsamten Äste und angeschwemmter Unrat seine Weiterfahrt. An manchen Stellen hatten rasch anschwellende Sturzbäche Geröll auf die Fahrbahn gespült. Ihn beschlich das Gefühl, sich auf dem Weg zu *La Vila* dem mittlerweile erloschenen Auge des abflauenden Sturms zu nähern. An einem Steilstück geriet er ins Rutschen. Erst jetzt bemerkte er, dass überall taubeneigroße Hagelkörner lagen. Tomás hatte hinter dem Haus Paprika und Tomaten gepflanzt. Die jungen Schösslinge waren mit Sicherheit perdu. An manchen Stellen hatten Sturzbäche Steine und Hagelkörner zu kleinen Wällen angehäuft.

Erleichtert stellte er fest, dass im Haus alles in Ordnung war. Lediglich das Kopfende seines Bettes war durch das geöffnete Fenster nass geworden. Und auf dem Terrakottaboden des Schlafzimmers stand eine kleine Pfütze. Er konnte sich nicht daran erinnern, dass durch die winzige Fensteröffnung jemals Nässe eingetreten war. Die nach außen gehende Leibung hatte eine Tiefe von wenigstens siebzig Zentimetern. Der Regen musste nahezu waagrecht gegen das aus Deutschland mitgebrachte Fliegenfenster gepeitscht sein. Zum Glück war das feinmaschige Gitter nicht beschädigt worden. Er wischte den Boden auf. Dann holte er ein Handtuch und trocknete, so gut es eben ging, die feuchte Stelle der Matratze. Ihm blieb genügend Platz zum Schlafen. Das Bett maß zwei auf zwei Meter zwanzig und nahm annähernd zwei Drittel des Raumes ein. Ein Schrank, ein einfacher Nachttisch und ein Stuhl, den er meist als Kleiderablage benutzte, mehr passte nicht in das Zimmer. Vor mehr als fünfundzwanzig Jahren hatte er die Idee gehabt, hier sein Schlafzimmer einzurichten. Der Raum war dunkel, kühl und der Zufahrt zum Grundstück abgewandt. Selbst bei geöffnetem Fenster war nachts außer den Geräuschen der Natur nichts zu hören. Und wenn andere vor dem Haus oder auf dem Balkon feierten, blieb sein Schlaf ungestört. Der Innenhof war seit Jahren für die nächtlichen Eskapaden tabu. Wenn dort Leute saßen, hörte er das leiseste Lachen und verstand jedes Wort. Mit einem Verweis auf die damals noch kleinen Kinder hatte er schon früh dafür gesorgt, dass an dieser Stelle nachts nicht gefeiert, gesoffen oder gekifft wurde. Man hatte ihn einen Spießer genannt. Aber das berührte ihn nicht.

Am anderen Morgen brannte die Sonne wieder auf den Balkon. Nur die von Sturzbächen in die steinige Erde gefrästen Furchen erinnerten neben einigen allmählich austrocknenden Pfützen an das nächtliche Inferno.

Er ging in den Garten hinunter. Im Schatten der Remise lagen an manchen Stellen noch Hagelkörner, die auch hier, vermengt mit Steinen, kurzen Ästen und Blättern, vom Wasser zu kleinen Wällen aufgeworfen worden waren.

Ein Blick auf die Gemüsebeete genügte, um zu erkennen, dass all das, was Tomás gepflanzt und gehegt hatte, vollständig zerstört war. Die Scherben einiger Blumentöpfe lagen neben den kleinen Wurzelballen. Stängel waren geknickt, Blüten abgeschlagen worden. Ein Plastikeimer war nach einem Hageltreffer gesprungen.

Was für ein Glück, dass er während des Unwetters im *Cuatro Esquinas* gewesen war. In El Pont de Vilomara hatte es nicht gehagelt. So war sein Fahrzeug unbeschädigt geblieben.

Pünktlich um halb zehn erklangen die beiden Kirchenglocken von Rocafort. Damals, vor rund zwanzig Jahren, hatte er der *Inauguració*, der feierlichen Installation der neu gegossenen Glocken beigewohnt, die man mittels großzügiger Spenden finanziert hatte. Es war keineswegs nur ein religiöser Akt, sondern auch ein Symbol dafür, dass ein vor Jahren noch nahezu entvölkerter Ort wieder zu neuem Leben erweckt worden war. Das Kollektiv, wie sie damals noch von sich sprachen, hatte ihn geschickt. Die anderen säuselten, er vertrete *La Vila* am besten. In Wahrheit wollten sie sich lediglich vor dem frühen Aufstehen drücken. Heute folgten nur noch alte Leute dem Ruf zum sonntäglichen Zehnuhrgottesdienst.

Er nahm sich vor, nach dem Frühstück einen weiteren Ausflug in die *Comarca Terra Alta* zu machen. In dem schwach besiedelten Gebiet befanden sich nahe des Örtchens Arnes entlang zweier Flüsse zahlreiche natürliche Becken, in denen man ohne Bedenken baden konnte. Und da für den Nachmittag weitere Schauer angekündigt waren, wäre die Gegend nicht sonderlich von Ausflüglern überlaufen, obwohl es Sonntag war. Zudem bot sich ihm auch die Möglichkeit zum Besuch eines flachen Naturbeckens in der Nähe von Gandesa, das ständig mit 28 Grad warmem Mineralwasser gespeist wurde. Falls es regnen sollte, konnte er sich gemütlich ins Wasser legen. Und gesundheitsfördernd sei es zudem, sagten die Leute.

Er blätterte zum wiederholten Male die Samstagszeitungen durch, ignorierte dabei aber die nimmer endende Fußballberichterstattung. Bilder, die man in Ceuta aufgenommen hatte, zeigten einmal mehr verzweifelte Schwarzafrikaner, die die meterhohen, mit Stacheldraht behängten Gitter zu überwinden suchten. Nirgendwo anders, außer vielleicht auf den Booten, auf denen Flüchtlinge starben, zeigte die reiche der armen Welt so unverhohlen ihre hässliche Fratze.

Als er vor mehr als vierzig Jahren auf seiner bislang längsten Reise die Meerenge durchquert und endlich Ceuta erreicht hatte, gab es diesen Zaun noch nicht. Zumindest hatte er bei seinen Erkundungsgängen nichts dergleichen gesehen, die notwendig gewesen waren, da er für die Einreise in Marokko kein Visum besaß. Damals hoffte er, in den nächsten Tagen auf einen Grenzer zu treffen, der ihm für wenig Geld den ersehnten Stempel gab.

Magic Lounge

Es war unglaublich. Ein Liegeparadies, vollständig in den Fels gebaut. Christoph Böhringer schlenderte über einen gepflegten Langhaarteppich, mit dem der Gang, der mitten durch das Gestein führte, vollständig ausgekleidet war. Seitlich rahmten ihn Abertausende weiße Bindfäden, die aus dem Nichts zu kommen schienen. An der Decke erstrahlten in allen Farben fluoreszierende Lichtgebilde.

Hinter den Fadenwänden entdeckte er knuffige, weiße Liegen, auf denen sich junge Paare räkelten. Aber auch hier traf er keine Alleinreisende an, die ihm von ihrer Liege aus einen herausfordernden Blick zugeworfen hätte. Er fand die Salzgrotte. In einer Nische, die zwischen aufgetürmte Felsen gezwängt worden war, tummelten sich verliebte Pärchen in einem curaçaoblau leuchtenden Bassin.

Die salzhaltige Luft tat ihm gut. Er legte sich auf eine einzelne freie Liege, schob die Kapuze seines Bademantels über den Kopf und schloss die Augen. Seine Zielgruppe schien hier nicht vertreten zu sein. Es gab hier keine Frauen, die ohne Partner oder ein ganzes Rudel Freundinnen angereist waren. Hierher schienen vor allem Paare zu kommen. Die meisten waren sehr jung. Vielleicht war das *Mawell Resort* in Langenburg ein Erlebnisort, den sich frisch Verliebte einfach mal *leisteten*.

Abends saß er im Restaurant alleine an einem Zweiertisch. Rechts und links von ihm junge, frisch verliebte Paare. Er hatte ausgezeichnet gegessen. Jetzt nahm er ein kleines Stück Ziegenkäse vom reichhaltigen Käsebrett. Dazu einen großen Löffel eines exzellenten Mango-Chutneys, das er aufgrund Farbe und Konsistenz anfangs für Orangenmarmelade gehalten hatte.

Der Ober fragte ihn, ob es noch ein Wein sein solle. Er verneinte und bestellte ein zehn Jahre gereiftes Destillat. Vielleicht war heute einfach ein Abend, um sich auf anständige Weise zu betrinken.

Er beschloss, den Aufzug zur Bar zu nehmen. Oben angekommen trat er einen Moment ins Freie. Der Pool auf der Turmterrasse dampfte in den Nachthimmel. Er war leer.

Entgegen seiner Befürchtung war die kleine Bar nicht überfüllt. Drei der vier Außenwände waren vollständig verglast. Man sah Langenburg, das sich den Höhenkamm entlangzog. Vom Schloss war nichts zu sehen. Offensichtlich wurde es nachts nicht angestrahlt. Tief unter sich sah er auf die Lichter eines kleinen Weilers, dessen Namen er sich bei der Herfahrt nicht gemerkt hatte, obwohl er dort unten durchgefahren war.

Er setzte sich an den Tresen. Ein älterer Barkeeper fiel ihm auf. Die Art, wie er sich bewegte und die Dinge tat, die zu tun waren, wiesen ihn als Fachmann und als Routinier seiner Profession aus.

Chris Böhringer bestellte entgegen seinen Gewohnheiten einen Caipirinha. Versonnen saugte er erste kleine Schlucke durch den kurzen Plastikhalm. Hinter sich hörte er die sich öffnende Fahrstuhltür. Nur eine Frau war gekommen. Zielstrebig steuerte sie die Bar an. Die Art, wie sie Platz nahm, ja ihr gesamtes Erscheinungsbild, erinnerte ihn sofort an die verschlampte Mutter Schagalla aus dem *Stratmanns*. Nahezu deckungsgleich war ihre Art, an der Theke zu hängen. Auch die Frisur erinnerte an die Fernsehkomödiantin. Allein das Gesicht wirkte deutlich straffer, die Mundpartie gepflegter.

Sie bestellte einen Cognac. »Konjäckchen«, sagte sie.

Der glatzköpfige Barmann nahm die Bestellung mit einem stummen Nicken entgegen. Obwohl sie und Chris fast zwei Meter auseinandersaßen, kamen sie schnell miteinander ins Gespräch. Das Übliche. Sie war europaweit als Konkursverwalterin unterwegs. Derzeit seien es im Vergleich zu früheren Jahren deutlich mehr Fälle in Spanien, Frankreich und Griechenland.

»Wir werden meistens eingeschaltet, wenn deutsche oder Schweizer Beteiligungen vorliegen.« Was er so mache? Freiberufler? Das sei nicht sehr konkret. »Ah, eine Auszeit nehmen Sie gerade. Und wie lange schon?«

Als Chris auch diese Frage reichlich nebulös beantwortete, erwiderte sie: »Schön, schön, das geht mich ja alles nichts an.«

Jeder nahm drei Drinks. Er drei Caipis, sie drei Cognac. Immer dieselbe teure Marke. *Courvoisier XO Imperial.*

Sie brachen gleichzeitig auf. Der Barkeeper wünschte ihnen lächelnd eine gute Nacht.

Als sich die Aufzugtür schloss, sagte sie: »Du kannst mit auf mein Zimmer kommen, wenn du möchtest.« Es hörte sich eher beiläufig an. Sie hätte auch sagen können: »Der Fahrstuhl fährt aber sehr unruhig.«

Er war verblüfft. Nach den Eindrücken des Nachmittags hätte er nicht mit einem derartigen Fortgang gerechnet. Er nickte und versuchte, sie zu küssen.

Sie wehrte ihn ab. »Ich hasse es, geküsst zu werden, wenn ich etwas getrunken habe. Ich muss mich erst mal frischmachen.«

Sie hatte eine höhere Kategorie gebucht. Das Zimmer war geräumiger als seines. Man hatte einen schönen Blick auf das dunkle Tal und bei Tag wohl auch hinüber zum Schloss, dessen Lage man in der Dunkelheit nur erahnen konnte. Zwischen Wohn- und Nassbereich konnte man mit Hilfe beweglicher Spiegel und einem gepolsterten, mobilen Raumteiler verschiedene Raumarrangements herstellen.

Sie hatten den entspannten Sex zweier gieriger, erfahrener Menschen.

Am anderen Morgen gab sie ihm beim Frühstück ihre Karte. »Damit du weißt, wie ich heiße. Vorne ist die dienstliche, hinten drauf ist die private Anschrift.«

Siff

Greta hatte das katalanische Abenteuer lange in Gang gehalten. Mehr als zwei Jahrzehnte war sie der gute Geist gewesen, zudem Mahnerin, Antreiberin, Schlichterin, Organisatorin. Wenn in den ersten Jahren gar nichts mehr zu gehen schien, weil wieder einmal alle, die sich noch am Vorabend Arbeitseinsätze fest vorgenommen hatten, zu bekifft, zu besoffen, nur müde oder ohne Antrieb waren, dann gelang es ihr fast immer, wenigstens einen Teil der Lahmärsche doch noch zur Arbeit zu bewegen. Dabei bediente sie sich meist einer Dreifachstrategie. Sie packte als Erste selbst mit an. Dann brachte sie erst ihren Mann und nach und nach einige andere dazu, wenigstens einen Teil dessen zu erledigen, was sie sich in großspurigen Planungssitzungen vorgenommen hatten.

Ihr Elan ließ erst nach, als sie bemerkte, dass Tomás ihrem Ältesten nachstellte. Das war Mitte der Neunzigerjahre gewesen. Joshua war damals gerade mal vierzehn. Tomás nahm den hübschen Jungen nächtelang mit auf die Fiestas, die während der Sommermonate auf den Plätzen der kleinen Städte und Dörfer gefeiert wurden. Anfangs dachte sie sich nichts dabei. Während der Ferien waren viele Halbwüchsige bis in die Morgenstunden unterwegs.

Als sie im Sommer 79 ihre Schwangerschaft festgestellt hatte, waren sie und Aron gerade mal ein Jahr zusammen. Aron machte keine große Geschichte daraus, nahm diesen Umstand gelassen zur Kenntnis. Sie fand das gut, denn etliche ihrer Freundinnen hatten von Kerlen berichtet, denen eine Schwangerschaft oder eine Geburt als dramatische Zäsur vorkam. Sie verloren sich in Nächte währenden Debatten, in denen sie von den drohenden Einschränkungen ihrer eben erst gewonnenen Freiheit faselten. Oder sie redeten von der Gefahr, wie ihre Eltern im Gefängnis kleinbürgerlicher Normalität zu landen.

Aron hatte äußerst ruhig und umsichtig reagiert, als sie ihm ihre Schwangerschaft und den damit verbundenen Wunsch nach einem Kind offenbarte. Einen flüchtigen Augenblick drängte sich ihr die Frage auf, ob er diese Nachricht nicht zu ruhig, ja eher gleichgültig aufgenommen hatte. Aber diese winzigen Zweifel wurden von dem Umstand hinweggefegt, dass er damals und auch später nicht die eigentlich naheliegende Frage gestellt hatte. Die Frage nämlich, wie es möglich sein könne, dass sie schwanger war. Wo sie doch die Pille nehme. Ob sie an einem oder gleich an mehreren Tagen vergessen habe, diese einzunehmen?

Und in der Tat, sie war schludrig mit der Pille umgegangen. Vielleicht drückte sie, die sonst so Zuverlässige, damit ihre immerwährende Skepsis gegen diese Art der Schwangerschaftsverhütung aus.

Bereits im August 1979 heirateten sie. Sie waren die Ersten innerhalb ihrer jeweiligen Freundeskreise. Dieser Schritt wurde keineswegs nur von Wohlwollen begleitet. Die Umstände erschienen Gretas Familie, insbesondere ihrer Mutter, alles andere als standesgemäß.

Als man Leonore den Grund für die Hochzeit und den Termin nannte, stellte sie zur Verblüffung ihres Sohnes und ihrer künftigen Schwiegertochter die Frage, ob dieser Schritt denn wirklich nötig sei. Ein Kind zu bekommen, sei in der heutigen Zeit doch kein Grund mehr für eine Eheschließung. »Aber«, lenkte sie dann ein, »es ist eure Entscheidung. Wenn ihr es wirklich tun wollt, habt ihr meinen Segen, auch wenn der kein religiöser sein kann.«

Ähnlich heftig wie die Vorbehalte der Brautfamilie war die Kritik aus Arons Freundeskreis. Sowohl aus der alten Seelbacher Clique als auch aus der Gruppe derer, mit denen er seine akademische Laufbahn begonnen hatte, wurde heftige Polemik *gegen die antiquierte Institution Ehe* hörbar.

Aus diesen Gründen entschied das Brautpaar resolut, nur im ganz kleinen Kreis zu heiraten. Der standesamtlichen Zeremonie sollte lediglich ein gemeinsames Essen der frisch Vermählten, ihrer Trauzeugen und ein, zwei besten Freundinnen und Freunden von Braut und Bräutigam folgen.

Das wiederum brüskierte die Eltern der Braut – die Mutter bezeichnete das Verhalten unverhohlen als skandalös – sowie jene guten Freunde, die sich auf einmal nicht im Kreis der ganz engen Vertrauten sahen.

Zweieinhalb Jahre nach Joshuas Geburt, im Sommer 1982, brachte Greta ihr zweites Kind zur Welt. Wieder war es ein Sohn. Sie nannten ihn Emilio. Mit der Geburt ihrer ersten Tochter Vanessa, die am 16. Januar 1985 auf die Welt kam, war ihre Familienplanung eigentlich abgeschlossen gewesen. Einer ungeplanten Schwangerschaft entsprang eine zweite Tochter, die am 4. Juli 1986 geboren wurde. Das Mädchen erhielt auf Arons Wunsch und Vorschlag den Namen Claudette. Dies sollte Jahre später zu einem heftigen Streit führen. Greta war davon ausgegangen, die südländisch wirkenden dichten, fast schwarzen Locken des Säuglings hätten den Vater auf diesen Namen gebracht. Dass eine seiner früheren Freundinnen die Larzac- und Brokdorf-Aktivistin Claudette gewesen war, erfuhr Greta erst kurz nach der Wende bei einer Silvesterfeier mit Arons Freunden aus Göttinger Tagen.

Noch heftiger war der Streit, der im Sommer 1994 in der *Vila blanca* ausgetragen wurde. In einer lauen Nacht kehrten Pep,

Tomás und Joshua erst im Morgengrauen von der Festa Major der Comarca-Kapitale Manresa zurück. Greta hatte unruhig geschlafen. Mehrfach war sie aufgeschreckt und hatte in die Nacht gelauscht, gehofft, dass endlich Wagengeräusche auf der steilen Schotterpiste die Heimkehr ihres Jungen ankündigen würden.

Als es bereits wieder hell wurde, schreckte sie hoch und ging sorgenvoll hinaus. Sie entdeckte Joshua und Tomás unter den Arkaden des oberen Balkons. Und sie sah, wie der Ältere dem Jungen einen Kuss auf die Wange gab. Mehr war wohl nicht geschehen. Aber einer Furie gleich stürmte sie lautstark schimpfend hinauf und gab dem Mann unmissverständlich zu verstehen, er solle die Finger von ihrem Sohn, ja, ihren beiden Söhnen lassen.

Der Katalane war tödlich beleidigt. Mehrere Jahre sprach er kein Wort mehr mit Greta. Und nach Peps frühem Tod gab es kaum noch Phasen, in denen sie das Anwesen zeitgleich nutzten. Die schon immer brüchige Schaffenskraft des vormaligen Kollektivs begann zu versiegen. Am Haus wurde nur noch das Allernötigste gerichtet. Aron, Greta und die Kinder hielten die von ihnen bewohnten Räume in Ordnung, strichen alle paar Jahre Fenster und Türen und erledigten dringend notwendige Reparaturen. Aber der große Elan war verflogen. Man ging sich aus dem Weg, kommunizierte per E-Mail. Die Kinder kamen noch vereinzelt mit, meist dann, wenn Freunde sie in den Urlaub begleiteten. Irgendwann, spätestens nach dem Abitur, gingen sie gänzlich ihre eigenen Wege.

Joshua war um die fünfzehn Jahre nicht mehr in der *Vila blanca* gewesen. Nach der Scheidung der Eltern zog er im Unterschied zu seinen drei jüngeren Geschwistern bei der Mutter aus und lebte lange in verschiedenen WGs. Niemals mehr ging er mit Aron oder Greta in den Urlaub. Das bedrückte die Mutter stärker als den Vater, der selbst in frühen Jahren seine eigenen Wege gegangen und oft alleine gereist war. Zudem hatte dieser, im Unterschied zur Mutter, ein zweites Mal geheiratet. Juliette war fast zwanzig Jahre jünger als Aron. Sie hatte bei ihm studiert. Aber beide versicherten unisono, dass ihre Liebe erst zu einem Zeitpunkt aufgeblüht sei, als das Professoren-Studentinnen-Verhältnis lange hinter ihnen gelegen hatte. Nachdem die Verbindung offiziell geworden war, verspürte er das erste Mal eine unmerkliche Gegnerschaft seiner vier längst erwachsenen Kinder. Je nach Naturell äußerte sich diese in unterschiedlich ausgeprägten Gemengelagen aus Erstaunen, kaum wahrnehmbarer Verachtung und leisem Spott.

Kurz nach seinem dreißigsten Geburtstag hatte Joshua dem nun schon mehrjährigen Drängen seiner Freundin Lisa nachgegeben und den Vater um die Schlüssel für das katalanische Anwesen gebeten. Sie war neugierig auf das Haus, um das sich so viele, mittlerweile auch ihr bekannte Anekdoten rankten, die sie bei Familientreffen gehört oder die ihr Joshua mal schmunzelnd, meist aber mit einer gehörigen Portion Wut im Bauch erzählt hatte.

Die unvollkommenen Annäherungsversuche von Tomás hatten dabei für ihn keinen hohen Stellenwert. Er hatte sich auch als Junge nicht bedroht gefühlt. In keiner Situation hatte er das Gefühl gehabt, die Kontrolle über die Situation verlieren zu können. Zumal ihm der Katalane wohl werbend und schmeichelnd, nie aber nötigend oder gar gewalttätig begegnet war. Weitaus peinlicher war ihm damals der Ausbruch seiner Mutter gewesen. Damit war alles erst ans Licht gezerrt worden. Und er hatte vor versammelter Mannschaft neben Tomás im Mittelpunkt einer für ihn sehr unangenehmen Debatte gestanden.

Lisa wünschte sich einen Spanienurlaub. Und weshalb sollte man nicht ein paar Tage auf dem Anwesen verbringen, von dem aus die Wege nach Girona und Barcelona kurz waren.

Aron hatte seinem Sohn höchst erstaunt, aber bereitwillig die Schlüssel ausgehändigt, ihm geschildert, wie neuerdings das Wasser anzustellen war und welche Tücken die einzelnen Geräte aufwiesen.

»Wenn der mit Gas betriebene Kühlschrank nicht angeht, gibt es einen simplen Trick«, hatte er seinem Ältesten erklärt. »Ihr wuchtet ihn auf den langen Tisch im großen Saal – natürlich ausgeräumt – und bewegt ihn vorsichtig so, dass er ein- oder zweimal um seine Längsachse rotiert. Dadurch wird die Kühlflüssigkeit so verteilt, dass die Zirkulation wieder in Gang kommt.«

Aus Kindertagen wusste Joshua noch gut, dass das Haus selten akzeptabel gereinigt übergeben wurde. Erschöpft von der langen Fahrt mussten die Ankommenden erst einmal die Räume säubern, in denen sie die Nacht verbringen wollten. Er hatte Lisa vorgewarnt. Die hatte nur gelacht und gemeint, dass es so schlimm nicht sein könne.

Als sie ankamen, stießen sie als Erstes auf dem arkadenüberspannten Balkon auf eine Batterie eingetopfter Cannabispflanzen. Schon darüber geriet Joshua in Rage, wusste er doch aus Erzählungen von Freunden, dass die katalanische Polizei mit Ausländern gänzlich anders verfuhr als mit den Hanffreunden unter den einheimischen Sommerfrischlern, die in ihren Landhäusern häufig einige Pflanzen kultivierten. Wenn wissbegierige Streifenpolizisten sie mit den fast erntereifen Stauden im Haus anträfen, wäre es schwierig, ihnen klarzumachen, dass sie nicht die *cultivadores* waren.

Eine dicke, mit Mäuse- und Fledermauskot vermengte Staubschicht bedeckte die meisten Böden. Das entsprach den pessimistischen Erwartungen, die Joshua Lisa gegenüber geäußert hatte. Noch weniger erfreulich war der Umstand, dass sie die Wasserleitung von der großen Zisterne zur Dusche abmontiert vorfanden. Der Zustand der Küche gab ihnen den Rest. Beim Öffnen der Tür schlug ihnen ein diabolischer Abfallgeruch entgegen. Kistenweise leere Flaschen, mit Schimmel überzogener Müll und zwei Körbe mit verfaultem Obst begrüßten sie.

Als Lisa den Kühlschrank öffnete, der offensichtlich nicht in Betrieb war, schrie sie vor Schreck gellend auf und warf die Tür wieder zu. Joshua eilte heran. Das einst blütenweiße Innere war schwarz. Selbst feuchte Flaschen waren von schwarzgrauem Schimmel überzogen. Aus dem Eisfach sabberte eine bräunlich-grüne Soße. Offensichtlich war irgendwann einmal das Gas ausgegangen. Zornbebend warf Joshua die Kühlschranktür zu und rückte das unförmige Gerät so heftig in Richtung der nächsten Außenwand, dass er mit der noch bestehenden Schlauchverbindung die leere Gasflasche umriss.

»Achtung«, rief Lisa angstvoll.

Joshua hielt inne, stellte die Gasflasche auf und koppelte den Schlauch ab.

Sprachlos sah Lisa dabei zu, wie ihr Freund das Kühlschrankungetüm weiter in Richtung der Außenwand wuchtete. Er öffnete ein Fenster und sah einen Moment hinaus. Dann kippte er den Kühlschrank mit oben liegender Tür in die Horizontale, dabei den Fenstersims als Widerlager nutzend. Wortlos schob er ihn durch das offene Fenster. Nur mit größter Anstrengung konnte er verhindern, dass sich der weiße Quader beim Absenken im Fensterrahmen verkeilte.

Der Aufprall war überraschend sanft. Lediglich ein leises dumpfes Geräusch war zu hören. Lisa vermutete, dass das Gerät auf weicher Erde oder im Buschwerk gelandet war.

Joshua sah sie mit einem verschmitzten Grinsen an. Seine soeben noch schier grenzenlose Wut schien mit diesem Kraftakt verflogen zu sein. »Wir kommen mit der Kühltasche aus dem Auto erst einmal zurecht«, sagte er. Und mit einem nochmaligen Blick in die unbrauchbare Küche fügte er hinzu. »Vielleicht finden wir noch den zweiflammigen Gaskocher, den wir früher benutzt haben. Wir richten in einem anderen Raum eine provisorische Küche ein. So wie damals, als wir noch Kinder waren.«

Resa

Es war purer Zufall, dass Aron Winter an jenem besonderen Tag dazu gezwungen war, länger als geplant auf dem Stuttgarter Hauptbahnhof zu verweilen. Er sollte später als *Schwarzer Donnerstag* in die jüngere Landesgeschichte eingehen. Die Orgie der Gewalt, die die Polizei gegen gutbürgerliche Demonstranten, Baumschützer und zahlreiche Schüler entfacht hatte, war bereits abgeflaut. Als sein ICE mit Verspätung den Sackbahnhof erreichte, war der Anschlusszug in Richtung Schwäbisch Hall-Hessental bereits abgefahren. Obwohl er ahnte, dass es aussichtslos war, rannte er keuchend zum Gleis 16. Es war leer. Doch von hier aus gewann er erste Eindrücke von dem, was sich in den verflossenen Stunden draußen abgespielt haben musste. Bislang hatte er noch nicht mitdemonstriert, obwohl ihm die Planungen für einen neuen unterirdischen Bahnhof nicht einleuchteten. Er war zu selten in der Gegend. Doch jetzt, an diesem frühen Nachmittag, hatte er mit einem Mal Zeit. Er verließ die Halle in Richtung Schlossgarten. Was er sah, erschien ihm sogleich gespenstisch. Behelmte und bewaffnete Polizisten bildeten eine geschlossene Kette, die niemandem das Weitergehen in Richtung Neckartor gestattete. Hustend und heftig atmend näherten sich ihm vier Jugendliche. Zwei hatten einen dritten links und rechts untergehakt. Allen vieren tränten ihre vom Reizgas geröteten Augen. Einen Moment lang kamen uralte Bilder in ihm auf. Die Schlacht um Brokdorf, November 76.

»Zitronensaft, dann mit klarem kaltem Wasser ausspülen«, rief er den Jungs entgegen. »Und dann *Regepithel* aufs Auge. Versteht ihr mich? *Regepithel*. Das kriegt ihr rezeptfrei in der Apotheke.« Die Jungen waren kaum älter als fünfzehn. Einer versuchte, ihn aus verquollenen Augen anzuschauen.

In der Schillerstraße standen in langer Reihe die Fahrzeuge mehrerer Rettungsdienste. Rotes Kreuz, Malteser, Arbeiter-Samariter. An mehreren Wagen wurden Menschen ambulant behandelt. Eine alte Frau irrte an ihm vorüber. Sie wirkte vollkommen apathisch, befand sich wohl noch im Schock über das, was sich hier abgespielt haben musste.

Etwas weiter hinten sah er Menschen, die auf merkwürdige Weise im Kreis standen. Einzelne umarmten sich. Andere klammerten sich regelrecht aneinander, Halt suchend nach einem bislang noch nicht gekannten Erlebnis. Die meisten trugen Regenkleidung. Damit hatten sie sich wohl gegen die Wasserwerfer zu schützen versucht.

Aron ging noch einige Minuten durch die Reihen, erfuhr Bruchstückhaftes von dem, was sich hier am späten Vormittag und über die Mittagszeit ereignet hatte. Eine Schülerdemo war angekündigt gewesen. Sie richtete sich gegen den für diesen Morgen geplanten Auftakt der Baumfällarbeiten im Schlossgarten. Schüler und Rentner trafen vor der Polizei ein, die die Abholzungsaktion sichern sollte. Anders als sonst war die anrückende Polizei von Beginn an auf Krawall gebürstet. Wasserwerfer und Tränengas kamen zum Einsatz.

Anderntags las er von *behelmten Chaoten*, die mit dem Vorsatz angereist seien, Gewalt anzuwenden. Während er an jenem Donnerstag durch die Reihen der Verstörten und Verletzten ging, hatte er außer Polizisten nur zwei weitere Behelmte gesehen. Zwei Frauen in Regencapes hatten ihre Fahrradhelme an ihre Rucksäcke gegurtet. Er sprach eine alte Frau an, die regungslos auf dem Boden hockte und sich ein Taschentuch vor die Augen presste. Ob er sie zu einem der Sanitäter bringen solle? Ohne ihn anzusehen, verneinte sie wortlos voller Verzweiflung mit heftigem Kopfschütteln.

»Wirklich nicht? Ich kann Sie zu einem der Rettungsfahrzeuge bringen.«

Wieder schüttelte die Frau heftig den Kopf. Sie verharrte gebeugt und geblendet auf dem Fleck, auf dem sie sich wohl schon geraume Zeit befand. Sollte er sie am Arm fassen und in die Obhut der Sanitäter führen? Was aber, wenn sie dann panisch aufschrie? Sie einfach einen Moment Ruhe haben wollte?

Er hatte genügend Eindrücke gesammelt. Nahm er wirklich Anteil oder war er einfach nur neugierig gewesen? Wahrscheinlich beides. Erinnerungen an eigene Erlebnisse, längst Vergangenes und Verdrängtes kehrten zurück.

Brokdorf 76. Die erste große Brokdorf-Demonstration. Er war mit seiner damaligen Freundin Claudette dort gewesen. Im Jahr zuvor hatte er sie auf dem Larzac kennengelernt, auch auf einer Demonstration. Nein, es war eher eine komplette Besetzung der Hochebene gewesen. Nach Brokdorf war sie mitgegangen, obwohl sie die deutschen Konflikte um Atomkraft nicht sonderlich berührten. Alle aus ihrer Göttinger Wohngemeinschaft waren seinerzeit aufgebrochen. Damals hatten sie die Bundesrepublik Deutschland besiegt. Der Zaun war gesprengt. Teile des Platzes waren besetzt. Die Einsatzkräfte waren erschöpft, im Gelände verstreut, schlecht geführt. Es gab keine Reserven mehr, die gegen die Platzbesetzer hätten vorgehen können. Hubschrauber jagten Demonstranten mit Tränengas. Sie unterschieden nicht zwischen Jugendlichen und alten Leuten, zwischen Militanten und Familien mit Kindern. Am Nachmittag hatten sich Aron und Claudette verloren. Spontan hatte er sich einer *technischen Einheit* angeschlossen. So hatten sie sich damals wirklich genannt: *Technische Einheit*. Ihr Kern wurde vom *KB Nord* gebildet, gut organisiert, viele technisch versierte Leute. Vier Männer, die Helme, Masken und Schwimmbrillen trugen, schleppten einen Benzingenerator bis an den Zaun. Mit zwei Winkelschleifern wurden die Pfähle angesägt. Wurfanker flogen über die Absperrung. Andere Demonstranten warfen sich so lange in die dicken Seile, bis die Pfähle knickten. Der Zaun fiel. Zwei Behelmte zerteilten mit Bolzenschneidern Zaungewebe und Stacheldraht. Pulk um Pulk stürmte an ihnen vorbei, hinein in das ungeschützte Gelände. Den Organisierten, die man leicht an ihren roten, schwarzen oder blauen Motorradhelmen erkannte, folgten Bürger aus der Gegend, Familien mit Kindern, ganze Pfarrgemeinden. Später kamen die Hubschrauber. Sie flogen niedrig. Die Menschen zogen die Köpfe ein. Aus Düsen spritzte ein Tränengas-Wasser-Gemisch. Die KBler und andere K-Grüppler rückten ihre Schwimmbrillen zurecht und träufelten Zitronensaft auf ihre Schals und Palästinenserfeudel.

Die anderen flüchteten aus dem Auge des Infernos oder hockten geblendet auf dem Boden. Mütter riefen die Namen ihrer Kinder. Nicht immer bekamen sie eine Antwort.

Claudette traf er erst wieder tags darauf. Sie war nach dem Desaster und ohne Aussicht, ihn wiederzufinden, per Anhalter nach Göttingen zurückgefahren.

Fast vierzig Jahre lag das zurück. Das *Kernkraftwerk Unterelbe* produzierte bereits seit Jahrzehnten Atomstrom. Manche, die er heute im Stuttgarter Schlossgarten gesehen hatte, waren vielleicht damals auch in Brokdorf gewesen. Hatten sich als Rentner ihrer einstigen Renitenz erinnert. *Renitente Rentner rennen nicht.* Was für ein Blödsinn ging ihm mit einem Mal durch den Kopf?

Noch einige Minuten schlenderte er an den Grüppchen der Demonstranten vorbei, hörte Schluchzen, Wortfetzen, leise, betretene Stimmen. Mit seiner Handykamera machte er noch einige Fotos. Als er Anstalten machte, die stumm und bedrohlich stehende Kette der Uniformierten zu fotografieren, öffnete sich diese. Pfeilschnell stürzte ein Polizist auf ihn zu, untersagte ihm das Fotografieren und verlangte die Löschung der Bilder. Aron zückte einen Presseausweis, den er vor Jahren als ehrenamtlicher Redakteur der winzigen Fachzeitschrift *Zukünfte* erhalten hatte. Nun kam ein höhergestellter Beamter hinzu. Auch er untersagte ihm weitere Aufnahmen, bestand aber nicht auf der Löschung der Fotos oder der Herausgabe des Datenträgers.

Demonstrativ wandte er sich von der Polizeikette ab und ging zügig zurück in die Bahnhofshalle. In einer halben Stunde würde sein Anschlusszug fahren. Er kaufte sich einen Leberkäsweck und schlenderte dorthin, wo sich einst die von ihm gerne und häufig aufgesuchte Post befunden hatte. Links und rechts des früheren Aufgangs zu den Schaltern waren Automaten und Briefkästen das Einzige, was von dem früher immer gut frequentierten Amt übrig geblieben war. Er stellte seine Tasche ab, öffnete sie und kramte zwei Briefe hervor, die er einzuwerfen gedachte. Dabei fiel sein Blick auf einen regungslos vor der nächstgelegenen Wand stehenden Mann. Seinem Aussehen nach war er einer, der lange auf der Straße gelebt hatte und wohl immer noch wohnungslos war. Sämtlichen Besitz führte er in mehreren Plastiktüten und einem olivgrünen Rucksack mit sich. All das hatte er auf einem Kofferkuli aufgetürmt. Ein wirrer roter Haarschopf verdeckte nur unzulänglich die am Hinterkopf bereits weit fortgeschrittene Glatzenbildung.

Ihre Blicke begegneten sich. Aron wusste sofort, wer der Mann war. Obwohl das Gesicht verquollen, gerötet und von zwei großen Narben entstellt war, kamen die Erinnerungen zurück an einen Menschen, den er vor Jahrzehnten gekannt und den er seither nie wieder gesehen hatte. Und jetzt begriff er auch, weshalb der Mann, wenn auch leicht schwankend, wie angenagelt auf seinem Standort verharrte. Er trug eine weite, abgewetzte Lederhose. Eine von der Art, die Aron sich als Junge gewünscht, jedoch nie bekommen hatte. Eine graubraune Hirschlederne mit Hosenträgern, Waidmannmotiv auf dem Brustriemen und Hornknöpfen. Dem Mann lief durchfalldünner Kot aus der steifen Hose. Die flüssige Masse suchte und fand ihren Weg über die Oberschenkel und benetzte am rechten Bein bereits die löchrige Wollsocke. Wenn der Mann noch länger hier stand, würde ihm die Scheiße in die ausgelatschten Haferlschuhe laufen.

Resa war immer der Wagemutigste von allen gewesen. Aron lernte ihn an jenem Tag kennen, an dem er mit Joschi zum ersten Mal nach Schwäbisch Gmünd trampte. Am Wochenende zuvor war er während eines »Nektar«-Konzerts in der Schorndorfer Künkelin-Halle Zeuge erster unbeholfener Annäherungsversuche seines Freundes geworden. Das ganze Konzert über blieb Joschi in der Nähe eines Mädchens, hatte kaum ein Ohr für die Gruppe, die sie damals neben *dem Größten* zu ihren Lieblingsbands zählten. Michaela war zwei Jahre jünger, also damals gerade mal fünfzehn gewesen. Joschi hatte sich Hals über Kopf in sie verliebt. Dass sie seine aufgeregte Wortsuppe den ganzen Abend geduldig ertragen hatte, machte ihm Hoffnung. Sie war klein. Ihr rundes Gesicht wurde von einer unvorteilhaft geschnittenen mittellangen Frisur zusätzlich betont. Sie war nicht sonderlich hübsch. Aber ihre offene, für ihr Alter ungewöhnlich verständnisvolle Art, auf andere zuzugehen, zog Joschi, der bis dahin noch keine Freundin gehabt hatte, völlig in den Bann. Wenn sie lachte, und das tat sie häufig, bildeten sich in ihrem zarten Gesicht winzige Fältchen. Ihre Augen blitzten dabei schelmisch. Joschi hatte ihr die Telefonnummer abgeluchst.

Schon am Nachmittag des darauffolgenden Montags war er mit bangem Herzen zur Post gegangen und hatte angerufen. Ja, man könne sich mal treffen. Aber bei ihr zu Hause ginge das schlecht. Bei der Gelegenheit erfuhr Joschi, dass Michaela eine Pfarrerstochter war. Sie meinte, sie träfen sich hier bei gutem Wetter meist auf der Wiese vor der Stadthalle. Er solle auch seinen Freund mitbringen. Das sei ein Netter. Letzteres hatte Joschis Euphorie etwas gedämpft. Und als er Aron bat, mit ihm nach Schwäbisch Gmünd zu trampen, erzählte er ihm nichts davon.

Den ganzen Sommer über und auch später reisten sie noch oft dorthin. Sie erreichten die Stauferstadt auf immer wieder neuen Wegen. Sie trampten über Gaildorf und über Welzheim. Ein anderes Mal fuhr jemand über Lorch. Und wenn sie einen Lift nach Stuttgart bekamen, trampten sie von dort aus über Schorndorf. Das war ein Riesenumweg. Aber sie nahmen stets die Mitfahrgelegenheiten, die sie kriegen konnten. Manchmal waren sie so lange unterwegs, dass sie Michaela und ihre Clique nicht mehr vor der Stadthalle antrafen. Sie hofften sie dann in dem Jugendtreff zu finden, der im Keller des alten Pfarrhauses, ihres Elternhauses, eingerichtet worden war.

Schon beim ersten Zusammentreffen lernten sie Resa kennen. Michaela hatte sie zuerst erspäht und winkte ihnen bereits von Weitem zu. Der Rothaarige war älter als die anderen und der Einzige, der nicht aufs Gymnasium ging. Weshalb und bei welcher Gelegenheit er Anschluss an diese Clique gefunden hatte, erfuhr Aron nie. Und er fragte auch nicht danach. Während Joschi, wie schon beim Konzert, auf Michaela einredete, musterte der Rote Aron demonstrativ von oben nach unten. Dann wies er lässig auf Arons grob geflochtenen Jutebeutel, an dessen Ausbeulungen sich unschwer erkennen ließ, dass er eine Weinflasche enthielt.

»Gib mal die *Bombe* rüber«, sagte er ruhig, fast beiläufig, streckte aber fordernd die Hand aus. »Das Zeug ist bestimmt schon seichwarm.«

Weshalb die anderen ihm seinen merkwürdigen Namen gegeben hatten, brachte Aron nie in Erfahrung. Es galt als uncool, ihn danach zu fragen. Wann immer sie nach Schwäbisch Gmünd kamen, Resa war fast immer da.

Meist flackte er mit gespreizten Beinen im Gras, beide Ellenbogen aufgestützt, mit wachen Augen die Umgebung sondierend. Manchmal hatte Aron den Eindruck, er fürchte sich vor jemandem. Mied er die Polizei? War er aus einem Heim abgehauen? Auch Michaela konnte ihm keine Antwort geben, als er sie in der Teestube einmal darauf ansprach.

»Resa hing schon vor uns im Stadtgarten rum«, sagte sie. »Als wir auftauchten, blieb er bei uns hängen. Keine Ahnung, was er sonst so treibt.«

Was er machte, wo er wohnte, erfuhr auch später niemand. Resa sprach nicht viel. Wenn er überhaupt etwas sagte, forderte er meist eine Zigarette oder einen Schluck aus der Pulle, die jemand mitgebracht hatte. Hin und wieder saßen sie im Gras und ließen die Flasche kreisen. Niemand war danach betrunken. Meist waren sie im Dutzend oder in noch größerer Zahl vor der Stadthalle versammelt. Sie freuten sich, wenn Passanten ihnen vorwurfsvolle, manchmal geradezu feindselige Blicke zuwarfen. Es machte ihnen Spaß, dem Bild des langhaarigen, arbeitsscheuen Gesindels zu entsprechen, das viele Erwachsene von ihnen und ihresgleichen hatten.

Einmal hatte ein alter Mann halblaut, aber doch vernehmbar »Ab ins Arbeitslager mit euch!« gerufen.

Als hätte ihn eine Wespe gestochen, war Resa aufgesprungen und mit Drohgebärde auf den Alten zugerannt.

»Willst wohl aufs Maul«, hatte er gebrüllt. »Du willst wirklich aufs Maul.«

Aron und Michaela waren ihm nachgelaufen und konnten ihn gerade noch abdrängen, ehe er den verblüfften Alten schlug, dessen Gesichtsausdruck Angst, ja Panik, erkennen ließ.

»Hättest du ihn wirklich geschlagen?«, fragte Joschi leicht entsetzt.

Der Rothaarige hatte sich wieder in gewohnter Positur auf den Rasen gelegt, die Beine gespreizt, den Oberkörper leicht aufgerichtet. »Was denkst du?«, fragte er zurück.

»Du hättest ihn bestimmt nicht geschlagen«, sagte Michaela.

Resa lachte auf, drehte sich zur Seite und schwieg. Als Aron ihm eine noch ungeöffnete Flasche reichte, sagte er nur: »Das nächste Mal ne Zweiliterbombe. So ne Flasche zu kaufen, ist Verschwendung. Außerdem haben die meisten großen Bomben Schraubverschluss.« Mit nur einem Stoß des ausgestreckten Mittelfingers drückte er den Korken ins Flascheninnere. Gemächlich schleckte er den weinfeuchten Finger ab, setzte die Flasche so lange an den Mund, bis der Korken nach oben dümpelte und die Öffnung vollends freigab. Mit einem Zug leerte er wenigstens ein Drittel der Flasche. Dann ließ er sie in der Runde kreisen.

P. T. aus Arizona

Das gewaltige Schlachten und Sterben in Vietnam hatte zur Folge, dass die Vereinigten Staaten 1969 die Wehrpflicht wieder einführten. Dies geschah freilich auf skurrile Weise. Am 1. Dezember fanden zwei lotterieähnliche Ziehungen statt. Mittels der *Draft Lotteries* wurde ausgelost, in welcher Reihenfolge die Wehrpflichtigen zum Militär eingezogen wurden.

Man munkelte, dass es dabei nicht mit rechten Dingen zuging. Die Reichen studierten. Ihre armen Altersgenossen gingen nach Vietnam. Wie das funktionierte, wusste keiner von denen, die es betraf. Umso mehr wurde darüber spekuliert und debattiert. Ebenfalls unklar war, weshalb viele amerikanische Rekruten nach der Grundausbildung nach Europa und erst von dort aus nach Vietnam geschickt wurden.

In den Gmünder *Barracks* herrschte im Sommer 1971 eine äußerst bedrückte Stimmung. Die meisten Angehörigen der *56th Field Artillery* fürchteten den Tag, an dem sie ihren Marschbefehl nach Südostasien ausgehändigt bekämen.

Unter denen, die das mulmige Gefühl im Bauch nicht loswurden, gab es einige, die darüber nachdachten, vor ihrer Verschickung nach Vietnam in Deutschland abzutauchen. So wie *P. T. aus Arizona*, der nicht in die Hölle geschickt werden wollte, über dessen Untertauchen erst im Badischen, dann im Pfälzer Wald und zuletzt in Frankreich schon seit den *Essener Songtagen* »Väterchen Franz« sein Lied sang.

Im Keller des Hauses, das Michaelas Familie bewohnte, hatte man den Jugendtreff eingerichtet, in dem sie sich immer trafen, sofern sie nicht vor der Stadthalle herumlümmelten oder zu Konzerten unterwegs waren. Ursprünglich war die Einrichtung als christliche Teestube konzipiert gewesen, deren Eröffnung die Kirchengemeinde von Michaelas Vater erst nach langem Hin und Her zugestimmt hatte. Michaela war diejenige gewesen, die ihren Vater am meisten bedrängt hatte. Mittlerweile waren die beengten Räumlichkeiten ein sehr beliebter Treffpunkt für alle umherschweifenden Jugendlichen, was von vielen Gemeindemitgliedern missbilligt und in Versammlungen immer wieder kritisch angemerkt wurde.

An einem Sonntagnachmittag brachte Carlo, der Zivildienstleistende der Kirchengemeinde, einen jungen Mann mit, der an seiner Uniform unschwer als GI zu erkennen war. Manche der Anwesenden wunderten sich. Carlo, ein stets Rollkragen tragender, dürrer, pickeliger Mensch mit splissigen, langen Haaren, galt als Radikalpazifist. Dass er sich nun mit einem Uniformierten abgab, sich gelassen mit ihm unterhielt, entsprach so gar nicht dem Bild, das andere von ihm hatten. Der Amerikaner, ein Weißer, hieß Bill. Er sprach wenig, am ehesten noch mit Carlo. Er wirkte nervös und angespannt. Niemand, außer vielleicht dem Zivi, wusste, wie es um ihn bestellt war.

Eines Samstags trampten Aron und Joschi wieder nach Schwäbisch Gmünd. Die ganze Zeit über regnete es in Strömen. Klitschnass bestiegen sie in Mutlangen einen betagten Ford, der sie bis in die Gmünder Innenstadt brachte.

»Am besten gehen wir gleich in die Teestube«, sagte Joschi. »Bei diesem Sauwetter ist niemand draußen.«

»Wohl wahr, wohl wahr«, bruddelte Aron und stellte den Kragen seiner Cordjacke hoch.

Sie stapften durch den Regen, schimpften auf die Autofahrer, die rücksichtslos durch die löchrigen Straßen fuhren, oder versuchten den Wasserschwallen auszuweichen.

Trotz der frühen Stunde war der Jugendtreff voller als sonst. Bill war da, begleitet von Carlo und umgeben von etlichen jungen Männern, die Aron entweder nur flüchtig oder gar nicht kannte. Er war überrascht, den jungen Amerikaner in Zivil zu sehen. Doch sein millimeterkurzer Haarschnitt unterschied ihn immer noch recht deutlich von den anderen. Michaela, die hinter der Theke hantierte, entdeckte sie. Sie kam nach vorne und begrüßte sie beide mit Küsschen links, dann Küsschen rechts. Joschi war einmal mehr enttäuscht darüber, dass so gar kein Unterschied in der Art bestand, wie sie ihn und seinen Freund begrüßte. Man sah dem Mädchen an, dass sie ihnen etwas Wichtiges mitzuteilen hatte. Sie sagte gerade: »Hört mal zu«, als Resa den Raum betrat. Das allen bekannte grüne Hemd, das er fast immer trug, klebte klitschnass an seinem Oberkörper und konturierte dadurch die Muskeln an Bauch, Brust und Armen.

»Was'n los hier?«, fragte der Rotschopf statt einer Begrüßung.

Michaela sah von Aron zu Joschi und erwiderte dann auf Resas Frage: »Genau das wollte ich euch gerade erzählen. Bill hat sich von seiner Einheit abgesetzt. Er will nicht nach Vietnam. Niemand weiß so richtig, wie das weitergehen soll.«

»Wann war das?«, erkundigte sich Joschi.

»Vor drei Tagen.«

»Die suchen ihn bestimmt schon. Und die kriegen ihn«, schnaubte Resa und holte seinen wildledernen Tabaksbeutel aus einer Umhängetasche, die wohl irgendjemand selbst genäht hatte.

»Carlo und seine Freunde verstecken ihn. Bill schläft jede Nacht woanders.« Das sonst so fröhliche, aufgeweckte Mädchen blickte ernst und verstört in die Runde. »Dieses

Wochenende kann er im Pfarrhaus übernachten. Aber mehr gestattet mein Vater nicht. Wir könnten in Teufels Küche geraten, sagt er.«

»Ein Pfaffe doch nicht. Der kriegt weniger Probleme als andere«, knurrte Resa.

»Wie redest du denn von meinem Vater«, empörte sich Michaela.

»Ein Feigling«, flüsterte Aron Joschi ins Ohr.

»Wer ist ein Feigling?«, fragte der zurück.

»Na, dem kann doch bestimmt nichts passieren.«

»Mein Vater ist kein Feigling.« Das Mädchen schien ihn doch verstanden zu haben. »Er ist etwas zögerlich, will immer alles bedenken. Aber er ist kein Feigling. Man kann ihn wegen Beihilfe zur Fahnenflucht anzeigen.«

»Mein Vater hätte nicht überlebt, wenn ihn während des Kriegs nicht einige Menschen versteckt oder in Sicherheit gebracht hätten. Und die haben ihr Leben riskiert.«

»War dein Vater ein Deserteur?«, fragte Resa, während er sich eine Selbstgedrehte anzündete. *Schwarzer Krauser*.

Aron fand den Geruch unerträglich. »Das kann nicht gesund sein, was du da rauchst. Mein Vater ist Jude. Der wollte nicht durch den Kamin gehen.«

»Du bist Jude«, stellte der andere verwundert fest.

»Ich bin kein Jude.«

»Wieso bist du kein Jude, wenn dein Vater Jude ist?«

»Man ist kein Jude, wenn die Mutter keine Jüdin ist.«

»Blödsinn. Du hast doch auch einen jüdischen Namen. Für mich bist du Jude.« Der Rothaarige lachte blechern. »Hat man dir die Vorhaut weggeschnippelt?«

»Sei vorsichtig.« Ein drohender Unterton war aus Arons Erwiderung herauszuhören.

»Lasst es gut sein«, mischte sich Joschi ein. Er meinte schlichten zu müssen. »Wir sind doch alle *Freaks.* Dann spielt es keine Rolle, woher einer kommt und was er ist.«

Ehe einer der Kontrahenten etwas erwidern konnte, kam Unruhe auf.

Einer von Carlos Freunden, der offensichtlich zum Aufpassen draußen geblieben war, kam klitschnass in den kleinen Treff gestürzt. »MP, draußen ist Militärpolizei vorgefahren. Die sind wegen Bill hier, hundertprozentig.«

»Irgendjemand hat denen was gesteckt«, sagte Carlo und unterdrückte einen Fluch. »Sonst kämen die doch nicht hierher.«

»Egal, Bill muss weg«, sagte Michaela.

Genau in diesem Moment stürmten vier Uniformierte in den überfüllten Raum. Mit ihren weißen Koppeln und Handschuhen waren sie unschwer als Angehörige der Military Police auszumachen.

»Carlo, geh mit Bill durch die Küche«, rief Michaela. Ihre Stimme kiekste vor Aufregung. Sie vertraute darauf, dass die Polizisten kein Deutsch verstanden.

Einer der Uniformierten hatte Bill offensichtlich erkannt. Mit seiner weiß behandschuhten Hand wies er in die Richtung, in die der Deserteur soeben verschwunden war. Gemeinsam drangen die vier in die Raummitte vor. Mit einem Mal klappte einer von ihnen, der offensichtlich der Vorgesetzte war, mit einem Schmerzensschrei zusammen. Zur Überraschung aller war Resa ohne Vorwarnung auf ihn zugeeilt und hatte ihn mit voller Wucht in den Unterleib getreten. Der Soldat krümmte sich am Boden. Zwei andere zückten ihre Schlagstöcke. Ein dritter machte Anstalten, seine Pistole zu ziehen. Doch nun wurden sie von allen Seiten bedrängt. Ein Durchkommen war unmöglich. Die wenigen Schläge, die sie austeilen konnten, stachelten den Widerstand der Anwesenden weiter an. An jedem der vier hingen im Nu mehrere Menschen, griffen nach den Armen, umklammerten sie am Hals, rissen sie von den Beinen. Plötzlich ertönte ein Schuss. Derjenige, der seine Pistole gezückt hatte, wollte offensichtlich einen Warnschuss in die Luft abgeben. Doch von der Meute bedrängt schoss er diagonal. Hinter dem Tresen zerbrach mit Getöse der große Spiegel. Später würde der amerikanische Abwehrdienst, unterstützt von der deutschen Polizei, die Kugel in der Wand finden. Einen Moment lang verharrten alle wie erstarrt.

Aron, der einen der Polizisten im Schwitzkasten hielt, ließ ihn los und trat einen Schritt zurück. Mit einem Mal hörte er die von einer Schallplatte abgespielte Musik. Er hatte sie während der letzten Minuten überhaupt nicht beachtet. Es lief *Alan's Psychedelic Breakfast*, ein Dreizehnminutenstück der LP *Atom Heart Mother* von »Pink Floyd«. Soeben wurde die Passage mit den Geräuschen abgespielt, über die er sich mit Joschi schon des Öfteren in die Haare geraten war. Klangen sie nach fließendem Wasser oder war es das Knistern eines kräftigen Holzfeuers? Einen Moment lang – er empfand das später im höchsten Maße absurd – kam ihm das banale Cover in den Sinn, auf dem nichts anderes als eine Kuh abgebildet war.

Einem Militärpolizisten war es gelungen, sich zu befreien. Jetzt schlug er mit seinem weißen Schlagstock wild um sich. Dabei traf er mehrere Umstehende.

»Stop it«, rief Manuela verzweifelt. »Stop it now.«

Zur Überraschung aller hörte der Mann mit Prügeln auf. Schwer atmend stand er im Raum, den Schlagstock wie ein römisches Kurzschwert ausgestreckt, so als habe er soeben einen harten Kampf ausgefochten.

Carlo trat aus der Küchentür. Der vorgesetzte Polizist rannte auf ihn zu, drängte ihn rüde zur Seite und verschwand in der Küche und nachfolgend durch die Tür zum Garten.

»Er ist weg«, sagte Carlo. Mehr sagte er nicht.

»Respekt«, sagte Aron und boxte dem Rothaarigen freundschaftlich gegen die vor Anstrengung bebende Brust. »Dein Angriff hat den Jungen gerettet.«

»Du warst auch nicht schlecht«, erwiderte Resa, dabei den Mund verziehend, der eine Zeitlang schief offen stand.

»Lasst uns abhauen, die kommen zurück«, mahnte Joschi. Obwohl ihn das alles sehr erschreckt hatte, hatte er sich mit einigen anderen an einen der Soldaten geklammert. Er war blass und atmete schwer.

»Joschi hat recht«, sagte Michaela. »Verdünnisiert euch. Ich bleibe. Sie werden früher oder später sowieso bei meinem Vater auftauchen.«

Der gute Mensch

Am Mittwoch nach den spektakulären Gmünder Ereignissen kam Joschi – wie häufig – etwas spät ins Klassenzimmer. Aber noch hatte der Deutschunterricht der ersten Stunde nicht begonnen.

»Stell dir vor«, sagte er atemlos zu Aron, »sie haben die Teestube geschlossen.«

Michaelas Vater konnte dem wachsenden Druck nicht länger standhalten. Deutsche Polizei und der Staatsschutz waren in die Ermittlungen eingeschaltet worden. Der Kirchenvorstand hatte die Schließung angeordnet, nachdem der Oberbürgermeister und andere von *terroristischen Umtrieben* gesprochen hatten und diese Interpretation auch die Presseberichterstattung zu dominieren begann.

»Sie suchen uns.« Joschi sah Aron ängstlich an.

»Wer sucht euch?«, fragte Angelika Rosenke, die mitgehört hatte und ihre Neugierde nicht zügeln konnte.

Ehe einer der beiden etwas erwidern konnte, betrat ihre Deutschlehrerin Lieselotte Heim mit einem eine Spur zu lauten »Guten Morgen« das Klassenzimmer. »Sie haben bestimmt alle die Ausschnitte des *Guten Menschen* gelesen, die ich Ihnen am Montag aufgegeben habe.« Derzeit lasen sie Brechts episches Stück *Der gute Mensch von Sezuan*. Bis auf die ganz Strebsamen hatte niemand die aufgegebenen Passagen gelesen. Das würde wieder ein dröger Vormittag werden – dachten unabhängig voneinander die Deutschlehrerin und die Mehrzahl der Schüler. Mittwochs hatten sie eine Doppelstunde Deutsch.

»Wer sucht euch?«, wisperte Honey. »Habe ich was versäumt?«

»Später«, raunte Aron. »Das ist zu kompliziert.«

»Winter, wollen Sie kurz zusammenfassen, worum es in den Textpassagen geht, die ich Ihnen empfohlen habe.«

»Frau Heim, ich hatte keine Gelegenheit, Ihrer Empfehlung zu folgen.«

Die junge Lehrerin ließ sich nicht provozieren. Ohne eine Miene zu verziehen, sagte sie leise und sachlich: »Dann besteht die Gelegenheit, heute Nachmittag den Ihnen noch unbekannten Text mit wechselnden Rollen zu lesen. Kann uns Herr Schreiner weiterhelfen?«

»Nein, Frau Heim«, erwiderte der Angesprochene.

»Dann sind auch Sie zu unserem kleinen Treffen eingeladen. So sind die Sprechrollen noch besser aufzuteilen.«

Der Gmünder Vorfall hatte zur Folge, dass der kleine Jugendtreff für längere Zeit geschlossen blieb. Die US-Militäradministration intervenierte scharf und ließ ihre Verbindungen zu deutschen Stellen spielen. Diese übten massiven Druck auf die örtlichen Repräsentanten aus Politik und Kirche aus.

Wenn Aron und Joschi nun nach Gmünd trampten, trafen sie ihre Freunde bei gutem Wetter weiterhin vor der Stadthalle. Wenn es regnete oder kalt war, verabredeten sie sich in Kneipen oder trafen sich bei Michaela, Carlo oder einem seiner Freunde.

Niemand wusste, was aus Bill geworden war. Man munkelte, er habe sich noch einige Tage in Gmünd in wechselnden Unterkünften aufgehalten. Eine Sammelaktion, die in der Stadt, in politischen Gruppen und an der Pädagogischen Hochschule durchgeführt worden war, habe fast dreitausend Mark erbracht. Wenn er sparsam lebte, konnte der Deserteur damit einige Monate überbrücken.

Auch diese Aktion zog Kritik nach sich. Ob es rechtens sei, für einen Straftäter Geld zu sammeln, war eine der Fragen, die auf den Leserbriefseiten der beiden Lokalzeitungen gestellt wurden.

Es kam nun öfters vor, dass Aron per Anhalter nach Gmünd kam, ohne Joschi im Schlepptau zu haben. Der hatte ganz allmählich begriffen, dass Michaela gerne mit ihm zusammen war, aber keinerlei Lust auf eine engere Beziehung signalisierte.

Weshalb er Bill geholfen habe, fragte er Resa eines Nachmittags vor der Stadthalle. Der flackte alleine im Gras. Ohne Arons »high« zu erwidern, hielt er diesem einen schmalen Joint entgegen. Der lehnte mit einem leichten Kopfschütteln ab.

»Uniformierte sind mir nicht sympathisch. Es war wie ein Reflex. Ich kannte diesen Kerl, den abgehauenen Ami, doch gar nicht.«

»Du kanntest Bill nicht? Bist ihm zuvor noch nie begegnet?«

Der Rothaarige schüttelte den Kopf. Dann grinste er und saugte genussvoll an dem Joint.

»Gehst du zum Bund?«

»Weiß nicht. Wahrscheinlich nehmen die mich nicht.«

»Untauglich?«

Der andere zögerte kurz, ehe er erwiderte: »Vorbestraft.«

»Vorbestraft? Weshalb?«

»Geht dich nichts an.«

»Du bist kein schlechter Mensch, weil du vorbestraft bist.«

»Lall nicht.«

Während der nächsten Monate stellte sich zwischen Aron und Resa eine merkwürdige Nähe ein. Aron hatte gelegentlich den

Eindruck, dass Resas Verschlossenheit ihn vor Verletzungen schützen sollte. Gleiches galt für seine Aggressivität. Er war der Einzige, der sich aus Arons Freundes- und Bekanntenkreis regelmäßig prügelte. Meist war dies der Fall, wenn er sich provoziert, herabgesetzt oder beleidigt fühlte. Mit Aron sprach er mehr über sich als mit den anderen, obwohl er auch ihm gegenüber nur wenig Persönliches preisgab. Doch selbst Aron brachte nicht in Erfahrung, wo Resa wohnte.

Gelegentlich besuchten sie gemeinsam Konzerte. »Pink Floyd« sahen sie in Stuttgart. Zum Böblinger Auftritt *des Größten*, wie sie Rory Gallagher unverändert nannten, fuhren sie zu dritt. Joschi kam mit, obwohl er Resa mit Misstrauen begegnete. Er hielt ihn für gefährlich und unberechenbar, für einen, der im Zweifelsfall auch seine Freunde beschiss. Das sah Aron anders. Er spürte, dass der wilde Bursche ihm zugetan war, ohne seine Sympathie in Worte fassen oder auf andere Weise zeigen zu können. Und er war fest davon überzeugt, dass er sich auf ihn in kritischen Situationen eher verlassen konnte als auf seine anderen »guten« Freunde.

Resa war vom Wesen her ein Anarchist, ohne sich jemals mit der Literatur und der Philosophie dieser Weltanschauung beschäftigt zu haben. Niemand wusste auch nur ansatzweise, was er dachte oder empfand. Er wirkte entschlossen und war reaktionsschnell. Aron hatte den Eindruck, dass er stets das Richtige tat.

Das letzte Mal hatte er ihn auf einem kleinen Festival im biederen Weil der Stadt gesehen. Es war das erste und einzige Zusammentreffen der Seelbacher Clique mit den Gmündern. Dass Joschi und Aron das ganze Jahr über mit Letzteren so häufig unterwegs gewesen waren, wurde von den anderen teils mit Neugierde, teils mit Argwohn beobachtet und kommentiert.

»Nektar« sollte auftreten, sobald es dunkel genug war, um ihre Lightshow ordentlich zur Geltung zu bringen. Die anderen Bands waren unbekannt, hatten bestenfalls örtliche Bedeutung. Von Seelbach aus waren sie paarweise getrampt. Angie und Mary erreichten als Erste Weil der Stadt. Dort folgten sie einer langgezogenen Menschenmenge, die sich eine Anhöhe hinaufbewegte. Das improvisierte Festivalgelände war auf einer großen Lichtung eingerichtet worden. Honey fuhr auf Christophs Kreidler mit. Aron trampte, wie schon so oft, zusammen mit Joschi. Sie erreichten als Letzte das *Heckengäu*.

Bis zum Abend hatte sich das Festivalgelände gut gefüllt. Überall lagen und saßen Gruppen und Grüppchen im Gras. Andere zogen sich unter die angrenzenden Bäume zurück.

Joschi sah die Gmünder als Erster. Er hatte vor allem Ausschau nach Michaela gehalten. Zuerst entdeckte er aber Resa, der mit ausholenden Schritten durch die Lagernden stakste. Seinen Army-Schlafsack hielt er mit beiden Händen vor dem Bauch. Außer seiner obligatorischen Umhängetasche schien er nichts weiter dabei zu haben.

»Ich geh mal zu ihm und hol die anderen zu uns rüber. Die finden uns sonst nie.« Aufgeregt stand Joschi auf und steuerte auf eine vierköpfige Gruppe zu, die sich jetzt an der waldzugewandten Seite des Geländes entlangbewegte. Carlo war mitgekommen. Und dann war noch ein Mädchen dabei, das Joschi nur ein- oder zweimal in der Teestube gesehen hatte. Brigitte war eine Schulkameradin von Michaela. Niemand wusste genau, ob die beiden näher befreundet waren. Das Mädchen plagte seit frühester Kindheit ihr feuerrotes Haar, das noch deutlicher herausstach als Resas roter Lockenkopf. Im Unterschied zu ihm litt sie zudem unter dem, was die Älteren meist mit einem wohlwollenden Lächeln *Rossmugga* nannten. Aron war sichtlich verblüfft. Er hatte noch nie zuvor einen Menschen mit so vielen, markanten Sommersprossen gesehen. Brigitte hasste ihr Gesicht, obwohl andere es als schön, geheimnisvoll und ungewöhnlich empfanden. Es sollte noch viele Jahre dauern, bis sie ihr Aussehen akzeptieren konnte. Die Hinzugekommenen begrüßten die Seelbacher Clique, deren Mittler Aron und Joschi waren. Neidvoll sah Joschi zu, wie Michaela, die ihn zuvor nur flüchtig umarmt hatte, Aron an sich zog und auf die Wange küsste. Der stellte jetzt alle einander vor, die sich noch nicht kannten.

Der frühe Abend verging wie im Flug. Zwei regionale Bands stießen auf mäßiges Interesse. Noch immer stapften neue Besucher den Hang herauf. Es war ein buntes Völkchen, leicht und farbenfroh gekleidet, Getränke, ganze Brote, Matten und Schlafsäcke unter den Armen. Ein langhaariger Blonder balancierte, einer stolzen Massai gleich, sein ausladendes Gepäck auf dem Kopf. Den Rücken hielt er durchgedrückt, den Blick in die Weite gerichtet.

Resa, der bereits kommentarlos etliche Joints in Umlauf gebracht hatte, machte sich erneut daran, eine präzise, feine Tüte zu bauen.

Brigitte war nach vorne zur Bühne gegangen, um die ihr unbekannte Band in Augenschein zu nehmen. Die anderen lümmelten auf ihren Decken, Schlafsäcken oder auf dem blanken Boden.

Unklar war bislang, wann »Nektar« auftreten würde, die Hauptgruppe, derentwegen sie in erster Linie gekommen waren.

»Die spielen bestimmt erst, wenn es völlig dunkel ist«, vermutete Joschi, der gleichermaßen enttäuscht wie ohnmächtig mit anschauen musste, wie sich Resa mit spielerischer Dreistigkeit an Michaela heranmachte. Lachend wehrte sie ihn ab, wenn er versuchte, sie in den Arm zu nehmen. Aber der Bursche ließ nicht locker.

»Wenn die mit Lightshow spielen, muss es dunkel sein.« Aron griff den Gedanken seines Freundes auf. Joschi tat ihm in diesem Augenblick leid. Aber er sah keine Möglichkeit, zu seinen Gunsten einzugreifen.

Als die zweite Band nach einer passablen Zugabe geendet hatte, erschienen bekannte Musiker auf der Bühne.

»Als Nächstes spielt ›Nektar‹ «, sagte Honey.

Seitlich der nicht allzu großen Bühne dröhnte ein mächtiger Stromerzeuger. Dahinter wurde an mehreren Metallstreben eine große Leinwand hochgezogen. »Nektar« war Kult. Die langen, melodischen Passagen ihrer psychedelischen Titel wurden von einer raffinierten Lightshow überlagert. Man munkelte, dass früher einiges davon bei Konzerten von »Pink Floyd« eingesetzt worden war. Zwischen Glasplatten wurden mit wechselndem Fingerdruck Farbspiele erzeugt. Ölige, transparente Pasten, die sich nicht mischten, wurden im Rhythmus der gespielten Titel so verändert, dass immer neue Farbsensationen entstanden. Der Mann an der Lightshow war ein Künstler, ein *Lichtmusiker*, und deshalb auch gleichberechtigtes Mitglied der Band.

Als der Soundcheck begann, stand Aron auf. »Ich geh nach vorne.«

»Ich komme mit«, sagte Joschi, für den Resas Versuche, Michaela an sich zu ziehen, unerträglich geworden waren.

Unmittelbar vor der Bühne drängten sich die hartnäckigsten »Nektar«-Fans. Viele warteten kiffend darauf, dass es endlich losging.

Es war noch nicht völlig dunkel, als die Musiker erneut die Bühne betraten. Der dahinter aufragende Wald bildete einen malerischen Rahmen für die Großleinwand, auf der nun mittels gewaltiger Projektoren die ersten Bilder sichtbar wurden.

Erwartungsgemäß begann das Konzert mit *Crying in the Dark*. Aron setzte sich aufrecht hin. Joschi sah glücklicher aus als noch vor wenigen Minuten. Offensichtlich lenkte ihn der Konzertbeginn von Michaela und deren ständige Anmache durch Resa ab.

Das Publikum jubelte. Für viele hatte das Festival erst jetzt richtig begonnen. Roye Albrighton, der Gitarrist und Sänger der Band, machte eine routinierte Ansage. Nun spielten sie *Bluebird*, die Ballade, die von einem Vogel erzählte, der einem blinden Jungen sein Sehvermögen schenkt. Mick Brockett, der Mann am Licht, faszinierte das Publikum in gleicher Weise wie die Musiker. Genau genommen verschmolzen die Musik und die wabernden, rhythmisch fließenden Bilder zu einer Einheit, die das Besondere jedes »Nektar«-Konzerts ausmachte.

Erfüllt von einem wohligen Gefühl lehnte sich Aron zurück. Einen Moment lang schloss er die Augen. Doch sofort zog ihn eines der unvergleichlichen Soli in den Bann, die Roye Albrighton bei jedem Konzert in immer gleicher Virtuosität spielte.

Plötzlich peitschte ein lauter Knall über das Festivalgelände. Das Licht ging aus. Die Musik erstarb. Einen Moment lang herrschte völlige Stille, woraus zu schließen war, dass der riesige Stromerzeuger ausgesetzt hatte. Jetzt hörte man einzelne Schreie des Entsetzens, vermehrt jedoch Pfiffe des enttäuschten Publikums. Schreie und fragendes Gemurmel erklangen in der Dunkelheit.

An der Bühne leuchteten Taschenlampen auf. Im hinteren Teil des Festivalgeländes sah man jetzt mehrere Lagerfeuer lodern. Schemenhaft war zu erkennen, dass sich mehrere Männer an dem Generator zu schaffen machten.

»So ein Mist«, knurrte Joschi.

»Sollen wir zurück zu den anderen gehen?«, fragte Aron.

»Nein, warte noch. Es geht hoffentlich gleich weiter.«

Nach einigen Minuten versuchte ein Verantwortlicher den Diesel zu starten. Jubel brandete auf, der noch weiter anschwoll, als Teile der Bühnenbeleuchtung wieder aufflackerten und das Stottern des Motors in ein gleichmäßiges Dröhnen überging.

Ein Unbekannter, wohl jemand aus dem Veranstalterkreis, nahm ein Mikrofon und kündigte an, dass »Nektar« demnächst ihr Konzert fortsetzen würden. Der erneute Jubel des Publikums ging sofort in Enttäuschung über, als der Mann mit Bedauern ansagte, man müsse allerdings auf die Lightshow verzichten. Nach einem kurzen Soundcheck setzte die Band ihr Konzert fort. Wer zwischenzeitlich aufgestanden war, sank zurück ins Gras. Jetzt, da auf der Bühne nur eine notdürftige Beleuchtung brannte, war der Sternenhimmel gut zu erkennen. Auch nicht schlecht, dachte Aron und lehnte sich wieder so weit zurück, wie es die ausgestreckten Beine der hinter ihm Sitzenden zuließen.

Wieder ertönte ein Knall, trocken, peitschend. Die Musik erstarb erneut, die wenigen Lampen erloschen. Wieder flammten Taschenlampen auf. Hektische Rufe waren neben und auf der Bühne zu vernehmen.

Nach weiteren zehn Minuten berichtete der Ansager von ungeahnten Schwierigkeiten, man nehme nun die Orgel weg. Diese ziehe besonders viel Strom. Ein Trio, bestehend aus dem Gitarristen, dem Bassisten und dem Schlagzeuger, stimmte nun *A Day in the Life of a Preacher* an. Es klang anders als auf der LP und bei früheren Konzerten. Aron bekam den Eindruck, man habe dem filigranen Klanggebäude die komplette Rückwand herausgenommen.

Nur wenige Augenblicke später ließ ein erneuter scharfer Knall das Publikum aufschrecken. Kurz darauf verkündete der geplagte Ansager, die Band würde keinen weiteren Versuch unternehmen, da sie um ihre Anlage fürchte. Niemand war darüber sonderlich überrascht. Die beiden Freunde trotteten enttäuscht zu ihrer Gruppe zurück.

Resas Ausdauer war belohnt worden. Michaela ließ es mittlerweile zu, dass er ihr unter die lila Bluse fasste. Und ihre linke Brust streichelte. Energisch wehrte sie sich allerdings dagegen, wenn er den Versuch machte, ihr unter die locker sitzende Jeans ins Höschen zu greifen. Chris knutschte mit Brigitte. Im Schein des nahegelegenen Feuers waren ihre Sommersprossen kaum zu erkennen. Carlo, der wohl ein Auge auf sie geworfen hatte, sah genauso missmutig drein wie Joschi. Resa ging in die Hocke und warf einen trockenen Ast ins Feuer.

»Setzt euch hin«, begrüßte Michaela die beiden Ankömmlinge. »Wir sind ein richtiger *Tribe* geworden.« Dabei wies sie mit einer einladenden Geste auf die Decken, Matten und Schlafsäcke, die in entsprechendem Abstand rund um das Feuer ausgelegt waren.

»Schöner Mist«, knurrte Honey und machte sich daran, von Resas Shit-Vorrat einen neuen Joint zu drehen.

»Vielleicht spielt noch ne andere Band«, nuschelte Carlo.

»Da spielt niemand mehr«, grummelte Joschi, »wirst sehen.«

Noch vereinzelt keimte immer dann Hoffnung auf, wenn sich jemand daranmachte, den Generator zu starten. Aber so sehr sich die Techniker auch bemühten, er sprang nicht mehr an. Nach kurzem Stottern starb der Motor wieder ab und dies zuletzt auch dann noch, als man die komplette Verstärkeranlage vom Netz genommen hatte. Irgendjemand sagte, am kommenden Vormittag würden noch zwei regionale Bands auftreten. Niemand glaubte so recht daran. Die ersten machten sich auf den Heimweg. Von einzelnen Feuern klang akustisch gespielte Gitarrenmusik zu ihnen herüber.

Aron starrte in den Nachthimmel. Morgen Nachmittag stand Deutschland im Endspiel der Europameisterschaft. Gegner war die Sowjetunion. Er interessierte sich nicht sonderlich für Fußball. Aber jetzt bestand die Möglichkeit, dass man das Spiel unterwegs in einer Kneipe anschauen konnte.

Joschi sah wütend und traurig den neckischen Spielen von Michaela und Resa zu. Der Kerl durfte sie küssen. Richtig mit Zungenkuss. Und immer wieder suchte seine Hand den Weg in ihr Höschen. Chris und Brigitte standen auf und verschwanden im angrenzenden Wäldchen.

»Habt ihr auch Präser dabei?«, rief Carlo ihnen hinterher.

»Bist wohl eifersüchtig«, empörte sich Michaela.

Eine Polizeieinheit rannte in geschlossener Formation durch die Bahnhofshalle. Aron hatte keinen Blick für sie. Noch immer starrte der Rothaarige ihn mit triefenden Augen an. Er schwankte. Kot klebte an seinen Beinen, auf Schuhen und Strümpfen und troff mittlerweile auch auf den Boden. Ob er ihn erkannt hatte?

Schwarzer Donnerstag. Noch gab es diesen Namen nicht.

Bis heute war ihm nie in den Sinn gekommen, dass zwischen den unbeschwerten Tagen in Schwäbisch Gmünd und ihrem späteren Widerstand gegen Atomraketen genau zehn Jahre gelegen hatten. In den Höhen rund um Gmünd versuchten sie in den frühen Achtzigern die mobilen Lafetten der Pershing-II-Raketen zu blockieren, deren Bedienungspersonal in der gleichen Kaserne stationiert war, wie damals Bill, der nicht in die Hölle von Vietnam ziehen wollte. Bei Adelstetten war ihnen dies gelungen. Die Amis hatten eine Lafette auf einen Waldweg bugsiert, auf dem es kein Weiterkommen gab. Um zu wenden, mussten Bäume gefällt werden. Den oberen Abschnitt des Weges blockierten Aktivisten. Die deutsche Polizei versuchte sie wegzutragen, verlud sie in Busse, die sie nach Schwäbisch Gmünd in Gewahrsam brachten. Aber es kamen weitaus mehr Menschen hinzu, als weggefahren werden konnten. Hier war es wieder, das *Brokdorf-Gefühl*.

Ein einsamer Verbindungsoffizier der Bundeswehr stand offensichtlich vor einem Nervenzusammenbruch. Er war nicht mehr in der Lage, zwischen der Army und der deutschen Polizei zu dolmetschen. Das Chaos wuchs. Der Ranghöchste ließ Soldaten mit Sturmgewehren ausschwärmen, die eine Postenkette am Waldrand bildeten. Aron, dem die stundenlange Hockerei auf dem feuchten Waldboden zu eintönig geworden war, stand auf und näherte sich einem Schwarzen. Er blieb vor ihm stehen und sagte auf Englisch, dass er der Waldbesitzer sei und jetzt in seinen Wald wolle.

Noch Jahrzehnte später hatte er das Geräusch im Ohr, das ein amerikanisches Sturmgewehr von sich gab, während es durchgeladen wurde. Vorsichtig hob er die Hände und entfernte sich langsam rückwärts. Der Kerl hätte ihn erschossen.

Die aufkeimende Erinnerung an Bill erzeugte erneut Mitgefühl, das sich jetzt auf diesen abgerissenen Penner richtete. Er blickte hinüber zum *Schlemmer Grill,* dann zur DB-Information. Er musste das hier aber wohl alleine zu Ende bringen. So viel war klar.

»Komm mit, ich spendier ne Runde Duschen.« Er schob den Gepäckkarren so an, dass der Rothaarige ihm folgen konnte, ohne zu stürzen. Peinlich genau achtete er darauf, dass der Kerl ihm nicht zu nahe kam. Er wagte nicht nach hinten zu schauen. Bestimmt sahen Bahnreisende die Kottapper. Langsamen Schrittes schoben sie den Karren am Zeitschriftenladen vorbei.

Im Mittelgang erreichten sie *Rail and Fresh.* Er zahlte für sie beide. Schon stürzte eine Klofrau auf sie zu. Ihr Namenschild legte nahe, dass sie Griechin war.

»Der kann nicht rein.«

»Der muss dringend duschen.«

»Der kommt mir nicht hier rein. Ich muss den ganzen Boden putzen.«

»Er duscht.« Aron zückte einen Zwanziger. Sie nahm ihn.

»Aber die Karre bleibt draußen.«

Er bugsierte den Mann, der einstmals Resa war, in Richtung der einzigen Duschkabine.

Er musste sich beeilen, wenn er seinen Zug noch kriegen wollte.

Joschis Leiden

Er war mit dem Vorsatz aus Israel heimgekehrt, Soziologie zu studieren. Ob man davon seinen Lebensunterhalt bestreiten könne, fragte die Mutter. Aron bejahte dies entschieden. Sie schien beruhigt zu sein. Zumindest äußerte sie keinerlei weitere Befürchtungen.

Die ersten beiden Semester studierte er in Heidelberg. Sowohl in der Wahl des Fachs als auch in der Entscheidung für den traditionsreichen Studienort lag eine gewisse Unentschlossenheit, eine Mischung aus Aufbruch, der Suche nach neuen Möglichkeiten und dem Festhalten an vertrauten Bindungen. Heidelberg war schon während seiner Schulzeit das Ziel zahlreicher Tramptouren gewesen. Einige Male war er mit Joschi hierhergekommen, um Shit zu kaufen. Die verlassenen Häuser, die noch Anfang der Siebzigerjahre am Rande der Innenstadt gestanden hatten, waren bis zum Beginn seines Studiums abgerissen worden. Wenn sie samstags durch die Heidelberger Kneipen und Clubs gezogen waren, hatten sie meistens in einem der Abrisshäuser übernachtet. Von Mal zu Mal wurde deren Zustand entsetzlicher. Weil die Klos nicht mehr funktionierten, schissen manche der sich hier tummelnden Streuner, Abenteurer und Obdachlosen in eines der Zimmer. Und wenn in dem einen schon zu viele Haufen lagen, schissen sie ins nächste, so lange, bis kaum noch ein Raum dafür taugte, eingerollt in einem Schlafsack darin eine Nacht zu verbringen.

Soziologie hatte er gewählt, weil er etwas studieren wollte, was sich sowohl mit den Verhältnissen und Gestaltungsprozessen in der Vergangenheit wie auch in der Gegenwart beschäftigte. Viele Grundlagenseminare langweilten ihn, weil sie schon bestehende Theorien vermittelten und auf die Herausforderungen der heutigen Zeit keine zufriedenstellenden Antworten gaben.

Seit er aus Israel zurück war, beschäftigte er sich zunehmend mit der Frage, welche Verdrängungsleistungen ein Volk, eine Nation und auch das einzelne Individuum aufbringen mussten, um gerade mal drei Jahrzehnte nach dem größten Massenmord der Menschheitsgeschichte zu dem selbstbetrügerischen Bild zu gelangen, das die meisten Deutschen nicht als Täter entlarvte, sondern zum Opfer stilisierte. Auch wenn ihn die radikale Sicht Achat Purinas, die er in Israel getroffen hatte, manchmal bestürzt und hin und wieder sogar abgestoßen hatte, waren deren Ausführungen zu diesem Thema doch zumindest von einer wohltuenden Schlüssigkeit geprägt gewesen. Gleichzeitig schienen sie ihm aber stark von alttestamentarischen Rachegelüsten geleitet.

Wann immer er an einem Wochenende nach Seelbach kam, vernahm er beunruhigende Nachrichten von Joschis Wehrdienstverweigerung. Lange bevor er nach Israel gereist war und die Mehrzahl der anderen Freunde ihr Studium oder den Zivildienst begonnen hatte, war dieser ein weiteres Mal durch eine KDV-Verhandlung gerasselt. Auch die nächste Instanz, die Prüfungskammer, hatte befunden, dass er nicht berechtigt sei, den Kriegsdienst mit der Waffe zu verweigern.

Mitte Oktober wurde die Clique mit der Nachricht konfrontiert, dass Joschi seiner Einberufung zur Bundeswehr nicht Folge geleistet habe. Nach zweimaliger Ablehnung seines Antrags hatte man ihn zu den Panzergrenadieren nach Wetzlar eingezogen. Die bereits beim Verwaltungsgericht Stuttgart eingereichte Klage hatte keine aufschiebende Wirkung.

»Kein Mensch weiß, wo er ist. Hoffentlich tut er sich nichts an.« Joschis Mutter weinte, als sie Arons Frage nach dem Aufenthaltsort des Freundes beantwortete. Er und Honey waren mit ihr im Flur stehen geblieben. Durch die geöffnete Stubentür sahen sie Joschis Vater, der Zeitung lesend im Sessel saß.

»Mit dem Jungen hat man nichts als Ärger«, schnaubte er kurzatmig und fügte hinzu: »Ihr habt nie einen guten Einfluss auf ihn gehabt.«

»Aber, aber«, erwiderte Aron auf die Attacke, auf die er nicht vorbereitet gewesen war. Mehr fiel ihm dazu nicht ein.

Ganz anders reagierte Honey, der meist nicht so selbstbewusst und sicher auftrat wie Aron. Dieses Mal legte er eine ungeahnte Schlagfertigkeit an den Tag. »Seien Sie doch nach Ihren Kriegserlebnissen froh, dass Ihr Sohn ein guter Pazifist geworden ist.«

Joschis Vater hatte mit solch einer Antwort nicht gerechnet. Nach Worten ringend, stammelte er: »Gerade der braucht sich nicht so aufzuspielen.«

Joschi, der bereits während der Schulzeit mehr Schwierigkeiten zu bewältigen gehabt hatte als die meisten seiner Freunde, war durch die missglückte Kriegsdienstverweigerung sichtlich aus der Bahn geraten. Nach dem Abitur, als die anderen damit begannen, sich auf neuen Wegen auszuprobieren, fiel er in ein Loch. Der Zivildienst war ihm verwehrt. Ein Studium zu beginnen, lohnte sich nicht. Wenn er innerhalb der ersten Semester seine Einberufung erhielte, würde er trotz begonnenen Studiums nicht zurückgestellt.

Ein Jahr war verstrichen. Er hatte sich mit kleinen Jobs über Wasser gehalten. Die hilflosen Eltern waren ihm keine Stütze. Zum 1. Oktober wurde er schließlich einberufen. Auf den 28. desselben Monats hatte man seine Widerspruchsverhandlung vor dem Stuttgarter Verwaltungsgericht anberaumt.

Am Morgen des Einberufungstags hatte sich Joschi, einem starken inneren Drang folgend, auf dem Stuttgarter Hauptbahnhof eingefunden. Den Einberufungsbefehl, auf dem stand, bei welchem Sammeltransport er sich zur angegebenen Zeit auf dem genannten Bahnsteig einzufinden habe, hatte er nicht mitgenommen. Er hatte niemandem davon erzählt und war ohne Begleitung nach Stuttgart gefahren. Auf dem Bahnhof ging er ohne Umschweife zu dem angegebenen Gleis. Der Einberufung war zu entnehmen, dass er sich dort bei einem Transportleiter zu melden habe. Joschi lief den Bahnsteig entlang, vorbei an unsicher dreinschauenden, flachsenden und Zoten reißenden Männern seines Alters. Die meisten standen in Grüppchen. Andere hielten sich abseits, darunter auch diejenigen, die mit der Freundin oder Familienangehörigen gekommen waren.

Joschi erblickte kein bekanntes Gesicht. Gott sei Dank! Ein Uniformierter musterte ihn fragend. Er hielt dessen Blick stand. Noch könnte er sich bei einem der Diensthabenden melden, auch wenn es dafür bereits höchste Zeit war und er erklären müsste, weshalb er ohne Einberufungsschreiben und ohne die geforderte Ausstattung erschienen war. Doch so ungewiss ihm die kommenden Ereignisse auch waren, so sicher war er sich in dem Gefühl, dass er in diesem Augenblick auf dem Gleis 3 des Stuttgarter Hauptbahnhofs nicht dazugehörte. Schon lösten sich die Uniformierten aus einzelnen Gruppen, schauten demonstrativ auf ihre Uhren und befahlen, einzusteigen. Die Rekruten, noch waren sie in Zivil, zeigten sich folgsam. Dann der vertraute Ruf des Schaffners: »Alles einsteigen!«

Es folgte ein langer Pfiff. Der Zug rollte an.

Joschi blieb zurück. Um ihn standen weinende Freundinnen, ihre Kragen hochschlagende Väter, resigniert dreinschauende Mütter, die ihre Söhne durchs offene Fenster nochmals daran erinnerten, immer die Zähne zu putzen und die Wäsche zu schicken, wenn sie am Wochenende nicht nach Hause durften. Vor allem aber sollten sie schreiben, so schnell als möglich, am besten gleich heute Abend.

Joschi verließ den Bahnhof und steuerte auf den *Wittwer* zu. Er wollte sich die Neuerscheinungen ansehen. Als er den Buchladen betrat, wurde ihm mit einem Mal klar, dass er jetzt ein Illegaler war, einer, der sich strafbar gemacht hatte, indem er der Einberufung zur Bundeswehr nicht Folge geleistet hatte.

Ungewöhnlich viele Interessierte verfolgten vier Wochen später Joschi Schreiners Verhandlung vor dem Verwaltungsgericht. Der vorsitzende Richter war darüber höchst verwundert. Er hatte Derartiges noch nicht erlebt, auch wenn in jüngster Zeit bei einer ständig wachsenden Zahl von Kriegsdienstverweigerern schon die eine oder andere Absonderlichkeit vorgekommen war.

Er überließ es Joschis Verteidiger, einem älteren, erfahrenen Juristen mit Stirnglatze und weit abstehendem, schlohweißem Hinterkopfhaar, den Herbeiströmenden mitzuteilen, dass höchstens zwanzig Zuschauer im Verhandlungsraum Platz finden würden. Alle anderen müssten abgewiesen werden, könnten höchstens unter Wahrung strengster Ruhe im Foyer warten.

Sowohl der Vorsitzende als auch der Verteidiger waren höchst erstaunt darüber, dass die etwa dreißig Abgewiesenen ohne Murren draußen blieben. Die gezeigte Disziplin hatte freilich einen besonderen Grund.

Mitte Oktober waren die Freunde irritiert darüber gewesen, dass Joschi so wenig mit ihnen über die sich anbahnenden Schwierigkeiten gesprochen hatte. Vor allem Angie Rosenke hatte den anderen klarzumachen versucht, dass man Joschi jetzt nicht alleine lassen könne. In ihrer Ludwigsburger WG war der Fahnenflüchtige ein paar Tage untergetaucht. Chris erschien das zu gefährlich. Die Feldjäger, die nun schon mehrmals Joschis Eltern und einige bekannte Seelbacher Treffpunkte aufgesucht hatten, waren ausgerechnet in Ludwigsburg stationiert.

Aron war enttäuscht darüber gewesen, dass sein bester Freund gerade ihn nicht um Unterstützung gebeten hatte. Als er ihn Jahre später einmal nach den Gründen fragte, meinte der kurz angebunden: »Wir hatten ja durch deinen langen Israelaufenthalt mehrere Monate keinen Kontakt. Und außerdem hätten sie bei dir am ehesten nach mir gesucht.«

Letzteres stimmte. Eines Nachmittags, es war samstägliche *Beatclub*-Zeit, waren die Feldjäger bei Arons Mutter aufgetaucht. Ob sich in dieser Wohnung ein Joachim Schreiner aufhalte und wenn nicht, ob sie wisse, wo er sich befinde? Als sie beides verneinte, fragte der mit einer Kordel drapierte Einsatzleiter: »Können wir mal in Ihrer Wohnung nachsehen?«

»Junger Mann«, hatte Leonore Winter ihn angefaucht, »Sie können mir mal rasch dabei helfen, meine Vorhänge in der Wohnstube aufzuhängen. Ansonsten gibt es für Sie keinen Anlass, meine Wohnung zu betreten. Lassen Sie den Jungen in Ruhe. Schämen sollten Sie sich!«

»Wir tun nur unsere Pflicht«, erwiderte der Militärpolizist. Mit einer solchen Reaktion hatte er nicht gerechnet. Meist reagierten die Leute verunsichert und verschreckt. Das traf auch auf die Eltern des Gesuchten zu. Die Mutter hatte sofort angefangen zu weinen. Der eingeschüchterte Vater hatte nur gestammelt: »Der ist nicht hier. Sie können gerne nachschauen. Nichts wie Ärger hat man mit dem Jungen.«

Leonore ließ es damit nicht bewenden. »So, Ihre Pflicht tun Sie also. Ich weiß einiges über Leute, die früher auch nur ihre Pflicht getan haben.«

»Werden Sie bitte nicht unverschämt.«

Leonore Winter lachte. »Wissen Sie, ich war einmal mit einem jungen Mann zusammen. Das ist nichts Ungewöhnliches. Nur war der junge Mann Jude und unsere Liebe wurde von denen, die damals an der Macht waren, als ein Verbrechen angesehen.«

Obwohl der Militärpolizist eine abwehrende Geste machte, trat sie näher an ihn heran und fuhr energisch fort: »Und eins noch. Dieser Mann hat überlebt. Aber das war nur möglich, weil nicht alle, denen er begegnet ist, im Sinne der Nazis ihre Pflicht getan haben.«

Leonore hatte Joachim Schreiner den Anwalt Lacroix empfohlen, der ihrer Freundin Caroline mehrmals in schwierigen Angelegenheiten behilflich gewesen war. Dabei handelte es sich um Vorgänge, von denen heute keiner der Verantwortlichen mehr etwas wissen wollte. Lacroix hatte sie damals unterstützt, als die Jugendbehörde ihren farbigen Sohn über ein Programm, das skurrilerweise den Namen *Brown Baby Plan* trug, zwangsweise zur Adoption in die USA vermitteln wollte. Jahre später hatte er entscheidend dazu beigetragen, dass Ludwig eine Anzeige gegen seinen Halbbruder Hans zurückgenommen hatte.

Lacroix war jetzt ein alter Mann, aber in Justizkreisen immer noch hochgeachtet. Er hatte sich der Sache Joschi Schreiners angenommen, obwohl es sich weder wirtschaftlich noch inhaltlich um einen attraktiven Fall handelte.

Die Anwesenheit von annähernd fünfzig Personen hatte jedenfalls weniger mit der Gerichtsverhandlung als solcher zu tun. Angie – wer sonst – war wieder einmal aktiv geworden und hatte Kontakt zur *DFG-VK* Stuttgart und anderen einschlägig engagierten Gruppen aufgenommen. Außer einem knappen Dutzend Seelbacher bestand die Mehrzahl der Anwesenden aus Aktivisten der in den 1970er Jahren noch kleinen Friedensbewegung. Die meisten, die der Verhandlung beiwohnten, kannten Joschi Schreiner nicht einmal persönlich. Aber für den Fall, dass der Fahnenflüchtige im Anschluss an die Verhandlung von Feldjägern verhaftet werden sollte, wollte man dies mit gewaltfreiem Widerstand verhindern. Mit dem Auftauchen der Feldjäger musste gerechnet werden. Der Verhandlungstermin war dem Kreiswehrersatzamt mitgeteilt worden.

Denjenigen, die sich die Organisation des Schutzes von Joschi zur Aufgabe gemacht hatten, kam es nicht ungelegen, dass die Mehrzahl derer, die in die Urbanstraße gekommen waren, nicht in den Sitzungsraum gelangt war. So konnte das Treppenhaus besetzt und vor dem Gebäude Aufstellung genommen werden. Einige Ortskundige schwärmten aus, um die Zufahrtswege zu überwachen. Eigentlich war es erstaunlich, dass Feldjäger und Polizei noch nicht eingetroffen waren. Von den Seelbachern befanden sich nur Angie und Jacky Müller im Verhandlungsraum. Aron stand zusammen mit Honey, Chris und Kudde Würz vor dem Eingang. Zur Überraschung aller kam plötzlich Wolle Lauber um die Ecke. Aron hatte ihn seit wenigstens zwei Jahren nicht mehr gesehen.

»Kein Parkplatz«, nuschelte er statt einer Begrüßung und zündete sich umgehend eine Filterlose an. »Man muss dem Kleinen doch helfen.«

»Warst du beim Bund?«, fragte Chris.

»Nö«, lachte Wolle. »Untauglich. Kiffen und *Morbus Scheuermann*. So einen wollen die doch nicht haben.«

»Du hast denen bei der Musterung gesagt, dass du kiffst?«, fragte Kudde verwundert. »Das steht doch dann in deiner Akte.«

»Kiffen, Trips, Pilze. Hab ich denen alles gesagt. Mir doch egal, was da in meiner Akte steht. Hauptsache, es hat geholfen.« Er lachte und spuckte danach einen Tabakkrümel aus.

Mit einem Mal wurde es lebhafter. Aus Richtung Innenstadt kamen noch vier Gmünder. Carlo war dabei und Michaela, die jetzt in Esslingen Sozialpädagogik studierte, ihre Freundin Brigitte und noch einer, den Aron nicht kannte.

Michaela begrüßte Aron mit einem Kuss. »Wir sind zu spät, sind mit dem Zug gekommen. Ich aus Esslingen, Brigitte und Carlo aus Tübingen. Und das«, sie wies auf den Unbekannten, »ist Klaus, der Freund von Brigitte. Er ist Zivi bei der Nikolauspflege.« Und als Aron sie fragend ansah, ergänzte sie: »Blindenhilfe.«

Einige Stuttgarter hatten sich mittlerweile in Erwartung der Feldjäger in den beiden Zufahrtsstraßen aufgereiht. Um sie rasch ankündigen zu können, hatten die, die am weitesten entfernt postiert waren, Megaphone umgehängt, die sie sich vom AStA der Uni Hohenheim ausgeliehen hatten. Normalerweise wurden die bei Demonstrationen oder Kundgebungen eingesetzt. Aber noch immer hatten sich die Vertreter der Staatsmacht nicht blicken lassen.

Nach einer knappen Stunde kam Unruhe auf. Diejenigen, die im Treppenhaus standen, wurden Zeugen, wie der vorsitzende Richter die Öffentlichkeit, also jene zwanzig Personen, die im Verhandlungsraum Platz gefunden hatten, des Saales verwies. Es hatte zuvor keine gravierenden Störungen gegeben, einzelne Zwischenrufe, in Mehrzahl geflüsterte Unmutsbekundungen. Offensichtlich wollte das Gericht die Urteilsfindung und die nachfolgende Verkündung nicht öffentlich vornehmen.

»Das kann doch Joschis Anwalt nicht hinnehmen«, maulte Angie.

»Wenn das mal kein schlechtes Zeichen ist«, meinte Chris, als die Nachricht nach draußen drang, wo die Mehrzahl der Seelbacher mit den Gmündern und anderen der weiteren Ereignisse harrten.

Nur wenig später bewahrheitete sich Christoph Böhringers pessimistische Prognose. Oben brandete Unmut auf, der rasch durchs Treppenhaus ins Freie getragen wurde.

»Schandurteil« und »Rechtsbeugung« hörte man rufen.

Spontan skandierten einige: »Wo Recht zu Unrecht wird, wird Widerstand zur Pflicht.«

Wie benommen torkelte Joschi Schreiner die Treppe hinunter, dicht hinter ihm Lacroix, der ununterbrochen auf ihn einredete. Aber Joschi hörte nicht mehr, was der Anwalt sagte. Er war erschöpft, enttäuscht und verzweifelt, einem Zusammenbruch nahe und sichtlich unfähig, einen klaren Gedanken zu fassen. Obwohl an sich kein Freund von Zärtlichkeiten zwischen Freunden, ließ er sich widerstandslos von Aron in den Arm nehmen. Dieser hielt ihn so lange wortlos umschlungen, bis der tief Enttäuschte sich aus der Umarmung zu lösen begann.

»Ich weiß nicht, wie das jetzt weitergehen soll«, schluchzte er.

Einmal mehr ergriff Angie die Initiative. »Weg von hier«, wies sie die Umstehenden an. »Bevor die Joschi doch noch verhaften.« Dann schlug sie vor, sich nachher auf dem Schlossplatz zu treffen. Man könne Joschi jetzt auf keinen Fall alleine lassen.

Sie trafen sich eine halbe Stunde später gegenüber dem langestreckten Gebäude des *Württembergischen Kunstvereins*. Kudde und Honey waren mitgekommen, auch Michaela und Carlo. Angie, Aron und Joschi kamen als Letzte aus Richtung des Landtagsgebäudes. Chris und etliche andere hatten sich wegen anderer Verpflichtungen verabschiedet.

Der vorsitzende Richter hatte Joschi nach Abschluss der Urteilsverkündung dringend geraten, sich unverzüglich bei seiner Einheit einzufinden, damit nicht noch größerer Schaden entstünde. In der knappen Begründung des Urteils hatte er deutlich gemacht, dass das Gericht nicht anders habe urteilen können. Er, der Antragsteller, sei durchaus glaubwürdig gewesen und habe schlüssig argumentiert. Allein, es habe an Momenten gefehlt, die deutlich gemacht hätten, dass es sich nicht nur um eine abgewogene, rationale Entscheidung gegen den Wehrdienst an sich, sondern um das Vorliegen tiefergehender Gewissensgründe handle.

Auf Michaelas Vorschlag hin zogen sie weiter, um im *Mövenpick* etwas zu trinken. Auf den Staffeln hinauf zum Kartenhäuschen, an dem sie sich schon alle die unterschiedlichsten Konzertkarten besorgt hatten, huschten die Dealer zwischen ihren Kunden umher, die ungeduldig und deshalb jegliche Vorsicht vermissen lassend nach Stoff gierten.

»Nach Hause kann ich auf keinen Fall«, erwiderte Joschi auf Michaelas Frage, ob er sich schon überlegt habe, wie es weitergehen könne.

»Geh doch nach Holland«, schlug Carlo vor. »Ich kenne einen fahnenflüchtigen Franzosen, der schon lange in 's-Hertogenbosch lebt. Der kriegt sogar Stütze vom Arbeitsamt.«

»Du kommst erst mal mit zu mir nach Heidelberg«, sagte Aron aufmunternd zu seinem Freund. »Dort findet dich niemand. Du kannst dann in Ruhe überlegen, was für dich das Beste ist. Ich kenne ein paar Leute, die haben Ahnung von der Materie.«

Kein Mensch, kein Tier – ein Grenadier

Und gerade die Begründung der Klage ist es, die an verschiedenen Stellen noch deutlicher macht, dass der Kläger weniger die mit dem wirklichen Töten im Kriegsfall zusammenhängenden Fragen sieht, sondern Ziele der Friedenspolitik und der Ausbildung von Soldaten überhaupt.

Und daraus, wie er sich in die Erörterung von privaten Nothilfesituationen eingelassen, wie er insbesondere – durchaus glaubhaft – die Bedeutung emotionaler Bindungen erklärt hat, sind ebenfalls keine ausreichenden Beweiszeichen hervorgegangen, die das Klagebegehren tragende Rückschlüsse zuließen.
(Aus dem Urteil des Verwaltungsgerichts Stuttgart gegen den Kriegsdienstverweigerer Joachim Schreiner)

An einem nasskalten Novembermorgen bestieg Joschi Schreiner in Heidelberg den D-Zug Richtung Frankfurt. Aron hatte sich angeboten, ihn auf den Bahnhof zu begleiten.

Mit den Worten »Geh du mal ins Bett« hatte der Kleine das Angebot seines Freundes abgelehnt. Sie hatten eine schlaflose, von endlosen Gesprächen durchzogene Nacht hinter sich. Die letzten Stunden waren sie allein gewesen. Anfangs saßen drei Mitbewohner Arons mit am Tisch. Zwei hatten zuvor gekocht, sichtlich darum bemüht, Joschi zum Abschied noch etwas Leckeres anbieten zu können.

Am frühen Morgen hatte Aron trotz Joschis Protest ein Taxi bestellt und dem Fahrer gleich die Summe gegeben, die er von gelegentlichen Taxiheimfahrten kannte. Er leistete sich diesen Luxus hin und wieder – trotz knappen Budgets und des milden Spotts seiner Mitbewohner.

Joschi verabschiedete sich mit einer stummen Handbewegung und einem Blick voll düsterer Traurigkeit.

Aron beschlichen große Zweifel, ob sein Freund das durchstehen würde, was er sich vorgenommen hatte. Nach einigen Tagen Schockstarre nach dem unsäglichen Urteil des Stuttgarter Verwaltungsgerichts – gründlicher als Joschi hatte sich selten einer auf diese Verhandlung vorbereitet, das hatte Lacroix mehr als einmal bestätigt – hatten sie in vielen Gesprächen die verschiedenen Möglichkeiten gegeneinander abgewogen.

Die reguläre Ableistung des Wehrdienstes kam für Joschi nicht in Frage. Sein anfängliches Fernbleiben würde geahndet werden. Und die Tage seiner unerlaubten Abwesenheit würde er nachdienen müssen.

Seit er seine Einberufung erhalten hatte, war ihm der Weg nach Berlin versperrt. Es ging nur noch darum, ob er nach Holland ging oder sich bei seiner Truppe einfand, Waffe, Uniform und das Haareschneiden verweigerte und darauf setzte, ob der nun eingetretenen Umstände einen neuen Antrag auf Kriegsdienstverweigerung stellen zu können. Für Letzteres hatte er sich entschieden.

Joschi erreichte Wetzlar am späten Vormittag. Grau lag der Bahnhofsvorplatz vor ihm, darüber ein noch dunklerer Himmel, an dem der Stand der Sonne nicht zu erahnen war. Ihn fröstelte.

Er erkundigte sich bei einem Taxifahrer nach dem Weg zur Spilburgkaserne. Der bot ihm an, ihn zu fahren. Es seien vierzig Minuten zu Fuß. Er entschied sich fürs Laufen und die damit verbundene letzte Verzögerung des Unvermeidlichen. Er wusste nicht, wie das enden würde. Nicht einmal sein Anwalt hatte ihm eine Antwort geben können, an der er Halt und Orientierung fand.

»Wenn Sie weiterhin gewillt sind, den Dienst mit der Waffe zu verweigern, wird es darauf ankommen, dass die neue KDV-Verhandlung vor dem unvermeidlichen Strafverfahren terminiert wird. Denn zu diesem wird es durch ihre Abwesenheit von der Truppe und ihren Vorsatz weiterer Befehlsverweigerung unweigerlich kommen.«

Den Vorschlag von Lacroix, bis zu einer neuen KDV-Verhandlung am regulären Dienst teilzunehmen, hatte er abgelehnt.

»Sie können einen waffenlosen Dienst beantragen«, hatte der weißhaarige Jurist noch hinzugefügt. Ein Außenstehender hätte unschwer erkennen können, dass sich der alte Mann Sorgen um den Jungen machte, der so radikal und doch so glücklos seinen Prinzipien gerecht zu werden versuchte.

Nach einem letzten steilen Aufstieg tauchte auf der linken Straßenseite eine hohe, braune Natursteinmauer auf, die nicht enden wollte. Er folgte ihr, bis er das Tor auftauchen sah. Schlagbaum, Wachhäuschen und die schwarz-rot-goldene Fahne verdeutlichten ihm, dass er sein Ziel erreicht hatte. Jetzt tauchte auch das Schild mit dem Namen der Kaserne auf.

In Sichtweite zum Tor blieb er stehen. Ein Wachsoldat schaute misstrauisch zu ihm herüber. Joschi zündete sich eine Selbstgedrehte an. Während er im Stehen rauchte, sah er sich um. Er rauchte in hektischen Zügen. Der ausgestoßene Rauch stand lange in der kalten Luft. Einen Moment noch schaute er auf die glimmende Glut. Dann warf er den Stummel weg, ohne ihn auszutreten, nahm seine Taschen wieder auf und ging hinüber zum Tor. Der Wachsoldat hieß ihn anhalten, noch ehe er den Schlagbaum erreicht hatte.

Rasch wurde offensichtlich, dass sie noch nie einem begegnet waren, der sechs Wochen nach seiner Einberufung aus freien Stücken am Kasernentor auftauchte, um dann sogleich zu erklären, dass er Waffe, Uniform und sämtliche Befehle verweigern würde. Der Mann am Schlagbaum war ein einfacher Wehrpflichtiger. Er ließ ihn erst passieren, als Joschi sich mit seinem Personalausweis und dem Einberufungsbefehl legitimiert hatte.

»Sie hätten doch schon am 1. Oktober hier eintreffen sollen«, stammelte der Soldat, während er Joschi in das nahegelegene Wachlokal führte. Zwei Uniformierte, die gelangweilt und untätig an einem zerkratzten Holztisch saßen, starrten ihn an, als wäre er ein Mondkalb.

Es dauerte etliche Tage, bis eine streng gegliederte und reglementierte Organisation, wie die Bundeswehr eine war, Wege fand, um mit einem wie Joschi Schreiner umzugehen. Denn dieser war offensichtlich fest entschlossen, keiner einzigen dienstlichen Anforderung nachzukommen. Die ersten Tage verbrachte er vorwiegend in einer leeren Mannschaftsunterkunft, in der er eines der acht Betten belegte. Auch einen Spind hatte man ihm zugewiesen, in dem er den Inhalt seiner beiden Sporttaschen verstaute. Zur Verwunderung des Unteroffiziers vom Dienst bestand der größte Teil von Joschis Gepäck aus Büchern, was auch das außerordentliche Gewicht der beiden Taschen erklärte.

Während der Dienstzeit durfte er die Bude dreimal verlassen, um in der Mannschaftskantine Frühstück, Mittag- und Abendessen einzunehmen. Stets hatte er sich beim Betreten der Kantine beim jeweiligen Diensthabenden zu melden. Diese reagierten höchst unterschiedlich auf den Langhaarigen, der hier stets in Zivilkleidung auftauchte. Als er das erste Mal die Kantine betrat, fragte ihn ein Uniformierter brüllend, wer er sei und was er hier zu suchen habe.

Joschi, dem das Herz zum Bersten klopfte, räusperte sich und sagte leise. »Ich soll hier essen. Anweisung vom Kompaniefeldwebel der Vierten.«

»Das heißt nicht *Anweisung*, hier heißt das *Befehl*«, brüllte der Diensthabende.

Joschi wusste nicht, was er darauf antworten sollte. Schweigend stellte er sich dort an, wo die anderen auf die Essensausgabe warteten. Einige bemerkten, dass der Obergefreite ihm mit offenem Mund nachsah, als er sich wortlos in die wartende Schlange einreihte, um vom Küchenbullen einen Schlag Eintopf ins Kochgeschirr zu erhalten. So hatte er mit seinem unmilitärischen Auftreten bereits einige Sympathien gewonnen.

Am nächsten Tag kam jemand vom Dienstzimmer nach oben und teilte ihm mit, der Kompaniechef erwarte ihn in zehn Minuten.

Ein drahtiger, ansonsten aber keineswegs besonders militärisch wirkender Hauptmann empfing ihn mit den Worten: »Sie wissen schon, wo Sie hier sind?« Und als Joschi dies bejahte, fragte er weiter: »Sie begreifen auch, dass Sie in einer Weise gegen die Vorschriften verstoßen, dass dies nicht nur ein Dienstvergehen, sondern möglicherweise längst einen Straftatbestand darstellt?«

Als Joschi auch dies bejahte, ließ der Hauptmann den Kompaniefeldwebel rufen, einen rotgesichtigen, schwergewichtigen Mann namens Grabowski. Als der das Büro betreten hatte, fuhr der Hauptmann, nun im Ton deutlich förmlicher, fort: »Ich gebe Ihnen nun in Gegenwart eines Zeugen den Befehl, sich die Haare schneiden zu lassen, Waffe, Uniform und sonstige Ausrüstungsgegenstände entgegenzunehmen und ab sofort am Dienst teilzunehmen. Werden Sie diesen Befehl in sämtlichen Teilen befolgen?«

»Nein.« Joschi spürte, dass nun ein besonderer, ein entscheidender Moment gekommen war. Er hatte Angst. Doch er bemühte sich, sie zu verbergen.

Der Hauptmann sah kurz zu Grabowski hinüber und wiederholte den Befehl wortwörtlich. Er brüllte nicht. Er sprach ruhig und wirkte dabei vollkommen unaufgeregt. Als Joschi den Befehl ein zweites Mal verweigerte, sagte der Kompaniechef in fast gelangweiltem Tonfall: »Wir halten das in Ihrer Akte fest. Oberfeldwebel Grabowski macht darunter einen bezeugenden Vermerk. Sie halten sich auf Ihrer Stube zur weiteren Verfügung.«

Tags darauf wurde er, wie alle anderen auch, um zwanzig vor sechs geweckt. Als er sich aus seiner dünnen Decke schälte, teilte ihm der Unteroffizier vom Dienst mit, er solle sich um zehn nach sieben beim Kompaniechef melden.

Beim Frühstück brachte er außer ein paar Schluck Muckefuck nichts runter. Pünktlich klopfte er an der Tür des Vorzimmers. Ein Wehrpflichtiger, wohl eine Art Schreibkraft des Kompaniechefs, schrieb mit zwei Fingern auf einer vorsintflutlichen Schreibmaschine.

Die Prozedur vom Vortag wurde wiederholt. Wiederum in der Anwesenheit Grabowskis gab der Hauptmann nahezu wortgleich den bereits bekannten Befehl. Und er widerholte ihn auch heute ein zweites Mal. Nach Joschis zweiter Weigerung sagte der Hauptmann ruhig, ja fast freundlich: »Sie werden nach wiederholter Befehlsverweigerung 24 Stunden vorläufig festgenommen. Hierbei handelt es sich um keine Strafe, sondern um eine Disziplinarmaßnahme. Ich belehre Sie ferner darüber, dass nach einer weiteren Befehlsverweigerung ein Urteil des Truppendienstgerichtes ergehen wird. Sie müssen mit einer steigenden Zahl an Arresttagen rechnen. Zudem wird Anzeige bei der Staatsanwaltschaft Wetzlar erstattet. Diese wird sich auch mit Ihrer unerlaubten Abwesenheit befassen müssen.«

Das zuständige Truppendienstgericht verurteilte Joschi Schreiner nach einer weiteren Verweigerung des stets gleichen Befehls zu drei Tagen Disziplinararrest. Es folgten Verurteilungen zu fünf, später zu sieben Tagen. Wenn er nicht im Arresttrakt saß, war er auf der Stube. Mittlerweile hatte man ihn auf eine Bude mit sechs weiteren Wehrpflichtigen und einem

Heimschläfer verlegt, einem Unteroffizier, den er nur zu Gesicht bekam, wenn dieser aus dienstlichen Gründen in der Kaserne schlafen musste.

Die anderen hatten bereits von ihm gehört oder waren in der Kantine auf ihn aufmerksam geworden. Sein Glück war, dass in den Mannschaftskreisen dieses Panzergrenadierbataillons zahlreiche *politisch unzuverlässige Elemente* ihren Wehrdienst ableisteten. K-Grüppler und andere, die Agitationsversuche unternahmen, illegale Soldatenzeitungen verteilten oder im linken *Arbeitskreis demokratischer Soldaten* mitwirkten. Wer nicht aus Gründen politischer Unzuverlässigkeit bei der *miesesten aller Waffengattungen* diente, war häufig mangels fehlender Eignung für andere dienstliche Aufgaben nicht zu gebrauchen. Selbstironisch lautete die Devise ihrer Einheit: »Ich bin kein Mensch, ich bin kein Tier – ich bin ein Panzergrenadier.«

Zu dem Zeitpunkt, als Joschi, den niemand mehr hier erwartet hatte, in der Spilburg-Kaserne auftauchte, hatten unter den Wehrpflichtigen der vierten Kompanie des 131. Panzergrenadierregiments eindeutig die *Politischen* das Sagen. Sie waren älter als die anderen Rekruten, hatten zumeist schon Berufe und kannten sich in den Dienstvorschriften so gut aus, dass sie damit Vorgesetzte zur Weißglut bringen konnten.

Wolfgang, ein bereits Fünfundzwanzigjähriger, war zum Vertrauensmann gewählt worden. Der kleine, dunkelhaarige Mann war der jüngste Betriebsrat bei BASF in Ludwigshafen gewesen, was zugleich der Grund dafür war, dass er erst auf den letzten Drücker zum Wehrdienst einberufen wurde.

Wolfgang trug maßgeblich dazu bei, dass keiner aus Joschis engerer Umgebung blöde Fragen stellte oder ihn aufgrund seines unkonventionellen Verhaltens beschimpfte oder als Schlappschwanz, Weichei oder Drückeberger verhöhnte.

Immer wenn er zum Arrest antreten musste, kam Wolfgang am Zellenfenster vorbei – die Zellen lagen im Kellergeschoss des Wachgebäudes – und schob ihm durch den schmalen Schlitz des vergitterten Fensters eine Schachtel Zigaretten zu. Stets verabschiedete er sich mit aufmunternden Worten. Er genoss unter den Wehrpflichtigen ein so hohes Ansehen, dass er sich dem rückwärtigen Fenster der Arrestzelle ganz offen nähern konnte, obwohl dies eigentlich verboten war. Kein Wachhabender sprach ihn an und niemand getraute sich, ihn bei Vorgesetzten anzuschwärzen.

Wenige Wochen später war zum alten Freundeskreis durchgedrungen, dass Joschi infolge weiterer, immer gleicher Befehlsverweigerungen zu einundzwanzig Tagen Disziplinararrest verurteilt worden war. Chris, Aron, Angie und Honey hatten sich darauf verständigt, ihren im Elend sitzenden Freund an einem Samstag zu besuchen. Honey bekam den Wagen seines Vaters. Zusammen mit Chris fuhr er nach Heidelberg. Angie war bereits am Vorabend zu Aron gefahren. Und mit ihm und zwei Mitbewohnern durch die Kneipen gezogen.

Auf dem Weg nach Wetzlar begann es zu schneien.

»Verdammt«, knurrte Honey. »Mein Alter hat noch keine Winterreifen draufmachen lassen.«

»Fahr bloß vorsichtig«, mahnte Chris. »Die Karre kriegen wir auch zu viert nicht aus dem Straßengraben.«

Honeys Vater fuhr einen älteren 220er Diesel. Vermutlich lag es an diesem Auto, dass sich die Fahrt anstrengender gestaltete als erhofft.

Sie wollten jemanden besuchen, der im Arrest sitze, sagte Honey seelenruhig zu dem Wachhabenden am Tor.

Um wen es sich handele und ob der Betreffende ein Verwandter sei, kam es zurück.

»Es geht um Herrn Joachim Schreiner«, erwiderte Honey förmlich. »Ich bin sein Cousin. Die Dame links hinten ist ebenfalls eine Verwandte.«

»Ich bin sein bester Freund«, fügte Aron rasch hinzu.

Beinahe hätte Joschi das Ganze vermasselt. Als ihm das Kommen von Verwandten und Freunden angekündigt wurde, wusste er von nichts.

Angie rettete die Situation. Rasch war sie hinter dem Diensthabenden hergetippelt und rief noch im Flur, ohne den Eingesperrten gesehen zu haben: »Hallo Joschi, ich bin's, deine Cousine Angelika.«

»Ich schließe Sie ein«, sagte der Gefreite. »In einer halben Stunde komme ich wieder. Länger können Sie nicht bleiben.«

Joschi war sichtlich gerührt vom Kommen seiner Freunde. Er wusste nicht so recht, was er sagen sollte. Angie ging auf ihn zu, nahm ihn lange in den Arm.

Die anderen versuchten, ihn so zu begrüßen, wie sie es sonst immer taten. »Hi, Joschi!« »Mensch, Alter!«

»Ganz schön bescheuert hier«, sagte Chris, nachdem er sich in der Zelle umgesehen hatte. »Das sind ja keine sieben Quadratmeter.«

»Zweifünfzig auf nicht ganz drei Meter«, erwiderte Joschi.

»Wie hältst du das bloß aus?«, fragte Angie und blickte angewidert in die Ecke mit dem Klo.

Noch immer standen sie zu fünft in der winzigen Zelle.

»Setzt euch doch«, sagte Joschi, ganz so, als empfange er zu Hause Besuch. Er klappte das an der Wand befestigte eiserne Bettgestell herunter. Eine Kette glitt rasselnd durch einen Ring und häufte sich kringelnd auf dem Betonboten. »Heute hatte ich Glück. Der Typ, der jetzt Wache schieben muss, hat die Kette nicht mit dem Sicherheitsschloss an der Wand befestigt. Normalerweise machen die das. Ist Vorschrift. Damit man sich nicht tagsüber hinhaut und die Ödnis des Eingesperrtseins verschläft. Wenn von oben einer kommt, muss er zwei Stahltüren aufschließen. Ich habe genügend Zeit, um das Bett wieder hochzuklappen.«

Joschi hatte sich als Erster aufs Bett gesetzt. Angie und Honey setzten sich neben ihn. Chris schnappte sich den einzigen Stuhl. Mangels einer weiteren Sitzgelegenheit nahm Aron auf dem heruntergeklappten Klodeckel Platz.

»Was machst du so den ganzen Tag?«, fragte Angie.

Joschi lehnte sich zurück und verschränkte die Hände im Nacken. Er berührte die Wand, spürte deren Kälte. »Wie alle anderen werde ich morgens um halb sechs geweckt. Man hört die Schritte schon auf der Treppe. Ich hab dann wenigstens schon ne Hose an, wenn der Wachhabende hier reinkommt. Die meisten klappen sofort das Bett mit dem ganzen Bettzeug hoch und ketten es an. Aber es gibt ein paar, die übersehen das oder lassen das Schloss nicht einrasten. Danach muss ich meine Zelle ausfegen. Irgendwann bringt mir einer das Frühstück im Henkelmann. Wenn ich Pech habe, ist der Kaffee kalt. Nachdem ich das Kochgeschirr saubergemacht habe, folgt meistens eine endlose Warterei bis zum Mittagessen. Irgendwann habe ich eine Stunde Hofgang. Dann wieder Warten, Abendessen. Um neun Uhr wird das Licht ausgeschaltet. Ich lese viel, manchmal schreibe ich mir Ereignisse oder einzelne Gedanken auf. Ich versuche, mich jeden Tag eine Stunde zu bewegen, mache Gymnastik, verrückte Sachen, die man halt in der Zelle machen kann.« Er lächelte verlegen.

Die anderen schwiegen eine Zeitlang. Es war eine absurde Situation. Vielleicht fragten sie sich in dem Moment, wie es sein konnte, dass eine harmlose Clique wie sie sich in dieser Zelle treffen musste, nur weil einem der ihren die Berechtigung zur Kriegsdienstverweigerung abgesprochen wurde.

Die Absurdität des Augenblicks begann sich aufzulösen, als Chris mit einem Mal zu lachen anfing. Honey stimmte ein, dann Aron. Am Ende lachten alle, selbst Joschi.

Als sie sich wieder beruhigt hatten, stand Chris Böhringer theatralisch auf und baute sich vor Joschi auf. »Panzergrenadier Schreiner, für Sie gibt es nichts zu lachen. Also lachen Sie nicht!«

Erneut verfielen alle in ein wildes, beinahe kindliches Gelächter. Honey balgte sich spielerisch mit Joschi.

Plötzlich rief Aron: »Schluss jetzt. Wir müssen sicher bald wieder hier raus. Kann man was für dich tun?«

Joschi schüttelte ernüchtert den Kopf. »Alles hängt davon ab, dass meine vierte KDV-Verhandlung vor dem Strafprozess stattfindet. Sonst wird's brenzlig.«

»Ich kann dir eine Zivi-Stelle besorgen«, sagte Chris.

»Danke. Aber falls ich anerkannt werde, habe ich schon eine. Beim DRK Hall, Fahrdienst. Die haben etliche Stellen. Da wird immer was frei und es spielt keine so große Rolle, wann man anfängt.«

Honey nestelte an der linken Brusttasche seiner Jeansweste und entnahm ihr einen mit Stanniolpapier umwickelten Haschischbrocken. »Das kannst du dir doch nachts reinziehen.«

Draußen ertönte Lärm. Offensichtlich wurde die Stahltür zwischen dem Treppenhaus und dem Flur aufgeschlossen.

»Nimm das«, raunte Honey. »Der Shit ist gut.«

Joschi zögerte.

Aron sagte mahnend: »Du darfst dir hier drin nichts mehr zuschulden kommen lassen, hörst du?«

Als der Schlüsselbund gegen die Zellentür schlug, schob Joschi das *Piece* zurück. Honey ließ es wieder in seiner Brusttasche verschwinden.

»Brauchst du Geld?«, fragte Angie.

Joschi schüttelte den Kopf.

»Es ist Zeit«, sagte der Wachsoldat. Es klang nicht einmal unfreundlich.

»Das Flöz« in Berlin

Es war nicht ohne Risiko, die Nacht durchzufahren. In den letzten Tagen hatte sich in ganz Deutschland einer der schneereichsten Winter seit Kriegsende festgesetzt. Im Norden der Bundesrepublik, aber auch in Teilen der DDR, war der Notstand ausgerufen worden. Dörfer waren abgeschnitten, hatten keinen Strom und oftmals auch kein fließend Wasser. Die Nachrichten verbreiteten, dass bereits mehrere Menschen dem klirrenden Frost zum Opfer gefallen waren. Einige waren in ihren Autos erfroren, nachdem sie von der Straße abgekommen waren oder sich eine Schneeverwehung als unüberwindbares Hindernis erwiesen hatte. Sie fuhren dennoch am Abend los.

Aron kam am Nachmittag mit dem Zug aus Göttingen, wo er jetzt im sechsten Semester Soziologie studierte.

Joschi hatte nach später Anerkennung als Wehrdienstverweigerer noch anderthalb Jahre Zivildienst geleistet und studierte nun im dritten Semester Agrarwissenschaften in Hohenheim.

Honey stand kurz vor Fertigstellung seiner Diplomarbeit. Sein Ingenieurstudium hatte er in Heilbronn zur Überraschung von Freunden und Familie weitaus elanvoller absolviert, als man ihm zugetraut hatte.

Chris hatte ein Philosophiestudium geschmissen, danach kurz mal in BWL reingeschaut. Momentan sah er sich in einer Orientierungsphase. Gelegentlich besuchte er einzelne Vorlesungen in Stuttgart oder Tübingen. Sein Vater drohte ihm seit

Längerem mit der Streichung seiner monatlichen Apanage. Niemand in der Familie wusste, dass neben dem väterlichen Unbehagen über mangelnden Studienerfolg noch ein anderer, ein weitaus gravierenderer Grund existierte. Wie eh und je versuchte ihn seine Mutter zu schützen. Dabei agierte sie zunehmend hilfloser und verzweifelter. Dennoch, wenn der Vater seine Zahlungen aussetzte, sprang sie ein. Christophs zweite wichtige Verbündete, seine gleichermaßen resolute wie lebensfrohe Großmutter, war im letzten März verstorben. Eines Morgens hatte man sie nackt in ihrer Wohnung gefunden, halb im Flur, halb im Badezimmer liegend.

Angie wusste noch nicht, welchen Weg sie gehen sollte. Sie hatte ohne Anstrengung ihr PH-Studium beendet und hoffte, mit halber Stelle im Angestelltenverhältnis unterrichtend, irgendwann mit vollem Deputat ins Beamtenverhältnis übernommen zu werden. Aber immer wieder hatte sie während des Studiums auszubrechen versucht, ernsthaft und engagiert den Alternativen nachgespürt, die für sie im gemeinschaftlich organisierten Landleben lagen.

In Berlin, so war es abgesprochen, würden sie Mary Krafczyk treffen, die nach dem Verlassen der Köcherhofkommune und nachfolgend abgebrochener Töpferlehre in Hamburg lebte. Sie würde ihren neuen Freund mitbringen, einen Musiker namens Ronny. Angie erzählte zu Beginn ihrer Reise von den endlos langen Telefonaten, die sie mit Mary führte, in denen diese immer wieder davon sprach, wie verliebt sie sei und dass sie dieses Gefühl in solch einer Intensität noch nie erlebt habe.

Anfangs fuhren sie über Land. Einzelne Fahrzeuge tasteten sich durch die schmalen Schluchten, die die Pflüge und Schneefräsen freigelegt hatten. In den Ortsdurchfahrten schoben vermummte Gestalten den Schnee auf die Fahrbahn, was das Vorankommen zusätzlich erschwerte.

Wer nicht unbedingt unterwegs sein musste, blieb zu Hause. Nach Nürnberg begann sich die Autobahn zu leeren. Das heftige Schneetreiben hielt über Stunden an. Die Räumfahrzeuge wurden der Schneemassen nicht mehr Herr. Über viele Kilometer war nur eine einzige Spur geräumt. Darauf krochen die Autos mit höchstens siebzig Stundenkilometern, wenn sie nicht halbstundenlang noch langsamer hinter Schneepflügen herfahren mussten.

Sie hatten Angies VW genommen, weil dieser Winterreifen hatte. Ihr Vater hatte ihr die Fahrt auszureden versucht. Sie solle doch die Verrücktheit lassen, ausgerechnet in so einer Nacht nach Berlin zu fahren, in der weitere starke Schneefälle angekündigt waren. Als dies nichts fruchtete, hatte er darauf gepocht, dass sie Schneeketten mitnahm.

»Die in der Zone werden mit ihrem unzulänglichen Fuhrpark ja noch weniger mit dem Schnee fertig als die unsrigen.« Er bestand darauf, dass Chris und Aron sich von ihm zeigen ließen, wie man die Schneeketten anlegte.

Nach Rudolphstein erreichten sie in dichtem Schneetreiben die Zonengrenze. Die DDR-Grenzer froren in ihren dünnen Mänteln. Ihre Mützen wärmten nicht. Vor allem die Ohren waren dem heulenden Sturm ausgesetzt. Außer ihnen war niemand an der Abfertigung. Aron musste aussteigen und einem Uniformierten in die Wachbaracke folgen. Sein Reisepass wurde ohne Angaben von Gründen fotokopiert. Er erkundigte sich nicht nach den Motiven und war erleichtert, als der bearbeitende Beamte ihm das Reisedokument nach einer dramaturgisch geschickten Verzögerung kommentarlos wieder zurückgab. Später, als er nach einem erneuten Fahrerwechsel das Gefährt wieder durch die Schneehölle lenkte, fragte er sich, ob die Ablichtung seines Reisepasses mit den Einreisestempeln nach Israel zu tun haben konnte.

Obwohl nahezu kein Verkehr war, hielten sie sich streng an die Anweisungen, die ihnen ängstliche Eltern mit auf den

Weg gegeben hatten. Die vorgeschriebene Höchstgeschwindigkeit konnten sie in diesem Schneetreiben ohnehin nicht überschreiten. Fahrerwechsel nahmen sie nur auf den offiziellen Rastplätzen des Transitverkehrs vor. Auf den Parkplätzen stauten sich Lastwagen, die für eine Fahrt durch den Tiefschnee nicht ausreichend gerüstet waren. Viele osteuropäische LKWs fuhren mit Sommerreifen.

Aron und Angie wechselten sich am Steuer ab. Chris drückte sich mit der Behauptung, er müsse ganz dringend erst einmal eine Runde schlafen. Honey gab offen zu, dass er sich bei dieser Wetterlage nicht ans Steuer traute. Joschi hatte noch immer keinen Führerschein.

Nach der *Fahrerlaubnis* hatte der Grenzer gefragt. Angie, die an den Abfertigungspunkt herangefahren war, hatte erst einmal irritiert geschaut, ganz verrannt in die irrige Annahme, sie bräuchte ein Zusatzdokument. Mit ausgestrecktem Arm hatte der Grenzbeamte ein zweites Mal das Vorzeigen der *Fahrerlaubnis* eingefordert.

»Deinen Führerschein«, sagte Aron halblaut.

In einer HO-Gaststätte tranken sie schlechten Kaffee. Obwohl der Gastraum bis auf einen mit Fernfahrern besetzten Tisch leer war, mussten sie am Eingang warten, bis ihnen ein hüftsteifer Kellner einen Tisch zuwies.

»Karl-Marx-Stadt«, murmelte Honey schläfrig. »Wie hieß das früher?«

»Keine Ahnung«, erwiderte Chris, der bislang die meiste Zeit gedöst oder geschlafen hatte.

»Man kennt sich in Frankreich besser aus als in der DDR«, sagte Angie, während sie sich an der Glut von Joschis Zigarette eine eigene anzündete.

Das Innere des Wagens war völlig verqualmt. In größeren Abständen gab jemand das Kommando »Stoßlüftung«, worauf Fahrer und Beifahrer rasch die Seitenfenster herunterkurbelten, um wenige Sekunden lang frische, kalte Luft hereinzulassen.

Die Autobahn war nun über längere Abschnitte vollkommen leer. Draußen wütete erneut ein Schneesturm. Manchmal signalisierte ein in der Ferne auftauchendes orangenes Leuchten, dass sich vor ihnen ein Räumfahrzeug durch die Schneewehen wühlte.

»Eine Panne sollten wir jetzt nicht haben.« Angie unterbrach die schon länger im Wagen währende Stille. Wenn sie fuhr, lief grundsätzlich keine Musik. Sie konnte sich dann besser aufs Fahren konzentrieren.

»Hör bloß auf«, gähnte Honey. »Eine Panne? Da könnte man nur hoffen, dass uns ein Räumfahrzeug mitnimmt. Die Karre müsste man stehen lassen.«

»Ich glaub, du spinnst.« Angie war hörbar aufgebracht.

»Seid doch nicht so fatalistisch«, mahnte Aron. »Da vorne kommt eine Raststätte. Ich übernehm wieder.«

Sie machten lediglich einen Fahrerwechsel. Chris pinkelte noch schnell in einen Schneewall.

»Alte Sau«, grummelte Angie.

»Wer muss, der muss.«

Als Aron wieder in die Schneise einmündete, die auf die Autobahn führte, ärgerte er sich über einen orangeroten Kleinlastwagen, der sich vor ihn drängte. Es war ein Fahrzeug unbekannten Typs, im Erscheinungsbild dem Mercedes-Unimog nicht unähnlich. Es hatte nur eine kleine Ladefläche hinter dem Führerhaus und wirkte äußerst robust. Die Verwirbelungen, die von dem Kraftpaket ausgingen, zwangen ihn, sich weit zurückfallen zu lassen. Sofort erkannte er, dass es weitaus bequemer war, dem Kleinlastwagen in sicherem Abstand zu folgen, der breite Spuren in den frisch gefallenen Schnee walzte. Nach etwa zehn Minuten setzte Aron auf einem zweispurig geräumten Abschnitt vorsichtig zum Überholen an. Im Inneren des anderen Fahrzeugs war es stockdunkel. Durch die aufgewirbelten Schneeflocken hindurch konnte er den Fahrer nicht erkennen. Vorsichtig lenkte er den VW wieder auf die rechte Spur und übernahm die Führungsarbeit. Und wie von ihm erhofft, setzte der orangerote Laster nach wenigen Minuten wieder zum Überholen an. Sie hatten auch ohne direkten Kontakt eine äußerst hilfreiche Übereinkunft gefunden. Jedes der beiden Fahrzeuge übernahm nun einige Minuten lang für das andere die Führung. Das überholte ließ sich zurückfallen und fuhr bequem in der Spur des anderen. Wenn es sich mit gesetztem Blinker wieder näherte, war dies das Signal für den nächsten Führungswechsel.

Gerne hätte Aron den Mann – für ihn bestand kein Zweifel daran, dass es ein Mann war – getroffen. Oder mit ihm auf einer Raststätte einen Kaffee getrunken. Doch dazu kam es nicht. Sie wechselten sich länger als zwei Stunden regelmäßig ab. Angie fragte ihn kein einziges Mal, ob sie ihn ablösen sollte. Wozu auch? Dadurch wäre der Kontakt zu dem unbekannten Verbündeten abgebrochen, mit dem es sich leichter durch die Nacht fahren ließ als all die Kilometer zuvor.

Eingangs des Berliner Autobahnnetzes trennten sie sich. Der DDR-Kleinlaster überholte ein letztes Mal, blinkte länger als sonst und nahm dann die Route, die um Berlin herum Richtung Norden führte.

Sie fuhren Richtung Dreilinden. Am frühen Morgen mussten sie ein weiteres Mal die gleichermaßen stereotyp wie distanziert verlaufende Kontrolle durch die DDR-Grenzer über sich ergehen lassen. Besonders amüsierte sie die Frage, ob sie etwas aus der Deutschen Demokratischen Republik ausführen würden.

Gleich nach dem Kontrollpunkt nahmen sie auf einem kleinen Parkplatz den längst überfälligen Fahrerwechsel vor. Aron rollte sich auf dem Beifahrersitz in seinen Schlafsack. Angie fuhr über die leere Avus durch den dunklen Berliner Forst in Richtung Charlottenburg. Berlin ruhte unter einer halbmeterhohen Schneedecke, die in der frühmorgendlichen Dunkelheit wie eine unwirkliche Zuckerbäckerlandschaft aussah. Es hatte endlich aufgehört zu schneien. Angie hatte keine Mühe, den richtigen Weg zu finden. Gleich nach der dick vereisten Rudolf-Wissell-Brücke bogen sie auf den westlichen Berliner Ring ein, der sie in Richtung Wedding brachte.

»Jungs, aufgepasst!«, plapperte die Fahrerin aufgekratzt drauflos. »Wenn ihr später mal alleine unterwegs seid, müsst ihr am Humboldt vorbei, runter zur Mauer, die ein paar Meter entlang, dann rein in die Wolgaster. Wenn ihr auf den Vinetaplatz kommt, seid ihr schon zu weit.« Nach kurzem Schweigen murmelte sie deutlich leiser: »Hoffentlich klappt das mit dem Schlüssel.«

Sie hatten eine merkwürdige Unterkunft. Angie hatte sich während ihres Studiums mit einer deutlich älteren Kommilitonin angefreundet, die zusammen mit ihrem Mann lange in der SEW, der Sozialistischen Einheitspartei Westberlins, aktiv gewesen war. Als der aber zu der Überzeugung gelangte, eine der Genossinnen mehr zu lieben als seine Frau, führte die daraus resultierende Lebenskrise die Verlassene aus der Kaderpartei direkt in den Aschram. Zurzeit hielt sie sich in Poona auf, dem Glücksort, dem jetzt so viele Erleuchtete zuströmten. Sie gedachte, bis zum Sommer zu bleiben, hatte aber ihre Wohnung nicht gekündigt. »Altberliner Mietvertrag. So günstig kriegst du hier nie mehr eine so geräumige Unterkunft«, hatte sie auf Angies neugierige Frage geantwortet.

Die Frau hieß früher einmal Veronika, hatte aber einen anderen Namen angenommen, der ihren Worten zufolge den jetzigen Grad ihrer Erleuchtung zum Ausdruck brachte. Angie hatte die Frau noch vor ihrem Abflug telefonisch erreicht. Sie sei bei ihrer Ankunft in Berlin nicht mehr da, aber Angie könne die Wohnung mit ihren Freunden nutzen. »Der Schlüssel ist beim Nachbarn. Ihr müsst bei Brenners klingeln.«

Kurz nach sieben kamen sie in der Wolgaster Straße an. Auf der Fahrbahn lagen dreißig Zentimeter unberührter Neuschnee, der in der ausgehenden Nacht gefallen war. Auf den Parkplätzen gegenüber der Häuserzeile standen tiefverschneite Autos. Keine Spur wies darauf hin, dass am heutigen Morgen bereits jemand weggefahren war. In einer einzelnen Lücke türmte sich neuer und der bereits an den Vortagen angehäufte Schnee.

Ihr Glück war, dass eine Frau aus einem der Häuser auf den Gehweg trat. Sie erkannte ihre Ratlosigkeit und rief zu ihnen hinüber: »Ich kann euch zwei Schneeschieber und eine Schaufel geben. Und wenn ihr fertig seid, stellt ihr sie neben die Haustür.«

Abwechselnd schoben und schippten sie den Schnee so weit aus der Lücke, dass Angie den VW darin parken konnte. Die nächsten Tage, so viel hatte sie sich insgeheim vorgenommen, würde sie den Wagen keinen Meter fahren.

Sie debattierten kurz darüber, ob man bereits zu so früher Stunde bei Veronikas Nachbarn klingeln konnte.

»Macht jetzt nicht noch länger rum«, maunzte Angie. »Ich will nur noch schlafen.«

Sie einigten sich darauf, zuvor noch eine Bäckerei ausfindig zu machen, in der sie auch einen Kaffee bekommen konnten.

Als sie eine Dreiviertelstunde später klingelten, kam ihnen bereits im Treppenhaus ein gut gelaunter Glatzkopf entgegen. Mit seinem gewaltigen Schnurrbart und den buschigen Augenbrauen erinnerte er an die ältere von E.O. Plauens Comicfiguren *Vater und Sohn*. Seine gutmütigen dunklen Äuglein schimmerten unscharf und vergrößert durch dicke Brillengläser. Mit Grüßen von Veronika gab er ihnen den Schlüsselbund, erklärte rasch, welcher Schlüssel wohin passte, und ging dann wieder in seine Wohnung zurück. Durch deren geöffnete Tür erklang derweil Radiomusik und strömte das Aroma frisch gebrühten Kaffees.

Die Wohnung, die sie auf der gegenüberliegenden Seite des Treppenabsatzes betraten, spiegelte den Weltanschauungswechsel Veronikas wider. Marx- und Leninbüsten standen vor Wandbehängen mit indischen Motiven. Im Bücherregal fanden sich die marxistischen Klassiker neben den Schriften von Bhagwan Shree Rajneesh, Maharishi Mahesh Yogi und anderen *Erleuchteten*.

In einem riesigen Schlafzimmer war der Boden bis auf den Eingangsbereich und den Platz vor dem Fenster vollständig mit aneinandergefügten Matratzen ausgelegt, die ein riesiges, aus mehreren Teilen zusammengenähtes Tuch bedeckte. So war eine vier auf sechs Meter große Schlaf- und Liegefläche entstanden.

Chris machte sich in der geräumigen Wohnküche umgehend an dem kalten Kachelofen zu schaffen, mit dem auch der lange Flur und ein weiteres Zimmer beheizt werden konnten. »Wir müssen den Mann fragen, ob es im Keller Heizmaterial gibt.«

Durch die geschlossene Badezimmertür vernahm man Honeys lauten Ruf: »Verdammter Mist.« Er kam heraus und sagte resignierend: »Das Klo ist eingefroren.«

»Du hast aber nicht ins Waschbecken gepinkelt« fuhr Angie ihn an.

»Schwachsinn«, fauchte Honey. »Außerdem sind die Wasserleitungen ebenfalls eingefroren. Die blöde Kuh ist abgereist, ohne das Oberlicht zu schließen.«

»In der Küche läuft das Wasser«, hörte man Aron rufen. »Ich setze mal ein paar Töpfe mit Wasser auf dem Herd auf. Gibt es im Bad eine Heizung?«

»Da ist nur ein Elektrostrahler«, erwiderte Joschi. »Ich hab ihn angemacht.«

»Ich geh mal rüber zu dem Nachbarn«, sagte Chris. »Wir brauchen etliche Eimer heißes Wasser. Macht das kleine Fenster zu.«

»Hältst du mich für blöd«, entgegnete Joschi. »Das hab ich doch längst gemacht.«

»Streitet nicht rum«, mahnte Angie. »Wir lassen uns die Laune durch so was doch nicht verderben.«

Mit Hilfe des freundlichen Schnauzbärtigen, der ihnen mehrere Eimer kochend heißes Wasser herüberbrachte, gelang es ihnen nach einer halben Stunde, die Vereisung abzutauen.

»Bloß gut, dass das Klo jetzt funktioniert«, sagte Honey sichtlich erleichtert. »Zu siebt in einer Wohnung und kein Klo, das wäre im wahrsten Sinne des Wortes ziemlich beschissen.«

»Apropos *zu siebt*« erwiderte Angie. »Mary und ihre neue Liebe wollten doch schon vor uns hier sein. Ich mach mir Sorgen.«

»Kommt, wir gehen jetzt pennen«, mahnte Aron, der zwischenzeitlich mit Chris den Kohlenkeller ausfindig gemacht hatte, der zur Wohnung gehörte. Brennholz, Eierkohlen und Briketts waren ausreichend vorhanden. Jetzt prasselte ein lustiges Feuerchen in dem Altberliner Kachelofen.

»Eigentlich sollten wir in dem kleinen Zimmer pennen«, maulte Angie. »Das wird wenigstens warm.«

Kurze Zeit später lagen sie zu fünft auf der riesigen Matratzenlandschaft.

»Ich lass meine Socken an«, sagte Angie leise. Sie hatte sich neben Aron gelegt.

Der nickte müde und rollte sich frierend in seinen Schlafsack. Wenig später, er war bereits eingeschlafen gewesen, spürte er eine Hand über sein Gesicht tapsen.

»Mir ist arschkalt«, flüsterte Angie. »Wärm mich bitte ein bisschen.«

Mit geschlossenen Augen zog er sie an sich heran und legte seinen rechten Arm über ihren schlafsackbedeckten Leib.

Irgendwann um die Mittagszeit weckte ihn das lang anhaltende Schellen der Türglocke. Draußen schien die Sonne. Verwundert stellte er fest, dass Angie seinen und ihren Schlafsack halb geöffnet hatte. Mit gekrümmtem Oberkörper lag sie an seinen Bauch gekuschelt.

Es klingelte erneut.

»Mach mal jemand auf«, krächzte Joschi.

»Mach doch selber auf«, knurrte Chris und wälzte sich auf die andere Seite.

»Streitet nicht«, schnurrte Angie und schmiegte sich noch enger an Aron.

Wieder klingelte es.

Aron sprang wütend auf, ließ den halb geöffneten Schlafsack an sich herabgleiten und zog Hose und Schuhe an. Im Flur fand er den Türöffner, der sich mit einem lauten Summen betätigen ließ.

Schnelle Schritte stürmten die knarrenden Treppen herauf.

»Könnt ihr nicht schneller aufmachen«, begrüßte ihn Marianne Krafczyk. »Wir sind vollkommen durchgefroren.«

Hinter ihr tauchte ein stämmiger, braungebrannter Bursche auf. Lange dunkelblonde Locken quollen unter einer unförmigen Wollmütze hervor.

»Wir sind alle noch todmüde«, rechtfertigte sich Aron. Flüchtig umarmte er seine alte Freundin. Dann wandte er sich dem Mann zu, der ihm mit einem einnehmenden Lächeln die behandschuhte Hand entgegenstreckte. »Ich bin der Ronny, Marys Neuer.«

Mary betrat das *Schlafparadies*. Den Namen hatte Joschi dem Matratzenzimmer noch am Morgen verpasst, ehe er eingeschlafen war. Sie stürzte sich auf ihre beste Freundin und drückte sie auf die Matratze zurück. »Da bist du ja, mein kleines Stinkerlein. Wir haben uns ja ewig nicht mehr gesehen. Ich zieh mir nur noch die Schuhe aus und leg mich dann zu dir. Wir haben die ganze Nacht in kalten Zügen verbracht.«

Es hatte sich nicht als Vorteil erwiesen, von Hamburg nach Berlin den Zug zu nehmen. Irgendwo im Norden der DDR war die Strecke wegen unüberwindbarer Schneeverwehungen durchgängig gesperrt worden. Nach etlichen Umleitungen standen sie mehrere Stunden lang auf einem Kleinstadtbahnhof zwischen Magdeburg und Berlin. Vom Reichsbahnpersonal wurde ihnen strikt untersagt, den Bahnsteig zu betreten. Da sie Berlins Stadtgrenze abseits der gängigen Strecken für Interzonenzüge erreichten, kam es noch auf DDR-Gebiet zu einem weiteren längeren Aufenthalt.

»In Berlin fahren die S-Bahnen auch sehr unregelmäßig«, fügte Ronny Weltke hinzu, der Junge aus dem Emsland, der, wie seine neue Freundin auch, seit kurzem in Hamburg Sport studierte, obwohl er sich eher als Musiker verstand.

»Ich geh mal vor zum Vinetaplatz«, sagte Aron missgelaunt. Das Matratzenlager, auf dem jetzt sieben Leute fläzten, nervte ihn. »Frühstücken. Geht jemand mit?«

Joschi wühlte sich aus seinem Schlafsack und blickte gedankenverloren auf seine löchrige Socke.

Als sie in einem nahegelegenen Bäckerei-Imbiss bei heißem Kaffee, Mett- und Käsebrötchen saßen, sah Joschi seinen Freund lange an, ehe er sagte: »Was ist denn mit Angie los? Schnuckelt mit dir herum. Wenn ich sie sonst sehe, redet sie die ganze Zeit von ihrem Freund.«

»Mir ist gar nicht bekannt, dass sie gerade einen Freund hat. Außerdem schnuckeln wir nicht herum. Ihr war kalt. Das war alles.«

Sie stapften zurück zur Wolgaster Straße. Die Mittagssonne tauchte die beschneite Stadt in ein eigentümlich fahles Licht. Überall waren Hausbewohner damit beschäftigt, des Schnees Herr zu werden. Die Besatzung eines Müllwagens schimpfte lautstark mit denen, die ihn auf die Fahrbahn entsorgten. »Da hört sich doch allet uff, ihr Backfeifenjesichter. Rummosern, wenn der Müll nich rechtzeitig jeholt wird. Aber die Fahrbahn zuschmeißen. Da hört sich doch allet uff.«

Sie gingen noch rasch zum Wagen. Aron hatte die Schlüssel bei sich. Gemeinsam schulterten sie das restliche Gepäck.

»Wir sollten noch was einkaufen«, mahnte Joschi. »Fürs Frühstück und ein paar Getränke.«

Sie verdösten den restlichen Nachmittag. Um halb fünf gingen Aron, Chris und Ronny zu einem nahen Supermarkt. Angie hatte mittlerweile eine Küchenkasse angelegt. »Aber Zigaretten und Shit werden daraus nicht bezahlt«, rief sie den Jungs noch nach, als diese bereits im Treppenhaus waren.

Um fünf Uhr war es bereits wieder dunkel.

Es war ausgemacht, dass sie nicht immer im Pulk umherziehen wollten.

»Wer will, kann dann ja nach zwölf oder später noch ins *SO36* kommen«, schlug Honey vor, der öfters in Berlin war. »Von dort kommen wir gut nach Hause.«

Ronny und Mary hatten vor, Ronnys besten Freund zu besuchen, der nahe dem Steglitzer Kreisel in einer WG untergekommen war. Mit den Worten: »Wir wissen noch nicht, wann wir zurückkommen«, zogen sie von dannen.

»Wir essen was, vielleicht bei nem Italiener«, schlug Honey den anderen vor. »Dann ab in die *Rote Harfe*. Dort gibt's keinen Konsumzwang.«

Sie aßen schließlich bei einem Inder, weil das am billigsten war. Zu fünft gingen sie anschließend rüber in die *Rote Harfe* in der Oranienburger Straße. Das Lokal war voller übriggebliebener Achtundsechziger. Endzwanziger und auch noch Ältere mit langen Haaren, in Klamotten aus den frühen Siebzigern. Zwischen ihnen auch etliche Jüngere in den metallverzierten Lederjacken des noch jungen Punk.

Joschi und Aron gingen an den Tresen, kauften Bier und drängelten sich in Richtung eines Podestes, auf dem Angie, Chris und Honey einen der wenigen Tische ergattert hatten.

Es war laut. Die Musik, die aus den Boxen dröhnte, vermengte sich mit der Ausgelassenheit der Gäste und den Liedern, die ein stoppelbärtiger Enddreißiger zu seiner Gitarrenmusik vortrug. Voller Inbrunst schmetterte er gerade einen proletarischen Altberliner Gassenhauer:

Wem hamse die Krone jeklaut?
Wem hamse die Krone jeklaut?
Dem Willem, dem doofen,
dem Oberganoven,
dem hamse die Krone jeklaut.

Aron roch Haschisch. In der von einem Kollektiv geführten Kneipe wurde ungeniert gekifft. Auch Honey machte sich daran, einen dünnen Joint zu drehen, was einige, die in ihrer Nähe saßen, aus ihrer Lethargie löste.

Der Sänger, der gebückt über seiner Gitarre kauerte und dabei grinsend in die Runde blickte, sang unverdrossen weiter:

Wer wird uns die Straßen einst kehr'n?
Wer wird uns die Straßen einst kehr'n?
Der Willem, der doofe,
der Oberganove,
der wird uns die Straßen einst kehr'n.

Je später es wurde, desto voller wurde die *Rote Harfe*.

»Lasst uns mal ins *SO36* rübergehen«, schlug Chris vor.

Aron schüttelte den Kopf. »Ich nehm hier noch ein Bier. Das reicht mir für heute. Will morgen nicht so spät raus. Morgen Abend geh ich mit.«

Während die anderen sich in ihre Lederjacken und Parkas zwängten, ging er an den Tresen hinunter. Der Qualm war inzwischen unerträglich geworden. Offensichtlich funktionierte die Belüftung der Kneipe nicht. Oder man hatte sie abgeschaltet, um Energie zu sparen. Vielleicht war sie auch nur defekt. Aus den Lautsprechern schepperte Musik von »Pink Floyd«. Der Fels in der Gischt rasch wechselnder Musikstile und -größen. Einen Moment lang empfand er das Gehörte als Musik aus seiner Jugend. War für ihn die Jugend bereits vorbei? Mit vierundzwanzig?

Ein blondes, sommersprossiges Mädchen im Fischerhemd stellte ihm ein überschwappendes Bier auf den Tresen. »Eins achtzig.« Das Mädchen hatte eine hohe Stimme. Da sie laut sprach, fast schrie, um den Kneipenlärm zu übertönen, wurde die Stimmlage unangenehm schrill.

Seine Freunde hatten das Lokal verlassen. Der Tisch, an dem sie zuvor gesessen hatten, war von einigen Punks in Beschlag genommen worden. Einer hatte seine Lederjacke fast gänzlich mit rosa Farbe bestrichen. Eine Bedienung, die Flaschen und Gläser einsammelte, aber keine Bestellung entgegennahm, redete lebhaft auf den Jungen ein, dessen frisch bepinselte Kutte offensichtlich abfärbte. Die Tischrunde feixte. Einer beugte sich flach über den Tisch, rollte mit dem Zeigefinger die Oberlippe hoch und ließ in rascher Folge seine Zungenspitze durch eine Zahnlücke schnellen.

»Olle Säue«, empörte sich die Bedienung und ging, heftig einen Lappen schwingend, zum nächsten Tisch.

Die Punks grölten: »Ich bin die kreischende Königsschlange.« Hatte er diesen merkwürdigen Satz schon einmal gehört? Er kam nicht drauf. Er setzte sich auf den freien Platz einer Bank, ohne das Bier abzustellen. Er trank in kleinen Schlucken. Erst als er sich eine Zigarette anzünden wollte, stellte er das Glas auf den Boden.

Ein Berliner Altfreak mit schütteren, strähnigen Haaren wandte sich zu ihm um: »Kumpel, haste mir ooch eene?« Mit schmutzigen Fingern und einem leichten Zittern nahm er die Zigarette aus dem Päckchen, das Aron ihm entgegenhielt. Dankte mit müdem Gesichtsausdruck. Hatte wohl seine besten Tage bereits hinter sich.

Ich bin die kreischende Königsschlange. Hatte das etwas mit »MC5« zu tun? Oder doch mit Jim Morrison, dem lustvollen Verkünder des Vatermordes?

Sein eigener Vater fiel ihm ein. Im letzten Jahr hatte er ihn kein einziges Mal gesehen. Wie könnte man ihr derzeitiges Verhältnis beschreiben? Friedliche Koexistenz? Das war nicht einmal falsch. Aber es klang zu melodramatisch, zu aufgebauscht. Er hatte unverändert Achtung vor Jakobs Lebensgeschichte. Aber für seine eigene Entwicklung hatte der Vater wenig Bedeutung gehabt. Er hatte mehr über ihn nachgedacht als mit ihm erlebt. Seine Mutter tat ihm leid. Sie war jetzt bereits weit über fünfzig. Hatte lange keinen Partner mehr gehabt. Schuftete verbissen, war stark. Niemals beklagte sie sich.

Neuer Lärm und lautes Geschrei setzten ein. Ein Glas fiel zu Boden. Die Punks hatten mit einem Mal begonnen, sich zu prügeln. Als mehrere Ältere eingreifen wollten, stoben sie lachend und kreischend auseinander und begannen sich über die besorgten Mienen der Langhaarigen lustig zu machen. *Next Generation.*

Er trank sein Bier aus, stellte das Glas auf den nächstbesten Tisch und ging hinaus. Als sich die Tür langsam hinter ihm schloss, waren nur noch schwache Geräusche aus dem Inneren des Lokals zu vernehmen. Es schneite wieder in großen Flocken, die langsam zur Erde taumelten. Die Hände in den Taschen seiner Lederjacke versenkt, trabte und schlitterte er durch die Nacht. Am Mehringplatz erreichte er mit Glück gerade noch den Nachtbus. Doch vom Bahnhof Gesundbrunnen aus musste er bis zum Vinetaplatz laufen.

Die Wohnung war bitterkalt. So rasch er konnte, kroch er in seinen Schlafsack.

Er wusste nicht, wie spät es war, als ihn die anderen aus einem unruhigen Schlaf weckten. Honey und Chris wirkten völlig überdreht. Joschi hingegen legte sich wortlos in seine Ecke und rollte sich ein.

Angie legte sich neben ihn. Als das Licht erloschen war, schob sie sich an ihn heran, öffnete seinen Schlafsack zur Hälfte und legte ihre eiskalten Fußsohlen auf seine Waden. Ihren eigenen Schlafsack breitete sie wie eine Decke über sich und Aron. Als sie wärmeheischend ihren Hintern an ihn heranschob, bekam er einen Ständer. Es machte ihr nichts aus, denn sie blieb eng an ihn geschmiegt liegen. Er hörte ihren gleichmäßigen Atem. War sie bereits eingeschlafen? Einer begann zu schnarchen. Wahrscheinlich Honey. Honey schnarchte immer, wenn er zu viel getrunken hatte. Er sah auf das schwach beleuchtete Rechteck des Fensters. Feine Schatten durchzogen den kaum wahrnehmbaren Lichtschimmer. Es schneite wohl noch immer. Er griff Angie in den Slip. Sie regte sich nicht. Er tastete sich nach unten. Sie ließ es zu, presste nicht einmal die Schenkel gegeneinander. Er begann sie zu streicheln. Noch immer regte sie sich nicht. Einmal atmete sie tiefer ein und dann hastiger wieder aus. War sie erwacht? Sie lag noch immer an seinen Bauch geschmiegt, ihren Kopf in seiner Armbeuge. Er streichelte sie. Sie wurde feucht. Sie kam. Er spürte es am sanften Zittern ihres schmalen Körpers. Ihr Atem ging jetzt schneller. Aber noch immer vermied Angie es, so zu reagieren, als sei sie wach. Sie musste wach sein. Er griff mit dem Daumen in ihren Slip und zog ihn ein Stück nach unten.

Mit beiden Händen griff sie energisch nach seinem Arm. »Nicht«, flüsterte sie.

Natürlich war das Biest wach gewesen. Wut stieg in ihm auf. Doch er beherrschte sich. Nochmals zog er sanft und doch fordernd an dem Slip.

Wieder griffen energische Hände nach ihm. »Nicht«, flüsterte sie erneut. »Ich möchte nicht mit dir schlafen.«

»Wieso?«, raunte er so beherrscht wie möglich.

»Ich möchte einfach nicht.«

Voller unbefriedigter Geilheit drehte er sich auf die andere Seite. Angie schmiegte sich eng an seinen Rücken. »Mir ist kalt.« Sie klapperte mit den Zähnen. Etwas zu demonstrativ.

In der darauffolgenden Nacht geschah nahezu dasselbe. Als sie sich an ihn herangekuschelt und eine Zeitlang offensichtlich ausgekühlt neben ihm gelegen hatte, führte sie mit festem Griff seine Hand in ihr Höschen. Er war überzeugt davon, dass sie dieses Mal mit ihm schlafen wollte. Er begann sie zu streicheln. Als sie gekommen war, rollte sie sich auf den Bauch und blockte jeden weiteren Annäherungsversuch ab.

»Blödes Miststück«, entfuhr es ihm. Niemand der anderen schien etwas gehört zu haben. Oder taten sie nur so?

Am darauffolgenden Morgen war es sogar in ihrem Schlafraum eiskalt.

»Schau mal.« Als Chris gähnend in die Küche schlappte, zeigte Joschi auf die Außenwand. Aus den Schlitzen seiner zugekniffenen Augen sah Aron das matte Glitzern des Ölanstrichs, auf dem sich Eiskristalle gebildet hatten. Die Fensterscheiben waren durch große Eisflächen verdunkelt. An deren Rändern hatten sich Eisblumen gebildet.

»Leute, ich geh frühstücken«, kreischte Honey. Im Liegen sah er gedankenverloren auf die beiden vereisten Fenster ihres Schlafzimmers. »Wer kommt mit?«

Niemand antwortete ihm.

Aron sah zu Angie hinüber, die sich in ihrem Schlafsack aufgesetzt hatte. Sie schien ihn nicht zu bemerken. Er kam sich vor wie ein Spielball. Das Gefühl, dass ihn jemand am Nasenring durch die Manege führte, hatte er bislang nicht gekannt. Ohne ein festes Ziel zu haben, machte er als Erster Anstalten, die Wohnung zu verlassen. Doch nicht nur er hatte den Wunsch, einmal ohne die anderen loszuziehen.

»Wie Honey gestern vorgeschlagen hat, können wir uns ja später im *SO36* treffen«, schlug Angie vor. Dabei blickte sie mit Ausnahme von Aron alle an. Mürrisch zog der die Lederjacke über seinen Pullover.

Mary und ihr neuer Freund waren während der Nacht und auch den ganzen Tag über nicht aufgetaucht. Aron äußerte die Vermutung, dass die beiden Frischverliebten die Nacht nur ungern in einer Matratzengruft verbrachten, in der schon fünf andere schliefen.

Grußlos verließ er die Wohnung, frühstückte in einem benachbarten Lokal und fragte sich dort nach dem nächstgelegenen Hallenbad durch. Die Zeit bis zum frühen Abend verbrachte er im Becken und in der Sauna. Während er mit langsamen Zügen schwamm, befiel ihn das Gefühl verlorener Jugend und brüchig gewordener Freundschaften. Noch immer war Joschi sein bester Freund. Aber das meiste, das mit seinem jetzigen Leben zu tun hatte, besprach er mittlerweile mit Göttinger Freunden. Zu Chris und Honey verspürte er eine wachsende Distanz. Die Gemeinsamkeiten wurden weniger. Angie war weiterhin eine enge Vertraute. Aber mit einem Mal begann sie ihn zu erregen. Erneut hatten sie die *rote Linie*, die Grenze zwischen Freundschaft und Sex überschritten. Sie wehrte ihn ab, obwohl sie sich von ihm befriedigen ließ. Das bekam er nicht auf die Reihe. Mit Mary verbanden ihn mittlerweile nur noch die gemeinsam verbrachte Jugend und die Erinnerungen an ihre früheren Unternehmungen. Während dieses Berlinaufenthalts hatte er mit ihr bislang kein ernsthaftes Wort gewechselt.

Nach einem letzten Saunagang schwamm er noch einige Bahnen, ruhte anschließend noch ein wenig auf einer Liege.

Verblüfft stellte er fest, dass er die vorgeschriebene Zeit erheblich überschritten hatte. Als er rauskam, war es bereits wieder dunkel geworden. Er musste drei Mark nachzahlen und das Gemeckere einer Dicken an der Kasse über sich ergehen lassen.

Er fuhr mit der S-Bahn nach Kreuzberg, aß eine Currywurst und langweilte sich danach in einer Galerie, die er betreten hatte, um sich aufzuwärmen. Es war wieder kälter geworden. Ehe er hinausging, überflog er noch etliche Veranstaltungsplakate, die mit Reißzwecken an einer Wand neben der Garderobe befestigt waren.

Achtlos ging er an einem neu eröffneten Frauenbuchladen vorbei. Jemand schlug mit der flachen Hand von innen gegen das Schaufenster. Angie winkte ihm mit einem schelmischen Lachen. Zu seiner Überraschung tauchte hinter ihr auch Mary auf. Ronny war nicht zu sehen. Er betrat den Laden. Sofort eilte eine kleine Kurzhaarige auf ihn zu und fragte ihn, ob er das Schild an der Ladentür nicht gesehen habe. »Hier haben nur Frauen Zutritt«, fügte sie reserviert hinzu.

Ob er bleiben dürfe, bis seine Freundinnen mit ihrer Auswahl fertig seien. Draußen sei es bitterkalt.

»Keine Ausnahme.«

»Wir treffen uns in der Wolgaster«, rief Angie ihm nach, als er sichtlich angefressen die Buchhandlung verließ.

»Wer hat den Schlüssel?«

»Honey und Chris wollten sich am Nachmittag hinlegen, damit sie frisch in den Abend starten können.«

Als er die Wohnung betrat, war sie noch immer kalt.

»Wieso hat denn keiner Feuer gemacht«, knurrte er statt einer Begrüßung.

Chris, Joschi und Honey saßen in der kaltfeuchten Küche und hatten unförmige Stücke einer Familienpizza in den Händen.

»Holz und Kohlen sind alle«, nölte Honey. Dabei kaute er schmatzend.

»Ja, muss man halt holen«, radebrechte Aron, der über die so offensichtlich an den Tag gelegte Gleichgültigkeit erneut in Rage geriet.

»Was steht heute Abend an?«, fragte Joschi, der Arons schlechte Laune einfach ignorierte.

»Ich will rüber ins *Flöz*«, erwiderte Aron rasch, dabei hoffend, dass keiner der anderen ihn begleiten würde.

»Was geht da ab?«, fragte Honey.

»Jazz«, erwiderte Aron, das Wort länger als nötig dehnend. »Dort spielen immer gute Leute. Free Jazz und andere experimentelle Musik.«

»Nicht mein Ding«, sagte Chris. »Ich leg mich noch ne Weile ab. Später sind wir im *SO36*. Kannst ja nachkommen.«

Aron, der noch eine Kleinigkeit essen wollte, stand auf. Niemand machte Anstalten, ihn zu begleiten, was ihm recht war.

Die Kälte hielt unvermindert an. Seitenstraßen und Gehwege hatte man nur notdürftig geräumt. Er ging zum Griechen um die Ecke. Nachdem er in mäßiger Qualität, weil viel zu fett, gegessen hatte, nahm er die U-Bahn nach Wilmersdorf. Das *Flöz* lag in der Nassauischen Straße, die auf dem Weg zum Volkspark leicht zu finden war. Eine enge, eisglatte Treppe führte in einen Keller hinab, den man zu einer Musikkneipe ausgebaut hatte. Im Inneren war das Mauerwerk rau und bis auf wenige Stellen unverputzt. Einen Teil der elektrischen Leitungen hatte man auf höchst abenteuerliche Weise verlegt.

Als er eintrat, ging gerade eine Bluessession zu Ende. Ein überschaubares, meist älteres Publikum belegte weniger als die Hälfte der Tische. Erst spät tauchte Sven-Åke Johansson auf, wegen dem er gekommen war. Einen Hinweis auf den heutigen Auftritt hatte er auf einem kleinen Plakat gelesen, das in der Kreuzberger Galerie hing. Zu seiner Enttäuschung trat der Schlagzeuger nicht mit seiner Formation auf, sondern spielte solo. Nachdem er sich wie ein Suchender an sein Motiv herangetastet hatte, verlor er sich in aberwitzigen Schlagfolgen, Stakkati und Klangwirbeln.

Mit einem Mal spürte Aron eine starke Erregung. Das hatte nichts mit einer der wenigen Frauen zu tun, die sich in das Kellerlokal verirrt hatten. Die meisten – ja eigentlich alle – waren deutlich älter als er. Viele waren in wallende Gewänder gehüllt oder trugen Latzhosen. Er meinte die Schlagfolgen Johanssons in seinem Unterleib zu spüren. Verärgert und enttäuscht dachte er an Angie. Die letzten beiden Nächte hatte sie sich von ihm befriedigen lassen, ohne mit ihm zu schlafen. Er kam sich vor wie ein flüchtig gebrauchter Waschlappen.

Ohne das Ende von Johanssons Performance abzuwarten, brach er auf. Es war erst kurz nach elf. Mit der U-Bahn fuhr er zum Heinrichplatz.

Im *SO36* war es voller als am Abend zuvor. Mary war die Erste aus der Clique, die er traf. Eng an Ronny geschmiegt stand sie im auslaufenden Eingangsbereich. Sie löste sich von ihrem Freund, begrüßte ihn mit Küsschen auf beide Wangen.

»Wo sind die anderen?«, fragte er.

»Sind alle da«, sagte Ronny.

An diesem Abend spielte keine Band. Ein Diskjockey mit ausladender Punkfrisur legte Scheiben von Bands auf, die Aron in der Mehrzahl unbekannt waren. Er nickte dem Pärchen zu und näherte sich der Tanzfläche. Mittendrin erspähte er Chris und Angie. Auf Anhieb war kein Durchkommen. Jugendliche Punks tanzten ihren neuen Stil, *pogten* über die Tanzfläche, sprangen sich gegenseitig und auch andere aggressiv an, prallten mit ihren schmächtigen Oberkörpern gegeneinander. Aron wurde mehrfach angerempelt und angesprungen.

Inmitten des Pulks tanzte ein schmaler, halbnackter Kerl. Sein muskulöser, schweißglänzender Oberkörper reflektierte das bunte Geflacker der Lichtorgeln und Diskokugeln. Mit großen, weit aufgerissenen Augen tanzte der Bursche noch aggressiver als die anderen. Wie abgefressen wirkende Haarbüschel standen in alle Richtungen. Er war deutlich älter als die Jugendlichen, wahrscheinlich auch älter als Aron und die anderen, die mit ihm unterwegs waren.

Aron kämpfte sich zu Angie durch, die ihn mit lautem Gebrüll begrüßte, von dem er nicht das Geringste verstand.

Der halbnackte Kerl schleuderte mit einem Mal Joschi zu ihm herüber, der sichtlich erschrocken an seinem rechten Arm Halt suchte. Aron spürte, wie eine Naht seiner Lederjacke riss.

Jetzt robbte der Verrückte auf Knien an Angie heran, die ihn lachend mit den Händen abzuwehren versuchte. Mit den Zähnen verbiss er sich in ihrem Gürtel. Dabei warf er den Kopf hin und her, eine Raubkatze nachahmend, die ihre Fänge in den weichen Bauch ihrer Beute geschlagen hat. Ohne den Biss vom Gürtel zu lösen, umfasste er mit beiden Händen Angies Pobacken. Aron bemerkte einen Moment lang eine Frau, die mit einer teuren Kamera gelassen die Szene fotografierte. Dabei hatte sie Mühe, den in Wellen heranpogenden Punks rechtzeitig auszuweichen.

Aron ging wütend auf den Halbnackten zu und versuchte ihn an seinen schweißfeuchten Schultern wegzuziehen. Als habe er nur darauf gewartet, sprang der drahtige Bursche auf und versetzte ihm sofort einen Tritt in die Kniekehle, der ihn einknicken ließ. Voller Zorn schlug er nach dem Mann. Er verfehlte ihn zunächst. Dass ein derartiger Hänfling ihn anzugreifen wagte, hatte außerhalb seines Vorstellungsvermögens gelegen. Weiteren Schlägen wich der andere geschickt aus, um sofort wieder abwechselnd mit beiden Füßen nach ihm zu treten. Dieses Mal hatte Aron besser aufgepasst. Bei einem weiteren Tritt des Angreifers hakte er seinen Fuß hinter dessen Wade und stemmte sie mit Wucht so in die Höhe, dass er das Bein zu fassen bekam. Er zog kraftvoll. Der Mann knallte mit dem Rücken auf die Tanzfläche. Doch im Nu war er wieder auf den Beinen. Aron bemerkte, dass sich nun von der Bar mehrere Angestellte näherten. Gleich würde der Spuk ein Ende haben. Ganz klar, der Kerl flog raus. Schließlich hatte er Angie begrabscht und ihn angegriffen. Der war bestimmt auf Droge, hatte Speed genommen oder Koks, was in Berlin gerade mal wieder *in* war.

Erneut stürmte der Drahtige auf ihn zu. Jetzt versetzte ihm Aron mächtige Schläge an Schläfe und Kinn. Der andere taumelte. Die hinter ihm stehenden Punks konnten ihn gerade noch auffangen. Ehe er zu einer Flasche greifen konnte, waren drei in einheitliche T-Shirts gekleidete Männer, wohl Angestellte des Hauses, herangeeilt. Zur nicht geringen Überraschung Arons ignorierten sie den Halbnackten und wandten sich sofort ihm zu.

»Sofort raus hier«, brüllte der, der ihm als Erster gegenübertrat. »Hier drin werden keine Schläger geduldet.«

»Der da hat angefangen«, verteidigte sich Aron und wies auf seinen Kontrahenten. »Zuerst hat er die Frau angegrabscht. Dann hat er auf mich eingeschlagen.«

»Keine Widerrede. Raus jetzt.«

Zwei griffen nach seinen Armen. Hörbar riss die Naht unter der Achsel weiter auf. Der dritte schob ihn von hinten. Nach kurzem Gerangel verkeilte sich Aron an der Tür zum Windfang. »Lasst mich los, ihr Arschlöcher, ich geh alleine.«

Sie ließen tatsächlich von ihm ab. Noch einer war dazugekommen. Zu viert standen sie nun abwehrbereit hinter ihm. Er spuckte aus und ging ins Freie. Kalte Nachtluft schlug ihm entgegen. Er vergrub beide Fäuste in den Jackentaschen und ging, so rasch es die glatten Gehwege zuließen, zur nächstgelegenen U-Bahn-Station. Er achtete nicht darauf, ob seine Freunde ihm folgten. Es war ihm egal. Er nahm den Nachtbus. Mit diesem kam er nicht direkt zum Vinetaplatz. Nach einem längeren Fußmarsch betrat er eine Kneipe, in der nur noch ein schwules Pärchen und etliche verlorene Trinker saßen.

»Ei, ein Hübscher«, gurrte der Kleinere der Schwulen. Spielerisch schlug der Größere nach ihm. Dann knutschten sie. Aron fand das widerlich. Er bestellte ein Bier.

»Stress gehabt?«, fragte der Mann hinter dem Tresen.

»Wen?«, fragte Aron drohend zurück.

»Wenn schon, dann heißt das ›mit wem‹«, erwiderte der Bierausschenker ungerührt.

»Die Langfassung lautet aber: ›Wen interessiert das?‹«

»Schon gut. Der Mann braucht seine Ruhe.« Der Barkeeper sah in den nahezu leeren Gastraum und wischte geschäftig über den Rand des kleinen Spülbeckens.

Als er anderthalb Stunden später in der Wolgaster ankam, waren die anderen bereits da, nur Mary und Ronny hatten sich wieder in ihre alte Unterkunft zurückgezogen. Joschi und Honey saßen kiffend in der kalten Küche. Chris war gerade im Bad.

Angie hockte auf den Matratzen des *Schlafparadieses*. Vorwurfsvoll sah sie zu ihm auf. »Du weißt schon, wen du da im *SO36* verprügelt hast?«

»Keine Ahnung. Der Sack hing dir an den Arschbacken und hat sofort nach mir getreten.«

»Du hast gerade Iggy Pop verdroschen!«

»Kenn ich nicht.«

»Du kennst Iggy Pop nicht? Du wirst langsam alt«, krähte Honey durch die geöffnete Küchentür.

»Ach leckt mich doch am Arsch«, knurrte Aron, während er sich auf das Matratzenlager fallen ließ und damit begann, die Schnürung seiner Stiefel aufzunesteln.

Aus der Küche erscholl überdrehtes Kifferlachen.

»Ganz schön peinlich war das.« Angie gab noch keine Ruhe. »Richtig provinziell. Das ist der *Godfather* des Punk, eine Ikone. Lebt hier in Berlin, zusammen mit David Bowie.«

»Und der darf dir jederzeit an den Arsch fassen? Ist es das, was der neue Feminismus bezweckt?«

»Ach, denk doch, was du willst«, schnaubte sie, drehte sich abrupt um und rannte in die Küche.

Aron schloss die Tür und wühlte sich in seinen Schlafsack.

In dieser Nacht rückte Angie nicht an ihn heran. Er hatte auch nicht damit gerechnet.

Anderntags traf er sie sichtlich durchgefroren in der Küche an. Niemand hatte sich die Mühe gemacht, nochmals Holz und Kohlen aus dem Keller zu holen.

»Auch einen Kaffee?«, fragte sie. Ihre Augen waren gerötet.

»Warum wolltest du nicht mit mir pennen?«, fragte er, während er ihr eine leidlich saubere Tasse hinhielt.

Sie schnippte die Asche ihrer Zigarette auf den Rand ihrer Untertasse.

»Ari, wir sind beste Kumpel. Daran ändert sich auch nichts, wenn wir uns gelegentlich mal in der Wolle haben. Und außerdem habe ich einen Freund, den ich nicht betrügen will.«

»Du hast einen Freund?« Seine Überraschung stand ihm deutlich ins Gesicht geschrieben. »Davon hast du mir nichts erzählt. Reden wir eigentlich nicht mehr miteinander? Hast du kein Vertrauen mehr zu mir?«

»Ist doch albern.« Sie sah zu ihm auf. »Er sitzt seit einem halben Jahr im Knast und hat mindestens noch acht Monate vor sich. Ich habe ihm versprochen, ihm treu zu sein.« Tränen liefen ihr übers Gesicht.

Eine Zeitlang schwiegen beide.

»Sorry«, sagte Aron nach einer Weile. »Es tut mir leid, dass ich dich angefasst habe. Aber du hättest mir das sagen müssen.«

»Du musst dich nicht entschuldigen. Es war schon okay.« Sie lachte plötzlich. »Es war schön.«

Jetzt lächelte er auch. »Du bist schon ein verrücktes Weib. Das muss man sagen.«

Leonores Schneekugel

Fast vier Jahrzehnte später wurde Aron auf überraschende Weise an das *Flöz*, das *SO36* und an die Prügelei mit Iggy Pop erinnert. Manchmal fand er in Illustrierten Artikel oder kurze Nachrichten über ihn. Wenn er die Zeit dazu hatte, las er sie aufmerksam durch, obwohl ihn weder dessen Musik noch seine wenig originelle Macho-Performance interessierten. Bei entsprechenden Anlässen dachte er mit einem Lächeln daran, wie er den Kerl von Angies Arsch weggezerrt hatte. Er war nicht stolz darauf. Es war eben passiert. Es war eine markante Erinnerung. Niemand ahnte damals, dass die Seelbacher Clique nach dieser Episode nie mehr zusammen verreisen würde.

Nach Leonores Beerdigung trafen sich die Geschwister an mehreren Wochenenden, um den bescheidenen Hausstand der Verstorbenen aufzulösen. Einmal begleitete Werner Reifferscheidt seine Frau. Und da der Abtransport der wenigen schweren Möbel anstand, halfen Joshua und Hans Lang, der die Verstorbene sehr verehrt hatte. Lang ging mittlerweile auf die Siebzig zu. Nach dem Tod seiner Mutter hatte er das *Haller Eck* nur noch kurze Zeit weitergeführt. Jetzt beherbergte es ein Döner-Lokal. Lang war froh, überhaupt einen Pächter gefunden zu haben. Seine Rente reichte vorne und hinten nicht. Von den Zeiten, die er zwischendurch auf dem Rummel gearbeitet hatte, fehlten ihm Rentenpunkte.

Vor dieser letzten Zusammenkunft hatte sich Aron bereits von Donnerstag an ein Hotelzimmer in Schwäbisch Hall genommen. Helene und Werner reisten am Freitagvormittag an. Joshua traf um die Mittagszeit ein. Hans Lang hatte ihnen einen Transporter besorgt und zwischenzeitlich für einige Möbelstücke Abnehmer in der Nachbarschaft und in seinem eigenen kleinen Freundes- und Bekanntenkreis gefunden. Mit resigniertem Achselzucken wurde den Geschwistern bewusst, dass das meiste auf dem Sperrmüll landen würde. Bis Joshua eintraf, hatten Aron und Hans bereits einige der aussortierten Möbel zerlegt und auf die Mülldeponie gefahren.

Hans war lediglich dazu zu bewegen, einige Schallplatten und einen Kühlschrank mitzunehmen. Joshua ließ sich dazu überreden, vier Stühle mit nach Berlin zu nehmen.

Aron nahm die Briefe seines Vaters an sich, soweit seine Mutter sie aufgehoben hatte. »Ich sehe sie durch«, schlug er seiner Schwester vor. »Dann gebe ich sie dir.«

Helene hatte dies abgelehnt. »Was du nicht selbst behalten möchtest, wirfst du weg.«

Sie selbst hatte bereits beim letzten Mal einige Fotos ausgewählt. Von dem, was jetzt noch in der Wohnung stand, wollte sie ursprünglich nichts mehr mitnehmen. Im letzten Moment griff sie nach einer Schneekugel, die mehrere Jahrzehnte auf dem Fernseher gestanden hatte. Der profane Tand war ein Geschenk des Vaters gewesen. Die Kugel erreichte sie in einem seiner Pakete, als sie noch Kinder waren. Vor der Skyline New Yorks stand, wohl in Plastik gegossen, die amerikanische Freiheitsstatue. Helene hatte sie fasziniert in die Hand genommen und voller Erwartung gedreht und geschüttelt. Versunken in Sehnsüchte und Gedanken hatte sie den kurzen Schneesturm betrachtet, der über die mattsilbrige Figur niederging. Allmählich tauchte in der hinteren Wölbung das eingedruckte Bild der Großstadt wieder auf. Dann dauerte es nur noch Sekunden, bis der weiße Wirbel sich gelegt hatte.

»Die möchte ich behalten«, schlug sie ihrem Bruder vor.

Der lachte. »Verbindest du damit Erinnerungen an unseren Vater?«

Sie zögerte kurz und sagte dann: »Aus der Kindheit habe ich keine Erinnerungen. Aber mit der Schneekugel sind für mich Träume, Fantasien und Hoffnungen verbunden.«

»Es gibt ein schönes Bild«, erwiderte Aron. »Es wird Kurt Tucholsky zugeschrieben. Er soll über eine Schneekugel gesagt haben, dass man erst klar sehe, wenn sich der Sturm gelegt hat und alle Flocken zu Boden gerieselt sind. Und er hat wohl noch hinzugefügt, dass es immer gut ist, abzuwarten. Denn am Ende werde erbarmungslos klar, dass da nur Tand drinstecke. Und die Schneeflocken seien auch nur Schnipselchen aus irgendeiner Masse.«

»Hat man bei unserem Vater jemals klar gesehen?«, fragte Helene.

Ihr Bruder schwieg.

Sie öffnete den noch nicht abmontierten Küchenschrank, sah sich suchend darin um und schlug dann vor: »Ehe wir die Küche vollends ausräumen, mache ich uns einen Kaffee.«

Als das Blubbern und Röcheln der betagten Kaffeemaschine verklungen war, rief sie nach ihrem Mann und ihrem Neffen, die damit begonnen hatten, die Bühnenkammer zu räumen, die zu Leonores Wohnung gehörte.

Werner Reifferscheidt brachte einen verstaubten Karton mit herunter, dessen Verschnürung er bereits gelöst hatte.

Mit einem Küchentuch wischte er sich den Schweiß von der Stirn. »Ganz schön heiß da droben.« Er nahm den Karton, den er auf dem Spülstein abgestellt hatte, wieder auf und reichte ihn Aron. »Hier, das sind noch alte Sachen von dir. Manches sieht nach jugendlichen Schreibversuchen aus. Dann sind da noch etliche Bündel Liebesbriefe. Ich habe sie nicht aufgemacht.« Ein verschmitztes Lächeln huschte über sein Gesicht.

»Zeig mal her«, rief Joshua.

»Nichts da.« Aron stand auf und nahm den Pappkarton an sich. Die meisten Briefe waren von Birgit, seiner ersten Freundin. Er würde sie wegwerfen. Postkarten waren darunter, manche von den alten Freunden. Er beschloss sie zu sichten. Vielleicht ergab sich im einen oder anderen Fall eine passende Gelegenheit, sie den Absendern zurückzugeben.

Ganz unten lagen zwei dünne Pappordner. Er wusste sofort, was sie beinhalteten. Es waren Texte und Gedichte, die er als junger Mensch verfasst und ausgehend von seinen Kritzeleien mit der alten Schreibmaschine seines Großvaters Schimmelpfennig ins Reine geschrieben hatte. Manche der Rohfassungen hatte er während seiner Reisen in schmale Vokabelhefte notiert. Zwei Gedichte waren in den Achtzigerjahren in einer Anthologie abgedruckt worden. Alles andere war unveröffentlicht. Früh hatte er das Interesse an den Texten verloren. Er betrachtete sie als Teil seines Werdens. Und er war nicht besonders interessiert daran, mit seinen damaligen Befindlichkeiten konfrontiert zu werden. Schon wollte er sie in eine der Kisten werfen, in denen man das Altpapier sammelte. Dann entschied er sich anders und stellte den Karton auf die Spüle zurück. »Ich nehm das mit und schau es mir zu Hause an.«

FLÖZ / BERLIN

Und als Gräve vorsichtig seine feinnervigen, zartgliedrigen Finger von den Tasten des verstaubten Flügels nahm, hastete ein Schnauzbärtiger auf die Bühne, um dem abwandernden Publikum nachzubrüllen, dass nachher im Flöz, *wie jede Nacht, noch Session sei.*

Uns hatte der bisherige Abend so aufgeheizt, so angemacht, dass wir das unbedingt noch mitnehmen wollten. Wir zwängten uns in Walters Wagen und kurvten durch Nacht-Berlin. Walter fuhr schnell und machte die Musik noch lauter. Merkte zu spät, dass sich uns ein roter VW in den Weg stellte, touchierte ihn leicht. Walter war so perplex, dass er der alten Krämerseele, die uns im Licht der staubigen Straßenlaterne wie ein Nachtvogel aus seinem Auto heraus anblinzelte, achtzig Mark in die fordernd geöffnete Hand drückte, nur weil ein Gummilappen von der vorderen Stoßstange hing.

Rein gings ins Flöz. *Die Luft, die uns entgegenschlug, war heiß und süß und stinkend. Oben spielten zwei den ewig schlechten deutschen Blues. Ich applaudierte schon deswegen, weil sich mir nichts anderes zu tun bot.*

Um uns die alten Titsas in grellen, wehenden Röcken, mit ihren verquollenen Visagen und stumpfen Knien. Vor uns der Oberschwuli des Ladens – Röhrenjeans hingen an ihm an breiten roten Hosenträgern –, der diese alten Stinkeulen demonstrativ anmachte. Er hüpfte dabei von Eule zu Eule. Manchmal tänzelte er und stieß dabei kurze, spitze Schreie aus.

Die vom Oberschwuli vernachlässigten Friends aus den Toiletten standen konsterniert am Tresen. Unschlüssig schauten sie umher. War da noch einer, mit dem was in Gang zu bringen war? Ich hatte nichts gegen Schwulitäten. Aber das hier wirkte wie die Hand-Pimmel-Beziehungen im Straßenstrich der Potsdamer Straße. Oder wie ein schales Bier am Ende eines langen Jazzabends im Quartier.

Der gute alte Sven-Åke Johansson irrte unerkannt durch die Reihen, dabei vorsichtig einen Koffer auf die Bühne schleppend. Doch je mehr er anschleppte, umso mehr verlor ich die Energie, um ihm hier noch die Stange halten zu können. Er würde einsam sein Schlagwerk bearbeiten und dabei mit geschlossenen Augen fühlen, dass dem verehrten Publikum jeder Wirbel durch die Eier ging. Während er sich wie taubstumm daranmachte, sein Instrument aufzubauen, saßen wir unruhig auf unseren hölzernen Hockern, jeder darauf harrend, dass ein anderer das Zeichen zum Aufbruch gab.

Irgendwann sagte einer was und wir anderen standen wortlos auf. Alle waren insgeheim erleichtert. Jeder drückte in seiner Körperhaltung aus, zu etwas Ungewolltem gedrängt worden zu sein.

Unsere Blicke sagten uns, dass der Drive weg war.

Er nahm einen Schluck Wein. Ihm fehlte die Erinnerung daran, wann er diesen Text geschrieben hatte. Er war radikal und selbst für die Siebzigerjahre politisch inkorrekt. Zumindest in den Kreisen, in denen er sich seither bewegt hatte. Das war ein brachialer, trotziger Chauvi-Aufstand, frauen- und schwulenfeindlich. Der Zwischenruf von einem, der sich in seinem kraftvollen Mannsein nicht beirren lassen wollte.

Heutzutage konnte er das niemandem mehr zeigen. Und dennoch war er mehr verzückt als beschämt. So, als habe es damals ein energisches, wenngleich nicht angemessenes Aufbegehren gegeben, an das er sich mit verbocktem Stolz erinnerte.

Seltsame Zeilen, die er heute albern und peinlich fand. Und dennoch erinnerte er sich mit einer Mischung aus Scham und Stolz an einige Episoden aus jener Zeit. Etwa an die heftigen Hochschulstreiks der Siebzigerjahre, in denen er als einer der Anführer von den Feministinnen des Fachbereichs die fragwürdige Auszeichnung *Chauvi des Monats* verliehen bekommen hatte. Er hatte das gelassen und sogar mit heimlicher Freude hingenommen. Die meisten Feministinnen von damals, soweit er mit ihnen überhaupt noch Kontakt hatte, waren, wie er selbst auch, altersmilde geworden. Man pflegte freundlichen Umgang miteinander. Die Blessuren, die man sich im Geschlechterkampf zugefügt hatte, waren verheilt, zumindest verschorft. Die Reflektierten und Klugen hatten begriffen, dass die Welt differenzierter war. Nicht nur schwarz und weiß. Nicht nur bestimmt von den Spannungen zwischen unterdrückten oder sich unterdrückt fühlenden Frauen und patriarchalisch geprägten Männern.

Aron leerte das Glas, genoss noch einen Moment den bitterherben Abgang des Weines und die unverschämte, kraftvolle Rotzigkeit seines damaligen Schreibversuchs. Entschlossen löste er die gelochten Blätter aus dem blauen Papphefter und machte sich daran, sie in dem Minireißwolf zu schreddern, den er vor langer Zeit als Sonderangebot in einem Fachgeschäft für Bürobedarf erstanden hatte.

Nächte mit Rosenzweig

Nach langer Zeit hatte er wieder einmal mit einer Frau geschlafen. Aron schloss die Augen und genoss einen Moment lang dieses doch noch möglich gewordene *Wiedereinmal*. Er hatte sie zuvor nicht persönlich gekannt, wohl einiges von ihr gelesen. Sie war jung, knapp zwanzig Jahre jünger als er, ungefähr im Alter von Juliette. Dennoch galt sie bereits als exzellente Wissenschaftlerin. Unabhängig voneinander waren sie zu einer Expertenanhörung des Bundestages geladen worden. Anschließend gingen sie in ein nahegelegenes Altberliner Lokal. Es gestaltete sich unkompliziert. Sie gefiel ihm. Und es gelang ihm, ihr zu gefallen. Am Morgen danach hatte sie früh sein Berliner Hotelzimmer verlassen. Lächelnd und mit Küsschen hatte sie sich verabschiedet. Er spürte, alles war gut. Und er wusste, dass daraus etwas werden konnte – wenn er sich nicht gar zu blöd anstellte, was zuerst einmal bedeutete, die Frau nicht zu bedrängen. Sie hieß Franziska Boddenberg und war eine international renommierte Stadtforscherin. Der Preis für ihren Status waren zwei Scheidungen – worin sie sich ähnelten – und noch weitere gescheiterte Beziehungen. Das war schon aufgrund ihres Alters bemerkenswert. Was ihn und eine mögliche gemeinsame Zukunft anbelangte, hatte er gespürt, dass in ihr Wünsche und Misstrauen miteinander rangen. Des Nachts hatte er sie *Franzi* genannt. Dabei blieb es, bis sie ihm wenige Jahre später letzte Mails schickte, die sie mit diesem Kosenamen unterzeichnete.

Noch ehe er das Hotelzimmer verließ, um zu frühstücken, hörte er in den Nachrichten von dem Anschlag auf eine Jerusalemer Synagoge. Mehrere Menschen starben. Eine noch unbekannte Zahl war verletzt worden. Zwei junge Palästinenser waren, mit Schlachtermessern bewaffnet, in das Gebäude eingedrungen und hatten wie Berserker gewütet. Herbeieilende Sicherheitskräfte hatten sie erschossen.

Als er vor mehr als vierzig Jahren nach Israel gefahren war, um seine Halbschwestern zu besuchen, waren die Spannungen noch größer gewesen. 1973 hatte Israel wieder einen Krieg gewonnen. Die palästinensische Verzweiflung entlud sich in fortgesetzten Bombenanschlägen. Damals waren es noch keine fanatisierten Selbstmordattentäter mit religiösem Hintergrund. PLO und Fatah galten als links und weltlich. Doch was machte es für einen Unterschied, ob eine mit Revolutionsideen begründete oder eine religiös motivierte Tat hinter einer Bombe steckte, die wahllos Zufallsopfer in den Tod riss?

Als Jugendlicher hatte er einen anderen Standpunkt vertreten. Gleich zu Beginn seines Besuches war er mit Achat Purina, die in zwei Ehen niemals ihren Geburtsnamen abgelegt hatte, in Streit geraten. Die damalige Konstellation hatte ihn verwirrt. Als Sohn eines Juden stritt er mit der früheren Frau dieses Juden. Und er stritt mit ihr, die in Lettland im kommunistischen Untergrund gewesen war, für eine Sache, die niemals die ihre sein konnte, obwohl der Kampf der Palästinenser vehement von der europäischen Linken unterstützt wurde.

Als er am Nachmittag auf dem Weg zu einem Tagungsort im Niedersächsischen die ersten Zeitungsmeldungen über den Anschlag las, erfasste ihn eine tiefe Verstörtheit, deren Heftigkeit ihn überraschte. Er führte sie auf die zunehmende Gewissheit zurück, dass derlei Gewaltexzesse wohl niemals aufhören würden.

In Hannover musste er in einen Regionalzug umsteigen. Während er auf dem Bahnsteig wartete, beobachtete er zwei

Raben, die zwischen den Gleisen um eine leere Tüte stritten. In dieser war offensichtlich ein Imbiss verpackt gewesen. Bei genauerem Hinsehen erkannte er, dass es weniger ein Streit war. Während der eine Rabe die Tüte mit den Klauen festhielt und mit dem Schnabel kleine Fetzen abzupfte, wartete der andere geduldig auf die Gelegenheit, einen der Papierschnipsel zu ergattern. War ihm dies gelungen, so flog er zu einer nahen Betonbrüstung und pickte an dem länglichen Fetzen herum, nahm ihn in den Schnabel, ohne ihn zu verspeisen, ließ ihn dann fallen. Dann wandte er sich erneut seinem Artgenossen zu, der mit den Resten der zerfetzten Tüte in den Klauen auf den gegenüberliegenden Bahnsteig geflogen war. Dort setzte er sein Zerstörungswerk fort, das sich bei genauem Hinsehen keineswegs beliebig oder willkürlich, sondern äußerst zielgerichtet gestaltete. Der Rabe sezierte die Tüte, zerlegte sie in kleine Streifen und Fetzen, die er ausgiebig beäugte. Noch den allerletzten Krümel wollte er finden. Er ließ sich auch nicht durch eine alte Frau von seinem emsigen Picken und Zerren abbringen, die langsam und gebeugt an ihm vorbeischlurfte. Und auch eine junge, geradezu dürre Person schien ihn nicht zu stören, die mit einer Vielzahl Taschen und Koffern bepackt an ihm vorbeikeuchte. Ihr schien es nicht gut zu gehen.

Jetzt näherte sich der andere Rabe wieder mit kräftigen Flügelschlägen. Er nahm einen Tütenfetzen vom Boden auf und flog längs der Bahngleise davon.

Der Zug fuhr ein.

Später, als er bereits in Loccum war, hörte er in gänzlich anderem Zusammenhang eine Frau sagen, dass der Begriff *Rabeneltern* im Volksmund immer vollkommen falsch gedeutet worden sei. Raben seien gute Vogeleltern. Beide würden sich gleichberechtigt um das Gelege und die Aufzucht der Jungen kümmern.

Er war bereits zwei Stunden vor Tagungsbeginn am Ziel. Das letzte Stück fuhr er mit dem Bus durch die flache Landschaft. Ihm blieb Zeit für einen Erkundungsgang. Er umrundete das Akademiegebäude und bog am Ende des Religionspädagogischen Instituts in den schmalen Weg ein, der zum Kloster führte. Es war ein trüber, feuchter Novembertag. Der Geruch nach nassem Laub ließ den nahenden Winter ahnen. An der Zehntscheune vorbei, die der Volksmund bereits vor Jahrhunderten *Elefant* getauft hatte, lenkte er seine Schritte hinüber zur Stiftskirche. Der Blick in den Lesegang der mittelalterlichen Kirche brachte ihn dazu, sich an die Wochen zu erinnern, in denen er nach dem Abitur auf seinen Freiwilligendienst in Israel vorbereitet wurde. Obwohl er als Sohn eines Überlebenden der Shoa sowohl vom Wehr- als auch vom Ersatzdienst befreit war, hatte er sich entschieden, für die *Aktion Sühnezeichen* ein Jahr nach Israel zu gehen. Das Schicksal seiner Familie beförderte seine Zulassung, wenngleich er sich in der Vorbereitung auch kritischen Fragen stellen musste. Ob die Tragödie des väterlichen Teils seiner Familie nicht dazu beitrage, dass er sich über die anderen Freiwilligen stelle, deren Motivation auch Elemente der Buße und der Umkehr enthalte und vom Gedanken der Wiedergutmachung geprägt sei?

Als er die Stiftskirche des Klosters Loccum wieder verließ, betrat er den eingezäunten alten Friedhof. Man hatte dessen Grabstellen weitgehend abgeräumt. Aron vermutete dahinter die Absicht, den Dorffriedhof von der Klosteranlage abzurücken. Denn auf der anderen Seite des Weges, nunmehr zwischen Torhaus und Klostergut platziert, war ein neuer Friedhof angelegt worden.

Er konnte sich nicht mehr daran erinnern, was genau er damals auf die zugespitzt formulierten Fragestellungen geantwortet hatte. Devot war er sicher nicht gewesen, auch nicht vorlaut. Er hatte sich zuvor über die Aufgaben und Ziele der *Aktion Sühnezeichen* informiert und betont, dass er auch körperliche Arbeit nicht scheue. Am Ende gehörte er zu den zwanzig Freiwilligen, die 1973 nach Israel entsandt werden sollten. Dass sich der Beginn ihres Einsatzes mehrere Monate verzögern würde, konnten die erwartungsfrohen jungen Männer am Ende ihres Vorbereitungslehrgangs nicht ahnen.

Er hatte die Absicht, seinen Dienst an zwei verschiedenen Orten abzuleisten. Die ersten acht Monate sollte er in einem Seniorenheim in der Nähe von Jerusalem arbeiten. Die restliche Zeit wollte er im Kibbuz Negba verbringen, dem Heimatort der ersten Familie seines Vaters.

Dieser hatte äußerst verwundert reagiert, als er ihm erzählte, dass seine erste Frau ihm dabei behilflich gewesen war, dort eingesetzt zu werden. Sie hatte ihm ein Schreiben der Kibbuzverwaltung nach Deutschland geschickt, aus dem hervorging, dass er mit behinderten und traumatisierten Menschen in einer Avocadoplantage arbeiten würde, was nicht in vollem Umfang den Tatsachen entsprach.

Kurz vor seinem ursprünglichen Abreisetermin hatten sich Jakob und Aron in Schwäbisch Hall getroffen. Es war ein herrlicher Spätsommertag gewesen, im September 1973. Sie hatten auf der Außenterrasse der *Ilge* gesessen, der seit 1495 bestehenden Gastwirtschaft an der Henkersbrücke. Aron hatte den Platz vorgeschlagen. Mit Birgit hatte er sich hier regelmäßig getroffen. Jakob hatte seinen Sohn aufgefordert, sich eine warme Mahlzeit zu bestellen. Er selbst beließ es bei zwei Gläsern Tee. Er esse um diese Zeit nie etwas. Er habe einen nervösen Magen.

»Du solltest das Rauchen lassen«, hatte Aron erwidert. Sein Vater war Kettenraucher, ein nervöser Paffer. Das war das erste Mal gewesen, dass der Sohn dem Vater Vorhaltungen wegen dessen ungesunder Lebensweise gemacht hatte.

Als ihm Aron von der Unterstützung seiner Exfrau erzählte, hatte Jakob lange nichts erwidert. Nachdenklich hatte er zur Michaelskirche hinübergeschaut. Dann hatte er nur gesagt. »Achat scheint Interesse an dir zu haben. Sonst hätte sie nicht dafür gesorgt, dass dieses Schreiben aufgesetzt wurde und sogar noch eine beglaubigte englische Übersetzung beigelegt.«

Sein Einsatz in Israel verzögerte sich auf dramatische Weise. Sie hatten sich zu einem letzten Lehrgang getroffen, der vom 1. bis zum 10. Oktober dauern sollte. Ihre Flugtickets waren auf den 15. Oktober datiert. Am 6. Oktober, nach dem jüdischen Kalender war es der 10. Tischri 5734, griffen syrische und ägyptische Truppen Israel an. An diesem Tag feierten die gläubigen Juden Jom Kippur, das jüdische Versöhnungsfest. Auch als es am 25. Oktober zum Waffenstillstand kam, blieb zunächst unklar, ob und gegebenenfalls wann die Freiwilligen des Jahres 1973 noch zum Einsatz kommen würden. Erst im Dezember reisten die zwölf jungen Deutschen zu ihrem Einführungsseminar in der im Vorjahr eröffneten Bildungsstätte der Aktion Sühnezeichen. Die anderen hatten ihren Einsatz aufgrund der anhaltenden Spannungen abgesagt. Gleich danach wurde Aron in die Betreuung eines schwer erkrankten Shoah-Überlebenden eingebunden.

Die erste Begegnung mit David Rosenzweig verlief weniger dramatisch als befürchtet. Der alte Mann empfing ihn im Bett liegend. Schmal, fast zerbrechlich wirkte er. Nach einer Weile schaute er zu ihm auf. »Bist ein großer Kerl«, sagte er. »Dich hätten sie zur SS abkommandiert.« Er sprach mit schwacher, aber klarer Stimme. Dann ließ er sich von Aron schildern, wer er war und woher er kam.

Der junge Deutsche endete mit den Worten: »Deshalb hätten sie mich wohl kaum zur SS eingezogen.«

»Gibt es dort, wo du herkommst, keine Jidden mehr?«, fragte Rosenzweig, wobei er mit einem Mal in ein merkwürdiges Gemisch aus Deutsch und Jiddisch verfiel. Bislang hatte er nur Englisch gesprochen.

Aron schüttelte den Kopf. »Außer meinem Vater gibt es niemanden.«

»Keinen einzigen?«

Aron zögerte kurz. Dann sagte er: »Ich weiß es nicht genau. Wenn mein Vater gelegentlich aus Amerika kam, hat er in Stuttgart jemanden besucht. Ich glaube, das war ein Jude.«

David Rosenzweig, ein aus Breslau stammender deutscher Jude, hatte Krebs. Als Aron ihn das erste Mal sah, erschrak er. Sein Körper war völlig ausgemergelt. Im ersten Moment erschien er ihm wie ein eben erst der KZ-Hölle entkommener Häftling. Der Mann hatte nicht mehr die Kraft, sich ohne fremde Hilfe vom Bett zu erheben. Er werde sterben, hatte er Aron gleich bei ihrer ersten Begegnung mitgeteilt. Er brauche ihn nicht, um von ihm gepflegt zu werden. Er sei zu jung und unerfahren dazu. Aber nachts, wenn die Schmerzen über ihn kämen, kröchen mit einem Male wieder die alten Erinnerungen herauf, die ihn viele Jahre nicht bedrängt hätten – da wäre es gut, mit jemandem reden zu können. Der Allmächtige sei ihm gegenüber nicht gerecht. Auch wenn man in die Rechnung einbeziehen müsse, dass er kein gläubiger Jude mehr sei. Nach all dem, was er durchlebt und erlitten habe, hätte ihm ein längeres Verweilen auf dieser Erde vergönnt sein müssen. Er sei doch gerade mal sechzig Jahre alt.

Aron hatte den abgemagerten Mann mit dem markanten Raubvogelkopf und den wirr abstehenden, gelblichweißen Haaren wesentlich älter geschätzt.

Der Bettlägrige hatte sein verblüfftes Schweigen richtig gedeutet. »Du hast bestimmt vermutet, dass diese Vogelscheuche wenigstens hundert Jahre alt sein muss.« Dann hatte er mit einem Strohhalm lauwarmen Tee aus einer Plastikflasche gesaugt. Das Schlucken machte ihm Mühe, das Sprechen auch, aber darauf nahm er keine Rücksicht.

Nach anfänglicher Irritation fiel es Aron nicht schwer, zahllose Nächte mit dem Schwerkranken zu verbringen. Meist ließ er ihn reden, nachdem er begriffen hatte, dass es für Rosenzweig wichtig war, die schrecklichen Erinnerungen zu übertönen, die ihm gerade jetzt zu schaffen machten.

Nur einmal hatte er ihn ermahnt, sich nicht zu sehr anzustrengen.

»Sag mir nie wieder, dass ich mich schonen soll«, hatte ihn Rosenzweig krächzend angefahren. »Für was soll ich mich noch schonen? Für wen? Dafür, dass ich einen Tag später sterbe? Oder zwei? Oder vielleicht fünf?«

Wenn der Alte verstummte, zog sich Aron leise in das kleine Zimmer zurück, das am Ende des Ganges lag.

In diesen Nächten erfuhr er mehr über die Konzentrationslager als in all den Gesprächen, die er mit seinem Vater geführt hatte. Auch Jahrzehnte später, als dieser ebenfalls unheilbar erkrankt war, beantwortete er alle Fragen knapp und mit einer Distanziertheit, als habe all das nichts mit ihm zu tun gehabt. Es klang immer so, als habe er sich in der Rolle eines Beobachters befunden, der zudem längst nicht alles gesehen und vieles vergessen habe.

David Rosenzweig erzählte detailversessen, hustend, krächzend. Mit rasselndem Atem lag er auf dem Bett, nur ein Leintuch über sich gebreitet. An der Decke rotierte mit leisem, monotonem Surren ein Ventilator. Die Nächte blieben heiß und stickig. Wenn Rosenzweig schwieg, hörte man seinen rasselnden Atem. Hin und wieder reichte ihm Aron unaufgefordert ein Glas Wasser oder Tee. Auf seinen Vorschlag hin hatte die Pflegerin biegsame Plastikröhrchen mitgebracht, mit denen der Kranke besser im Liegen trinken konnte. Er weigerte sich strikt, sich eine Schnabeltasse an die Lippen setzen zu lassen. Das habe etwas Morbides.

Rosenzweigs Angehörige kamen nur an den Wochenenden. Er hatte drei Töchter, die verstreut in Israel lebten. Alle waren verheiratet und alle hatten, wie Rosenzweig mit einem Lächeln sagte, mindestens drei Kinder. Der einzige Sohn lebte in den USA. Seit Beendigung seines Studiums arbeitete er in der Stahlbranche.

Vormittags und am frühen Abend kam eine Pflegekraft, eine irakische Jüdin, die 1948 mit ihren Eltern und Geschwistern Hals über Kopf aus ihrer alten Heimat geflohen war. Sie hörte es nicht gern, wenn Rosenzweig sie eine *Sephardische* nannte.

»Für die Aschkenasischen sind alle anderen Sepharden«, schimpfte die resolute Frau, die sich zu Arons Verwunderung gelegentlich auf heftige Dispute mit dem Kranken einließ.

Sie hieß Esterina. Verwirrend war, dass Rosenzweig sie häufig »Marianne« nannte.

»Esterina heißt auf Deutsch Marianne«, erklärte er, als Aron eines Nachts wissen wollte, weshalb er die Pflegerin immer mit einem Namen anredete, den sie nicht hören wollte.

Wenn sie wütend war, tat sie so lange keinen Handgriff, bis der Alte einlenkte und ihren richtigen Namen gebrauchte.

Obwohl Esterina ganz schlecht Englisch sprach, führte sie Aron mit großer Geduld an einzelne pflegerische Verrichtungen heran.

Rosenzweig würde sterben. Zwar verschlechterte sich sein Zustand nicht täglich. Aber von Woche zu Woche wurde eine weitere Schwächung offensichtlich. Das merkte Aron auch daran, dass Rosenzweigs Töchtern beim Anblick ihres Vaters gelegentlich das Entsetzen in die Gesichter geschrieben stand, meist dann, wenn zwischen ihren Besuchen etliche Wochen verstrichen waren.

Morgens half Aron dem Geschwächten aus dem Bett und führte ihn ins Bad. Er fürchtete sich vor dem Zeitpunkt, an dem der alte Mann selbst mit seiner Hilfe nicht mehr aufstehen konnte. Hatte er ihm dann eine Bettpfanne unterzuschieben? Oder musste er ihm gelegentlich eine Windel erneuern? Wenn Aron in der Küche das Gespräch mit Esterina darauf lenkte, reagierte sie stets mit einem Lächeln, ehe sie sagte: »Wir sind alle in Gottes Hand.« Diesen Satz wiederholte sie mehrmals. Hin und wieder sprach sie Moghrabi, einen judäoirakischen Dialekt, den auch die meisten Israelis nicht verstanden. An Aron gerichtet widerholte sie den Satz in Englisch, wobei sie immer eine falsche Satzstellung verwendete: »All we are in the hand of God.«

Als er sie darauf aufmerksam machte, dass Juden eigentlich den Namen Gottes nicht aussprachen, lachte sie schallend und erwiderte, das seien aschkenasische Spitzfindigkeiten. Und im Übrigen sei Rosenzweig nicht gläubig. Dem sei so was egal.

Wenn er später an die Monate mit Rosenzweig zurückdachte, so geschah dies ohne Schrecken und mit dem Gefühl, dem alten Mann zum richtigen Zeitpunkt begegnet zu sein.

Vor dem Zubettgehen führte er ihn nochmals ins Bad. Der Alte wusch sich selbstständig und gründlich. Wenn er damit fertig war, bürstete er die immer noch dichten weißen Haare nach hinten, machte vor dem Spiegel noch einige Grimassen und rief dann gerade so laut, dass Aron ihn draußen hören konnte: »Birschla, kannst mi hula.« Diesen einen Satz formte Rosenzweig immer in einem Dialekt, den Aron noch nie gehört hatte. Es war das alte Breslauer Schlesisch, das eines nicht allzu fernen Tages kein Mensch mehr sprechen würde.

Schaurig waren jene Nächte, in denen offenbar wurde, dass die gewählte Dosierung der verabreichten Medikamente nicht mehr ausreichte, um dem Schwerkranken eine leidlich schmerzfreie Nacht zu gewähren. Dann kam es vor, dass der Erzählfluss stoppte. Aron hörte dann nur den unruhigen Atem des Mannes und hin und wieder einen Laut, gelegentlich ein nicht völlig unterdrücktes Stöhnen, wenn die Schmerzen unerträglich wurden.

In manchen Nächten bat ihn Rosenzweig, ihm etwas vorzulesen. Meist waren es Auszüge aus deutschen Klassikern und Romanen, die noch vor den Dreißigerjahren veröffentlicht worden waren. Über zeitgenössische deutsche Literatur verfügte er nicht. Er hatte sich stets geweigert, etwas von deutschen Autoren zu lesen, die den Zweiten Weltkrieg mitgemacht und überlebt hatten. Selbst Texte von verfolgten oder ins Exil gegangenen Schriftstellern wollte er nicht hören – mit einer Ausnahme. Aus den Schnurren und Romanen Oskar Maria Grafs, der Aron bislang unbekannt gewesen war, musste er ihm des Öfteren vorlesen. Rosenzweig erzählte Aron, dass Grafs Bücher bei den Bücherverbrennungen der Nazis nicht ins Feuer geworfen worden waren. Er war darüber so empört, dass er ein eiligst geschriebenes Gedicht in Umlauf brachte: *Verbrennt mich.* Als die neuen Machthaber ihm den Gefallen taten, ging er ins amerikanische Exil.

Mehrfach verlangte der Patient nach seinem Lieblingsgedicht. *Roter Mohn* von Otto Bierbaum.

Wenn im Sommer der rote Mohn
wieder glüht im gelben Korn,
wenn des Finken süßer Ton
wieder lockt im Hagedorn,
wenn es wieder weit und breit
feierklar und fruchtstill ist,
dann erfüllt sich uns die Zeit,
die mit vollen Maßen misst.

Jahrzehnte später, als Aron sich daranmachte, seine umfangreichen Schriften zu entrümpeln und zu ordnen, und hin und wieder erhellende Recherchen im Internet betrieb, fand er heraus, dass der Dichter ebenfalls Schlesier gewesen war, aus Grünberg stammend, dem heutigen Zielona Góra.

Wenn es dann zwei oder halb drei Uhr geworden war, schickte Rosenzweig ihn weg. »Birschla«, pflegte er dann wieder in dem schlesischen Singsang zu sagen, »wir sehen uns dann wieder beim Frühstück.«

Nach dem morgendlichen Waschen des Kranken hatte er meistens frei. Hin und wieder wurde er von dem Alten oder der Pflegerin beauftragt, etwas in der Stadt zu erledigen. Das fiel ihm anfangs schwer, da er lange brauchte, um die jeweiligen Orte zu finden.

Obwohl der letzte Krieg erst wenige Wochen zu Ende war, hatte man in Jerusalem nicht den Eindruck, als befände sich die Stadt und mit ihr das ganze Land im Ausnahmezustand. Lediglich an den Übergängen zum arabischen Teil ballte sich Militär. Die Checkpoints waren mit Sandsäcken gesichert. Gepanzerte Fahrzeuge standen meist in der Nähe. Zu Fuß erschloss er sich Teile der Altstadt. Hin und wieder fuhr er ein kurzes Stück mit dem Bus, um zu den Sehenswürdigkeiten und den Orten zu gelangen, die seit Jahrhunderten von mehreren Religionen als Heiligtümer angesehen wurden und die jede für sich beanspruchte.

Sein späteres Ziel war Negba. Noch hatte er keine Zeit gefunden, den Ort aufzusuchen, an dessen blutiger Eroberung sein Vater im Mai 1948 beteiligt gewesen war und an dem er einige Jahre mit seiner ersten Familie verbracht hatte.

Immer wieder gingen ihm die Tage durch den Kopf, in denen seine Pläne aus den Fugen geraten waren. Wenige Tage, ehe er den ersten Flug seines Lebens machen sollte, erhielt er ein Telegramm: »Einsatz in Israel verschiebt sich. Dringend Rückruf.«

Die deutsche Freiwilligengruppe konnte weder am 1. noch am 15. November reisen. Erst am 9. Dezember trafen sie in Jerusalem ein. Ihr Einführungslehrgang wurde verkürzt.

Mit der Pflegerin verstand sich Aron von Anfang an gut, obwohl er Mühe hatte, ihr mit Dialektsprengseln durchsetztes rudimentäres Englisch richtig zu deuten. Sie wohnte in Ma'oz Zion. Auf dem Gebiet einer im arabisch-jüdischen Krieg vertriebenen palästinensischen Gemeinde hatte man in der Nähe der Überreste eines mittelalterlichen Kreuzfahrerdorfes eine Siedlung für Flüchtlinge und Neueinwanderer aus dem Irak, den kurdischen Gebieten und Persien gegründet.

Wenn sie misslaunig war, und das kam des Öfteren vor, beschimpfte sie David Rosenzweig in ihrem Kauderwelsch.

Trotz seiner Schmerzen lachte der Alte meistens über die Wutreden seiner Pflegerin. »Sie beschimpft mich. Aber sie pflegt mich gut«, erklärte er dem verdutzten Aron. »Sie behauptet, ich benehme mich wie einer der aschkenasischen Hochgestellten, die auf die Flüchtlinge aus dem Nahen Osten herabschauen. Ich ein Herrenmensch! So ein Stuss. Und außerdem: Wenn zwei Jidden zusammen sind, existieren immer fünf Meinungen und sieben Zeitungen.« Er wischte sich eine Träne aus dem Augenwinkel. »Der Breslauer Jude David Rosenzweig, Nachfahr eines armen galizischen Schächters, ein Herrenmensch! Dabei wollten die Abkömmlinge der Herrenrasse doch mich durch den Kamin schicken.« Er sah zu Esterina hinüber, die mit grimmigem Schweigen Verrichtungen auf einem kleinen Spiegeltischchen vornahm. Dann blickte er mit wasserhellen Augen Aron lange an. »Sie hat nie richtig Hebräisch gelernt. Aber sie ist ein gutes Weib.«

Rosenzweig gab sich nicht dem Tod hin. Er kämpfte lange gegen ihn an. »Der Tod ist nicht mein Freund«, sagte er eines Nachts, als ihm Aron Gedichte von Mascha Kaléko vortrug. Es war ein deutsches Bändchen. Arons Frage, woher er es habe, beantwortete er nicht.

Hin und wieder kamen alte Freunde. Mit den meisten hatte er im Unabhängigkeitskrieg gekämpft. Obwohl Deutsche darunter waren, sprach nie einer mit ihm in dieser Sprache. Und Aron hütete sich, einen der Veteranen auf Deutsch anzusprechen. Wenn sie ins Jiddische verfielen, verstand er einzelne Worte, mehr nicht. Häufig ging es um ihre Erlebnisse im Bürgerkrieg. David Rosenzweig war einer der militärisch Erfahrensten einer Einheit gewesen, der viele angehört hatten, *die eine Nummer am Arm hatten*, wie sie sich ausdrückten. Sie wurden in den Kämpfen um das strategisch wichtige, an der Straße zwischen Tel Aviv und Jerusalem gelegene Dorf Coloniya eingesetzt. Später erzählte ihm Esterina, dass ihr heutiger Wohnort neben den Ruinen dieser arabischen Siedlung errichtet worden war.

Eines Nachts war Aron am Bett Rosenzweigs eingenickt. Er hatte ihm Gedichte von Friedrich Schiller vorgelesen. Die meisten waren ihm zuvor unbekannt gewesen. Selbstverständlich hatten sie sich im Deutschunterricht durch *Das Lied von der Glocke* gequält. Er und Angie hatten es als Einzige ihrer Clique auswendig vortragen können. Aus niederen Beweggründen, wie sie es damals nannten. Es galt, sehr gute Noten abzusichern.

Tragisch war der Aufruf von Joschi gewesen. Er hatte das Gedicht gelernt. Doch vor lauter Aufregung fiel ihm nicht ein, wie es an der Stelle weiterging, die die Lehrerin hören wollte.

In dieser Nacht hatte Aron auf Wunsch von Rosenzweig das Gedicht *Eine Leichenfantasie* gelesen.

Aufgerissen seine Feuerwunde!
Durch die Seele Höllenschmerz!

Eindrucksvoll, aber ihm bis eben unbekannt. Schöne Peinlichkeit, hatte er noch gedacht. Musst nach Israel kommen, um mehr über Schiller und sein Werk zu erfahren.

Nachdem das gleichmäßige Rasseln seines Atems ihm signalisiert hatte, dass der Alte eingeschlafen war, war er noch einen Augenblick sitzen geblieben. Und dabei hatte ihn ebenfalls der Schlaf übermannt.

Er schreckte hoch, als der dicke Gedichtband aus seinem Schoß auf den Boden polterte. Offensichtlich war Rosenzweig ebenfalls wach geworden. Oder er war schon länger wach und hatte dem Schlaf des jungen Deutschen gelauscht. Zumindest hatte er die Stehlampe ausgeschaltet. Meist schlief er nur in kurzen Sequenzen. Wenn ihn der Schmerz malträtierte, plagten ihn seine Erinnerungen.

Nachdem das Buch auf den Boden gefallen war, herrschte minutenlang Stille. Dann begann er zu erzählen. »Weißt du«, sagte er ins Dunkel hinein, »ich habe Esterina nie wissen lassen, dass sie heute in einem Vorort wohnt, der auf den Trümmern einer arabischen Siedlung errichtet wurde, die wir zerstört haben. Die Kämpfe waren bereits beendet. Die restlichen Bewohner haben Hals über Kopf die Flucht ergriffen.«

»Warum habt ihr dann die Häuser zerstört?«, fragte Aron. Er war auf Derartiges nicht gefasst gewesen und entsprechend aufgewühlt.

Der Alte schwieg längere Zeit. Aron dachte, dass er gar nicht mehr antworten würde. Doch dann erwiderte er: »Wir haben das Dorf zerstört, damit sie nicht mehr zurückkommen.«

»Würden Sie das heute wieder tun?«

»Birschla, du stellst Fragen.« Der Alte war wieder in seinen schlesischen Singsang verfallen.

Erneut hörte Aron eine Zeitlang nur den rasselnden Atem Rosenzweigs. Dann erzählte der Schwerkranke mit leiser Stimme weiter: »Ich kam damals in das bayerische DP-Lager Föhrenwald. DP steht für *Displaced Persons*. Deplatziert, entwurzelt, herausgerissen. *Displaced*, das war genau der richtige Begriff. Die meisten hatten gerade die Todesmärsche oder – wie ich – die Befreiung der Konzentrationslager überstanden. Eine Minderheit tauchte aus dem Untergrund, also aus ihren Verstecken auf. Über allen schwebten Tod, Hunger, Erschöpfung, Trauer, Apathie und Ungewissheit. Viele wussten bereits vom Tod zahlreicher Angehöriger. Andere hofften noch. Manche erfuhren im Lager die bittere Wahrheit. Meist durch einen

Brief des Internationalen Roten Kreuzes. Die ganz Zähen und jene, die noch die Kraft hatten, nach vorne zu schauen, bauten im Lager Schulen und Ausbildungsstätten auf. Damit diejenigen, die nach Palästina wollten, etwas mitbrachten, was dort gebraucht wurde.«

Rosenzweig unterbrach seinen Bericht. Mit dem Plastikröhrchen saugte er etwas Saft aus einer Kunststoffflasche. Dann erzählte er weiter. »Ich gehörte zu denen, die etwas tun wollten. Ich hatte meine Lektion gelernt. Und die hieß nicht mehr: *Wenn dir einer auf die eine Backe schlägt, dann halte ihm auch die andere hin*. Meine Wahrheit lautete von nun an: *Wenn einer die Absicht hat, dir auf die eine Backe schlagen zu wollen, dann ziehe ihm vorher eins über den Schädel*. Und deshalb kam es gut bei mir an, dass die verschiedenen paramilitärischen Verbände, die sich seit den Zwanzigerjahren in Palästina gebildet hatten, durch Mittelsmänner die Lager nach Freiwilligen durchkämmen ließen. Zuhause in Breslau waren wir immer links gewesen. Also schloss ich mich einer illegalen Gruppe des *Palmach* an. Mit heimlicher Unterstützung von jüdischen US-Soldaten begannen wir auf deutschem Boden für die Befreiung Palästinas zu trainieren. Was für eine absurde Situation.«

»Mein Vater war auch beim Palmach.«

»Dein Vater?« Man hörte den Zweifel in Rosenzweigs Frage. »Wo war er denn eingesetzt?«

»Das weiß ich nicht. Ich weiß nur, dass er an der Befreiung von Negba beteiligt war. Dort hat er seine erste Frau wiedergetroffen.«

»Ich bin im Militärkrankenhaus Tel Litwinskij einem begegnet, der vor Negba einen Kopfschuss erhalten hat«, murmelte Rosenzweig.

»Meinem Vater ist nie etwas passiert.«

»Ein Glücklicher unter der Sonne.«

Angie

Angie benötigte ein paar Tage, um zu verkraften, dass Aron ihr erst unmittelbar in der Nacht davor von seinem Ausstieg aus ihrer gemeinsamen Reise erzählt hatte. Wut paarte sich mit Enttäuschung.

Am Nachmitttag hatten sie nach einer gemütlichen Fahrt Inverness erreicht. Sie fuhren sogleich in den Hafen.

»Ich hab richtig Bock auf Fisch«, hatte Joschi die ganze Zeit getönt.

Chris, der den VW-Bus steuerte, war wortlos den Ausschilderungen zum Hafen gefolgt, wo es seiner Meinung nach am ehesten Fisch gab. Wenn er fuhr, schwieg er meistens. Das fiel auf, waren doch er und Aron fast immer die Wortführer. Die Nacht zuvor hatten sie in einem überdachten Strohlager übernachtet. Gerade als sie auf zwei Ebenen gepressten Strohs ihre Schlafsäcke auszurollen begannen, kam der Farmer angefahren. Schweigend hatte er sich das Treiben angeschaut. Und als alle damit rechneten, dass er sie mit einem Riesendonnerwetter davonjagen würde, hatte er ihnen erlaubt, hier eine Nacht zu verbringen.

»Kein Müll, kein Feuer, no Smoking«, hatte er noch hinzugefügt und war dann weggefahren.

In dieser Nacht hatte sich Angie neben Aron gelegt. Darauf, dass die Beziehung mit Birgit beendet war, hatte sie ihn bislang nicht angesprochen. Sie hatte ihn auf der Fahrt auch nicht gefragt, wie es ihm gehe und hatte auch keinerlei Annäherungsversuche unternommen.

Joschi, Mary und Chris waren die aufgetürmten Strohballen hochgeklettert und hatten sich einen Stock höher auf einem strohbedeckten Bretterboden eingerichtet.

»Gute Nacht«, flüsterte Aron. Dann küsste er sie im Dunkeln. Er küsste sie nochmals. Sie erwiderte die tastende Suche seiner Zunge mit der ihren. Nach einer Weile öffnete sie ihren Schlafsack und kroch noch näher an ihn heran. Er öffnete seinen Schlafsack ebenfalls und legte ihn über sie beide. Sie streichelten sich. Angie tat dies mit wachsender Leidenschaft, er eher behutsam, zurückhaltend.

Sie streifte ihr T-Shirt ab und griff an den Verschluss ihres BHs.

»Ich möchte nicht mit dir schlafen.« Aron sagte dies leise, aber eindeutig. Dann flüsterte er: »Lass uns doch noch eine Weile einfach so miteinander kuscheln.«

Seine Worte trafen das Mädchen wie ein Hieb. Sie wandte sich ab und schlüpfte wieder in ihren Schlafsack. Als er den Arm um sie legte, robbte sie noch ein Stück von ihm weg.

»Angie, es tut mir leid«, wisperte er. »Aber ich werde mich morgen von euch trennen. Ich trampe nach Marokko.«

»Was? Du Schuft!«, entfuhr es ihr. Sie setzte sich auf. »Das hast du doch schon länger geplant. Warum hast du denn kein Wort gesagt?«

»Das hätte doch nur Zoff gegeben.«

Sie starrte auf die Schemen einer Bretterwand, deren Ritzen ein wenig nächtliche Helligkeit durchließen. »Du fährst mit uns los und sagst kein Wort darüber, dass du nicht die Absicht hast, die ganze Reise mit uns zu machen.«

»Ihr hättet nur die ganze Zeit an mir herumgezerrt. Die Stimmung wäre von Anfang an mies gewesen.«

»Ein schöner Freund bist du.«

Diesen Satz hörte Aron am nächsten Morgen noch des Öfteren, als auch die anderen eingeweiht waren. Am heftigsten empörte sich Chris, der sich an diesem Tag zum Sprecher der Enttäuschten aufschwang.

Joschi sagte lediglich leise: »Mir hättest du es wenigstens sagen können.«

Am frühen Abend marschierte Aron mit seinem Gepäck zum Fernbusbahnhof. Nachdem er sich von den anderen verabschiedet hatte, sah er als Letztes, wie Chris beide Hände auf Angies Schultern legte. Aber Arons Gedanken und Fantasien, was Chris nun vielleicht über ihn und seinen Entschluss zu Angie sagen würde, trafen nicht zu. Chris kümmerte sich um Angie, ohne so etwas zu sagen wie: »Vergiss Aron. Vergiss ihn einfach.« Er verhielt sich ihr gegenüber zwar außerordentlich zugewandt, verständnisvoll und charmant. Aber über Aron sagte er kein böses Wort. Während einer nur zu zweit unternommenen Wanderung über die grünen Hänge des Glen Sligachan auf der Isle of Skye fühlten sie sich so eng verbunden wie noch nie zuvor und schliefen miteinander.

Nur wenige Tage später, sie waren auf dem Weg nach Edinburgh, sagte Chris Angie dann aber klipp und klar, dass es schön mit ihr sei, dass er es aber vorzöge, wenn sie gute Freunde blieben. Zum jetzigen Zeitpunkt wolle er keine feste Beziehung. Wenn sie nach Hause kämen, müsse er sich neu orientieren. Studieren wolle er erst einmal nicht. Er wisse ohnehin nicht, was. Und da er aufgrund seines *Morbus Scheuermann* vom Zivildienst zurückgestellt sei, werde er für ein halbes Jahr in die Schweiz gehen. Die Großmutter habe dort noch gute Freunde. Er könne bei diesen wohnen und zudem in einer Schweizer Firma hospitieren.

»Ihr seid ja tolle Burschen. Richtige Wundertüten. Du und Aron, ihr übertrefft euch ja in euren wundersamen Entschlüssen. Scheißmänner seid ihr«, raunzte Angie ihn zum Abschied an, als sie eine Woche später vor dem elterlichen Haus ihr Gepäck aus dem VW-Bus räumte.

Für sie begann eine schwierige Zeit. Ihre Hoffnungen auf einen Studienplatz hatten sich zerschlagen. Für die von ihr gewünschte Fächerkombination hatte sie von keiner der drei pädagogischen Hochschulen in Ludwigsburg, Esslingen und Schwäbisch Gmünd eine Zulassung erhalten. Ihre Mutter drängte darauf, sich noch nach einer Lehrstelle umzutun. Studieren könne sie immer noch. »Aber Rumgammeln, das gibt es nicht.«

Dafür sei es jetzt zu spät, nörgelte ihr Vater, der es seiner Frau insgeheim immer verübelt hatte, dass sie den Wunsch der Tochter, Abitur zu machen, stets vehement unterstützt hatte.

Einige Wochen ließ sich Angie treiben. Sie traf sich mit flüchtigen Freunden aus Hall, dann wieder mit einigen aus der alten Clique, die gelegentlich an Wochenenden nach Seelbach kamen.

Joschis Verweigerungssache kam nicht voran. Da er die ständigen Nachfragen seiner verunsicherten Eltern nicht länger ertrug, zog er vorübergehend nach München. Dort wohnte er in einem winzigen Zimmer der WG seines Cousins und jobbte nachts in einer Diskothek. Auch er hatte Angie nichts über seine Pläne erzählt. Als sie ihm später Vorhaltungen machte, entschuldigte er dies damit, es sei ihm peinlich gewesen, über seinen miesen Aushilfsjob zu reden. Er hätte nichts anderes zu tun gehabt als stundenweise Flaschen und Gläser einzusammeln. Das war nachvollziehbar, aber dennoch enttäuschend für sie.

Mit gemischten Gefühlen sah sie dem Wiedersehen mit Aron entgegen. Als Objekt ihrer Wünsche war er eine große Enttäuschung gewesen. Aber nach und nach kehrten Sympathie und das Gefühl enger freundschaftlicher Verbundenheit zurück. Sie fühlte sich erneut verprellt, als Helene ihr eines Freitags im Haller *Club Alpha* berichtete, dass er nach seinem Marokkoaufenthalt gleich nach Berlin weitergereist sei, um durch die *Aktion Sühnezeichen* für seinen Einsatz in Israel geschult zu werden.

Mit Schrecken vernahm sie die Nachricht vom Ausbruch des ägyptisch-syrisch-israelischen Krieges. Und sie wehrte sich gegen die daraus keimende Hoffnung, er könne bleiben, weil der Konflikt seinen Einsatz verunmöglichte.

An dem einzigen Wochenende, an dem er aus Berlin nach Seelbach zurückkehrte, verpasste sie ihn. Mit Wolle und zwei anderen war sie zu einem »Guru Guru«-Konzert gefahren. Und dort traf sie *Reime*, der wahrscheinlich Reimund hieß, aber nicht so genannt werden wollte.

Er sprach sie vor der Halle an. Ob sie bereits einen Stempel habe.

Nein, sie habe noch nicht bezahlt.

»Wenn du an der Kasse warst und einen Stempel bekommen hast, kommst du noch mal raus.« Er sagte das herrisch. Es klang beinahe wie ein Befehl.

Später wunderte sie sich darüber, dass sie so bereitwillig auf ihn eingegangen war. Als sie wieder ins Freie zurückkehrte, holte er zu ihrer Verwunderung aus einer selbstgefertigten Umhängetasche ein hart gekochtes Ei, das bereits geschält war.

»Deinen Arm.«

Vorsichtig rollte er das Ei über den Stempelabdruck, der gut sichtbar als Negativ auf der Rundung des geschälten Eis haften blieb. Dann rollte er es behutsam über seinen linken Handrücken. Dort haftete nun ebenfalls ein Stempelabdruck, der ihm den kostenlosen Zugang zu dem Konzert ermöglichte.

Er sah prüfend auf das Werk seines Betrugs. »Das geht. Willst du das Ei?«

Leicht angewidert schüttelte sie den Kopf. Er schlang es mit zwei hastigen Bissen hinunter, verschluckte sich dabei und musste husten.

Die Band spielte an diesem Abend besonders schräg.

»Die haben bestimmt wieder was eingeworfen«, meinte Wolle, als Mani Neumeiers Trommelstöcke suchend über Felle und Becken huschten, »Acidmusik.«

»Guru Guru« spielte gerade *Samantha's Rabbit*, als Reime erneut bei Angie auftauchte. Er roch nach Gras und Patschouli, war jetzt barfuß und trug nichts als die dünne dottergelbe Baumwollhose. Sein athletischer Oberkörper war braungebrannt. Um den Hals trug er mehrere unterschiedlich lange, dünne Silberketten.

Angie anstarrend, summte er Klangfetzen, die nicht mit dem soeben gespielten Titel der Band übereinstimmten.

»Hi.« Angie fiel nichts Besseres ein.

Er betrachtete sie noch eine Weile. Sie meinte, ein Grinsen zu erkennen. Dann erwiderte er: »Ich bin ein Erleuchteter.« Und fügte noch hinzu: »Wir alle können kosmische Kuriere werden.«

»Wie bist denn du drauf?«, fragte Wolle verwundert und aggressiv zugleich.

Reime ignorierte ihn.

Während des Konzerts begegneten sie sich noch mehrfach. Meist kam er zu ihr, erzählte Belangloses und davon, dass er über ein Jahr in Indien gewesen war. Dann verschwand er wieder. Einmal fragte er, ob sie was rauchen wolle. Sie nickte.

»Wir gehen raus. Hier drin sind keine guten Vibrations. Zu viele Spießer.«

Als sie etwas abseits des Eingangs standen, erzählte er ihr, sie hätten vor einigen Wochen eine Landkommune gegründet. »Du kannst uns gerne besuchen. Wir sind dabei, eine Selbstversorgung aufzubauen. Nicht nur so ne Oberschüler-WG, sondern was mit Substanz, was Gegenkulturelles.«

In der darauffolgenden Woche trampte sie nach Hohenhardtsweiler, einem auf einer Anhöhe gelegenen Teilort Oberrots. Den größeren Teil des Anstiegs musste sie laufen. Es kamen keine Autos. Erst wenige hundert Meter vor dem Weiler nahm sie ein Landwirt auf seinem Schlepper mit. Sie wolle bestimmt zu der Kommune, meinte er. Es war nicht ersichtlich, was er davon hielt. Oben angekommen ließ sie sich den Weg beschreiben. Das Ziel war leicht zu finden. Schon als sie sich dem Anwesen auf Sichtweite genähert hatte, erhielt ihr euphorisches Interesse einen gehörigen Dämpfer. Der Garten, der ein heruntergekommenes kleines Bauernhaus umgab, war weitgehend verwildert. Nur mit viel gutem Willen war zu erkennen, dass immerhin in zwei Beeten mit dem Gemüseanbau begonnen worden war. Ihre Enttäuschung wuchs, als sie das Haus betrat. Der ebenerdige Hausflur, der vom Eingang bis zu einer Hintertür reichte, war mit Müll, Batterien leerer Flaschen, Umzugsgut und allerlei Gerümpel vollgestellt. Über eine ausgetretene, knarrende Treppe gelangte sie in den ersten Stock. Aus einem Raum, der sich als Wohnstube entpuppte, vernahm sie Reimes unverständliche Unmutsbekundungen.

»Pass doch auf«, erwiderte eine fast noch kindliche Stimme.

Sie öffnete die Stubentür. Reime kniete, nur mit einem viel zu weiten Pullover bekleidet, über einem entblößten Mädchen, das auf der zerschlissenen Wohnzimmercouch lag. Offensichtlich hatte sie Schmerzen. Ob es ihr erstes Mal war?

Angie zog die Tür so leise wie möglich wieder zu, ging nach unten und setzte sich in den verwilderten Garten. Die Sonne senkte sich bereits. Mit einem Mal fror sie. Das Schlagen der Tür signalisierte ihr, dass ihre Anwesenheit jetzt wohl nicht mehr störte.

In der Stube traf sie nur Reime an.

»Du hättest ruhig reinkommen können«, sagte er statt einer Begrüßung. »Wir versuchen, das Private aufzuheben.«

Er war wieder vollständig angezogen und kam auf sie zu. Er griff nach ihrer linken Brustwarze. Es schmerzte leicht. Sie wich zurück, sagte aber nichts.

»Wir wollen was Alternatives aufbauen«, sagte er. »Was Ganzheitliches, etwas Sinnliches. Getragen von der Phantasie der Bedürfnisse.«

»Weit seid ihr damit noch nicht gekommen.«

»Es geht um Bewusstseinsveränderung, das Aufbrechen unserer kleinbürgerlichen Verkrustungen.«

»Es geht auch ums Arbeiten, Anpacken, Aufbauen.«

Statt ihr zu antworten, fragte er: »Willst du einen Tee?«

Sie nickte.

Während er den Tee auf der heißen Platte eines Holzofens zubereitete, kehrte er ihr den Rücken zu. »Erst müssen wir uns selbst heilen. Unsere Ängste und Blockaden überwinden.«

»Welche Blockaden denn?«

»Den ganzen Müll unserer Erziehung. Die Schlacken der Bürgerlichkeit.«

Als sie zu einer Erwiderung ansetzen wollte, kam das Mädchen aus dem angrenzenden Zimmer. Sie war klein, hatte aber einen sehr großen Busen. Dennoch wirkte sie noch sehr jung. Angie schätzte sie auf höchstens fünfzehn. Sie wirkte aufgekratzt. Der Fremden begegnete sie mit einer Mischung aus Verstörung und Euphorie. Sie hieß Sue, wahrscheinlich war ihr vollständiger Name Susanne. Sie setzte sich zu Reime, der jetzt auf einer Matratze Platz genommen hatte, die vor einem niedrigen Tischchen lag.

Sue schmiegte sich an den Mann, was dieser regungslos geschehen ließ.

Angie schenkte derweil Tee ein.

»Er hat mich meiner Jungfräulichkeit beraubt. Er hat die Trophäe«, sagte das Mädchen. Es klang kokett, beinahe stolz.

»Wie alt bist du?«

»Vierzehn.«

»Das ist noch sehr jung.«

»Habe ich nicht gesagt, dass wir uns von unseren bürgerlichen Beschränkungen freimachen müssen?« Reime sagte dies streng. Er klang genervt. »Liebe ist keine Frage des Alters, sondern des Zugewandtseins. Es kommt auf die Schwingungen an, die Vibrations. Sex macht frei. Wir müssen uns erst einmal selbst befreien, ehe wir in dieser Gesellschaft etwas ändern können.«

Sie blieben lange auf den Matratzen sitzen. Nach Einbruch der Dunkelheit zündete Sue mehrere Kerzen an. Reime stand auf und machte sich daran, einen altmodischen Küchenherd zu befeuern, in dessen eiserne Platte mehrere Kochstellen eingelassen waren.

»Habt ihr keinen Bock, Musik zu hören?«, fragte Angie.

»Das geht gerade nicht«, erwiderte Sue. »Die Schweine haben uns den Strom abgestellt.«

Unten waren Schritte zu hören. Das Knarren der Stufen verkündete einen Neuankömmling. Ein Langhaariger betrat die Wohnküche. Sein dunkles Stirnhaar hing ihm in dünnen Strähnen ins Gesicht, während es am Hinterkopf dicht und lockig wuchs. Ein dichter schwarzer Vollbart umrahmte sein gutmütig dreinschauendes Gesicht.

»Hallo«, grüßte der Mann.

»Das ist Angie«, entgegnete Sue.

»Du kommst spät«, sagte Reime statt einer Begrüßung.

»Wir müssen halt lange arbeiten.«

»Du arbeitest?«, fragte Angie.

Der Bärtige lachte. »Ich bin der Einzige, der Geld ins Haus bringt. Ich arbeite im Sägewerk.«

Wütend sah Reime zu ihm auf. »Haben wir nicht gesagt, dass alle Arbeiten für die Gemeinschaft gleich wichtig sind? Wir arbeiten am Aufbau. Du hast noch einen Job und bringst deinen Lohn hier ein. Alles gehört allen. Haben wir das nicht so diskutiert und entschieden?« Seine Stimme überschlug sich. Er war erregt, ja wütend.

Das ist sein wunder Punkt, dachte Angie.

»Cool down, Mann, cool down«, sagte der andere, der sich wenig später als *Hacki* vorstellte. »Wer kocht heute?«

»Immer der, der fragt«, erwiderte Reime. »Heute bist du dran.«

»Ich mache das«, sagte Angie rasch. »Was ist denn im Haus?«

Aus dem, was sie vorfand, kochte sie Reis mit Curry und Rosinen.

»Du kannst in einem freien Zimmer pennen«, sagte Reime später.

Sie hatten zwischenzeitlich zwei Joints geraucht. Das Mädchen lag mit geschlossenen Augen in Seitenlage auf einer schmalen Matratze.

Angie lag noch lange wach. Am anderen Morgen weckte sie das Klappern aus der Küche. Sue war schon auf und hatte begonnen, das in der Küche aufgehäufte Geschirr zu spülen. Sie stellte sich recht ungeschickt dabei an. Hacki war bei der Arbeit. Angie ging hinaus. Es war kühl. Jeden Tag konnte jetzt mit einem Wintereinbruch gerechnet werden. Sie kam mit einem Weidenkorb gespaltenen Holzes zurück und schichtete Scheite in den Kachelofen, der die Stube und ein angrenzendes Zimmer wärmte, aber von der Küche aus befeuert wurde.

Reime war mittlerweile aufgestanden. Er fläzte in einem zerschlissenen Sessel, die Arme auf die Lehne gelegt, die Beine von sich gestreckt.

Beiläufig sagte er: »Wir haben mittlerweile wieder Strom. Hacki hat wohl überwiesen.«

Wie ein Pascha hockt er da, dachte Angie.

Am Abend saßen wieder alle in der früheren Bauernstube um den niederen Tisch. Es war ein ganz einfacher Holztisch, dem man die Füße gekürzt hatte.

Roger war gekommen, ein stiller Melancholiker. Er hatte bereits einige Wochen hier gewohnt, war sich aber unschlüssig, ob er dauerhaft in der Kommune leben wollte. Vor kurzem hatte er eine Ausbildung zum Heilerziehungspfleger begonnen. Angie hatte erneut gekocht. Wieder gab es Reis, dieses Mal mit Gemüse.

»Immer nur Reis.« Sue zog eine Schnute.

»Es ist nichts anderes da gewesen«, verteidigte sich Angie. »Zeit, dass mal jemand einkauft.«

»Hast du Geld?«, fragte Reime. »Du solltest eine Einlage in die Gemeinschaftskasse machen.«

»Wenn ich länger bleibe, werde ich das tun.«

»Du wirst bleiben.« So wie Reime das sagte, klang es arrogant, überheblich.

»Woher willst du das wissen?«

»Ich weiß es.«

»Bist wohl Schweinchen Schlau.«

»Friede«, mahnte Hacki. Er stand auf und legte eine Langspielplatte auf: »Kraan«. Er führte die Nadel auf *Sarahs Ritt durch den Schwarzwald*. Hellmut Hattlers markantes, druckvolles Bassspiel bestimmte die ersten Sequenzen.

»Leg was anderes auf«, nölte Reime, der dabei war, einen Joint zu fertigen, »›Tangerine Dream‹.«

»Immer bestimmst du, was wir hören und was hier abgeht«, maulte der Schwarzhaarige, nahm aber gehorsam die Schallplatte herunter und kramte in einem Plattenstapel nach der gewünschten LP.

Sie kifften und tranken Tee.

Reime saß aufrecht mit verschränkten Beinen auf einem Polster. In seinem Schoß ruhte der Kopf von Sue, die sich lang ausgestreckt hatte und nur aufrichtete, um gelegentlich an dem Joint zu ziehen.

»Ich arbeite morgen im Garten«, sagte Angie. »Ist das okay?«

»Was willst du machen?«, fragte Reime verwundert. »Der Sommer ist vorbei. Da wächst nichts mehr.«

»Abgrasen, mähen, die letzten Äpfel ernten, umgraben.«

»Die Äpfel kannst du holen. Aber eine spießige Gartengestaltung brauchen wir nicht. Man muss der Natur ihren Lauf lassen.«

Die anderen schwiegen. Nur Reime redete. Er war der Wortführer. Er war der Boss.

Das Feuer brannte herunter. Niemand machte Anstalten, Holz nachzulegen.

»Ist es okay, wenn ich hier einziehe?«, fragte Angie in das nun schon länger anhaltende Schweigen hinein.

Sue sah mit großen Augen zu ihr auf, erwiderte aber nichts.

»Klar«, sagte Hacki, der sich ein Bier geholt hatte.

»Du kannst erst mal einziehen«, sagte Reime nach einer Weile. »Wir werden dann sehen, ob du zu uns passt. Die Vibrations müssen stimmen. Verstehst du?«

Sie zog sich früh in das Zimmer zurück, das man ihr bereits gestern zugewiesen hatte. Darin befanden sich lediglich ein bäuerliches Doppelbett, ein Waschtisch und zwei wackelige Stühle. Da sie bislang kein Bettzeug gefunden hatte, kroch sie wieder in ihren Schlafsack.

Sie erwachte, als sich jemand am Reißverschluss zu schaffen machte. Trotz der Finsternis erkannte sie, dass es Reime war.

Die andere Familie

Der Bus hatte soeben den Derech Ruppin überquert. In einer weit ausholenden Schleife fuhren sie entlang der alten Bebauung auf die Interchange, die man später einmal nach Golda Meir benennen würde. Vor wenigen Tagen war sie von ihrem Amt als Regierungschefin zurückgetreten. Obwohl die israelische Armee wieder einmal gesiegt hatte, war die Erschütterung darüber, dass Ägypter und Syrer nahezu unbemerkt angreifen konnten, so groß gewesen, dass die charismatische Politikerin sich zum Rücktritt gezwungen sah. Die ersten Tage dieses Waffengangs hatten den Nimbus von der Unbesiegbarkeit der israelischen Armee ins Wanken gebracht. Gleich an fünf Stellen war es den ägyptischen Streifkräften gelungen, den Sueskanal zu überqueren. Jetzt, im April des darauffolgenden Jahres, war vom letzten Krieg nur noch wenig zu spüren. Während der Fahrt durch karges Land passierte der Bus mehrere befestigte Kontrollpunkte. Die Lüftung funktionierte schlecht. Schwitzend sah Aron auf die eintönige Landschaft. Zu seiner Linken tauchte nun die Ruine der alten Kreuzfahrerburg Castellum Belveer auf, die auf der Gemarkung jenes arabischen Dorfes lag, das im April 1948 von Rosenzweigs Einheit dem Erdboden gleichgemacht worden war.

Im Februar war er das erste Mal hier gewesen. Esterina hatte ihn mit einer Einladung zu einem Essen mit ihrer Familie überrascht. Es wurde ein netter Abend. Dabei hatte er von dem Gemisch aus Hebräisch und Moghrabi nicht das Geringste verstanden. Und außer der Krankenschwester und ihrem ältesten Sohn sprach niemand Englisch. Hin und wieder übersetzte der Junge eine Frage. Und manchmal erklärte er ihm die Scherze, über die die Tischrunde regelmäßig lachte.

Diesmal war die Landschaft viel grüner als damals und wohl auch während des restlichen Jahres. Die Frühjahrsregen hatten aufgehört und von der hohen Luftfeuchtigkeit des Sommers war noch nichts zu spüren, obwohl es bereits recht warm war. Später würde sich alles in eine graubraune, staubige Steinwüste verwandeln.

Ohne weiteren Halt passierten sie den *Ein Hemed* Nationalpark. Die Landschaft wurde jetzt noch kahler. Sie blieb eintönig, bis der Bus sich Yad Binyamin näherte. Ganz allmählich wich die Wüstenei urbar gemachtem Land.

Endlich verließ der Bus die Schnellstraße. Feldwege und Schotterpisten ließen erahnen, dass Arons Ziel bald erreicht sein musste: Negba.

Nach Rosenzweigs Tod hatte er zwei Wochen in der israelischen Zentrale der *Aktion Sühnezeichen* gearbeitet. Schon in der ersten Woche hatte er darum gebeten, ihn vorzeitig einem Projekt im Kibbuz Negba zuzuweisen.

Warum er ausgerechnet dorthin wollte, hatte man ihn gefragt. Dort gebe es nur Landwirtschaft, drum herum sei alles vertrocknet. Soweit das Auge reichte, nur dürre, steinige Landschaft. Negba sei nun wirklich kein Ort für junge Leute.

»Wenn das mit den Behinderten nicht gleich klappt, arbeite ich eben in der Landwirtschaft mit«, hatte Aron erwidert.

Da sich in Negba keine offizielle Einsatzstelle der ASF befand, dauerte es noch eine weitere Woche, bis man ihm grünes Licht gab.

Der erste Anblick des Kibbuz war enttäuschend. Der Bus fuhr an einem Militärfriedhof vorbei, auf dem die Gefallenen der Maikämpfe des Jahres 1948 beigesetzt worden waren. In der Ferne erhob sich der alte Wasserturm. Durch den Beschuss völlig durchlöchert und unbrauchbar geworden, hatte man ihn als Denkmal stehen lassen. Nur wenige Straßen und Flächen des Ortes waren asphaltiert. Fast alle Häuser hatte man nach 1948 neu errichtet oder nach der Zerstörung wieder aufgebaut. Meist waren es eingeschossige Steinbauten, viele davon noch mit Wellblechbedachungen.

Als sich der Bus der Haltestelle näherte, sah er auf den staubigen Platz hinaus. Er verspürte ein eigentümliches Kribbeln. Er sollte abgeholt werden. Aber unter den wenigen Menschen, die sich am Rande des Platzes aufhielten, konnte er niemanden ausmachen, der dem ankommenden Bus besondere Aufmerksamkeit geschenkt hätte. Aron stieg als einer der Letzten aus. Die wenigen Reisenden, die wie er Negba zum Ziel gehabt hatten, verliefen sich rasch. Ratlos sah er sich um. Er wusste noch nicht einmal, nach welcher Adresse er fragen sollte. Man hatte ihm ausrichten lassen, dass er abgeholt und in die Gästeunterkunft der landwirtschaftlichen Kooperative gebracht würde, in der Achat Purina bereits seit 1948 eine führende Funktion innehatte. Er musterte die wenigen Umherstehenden, fragte sich, welcher wohl am ehesten Englisch sprach. In diesem Augenblick spürte er eine Hand am Oberarm. Eine warmherzige Männerstimme begrüßte ihn mit erkennbar französischem Akzent: »Willkommen, Aron.«

Er drehte sich um und erblickte einen freundlich lächelnden, leicht fülligen Mann, der trotz der Hitze einen graubraunen Cordanzug trug.

»Ich bin Jitzschak, der Mann der Mutter deiner Halbschwestern.« Er lachte. Ob er dies aufgrund der soeben angedeuteten komplizierten Familienverhältnisse tat oder sich einfach freute, dass Aron planmäßig angekommen war, blieb unklar. Schon am Abend würde Aron feststellen können, das Achats zweiter Mann, ein gebürtiger Franzose, bei jeder sich bietenden Gelegenheit lachte. Seine Fröhlichkeit schien echt zu sein, frei von dem zwanghaften Bemühen, seine ebenfalls von grauenhaften Ereignissen geprägte Vergangenheit zu übertünchen.

Jitzschak Alliance war gebürtig in Belfort und hatte in Lyon gelebt, als die deutsche Wehrmacht Frankreich besetzte. Er war Jude und Kommunist und somit doppelt gefährdet. Folgerichtig ging er als einer der Ersten in den Untergrund. 1942 leitete er eine der Gruppen des Maquis, die im Rhonetal und auf den umliegenden Höhen operierten. Er überlebte im Untergrund, bis die Amerikaner einmarschierten. Erst kurz vor Ende des Krieges brachte er in Erfahrung, dass seine Eltern und drei seiner Geschwister 1944 nach Auschwitz deportiert worden waren. Ihr Schicksal war zunächst ungewiss. Doch dann erreichten ihn in unregelmäßigen Abständen unerbittlich die alle Hoffnung zerstörenden Gewissheiten: Alle waren tot, ermordet. Mehrere Monate ließ er sich treiben. Er lebte in den Tag hinein, wachte nachts, schlief tagsüber einige Stunden, wurde apathisch. Er entfernte sich von der politischen Arbeit und der Partei. Er soff, nahm eine Unmenge Tabletten und war eine Zeitlang dem Selbstmord nahe. Am Ende rettete ihn eine Frau. Auch sie war Jüdin und hatte ebenfalls einen Großteil ihrer Angehörigen verloren. Sie hatten sich in einem Büro des französischen Roten Kreuzes während ihrer Nachforschungen kennengelernt. Eines Abends, als sie in einem Dörfchen nahe Valence in einer billigen Spelunke tranken, hatte sie ihm zugeflüstert: »Weißt du was? In einem Märchen der *Boches* gibt es einen Hahn, der in den Kochtopf soll. Da sagen andere Tiere zu ihm: ›Etwas Besseres als den Tod findest du überall.‹ «

»Mich interessiert nicht, was die Boches ihren Kindern erzählen«, hatte er ihr besoffen entgegengeraunzt.

»Das muss dich nicht interessieren. Aber den Hahn hat es gerettet.«

Über diesen Satz waren beide in schallendes Gelächter verfallen. Und am Ende hatte ihn diese Bemerkung wenigstens dazu gebracht, wieder ein Ziel zu haben. Seinen eigenen Tod nicht mehr als einzig verbliebene Option zu sehen.

Dass Jitzschak, der in seinem früheren Leben Claude geheißen hatte, trotz seiner stets an den Tag gelegten Fröhlichkeit häufig unter Depressionen litt, wussten die wenigsten. Und Aron bekam davon in seiner jugendlichen Unerfahrenheit nichts mit. Nachdem der Neuankömmling seine Habseligkeiten in der neuen Unterkunft abgestellt hatte, brachte ihn sein Begleiter zu dem flachen Gebäude, das er zusammen mit seiner Frau bewohnte.

»Achat ist, wie immer tagsüber, irgendwo in der Avocadoplantage unterwegs«, sagte er. Vermutlich wollte er damit auch den Umstand erklären, dass sie beim Betreten des winzigen Häuschens niemand begrüßte. Ohne zu fragen, reichte er Aron einen Krug mit frischem Wasser und ein sauberes Glas.

Wo sich Judith und Dina aufhielten, fragte der Jüngere.

»Du wirst beide treffen«, erwiderte Jitzschak. »Dina vielleicht heute noch. Sie lebt mit ihrer Familie hier im Kibbuz.«

»Judith nicht?«

»Nein. Judith lebt nicht mehr hier.« Sein kurzes Lachen klang verbittert, zumindest nach Enttäuschung. »Dina ist genau wie ihre Mutter. Das Gemeinschaftsleben und die Avocadozucht gehen ihr über alles. Judith war schon als Kind aufsässig. Bei den unvermeidlichen Streitereien mit ihrer Mutter hat sie schon früh damit gedroht, so bald als möglich von Negba wegzugehen. Sie hat in Tel Aviv studiert und ist dort geblieben.«

»Ich würde sie gerne kennenlernen.«

»Das haben wir uns schon gedacht.«

Sie stiegen wieder in den offenen Jeep.

»Wir fahren rüber zur Plantage. Achat wird dort sein. Danach bringe ich dich zurück zu deiner Unterkunft.«

Er würde gerne auch die anderen Kinder treffen, sagte Aron, nachdem Jitzschak das betagte Fahrzeug unter Stottern und Getöse angelassen hatte.

Mit mäßiger Geschwindigkeit fuhren sie auf der Geröllpiste in Richtung der Felder. Dabei zogen sie eine gewaltige Staubwolke hinter sich her.

»Wann Juri heimkommt, ist noch unklar«, sagte der Mann nach kurzem Schweigen. Dabei wandte er den Blick nicht von der holprigen Piste ab. »Juri war im Kampfeinsatz. Wir sind sehr froh darüber, dass alles gut gegangen ist.« Jitzschak Alliance beugte sich zu Aron hinüber. »Juri ist so alt wie du.«

»Und schon im Krieg?«

Der Mann schwieg eine Zeitlang, ehe er erwiderte: »Er hat Schreckliches erlebt. Er war an den Bitterseen dabei, unter Sharon.«

Weder die geographische Angabe noch der Name des Kommandanten sagten ihm damals etwas. Immer dann, wenn später von Sharon die Rede war, seiner umstrittenen Politik, seinen langen Jahren im Koma, seinem Tod, erinnerte sich Aron mit einer gewissen Beschämung an seine damalige jugendliche Unwissenheit.

Jitzschak bremste ab und ließ den Jeep am Rande eines Schotterweges ausrollen. Sie hatten offensichtlich ihr Ziel erreicht. Sie mussten gehört worden sein, denn nach wenigen Schritten in die Pflanzungen hinein kam ihnen eine Frau entgegen. Sie trug einen flecktarnfarbenen, mattglänzenden Overall, den ein schwarzer Ledergürtel taillierte.

Aron war erstaunt darüber, wie klein Achat Purina war.

»Schalom aleichem«, grüßte sie ihn und fuhr dann in deutscher Sprache fort: »Sei willkommen. Willkommen in Negba, dem Ort, an dessen Befreiung dein Vater mitgewirkt hat. Ich darf doch ›du‹ zu dir sagen? Hier im Kibbuz duzen wir uns alle, auch wenn wir in der Sprache der Herkunftsländer sprechen.«

Die zierliche Frau musterte den hochaufgeschossenen Deutschen. Dabei konnte er ihr immer noch schönes, wenngleich bereits von tiefen Falten durchzogenes Gesicht betrachten. Oder sagte man hier besser: von Hitze und Sand gegerbt?

»Du gleichst deinem Vater nicht im Geringsten«, sagte sie nach einer Weile. Dann nahm sie ihn wie einen alten Vertrauten am Arm. »Komm, ich zeig dir die neuen Pflanzungen. Wenn du willst, kannst du hier arbeiten.«

Jitzschak folgte ihnen in rasch wachsendem Abstand.

Hier war es bereits sommerlich heiß. Die Luft stand. Kein Lüftchen war zu spüren. Aron öffnete sein Hemd.

»Pass auf, dass du dir keinen Sonnenbrand holst«, sagte Achat. Während der weiteren Begehung gab sie ihm eine knappe Einführung in den Avocadoanbau. Sie hatte gleich nach dem ersten israelisch-arabischen Krieg mit der Züchtung begonnen. Seit langem versorgte sich der Kibbuz mit vielen Sorten Gemüse selbst. Die Avocados wurden in größerem Umfang in den Handel gebracht. Dabei hatten sie davon profitiert, dass die Händler der benachbarten arabischen Dörfer noch 1948 vertrieben worden waren.

Der nächste Tag war ein Freitag. Aron war zum Abendessen in das Haus von Jitzschak und Achat eingeladen. Von der ihm zugewiesenen Unterkunft waren es nur wenige Minuten Weges, die ihn über scharfkantigen Muschelkalksplitt führten. Zu seiner Enttäuschung entfaltete sich der Abend nicht als Vorfeier des kommenden Sabbat, sondern als ganz normales Abendessen.

Dina war zusammen mit ihrem Mann und ihrer Tochter gekommen. Sie war vier Jahre älter als Aron, somit die älteste aller Halbgeschwister. Deren hatte er vier. Neben Dina und Judith, den Töchtern von Achat, lebten in den Staaten die 1968 und 1970 geborenen Söhne Joseph und Salomon. Beide entstammten der dritten Ehe, die Jakob Winter mit Jennifer Leibowitz geschlossen hatte. Die Jungen trugen die Namen des Groß- und des Urgroßvaters.

Als Aron vorsichtig von dem ihm unbekannten Avocado-Mus nahm, das nur mit Öl, Gewürzen und einer Spur gerösteten Sesams serviert wurde, fragte ihn Dina lächelnd: »Aron, wessen Namen trägst du?«

Der Angesprochene sah irritiert in das schöne Gesicht der jungen Frau. Mit ihren dunklen Augen und den hohen Wangenknochen sah sie ihrer Mutter ähnlich.

In sein anhaltendes Erstaunen hinein fuhr sie fort: »Bislang bin ich davon ausgegangen, dass ich die Einzige bin, deren Name nicht an ein in Riga umgekommenes Familienmitglied erinnert.«

Ehe Aron etwas erwidern konnte, wurde die junge Frau von ihrer Mutter scharf angefahren: »Dina, du redest Unsinn. Dein Bruder Juri ist nicht nach einem ermordeten Familienmitglied benannt, sondern nach Juri Vater, einem Freund aus Jugendtagen. Er war für mich ein großes Vorbild.«

Sie begann diesen Mann zu beschreiben, einen belesenen Kommunisten, der ihr in Riga die Sicht auf die Literatur und die Kompliziertheit der Welt eröffnet hatte.

Als sie Anstalten machte, von den schrecklichen Pogromen der *Donnerkreuzler* zu berichten, wie sich die lettischen Faschisten in der damaligen Zeit nannten, hob Jitzschak beschwörend die Hände und rief mit einer Spur Theatralik in der Stimme: »Achat, liebe Achat, belade unseren Gast nicht schon jetzt mit allem Elend, das die Welt uns Juden angetan hat.«

Man sah Achat an, dass Jitzschaks Einwand sie mit Zorn erfüllte. Doch sie blieb beherrscht.

Im weiteren Verlauf des Essens unterhielten sie sich angeregt über die Halbgeschwister und die ermordeten Familienmitglieder, deren Vornamen sie trugen.

Aron fiel auf, dass Dinas Mann Nuriel sich nicht an der Unterhaltung beteiligte. Er sorgte dafür, dass das zweijährige Töchterchen, das den schönen Namen Alegre trug, am Tisch nicht kleckerte. Es war ein stilles Kind. Aron fand, dass es sich ungewöhnlich brav verhielt.

Aron wusste, dass Judith, Dinas zwei Jahre jüngere Schwester, ihren Namen in Erinnerung an die ältere Schwester seines Vaters trug. Seine eigene Schwester Helene war nach Vaters jüngerer Schwester benannt worden. Diese war zeitweilig die beste Freundin seiner Mutter gewesen. Doch die enge Beziehung zwischen Leonore und Helene zerbrach, als Jakobs Schwester von der heftigen und heimlichen Liebe der beiden erfahren hatte. Helene hatte der Freundin vorgeworfen, sie treibe ihren Bruder mit der verbotenen Liebschaft unweigerlich in den Tod.

Nun begann Dina von der jetzigen Familie ihres Vaters zu erzählen, die in den Staaten lebte.

Ob sie seines Vaters dritter Frau schon einmal begegnet sei, erkundigte sich Aron.

»Ja«, erwiderte Dina. »Jakob«, sie sagte nie »Vater«, »ist einmal mit Jennifer hier gewesen.«

»Damals waren die beiden Söhne noch nicht geboren«, ergänzte Achat. Und sie fuhr fort: »Joseph ist jetzt fünf Jahre alt. Du wirst wissen, dass er so heißt wie dein Großvater.«

Aron nickte und sagte: »Der jüngste, Salomon, trägt den Namen meines Urgroßvaters.«

»Unseres Urgroßvaters«, sagte Dina mit einem Schmunzeln.

»Hätte dein Urgroßvater den Betrieb rechtzeitig verkauft, hätten alle überleben können«, sagte Achat mit Nachdruck und nahm sich einen weiteren Hühnerschenkel, der in einer für Aron befremdlichen Soße eingelegt war.

»So darfst du nicht reden«, fuhr Nuriel seine Schwiegermutter an. Das erste Mal an diesem Abend ergriff er das Wort. »Sie haben sich doch nicht selbst umgebracht.«

Genauso scharf erwiderte Achat: »Die Jungen hatten schon lange wegwollen. Doch der Patron hat sie mit seinem

Nicht-Loslassen-Können in Deutschland festgehalten. Jakobs älterer Bruder hatte sich im Untergrund bereits auf die Auswanderung nach Palästina vorbereitet.«

»Niemand ist schuld an seinem eigenen oder anderer Leute Tod, nur weil er darauf hofft, am Ende doch nicht enteignet oder verschleppt zu werden«, empörte sich Nuriel.

Aron war es unangenehm, Zeuge dieses lautstark ausgetragenen Familienstreits zu sein. In die aufgeladene Stimmung hinein fragte er: »Wo ist eigentlich eure Tochter Madelaine?«

Jitzschak begann zu lachen. »Das ist schon ein geschickter Bursche«, prustete er in seinem passablen, wenngleich mit starkem französischem Akzent gesprochenen Deutsch.

Bislang wurde die Unterhaltung in vier Sprachen geführt. Achat und ihr Mann unterhielten sich mit dem Gast auf Deutsch. Dina verständigte sich mit ihm auf Englisch. Nuriel hatte seine impulsiven Einwände auf Französisch gemacht. Und die Familienmitglieder unterhielten sich nach Arons Verständnis untereinander auf Hebräisch. Wobei Jitzschak irgendwann an diesem turbulenten Abend auf eine diesbezügliche Bemerkung des Gastes entgegnete, er solle bloß nichts von ihrer Mischpokesprache annehmen. Keiner an diesem Tisch spreche richtiges Hebräisch. Das wiederum empörte Dina. Worauf ihr Stiefvater wie zur Beschwichtigung sagte: »Also gut, Dina vielleicht, auch die drei, die heute nicht hier sind.« Er meinte Judith, Juri und Madelaine. Dann fuhr er fort: »Achat spricht eine Mischung aus Hebräisch und baltischem Jiddisch.«

Achat zog streng ihre immer noch pechschwarzen Augenbrauen hoch, schwieg aber.

»Ich spreche ein Hebräisch, das mit zahlreichen Elementen aus der französischen Sprache angereichert ist, und Nuriel« – er blickte zum Mann seiner Stieftochter hinüber –, »ist, wie viele hier, ein Misrachim. In der Gegend, aus der man seine Familie vertrieben hat, sprach man jahrhundertelang einen arabisch eingefärbten Dialekt.«

»Franzosenquatsch.« Nuriel schien sich maßlos zu ärgern. Sein fein geschnittenes, bronzenes Gesicht war um die Nase und den Mund deutlich blasser geworden. »Meine Eltern und meine anderen Verwandten sprechen bei sich zu Hause *Moghrabi*.«

»Und was ist das, wenn es kein Dialekt ist?«, fragte Jitzschak herablassend.

»Es ist kein arabischer Dialekt, sondern eine alte judäoarabische Sprache.«

»Gut, gut«, wiegelte der Ältere ab. »Aron hat danach gefragt, wo Madelaine ist.« Er sah zu Achat hinüber. »Madelaine trägt übrigens den Namen ihrer französischen Großmutter, die man 1944 nach Auschwitz verschleppt und dort ermordet hat.«

Das war nicht anders zu erwarten gewesen, dachte Aron. Doch er hütete sich, diesen Satz auszusprechen.

Jitzschak saß jetzt ganz in sich zusammengesunken am Tisch.

»Madelaine hat über sich und uns Schande gebracht.« So, wie Dina dies sagte, konnte Aron nicht heraushören, ob sie es ernst meinte oder lediglich eine zynische Bemerkung machen wollte.

»Drei Wochen vor dem Krieg hat sie sich in einen jungen Araber verliebt und ist mit ihm durchgebrannt. Bislang wissen wir nicht, wo sie sich aufhält«, sagte Achat. Äußerlich wirkte sie sehr gefasst.

»Er ist kein Araber. Er ist Palästinenser«, korrigierte Dina.

»Wo ist der Unterschied?«, fragte Achat.

»Wir sind besorgt«, sagte Jitzschak. »Wenn sie versteckt im Jordanland leben, ist sie in erheblicher Gefahr. Und der Junge auch. Jetzt, nachdem die Araber wieder einen Krieg verloren haben, sollte sich keine Jüdin im Palästinensergebiet aufhalten.«

Die Schatten des Kibbuz

Am darauffolgenden Sonntag nahm Aron seine Arbeit in der Avocadoplantage auf. Er wurde Dinas Gruppe zugeteilt, die soeben mit der Baumpflege begonnen hatte. Und nebenbei mussten einzelne Stränge des verzweigten Bewässerungsnetzes gereinigt, repariert oder neu verlegt werden.

Am Morgen hatte Dina ihm auf dem Weg zur Arbeit einige leer stehende niedrige Baracken gezeigt. »Dort drüben hat Jakob früher gearbeitet. Da war eine Hühnerzucht. Mutter sagt, er habe die Arbeit gehasst wie die Pest.«

»Hättest du das gerne gemacht? Abends stinkst du nach Hühnerscheiße.«

Dina lachte laut und herzlich. »Genau das hat Mutter erzählt. Jakob kam nach Hause und duschte so ausgiebig, dass alle sagten, er solle das Wasser nicht verschwenden. Und hinterher behauptete er, der Geruch der Hühnerscheiße hafte ihm immer noch an.«

»Eigentlich hat er eine tolle Karriere hingelegt.«

»Ich weiß gar nicht genau, was er macht. Etwas mit Rechenmaschinen. Oder Computern?«

»Er ist eine große Nummer bei IBM.«

Dina war wie ihre Mutter eine überzeugte Anhängerin des Kibbuzlebens. Sie wählte radikal links und trat, obwohl sie wie alle anderen auch ihren Wehrdienst geleistet hatte, für eine Aussöhnung mit den Palästinensern ein. Die Woche über war Alegre im Kinderhaus. Erst am Freitagnachmittag kehrte das Kind wieder in die Obhut ihrer Eltern zurück.

Dinas jüngere Schwester Judith hatte schon früh Widerstand gegen die Kibbuzidee und die damit verbundenen Lebensformen entwickelt. Bereits als Kind war sie häufig aus den Schlafräumen des Kinderhauses ausgerissen. Anfangs war sie zu dem Haus ihrer Mutter und ihres Stiefvaters gegangen. Doch Achat brachte sie immer sofort zurück, nicht ohne den Erziehern eine ordentliche Standpauke zu halten, auch wenn dies mitten in der Nacht geschah. So gewöhnte sich das Mädchen an, nicht mehr nach Hause zu gehen. Judith streunte nächtelang auf dem Gelände des Kibbuz herum. Manchmal gingen auch andere Kinder mit, weshalb man sie anderntags als Rädelsführerin bestrafte. Sie wurde immer perfekter darin, nicht aufgefunden zu werden. Als der Kibbuz noch im Grenzland lag und nachts bewaffnete Streifen patrouillierten, entwickelte sie großes Geschick darin, von diesen nicht entdeckt zu werden.

Als das Mädchen in die Pubertät kam, entfachte sie mit der Forderung Streit, den Freitagabend künftig in der aus Polen stammenden Familie ihrer besten Freundin verbringen zu wollen. Dort bereite man auf althergebrachte Weise den Sabbat vor. Mit ihrer Einberufung zur Armee verließ sie Negba und kehrte nach Ende des Wehrdienstes nicht mehr zurück. Jahrzehnte später sollte es zu einem schweren Zerwürfnis zwischen Mutter und Tochter kommen. Judith, die in Tel Aviv Pädagogik und Psychologie studiert hatte und weitaus früher als Aron in eine Professur berufen wurde, reüssierte in der weltweiten Fachöffentlichkeit mit der Behauptung, die Kibbuzerziehung sei nicht nur autoritär, sondern schädige die kindliche Psyche erheblich. Als sie diese gleichermaßen populäre wie strittige These in einem Buch verbreitete, kam es zum endgültigen Bruch zwischen Mutter und Tochter.

Trotz anfänglicher Bedenken machte Aron die Arbeit in der Landwirtschaft Spaß. Es waren meist jüngere Kibbuzbewohner, mit denen er zusammenarbeitete. Deren Eltern stammten aus aller Herren Länder. Viele polnischstämmige Juden waren darunter, Vertriebene aus dem Kurdengebiet, dem Iran, Syrien und Ägypten, Nachfahren russischer, baltischer und ungarischer Juden. Deutschstämmigen *Jeckes* begegnete er hier nicht. Wie den anderen auch machte ihm die zunehmende Hitze zu schaffen. Seit Ende April hatte es nicht mehr geregnet. Wenn der Wind vom Mittelmehr herüberwehte, brachte er keine Kühlung. Die Luftfeuchtigkeit stieg. Sie schwitzten noch mehr.

Die Abende verbrachte er jetzt öfters mit Gleichaltrigen. Die meisten hielten ihn anfangs für einen komischen Vogel. Dass junge Deutsche in der heißen Wüste schufteten, weil sie ein schlechtes Gewissen den Juden gegenüber hatten, konnte man gerade noch verstehen. Aber dass der Sohn eines Holocaustüberlebenden freiwillig hier arbeitete? Er war ein *Goj*, aber kein Nachfahre des Mördervolkes, sondern der Abkömmling eines jüdischen Helden, der im lettischen Untergrund und vor Bir Hakeim gegen die Deutschen und an der Straße nach Jerusalem sowie vor Negba gegen Araber und Ägypter gekämpft hatte.

Eines Abends betrat Aron nach Sonnenuntergang das kleine Haus seiner Gasteltern. In der Küche, wo er sich erfrischen wollte, traf er ein gleichermaßen erschöpftes wie zerzaustes Mädchen an. Es trug, wie viele seiner Freunde in Deutschland, löchrige Jeans, geflochtene Sandalen und ein grob gebatiktes T-Shirt, das unter den Achseln stark verschwitzt war.

»Hi«, sagte er erstaunt.

»Hallo«, erwiderte sie auf Englisch.

»Bist du Madelaine?«, fragte er.

»Ja.«

Er ließ so lange Wasser aus dem Hahn fließen, bis es etwas kälter aus der Leitung kam, und füllte ein Glas, das er in einem Zug austrank.

»Meine Mutter hat immer mit uns geschimpft, wenn wir das warme Wasser abfließen ließen. ›Der Kibbuz braucht jeden Tropfen‹, sagte sie immer.«

»Hast du deine Eltern schon gesehen?«

Das Mädchen schüttelte den Kopf. Der wilde Schopf rutschte in eine andere Form.

Er musterte sie. Madelaine war hübsch, sehr braun und hatte wohl zur Überraschung der meisten, die sie näher betrachteten, stahlblaue Augen.

»Die arbeiten noch. Und du? Gefällt es dir?«

Aron nickte. »Auf Dauer wäre das nichts für mich. Aber bis zur Ernte werde ich bleiben.«

»Was hast du vorher gemacht?«

»Ich habe in Jerusalem einen alten Mann betreut. Er hieß David Rosenzweig. Er ist mittlerweile gestorben.«

»Ein Jeckes?«

»Wieso sagt ihr Jeckes zu den Deutschstämmigen?«

»Das ist harmlos. Lange vor dem Zweiten Weltkrieg sind welche aus dem Rheinland eingewandert. Jeckes eben. Und weil sie ein bisschen zu sehr deutsch und gelegentlich wohl auch rechthaberisch aufgetreten sind, haben die früheren Siedler sie als Jeckes bezeichnet. Und die späteren deutschen Einwanderer wurden auch so genannt.«

»Das ist doch abwertend.«

»Ach was.« Das Mädchen verdrehte die Augen und lachte. »Hier fühlen sich die Leute wohl, wenn sie über andere lästern können. Aber letztendlich sind alle Zuwanderer, unabhängig davon, ob sie bereits 1919 oder erst in den Fünfzigerjahren hierherkamen. Und es kommen ja ständig mehr. Zurzeit werden welche aus der Sowjetunion abgeschoben. Die sprechen kein Hebräisch, kennen die religiösen Bräuche nicht. Aber sie bezeichnen sich als Juden.«

Aron stand auf und füllte erneut sein Glas. »Warum bist du zurückgekommen?«, fragte er, während er an seinen Platz zurückging. »Man hat mir gesagt, du versteckst dich mit deinem Freund im arabischen Teil. Deine Eltern haben sich große Sorgen gemacht.«

»Ach die, die machen sich doch nur Sorgen, wenn etwas nicht so läuft, wie sie es sich vorstellen.« Sie grinste ihn an. »Das habe ich meinem Vater am Telefon erzählt, damit sie mich nicht suchen lassen. Ich bin doch keine Selbstmörderin. Zusammen mit Sabri war ich eine Zeitlang bei einer guten Freundin. Eines Tages kam ihr Bruder von der Armee zurück. Und Sabri war das Versteckspiel leid. Er hat sich aufgemacht, um seine Familie zu finden.«

»Ihr seid getrennt?«

Sie zögerte. Ihr Lächeln verschwand. »Vielleicht. Ich weiß es nicht.«

Er schwieg. Ihm fiel nichts ein, was sie aufmuntern könnte und nicht kitschig gewesen wäre.

Die Feldarbeit strengte ihn an. Oft war es schwere Handarbeit. Mit zwei älteren Kibbuzbewohnern legte er mehrere Tage hintereinander die Bewässerungsrinnen frei. Dann machten sie sich an die Reinigung und Neuverlegung von Rohr- und Schlauchsystemen, die der Berieselung der Felder und Pflanzungen dienten. Auch wenn es eine schweißtreibende Tätigkeit war, arbeitete er hier lieber als bei der Baum- und Strauchpflege, obwohl er dabei des Öfteren mit Madelaine zusammentraf. Was es mit ihrer Zukunft auf sich hatte, konnte er bislang nicht in Erfahrung bringen. Sie erzählte ihm nichts und er fragte nicht nach. Zumal sie keinen unglücklichen Eindruck machte. Im Gegenteil, aus dem Kreis seiner Gastfamilie war sie die Fröhlichste.

Wenige Wochen vor seiner Rückkehr nach Deutschland sah er Dina das letzte Mal. Sie trug Uniform. Er wusste, dass sie Offizier war, und so wunderte er sich darüber, dass sie keine Rangabzeichen trug. Ihre Stammeinheit hatte sie wieder angefordert.

Am letzten Abend wirkte sie aus Gründen, die Aron nicht kannte, sichtlich bedrückt.

Als er tags darauf Madelaine diesen Eindruck schilderte, klärte sie ihn auf: »Dina weiß, dass sie einige Kameraden aus ihrer alten Einheit nicht mehr wiedersehen wird. Etliche sind in den Oktoberkämpfen gefallen, darunter auch zwei gute Freunde von ihr.«

Wenn Aron nicht arbeitete, führte er ein eintöniges Leben. Eine der unmittelbaren Kriegsfolgen bestand darin, dass wenig Unterhaltsames für junge Leute veranstaltet wurde. Aber er war nicht unzufrieden. Er empfand seinen Aufenthalt in Negba als eine Zeit der Erfahrungen, eine Zeit der Erwartung.

Wochenenden und Festtage verbrachte er meist mit der Familie Purina-Alliance. Er las viel. Durch seine Marokkoreise war sein Schulfranzösisch besser geworden. Jitzschak gab ihm *La Peste* von Albert Camus. Die Lektüre strengte ihn an. Aber er legte das Buch nicht beiseite, auch wenn er immer wieder in einem zerfledderten deutsch-französischen Wörterbuch nachschlagen oder Jitzschak um Erklärungen und Übersetzungen bitten musste.

Bereits Ende April erreichten die Temperaturen wieder regelmäßig 30 Grad. Nur noch ganz vereinzelt fiel Regen. Wenn die Sonne unterging, setzte er sich manchmal auf einen Platz, von dem es hieß, dass auch sein Vater sich hier häufig des Nachts aufgehalten habe, wenn er unruhig war oder aus anderen Gründen nicht schlafen konnte. Um den während der Kämpfe im Unabhängigkeitskrieg von Treffern durchsiebten Wasserturm hatte man bereits in den Vierzigerjahren eine niedere Umfassung gemauert. Manchmal saß er hier auch an freien Nachmittagen. Wenn er niemanden traf, mit dem er sich unterhalten konnte, las er im Schatten der Ruine in einem der deutschsprachigen Bücher, die ihm David Rosenzweig noch zu Lebzeiten geschenkt hatte. Es waren abgegriffene Erstausgaben, von denen er zuvor noch nie etwas gehört hatte. *Hiob* las er, einen späten Roman von Joseph Roth, eine zerlesenes Exemplar, 1930 erschienen bei Kiepenheuer in Berlin. Mehr noch faszinierte ihn Joseph Conrads *Herz der Finsternis*. Die deutsche Ausgabe war noch in den ersten Monaten nach der Machtergreifung der Nazis im S. Fischer Verlag verlegt worden.

Die »Nelly«, eine seetüchtige Jolle, schwojte an ihrem Anker ohne die leiseste Regung in den Segeln und hielt Rast.

Was war das für ein wunderbar unbekanntes Wort: *schwojen*? Er hatte es noch nie gehört oder gelesen, verstand es nicht, hatte aber ein Bild davon, was gemeint sein könnte. War es das Dümpeln dieses Seglers an seinem Ankerplatz? Bereits die ersten Zeilen machten ihn neugierig auf eine Erzählung, welche die Protagonisten wie auch den Leser in die Abgründe einer bizarren kongolesischen Hölle führte.

Als er das Buch eines Nachts aus den Händen legte, dachte er einmal mehr an David Rosenzweig. Eine seiner Bemerkungen ging ihm durch den Kopf: »Wir haben ihre Häuser zerstört, damit sie nicht mehr zurückkommen.« Sie begann ihn wieder zu beschäftigen, als er den ersten Abend mit Juri verbrachte. Madelaines älterer Bruder, der Sohn von Achat und Jitzschak, kam einige Tage nach dem Pessachfest zurück in den Kibbuz. Sie begegneten sich im kleinen Garten, der Achats und Jitzschaks Haus umgab. Er verhielt sich gegenüber dem ihm unbekannten Gast sichtlich reserviert, obwohl man ihn darüber informiert hatte, dass Jakobs Sohn eine Zeitlang im Kibbuz leben würde. Bei ihrem ersten Zusammentreffen trug Juri Uniform. Das rote Barett hatte er keck nach hinten geschoben. Sein Gesicht war von Erschöpfung und Müdigkeit gezeichnet. Aron wusste, dass sie annähernd gleich alt waren, beide im Jahr 1954 geboren. Doch der braungebrannte, drahtige Mann wirkte auf ihn viel älter.

Juri begrüßte ihn knapp. Dann wollte er wissen, wie lange Aron zu bleiben gedenke. Ohne die Antwort abzuwarten, wandte er sich ab und verschwand im Haus. Erst beim Abendessen begegneten sie sich wieder.

Achat hatte mit Madelaines und Jitzschaks Hilfe Latkes gebacken, eine Art Kartoffelpuffer. Sie wurden mit Lachs und einer weißen Kräutersoße serviert. Dazu gab es Eichblattsalat mit Datteln und Orangenscheiben sowie ein scharf gewürztes Mus aus weißen Bohnen.

Gerade als das Essen auf dem festlich gedeckten Tisch angerichtet werden sollte, erschien ein anderer Mann in Arons Alter. Er hieß Gallech und wurde ihm mit dem Hinweis vorgestellt, er sei bereits seit Kindheitstagen Juris bester Freund.

Mit dem Beginn des Essens setzte sogleich eine rege Unterhaltung ein, die mal in Jiddisch, dann wieder auf Hebräisch, meist aber auf Betreiben Madelaines auf Englisch geführt wurde. Das wiederum war Achat nicht recht, da sie diese Sprache nur fragmentarisch beherrschte. Deshalb gab sie an Aron gerichtete Antworten meistens auf Deutsch.

Juri saß leger nach vorne gebeugt am Tisch. Die Uniformbluse hatte er geöffnet. Gelegentlich fragte Jitzschak ihn und Gallech nach ihren Kriegserlebnissen. Er tat dies weder stolz noch übermäßig ängstlich, sondern im Stile eines besorgten Vaters, der Vertrauen in seinen Sohn hat und die Hoffnung besitzt, dass dieser nicht umkommen, nicht von einer Granate zerrissen oder von einer verirrten Kugel getroffen würde.

Achat zeigte sich äußerlich weitaus weniger besorgt um ihren Sohn als schockiert darüber, wie weit die syrischen und ägyptischen Truppen während der ersten Kriegstage vorgerückt waren. Offensichtlich hatten die Feinde die sonst allwissende israelische Militärführung überrascht. Das war für viele Ältere, die bereits den Palästinakrieg, die Sueskrise und den Sechstagekrieg erlebt hatten, ein Grund großer Sorge.

Juri war zu Beginn des Konflikts in Abwehrkämpfe an den Bitterseen verwickelt gewesen. Ein Großteil der israelischen Bunkeranlagen war zerstört worden. Oder sie wurden von den Angreifern umgangen. Am 16. Oktober, nach dem jüdischen Kalender war es der 20. Tischri 5734, war Juris Einheit an der Überquerung des Sueskanals beteiligt. Während andere Truppen bis 120 Kilometer vor Kairo vorrückten, blieb sie mit dem Auftrag zurück, die noch intakte kanalnahe Infrastruktur der Ägypter zu zerstören.

Ja, David Rosenzweig hatte ihm in einer der Nächte den alles erklärenden Satz gesagt: »Wir haben ihr Dorf zerstört, damit sie nicht mehr zurückkehren.«

Er wollte Juri fragen, ob es auch diesmal so war, nicht 1948, sondern 1973: alles zerstören, damit sie nicht mehr zurückkämen. Aber er stellte die Frage nicht. Der Junge, der in seinem Alter war, war eben erst aus dem Krieg zurückgekehrt.

»Und du? Hast du nicht gedient?« Die Frage war an ihn gerichtet. Er überhörte sie. Juri hatte sie gestellt. Noch immer dachte er an Rosenzweig und Esterina. Eigentlich war der kulturelle Unterschied zwischen den beiden viel größer gewesen als zwischen ihm und dem Alten. Aber beide hatten das wohl anders gesehen. Esterina entstammte einer Sippe, die jahrhundertelang im Irak gelebt hatte. Ihre Familie praktizierte ein orthodoxes Judentum mit arabischen Einfärbungen. Der deutsche Jude Rosenzweig war Atheist gewesen. Ob schon immer oder ob ihn erst die Shoah dies hatte werden lassen, hatte er nicht preisgegeben. Manches aus seinem Leben ähnelte dem Schicksal von Arons Vater.

»Warst du in Deutschland bei der Armee?«, fragte nun Gallech. Alle sahen ihn an.

Er räusperte sich verlegen. »Entschuldigt, ich war in Gedanken. Was hast du gefragt?«

»Ob du bei der Armee warst«, fragte nun wieder Juri.

»Nein. Nachfahren von Holocaustüberlebenden müssen in Deutschland nicht zur Armee.«

»Würdest du hier Wehrdienst leisten?«, hakte Juri nach.

Aron war irritiert. Mit dieser Frage hatte er sich noch nicht beschäftigt. Er blickte in eine Runde interessierter Gesichter. Madelaine sah ihn geradezu gebannt an.

Er zögerte. Gedanken rasten ihm durch den Kopf. »Ehrlich gesagt, ich weiß es nicht«, sagte er nach einer Weile.

»Aber du musst doch einen Standpunkt haben.« Juri sagte dies mit nicht zu überhörender Schärfe.

»Jetzt lasst doch mal den Jungen in Ruhe«, sagte Achat Purina lauter als sonst. »Sein Vater hat sich hier große Dienste erworben, auch um all das hier, um Negba. Aber Aron ist Gast hier, ein Fremder. Weshalb sollte er sich dafür entscheiden, für dieses Land zu kämpfen?«

»Ich mache ja was«, verteidigte sich Aron.

»Bist du ein Goj?«, fragte nun Gallech.

»Jetzt ist es genug.« Jitzschak wurde laut. »Aron ist unser Gast. Also haben wir ihn wie einen Gast zu behandeln.«

»Aron ist ein lieber Gast«, sagte Madelaine und lächelte ihn an.

Das Verhältnis zwischen Juri und Aron, den so ungleichen Altersgenossen, blieb auch während der restlichen Tage, die der Soldat im Kibbuz verbrachte, distanziert. Tagsüber sahen sie sich kaum. Juri arbeitete nicht. Er schlenderte durch den Kibbuz, schwatzte mit diesem und jenem. Aron arbeitete umso verbissener. Dabei entlockte er Achat einige Geheimnisse des Avocadoanbaus.

Abends trafen sich die Jüngeren im Haus, manchmal auch in den Gemeinschaftsräumen, in denen jetzt wieder Konzerte stattfanden.

Nach drei Wochen verabschiedete sich Juri. Er fuhr zu seiner Einheit zurück, um ausgemustert zu werden. Danach wollte er ein Studium beginnen. Noch hatte er sich nicht entschieden, ob er in Jerusalem oder in Haifa studieren wollte. Als Kriegsteilnehmer hatte er freie Studienplatzwahl.

»Schalom«, sagte er, als er sich von Aron verabschiedete. Es klang nicht unfreundlich.

Auf dem Weg zu Judith

Aron verabredete sich mit Judith. Bislang war sie in Negba nicht aufgetaucht. Zu seiner Überraschung hatte ihm Achat einmal vor Arbeitsbeginn kommentarlos eine Postkarte ausgehändigt, die wohl am Vortag eingegangen war. Judith hatte ihm geschrieben. Er solle sie doch besuchen kommen.

Nun saß er im Bus nach Tel Aviv. Im Gang türmten sich Gepäckstücke. Zwischen diesen und einem jungen blonden Mädchen mit kurzen Haaren eingequetscht sah er nach vorne, dabei wie beiläufig eine ihm schräg gegenübersitzende Mitreisende musternd. Trotz der Hitze trug sie einen schwarzen Pullover. Eine dunkel gefasste Brille verlieh ihr ein strenges, unnahbares Aussehen. Sie begann allerlei aus dem Rucksack zu holen und stopfte am Ende den Pullover hinein, den sie sich mit etwas Mühe über ihren üppigen Busen gestreift hatte. Zu Arons Verdruss, dem die Schaukelei und die schlechte Luft schon ziemlich zusetzten, kramte sie noch eine Plastiktüte hervor, der sie eine fetttriefende Pappbox entnahm. Zuerst pickte sie einige Gabeln Salat aus einem kleinen Plastikgefäß. Der säuerliche Geruch begann ihn zu ekeln. Sie aß den Salat zur Hälfte, packte ihn weg und entnahm der schmierigen Box ein halbes gebratenes Huhn. In rascher Folge zupfte sie längliche Haut- und Fleischstücke aus der kalten Brust.

Aron verspürte Brechreiz. Nur jetzt nicht kotzen! Er hatte nichts bei sich, wohinein er sich notfalls übergeben konnte. Direkt vor ihm wölbte sich der graue Haarkranz eines älteren Mannes. Er versuchte, seine Stirn am glatten Metall des Aschenbechers zu kühlen, der in Brusthöhe am Vordersitz angebracht war. Die Frau aß unverdrossen weiter, zermalmte Knorpelstücke und zuzelte mit sichtlichem Genuss die letzten Fleischfetzen von den zerbrechlich wirkenden Knochen des Hühnergerippes, die sie abgenagt in die Box zurücklegte. Mit betont auffälligem Ablecken der Finger demonstrierte sie, dass sie nun ihre Mahlzeit beendet hatte. Genießerisch fuhr sie mit ihrer fleischigen Zunge über ihre fettglänzenden, grell geschminkten Lippen, was ihn mit einem Mal erregte.

Der Bus hielt an der provisorischen Haltestelle einer neu errichteten Siedlung. Aus den Nächten mit Rosenzweig wusste er, dass es längs dieser Fernstraße zahlreiche ethnische Vertreibungen gegeben hatte. Sobald es einer Brigade gelang, ein strategisch bedeutsames arabisches Dorf einzunehmen, wurde die dort lebende Bevölkerung selbst dann vertrieben, wenn sie sich nicht an den Kampfhandlungen beteiligt hatte. Nach dem Abzug der Bewohner wurden die Häuser zerstört. Waren Bulldozer oder andere Baumaschinen verfügbar, überließ man das Vernichtungswerk den Bedienungsmannschaften. Wenn kurzfristig kein schweres Gerät herangeschafft werden konnte, machte man sich umgehend daran, Wohnhäuser, Stallungen und Nebengebäude in die Luft zu jagen. Sie hatten die Anweisung, stets mit den massiven Bauten zu beginnen. Für die Zerstörung der Hütten der Ärmeren – das war die Mehrzahl – genügte es oft, eine lange Kette um die Außenwände zu legen. Mit Hilfe eines Traktors, eines Lastwagens oder eines leichten Panzers wurde das einfache Bauwerk binnen Sekunden eingerissen.

In einer der Nächte, in denen der nahende Tod Rosenzweig die Sprache für Dinge gab, über die er noch nicht einmal mit seiner Frau geredet hatte, kam er das erste Mal auf diese Vertreibungen zu sprechen. Seine ersten Worte hatten Aron gleichermaßen irritiert wie sein besonderes Interesse geweckt.

»Es stimmt nicht, dass wir ihnen die Häuser genommen und selbst darin gewohnt haben.« Er atmete schwer. Jeder Satz, jedes Wort bereitete ihm große Mühe. Aber er berichtete weiter. Aron hatte sich abgewöhnt, den Mann zu ermahnen, mit seinen Kräften zu haushalten. Er würde sterben, so oder so. Und wenn er noch etwas zu erzählen hatte, sollte er es tun.

Gelegentlich fragte sich Aron, weshalb er ausgerechnet in seiner Gegenwart sprach, obwohl er ihn anfangs als Pfleger abgelehnt hatte. Er war ein Goj, ein Fremder und noch sehr jung. Aber vielleicht hatte gerade dies es ihm einfacher gemacht. Er konnte berichten, ohne dass Angehörige oder Freunde sich später damit auseinandersetzen mussten. Anfangs hatte Rosenzweig sehr unpräzise über die Zerstörungen und die Vertreibung der Bewohner erzählt. Fast klang es so, als habe er selbst mit diesen Vorgängen nichts zu tun gehabt, als sei er lediglich der Chronist oder ein Zeitzeuge. Doch je länger er davon sprach, umso klarer trat hervor, dass er an diesen Gräueltaten beteiligt gewesen war. Und am Ende glaubte Aron zu wissen, dass es sich bei dem alten Mann um einen der damaligen Kommandeure gehandelt haben musste. Er flocht Namen von Dörfern und Siedlungen ein, die Aron noch nie gehört hatte. Er sprach von Manshiyya und Khirbat al-Shuna. Er nannte den Namen des Dorfes Tantura, erwähnte die flache Küstenebene.

Der Bus hielt an mehreren solcher Siedlungen. Aron erkannte sie mittlerweile. Sie waren meist im selben einfachen, schmucklosen Stil und streng funktional erbaut worden. In Siedlungen, die von Linkszionisten oder der laizistischen Jugend errichtet worden waren, gab es anfangs noch nicht einmal eine Synagoge. Deren Bau setzten später an vielen Orten zugezogene religiöse europäische Juden oder Vertriebene aus den arabischen Staaten durch, was hin und wieder heftige Fehden mit den Altsiedlern auslöste.

Aron achtete nicht auf die Leute, die an den Haltestellen ein- und ausstiegen. Meist waren es sichtlich ärmere Menschen. Dem Erscheinungsbild nach waren etliche auch Angehörige der arabischen Minderheit mit israelischer Staatsbürgerschaft. Nur sie lebten dauerhaft in diesen Siedlungen. Die meisten jüngeren Mitreisenden waren in Uniform. Während sie ihren Wehrdienst ableisteten, fuhren sie umsonst in den Bussen mit. Vereinzelt stiegen auch ausländische Rucksacktouristen zu, die sich allmählich wieder ins Land getrauten.

Aron sah unauffällig zu der Frau hinüber, deren Anblick bei ihm trotz ihrer unfeinen Essgewohnheiten Begierden ausgelöst hatte. Mittlerweile hatte sie sämtliche Habseligkeiten in einer leichten Tasche verstaut. Als habe sie nur auf seinen Blick gewartet, leckte sie sich erneut ausgiebig die Lippen. Die gewaltige Zunge wälzte sich mehrmals durch den halboffenen Mund. Sie erwiderte seinen Blick nicht. Mit gemischten Gefühlen dachte er an den vorigen Verzehr des Huhns. Wie sie gegessen hatte, war ekelhaft und zugleich erotisch gewesen. Die Frau war wenigstens doppelt so alt wie er.

Er wandte seinen Blick ab, schaute nach vorne auf das von kargen Sträuchern und Büschen gesäumte Band der Straße. Die eintönige Landschaft bot nur wenig Abwechslung. Vereinzelte Brunnen tauchten auf, flache, meist ein-, höchstens zweistöckige Häuser, Pisten und Schotterwege.

Ein lauter Knall riss ihn aus seinen von Müdigkeit überlagerten Wachträumen. Später ging ihm immer wieder durch den Kopf, dass der Ausdruck *Knall* nicht zutraf. Eher handelte es sich um ein tosendes Rumpeln, halb Donnerschlag, halb das dumpfe Geräusch des Aufpralls eines mächtigen Felsbrockens.

In dem Augenblick, in dem sein Gehör auszusetzen begann, spürte er, wie etwas Warmes, Weiches gegen seinen Kopf prallte. Bruchteile von Sekunden später traf etwas seinen Hals und gleich danach seinen Arm, der auf der Lehne zum Gang ruhte. Jetzt sah er das fassungslose Entsetzen im Gesicht der

Frau, die ihm schräg gegenüber auf so frivole Weise ihren Proviant verspeist hatte. Ihr Mund formte sich zu einem gewaltigen Schrei. Er hörte ihn kaum, so, als käme er aus sehr großer Entfernung. Nein, alles was er vernahm, hörte sich an wie unter Wasser, wie beim Tauchen. Nur das leise Gurgeln der aufsteigenden Luftblasen fehlte. Er begriff nicht sofort, was geschehen war. Er machte sich Sorgen um sein Hörvermögen, er hatte Angst, für immer taub zu sein.

Das Gesicht der Frau war mit feinen Blutspritzern benetzt. Er sah auf seine linke Hand. Blut klebte an ihr. Mit der rechten griff er sich in den Nacken. Sie war anschließend voller Blut. Kleine Gewebefetzen klebten daran. War er verletzt? Panik erfasste ihn. Er musste schwer verletzt sein. Wie von sehr weit her hörte er Schreie. Ein Mann mittleren Alters kam von vorn auf ihn zu. Er erkannte dessen Mundbewegungen, verstand aber nichts. Der Fremde sprach weiter und zog dabei an seinem blutüberströmten Arm. Erst jetzt war Aron zu einer Reaktion fähig. Er wies auf sein rechtes Ohr und schüttelte den Kopf. Der Mann forderte ihn mit einer Geste auf, ihm zu folgen.

Das Aufstehen war kein Problem. Zu seiner Verwunderung spürte er keine Schmerzen. Er wusste nicht, wie viel Zeit verstrichen war. Allmählich dämmerte ihm, dass er soeben einen Anschlag überlebt hatte. Mit einem Mal tauchten Uniformierte auf. Bewaffnete sicherten das Gelände. Er hielt dies für überflüssig. Das Sprengstoffattentat war ja schon passiert. Andere Personen stiegen in den Bus, kümmerten sich um Traumatisierte und Verletzte. Hatte es Tote gegeben?

Eine junge Frau nahm sich seiner an. Er hörte jetzt wieder etwas besser. Aber noch immer klang jedes Geräusch wie in einer Unterwasserwelt. Die Helferin war eine Ärztin der Armee. Mit Kompressen tupfte sie ihm behutsam Blut und Fleischreste von Händen, Nacken und Hinterkopf. Dann sagte sie ihm auf Englisch, dass er unverletzt sei. Er wies energisch mit dem

Zeigefinger auf seine Ohrmuscheln. Sie nickte. Offensichtlich verstand sie ihn.

Ein Sanitätslastwagen brachte ihn mit anderen Businsassen weg. Auf einer der Bänke erkannte er die Frau mit der gewaltig mahlenden Zunge. Auch sie schien unverletzt zu sein. Geistesabwesend stierte sie auf die ihr gegenüberliegende Außenwand. In einem fort rieb sie sich mit den Fingerspitzen beider Hände über die Wangen. Wie aus der Ferne ertönten Stimmen. Die meisten sprachen wohl Hebräisch. Ein Schluchzen war von einzelnen englischen Wortfetzen durchzogen.

Es war ein Selbstmordattentat. Von fünf Toten war die Rede. Später, als er im Militärhospital danach fragte, sagte der Arzt, der ihn zuerst untersuchte, es habe wohl drei Tote gegeben. Und mehr als ein Dutzend Verletzte. Noch zwei Sitzreihen hinter ihm waren Reisende durch Splitter verletzt worden. Gestorben seien der Attentäter, eine aus dem Iran stammende Greisin und eine englische Rucksacktouristin.

Er erhielt lediglich Infusionen. Sein Hörvermögen besserte sich, wenn auch nur sehr langsam. Als störend empfand er einen hohen Pfeifton. Nach dem Erhalt einer weiteren Infusion durfte er das Bett und das Krankenzimmer verlassen. Eine junge Militärärztin, die nach ihm gesucht hatte, fand ihn später auf dem Flur. Sie war Psychiaterin, eine Traumatologin.

Nein, er benötige keine Hilfe.

Sie riet ihm, noch zwei Tage zur Beobachtung zu bleiben. Die Hörstörung, sie nannte es Knalltrauma, müsse dringend mit weiteren Infusionen behandelt werden. Danach brächte man ihn dorthin, wo er hinwollte. Er erzählte ihr von seinen Halbgeschwistern und Achat Purina und bat dann, zurück nach Negba gebracht zu werden.

Die Ärztin ließ sich die Adresse zeigen, die Achat Purina in hebräischer Schrift in sein Notizbuch geschrieben hatte. Die deutsche Vertretung in Tel Aviv sei bereits informiert, sagte sie.

Erst jetzt bemerkte Aron, dass sie unter ihrem weißen Arztkittel eine Uniform trug.

Es sei die Aufgabe der deutschen Botschaft, seine in Deutschland lebenden Angehörigen zu informieren.

Ob man das nicht sein lassen könne, fragte Aron.

Nein, das sei so vorgeschrieben. In seinem Fall wäre es doch besser, wenn seine Familie erfahre, dass es ihm gut gehe.

Erst als Aron am Morgen des dritten Tages das Zimmer verließ, das er sich mit drei weiteren Männern teilte, die den Anschlag mit leichten Verletzungen überstanden hatten, erkannte er, dass sie offensichtlich in einem neuen Militärkrankenhaus untergebracht waren. Das weitläufige Außengelände machte einen unfertigen Eindruck. Kleine Bäume und Sträucher waren erst dieses Frühjahr gepflanzt worden. Natürliche Schattenspender gab es nicht, weshalb neben einzelnen Sonnenschirmen an mehreren Stellen Sonnensegel aufgespannt worden waren.

Draußen traf er junge Männer in seinem Alter, die offensichtlich im Jom-Kippur-Krieg verletzt worden waren. Was er sah, erschütterte ihn mehr als das Attentatserlebnis. Einige saßen in Rollstühlen. Er traf auf Arm- und Beinamputierte. Er sah in Gesichter mit nicht ausgeheilten Brandverletzungen. Nie mehr würde diesen Menschen beim Blick in den Spiegel ein junges, unversehrtes Gesicht entgegenblicken.

Er hatte große Scheu davor, sich den Rekonvaleszenten zu nähern. Als am späten Vormittag eine Schwester zu ihm sagte, er könne sein Mittagessen auch im Speisesaal einnehmen, lehnte er dies ab. Er blieb lieber im Zimmer. Am Nachmittag drehte er einsame Runden im Außengelände. Er blieb den Kriegskrüppeln fern, die sich unter den Schirmen und Sonnensegeln in kleinen Grüppchen sammelten. Außerhalb des mit Stacheldrahtrollen gesicherten Zaunes patrouillierten bewaffnete Streifen in Jeeps.

Zwischen einzelnen alten Olivenbäumen, die innerhalb des umzäunten Geländes nicht abgeholzt worden waren, traf er auf einen jungen Mann in Uniform. Von ihm abgewandt pisste er an einen Baum. Als er sich umdrehte, erkannte Aron sofort, dass dem jungen Burschen, der vielleicht sogar noch jünger war als er selbst, die rechte Hand fehlte. Der Junge sagte etwas auf Hebräisch. Aron schüttelte den Kopf und erwiderte auf Englisch, dass er leider nicht verstünde. In gutem Englisch erklärte ihm der Kriegsversehrte, dass er sich erst noch daran gewöhnen müsse, anders zu pissen, als er es bislang gewohnt war. Und mit einem verzweifelten Versuch, dabei zu grinsen, fügte er hinzu, dass es verdammt schwer sei, sich mit der linken Hand einen runterzuholen. Er habe es bislang immer mit der rechten getan.

Ohne sich darauf verständigt zu haben, setzten sich beide einander gegenüber auf den trockenen, schwach bewachsenen Boden.

Ob er einer aus dem Bus sei, fragte der Soldat. Es habe sich rumgesprochen, dass viele hier behandelt würden. Darunter sei sogar ein Deutscher.

Das sei dann wohl er, entgegnete Aron.

Er habe noch nie mit einem Deutschen geredet, erwiderte der andere. Deutsche müssten nicht hierherkommen. Bei diesen Worten blickte er starr zum Hauptgebäude des Militärkrankenhauses hinüber.

»Mein Vater ist Jude«, entgegnete Aron. »Achtundvierzig hat er für dieses Land gekämpft.«

»Und warum lebst du in Deutschland?«

»Mein Vater ist nicht hiergeblieben. Meine Mutter war seine zweite Frau. Ich bin gerade bei der ersten und deren Kindern zu Gast.«

Der andere schwieg.

Mit einem Mal schämte sich Aron dafür, seinen Vater ins Spiel gebracht zu haben, der ihm sonst so wenig bedeutete. Er hatte ihn bewusst erwähnt, um sich von anderen Deutschen abzuheben. Er stand auf. »Ich muss zurück. In einer Viertelstunde kriege ich eine weitere Infusion.«

Der Soldat blieb auf dem Boden sitzen und nickte ihm stumm zu.

Zwei Tage später wurde Aron im Jeep nach Negba zurückgebracht. Er saß alleine auf der Rückbank. Neben dem Fahrer begleitete ihn ein mit einer Maschinenpistole bewaffneter Soldat. Noch befinde man sich im Spannungsfall. Es sei Vorschrift. Während der vierstündigen Fahrt sprach Aron nur wenig mit den beiden. Einmal wandte sich der Fahrer um und sagte in kaum verständlichem Englisch, dass er noch nie so weit im Norden gewesen sei.

In Negba suchten sie zuerst die Verwaltung auf. Offensichtlich musste dort ein Papier abgezeichnet werden. Aron schlug den beiden vor, dass er das letzte Stück zu Fuß gehen könnte. Sie bestanden jedoch darauf, ihn bei der angegebenen Adresse abzuliefern.

Achat Purina war wohl benachrichtigt worden, denn sie stand bereits an der Haustür, hatte wohl früher als sonst aufgehört zu arbeiten. Mit versteinerter Miene starrte sie ihn an.

»Ich soll dich von Judith grüßen. Sie meldet sich.« Sie sprach heiser, fast flüsternd. Erst jetzt umarmte sie ihn. Dabei gelang es der kleinen Frau gerade mal, seine Brust zu umfassen. Sie erkundigte sich, ob er hungrig sei. Als er verneinte, fragte sie: »Begreifst du jetzt, dass wir uns wehren müssen?«

Eben jetzt hörte er den lästigen Pfeifton besonders laut. Ihm blieb von diesem Ereignis für den Rest seines Lebens ein Tinnitus, der ihn mal mehr, mal weniger plagte. Der Begriff war ihm zuvor noch nie begegnet. Anfangs schwankte er zwischen Wut und Verzweiflung. Allmählich wurde ihm klar, dass das Geräusch vor allem dann besonders unangenehm war, wenn er unter Anspannung oder Überlastung litt.

Im fortgeschritteneren Alter begann er, die Ohrgeräusche als seine *wahren Freunde* zu bezeichnen. Er hatte gelernt, dass sie sich immer genau dann meldeten, wenn er im Begriff war, sich zu überfordern. »Vielleicht haben sie sogar dazu beigetragen, dass ich so alt werden konnte.«

Er ließ sich Achats in eine Frage gekleidete Feststellung durch den Kopf gehen, ohne eine passende Antwort zu finden. Seine Gedanken kreisten um sein zurückliegendes KDV-Verfahren. Die darin vertretenen Gewissheiten wurden in Israels rauer Wirklichkeit einer harten Prüfung unterzogen. Aber er weigerte sich, Achats Sicht der Dinge zu teilen. »Es steht mir eigentlich nicht zu, dir zu widersprechen. Aber ich bin der festen Überzeugung, dass diese Region so nie Frieden finden wird. Wenn bei jeder schlimmen Sache immer auf alttestamentarische Weise reagiert wird, werden deine Kinder bis ins hohe Alter Uniformen tragen. Und dann deren Kinder.«

Sie sah ihn wütend an, beherrschte sich aber. »Willst du dich nach der langen Fahrt etwas ausruhen?«, fragte sie.

Joschi macht sein Ding

Als Joschi vom Bund kam, war er ein anderer geworden. Die Tage und Wochen im Arrest hatten ihn radikalisiert. In der Zeit, in der er in Wetzlar die Ungewissheit über sein weiteres Schicksal über Wochen ertragen musste, erhielt er vor allem von den Angehörigen des dortigen *Arbeitskreises Demokratischer Soldaten* Unterstützung. Schon während seines anschließenden Zivildienstes trat er der SDAJ bei, was seine alten Seelbacher Freunde zutiefst verwunderte. Links zu sein galt als angesagt, war schick und geboten. Aber musste Joschi sich deshalb gleich den Dogmatikern anschließen? Noch dazu solchen, die alles, was in der DDR nicht funktionierte, schönredeten? In Hall existierte eine kleine Ortsgruppe der DKP. Und die hatte – was manche verwunderte – eine Schalmeienkapelle. Das Instrument war den meisten höchstens aus biblischen Texten vertraut. Lediglich Eingeweihte wussten, dass auch der neue Staatsratsvorsitzende der DDR als Jugendlicher in seiner saarländischen Heimat die Schalmei geblasen hatte.

Nicht alle verstanden deshalb Honeys Anspielung, über die noch etliche Male gestritten werden sollte: »Joschi ist jetzt in der Schalmeienkapelle.«

Das war natürlich Polemik. Und anders als früher begann Joschi derartige Polemik wahrzunehmen und in einer Schärfe zurückzuweisen, die seine Freunde von ihm nicht gewohnt waren.

»Ich will mich nicht von Leuten kritisieren lassen, für die links zu sein lediglich bedeutet, einem Lebensgefühl nachzuhängen. Und schon gar keinen Bock habe ich auf die Sprüche von denen, die selbst nie den Arsch hochgekriegt haben.«

Wen meinte er damit? Er nannte nie einen Namen. Aber wer mit der inneren Dynamik dieser schon so lange existierenden Clique vertraut war, wusste, dass damit in erster Linie Chris und Honey gemeint waren. Zumal beide wohlhabenden Elternhäusern entstammten.

Der früher so unsicher Auftretende wies mit bislang nicht gekannter Schärfe auch Vermutungen zurück, wonach sein jetziges Verhalten aus seinen schwierigen Lebensumständen resultiere. »Ich betrachte die Ungerechtigkeit der Welt nicht aus der Froschperspektive meiner eigenen Herkunft. Und ich lasse mich auch nicht darauf reduzieren, lediglich aufgrund meiner KDV-Malaise radikal geworden zu sein.«

Letzteres hatte vor allem Marianne Krafczik vermutet und beim einen oder anderen Treffen auch klar ausgesprochen.

Die Uni Hohenheim galt als Hochburg des *Marxistischen Studentenbundes*. Zumindest eine Zeitlang wurde er von afrikanischen Studenten verstärkt, die zum Studium der Agrarwissenschaften nach Europa gekommen waren. Die jungen, sich gerade emanzipierenden Staaten des Kontinents und ihre dem sozialistischen Lager zuzurechnenden Regierungen hatten sie dorthin abdelegiert.

Der Marxistische Studentenbund war nicht nur hochschulpolitisch dominant. Er glänzte auch mit attraktiven Kulturveranstaltungen. Die Konservativen und die sich als unorthodox oder undogmatisch bezeichnenden Linken waren in der Minderheit. Christoph Ostheimer, den gleichermaßen geschickten wie charismatischen Vorsitzenden der Hohenheimer Marxisten, nannten Gegner und Neider abfällig *Ostblockheimer*.

In diesem Umfeld begann Joschi aufzublühen. Von seinen Eltern hatte er sich bereits über den langen Prozess seiner Wehrdienstverweigerung entfremdet. Wenn sich nun der

Sohn, was selten genug vorkam, am Wochenende zu Hause aufhielt, hinterließ er stets Ratlosigkeit. Sein Vater verband mit dem Studienfach Agrarwissenschaften wenig Zukunftsträchtiges. Dass er Joschi argumentativ nicht mehr gewachsen war, machte ihn wütend. Die Wut steigerte sich manchmal ins Unermessliche, wenn er darüber haderte, dass ausgerechnet sein Sohn jetzt zu den *linken Spinnern* gehörte, die nach seiner Meinung unangespitzt in den Boden gehauen gehörten.

Die Mutter reagierte hilflos. Sie interessierte sich weniger für Joschis politische Überzeugungen. Sie fürchtete sich vor dem, was die Leute dazu sagten, wenn ihr Bub wieder mal schlampert – und dann noch mit diesem Bart! – in Seelbach herumlief.

Seinen alten Freunden gegenüber empfand Joachim Schreiner eine wachsende Ambivalenz. Wenn sie sich gelegentlich privat oder im *Haller Eck* begegneten oder sich auch mal im Haller *Club Alpha* oder im Stuttgarter *Lab* verabredeten, litt er stets darunter, dass die Rollen innerhalb der alten Clique unverrückbar schienen. Er hatte den Eindruck, dass neue Freunde ihn ernster nahmen. Zu schaffen machte ihm auch der wachsende Zweifel daran, ob Aron noch immer sein bester Freund war, dem er in jeder Lebenslage vertrauen konnte. Der ging seinen Weg, schien nie von Unsicherheiten geplagt oder gar in Schwierigkeiten zu sein. Ja, er strahlte noch mehr Souveränität und Stärke als früher aus. Aber bereits während seiner vertrackten Verweigerungsgeschichte war der Freund keine große Hilfe gewesen. Gut, er war einige Zeit in Israel. Aber auch später kamen von ihm nur wenig Zuspruch und Unterstützung. Andere, die ihm deutlich ferner standen, hatten weitaus mehr für ihn getan.

Aber das waren alte Geschichten. Dass er die schwierige Zeit beim Bund unbeschadet überstanden hatte, verschaffte ihm gelegentlich beinahe euphorische Empfindungen. Er war daran gereift, war robuster geworden und als Persönlichkeit gewachsen. Wer dort wochenlang im Knast gesessen hatte und daran nicht zerbrochen war, ging mit späteren Widrigkeiten des Lebens gelassener um.

Umso mehr störte ihn das ständig wiederkehrende Gefühl, im Kreis seiner alten Freunde noch immer den Platz des liebenswerten Sonderlings einzunehmen. Dabei spielte Aron, wahrscheinlich ohne es zu wollen oder auch nur zu ahnen, eine ungute Rolle. Dieser starke Kerl, dieses klassische Alphamännchen, der in so vielen Dingen Exzellente, ließ niemanden neben sich groß werden. Die Starken waren während der Kindheit und manchmal auch noch in der Jugend Vorbilder und – wenn sie zu den Freunden zählten – auch Schutz und Hilfe. Aber irgendwann war der Zeitpunkt gekommen, ab dem das Große und Starke die eigene Entfaltung erschwerte. So zumindest empfand Joschi die nun schon lange währende Freundschaft mit Aron. Immerhin ließ dieser ihn bezüglich seiner Aktivitäten im Marxistischen Studentenbund in Ruhe. Er selbst war in keiner Organisation, er war eher einer, der sich an ausgesuchten Aktionen beteiligte, ein Demogänger und gelegentlicher Platzbesetzer. Und gingen die meisten Impulse hierfür nicht von seinen wechselnden Freundinnen aus? Wenn man von Margret, seiner späteren Frau, einmal absah, wurde Aron vor allem von jenen Partnerinnen zu politischen Aktionen geschleppt, mit denen er länger zusammen war. Diese Sicht Joschis wurde von Angie geteilt, mit der er dies während einer nachweihnachtlichen Begegnung in Seelbach einmal erörtert hatte.

Je länger Joschi darüber nachdachte, umso klarer wurde ihm, dass er *sein Ding* eigentlich erst ab dem Zeitpunkt machen konnte, als er sich von den alten Seelbacher Zwängen und Abhängigkeiten gelöst hatte.

Das galt für seine Eltern, deren Stolz über den ersten Gymnasiasten in der Familie alsbald einer von Ängsten und Hilflosigkeit begleiteten Ratlosigkeit wich. Die schlug bei der

Mutter in Trauer um und wurde vom Vater im raschen Wechsel zwischen Wut und vordergründiger Gleichgültigkeit überdeckt.

Das galt auf ganz andere Weise für Aron, diese riesige, eichengleiche Persönlichkeit, deren Freundschaft Wege bahnte und lange Schatten warf, denen ein Zwerg – als solcher hatte sich Joschi lange gefühlt – nicht so ohne Weiteres entrinnen konnte.

Dann war da noch Chris, der ihn – mehr noch als Aron – mit seiner früh ausgelebten exzessiven Sexualität verunsicherte, ja ihm manchmal das Gefühl gab, ein Versager zu sein.

Und mit Honey hatte er einen kindischen Wettbewerb darum ausgefochten, wer der coolste Kiffer ihrer Clique war. Dabei verfügte er nicht annähernd über den wirtschaftlichen Hintergrund des Apothekersohnes. Und im Unterschied zu diesem hatte er auch keinen Zugang zu Substanzen, die in den Jahren ihres Heranwachsens als *in* galten – und mochten es nur Spalttabletten gewesen sein, die, mit *Asbach Uralt* vermischt, eine billige, vor allem unter Dorfjugendlichen beliebte Dröhnung ergaben.

Insgeheim machte er Aron später den Vorwurf, dass er *nichts* getan hatte, als die von ihm viele Monate lang angehimmelte Gmünder Flamme seinen Freund stets viel inniger begrüßt hatte als ihn selbst. Und als dieser wahnsinnige Rothaarige – sein Name wollte ihm schon seit etlichen Jahren nicht mehr einfallen – das Mädchen während eines Festivals widerlich und dann auch noch erfolgreich angemacht hatte, hatte er sich von seinem besten Freund im Stich gelassen gefühlt.

In dem Maße, wie Joschi eigene Wege ging und sich ihm völlig neue Erfahrungswelten und Freundschaften erschlossen, gelang es ihm auch, jene schwarzen Gedanken zu verscheuchen, die sich auf die Bilder und Erinnerungen gelegt hatten, die er an die Jahre mit seiner Jugendclique in seinem Gedächtnis behielt. Einen Rückfall hatte es lediglich während ihrer 78er Berlinfahrt gegeben. Die alten Rollenverteilungen waren neu aufgebrochen. Zudem war seiner Wahrnehmung nach in den Nächten auf dem großen Matratzenlager auch noch was zwischen Angie und Aron gelaufen. Angie hatte das später vehement abgestritten, was ihn nur noch weiter verstimmte.

Die Emanzipation von der alten Clique gab ihm Sicherheit und wurde die Basis für eine erste echte Liebesbeziehung zu einer jungen Spartakistin, Christine, die gleich während ihres ersten Semesters in den marxistischen Studentenbund eingetreten war.

Wie hatte es einer seiner Professoren einmal in einer Vorlesung formuliert: »Wachsen heißt, Dinge hinter sich zu lassen.« Es war eigentlich eine ironische Bemerkung über wachsende Mengen an Kuhmist gewesen, aber das Bild schien ihm vor allem in metaphysischem Sinne tauglich.

Allmählich begann er Erfahrungen nachzuholen, die Aron, Chris, Honey und die anderen bereits früher gemacht hatten. Er engagierte sich im Chile-Komitee und lernte dabei südamerikanische Studenten kennen. Er traf auf Chilenen, die in Deutschland politisches Asyl oder zumindest ein Bleiberecht erhalten hatten. Sie erzählten von furchtbaren Dingen. Es waren ausnahmslos kluge, engagierte Menschen. So schmerzhaft und entsetzlich viele ihrer Berichte auch waren, er schöpfte aus den Begegnungen Weltsicht und Wissen.

Obwohl Joschi Spartakist geworden war, wurde er durch diesen Schritt nicht zum Dogmatiker. Als sich Deutschland 1977 im *heißen Herbst* befand, schien sich die staatliche Gewalt in Reaktion auf den Terrorismus und die Stammheimer Selbstmorde ebenfalls zu entgrenzen. Joschi begann auch Leute zu unterstützen, die in Not, aber nicht *auf Linie der Partei*, respektive des Marxistischen Studentenbundes waren.

Weil sie zum damaligen Zeitpunkt jene Bekundung *klammheimlicher Freude* des Göttinger *Mescalero* – ein

Pseudonym, das erst 24 Jahre später gelüftet werden sollte – nachgedruckt hatten, standen nun plötzlich auch alternative Stadtblättchen im Fokus der Ermittlungen des Staatsschutzes. In diesen aufgewühlten, von Hysterie geprägten Tagen wurde sogar eine Druckmaschine als Waffe des Terrors in eine Art Vorbeugehaft genommen. Das Stuttgarter Druckkollektiv *Fantasia* druckte etliche solcher alternativer Blättchen. Weil die Bundesanwaltschaft vermutete, dass auf dieser Maschine auch künftig *den Terrorismus unterstützende* Schriften hergestellt würden, sollte das altertümliche Ungetüm beschlagnahmt werden.

Joschi, der dies als Unrecht empfand, setzte sich über die kleinteiligen ideologischen Grenzziehungen zwischen Halblinken, Beinahe-Linken und richtig Linken hinweg und fuhr in die Stuttgarter Innenstadt. Er wollte an einer Blockade teilnehmen, zu der man zur Verhinderung des Abtransports der Druckmaschine aufgerufen hatte. Eingangs der Schlosserstraße stieß er auf tumultartige Zusammenrottungen. Geschrei und Parolen hallten durch die Häuserschlucht. Behelmte Polizisten schleppten Sitzblockierer weg. Als er weiter zum eigentlichen Geschehen durchgedrungen war, bot sich ihm ein aberwitziges Bild. Die altertümliche Druckmaschine – ein Riesenmonstrum – hatte man bereits auf einen Tieflader gehievt. Polizisten drängten Demonstranten beiseite und trugen Blockierer, die das Anfahren der Zugmaschine verhindern wollten, von der Straße.

Joschi erkannte am Rande des Geschehens zwei bekannte Stuttgarter Anwälte. Etwas seitlich von der Zugmaschine stehend, kam ihm ein Gedanke, der ihn auch später noch beschäftigte: Wie klein, schwach und hässlich mussten sich die Vertreter eines Gemeinwesens beziehungsweise Staates fühlen, der vermeintlich um seiner selbst und seines Schutzes Willen zu so einer Aktion fähig war? Hier wurde nichts von demokratischer Kultur sichtbar, hier herrschte kein republikanischer Geist. Das war genauso kläglich wie das Wegsperren eines kleinen Wehrdienstverweigerers.

Die Oberspartakisten teilten seine Sicht der Dinge nicht. Als er in der nächsten Gruppensitzung den Vorgang und seine Teilnahme an der Demonstration schilderte, entgegnete man ihm – anfangs noch milde, später mit Schärfe –, ein reflektierter Marxist müsse ganz genau darauf achten, vor welchen Karren er sich spannen lasse. Mit Linksfaschisten und Abenteurern solle man keine gemeinsame Sache machen.

»Hier wurde eine Druckmaschine beschlagnahmt. Das zentrale Produktionsmittel eines kleinen Druckkollektivs. Wie würde der MSB Spartakus, wie würde die Partei reagieren, wenn uns so was passieren würde?«

Man antwortete ausweichend. Verwies auf die Geschichte der deutschen Kommunisten, ihr schweres Los im Faschismus und darauf, dass die Klassenfragen moderner Gesellschaften kompliziert waren. Terroristen und deren Sympathisanten seien gefährliche Linksabweichler, die es dem Staat einfach machten, Repressalien gegen kritische Kräfte in Anwendung zu bringen.

»Aber die Beschlagnahmung einer Druckmaschine kann man doch nicht tolerieren! Den Leuten wird die Existenzgrundlage entzogen.«

Das sei möglicherweise unverhältnismäßig gewesen. Aber die Mescalerojünger und Linksfaschisten seien nicht weniger politische Gegner als der kapitalistische Staat selbst. Indem sie Letzterem Anlass zu verschärfter Repression gaben, machten sie sich – zugegebenermaßen wahrscheinlich ungewollt – zum Instrument des Unterdrückungsapparats.

Derartige Debatten irritierten Joschi. Vor allem lähmten sie seinen politischen Elan. Im Unterschied zu anderen vernachlässigte er über seinen politischen Aktivitäten sein Studium nicht. Ab dem vierten Semester besserte er seine kargen

Bafög-Bezüge durch eine Hilfskrafttätigkeit am Institut auf. Seine Eltern hatten ihm bereits in der Schulzeit keine große Unterstützung geben können.

Später dann – er kam von seinem ersten Auslandseinsatz in der landwirtschaftlichen Entwicklungshilfe zurück – bot ihm sein langjähriger professoraler Förderer eine Assistenz mit Promotionsmöglichkeit an.

Obwohl er ruhig und meist im Hintergrund wirkte, wurde er nach wenigen Semestern zu einer zuverlässigen Stütze des Hohenheimer MSB Spartakus. Umso überraschter waren viele, als Joschi in den stürmischen Tagen nach der Ausweisung Wolf Biermanns aus der DDR darauf bestand, diese völkerrechtswidrige Maßnahme der DDR als Gruppe öffentlich zu kritisieren. Proteste anderer Gruppierungen gab es reichlich. Doch die Spartakisten steckten mit ihrem Versuch, diesen Vorgang zu rechtfertigen, richtig in der Klemme.

Joschi mochte Biermann nicht. Er hielt ihn für affektiert und wenig musikalisch. Im Grunde genommen betrachtete er ihn als einen Trittbrettfahrer, der mit bescheidenen künstlerischen Mitteln an einer der Nahtstellen zwischen Ost und West erfolgreich war. Einer, der im Osten gefahrloser als andere Aufmüpfigkeit zeigen konnte. Und im Westen für sein beschränktes künstlerisches Vermögen ob der darin gesehenen erheblichen politischen Bedeutung gut kassierte. Das war das Bild, das Joschi von Biermann hatte. Dessen spätere politische Irrläufe sollten ihn durch die folgenden Jahrzehnte hindurch in seiner damaligen Haltung bestärken.

Aber Joschi mochte nicht einsehen, dass ein Staat – und gar noch einer, der sich sozialistisch nannte – einem seiner Kritiker die Staatsbürgerschaft entzog und ihm die Wiedereinreise nach einem Gastspiel in der Bundesrepublik verweigerte. Zusammen mit einer überschaubaren Zahl anderer Spartakisten aus dem gesamten Bundesgebiet entwarf er ein Diskussionspapier. Als über dieses im Studentenbund nicht diskutiert wurde, machten sie daraus eine Resolution, die immerhin von der *Frankfurter Rundschau* und etlichen kleineren Zeitungen veröffentlicht wurde. Im Marxistischen Studentenbund war von *Abweicherlertum* die Rede, von Verrat am klaren Standpunkt und der kämpferischen Linie.

Die Unterzeichner besagter Erklärung wurden vor die Kader zitiert. Joschi forderte man auf, sich vor Ostheimer und anderen Genossen zu rechtfertigen. Als er ketzerisch der Irrlehre nicht abschwor, lud man ihn vor den Regionalsekretär. Nach dem Beitritt der DDR zur BRD sollte sich herausstellen, dass die Burschen, die so bescheiden, ja fast asketisch und engagiert daherkamen, aus den Erträgen von DDR-finanzierten Tarnfirmen bezahlt wurden. Joschi bot man Gelegenheit zur Kritik, vor allem aber zur Selbstkritik.

»Ich soll dem Irrglauben abschwören?«, fragte er ruhig und vorsichtig in die Runde, die sich ausnahmslos aus Männern zusammensetzte. »Das erinnert ein wenig an die spätmittelalterliche Inquisition.«

Man hielt ihm entgegen, diese Antwort sei ein weiteres Indiz für seine irrigen Annahmen.

Betont ruhig, fast leise erwiderte Joachim Schreiner, man könne ihn am Arsch lecken. Er stand auf, blickte in die Runde, öffnete sein Portemonnaie, nahm seinen Mitgliedsausweis heraus und warf ihn auf den Tisch.

Jahrzehnte später erinnerte sich Joschi an diesen absonderlichen Abend mit der Bemerkung, es sei richtig gewesen, aus dem marxistischen Studentenbund aufgrund dessen dogmatischer DDR-Hörigkeit auszutreten. Lasse man jedoch das weitere politische Wirken Biermanns Revue passieren, so sei diese Person samt dem, was ihm damals widerfahren war, der falsche Anlass für seinen Schritt gewesen.

Häutungen

Als *Deutscher Herbst* und *Bleierne Zeit* sollten später die Tage und Wochen bezeichnet werden, in denen mehrere Morde und Entführungen Deutschland in Atem hielten und die RAF-Terroristen der ersten Generation in Stammheim starben. In der Tat hing etwas Bedrückendes in der Luft. Ein eiskalter Reif hatte sich auf den fortgeschrittenen gesellschaftlichen Wandel gelegt, der in den Großstädten, aber auch in der Provinz vieles möglich gemacht hatte, was Jahre zuvor nicht denkbar gewesen war. Vor allem war die heitere Unbeschwertheit einer Anspannung und Polarisierung gewichen, die bis in die engsten Freundescliquen hineinreichten.

Kurz vor Weihnachten 1977 kam Aron das erste Mal mit Greta nach Seelbach. Er wollte sie seiner Mutter vorstellen. Zudem waren die Tage um Weihnachten ein schmaler Zeitkorridor, in dem die meisten alten Freunde wieder nach Hause, nach Seelbach, kamen.

Joschi studierte immer noch Agrarwissenschaften in Hohenheim. Chris absolvierte in München ein BWL-Studium. Er tat dies ohne große Motivation, hatte aber bislang stets, wenngleich nur gerade so, die Anforderungen des jeweiligen Semesters erfüllt. Jacky Müller und Marianne Krafczyk studierten beide *auf Lehramt*, er in Freiburg, sie in Heidelberg.

Einzig Angelika Rosenke lebte unverdrossen ihren Traum vom alternativen Leben. Nach der Pleite in Hohenhardtsweiler, die sie einzig und allein *dem Oberidioten* Reime anlastete, hatte sie sich ein halbes Jahr mit unterschiedlichen Jobs durchgeschlagen. Als es zu Hause unerträglich geworden war, war sie auf den *Finkhof* gegangen, einen selbstverwalteten landwirtschaftlichen Betrieb in Oberschwaben, und hatte im Jahr darauf erst Django und dann auch seine Mutter so lange bearbeitet, bis diese ihr und einigen anderen Enthusiasten anfangs nur das Ausdinghaus und später dann auch das Hauptgebäude des Köcherhofs vermietet hatte.

Das kleine Haus kannte Angie, seit sie dort nach den offiziellen Abiturfeiern und diversen Feten noch ein *Fest der Erleuchtung* veranstaltet hatten. Es war Mary gewesen, die Ludwig Lang im Haller *Sonneck* bezirzt und ihm dann die Erlaubnis abgerungen hatte, in dem leerstehenden Gebäude eine Fete feiern zu dürfen. Bei diesem Event waren nicht mehr alle dabei, die ihrer Abiturklasse angehörten. Die meisten Mädchen blieben weg, aber auch Herbie Buhl und Kudde Würz. Siegbert Merz fehlte, was weiter nicht auffiel, und auch Bernhard Kübler, der im Vorjahr durchs Abi gerasselt war und nie den Anschluss an die Kernclique dieser Klasse gesucht hatte.

Honey hatte die Idee gehabt, dass sie einmal alle zusammen einen Trip werfen und auf eine *gemeinsame Reise* gehen sollten, am Übergang zwischen altem und neuem Leben, quasi im Sinne einer *sphärisch-spirituellen Reinigung*, wie er es nannte.

Was er damit meine, fragte Joschi, der sich insgeheim vor diesem Experiment fürchtete, jedoch keinen Rückzieher machen wollte.

Honeys Antwort blieb nebulös.

Für Aron wurde diese Nacht zu einem Schlüsselerlebnis. Er nannte es später sein persönliches *From Dusk till Dawn*. Niemals mehr konsumierte er synthetische Drogen. Ein dummer Zufall wollte es, dass er das LSD besorgte. Bei einem Konzert von »Opus Dei« in Gaildorf war er mit einem Murrhardter Dealer ins Gespräch gekommen, den seine Entourage *Hummel* nannte.

Und Hummel hatte damit geprahlt, dass er *alles, was das Herz begehrt,* besorgen könne, jederzeit und zu fairen Preisen.

Auf diesen Burschen war Aron zugegangen, als Honey kleinlaut berichtete, er habe gerade mal keine *Connections*.

Sie hatten sich auf fünf Uhr verabredet, wollten draußen erst noch grillen.

»Wir müssen dem blöden Ludwig ein ganz normales Fest vorspielen«, mahnte Mary. »Wenn der mitkriegt, dass wir alle Trips werfen, schmeißt der uns doch hochkant raus.«

Smoky Fischer und Joschi Schreiner fuhren mit dem betagten Opel von Smokys Vater bereits nachmittags zum Köcherhof hinaus, um von dem Bauern den Schlüssel zu holen, Wasser und Strom anzustellen und die Anlage zu installieren. Wie immer, wenn die beiden zusammen waren, tobte ein kurzer, heftiger Kampf um die optimale Positionierung der Lautsprecherboxen. Smoky wollte diese grundsätzlich in den Ecken des größten Raumes aufstellen.

Joschi faselte von *Nachhallzeit* und davon, dass die Positionierung der Lautsprecher in den Ecken des Zimmers zu einer Überhöhung im Bassbereich von bis zu 10 dB führen könne, was die Aussteuerung kompliziert mache.

Später, als sie bereits im Freien grillten, kam zu ihrem Verdruss Ludwig dazu. Er wies auf ein hohes Stangengerüst an der rückwärtigen Stirnseite des Hauses. »Klettert mir bloß nicht da oben rum.« Kommentarlos nahm er das angebotene Bier und die Wurst. Zwischen ihm und den angehenden Akademikern kam keine rechte Unterhaltung in Gang. Als sie nach einer Weile gänzlich ins Stocken geriet, trollte er sich grußlos. Ehe er im Haupthaus verschwand, rief er ihnen noch zu: »Das Feuer nicht unbewacht zurücklassen!«

»Gott sei Dank ist der weg«, stöhnte Angie.

Bevor sie ins Haus gingen, kifften sie noch ein wenig. Wie sonst auch drehte Honey seine kleinen, wohlgeformten Joints.

Ehe er seinen Standardsatz anbringen konnte, sagte Mary leicht genervt: »Ja, wir wissen es jetzt: Das Auge raucht mit.«

Fast gleichzeitig nahmen sie das LSD: Aron, Honey, Jacky Müller, Angie, Mary, Joschi, Chris und Smoky.

Irgendjemand hatte *Dark Side of the Moon* aufgelegt.

»Doch nicht diese Kiffermusik«, protestierte Honey.

Alle lachten.

Sie einigten sich auf »Ekseption«.

»Das ist ein schöner, melodiöser Einstieg«, trällerte Mary.

Die Wirkung der Droge setzte bei allen unterschiedlich rasch ein. Aron hegte lange den Verdacht, Hummel habe ihn beschissen. Noch eine Stunde nach Einnahme des kleinen, roten, leicht mit Strychnin versetzten Trips spürte er überhaupt nichts. Doch der Anblick der anderen beruhigte ihn in dieser Hinsicht.

Joschi lag auf dem Boden, alle viere von sich gestreckt.

Mary bot ein noch merkwürdigeres Bild. Sie hockte in einer Ecke und umklammerte grazil den kalten Ofen.

Smoky zauste sich gedankenverloren seinen schütteren Bart.

Während die dritte LP sich auf dem Teller drehte, spürte er, dass auch bei ihm die Wirkung einsetzte. Mit geschlossenen Augen lauschte er Hannes Waders langem Talking-Blues *Der Tankerkönig*. Irgendwann konnte er dem verschwurbelten Text nicht mehr folgen. Bilder stiegen auf und verblassten wieder. Konturen verschwammen. Irgendwie war das Lied aus seiner Abfolge geraten. Textfetzen flogen an ihm vorüber.

Als die Schallplatte abgespielt war, setzte eine Stille ein, die Minuten anhielt.

»Dreht doch die Platte um«, sabberte einer. War es Smoky gewesen? Aron sah zu ihm hinüber. Mit geschlossenen Augen hielt er sich am Stubentisch fest. Mehrmals noch rief er: »Dreht die Platte um.«

Aron wurde wütend auf ihn. Doch bereits Sekunden später überlagerte eine andere Befindlichkeit seine aggressive Gefühlsregung. War es nicht immer so gewesen, dass er für seine Freunde verantwortlich war? Hatte er nicht immer für sie gesorgt? War er jetzt auch noch dafür verantwortlich, dass sie einen guten Trip erlebten?

Eine verirrte Textzeile streifte ihn: »*Give me a reason to get high.*« Durch seine verwirrte Wahrnehmung drängte sich der Gedanke, sie sei von Muddy Waters.

Angie kroch an ihn heran. Er spürte ihr leichtes Zittern. War es Angst, war es Erregung? Oder flippte sie aus? Vorsichtig suchte er ihre Lippen. Brüsk wehrte sie ihn ab und verkroch sich auf eine der Matratzen, die sie in einem zugestellten Schlafraum gefunden hatten. Schief blieb sie darauf liegen. Den rechten Arm hielt sie in unnatürlichem Winkel von sich gestreckt.

Musik ertönte. Irgendjemand hatte den Plattenspieler erneut in Gang gesetzt. Honeys Woodstock-LP lief.

And it's one, two, three,
What are we fighting for?

Flüchtige Gedanken um die eigene Zukunft verwoben sich mit dem Gefühl einer tiefen Zuneigung zu Joschi. Wie grausam und unverhältnismäßig lange war sein bester Freund nicht als Kriegsdienstverweigerer anerkannt worden! Aber war sein Mitgefühl mit ihm nicht auch ein Zeichen von Hochnäsigkeit, Arroganz? Er spürte, wie er diesen Faden verlor. Er konnte nicht mehr geradlinig denken. Joschis Gesicht tauchte vor ihm auf. Er wunderte sich darüber, denn er hielt die Augen geschlossen. Joschis traurige Augen wurden groß und größer. Die Augenpartie war mit Schlangenhaut bewachsen. Nun begann sein bester Freund rasch zu altern. Tiefe Falten legten sich über das einstmals glatte Gesicht. Hässliche Stoppeln platzten aus unreiner Haut.

Er öffnete die Augen. Joschis Antlitz verschwand. Jetzt wirkte das LSD. Klare geometrische Formen verschoben sich. Die Kante zwischen Decke und Wand krümmte sich an der Außenwand des ärmlichen Zimmers. Rundungen traten auf, wo eigentlich keine sein konnten. Die Farben nahmen an Intensität zu und verblassten rasch wieder, sodass seine Wahrnehmung für kurze Zeit an eine alte Fotografie erinnerte.

Jemand hatte eine andere Platte aufgelegt. War das nicht die von vorhin? Wie lautete der Titel? Das Vergessen machte ihn panisch. Dann fiel ihm ein, dass es Hannes Waders »7 Lieder« war. Er war erleichtert. Schon wieder lief *Der Tankerkönig*. Wer hatte die Platte aufgelegt?

»Es war an einem Morgen im Frühjahr, als ich meinen ersten Anfall bekam …«

Alsbald verirrte sich sein Geist aufs Neue in den Windungen der gesungenen Erzählung.

»Ich stürzte auf die Straße, schnappte wie ein Irrer nach Luft. Aber es kam noch viel schlimmer. Mir wurde schwindelig. Ich drehte mich zehnmal um mich selbst und dachte, alle Leute zeigten mit den Fingern auf mich, bis ich dann merkte, dass ich gar nichts anhatte.«

Er konnte dem Text nicht mehr folgen. An der Decke flossen Farben ineinander. Jeden Moment konnten dicke zähe Tropfen auf ihn herabfallen. Er rollte sich zur Seite.

Jetzt hörte er Mary stöhnen. Es war doch Mary?

Er drehte sich so weit auf die andere Seite, dass er sie sehen konnte. Sie kniete vor dem kalten Ofen. Ihre Hände hielten auf mittlerer Höhe die Rundung des Gusseisens umfasst. Das Bild, das sich ihm bot, betörte ihn. Es hatte etwas Erotisches. Nun begann sie mit der Stirn gegen die Ofentür zu schlagen. Anfangs sah es nach einer sachten Berührung aus. Doch die Wucht, mit der sie den Kopf gegen den Ofen schlug, steigerte sich. Er spürte aufkommende Angst. Er kniff ein Auge zu. Mit dem anderen versuchte er eine Blutspur auszumachen. Doch nichts deutete darauf hin, dass sie sich bereits eine Verletzung zugefügt hatte. Es war eine Frage der Zeit. Sie stöhnte leise.

Honey kam ins Zimmer. Wo war er gewesen? Er kniete hinter Mary nieder und legte ihr beide Hände auf die Schultern. War er noch klar? Honey war schon immer der Dompteur aller Drogen gewesen. Nicht er war ihr Sklave. Sie schienen ihm zu gehorchen.

Mary klagte leise, brabbelte unverständliches Zeug, schluchzte mit einem Mal. Krampfhaft umfassten ihre Hände den Ofen. »Lass mich!«

Aron vernahm das unangenehme Geräusch knirschender Zähne. Dann wurde er von den beiden abgelenkt. Verwirrende Sequenzen des Liedes legten sich über ihn. Er fühlte sich wie in einem Spinnennetz gefangen. Seine Empfindungen wurden mit der Musik und den Irrwegen des Textes verwoben.

»Aber kaum hatten die die Hände auf der Platte, fing der Tisch an zu wackeln, hob sich wie von selbst und schwebte einen Meter überm Fußboden ...«

Das Lied schien nicht enden zu wollen. Er richtete sich auf und stützte sich auf beide Ellenbogen.

Smoky saß jetzt am Tisch, nach hinten gelehnt, die Beine gespreizt. Fuchtelte mit den Händen herum, fing imaginäre Fliegen. Ab und zu griff er sich in den Schritt.

Aron rollte sich auf die Seite und versuchte aufzustehen. Es gelang ihm. Er musste pissen. Er tastete sich auf den Gang hinaus. In dem Moment, als er sich vollkommen allein zu fühlen begann, erklangen Geräusche aus der Küche. Die Tür war nur angelehnt. Er schob sie einen Spalt weit auf. Christoph schlief mit Angie. Sie lag auf dem ausladenden Küchentisch. Chris machte nicht den Eindruck, dass er unter Drogen stand. Ein böser Gedanke kam Aron. So, wie der vögelte, hatte er seinen LSD-Trip nicht genommen. Er verspürte Lust, sich auf den Kerl zu stürzen, ihn zurückzureißen. Doch etwas hielt ihn davon ab.

Die Klotür schloss er lauter als nötig. Er setzte sich zum Pissen auf die Brille. Mit einem Mal musste er lachen. In den Klos der Wohngemeinschaften tauchten jetzt überall Aufkleber auf, die das Pinkeln im Stehen als nicht mehr hinnehmbare patriarchale Unsitte denunzierten.

Er blieb länger sitzen als nötig. Er lachte wieder, dieses Mal lauter.

Chris riss die unverschlossene Klotür auf. »Hast du uns belauscht?«

Aron grinste ihn an. »Weißt du, wer der erste Sitzpinkler war?« Seine Zunge lag wie ein Fremdkörper in seinem Mund. Das Sprechen fiel ihm schwer.

»Was redest du?«

Aron kicherte vor sich hin. »Der erste Sitzpinkler war Sitting Bull. Hast du das gewusst?«

Daran, wie er wieder in die Stube gelangt war, hatte er keine Erinnerung. Als von draußen Lärm und Stimmen zu ihm drangen, lag er auf einer der alten Matratzen. *Der Tankerkönig* war abgelaufen, auch die nachfolgenden Titel *Rohr im Wind* und *Kokain*. Er hörte die sich wiederholenden Geräusche der in der Endlosrille der Schallplatte festhängenden Nadel.

»Dreh mal einer die Platte um.« Seine Stimme kam ihm vor, als liege sie außerhalb seines Rachens. Und sie erzeugte bunte Feuer in seinem Kopf. Leise wiederholte er den Satz. Die Flammen züngelten erneut auf. Er drehte sich zur Seite und sah Mary, die unbeweglich hinter dem Ofen kauerte.

Jemand polterte über den Hausgang. Jacky Müller hielt sich schwankend am Türpfosten fest.

Hinter ihm tauchte Chris auf. »Joschi turnt draußen auf dem Gerüst rum. Wir müssen ihn runterholen.«

Chris machte den Eindruck, dass er klar war. Wieder spürte Aron Wut aufsteigen. Der hässliche Gedanke setzte sich in ihm fest: Chris hatte seinen Trip nicht geschluckt und die Gelegenheit genutzt, die unter LSD stehende Angie zu vögeln.

Jahre später hatte ihn Aron einmal darauf angesprochen. Anfangs gab Chris vor, sich nicht mehr an die damalige Situation erinnern zu können. Später räumte er ein, er habe, wie eigentlich immer, auch damals nur einen halben Trip eingeworfen.

»Du lügst.«

»Glaub, was du willst«, hatte Chris erwidert und dabei vielsagend gegrinst.

In der Nacht auf dem Köcherhof hatte sich Aron nicht in der Lage gefühlt, ein Gerüst zu besteigen, um den Freund herunterzulotsen. Tief in seinem Inneren verspürte er mit einem Mal eine heftige Angst. Er hörte sich entfernende Schritte. Ob Angie noch in der Küche war? Entblößt auf dem Küchentisch liegend? Den Gedanken fand er verlockend.

Marys Wimmern übertönte für Sekunden das Schleifen der Nadel. Er ging in die Knie und tapste auf allen vieren zu ihr hinüber. Mit den Lippen suchte er ihren Mund.

»Nein, nein, nein«, wimmerte sie.

Er ließ von ihr ab und zog sich am Stubentisch hoch. Stolpernd ging er zum Plattenspieler und schaltete den Tonarm ab. Seine Körperspannung ließ nach. Es gelang ihm nicht, eine andere Platte aufzulegen.

Chris und Jacky Müller kamen wieder herein und führten Joschi zwischen sich. Er stierte mit geweiteten Pupillen gegen die Wand. Die Haare standen, wie elektrisch aufgeladen, wirr vom Kopf. Er strauchelte, ging zu Boden, fing sich mit den Händen ab und kroch zur Kommode. Er setzte sich auf und lehnte sich mit dem Rücken gegen die unteren Türen.

Chris legte *Atom Heart Mother* auf. Der Klangteppich verwob sich mit Arons Empfindungen zu farbigen Blasen. Er fürchtete, sie würden wachsen, wenn er die Augen schloss.

Mary wimmerte wieder leise.

Er hatte vergessen, nach Angie zu schauen.

Verwundert stellte er fest, dass er plötzlich eine Uhr ticken hörte. In der Stube konnte er keine ausmachen und er selbst trug keine Armbanduhr.

Draußen begann es hell zu werden. Im noch dunklen Inneren des Hauses sah er Schemen von Körpern, die auf Matratzen oder dem nackten Boden lagen. Mary lag lang ausgestreckt vor dem Ofen.

Er versuchte aufzustehen. Sein Rücken und seine Beine schmerzten. Mit der rechten Hand stemmte er sich gegen die Wand und tastete sich in Richtung Tür. Ihn schwindelte. Sein räumliches Sehvermögen war gestört. Er sah alles verschwommen und verzerrt. Linien, die gerade sein mussten, krümmten sich, bildeten Buckel. Er wankte in die Küche. Mit den Fingern stopfte er sich übrig gebliebenen Kartoffelsalat in den Mund. Dann griff er nach einer angebrochenen Weinflasche. Erschrocken stellte er sie zurück. Er beugte sich unter den rissigen Gummischlauch des einzigen Wasserhahns und trank. Mit jedem Schluck, den er zu sich nahm, wuchs die Angst, zu platzen.

Draußen hörte er Gepolter. Stimmen ertönten.

Er schüttete sich mehrmals eiskaltes Wasser ins Gesicht. Ohne sich abzutrocknen, taumelte er aus der Küche. Die Geräusche, die er vernahm, machten ihm Angst. Die Haustür ging knarrend auf. Das Geräusch schmerzte ihn. Mit einem Mal sah er die winzigen Blätter eines im Vorgarten stehenden Kirschbaums so deutlich vor sich, dass er meinte, noch die feinsten Verästelungen zu erkennen. Grell flirrten die gezackten Ränder.

Von der eingerüsteten Seite des Hauses vernahm er Rufe. Er wankte um die Ecke. Joschi saß mit verklebten Haaren auf dem Boden und starrte zu dem Gerüst hinauf.

Aron sah genau in dem Augenblick hoch, als Christoph Böhringer sich mit ausgebreiteten Armen nach vorne auf die als Geländer angebrachte Gerüststange fallen ließ. Sie bog sich durch, federte ihn zurück.

Erneut wurde Aron plötzlich von Angst befallen. Weder konnte er einen klaren Gedanken fassen noch war er in der Lage, eine Anweisung zu geben oder seinen Freund auf die Gefährlichkeit seines Tuns hinzuweisen. Panik erfasste ihn.

Chris hatte sich wieder aufgerichtet. Er lachte meckernd. Wie ein Kind, das Gefallen an einem neuen Spielzeug gefunden hatte. Breitbeinig stand er da, wohl im Begriff, das gefährliche Treiben fortzusetzen.

Aron wollte ihn warnen. Doch ihm versagte die Stimme. Sein Hals und sein Mund fühlten sich staubig an, so als habe er feinen Sand geschluckt. Seine Zunge lag schwer in der Mundhöhle. Er fühlte sich wie gelähmt.

Ein anhaltender, greller Schrei ertönte. Irgendjemand hatte die Kraft zu schreien. Er war es aber selbst, der ohne Unterlass schrie.

Plötzlich schlug ihm jemand ins Gesicht. Chris stand vor ihm. In seiner Hilflosigkeit hatte er ihn links und rechts geohrfeigt.

Jetzt, wo es Tag war, dösten die meisten im Gelände. Schon am späten Vormittag brannte die Sonne unbarmherzig.

Irgendwann um die Mittagszeit kam Ludwig vorbei und forderte sie auf, das Haus bis zum Abend in sauberem Zustand zu übergeben. Das sei schließlich so abgesprochen gewesen.

Niemand reagierte. Sie durchlebten – jeder auf seine Weise – den Übergang vom halluzinogenen Rausch zur tiefen geistigen und körperlichen Kraftlosigkeit. Die abklingende Wirkung des LSD verhinderte, dass sie trotz ihrer Erschöpfung Schlaf fanden.

Aron hatte sich abseits vom Haus unter einer Linde niedergelassen. Lichtdurchbrüche und Blattgrün wurden von sich rasch wieder auflösenden Konturen umrahmt. Wenn er die Augen schloss, sah er in rascher Abfolge farbige Blitze und

Kleckse, unter die sich phantastische Gestalten und Formen mengten.

Am frühen Nachmittag fuhr ein hellblauer VW Variant vor. Marys Vater fragte, wütend und ängstlich zugleich, nach dem Verbleib seiner Tochter. Man habe sie zum sonntäglichen Mittagessen erwartet.

Aron registrierte irgendwann lediglich, dass der Wagen wieder verschwunden war. Später erzählte man ihm, dass auch Angie und Honey mitgefahren waren. Honey traue sich zu, die anderen im Mercedes seines Vaters abzuholen.

Zwei Stunden später tauchte überraschend Wolle in seinem NSU TT auf.

Mit letzter Kraft hatte Angelika Rosenke Honey davon abhalten können, in seiner Verfassung den Wagen seines Vaters zu benutzen. Obwohl selbst am Rande eines Zusammenbruchs stehend, war es ihr gelungen, Wolle anzurufen. Nachdem dieser das Gestammel des Mädchens endlich deuten konnte, versprach er ihr, auf den Köcherhof zu fahren und die restlichen *Verpeilten* einzusammeln.

Weitsichtig hatte er zwischendurch auch noch das Haupthaus aufgesucht und Ludwig klargemacht, dass die Aufräumarbeiten erst in zwei Tagen passieren konnten. Schließlich käme es ja bei dem alten Schuppen auf einen Tag mehr oder weniger nicht an.

Unterm Schloss

Greta, seine erste Frau, hatte sich gut mit seinem Vater verstanden. Als sich Jakobs Todestag erneut jährte, versuchte Aron sich daran zu erinnern, wann er diesem am nächsten und ihr Verhältnis am wenigsten kompliziert gewesen war. Er war auf den Seelbacher Friedhof gegangen und hatte drei schöne Kiesel auf dem einfachen Grabstein abgelegt. Es war ihm zur Gewohnheit geworden, von überallher schöne oder ungewöhnliche Steine mitzubringen. Er fand sie an Urlaubsorten, an Stränden und in den klaren Bächen der deutschen Mittelgebirge, wo er, wenn er Zeit dafür fand, gerne wanderte.

Wie jedes Mal ging er den Weg vom alten jüdischen Friedhof bis zur Wohnung seiner Mutter zu Fuß, was eine halbe Stunde dauerte. Vereinzelt begegnete er Menschen, die er flüchtig oder auch etwas besser kannte. Er grüßte. Manchmal verbanden sich ihre Erwiderungen mit Fragen, die eine schwache Neugierde befriedigen sollten. Wie es so gehe? Was er mache? Wo er jetzt lebe? Ob er zu Besuch bei der Mutter sei? Man sehe sie seltener als noch im letzten Jahr. Ob es ihr gut gehe? Soso, auf dem Friedhof sei er gewesen.

Den Vater hatten die meisten nicht gekannt.

Von den alten Freunden, mit denen er früher regelmäßig zusammen war, traf er inzwischen höchstens noch Wolle, dem es gar nicht gut ging. Zu viel Alkohol, zu viele Drogen; zweimal geschieden. Der Umgang mit den Kindern aus seiner zweiten Ehe war ihm verwehrt.

Sein Vater Jakob Winter war nach seiner Rückkehr nach Deutschland nur ein einziges Mal nach Seelbach gekommen. Als Angehöriger der US-Armee hatte er im Winter 1944/45 erstmals wieder deutschen Boden betreten. Am 20. April 1945 – seinem und Hitlers Geburtstag – hatte er seinen Fahrer Carmelo Cesari, der ein ganz wilder Hund war, dazu überreden können, einen höchst privaten Vorstoß in seinen Heimatort zu unternehmen. Wenige Minuten bevor der neue Tag begann, sah er in die verdunkelten Fenster des Häuserrings um den Marktplatz. Zum Schrecken von Cesari, der jeden Augenblick mit einem Schuss aus einer der toten Fensterhöhlen rechnete und »Werewolves« zu ihm herüberzischte, hatte er, so laut er konnte, gebrüllt: »Seelbacher, einer eurer Juden ist zurück!«

Herschel nannte ihn sein aus Italien stammender Fahrer. Im Gegenzug sprach Winter ihn in Verballhornung seines Vornamens häufig mit *Kamelle* an.

Obwohl sich die beiden so unterschiedlichen Charaktere gut verstanden, hatten sie sich nach ihrer Entlassung aus der Armee niemals wiedergesehen. Auch in den Jahren, die Jakob in den USA verbracht hatte, kam es zu keiner Begegnung. Darin offenbarte sich ein für Arons Vater typischer Wesenszug. Kompromisslos war er während seines weiteren Lebens und vor allem in seiner zweiten Lebenshälfte seinem Leitspruch gefolgt, der da lautete: »Wachsen heißt, Dinge hinter sich zu lassen.« Das war höchstwahrscheinlich seine Art, die Erinnerung an das Grauen auszublenden, das ihm auf dem Transport, im Lager und in den Wäldern von Riga begegnet war. Jakob Winter war kein Mensch, der ständig an die Opfer der Schoah erinnerte. Nicht einmal der Ermordeten aus seiner eigenen Familie gedachte er regelmäßig. Und wenn er dies doch gelegentlich tat, so geschah dies auf diskrete, nahezu unsichtbare Weise.

Greta hatte die Sympathien des alternden Mannes dadurch gewonnen, dass sie die Einzige war, die ihn niemals nach diesen Ereignissen fragte.

Kurz vor Joshuas viertem Geburtstag waren sie nach Tübingen gezogen. Aron hatte sich an der dortigen Universität erfolgreich um eine Oberassistentenstelle beworben. Fünf Jahre Vertrag. Zeit zum Durchatmen. Bei den seltenen Besuchen des Vaters bewegten sich die Gespräche immer im Hier und Jetzt. Das hatte auch damit zu tun, dass Greta die zwar seltenen, aber dafür äußerst massiven Ausbrüche ihres Schwiegervaters fürchtete, wenn die Sprache auf mangelnde Sühne und nicht vollzogene Buße der Täter, Mitläufer und Gewinnler kam. Zudem waren ihr all die Berichte über Grausamkeiten, Massenmorde und den skrupellosen Zynismus der Täter unerträglich.

Wenn Jakob die junge Familie in Tübingen besuchte, übernachtete er nie bei ihnen. Stets hatte er in der Nähe Geschäftliches zu erledigen, wohnte entweder im Hotel oder fuhr noch nach Hause, auch wenn es spät geworden war.

Er mochte Joshua. Und das Kind freute sich über die seltenen Besuche des Großvaters, der ihm, als er alt genug dafür war, immer ein kleines technisches Spielzeug mitbrachte. Joshua wusste lange nichts von seiner Vorgeschichte. Aus Jakobs Sicht gab es da ohnehin nichts zu erklären und nichts zu rechtfertigen.

Zwischen Vater und Sohn standen zeitlebens Fragen und ungeklärte, da nie besprochene Sachverhalte. Klugerweise hatte Jakob seinem Sohn wenigstens niemals dessen jugendliche Ausbruchsversuche angekreidet. Mit welchem Recht auch?

Doch mit zunehmendem Alter empfand Aron ein wachsendes Unbehagen darüber, dass die zentrale Frage, *seine* große Frage, bislang unzulänglich beantwortet geblieben war. Ihn interessierten nicht so sehr die Gründe, weshalb sein Vater damals Deutschland verlassen hatte. Schon als Halbwüchsiger hatte er begriffen, dass er nicht im Land der Täter bleiben konnte. Und er konnte somit auch nachvollziehen, weshalb er seinen Heimatort niemals wieder betreten hatte. Die Erklärungen seiner Mutter hatten ihm dabei geholfen, die zahlreichen Fluchten nachzuvollziehen. Aber noch nie hatte er eine befriedigende Antwort auf die Frage erhalten: »Warum hast du uns, obwohl das mit Mutter eindeutig abgesprochen war, nicht nach Amerika nachkommen lassen?« Als Jugendlicher hatte er sie in dieser Eindeutigkeit nie gestellt. An der Mutter konnte es nicht gelegen haben. Nach allem, was er wusste und von ihr dazu gehört hatte, hätte sie sich wohl darauf eingelassen.

Eines Samstagvormittags schlenderten Aron und Jakob noch ein Stück am Neckarufer entlang. Anfangs waren Greta und Joshua dabei gewesen. Seine Frau hatte dann vorgeschlagen, dass sie mit dem Jungen nach Hause gehe. Er sei müde. Sie könne derweil schon das Essen zubereiten.

»Ihr könnt euch ruhig Zeit lassen«, hatte sie noch schelmisch hinzugefügt.

Aron und Jakob liefen gemächlich weiter. Vereinzelte Wandergruppen kamen ihnen entgegen. Die meisten kamen wohl von auswärts. An den Liegeplätzen hatten junge Männer damit begonnen, die den Winter über eingemotteten Stocherkähne wieder instandzusetzen oder ins Wasser zu bringen. Anfangs hatte Aron seinem Vater von den Projekten erzählt, die er am Lehrstuhl bearbeitete. Es handelte sich um Forschungen über soziale Ungleichheit mit Bezügen zur Kleingruppenforschung. Die deutsche Gruppenforschung war hinter die amerikanisch dominierten Arbeiten weit zurückgefallen, weshalb entsprechende, gut ausgearbeitete Projektanträge in Deutschland derzeit in der Regel erfolgreich waren.

Er glaubte nicht, dass dies seinen Vater sonderlich interessierte. Hin und wieder stellte der eine Zwischenfrage. Manchmal erfolgten beiläufig klingende, kurze Kommentierungen. Sie ließen nicht erkennen, ob er alles verstanden hatte und was er davon hielt.

Von seiner eigenen Arbeit berichtete Jakob Winter so gut wie nie. Während des Spaziergangs erwähnte er lediglich, dass er mittlerweile so eine Art *Supervisor* der Entwicklungsabteilung geworden sei. Er sprach das Wort amerikanisch aus. Dann deutete er an, dass er noch in diesem, spätestens aber im nächsten Jahr nach Stuttgart ziehen werde.

Eine Zeitlang gingen sie schweigend unterhalb der Neckarhalde den Fluss entlang. Erst die Begegnung mit einer jungen Mutter, vor der ihr vielleicht dreijähriges Kind hertobte, veranlasste Jakob Winter zu der Bemerkung, Joshua sei doch ein ungewöhnlich ruhiges Kind.

»Oh, das täuscht aber«, erwiderte Aron lachend. »Er kann auch ganz anders sein. Im Kindergarten gilt er als wildes Böcklein.«

»Kinder dürfen wild sein.«

»Wart ihr wilde Kinder?«

»Wir?« Jakob sah seinen Sohn erstaunt an.

»Na, du und deine Geschwister.«

»Elias war ein wirklich wilder Bursch'.« Der Alte lächelte versonnen. »Und immer drauf aus, mir eins auszuwischen. Kennst du die Treppenanlage, die von der Frombergstraße hoch zur Weißen Villa führt?«

»Natürlich.«

»Immer wenn wir nach der Schule dort hochgerannt sind, habe ich versucht, die 93 Stufen zu zählen. Und jedes Mal hat er probiert, mich mit dazwischengerufenen falschen Zahlen drauszubringen. Er war spontan und ungestüm. Und sehr klug. Aber ich war zäher als er. Wenn er mich wieder einmal so irritiert hat, dass es am Ende nur 92 oder sogar 94 Stufen waren, bin ich wieder runtergerannt und habe von vorn angefangen. Mein Bruder wäre bestimmt Professor geworden. Er war auf vielerlei Weise begabt. Mathematik, Literatur, Philosophie. Er war auch sehr musikalisch.«

»Stimmt das, was Mutter erzählt? Seine Ausreise stand unmittelbar bevor. Aber der Familie zuliebe ist er geblieben.«

Jakob Winter schaute lange auf den im Sonnenlicht flirrenden, träge dahinfließenden Fluss.

»So war es.«

Ein heftiges Nicken verdeutlichte dem Sohn, dass sein Vater sichtlich aufgewühlt war. Gerne hätte er mehr über seine beiden Tanten erfahren, die er nie kennen gelernt, von denen er noch nicht einmal ein Bild gesehen hatte. Auch sein Vater hatte keines retten können. Familienbilder, die er noch im kleinen Lager von Riga bei sich hatte, blieben bei seiner überstürzten Flucht zurück.

Plötzlich kam Aron eine Idee. Konnte es sein, dass Schulkameradinnen seiner Tanten Klassenfotos besaßen, auf denen sie abgebildet waren? Man müsste Nachforschungen anstellen. Aber im Moment fehlte ihm dazu die Zeit.

»Warum bist du nie mehr nach Seelbach gekommen?«

»Du kannst Fragen stellen.«

»An Mutter kann es ja nicht liegen.«

»Nein, an ihr liegt es nicht. Wir sehen uns ja gelegentlich in Stuttgart, Hall oder sonstwo. Aber seit damals, als ich meinen Fahrer dazu überredet habe, mich bei Nacht und Nebel nach Seelbach zu bringen, bin ich nicht mehr dort gewesen. Als ich alleine auf dem verdunkelten Marktplatz stand – *Kamelle*, so habe ich meinen Fahrer genannt, war nicht ausgestiegen – und die unbeleuchteten Fenster auf mich wie tote Augen runtergeglotzt haben, hab ich mir vorgenommen, von da an keinen Fuß mehr in die Stadt zu setzen.«

»Vielleicht ist es an der Zeit, einen Versuch zu machen. Es werden mittlerweile viele Orte von Überlebenden aufgesucht. Manche kommen sogar auf offizielle Einladung der Verwaltungen. Andere berichten an Schulen über ihre Erlebnisse.«

Aron schüttelte beim Gehen heftig den Kopf. »Das ist nicht mein Ding«, presste er hervor. »Wer das machen will, soll es tun. Für mich ist es besser, wenn ich nicht an die alten Orte und die Vergangenheit denke. Jeder Platz, jede Straße, jedes Haus würde alte Wunden aufreißen. Wir Überlebenden leiden weniger, wenn wir uns nicht ständig mit dem Geschehenen beschäftigen.«

»Ihr habt die Verpflichtung, das, was war, klar zu benennen, Zeugen zu sein.«

Jakob Winter verfiel in höhnisches Lachen. »Überleg dir mal, was du sagst. Du bist mein Sohn. Deshalb kann ich es dir nicht übelnehmen. Ausgerechnet wir Überlebenden, denen man alles genommen hat, hätten Deutschland gegenüber Verpflichtungen? Wenn es den Verantwortlichen ernst ist, dann sollten sie sich anstrengen, selbst die richtigen Schlüsse aus der Geschichte zu ziehen. Ich habe einige Zeitungsartikel gelesen, die von Heimatbesuchen überlebender deutscher Juden handelten. Wenn ein Foto dabei war, sah man meist einen älteren Menschen, dem sein Schicksal sprichwörtlich ins Gesicht geschrieben stand. Die örtlichen Honoratioren standen wie Herrenmenschen um ihn herum.«

»Vater, du übertreibst!«

»Nein, ich übertreibe nicht. Solange in diesem Land noch alte Nazis in hohen Positionen tätig sind, hat dieser Staat seine Aufarbeitung der Dinge, die aufzuarbeiten sind, nicht geleistet.«

»Es gibt ja nicht mehr viele.«

»Weil die biologische Uhr tickt. Nicht weil man sie aus Einsicht oder Verantwortungsgefühl abgelöst hat. Weißt du, dass in Deutschland bis heute kein NS-Jurist zur Verantwortung gezogen wurde?«

»Vater, du musst mich nicht belehren. Ich habe mich mit diesen Sachverhalten befasst. Die meisten meiner Freunde übrigens auch.«

»Mach dir nichts vor. Es sind immer nur einige wenige.«

»Stimmt es, was Mutter immer erzählt hat?«

»Was meinst du?« Jakob sah zu seinem groß gewachsenen Sohn auf.

Einen winzigen Augenblick lang hatte Aron nun das Gefühl, dass jetzt einer der seltenen Momente war, in denen sie ein vollkommen entspanntes Verhältnis zueinander hatten. Er blickte hinauf zu den prächtigen Villen der Verbindungshäuser. Über einigen wehten die Fahnen der Burschenschaften. Dass dieser Blödsinn nicht auszurotten war!

»Du sollst auf dem dunklen Marktplatz gerufen haben: ›Seelbach, einer deiner Juden ist zurück.‹«

»Wer hat dir das denn erzählt?«

»Na, Mutter natürlich. Stimmt es oder stimmt es nicht?«

»Es war so. Oder so ähnlich. Es war mein Geburtstag. Ich wollte die Stadt unbedingt noch vor Mitternacht erreichen. Als wir nach einigen Abenteuern wirklich wenige Minuten vor zwölf auf den stockdunklen Marktplatz fuhren, hatte ich eine riesige Wut. Versteckt hockten sie in ihren Häusern. Duckten sich weg. Damals hatte ich ja noch die Hoffnung, dass Elias überlebt haben könnte. Eventuell auch die Mädchen.«

»Dass deine Eltern tot waren, wusstest du bereits?«

»Nein. Wir wurden bei der Ankunft auf dem Güterbahnhof getrennt. Einige, die sie zum Arbeiten brauchten, wurden weggebracht. Wir erfuhren rasch, dass die anderen ermordet worden sind. Man hat sie von den Gleisen einige Kilometer weiter in den Wald getrieben und sogleich erschossen.«

»Warum hat man dich aussortiert?«

»Ich war jung, drahtig. Ein Stuttgarter Zahnarzt hat mir beim Aussteigen noch zugeflüstert, wenn ich gefragt werde, soll ich unbedingt einen brauchbaren Beruf angeben. Einige Monate habe ich bei einem Kriegskameraden deines Großvaters gearbeitet, bei einem Juwelier. Das war damals bereits verboten. Aber er war Vater noch was schuldig. Wohl eine Sache aus dem ersten Krieg, was weiß ich. Jedenfalls habe ich mich als Goldschmied ausgegeben. Für die hatte man Verwendung.« Er schaute auf seine Uhr. »Ich glaube, wir sollten zurück. Sonst wartet Greta mit dem Essen. Ich vermute, das macht sie nicht gerne.«

»Das macht sie wirklich nicht gerne.« Aron grinste. »Hast du deinen Fahrer eigentlich zu dieser Fahrt genötigt? Das war doch sicher verboten.«

»Das war eine verrückte Aktion. Und illegal dazu. Wären wir aufgeflogen, hätte man uns mit Sicherheit bestraft. Unerlaubtes Entfernen von der Truppe. Das war auch bei der Army keine Bagatelle. Aber Carmelo Cesari war wirklich ein verrückter Hund. Und ich hab ihm mehr als einmal in brenzligen Situationen geholfen. Später hat er mir gestanden, dass er auf dem dunklen Marktplatz Todesangst ausgestanden hat. Es gab ja unter US-Soldaten die Phantasie von den fanatisierten Werwolfeinheiten, die nach der Niederlage einen Guerillakrieg beginnen sollten.«

»Die gab es ja auch wirklich.«

»Das war viel harmloser als befürchtet. Die meisten Buben waren froh, wenn man ihnen ihre Karabiner abnahm. Aber es sind auch blöde Sachen passiert, die einigen *Good Guys* das Leben gekostet haben.«

Sie erreichten die Wohnung. Als Aron die Tür aufschloss, stürmte ihnen Joshua entgegen. Aron erwartete, dass sein Vater den Jungen auf den Arm nahm. Er tat es nicht.

Die Kunst der Eroberung

Chris erhob sich, als die füllige Blonde, die ihn an der Rezeption angesprochen hatte, sich am Salatbüfett anstellte. Vor ihnen befanden sich bereits einige Gäste, die hier nicht zur Erholung waren, sondern an einer Firmentagung teilnahmen.

Er sah über ihre Schulter hinweg auf die Auslage des Salatbüfetts.

»Ah, Selleriesalat. Der entwässert.«

Die Blonde kicherte und flüsterte ihm zu: »Bei uns nennt man den *Stehpiepelsalat.*«

»Stehpiepelsalat?«, sagte er laut. »Das habe ich noch nie gehört.«

Die Frau sah ihn sichtlich verlegen und zugleich beschwörend an. Einige umstehende Männer, die den Wortsinn wohl kannten, grinsten spöttisch.

Ihm fiel eine dunkelhaarige Frau auf. Sie war klein, aber muskulös. Auffällig war ihre grellorangene, modische Brille. Verstohlen sah sie zu ihm herüber. Er hatte nicht den Eindruck, dass sie zu den Tagungsteilnehmern gehörte. Reiste sie allein? Für einen winzigen Moment trafen sich ihre Blicke.

Er war verblüfft darüber gewesen, was sich im *Stein* alles getan hatte. Das Hotel am Rande des *Wörlitzer Gartenreichs* hatte immer schon ein besonderes Flair. Und es gehörte zu den wenigen Häusern Ostdeutschlands, die zu nicht überzogenen Preisen ausgezeichnete Weine im Angebot führten. Seit seinem letzten Besuch hatte der umtriebige Besitzer den Spa-

Bereich komplett sanieren lassen. Und das Schönste: Im Außenbereich war zwischen den U-förmig gruppierten Flügeln des Hotels ein nagelneuer großer Pool angelegt worden. An der Stirnseite luden in luftiger Höhe auf dem Flachdach eines großen, ebenerdigen Abstellraums Sonnenliegen und Schirme sogar während der Sonnenstunden milder Wintertage zum Verweilen ein.

Die *Wörlitzer Wurzelstube* hatte nun eine gläserne Außenwand. Die nagelneue Sauna roch nach frischem Holz. An den Wänden hatte man zwei große Reliefs aus unterschiedlich dicken Birkenscheiben angebracht. Er grüßte wahrnehmbar, aber nicht zu laut und setzte sich schräg hinter die Frau, die ihn interessierte. Er sprach sie nicht an. Aber sein erster Eindruck war wohl richtig gewesen. Sie reiste ohne Begleitung.

Nach dem Saunadurchgang duschte er ausgiebig und ging dann hinaus zum Pool. Die attraktivsten Liegen waren mit Handtüchern belegt, obwohl kein Mensch sich im Freien aufhielt. Und obwohl die Betreiber mit dezenten kleinen Schildchen auf den Armlehnen darauf hinwiesen, dass es unerwünscht sei, Liegen mit Handtüchern zu blockieren.

Er hatte das günstigste Programm gebucht, *Blauer Montag*. Zwei Nächte, Einchecken am Sonntagnachmittag, Halbpension, kostenlose Nutzung des Wellness-Bereichs und halbstündige Rückenmassage mit aromatischen Stempeln.

Während er auf dem Bauch lag, konzentrierte er sich auf die Oberschenkel der Masseurin.

Masseuse zu sagen war inkorrekt geworden, hatte etwas Anrüchiges. Sie wurden immer dann für einen kurzen Moment sichtbar, wenn sie sich über seine Schultern beugte, um ihm die unteren Rückenpartien zu massieren.

Später lag er eine Zeitlang alleine in der neu angelegten Ruhezone, von der aus man einen ungehinderten Blick ins Freie hatte.

Die Dunkelhaarige kam herein und betrachtete interessiert ein aus Salzsteinen gebautes Lichtfenster. In Badekleidung wirkte sie noch kleiner. Sie trug jetzt eine Brille mit auffälliger schwarzer Fassung, eine dieser Erfolgsfrauenbrillen. Beiläufig registrierte er, dass sie keinen der weißen Hausgästebademäntel, sondern ein unifarbenes Seidenmodell anhatte.

Sie wandte sich von dem Lichtfenster ab, sah zu ihm herüber und sagte freundlich: »Hallo.«

»Schön ist das alles geworden«, erwiderte er.

Sie nickte. »Sie kommen öfters hierher?«

Ein klitschnasses älteres Ehepaar drängte sich an der Frau vorbei. Beide waren auf unvorteilhafte Weise dick. Die Dunkelhaarige ging unmerklich zur Seite, nickte Chris lächelnd zu und verschwand in Richtung Pool. Er schloss die Augen. Eine plötzliche Müdigkeit übermannte ihn.

Als er später ins Freie trat, war die Sonne gerade hinter den benachbarten Häusern verschwunden. Er schlug den Kragen seines Bademantels hoch, legte ein Handtuch über seinen Kopf und setzte sich an der Längsseite des Außenbassins auf eine winterspröde Holzbank. Durch die ihm gegenüberliegende Glasfront konnte er sehen, dass im Inneren des Ruhebereichs ein Kaminfeuer entzündet worden war. Im Becken schwammen nur noch zwei Frauen. Eine Blonde hatte ihre Haare hochgesteckt und zog brustschwimmend gleichmäßig ihre Bahnen.

Die kleine Dunkelhaarige, mit der er zuvor erste Worte gewechselt hatte, schwamm in wechselnden Stilarten. Eine Lage kraulte sie. Nach einer unbeholfenen Wende plantschte sie rückenschwimmend in die entgegengesetzte Richtung.

Der vormals tiefblaue Himmel verdunkelte sich. Ein blasser Mond stand mittig am Firmament. Die untergehende Sonne war hinter den westlich gelegenen Bauten verschwunden. Sie warf letztes rötlichgoldenes Licht auf die höher gelegenen Flächen der hellen Fassade. Die blonde Frau stieg aus dem Wasser, warf einen Bademantel über und verschwand rasch im Inneren des Spa-Bereichs. Die Dunkelhaarige sah rückenschwimmend zu ihm herüber und fragte neckend: »Wollen Sie nicht reinkommen? Hier drinnen ist es wärmer als draußen.«

Er verneinte und sagte dann: »Ich gehe jetzt essen. Wollen Sie mich begleiten?«

Sie zögerte einen Moment, nickte dann und erwiderte: »Ich brauche aber noch eine halbe Stunde, um mich in Schuss zu bringen.«

Es dauerte fast eine Stunde, bis sie herunterkam. Sie war leicht geschminkt. Ihr dunkles Haar hatte einen sanften Schimmer. Sie trug ein enges Kleid aus Romanit-Jersey im durchscheinenden Rot reifer Stachelbeeren.

Jetzt, da er neben ihr saß, konnte er sehen, dass ihre Brille nicht durchgängig schwarz war. In das Dunkel der Bügel war ein feiner Orangeton eingearbeitet worden. Sie war aufgeschlossen, erzählte gern und lachte viel.

Der *Gruß aus der Küche* bestand aus einer Spur Terrine vom Wild an Bratapfelsalat mit Johannisbeergelee.

»Lecker.« Sie kommentierte die Köstlichkeit des Versucherles eher beiläufig.

Zur Apfelcremesuppe mit Blutwurstmousse sagte sie lediglich: »Interessant.« Er vermutete, dass damit ihr Geschmack nicht getroffen wurde, was sie abstritt: »Wenn die Suppe mir nicht geschmeckt hätte, hätte ich sie stehen lassen.«

Die rosagebratene Lammhüfte auf Schmorgemüse und ricottagefüllten Cannelloni fand beider uneingeschränktes Lob.

Zum Essen tranken sie eine Flasche Freinsheimer Riesling Spätlese. Sie blieben beim *Sie*.

Als der Nachtisch, Nougatcreme mit Schattenmorellen, Mousse aus weißer Schokolade und Orangeneis, serviert wurde, stellte er wie beiläufig die Frage: »Gehen wir nach dem Essen noch ein wenig spazieren? Ich glaube, es würde uns guttun.«

Sie sah ihn durchdringend an und erwiderte: »Heute Abend kommt ein Tatort mit Til Schweiger.«

Er fand das banal, machte dennoch einen letzten Versuch: »Treffen wir uns anschließend an der Bar?«

»Ich glaube nicht. Mir ist das heute zu spät. Aber wir können morgen zusammen frühstücken. Wann sind Sie unten?«

Ihm blieb nichts anderes übrig, als zu erwidern: »Ich richte mich ganz nach Ihnen.«

Gelangweilt trank er in der Hotelbar einen Absacker. An einem Tisch ihm gegenüber ulkten reichlich angetrunkene Frauen. Einiges glitt ins Zweideutige ab, manches gar ins Obszöne. Blicke trafen ihn. Er hätte die Auswahl haben können. Aber seine Begierde war anders gelagert.

Sie saßen lange beim Frühstück. Er setzte auf die *kleine Kunst der ersten Berührungen*. Der *versehentliche* leichte Zusammenstoß beim Durchschreiten einer Tür. Der *zufällig* zeitgleiche Griff nach dem Salzfässchen, bei dem sich die Fingerkuppen berührten.

Bei ihrem gemeinsamen Spaziergang durch das Wörlitzer Gartenreich gab es mehrere Gelegenheiten, ihr helfend die Hand zu reichen.

Und als sie am späten Nachmittag wieder im Außenbecken schwammen, strichen seine Fingerspitzen beim Rückenschwimmen *wie zufällig* über ihren Hals.

Im unteren Ruheraum war außer ihnen niemand. Sie lachte, als sie sich auf ein langsam schaukelndes Wasserbett legten, das bei jeder Bewegung leise gluckste. Einer plötzlichen Eingebung folgend, trug er leise, beinahe flüsternd, ein Gedicht von Heinz Kahlau vor:

»Leb wohl,
mein Kopf ist wirr,
mein Leib ist ausgebrannt.
Nun weiß ich Schmerzen,
die ich bisher nie gekannt.
Geh los,
lass mich allein,
wir kommen nicht mehr an.
Doch habe Dank,
ich weiß nun wieder,
dass ich lieben kann.«

Sie richtete sich auf. »Heinz Kahlau, stimmts?«

Er nickte. Sie ist gebildet, dachte er, vermutlich Ostfrau. Obwohl man das ihrer Aussprache nicht anmerkte. Kahlau war im Westen unbekannt. Das Wasserbett schaukelte glucksend hin und her.

Sie rezitierte mit einem Lächeln:

»Von nun an bitt ich dich, mich zu vergessen.
Ich bin nicht wichtiger als Salz und Wind.
Stört dich das Salz, so zuckere dein Essen.
Stört dich der Wind, bleib nicht, wo Winde sind.«

»Von wem?«

Sie schüttelte den Kopf. »Keine Ahnung.«

»Das sind ja lauter Trennungsgedichte. Gibt es nichts, was mit Zusammenfinden zu tun hat?«

»Schelm«, sagte sie und sprang auf. Das Wasserbett schaukelte heftiger.

Züri

Obwohl er ein teures Hotel gewählt hatte, schlief Christoph Böhringer in der ersten Nacht äußerst schlecht. Er war lange nicht mehr in Zürich gewesen, sehr lange.

Das letzte Mal vor mehr als vierzig Jahren. Sie waren damals in Seelbach losgefahren, um ein Konzert von »Krokodil« zu besuchen, Düde Dürsts damals schon legendäre Psychedelic-Rockband, der einzigen *Supergruppe*, die es ihrer Ansicht nach in der Schweiz gab.

Honey hatte die Idee gehabt. Es war beabsichtigt gewesen, zu fünft zu fahren. Aber Angie hatte wieder mal Stress mit ihrem Vater. Und Mary hatte aus Gründen, an die er sich nicht mehr erinnern konnte, auch abgesagt. Also waren sie zu dritt losgezogen, Aron, Honey und er. Honey hatte den 2 CV seines Vetters organisiert, ein uraltes, kieselgraues Teil mit 12 PS, Baujahr 1960. Aufgebrochen waren sie bereits in den Mittagsstunden des Vortages. Mit siebzig Stundenkilometern tuckelten sie über die Landstraßen Oberschwabens Richtung Schweizer Grenze.

Dieses Mal war er mit dem Zug angereist. Der Nachmittags-IC fuhr von Stuttgart durch bis Zürich. Vor drei Tagen hatte ihm ein befreundeter Arzt die gewünschte Adresse gegeben.

Über zwanzig Jahre war er, einem einsamen Jäger gleich, von einem Erlebnishotel zum anderen, von Spa zu Spa gezogen. Mit geschultem Blick erfasste er sofort, welche der anwesenden Frauen allein reisten. Noch ehe er den Wellness- oder Badebereich betrat, hatte er schon meist eine oder mehrere ausgemacht, von denen er annahm, dass er sie mit dem ihm eigenen Stil und Charme verführen konnte.

Dieses Mal verfolgte er in Zürich andere Absichten. Seit seine Erkrankung das erste Mal diagnostiziert worden war, hatte man den erschütternden Befund in zwei weiteren Untersuchungen bestätigt. Seither fraß sich die Idee eines selbstbestimmten, schmerzfreien, begleiteten Todes durch seine Gedanken- und Sinneswelt. Von Deutschland aus hatte er mit dem Chef – er fragte sich, ob diese Bezeichnung angemessen war – einer bekannten Sterbehilfeorganisation telefoniert. Der Mann hatte sich ihm mit freundlicher, warmer Stimme als Dr. Beat Gygax vorgestellt.

Chris hatte ihm vom Fortschreiten seiner Erkrankung berichtet. Zwischendurch las er Auszüge der ärztlichen Gutachten vor. Der Schweizer hatte keine überflüssigen Worte gemacht. Das hatte ihm gefallen und trug maßgeblich dazu bei, dass er die Reise nun angetreten hatte.

Damals, 1972, hatten sie sich während der Fahrt in die Haare gekriegt. Honey hatte vorgeschlagen, in Singen noch Shit zu kaufen. Er kenne dort einen, den sie *Che* nannten. Der verkaufe guten Stoff.

Ob er verrückt sei, hatte ihn Aron angeblafft. Shit über die Grenze mitzunehmen. So knalldoof könne doch keiner sein.

Man wisse nicht, ob man in der Schweiz überhaupt etwas bekomme und ob das dann guter Shit sei, verteidigte sich Honey mit Nachdruck. Außerdem sei das Rauchzeug in Zürich doch so teuer. So schnell wollte er nicht klein beigeben.

Seinerzeit waren sie ebenfalls über Schaffhausen gefahren, hatten aber den Rheinfall nicht zu Gesicht bekommen. Vom Zug aus eröffnete sich dem, der das nur Sekunden währende Spektakel nicht verpasste, ein imposanter Anblick. Die Gischt des in die Tiefe hinabschießenden Wassers übermalte Segmente der Felsformation, die in der Flussmitte aufragte, eierschalenfarben. Kniff er die Augen zusammen, so erinnerte das Bild an eine Haifischflosse.

Ein Schweizer in dunklem, eng anliegendem Anzug wünschte einer Zugbekannten einen schönen Feierabend. Mit einem Mal kam ihm der alberne Name des lokalen Handballvereins in den Sinn: *Kadetten Schaffhausen.* Und ganz in der Nähe spielte der Ligakonkurrent *Pfadi Winterthur*.

Er knabberte Corifeo Schokomintlinsen. Mit französischer Zuckerdecke dragiert. *Kann Spuren von Gluten, Erdnüssen, Milcherzeugnissen und Schalenfrüchten enthalten*.

Zuvor, auf dem Singener Bahnhof, blieb sein Blick an einem Plakat haften: »Es ist genug für alle da. Brot für die Welt.« Als ob dem so wäre. Wie hieß es doch gleich? *Brot für die Welt, aber die Wurst bleibt hier.* In Zürich begegnete er auf Schritt und Tritt russischen Neureichen. Was die wohl dazu sagten? Zickige, blondierte Frauen, beladen mit einem halben Dutzend Tragetaschen bester Adressen. Einige beinahe magersüchtig. Er hatte keinen Blick für sie. Hastete durch das Gelände der Pädagogischen Hochschule, erreichte nahe den alten Kasernen, die demnächst abgerissen werden sollten, mühelos die angegebene Adresse.

Eine Mitarbeiterin von Dr. Gygax empfing ihn freundlich. Nachdem er sich ausgewiesen und sie ein Personalblatt angelegt hatte, geleitete sie ihn in einen geschmackvoll eingerichteten Warteraum.

»Möchten Sie eine kleine Erfrischung? Kaffee, heiße Schoggi oder Tee?«

Chris verneinte mit einem Kopfschütteln.

Freundlich lächelnd zog die junge Frau sich zurück.

Damals eskalierte der Streit kurz vor der Schweizer Grenze. Aron bestand darauf, dass Honey das in Singen gekaufte Haschisch in seinem Rucksack verstaute. »Wenn sie uns filzen, möchte ich nicht für dich die Rübe hinhalten.«

»Aber meinen Shit rauchst du immer gerne.«

Trotz heftiger Proteste Arons war Honey ins Singener Bahnhofsviertel gefahren und hatte von einem Münzfernsprecher aus den Dealer angerufen. Er solle außerhalb des Bahnhofs auf ihn warten. Derweil aßen Chris und Aron eine Currywurst.

Der Dealer fuhr in einem roten Opel Kadett vor. Mit seinen langen Haaren, seinem Flachsbärtchen und einer schräg sitzenden Baskenmütze hatte er eine leichte Ähnlichkeit mit Che Guevara. Es folgte das übliche Feilschen, Beschnüffeln und abschätzende Wägen auf der geöffneten Hand. *Che* verkaufte Honey zwei Fünf-Gramm-Pieces. »Guter Shit, fünf Mark das Gramm. So was kriegt ihr in der Schweiz nicht. Nicht in dieser Qualität und nicht zu diesem Preis.«

Chris hatte das Steuer übernommen. Auf der Rückbank machte sich Honey an seiner Zahnpastatube zu schaffen. Er bog das hintere Ende auf und drückte die Hälfte des Inhalts auf ein Tempotaschentuch, das er durch das hochgeklappte vordere Seitenfenster warf. Die beiden in Alufolie verpackten Haschischkanten wickelte er in Fetzen, die er aus einer Plastiktüte riss. Die Klumpen schob er tief in die restliche Zahnpasta. Anschließend rollte er die Tube feinsäuberlich von hinten so weit auf, wie es die Füllung zuließ. Die Tube verstaute er in einem Leinenbeutel, in dem er Zahnbürste, ein Stück Seife und eine Haarbürste verwahrte.

Sie hatten schon damit gerechnet, dass die Schweizer Grenzer einen Wagen, in dem drei langhaarige Ausländer saßen, gründlich kontrollieren würden. Das Vorgehen der Zollbeamten überstieg jedoch ihre pessimistischen Phantasien bei Weitem.

Nach einer in die Länge gezogenen Inaugenscheinnahme von Ausweisen, Fahrzeugschein und Fahrerlaubnis wollte der Kontrollierende wissen, wohin sie fuhren und was der Zweck ihrer Reise sei.

»Zürich. Besuch eines Konzerts.«

Ob es sich um ein klassisches Konzert handle.

Nein, es handle sich um ein Rockkonzert. Hauptband sei eine Schweizer Formation.

Um welche Schweizer Formation es sich handle.

»Krokodil«, erwiderte Aron vom Beifahrersitz.

Ob er ihn veräppeln wolle, fragte der Grenzpolizist. In der Schweiz gebe es lediglich eine schwere E-Lok namens *Krokodil*. Von einer Musikgruppe dieses Namens sei ihm nichts bekannt.

Honey, der zwischenzeitlich von Chris das Steuer übernommen hatte, hätte liebend gern erwidert, dass nur eine Schnarchnase, wie der Grenzer offensichtlich eine sei, die bekannte Schweizer Rockband nicht kenne. In richtiger Einschätzung der Folgeprobleme bemühte er sich um eine diplomatischere Antwort. Der Herr könne ihm schon glauben. Die Band sei eben nur Jugendlichen bekannt.

Als die Insassen des 2 CV dachten, nun könnten sie weiterfahren, kam ein zweiter Beamter hinzu und wies sie an, einige Meter vor und dann rechts ranzufahren.

Honey tat wie befohlen, machte die Durchfahrt frei und stellte den Motor ab. Wohl eine Viertelstunde kam niemand. Honey konnte im Seitenspiegel sehen, dass nachfolgende Fahrzeuge problemlos abgefertigt wurden.

»Fahr einfach weiter«, schlug Chris vor.

»Untersteh dich«, mahnte Aron. »Darauf warten die nur.«

Weitere Minuten verstrichen. Dann näherten sich drei Uniformierte dem Wagen und hießen sie aussteigen. Einer durchsuchte den Innenraum. Ein zweiter hielt einen Spiegel, der an einem Teleskopstab befestigt war, unter das Fahrzeug. Besonders gründlich inspizierte er die Radkästen. Der dritte Beamte ließ sich das Gepäck zeigen. Jeder musste seinen Rucksack öffnen und den Inhalt auf dem Boden ausbreiten. Mit der behandschuhten Hand betastete der Kontrolleur Kleidungsstücke und Schlafsäcke. Als Honey die Stofftasche mit den Toilettenartikeln öffnen musste, stockte den drei Freunden der Atem. Aron wandte sich ab, weil er befürchtete, sein erschrockener Gesichtsausdruck könnte den Beamten auf die richtige Spur bringen.

Der besah den Inhalt gründlich und sagte in typisch Schwyzer Singsang: »Eine neue Haarbürste würde Ihnen gute Dienste leisten. Und ein Haarschnitt wäre auch mal wieder angebracht.«

Eine Stunde später waren sie in Zürich.

Ein einheimischer Langhaariger nannte ihnen bevorzugte Treffpunkte der Züricher Freaks. Die träfen sich im *Drahtschmidli* oder an der *Riviera*. Damit war das Limmatufer unterhalb der Altstadt gemeint. Dessen nahe am Übergang zum Zürichsee gelegene Terrassen waren ein guter Platz zum Abhängen.

Gerade als Honey im Begriff war, einen seiner kunstvoll gestalteten Joints zu drehen, fuhr ein Wagen der Stadtpolizei vorbei.

»Kommt, wir hauen ab«, sagte Chris.

Ein junger Züricher, der gerne mit ihnen gekifft hätte, sagte, sie sollten zum Lindenhof hochgehen. Dort stoße man nach Einbruch der Dunkelheit selten auf Polizei. Das Polizeiauto hielt an. Die Beamten blieben im Wagen. Wenige Minuten später fuhr ein mit Polizisten vollbesetzter Kleinbus vor.

Obsession

Als er das Büro der Züricher Sterbebegleitung verließ, war Chris ein baldiger begleiteter Freitod ferner als noch vor seiner Anreise. Er hatte sich eines der Zimmer zeigen lassen, in denen sich die Ruhesuchenden – so bezeichnete Dr. Gygax die schwerstkranken Sterbewilligen – während der letzten beiden Tage ihres Lebens aufhielten.

Ob ihn jemand begleiten würde? Für solche Fälle stünden auch zwei Doppelzimmer zur Verfügung.

Als er dies verneinte, wurde ihm ein in ruhigen Pastelltönen gehaltenes Zimmer gezeigt. Und gerade dieser Ort hatte ihn davon abgehalten, jetzt sofort einen Kontrakt mit den Sterbehelfern einzugehen. Es war ein angenehm gestaltetes Zimmer mit schöner Aussicht auf eine herbstlich gefärbte Parkanlage, geschmackvollen Möbeln und einem bequemen Bett. Aber dieser Raum war ihm so fremd, dass er vor einer sofortigen Entscheidung zurückschreckte. Zudem, noch war er nicht so weit. Er hatte noch keine Handicaps. Er würde noch einige Monate leben, vielleicht sogar noch ein Jahr.

Er überlegte, ob er jetzt gleich einen Happen essen sollte, entschied sich aber, den Aufstieg am Bankenviertel vorbei zum höher gelegenen Lindenhof zu nehmen. Neben dem gediegenen Reichtum, den Zürich verströmte, beeindruckte ihn die unglaubliche Vertrautheit, die er gleich bei seiner Ankunft empfunden hatte, obwohl er mehr als vierzig Jahre nicht mehr hier gewesen war. Aber die über Jahrhunderte gewachsene Altstadt veränderte sich nicht so offensichtlich, dass es einem

Fremden gleich ins Auge sprang. Vermutlich hatte es in den zurückliegenden Jahrzehnten hier noch heftigere Wellen der Verdrängung zahlungsschwächerer Bewohnergruppen gegeben als in den Großstädten, über die er mehr wusste. Aber das Stadtbild war noch dasselbe wie damals, als sie hierherkamen, um ein Konzert von »Krokodil« zu erleben. Die Halle, in der die Band seinerzeit aufgetreten war, war längst abgerissen worden. So viel hatte er herausgefunden.

An dem Weg zum Lindenhof hatte sich nichts verändert. Aber das Gefühl, das ihn begleitete, war ein anderes. Als sie damals am Limmatufer einer Konfrontation mit der Stadtpolizei aus dem Weg gegangen waren, hatte es bereits zu dämmern begonnen. Jetzt schritt er langsam an einem sonnigen Herbstnachmittag den gepflasterten Anstieg hinauf. Leichter Schwindel zwang ihn zu gelegentlichem Innehalten. Dabei versuchte er den Anschein zu erwecken, als betrachte er die Auslagen der kleinen Geschäfte oder studiere die Speisekarten der Gasthäuser.

Eine Reisegruppe schob sich an ihm vorbei. Er meinte, die Sprache der Reiseführerin als eine romanische zu erkennen. Spanisch oder Portugiesisch war es mit Sicherheit nicht. Die gut, aber nicht modern gekleideten Reisenden konnten vielleicht etwas besser situierte Rumänen sein.

Er schloss wieder zu der Gruppe auf, die zum Halten gekommen war. Die Touristen lauschten den Ausführungen ihrer Reiseführerin, einer großen blonden Frau, die ihre Erläuterungen mit ausladender Gestik und gelegentlichen Lachern untermalte. Eine ebenfalls blonde Frau mittleren Alters musterte ihn. Ihm fiel ihre extrem enge Jeans auf, die ihren wohlproportionierten Hintern gut zur Geltung kommen ließ. Darüber trug sie einen unvorteilhaften lilafarbenen Anorak.

Oben am Lindenhof angekommen, nahm ihn die Statue der *heldenhaften Zürcherin* in Empfang. Er sah auf den ersten Blick, dass alles so geblieben war wie damals. Vom südlichen

Ende grüßte ihn das neugotische Tor des sandfarbenen Gebäudes der Freimaurerloge *Modestia cum Libertate*. Vor Jahren hatte er einige Zeit mit dem Gedanken gespielt, den Freimaurern beizutreten. Auf Anhieb fiel ihm nicht mehr ein, was ihn damals davon abgehalten hatte. Das klare Platzkonzept wurde von keiner nachträglichen Bebauung gestört. Wie in seiner Jugendzeit standen grün lackierte Bänke vor der breiten, nicht sehr hohen Umfriedung. Hohe Linden säumten die Platzmitte.

Er stieg auf die breite Mauerkrone. Ihn schwindelte. So rasch er konnte, kauerte er sich hin und stützte sich mit beiden Händen ab. Mit dem rechten Fuß stocherte er nach Halt auf der inneren Kieseinfassung.

Die Touristengruppe hatte ihn wieder eingeholt. Er sah die Frau im lila Anorak auf sich zukommen. Beim Gehen wirkte sie kräftig, sehr muskulös, aber nicht dick.

»You feel allright?«, fragte sie mit starkem osteuropäischem Akzent.

»Yes, yes«, antwortete er und setzte sich rasch auf eine freie Bank. »Where do you come from? Romania?«

»Latvia, Lettland.« Die so robust erscheinende Frau sprach leise, fast verlegen. Unentschlossen stand sie neben der Bank, auf die er sich soeben gesetzt hatte.

Sein Blick streifte ihre prallen Schenkel, über denen sich der Jeansstoff spannte. Obwohl es für einen Oktobertag recht mild war, trug sie hohe, hellbraune Stiefel. Sie beugte sich zu ihm hinunter. Ihr dichtes blondes Haar fiel nach vorne, verdeckte Stirn und Augen.

»You want to take a coffee with me? I like Latvia. I was two times in Riga. And once I visited Sigulda and the Gauja national park.«

Er erinnerte sich gerne und oft an die Stadt, die hoch über dem Fluss lag, der sich über Jahrmillionen in die Landschaft eingegraben hatte, die Burg Turaida, von der aus man einen weiten Blick über das Gaujatal hatte und die Burgruine Segewold der Templer. Aron, Joschi und er waren auf Motorrädern unterwegs gewesen. In jenem Sommer hatte er sich vermutlich die HIV-Infektion eingefangen.

Der Reiseleiterin lauschend war das Gros der Gruppe weitergegangen.

Die blonde Frau zögerte. Sie schien zu überlegen. Dann nickte sie mit einem Lächeln.

Zu seiner Überraschung fügte sie noch an: »Wir können uns übrigens gern auf Deutsch unterhalten, ich habe es ein paar Semester an der Universität studiert.«

Vom Lindenhof zum Hotel St. Gotthard, wo er residierte, waren es zu Fuß nur wenige Minuten Weges. Ohne Umschweife betrat das Paar das hauseigene Bistro-Café. Er nickte dem Barmann zu, der umgehend seinen Arbeitsplatz vor der Wand verließ, auf welcher der Satz geschrieben stand: *Il caffè è il balsamo del cuore e dello spirito*. Der Kaffee ist Balsam für Seele und Geist. Ein Ausspruch, der Giuseppe Verdi zugeschrieben wurde.

Sie tranken Schümli-Kaffee. Als er sie fragte, ob sie mit ihm nach oben ginge, sah sie ihn einige Sekunden wie abwesend an. In ihrem Gesicht war nichts zu lesen. Eigentlich hatte er damit gerechnet, dass sie ihm eine scheuerte, ihn zumindest beschimpfte.

Sie nickte mit ernstem Gesichtsausdruck, stand auf und sagte: »Meine Gruppe ist schon weg; die treffe ich sowieso erst wieder heute Abend im Hotel.«

Wer war diese Frau? Suchte sie einen Mann, der ihr ein besseres Leben in einem westlichen Land ermöglichen sollte? Es war ihm egal.

Er hatte eine Juniorsuite genommen. Ein gewaltiges Bett dominierte den Raum. Er schloss die leichten Vorhänge. Milchig blaues Licht verzauberte, erzeugte eine surreale Stimmung. Die Wand hinter dem Bett war durchgängig mit hellem

Holz vertäfelt. Durchbrochen wurde sie lediglich durch eine mannshohe anthrazitfarbene Polsterung, die an das Kopfende des Bettes heranreichte.

Die Frau ging ins Bad. Durch die geöffnete Tür konnte er sehen, wie sie sich entkleidete. Als er sie in der gläsernen Duschkabine stehen sah, durchbrach eine lange nicht mehr empfundene Erregung seine große Müdigkeit.

Er streifte ein Präservativ über. Sie setzte sich auf ihn. Seine Hände glitten über ihren muskulösen Bauch, umfassten ihre harten Hüften. Nachher wollte er sie fragen, ob sie früher einmal Leistungssport betrieben hatte. Eine Speerwerferin vielleicht. Für eine Kugelstoßerin war sie nicht schwer genug. Er spürte, wie sie kam. Dabei gab sie keinen Laut von sich. In ihren Orgasmus hinein kam auch er zu einem kurzen Höhepunkt. Schweigend rollte sie sich neben ihn, wandte sich von ihm ab. Er konnte sie bequem im Spiegel sehen. Wie in Trance spielte sie mit den Locken ihres dichten Haares.

Während des Geschlechtsverkehrs hatte er ihren Kopf nicht berührt. Er hatte erwartet, dass sie sich, wie schon viele vor ihr, zu ihm herabbeugen, ihn auf Mund, Augen oder Wangen küssen würde. Aber sie hatte nichts dergleichen getan.

Sie stützte den Kopf auf den linken Arm, winkelte das linke Bein an und legte das rechte darüber. Ihre Scham, die er bislang im Spiegel sehen konnte, war nun verdeckt.

Er legte seine Hand auf ihre Hüfte und wollte sie zu sich heranziehen. Mit Leichtigkeit hielt sie seinem sanften Ziehen stand.

Nach einer Weile sagte sie: »Eigentlich ist das eine ganz und gar unwürdige Situation. Schämst du dich nicht?«

»Schämst du dich?«

»Ja, ich schäme mich. So was hab ich noch nie gemacht. Jemanden das erste Mal sehen. Mit ihm sofort ins Hotel mitgehen. Wirklich, ich schäme mich.«

»Ich bereue nichts. Du bist eine schöne Frau.«

Sie stand auf und ging ins Bad, wo sie ihre Unterwäsche und ihren BH zurückgelassen hatte. Dann zog sie hastig die restlichen Kleidungsstücke an.

»Ich gehe jetzt. Willst du mir deine Telefonnummer geben?«, fragte sie leise.

»Nein«, sagte er.

»Siehst du, das meine ich! Es ist so würdelos!«

»Das ist es nicht. Aber es hätte keinen Sinn. Ich werde bald sterben.«

Die nächsten drei Tage, die er in Zürich verbrachte, sprach er mit keinem Menschen, wenn man von Kellnern, dem Hotelpersonal und Passanten, die er nach dem Weg fragte, einmal absah.

Als er sein Zuhause wieder erreicht hatte, setzte er die längst begonnene Auflösung seines Hausstandes fort. Für sein Wohnmobil hatte er bereits einen Käufer gefunden. Über das Fortschreiten seiner Erkrankung sprach er mit niemandem, auch nicht mit seiner Mutter. Sein Tod würde ihr früh genug großes Leid zufügen. Die einstmals schöne Frau hatte während ihres langen Lebens genügend Schmerz erfahren müssen. Den meisten hatte ihr sein Vater zugefügt.

Als dieser auf der Heimfahrt von seiner letzten Geliebten am Steuer seines Wagens einen Herzinfarkt erlitt, was auf der Strecke zwischen Heilbronn und Seelbach zu einem Frontalzusammenstoß führte, wurden Roland Böhringer und der Fahrer des entgegenkommenden Fahrzeugs getötet. Christophs Mutter erweckte nicht den Eindruck, als sei sie von einem schweren Los befreit worden. Sie trauerte um ihren Mann. Und sie litt bei dem Gedanken, dass bei seinem Tod noch ein weiterer Mensch ums Leben gekommen war. Selbst bei der Beerdigung war sie noch gedemütigt worden. Sowohl die in Flein lebende aktuelle Geliebte als auch eine seiner früheren Verflossenen hatten die Unverfrorenheit besessen, an der Aussegnungsfeier teilzunehmen. Christophs älterer Bruder Karl hatte noch versucht, die beiden Frauen abzufangen und sie zum Verlassen des Friedhofs zu bewegen. Doch die Fleinerin blieb resolut vor ihm stehen. Mit verweinten Augen blickte sie ihn durch einen grobmaschigen Schleier an. Ihr dunkel geschminkter Mund blieb unbedeckt. Sie machte keinerlei Anstalten, seiner Aufforderung zu folgen.

Währenddessen war die andere Frau längs der Seitenwand entlanggehuscht und im hinteren Teil der Friedhofskapelle verschwunden.

Chris würde mit niemandem mehr über seinen Zustand reden. Er hatte alles vorbereitet. In zwei Tagen erwartete er einen Antiquar, der seinen umfangreichen Bücherbestand komplett übernehmen würde. Seine bessere Kleidung hatte er bereits der Haller Schuppachburg, einer Außenstelle der sozialen Heimstätte *Erlacher Höhe*, zukommen lassen. Der Hauswart brachte für ein Trinkgeld mehrere Wäschesäcke zum Altkleidercontainer. Für die Kleidung, die ihm jetzt noch blieb, reichte ein Viertel seines Schlafzimmerschranks. Was er an Hausrat und Geschirr nicht mehr benötigte, hatte er nach und nach weggegeben. Erinnerungsstücke, Schmuck, Tand, Postkarten und Fotos hatte er nie besessen. Von keiner einzigen seiner zahllosen Partnerinnen besaß er ein Foto. Und wenn ihm einmal eins zugesandt oder zugesteckt worden war, hatte er es in den nächsten Tagen weggeworfen oder zerrissen. Anfänglich notierte Adressen hatte er weggeworfen bis auf zwei.

Er leerte seine riesige Badetasche. Das meiste davon stopfte er in einen Kleidersack. Angebrochene Toilettenartikel und zwei Haarbürsten warf er in den Müll. Einer winzigen Seitentasche, die in eine etwas größere eingelassen war, entnahm er eine angebrochene Zehnerkarte des Haller Solebades. Es mussten noch fünf oder sechs Eintritte übrig sein. Auf einen Notizzettel schrieb er: »Kann noch verwendet werden« und steckte ihn zusammen mit der Plastikkarte in einen Briefumschlag, den er mit den Worten »Nicht wegwerfen!« beschriftete.

Bereits von den wenigen Tätigkeiten, die er nach dem Frühstück erledigt hatte, war er erschöpft. Er brühte sich einen doppelten Espresso auf. Während die Maschine schnorchelnd und dampfend sein Lieblingsgetränk produzierte, zündete er sich eine Zigarette an. Bereits der zweite Zug ließ ihn husten. Keuchend japste er nach Luft. Es dauerte lange, bis er einen weiteren Zug inhalieren konnte.

Das Solebad des Hotels *Hohenlohe* war anfangs von großer Wichtigkeit für ihn gewesen. Nicht dass es hier zu entscheidenden Weichenstellungen gekommen wäre. Aber nach dem frühen Tod seines Vaters und dem Umstand, dass Karl ihn ganz allmählich aus der Leitung der Firma drängte, indem er sehr geschickt in winzigen Schritten immer mehr Zuständigkeiten auf sich verlagerte, war es ihm leichtgefallen, sich voll und ganz seinen Neigungen hinzugeben. Die Erträge aus seinem Erbteil ermöglichten ihm das Leben, das er führte. Zumal er bei allem Stilbewusstsein nicht verschwenderisch war.

Aber konnte man dabei von Neigung sprechen? Dass er den größten Genuss beim Sex nur dann haben konnte, wenn er das allererste Mal mit einer Frau schlief, war keine Neigung. Es war Zwang, Obsession. Vielleicht litt er unter einer Störung, war gar psychisch krank. Er hatte nie das Bedürfnis verspürt, den Rat oder die Diagnose eines Sexualtherapeuten oder Psychologen einzuholen. Wozu auch? Er hatte nie eine Frau mit falschen Versprechungen oder der vorgetäuschten Aussicht auf eine längere, vielleicht sogar dauerhafte Beziehung gelockt. Er fühlte sich frei von moralischer Schuld. Schließlich hatte er nur mit denen Sex gehabt, die dem magischen Augenblick der ersten Begegnung erlegen waren oder ganz nüchtern auf ein kurzes Abenteuer aus waren. Nie hatte er sich ein weiteres Mal mit ihnen verabredet oder seine Telefonnummer oder Adresse herausgegeben. Beide Seiten hatten ihr Vergnügen gehabt. Das Einzige, was man ihm vorwerfen konnte, war der Umstand, dass er planmäßig und vorsätzlich gehandelt hatte. Was wie eine spontane Begegnung aussah, war in Wirklichkeit das Resultat eines zwanghaften Eroberungstriebes und seiner immer weiter verfeinerten Techniken. Begünstigt wurde sein Erfolg von seiner Schönheit, seinem gepflegten Aussehen und seinen guten Manieren.

War er dennoch ein Täter? Und somit die Frauen Opfer?

In den Augen der Feministinnen war er sicher ein sexsüchtiges Macho-Schwein. Aber das entsprach kaum der Sicht jener Frauen, denen er in der Mehrzahl der Fälle nur ein einziges Mal begegnet war. Deren Empfindungen waren vermutlich höchst individuell angelegt gewesen, eben der Unterschiedlichkeit der Menschen und ihrer Motive entsprechend.

Vor einem halben Jahr war er das letzte Mal im Haller Solebad gewesen. Damals hatte er von seiner tödlichen Krankheit noch nichts verspürt. War der verfluchte Krebs da bereits in ihm gewesen? Er wusste es nicht und es war zum jetzigen Zeitpunkt auch unerheblich. Er hatte das Bad an einem Donnerstag besucht, was er sonst nie tat. Donnerstag war Männertag. Das bedeutete, dass der obere Saunabereich mit den beiden Tauchbecken und der Panoramasauna, durch deren gläserne Außenwand man einen guten Blick über die Haller Altstadt hatte, von Frauen nicht betreten werden durfte. Im Stockwerk darunter war gemischter Betrieb. Anfangs schwamm er eine halbe Stunde im Außenbecken. Er tat dies so zügig, wie es das Gedränge in dem kleinen Pool zuließ. Dann war er ins Innere gegangen und hatte sich in die Mitte des kreisrunden Beckens gelegt, dorthin, wo man sich längs auf ein leicht abschüssiges Fliesenbett legen konnte und sprudelnd aufsteigende Luftblasen die Liegenden umspülten. Er genoss das einschläfernde Plätschern der Duschen und Düsen. Das gleichförmige Gemurmel der anderen Badegäste war nicht störend. Hier waren kaum Kinder. Er empfand das als wohltuend. Sagen durfte man so was im Zeitalter der verwöhnten Plagen, der kleinen Prinzen und Prinzessinnen nicht, zumindest nicht in allen Kreisen.

Er glitt von der Liegefläche herab und griff sich eine giftgrüne Schwimmnudel, die er in U-Form unter die Achseln klemmte. Wenn er die entstandene Biegung etwas nach oben schob, konnte er seinen Kopf darauflegen. Mit geschlossenen Augen ließ er sich treiben. Zufallsberührungen und die nachfolgend ausgesprochene Entschuldigung waren in manchen Fällen ein Ausgangspunkt für Abenteuer gewesen.

Als er das letzte Mal hier war, hatte sich nichts ergeben. Das kam selten vor. Er verspürte in solchen Momenten eine kalte Leere, so etwas wie einen kleinen Tod. Warum fiel ihm das gerade jetzt ein? Hatte sich ein Kreis geschlossen? Alpha und Omega? Im Haller Solebad war der Weg abgezweigt, den er über drei Jahrzehnte gegangen war. Hier hatte er die ersten einschlägigen Erlebnisse. Oft hatte ihn sein Weg direkt aus dem Spa-Bereich in eines der Hotelzimmer geführt. Manchmal hatten sie sich zuvor zum Essen verabredet. Aber es gab überraschend viele Momente, in denen ihm eine neue Bekannte bei einem im Badebereich eingenommenen Kaffee wie beiläufig die Nummer des Hotelzimmers genannt hatte. Oder sie fragten: »Bis später?« Nein, er hatte sich nichts vorzuwerfen. Es war eine Angelegenheit auf Gegenseitigkeit.

Der Espresso war fertig. Die dampfende Maschine gab nur noch schwache Geräusche von sich. Er nahm zwei gehäufte Löffel Zucker. Das war eigentlich viel zu viel. Aber er hatte Lust auf die Süße. Wie viele Espressi würde er in seinem Leben noch trinken? Einen? Vielleicht fünf, höchstens zehn.

Er stand auf, ging zum Küchenschrank und nahm ein silbernes Kästchen heraus, in dem er seine Rauchutensilien verwahrte. Libanese und Marokkaner waren noch vorhanden.

Libanesisches Haschisch rauchte er am liebsten. Meist schlief er danach auf wohltuende Weise ein. Aber das wollte er heute nicht. Prüfend roch er an dem braungrünen unförmigen Kanten. Der marokkanische Shit hatte deutlich stärkere halluzinogene Wirkungen als das libanesische Harz. Manchmal war ihm die Wirkung lästig, brachte ihn in einen nervösen Erregungszustand. Aber heute wollte er auf keinen Fall einschlafen. Gestern hatte er die letzten Prospekte weggeworfen, die er über die Jahre hinweg aus Bädern und Wellness-Hotels mitgebracht hatte. Um Erinnerungen war es ihm nicht gegangen. Interessiert hatten ihn lediglich allgemeine Informationen, Öffnungszeiten, Preise und Sonderarrangements. Manche dieser Orte hatte er nur ein einziges Mal aufgesucht. Schlechtes Essen, laute Zimmer, beengte Wellness-Bereiche mit unzureichenden Begegnungszonen waren die wesentlichen Gründe. Manchmal war der äußerst seltene Fall eingetreten, dass ihm keine Frau begegnet war, die sich von ihm verführen ließ.

Salaspils

Hatte der Umstand, dass sie Lettin war, bei der Wahl seiner allerletzten Sexualpartnerin eine Rolle gespielt? Erschöpft saß Chris in einem der beiden orangeroten Ledersessel, die zusammen mit den wenigen verbliebenen Gegenständen in dem nahezu ausgeräumten Appartement an die Siebzigerjahre erinnerten.

In Lettland hatte er sich mit hoher Wahrscheinlichkeit angesteckt, damals in Salaspils, einem kleinen Ort in der Nähe von Riga.

Nach dem Zerfall der Sowjetunion hatte Joschi während eines ihrer rar gewordenen Treffen den Gedanken geäußert, man müsse jetzt unbedingt durch Polen und das Baltikum reisen. Das seien zurzeit die besten Gegenden für Trekking- oder Motorradtouren. Der Vorschlag hatte damit zu tun, dass er vor nicht allzu langer Zeit das Endurofahren für sich entdeckt hatte. Und Aron fuhr zwei Sommer lang eine *Ural K 750*, eine robuste russische Militärmaschine mit Seitenwagen. Das ursprünglich dunkelolivgrüne Gefährt, das im Leerlauf wie ein alter Traktor tuckerte, hatte er von einem polnischen Motorradschrauber kanariengelb spritzen lassen.

»Aber ohne Ehefrauen, Partnerinnen und Lebensgefährtinnen«, hatte Chris zur Bedingung gemacht, was im Grunde genommen nur für Aron eine Herausforderung darstellte. Greta war *not amused* gewesen.

Im Verlauf der folgenden Wochen erwuchs aus dieser eher beiläufigen Idee ein regelrechter Hype. Eine Zeitlang äußerten auch Kudde Würz und Smoky Fischer Interesse. Doch am Ende blieben nur die drei übrig, die sich von Anfang an für diese Unternehmung begeistert hatten. Aron und Chris fuhren auf der *Ural*, Joschi auf einer gleichermaßen zuverlässigen wie bequemen *BMW R 80 G/S*.

Aron hegte dabei auch den Hintergedanken, einmal die Orte aufsuchen zu können, an denen die meisten Verwandten seines Vaters und damit seine eigenen Großeltern, Onkel und Tanten ermordet worden waren. Die Idee beschäftigte ihn seit mehr als zehn Jahren. Anfangs hatte er sich dagegen gewehrt. Er war lebenserfahren genug, um zu wissen, dass ihm die Begegnungen mit den Orten der Vernichtung sehr nahegehen würden. Er wog ab, zauderte, schwankte. Manchmal meinte er, sich entschieden zu haben. Schon kurze Zeit später erschrak er über die damit verbundenen Vorstellungen. Joschis Vorschlag war für ihn der entscheidende Impuls gewesen. Er besprach sich mit Greta. Sie riet ihm, die anderen nicht zu sehr in seine Angelegenheiten – wie sie es in Anlehnung an die Wortwahl ihres Schwiegervaters nannte – hineinzuziehen.

Nach einem kurzen Aufenthalt in Berlin schwenkten sie nach Südosten. In Polen kamen sie auf den Motorrädern gut voran. Die früher deutschen Städte Breslau, Gleiwitz und Kattowitz passierend, erreichten sie nach über 900 Kilometern Lwiw, das frühere Lemberg. Bis in die Altstadt hinein fuhren sie auf einem nahezu geschlossenen Netz holpriger Pflasterstraßen. Über die Ringstraße erreichten sie den Galizischen Platz, in dessen Nähe angeblich etliche Verwandte von Arons Urgroßvater gelebt hatten. Mehr wusste auch sein Vater nicht. Er kannte keine Namen. Die alten Familienunterlagen waren vernichtet. Über das Schicksal der Lemberger Verwandtschaft durfte spekuliert werden. Da sie arm gewesen waren, hatten sie wahrscheinlich nicht fliehen können. *Lwiw* nannten die Ukrainer jetzt die galizische Metropole. Die frühere polnische

Bevölkerung hatte sie *Lwów* genannt. Während der Zeit der Doppelmonarchie war es das zu Österreich-Ungarn gehörende *Lemberg* und unter den Sowjets *Lwow* gewesen.

Sie holperten mit ihren Motorrädern über die beschädigten Pflaster der Innenstadt. Die einstmals schönen Bürgerhäuser begegneten ihnen in Verfallsgrau. Wenn sie anhielten, kamen sie meist radebrechend mit Menschen russischer Abstammung ins Gespräch, die sich wunderten, dass ein Westeuropäer eine auffällig lackierte *Ural K 750* fuhr, die man hier nur als mattgrüne Militärmaschine kannte.

Riga erreichten sie an einem Samstag. Die Stadt füllte sich mit Schweden, Finnen und Engländern, die in der Mehrzahl mit Fähren angereist waren und sich hier ein alkoholgeschwängertes, exzessives Wochenende erhofften. Es war eine gute Idee von Aron gewesen, frühzeitig für alle Zimmer zu reservieren. Ihr kleines Hotel lag in Hafennähe und besaß einen eingezäunten Innenhof, in dem sie gegen umgerechnet zehn Mark Aufpreis ihre Motorräder in einer alten Garage einschließen konnten.

Am nächsten Tag wurde beim Frühstück klar, dass die beiden anderen nicht gedachten, Arons Spurensuche dauernd zu begleiten. Stundenlang durchkämmte er deshalb alleine mit Kopien alter Pläne in der Hand das Gebiet des früheren Judenghettos. Es berührte ihn mehr, als er erwartet hatte. Das war auch darauf zurückzuführen, dass viele der zwei- oder dreigeschossigen Gebäude der ehemaligen *Moskauer Vorstadt* noch erhalten waren und er mit Hilfe seines Plansatzes recht genau die Grenzen des späteren Ghettos bestimmen konnte. Er durchschritt die Straßen in bedrückende Gedanken versunken und entwickelte zahlreiche Phantasien über Jakobs Fluchtroute. Er nahm sich vor, ihn bei der nächsten Begegnung genauer danach zu befragen.

Chris begleitete ihn nach Salaspils. Joschi gab vor, die ständigen Begegnungen mit den Tatorten der NS-Verbrechen nicht länger ertragen zu können. Er brauche eine Auszeit, wolle sich den Zentralmarkt anschauen, für den man in den Zwanzigerjahren zwei im kurländischen Vaiņode stehende Luftschiffhallen zuerst mit großem Aufwand demontiert und dann in Form von fünf Markthallen am Rigaer Stadtkanal wieder aufgebaut hatte.

Sie ließen die Motorräder in der verschlossenen Garage und schlenderten zu dritt durch die Innenstadt. Am Zentralmarkt wollten Chris und Aron den Bus nehmen. Er fuhr vor, noch ehe Joschi in der nächstgelegenen Halle verschwunden war.

Der Fahrer sah sie irritiert an, als sie als Ziel *Salaspils Memorial* angaben. Mit Hilfe deutscher und englischer Brocken und eines besser Englisch sprechenden Fahrgastes machte er ihnen klar, dass sie von der Stelle, an der er sie aussteigen ließe, noch ein gehöriges Stück zu Fuß gehen müssten. Als er nach einer halben Stunde ihretwegen an einer verwaisten Haltestelle bremste, zeigte er grinsend in eine Richtung, in der sie zweifelsfrei eine Art Autobahn überqueren mussten. Sie hatten das Glück, dass die meisten Lastwagen sich mit mäßiger Geschwindigkeit näherten, was ihnen das Überqueren der vierspurigen Straße gefahrlos ermöglichte. Einige Zeit wanderten sie über Wiesen und zwischen Gemüsegärten, ehe sie den Stadtrand erreichten. Die Armut des Viertels war offensichtlich. Rußige Blocks säumten nicht asphaltierte Straßen. Schwarzes Wasser stand in großen Schlaglöchern. Verschmutzte Kinder spielten in kahlen Vorgärten. Vor einem Hauseingang saß eine hübsche junge Frau auf dem vertrockneten Rasen. Vor sich hatte sie einen Campingtisch, auf dem eine schmuddelige Thermoskanne und zwei cremefarbene Tassen standen.

»Where do you come from?«, wollte die Frau wissen.

»Germany«, antwortete Aron.

»Ah, Germanya. Wollt ihr Kaffee?«, fragte sie nun in schlechtem, aber verständlichem Deutsch.

Aron verneinte mit einem heftigen Kopfschütteln. Der Gedanke an einen Schluck aus der schmuddeligen Thermoskanne genügte, um entschieden abzulehnen.

Chris schien noch zu überlegen. Er musterte nochmals die Frau und sagte dann zu seinem Freund: »Weißt du was? Vielleicht ist es besser, wenn du alleine gehst. Es ist deine Familiengeschichte. Da störe ich nur.«

Da die Frau wohl etwas Deutsch verstand, raunte Aron Chris auf Spanisch ins Ohr: »Du weißt schon, auf was du dich da einlässt?«

»Alles paletti«, erwiderte der andere mit einem schelmischen Grinsen.

Irritiert ging Aron weiter. Der Weg zog sich hin. Es war heiß. Myriaden von Mücken tanzten über dem Unrat, der sich beiderseits des Weges angehäuft hatte. Würdevoll und einladend war das nicht.

Das Memorial war schwach besucht. Auf dem riesigen Parkplatz standen nur wenige Autos, darunter ein einsames Taxi. Er betrat die Anlage über einen holprigen Weg aus Betonplatten. Bedrückt durchschritt er eine riesige Betonkonstruktion, die wohl ein gewaltiges Tor symbolisieren sollte. Er besah sich die Inschrift, die er nicht lesen konnte. Aber er hatte sich zuvor informiert und wusste, dass die Übersetzung sinngemäß lautete: *Hinter dem Tor ist die Erde voller Grauen.* Das Zentrum der Gedenkstätte waren riesige, aus Beton geformte Figuren mit flächigen, maskenhaften Gesichtern. Sollte das das Grauen versinnbildlichen? Sein Onkel Elias hatte dieses Lager wohl überlebt. Die meisten anderen, die hierher zum Aufbau eines neuen Konzentrationslagers aus Riga abkommandiert worden waren, nicht. Seine Vorstellungen von Elias beruhten ausnahmslos auf den Schilderungen seines Vaters. Nie hatte er ein Foto gesehen. Es gab keines.

Eine Zeitlang stand er in Gedanken versunken vor der gewaltigen Figur eines zu Tode erschöpften, wahrscheinlich sterbenden Menschen. Die Art, wie die im Betonguss angedeutete Kleidung die kraftlos über den Boden schleifenden Beine bedeckte, ließ vermuten, dass es sich um eine Frau handelte. Mit letzter Kraft drückte sie mit nur einem Arm den Oberkörper so weit nach oben, dass das ausdruckslose Gesicht gut mannshoch über ihn hinausragte.

Unbemerkt hatte sich ihm ein feingliedriger, kleiner Mann genähert. Als dieser ihn auf Englisch ansprach, bemerkte er als Erstes dessen Kippa. Er durfte um die achtzig oder etwas älter sein.

Ob er auch um Angehörige trauere?

Aron war unschlüssig, was er antworten sollte. Er hatte nie Großeltern, Onkel oder Tanten gehabt. Aber hier an diesem Ort trauerte er nicht. Er wollte lediglich das Unfassbare besser verstehen. Aber dabei waren ihm diese Betonplastiken, so imposant sie auch waren, kaum behilflich.

Er sagte auf Englisch: »Ich bin mir nicht sicher.«

»Why that?«

Aron erklärte dem Fremden, dass sehr wahrscheinlich sein Onkel hier im Arbeitseinsatz gewesen sei. Aber im Unterschied zu fast allen anderen Mithäftlingen sei er nicht an diesem Ort gestorben.

Sie schwiegen. Aron hatte das Gefühl, dass der alte Mann darauf wartete, nach den Gründen seines Hierseins gefragt zu werden. Aber Aron stellte die an sich naheliegende Frage nicht. Stattdessen nickte er dem Fremden zu und sagte, er müsse weiter. Ein Freund warte auf ihn.

Er traf Chris nicht in dem Vorgarten an. War er mit der Blonden in deren Wohnung gegangen? Kaum anzunehmen, dass sie in dieser unwirtlichen Gegend spazieren gingen. Das Kind tollte in der Nähe des Hauses herum. Es mühte sich mit einem defekten Dreirad ab. Geduldig schob die Kleine es durch den groben Splitt, der einen Teil des Vorplatzes bedeckte, auf dem noch einige Wäschestücke hingen. Wäsche- und Teppichstangen: Gab es das in Deutschland überhaupt noch? Auf Wäschestangen mit der eingeschweißten Querstange hatten sie früher ihre kleinen Mutproben vollführt. In den Kniekehlen aufgehängt, Kopf und Arme nach unten hängend, manchmal dabei schaukelnd, war der Blick in die Welt ein gänzlich anderer gewesen. Und was war aus dem Teppichklopfen geworden? Er konnte sich nicht daran erinnern, dieses aus seiner Kindheit so vertraute Geräusch in den letzten Jahren auch nur einmal vernommen zu haben.

Er sprach die Kleine an, fragte nach der Mama, hoffte, dass das Kind das Wort verstand.

»Matuschka«, sagte er noch. War das Russisch? Vermutlich war das Quatsch und das Mädchen verstand ihn gar nicht.

Das Kind brabbelte in seiner fremden Sprache.

Ratlos schaute er sich um. Es zeigte sich niemand, den er fragen konnte.

Im zweiten Stock ging ein Fenster auf. Eine Frau, wahrscheinlich die Mutter, rief dem Kind etwas ihm Unverständliches zu. Die Kleine rannte in Richtung der geschlossenen Haustür.

Er war im Begriff, sich alleine auf den Weg zu machen, als die Haustür mit lautem Lärm geöffnet wurde. Sie schien zu klemmen, schleifte schnarrend über den Betonboden. Chris trat ins Freie. Die Kleine drängelte an ihm vorbei und verschwand im Inneren des Hauses.

»Wo steckst du denn?«, fragte Aron.

Chris sah grinsend auf die löchrige Straße.

»Du hast sie doch nicht gebumst? Oder?«

Chris grinste anhaltend, ohne ihn anzusehen. Schweigend gingen sie die Straße in die Richtung zurück, aus der sie gekommen waren.

»Die Frau hat mir den Weg beschrieben«, sagte Chris nach einer Weile. »Wenn wir da vorne abbiegen, kommen wir zum Bahnhof. Das ist näher als zur Bushaltestelle. Mit dem Zug kommen wir besser nach Riga zurück.«

Zu beiden Seiten der Vorortstraße standen LKWs. Es war unschwer zu erkennen, dass die Fahrer wegen der Frauen hierhergekommen waren, die nach kurzen Verhandlungen zu ihnen ins Führerhaus stiegen.

Später hatte Chris niemals mit jemandem darüber gesprochen, dass er in Salaspils bei einer Gelegenheitsprostituierten gewesen war. Und nach allem, was er von seinen früheren Sexualpartnerinnen wusste, und wegen des von ihm ansonsten gewissenhaft praktizierten Schutzes musste er sich bei ihr infiziert haben.

Als sie zusammen in die ärmlich ausgestattete Wohnung gingen, hatte er noch gedacht, dass die Frau auf ein schnelles Abenteuer mit einem Westler aus war. Zumal sie mit ihm knutschte. Ohne selbst Erfahrungen mit Nutten zu haben, hatte er sich das gängige Bild zu eigen gemacht, wonach Prostituierte ihre Freier niemals küssen würden.

Erst als sie aufgehübscht aus dem winzigen Bad kam und in schlechtem Deutsch sagte: »Mit Überzug dreißig, ohne fünfzig«, wurde ihm klar, dass er sich bei einer Prostituierten befand. Er hätte gehen können. Aber er tat es nicht. Er war bereits vor dem Haus richtig scharf auf sie gewesen. Damals hatte er noch nicht gewusst, wie rasch sich das HIV-Virus hinter dem gefallenen eisernen Vorhang ausgebreitet hatte.

Er erhob sich aus dem orangeroten Ledersessel. Es strengte ihn an. Er würde sie einfach stehen lassen. Die letzten Flaschen, die er noch nicht geleert, verschenkt oder entsorgt hatte, hatte er in einer blauen Plastikbox zusammengestellt. Prüfend sah er sich in den fast leeren Räumen um. So konnte er das Appartement getrost übergeben. Als er es angemietet hatte, war es in einem wesentlich schlechteren Zustand gewesen. Er entkorkte einen Gewürztraminer. Da keine Weingläser mehr da waren, nahm er notgedrungen einen Keramikbecher. Der Wein schmeckte.

Morgen würde er auf die Post gehen. Er beabsichtigte, die Wohnungsschlüssel als Päckchen an den Vermieter zu schicken. Den Schlusspunkt – seinen Schlusspunkt – gedachte er in der *Weißen Villa* zu setzen. Der Ort schien ihm dafür besser geeignet. Und ein wenig hatte er auch an Aron gedacht, der ihn dort finden sollte. Dessen Familiengeschichte und die früheren Besitzverhältnisse hatten in seiner Planung keine Rolle gespielt. Ausschlaggebend war gewesen, dass er Aron für den robustesten seiner Freunde hielt. Er bot am ehesten Gewähr, das zu tun, was getan werden musste.

Christoph Böhringer schenkte nochmals Wein nach. Obwohl er wusste, dass es seinem geschwächten Körper nicht bekommen würde, füllte er den Becher erneut bis zum Rand.

Zum Stein

Ein Ort, den er von Mal zu Mal mit größerem Vergnügen aufgesucht hatte, war das Hotel *Zum Stein* gewesen. Er war dorthin zufällig geraten, als er mit dem Wohnmobil von der Müritz nach Süden unterwegs war. Am Ende des ärmlich wirkenden Ortes Wörlitz stieß er auf ein unscheinbar aussehendes Wellnesshotel, das am Rande des Gartenreiches lag, in dem Fürst Leopold Friedrich Franz eine feuerspeiende Nachbildung des Vesuv errichtet hatte. Hatte ihn untypische Herrscherklugheit dazu gebracht, keine Kriege zu führen und stattdessen Gärten anzulegen sowie verrückte Bauten zu errichten? Er und Herrschergenerationen vor ihm hatten in den Flussauen mit Hilfe englischer Gartenarchitekten eine Wasser- und Parklandschaft anlegen lassen, deren Anblick selbst in nüchternen Betrachtern einen ganz besonderen Zauber auslöste.

Die Möglichkeit, nur Sauna und Bad aufzusuchen, gab es nicht. Um in den Wellness-Bereich zu gelangen, musste er ein Zimmer buchen. Und bereits beim ersten Mal verliebte er sich in das frühsommerlich aufblühende Gartenreich.

Das preisgünstige Programm *Blauer Montag* wurde vorwiegend von älteren ostdeutschen Paaren gebucht. Die Tagungsräume waren von der Bahngewerkschaft und einer Vereinigung der Bauwirtschaft belegt. Diese Gruppen setzten sich vorwiegend aus Männern zusammen. Somit bestanden kaum Möglichkeiten, allein reisende Frauen kennenzulernen.

Er versuchte das Beste daraus zu machen, nutzte den Wellnessbereich, genoss die gepflegte Anlage, aß gut und trank vorzügliche Pfälzer Weine. Und hätte ihn nicht das Zusammenspiel von Wasser- und Gartenlandschaft so fasziniert und wäre am anderen Ende des Parks nicht damit begonnen worden, den historischen Gasthof *Eichenkranz* wieder aufzubauen, er wäre niemals mehr zurückgekehrt.

Im Jahr darauf recherchierte er von Leipzig aus, ob im *Stein* in den nächsten Tagen Programme angeboten wurden, die sich vor allem an Frauen richteten. Seine Erfahrung sagte ihm, dass *Beauty-Tage* häufig von allein reisenden Frauen gebucht wurden. Seine Vermutung trog nicht. Schon am ersten Tag der Woche, in der eine *Jahreszeitliche Wellness-Sinfonie* angeboten wurde, konnte er in der neu gestalteten Außenanlage mehrere offensichtlich unbegleitete Frauen beim Überstreifen der weißen Gästebademäntel beobachten.

Bereits den Nachmittagskaffee nahm er mit Katrin ein, einer molligen Endvierzigerin aus Braunlage. Sie trug mit ausgeprägtem Selbstbewusstsein einen zwei Nummern zu kleinen Bikini. Am letzten Tag, ihre Wesensverwandtschaft war zwischenzeitlich offensichtlich geworden, gestand sie ihm, dass dies ein Teil ihrer Masche war. Auch sie suchte immer wieder neue Partner, hoffte auf spannenden, atemberaubenden Sex. Und dann bitte keine weitere Begegnung mehr. Ja, er traf Katrin zwei Jahre später am selben Ort mit einem anderen Mann, den sie tags zuvor erobert hatte.

Im dazwischenliegenden Jahr war ihm die kleine Dunkelhaarige begegnet. Veronika, die ihn mit dem ihm unbekannten Reim verwirrt hatte:

Von nun an bitt ich dich, mich zu vergessen.
Ich bin nicht wichtiger als Salz und Wind.

Es war ihm nie gelungen, herauszufinden, von wem diese Zeilen stammten. Erst am dritten Tag ihrer kurzen Bekanntschaft gingen sie gemeinsam auf ihr Zimmer.

Sie waren im Außenpool gewesen, trugen unter ihren Bademänteln nur Schwimmkleidung. Sie schloss die Zimmertür auf und drängte ihn rückwärts aufs Bett, nahm ihm den Bademantel ab und zog ihm die Badehose aus. Ihm rückwärts zugewandt legte sie ihren Bikini ab und sah prüfend noch einen Augenblick in den Spiegel. Er erschrak, als sie ihr dunkles, fülliges Haar abstreifte. Mit traurigem Trotz und wildem Blick sah ihn eine Frau an, die eine Vollglatze hatte. Den zarten Flaum, den ihr die Krebsbehandlung gelassen hatte, rasierte sie regelmäßig ab.

Sie legte sich zu ihm. »Ich werde sterben.«

Schweigend lagen sie nebeneinander auf dem Rücken und starrten an die Decke. Er tastete nach ihrer Hand.

»Macht dir mein Anblick etwas aus?«

In jenem Augenblick voller Beklemmung fiel ihm ein abstruser Text ein.

Der Tod ist zitronengelb und riecht nach Vanille.

Woher kannte er diese merkwürdige Beschreibung?

»Ich bin verwirrt«, gestand er ihr. »Aber du bist schön und begehrenswert.«

Sie hatten zwei Tage Sex auf eine Weise, die für ihn ungewohnt war. Für ihn war es kein sehr guter Sex. Aber sie kam häufig und mit großer Anmut. Noch nie hatte er so konsequent seine Bedürfnisse hinter die einer Partnerin zurückgestellt.

»Wie lange wirst du noch leben?«, fragte er sie am letzten Abend ihres Aufenthalts, es war ein Donnerstag.

»Noch drei Tage«, sagte sie.

Er erschrak. »Wie kannst du das sagen? So schnell wird das nicht gehen. Vielleicht lebst du noch mehrere Jahre.«

»Ich kann das mit Sicherheit sagen.« Sie sah ihn eindringlich, beinahe forschend an. »Alles ist vorbereitet. Ich habe ab Samstag hier in der Nähe ein Ferienhäuschen gemietet, das

Mittel besorgt, mein Testament handschriftlich verfasst. Und da ich es noch nicht unterschrieben habe, werde ich es noch um eine Passage erweitern.« Sie hielt inne, den Blick weiter auf ihn gerichtet. Sie beugte sich vor und berührte ihn leicht an der Schulter. »Bedeute ich dir etwas?«, fragte sie.

»Dass es ist, wie es ist, bedeutet mir sehr viel. Und du bedeutest mir nicht weniger.«

»Ich möchte, dass du mich begleitest, wenn ich mein Leben beende.«

Schreckensbleich und mit einem Ausruf ungläubigen Entsetzens ließ sich Christoph Böhringer auf das Bett zurücksinken, auf dem sie nun schon eine ganze Weile saßen. »Wie kommst du darauf, dass ich so was tue«, stammelte er. »Weshalb hast du dir ausgerechnet mich ausgesucht?«

»Nicht ich habe dich ausgesucht«, sagte sie sanft. »Du hast mich ausgesucht. Versuch dich zu erinnern.«

Natürlich hatte er sie ausgesucht. Als Objekt seiner Begierde, als erfahrene Frau, die Stil und Geist ausstrahlte. Von der er sich auch gute Gespräche erhoffte – neben gutem Sex. Aber er hatte den Kontakt nicht hergestellt, um eine derartige Verpflichtung einzugehen. War er in eine Falle geraten? Eigentlich nicht. Die Initiative war eindeutig von ihm ausgegangen.

Oder war gerade das am Ende der große Trugschluss? Lag die eigentliche Fähigkeit dieser Frau möglicherweise darin, wollüstigen Männern das Gefühl zu geben, sie hätten die Initiative ergriffen? Vielleicht hatte Veronika ihn schon im Blick gehabt, ehe sie ihm aufgefallen war.

»Ich mache das nicht.« Er starrte in den Spiegel neben der Badezimmertür.

»Wieso nicht? Ich möchte doch nur, dass du dabei bist und nach meinem Tod mein Testament vollstreckst und zuvor noch einige Sachen beseitigst.«

»Ich kann das nicht.«

»Feigling.«

»Dann bin ich eben ein Feigling. Aber ich kann niemanden töten. Auch nicht auf Verlangen.«

»Spinner.« Sie lachte und schmiegte sich seitlich an ihn. »Ich nehme das Mittel schon selbst. Ich möchte nur, dass du so lange bei mir bleibst, bis ich tot bin. Dann beseitigst du das Glas, das Giftfläschchen und den Rest des Weines, in den ich das Mittel mischen werde. Das ist alles. Dafür berücksichtige ich dich in meinem Testament.«

»Darauf bin ich nicht scharf. Die klagen mich am Ende noch wegen Mordes aus Habgier oder sonstigen niedrigen Beweggründen an. Du hast doch bestimmt Verwandte. Die werden sofort solche Vermutungen hegen.«

Sie lachte. »Dessen bin ich mir sicher. Du machst es also?«

»Nein.«

»Doch, du machst es.« Sie stützte ihren Kopf auf seine Schulter und begann gespielt wollüstig an seinem Ohr zu knabbern.

Es kam, wie er vermutet hatte. Noch ehe Veronikas Leichnam zur Beerdigung freigegeben wurde, erreichte ihn eine Vorladung der Staatsanwaltschaft Dessau. Eigentlich erreichte sie ihn nicht, denn er war unterwegs. Aber seine Mutter hatte seit Jahren den Auftrag, seine eingehende Post zu öffnen. Ihre Stimme klang am Telefon brüchig und vorwurfsvoll.

»Mutter, Beihilfe zum Selbstmord ist aus gutem Grund nicht strafbar. Wie haben die mich überhaupt ausfindig gemacht?«

Am Freitag hatten sie das Hotel verlassen und waren ein letztes Mal im Wörlitzer Gartenreich spazieren gegangen. Sie passierten die Insel Stein und umrundeten das *Große Walloch*. Der Weg führte sie am Pantheon vorbei zu der lebensgroßen Statue eines nackten Jünglings, der sich einen Dorn aus der Fußsohle zog. In Sichtweite eines kleinen Weinbergs legten sie sich an das begrünte Ufer des Wörlitzer Sees. Er nahm sie in den Arm. Sie ließ ihn gewähren.

Da sie viel Zeit vertrödelt hatten, brachen sie die Runde ab. An der Venusstatue gelangten sie mit einer muskelkraftbetriebenen Fähre auf das andere Ufer.

Zum *Luisium*, einer weiteren Gartenanlage im Verbund des UNESCO-Welterbes, waren es nur wenige Kilometer. Sie fuhren getrennt. Sie fuhr in ihrem Renault voraus. Er folgte ihr mit seinem Wohnmobil. Außerhalb des östlichen Walls lag eine kleine, im finnischen Stil gehaltene Ferienhaussiedlung. Daran grenzte eine Kleingartenanlage, gehobenes Ambiente, jeder noch so winzige Garten aufwändig hergerichtet. Der schmale Grat zwischen Kunst und Kitsch war dabei mehr als einmal überschritten worden. Das meinte zumindest Veronika, während sie die eingekauften Lebensmittel aus ihrem *Clio* hob. Seine angebotene Hilfe lehnte sie ab. Sie hatte bereits vor ihrem Aufenthalt im *Stein* eines der Häuschen gemietet. Es war einfach ausgestattet. Aber alles Nötige war vorhanden. Und es war nagelneu.

»Ich werde uns was kochen«, schlug sie vor. Es klang beinahe fröhlich. Chris bemühte sich, von nun an alles so ablaufen zu lassen, wie sie es sich vorgestellt hatte.

Sie aßen Curryhuhn mit Reis und Gemüse. Der schwere Rotwein passte nicht so recht. Aber Veronika hatte ihn mit Bedacht ausgewählt. Es sollte ein Wein sein, der den Geschmack des Giftes überdeckte.

Nach dem Essen setzten sie sich auf das Bett. Sie rückte an ihn heran und umarmte ihn. Er küsste sie.

Sie schliefen nicht mehr miteinander. »Wenn sie dein frisches Sperma in mir finden, kommen die Ermittler auf gleichermaßen falsche wie unnötige Gedanken.«

»Es könnte doch dein Wunsch gewesen sein«, erwiderte er. Bewusst hatte er vermieden, *dein letzter Wunsch* zu sagen.

»Die gehen dann aber erst mal von einer Beziehungstat aus.«

»Woher willst du das wissen?«

»Ich bin Kriminalbeamtin. Hauptkommissarin.«

»Ach du meine Güte.«

»Das ändert doch nichts. Und du hast die Entscheidung getroffen, mich zu begleiten.«

Sie hatte alles akribisch vorbereitet. Zuerst drehte sie die Heizung auf, obwohl es im Raum nicht kalt war. Dann legte sie eine CD von »Rosenstolz« in das mitgebrachte Abspielgerät. Sie tranken vom Wein, bis nur noch ein Glas übrig war. Hin und wieder küsste sie ihn. Einmal flüsterte sie: »Halt mich fest. Nur noch einen Moment.«

Er nahm sie in die Arme. Er hörte ihren Atem. Das Haar der Perücke roch seltsam parfümiert. Dann goss sie den Inhalt des Arzneifläschchens in ein Wasserglas und füllte es mit dem restlichen Wein auf.

Nur einmal noch sang »Rosenstolz«. Flüsternd formten ihre Lippen den Text.

Sie löste sich aus seinem Arm und setzte sich auf. »Nimm das Fläschchen mit, auch das Wasserglas und wirf beides in einen Glascontainer weit weg von hier. Mein Weinglas lass stehen. Deines nimmst du mit. Sonst schöpfen meine Kollegen sofort Verdacht.«

Sie setzte das Glas an ihre Lippen und verharrte einen Augenblick regungslos. Dann leerte sie es in einem Zug, stellte es ab, legte sich aufs Bett zurück und griff nach seiner Hand.

»Danke.«

Er hielt ihre Hand, bis er sicher davon ausgehen konnte, dass sie tot war. Er streifte einen Gummihandschuh über, warf das leere Medizinfläschchen, das Glas und die Weinflasche in eine Plastiktüte. Seine Habseligkeiten hatte er bereits am Nachmittag in seinem Wohnmobil verstaut.

Er sah sich nochmals in dem Ferienhäuschen um, prüfte, ob er nichts vergessen hatte. Letztmals warf er einen Blick auf die Tote. Sie lag entspannt auf dem Rücken, den Mund leicht geöffnet. Sie hatte ihm eingeschärft, ihr nicht die Augen zu schließen. Er zog die Tür hinter sich zu, verstaute die Tüte im Fußraum des Beifahrersitzes und startete den Wagen.

The End

Das war vor einem Jahr gewesen.

Als Christoph Böhringer sich darauf eingelassen hatte, die letzten Stunden dieser ungewöhnlichen Frau zu begleiten, hatte er mehrere Dinge nicht bedacht.

Da es sich bei der Toten um eine Kollegin handelte, entwickelte die Polizei einen untypischen Aktionismus. Nicht ahnen konnte er auch, dass ein aufmerksamer Kleingärtner sich das Kennzeichen seines auffälligen Wohnmobils gemerkt hatte. Man machte ihn ausfindig, weil sein Gefährt die markante Nummer S-AU 4711 hatte.

Zudem hatte ein kleiner Fehler das Interesse der Ermittlungsbehörden zusätzlich geweckt. Mit dem Medizinfläschchen und dem Wasserglas hatte er auch die leere Weinflasche entsorgt. Und da das Wein-Barbiturat-Gemisch leicht nachweisbar war, stellte sich den Ermittlern die Frage nach den genauen Umständen der Einnahme. Auch die Berücksichtigung im handschriftlichen Testament der Verstorbenen machte ihn verdächtig.

Letztendlich kam es sehr zum Unmut von Veronikas Tochter nicht zur Anklage. Sie hatte ihn in mehreren Mails unverhohlen einen Mörder und Erbschleicher genannt.

Diese Erfahrungen brachten ihn dazu, *seine eigene Angelegenheit*, wie er es nüchtern nannte, alleine zu Ende zu bringen. Niemand sollte hinzugezogen werden. Und alles sollte so arrangiert sein, dass er seiner Umgebung keine Umstände machte. Lediglich einmal ertappte er sich bei dem finsteren Gedanken, seinen Freitod so durchzuführen, dass sein Bruder ihn als stinkenden, madenzerfressenen Kadaver auffinden musste. Obwohl ihm diese Vorstellung gefiel, verwarf er sie rasch wieder. Eine Zeitlang liebäugelte er damit, eine *klassische Version* umzusetzen. Zweihundert Schlaftabletten, aufgelöst in einer Flasche polnischen Wodkas, eingenommen auf der Fähre zwischen Sassnitz und Ust Luga. Die Verwendung des vierfach destillierten samtweichen *Belvedere Vodka Unfiltered Rare Diamond Rye* entspräche einer stilvollen Lösung. Ein Sprung von der Fähre in die Ostsee würde frühestens nach zwei Tagen auffallen. Der Gedanke daran, von einer Schiffsschraube zerfetzt zu werden, störte ihn. Aber es war herauszubekommen, von welchem Punkt eines Schiffes man ins Wasser springen musste, um nicht von der Schraube erfasst zu werden.

Zwischendurch wandte er sich ein weiteres Mal an den Züricher Arzt Dr. Gygax. Ob er ihm einfach nur das Mittel besorgen könne. Den Suizid wolle er alleine zu Hause vornehmen. Er wolle nicht in fremder Umgebung sterben, auch wenn in diesem Fall eine optimale Begleitung fehlen würde.

Der Arzt weigerte sich, seinem Ansinnen nachzukommen. Er müsse verstehen, dass seine schwierige Arbeit nicht dadurch belastet werden dürfe, dass er sich dem Vorwurf aussetzte, unkontrolliert tödliche Arzneien abzugeben. Er solle doch nochmals darüber nachdenken, ob es nicht besser wäre, sich ihm oder einer anderen seriösen Sterbebegleitung anzuvertrauen. Wenn er dennoch seinen Tod auf sich alleine gestellt herbeiführen wolle, so könne er sich jederzeit in Holland, Belgien oder Luxemburg die Medikamente besorgen, die in ihrer komplementären Wirkung eine sichere und schmerzfreie Lösung boten. Er verschreibe sie ihm nicht, aber er schreibe sie ihm auf.

Christoph Böhringer fuhr mit dem Zug nach Amsterdam. Er benutzte nur ungern öffentliche Verkehrsmittel. Aber er spürte seine Kraft schwinden. Neuerdings traten Sehstörungen auf. Vermutlich die Folge von Metastasen. Er bekam die Medikamente unter der angegebenen Adresse. In der Nähe der Prinsengracht kaufte er sich drei Gramm Libanesen. Er genoss es, wie ein gut gekleideter junger Mann seine Haschischkollektion vor ihm ausbreitete und ihn so ernsthaft und sachlich beriet, als suche er sich unter zahlreichen Modellen ein handliches, hochwertiges, dauerhaft scharfes Jagdmesser oder eine neue modische Krawatte aus.

Sein Plan stand fest. Er würde zu Hause sterben. Und am Vormittag des von ihm noch zu bestimmenden Tages würde er einen Express-Einschreibebrief aufgeben. Er wollte anderntags, allerspätestens nach zwei Tagen, gefunden werden. Nur kurz dachte er nochmals darüber nach, wem er schreiben würde. Er blieb bei seiner Entscheidung. Nur einer kam in Frage.

93 Stufen

Aron Winter erhielt Post. Er war darüber in zweierlei Hinsicht überrascht. Zum einen handelte es sich um einen Einschreibebrief. Er erschrak beinahe, als der Postbote ihn zustellte. Den letzten hatte er im Zusammenhang mit seinem Antrag auf Kriegsdienstverweigerung in den Siebzigerjahren erhalten. Das Schreiben war von Christoph Böhringer. Mit dem hatte er doch erst vor einer Woche telefoniert. Jetzt fiel ihm wieder ein, dass Chris ihn gefragt hatte, wo er sich die nächsten Tage aufhalten werde.

Er überflog die Zeilen und wurde wütend. Chris hatte am Telefon mit keinem Wort erwähnt, wie es um ihn stand und was er plante.

»Du findest mich in der Weißen Villa. Ein Haustürschlüssel liegt oberhalb der 93 Stufen unter dem Topf des ersten Orangenbäumchens.«

Der Brief schloss mit den Worten: »Ich weiß, dass ich dir eine lange Fahrt zumute. Aber es ist mein Wunsch, dass du mich findest. Informiere anschließend bitte die Polizei, meine Mutter und die alten Freunde. In genau dieser Reihenfolge. Lebe wohl.«

Aron stellte seinen Wagen auf der Frombergstraße unterhalb der Villa ab. Seit einigen Monaten stand das Haus leer. Christoph hatte stets im Wohnmobil, im Hotel oder in seinem winzigen Appartement in Bad Cannstatt gewohnt. Dass er hierher zum Sterben kam, hatte vermutlich etwas mit dem von ihm gewählten Ritual zu tun. Seine Mutter hatte sich vor einiger Zeit ins betreute Wohnen begeben. Der Bruder lebte seit Langem mit seiner Familie in einem repräsentativen Neubau in Weinsberg.

Nach wenigen Metern war er an der Treppe angelangt. Unwillkürlich begann er die Stufen zu zählen. Er wusste, es waren 93. Als Jugendlicher hatte er sie nie gezählt. Wollte er sich dadurch vom Vater abgrenzen, von dem immer wieder berichtet worden war, wie er sie gezählt hatte, der es auch selbst berichtet hatte? Gleiches galt für die Versuche seines Onkels Elias, seinen jüngeren Bruder beim Zählen drauszubringen. Der hatte sich erst zufriedengegeben, wenn er mit dem letzten Schritt »dreiundneunzig« sagen konnte. Wenn er dadurch zu spät zu Tisch kam und die Familie bereits bei der Vorsuppe saß, erhielt er immer einen Rüffel vom Vater.

Aron kam bei *dreiundneunzig* oben an. Nur kurz hatte er in Erwägung gezogen, diesen Gang zu vermeiden, vorab den Bruder oder die Polizei anzurufen, deutlich zu machen, dass er lediglich einen Brief erhalten und ansonsten nichts mit dieser Sache zu tun habe. Er schwankte auch deshalb eine Zeitlang, weil er sich keineswegs als bester Freund Christophs fühlte. Sollte er Angie anrufen? Er verwarf diesen Gedanken und sämtliche anderen Überlegungen. Möglicherweise hatte Chris bei seiner Entscheidung Hintergedanken gehabt. Vielleicht wollte er ein letztes Mal seinen oft nur schwer erkennbaren Zynismus ausleben. Aber er sollte seinen Willen haben.

Oben angekommen, wuchtete er den mächtigen Steinguttopf mit dem Orangenbäumchen zur Seite. Er fand den Schlüssel in einer blauen Plastikhülle. Beim Aufschließen der Tür schlug ihm abgestandene Luft entgegen. Er war Jahrzehnte nicht mehr hier gewesen. Das letzte Mal hatten sie hier in den Wochen nach dem Abitur gefeiert. Eine der vielen Feten, die sie im Sommer 73 abzogen. Christophs Eltern waren verreist, der Bruder bei der Bundeswehr. Die wesentlich ältere Schwester promovierte damals in Gießen. Die hätte er auch anrufen können. Aber dazu hätte er sie erst ausfindig machen müssen. Sie war Lehrerin an einem altsprachlichen Gymnasium geworden. Wenn er es recht bedachte, musste sie längst pensioniert sein.

Er fand Chris in dem Zimmer, dessen Lage in dem Brief beschrieben war. Es war nicht sein ehemaliges Kinderzimmer. Er lag in einem kleinen, schmucklosen Raum, der früher vielleicht einmal Abstellraum gewesen war und zuletzt wohl als Gästezimmer gedient hatte.

Der Tote lag ausgestreckt auf dem Bett, die Augen halb geschlossen. Es roch penetrant nach Raumlufterfrischern, von denen mehrere an der Deckenlampe, an Schrankschlüsseln und an den beiden Fensterklinken hingen.

Auf einem schmalen Tisch stand ein altmodischer Plattenspieler. Der Tonarm lag noch auf der Schallplatte. Der Strom war offensichtlich mittels einer Zeitschaltuhr unterbrochen worden.

Er überlegte, ob er dem Toten die Augen vollends schließen sollte. Er unterließ es und rührte auch sonst nichts an.

Chris lag friedlich auf dem Bett, das linke Bein leicht angewinkelt. Auf einem Nachttisch standen zwei kleine Fläschchen, eine angebrochene Flasche Rotwein und ein geleertes, dickwandiges Wasserglas.

Er wählte die Nummer der Polizei. Der Beamte, der seinen Anruf entgegennahm, wies ihn an, am Tatort – so nannte er es – zu warten. Es werde auf jeden Fall die Kripo hinzugezogen. Und die käme neuerdings nicht mehr aus Hall, sondern aus Aalen.

Noch während er sich von der Auskunft die Telefonnummer der Altenwohnanlage geben ließ, in der Christophs Mutter jetzt lebte, verwarf er den Gedanken, sie anzurufen. Wenn hier alles vorüber war, würde er zu ihr fahren. Er verspürte auch keine Lust, mit dem Bruder zu sprechen.

Bis die Polizei eintraf, hielt er sich draußen in dem verwilderten Park auf. Sein Vater Jakob hatte dieses Haus nach seiner Rückkehr aus der Todeszone Lettlands nicht mehr betreten. Hatte er nicht auch immer behauptet, er sei nach seinem tollkühnen Auftritt in der Nacht vom 20. zum 21. April 1945 nie mehr in Seelbach gewesen? Während Aron zum Haupteingang schlenderte, fiel ihm nämlich ein, dass sein Vater als Angehöriger der amerikanischen Militärverwaltung einmal die Mutter seines ehemals besten Freundes Alfred besucht hatte, den einzigen Sohn des früheren Dorfpolizisten. Und das konnte nur später, also in den ersten Nachkriegsmonaten, gewesen sein. Woher hatte er diese Information? Seine Eltern konnte er nicht mehr fragen.

Der Vater habe die Mutter Alfreds aufgesucht, nicht ahnend, dass sein Freund gefallen war, irgendwo in den Weiten Russlands jämmerlich in seinem Panzer verbrannt. Wahrscheinlich hatte der Besuch in der Nacht seines 23. Geburtstags eine so gewaltige Gefühlsregung in ihm ausgelöst, dass er sich an spätere Ereignisse nicht mehr erinnerte.

Erst im fortgeschrittenen Alter hatte Aron etwas mehr Verständnis für seinen Vater entwickelt. An die frühen gemeinsamen Jahre hatte er jetzt kaum noch Erinnerungen. Nur ein Erlebnis stand ihm noch deutlich vor Augen. Sein Vater hatte ihn als Vierjährigen in die Pilotenkanzel eines oberhalb des Ebnisees gelandeten US-Hubschraubers gehoben.

Als sein Vater nach der dritten gescheiterten Ehe aus den Staaten nach Deutschland zurückkehrte, studierte Aron bereits in Göttingen. Die wenigen Treffen brachten kaum mehr als belanglose Konversation mit sich. Ein erstes längeres und auch persönlich gehaltenes Gespräch führten sie ausgerechnet in der Nacht der Hochzeit seiner Schwester, als sämtliche anderen Gäste bereits gegangen waren. Auch das Brautpaar hatte sich längst zurückgezogen.

Aron wollte seinem Vater nur noch eine gute Nacht wünschen. Dieser saß bereits seit geraumer Zeit allein an der langen Tafel, vor sich ein Whiskyglas.

»Mach es besser als ich«, sagte er mit einem Mal.

Wie er das meine, hatte Aron gefragt, obwohl er natürlich eine Vorstellung davon hatte, worauf sein Vater hinauswollte.

»Setz dich einen Moment her«, forderte Jakob ihn auf und wies den müden Barmann an, noch zwei doppelte Whiskys zu bringen.

»Für mich nur einen einfachen«, rief Aron rasch, während er sich einen Stuhl heranzog.

Der Barkeeper brachte die Drinks und wies darauf hin, dass er nun den Ausschank einstellen werde. Man sei schon mehr als zwei Stunden über der vereinbarten Zeit. »Aber Sie können selbstverständlich sitzen bleiben«, fügte er noch rasch hinzu.

Jakob wartete einen Augenblick, bis der junge Mann außer Hörweite war. »Meine drei Ehen sind gescheitert.« Er nippte an dem Glas, sah prüfend in die Flüssigkeit und fuhr dann fort: »Keinem meiner sechs Kinder bin ich ein wirklich guter Vater gewesen. Auch dir und Helene nicht. Es tut mir leid. Auch für deine Mutter. Aber ich konnte nach dem Krieg nichts festhalten. Im Grunde genommen war ich beziehungsunfähig. Und immer wieder fragte ich mich, weshalb gerade ich überlebt habe und alle anderen nicht. In jedem Kinderlachen habe ich die vertrauten Gesichtszüge eurer Großeltern oder meiner Geschwister gesucht.«

»Und hast du sie gefunden?«

Jakob schwieg eine Weile, zündete sich eine *Camel* an und schüttelte den Kopf.

»Unsere Mutter hat uns das immer ohne Ressentiments zu erklären versucht, wenn Helene oder ich wieder einmal zornig oder enttäuscht waren. Häufig dann, wenn wieder mal ein Weihnachts- oder Geburtstagspäckchen nicht rechtzeitig eintraf. Später, das kann ich dir so klar sagen, schwankte ich häufig zwischen Bewunderung und Verachtung. Bewundert habe ich die Kraft, das alles durchzustehen, und deinen Mut im Kampf gegen die Nazis. Obwohl das Militärische eigentlich nicht meine Sache ist. Und Verachtung verspürte ich oft für den Mann, der seinen Kindern kein Vater war.«

»Verachtung klingt sehr hart, das darfst du nicht sagen. War es nicht eher Enttäuschung?«

Aron spürte, dass sein Vater weitgehend nüchtern war, obwohl er reichlich Wein und etliche Whiskys zu sich genommen hatte. Wäre er betrunken gewesen, hätte er das Gespräch nicht fortgesetzt. So antwortete er ihm: »Manchmal war es Enttäuschung. Aber hin und wieder verspürte ich schon Verachtung für einen Menschen, dem andere völlig egal zu sein schienen. Mutter hat nie wieder geheiratet, hatte niemals wieder eine Beziehung, die der Rede wert gewesen wäre.«

»Aron, das ist ihre Art. Das lag nicht an mir. Du hast das Recht, mich zu kritisieren. Aber du darfst mich nicht für Dinge verantwortlich machen, die andere für sich selbst auf ihre Weise entschieden haben. Du weißt, dass Achat, meine erste Frau, später diesen französischen Juden geheiratet hat.«

»Ich habe ihn kennengelernt.«

»Stimmt, ihr seid euch ja in Israel begegnet. Und Jennifer hat mich für einen anderen Mann verlassen.«

Irgendetwas hatte Aron an dieser Stelle dazu bewogen, das Gespräch in eine andere, eine unverfänglichere Richtung zu lenken. Er stellte Fragen zu Jakobs Zeit in Amerika. Und sein Vater schien sich für den Fortgang seiner Doktorarbeit zu interessieren.

Als Jakob damals gegangen war, um in der Firma Carl Goldmans eine wichtige Position zu übernehmen, schien es nur eine Frage der Zeit zu sein, bis die restliche Familie nachfolgen würde. Vor allem Helene hatte fast täglich nach dem Verbleib des geliebten Papis gefragt. Und Leonore hatte das Kind mit dem Hinweis zu beschwichtigen versucht, dass man bald zu ihm fahren werde. Hin und wieder kamen Pakete. Von der

Ausreise war immer seltener die Rede. Und irgendwann hatte die Mutter die Scheidung eingereicht. Arons gleichermaßen egoistische wie kindliche Befürchtung, dass nun die Pakete ausbleiben würden, bewahrheitete sich nicht. Sie kamen oftmals zu spät, aber sie kamen. Manchmal gab es vor Silvester eine zweite Bescherung, weil die Weihnachtssendung erst am 30. Dezember eingetroffen war.

Im Lauf der Jahre war Aron nur ein einziges Mal wirklich wütend und traurig gewesen. Er war damals neun Jahre alt. Sie wohnten noch in Murrhardt. Der Vater hatte in einem Brief die Sendung eines echten Indianerschmucks in Aussicht gestellt, den er an Fasching tragen könne. Echtes Leder, kein Plastikzeug, Raubvogelgefieder statt bonbonfarbener Hühnerfedern. Das Paket kam, aber es traf erst fünf Tage nach Fastnachtsdienstag ein, an dem die Kinder immer in Scharen zum Kinderfasching ins *Café Riesberg* pilgerten. Er war so zornig und enttäuscht gewesen, dass er an jenem Nachmittag zu Hause blieb. In einem notdürftigen Ersatzkostüm zu erscheinen, hätte ihm eine peinliche Schmach bereitet. Unklugerweise hatte er den Schulkameraden bereits voller Stolz von dem echten Indianerschmuck erzählt, den sein Vater zu schicken beabsichtigte.

Am Aschermittwoch hatte er sich mit etlichen Buben gerauft, die ihn hämisch fragten, wo er denn am Vortag gewesen sei. Ob man den Federschmuck am heutigen Nachmittag angucken dürfe.

Im Jahr darauf zogen sie während der Osterferien nach Seelbach um. Der Federschmuck blieb jahrelang in einem Umzugskarton.

Dass die Eltern sich scheiden lassen würden, hatten Aron und Helene drei Jahre zuvor erfahren.

Wenn Aron sich später an diesen Moment erinnerte, wunderte er sich stets, wie ruhig, ja beinahe unberührt seine Mutter gewesen war. Zumindest hatte sie so gewirkt.

Auch er selbst hatte die Nachricht nahezu teilnahmslos aufgenommen. Vielleicht hing das auch damit zusammen, dass der Vater bereits drei Jahre weg war. Und zu oft schon hatte er kleine und größere Enttäuschungen erlebt. Nur Helene schien sich nicht recht damit abzufinden, obwohl sie sich an die Anwesenheit des Vaters nicht mehr erinnern konnte. Das Bild, das sie von ihm hatte, entsprang einer Vermengung von Erzähltem und den Eindrücken der wenigen Fotos, die es von ihm gab. Aus den USA hatte er nur ein einziges Mal Fotografien geschickt. Eine zeigte ihn mit Carl Goldmans Familie auf der Aussichtsplattform des Empire State Buildings. Die anderen Aufnahmen waren an seinem Arbeitsplatz gemacht worden. Sie zeigten einen schmalen, nachdenklichen Mann an seinem Schreibtisch, in unvorteilhafter Weise schräg von oben fotografiert.

1965 sahen sie sich das erste Mal wieder. Sie trafen sich in Stuttgart in einem Café. Ein Jahr später heiratete er Jennifer Leibowitz, eine Überlebende der lettischen Judenpogrome. Erst nach dem Tod seines Vaters erfuhr Aron von seinem jüngsten Halbbruder, dem 1970 geborenen Salomon, dass dessen Mutter ursprünglich mit Vornamen Jolanta geheißen hatte. Er wisse von der Mutter, dass den Vater eine heftige Unruhe erfasst hatte, als er davon erfuhr. Den Grund habe er nie erfahren. Er vermute, dass eine Frau oder ein Mädchen so hieß, in die er vielleicht verliebt gewesen sei. Aron widersprach. In den Wäldern von Riga habe es seines Wissens nur eine Frau gegeben, die Jakob etwas bedeutet habe, Achat Purina, der er sein Überleben verdankte.

In den späten Sechzigerjahren kam Jakob Winter ein paarmal aus beruflichen Gründen nach Deutschland. Carl Goldman hatte seine Firma an IBM verkauft und dafür gesorgt, dass sein deutscher Mitarbeiter übernommen wurde, was leicht zu bewerkstelligen war, denn sie galten als erfolgreiche Pioniere der Entwicklung von Datenverarbeitungsmaschinen.

Die geschiedenen Eltern trafen sich mehrmals in Stuttgart. Aron war meist zu Hause geblieben und sah seinen Vater erst 1972 wieder, ein halbes Jahr vor dem Abitur. Obwohl es ein feuchtkalter Novembertag war, hatten sie sich am Eingang der Wilhelma verabredet. Jakob Winter hatte darauf bestanden. Nach 1936 sei ihm als Jude der Zutritt verboten gewesen. Und in den Jahren zuvor hätten seine Eltern keine Zeit gehabt, mit ihren Kindern eine Reise zum Stuttgarter Zoo zu unternehmen. Jetzt wolle er endlich mal dorthin.

Die Übriggebliebenen

»Hier hätte es Chris bestimmt gefallen. Der liebte solche Etablissements.« Angie schüttelte ihre nassen Haare und lachte.

Sie verfiel in den schelmischen Gesichtsausdruck, den Aron so mochte. Wie sie sich ganz außer Atem einzelne Wassertropfen von der Nasenspitze blies, hatte auch jetzt noch etwas Laszives. Ansonsten machte er sich, was Angie anbelangte, bereits seit vielen Jahren keine Hoffnungen mehr. Sie hatten seit frühester Jugend so viele gute Gelegenheiten versäumt, füreinander mehr zu sein als nur ein allerbester Freund und eine sehr gute Freundin. *Ein Fleisch zu sein*, wie der alternde Günter Grass in seinen ichbezogenen späten Werken immer gerne und häufig schrieb, hatten sie viel zu oft verpasst, um nochmals vorbehaltlos einen weiteren oder gar letzten Versuch zu wagen. Sie waren nicht Hero und Leander. Diesen gestattete es ihr böses Schicksal, sich bis zum tragischen Tod Leanders wenigstens hin und wieder heimlich zu lieben. Angie und er glichen mehr den beiden Königskindern, denen es nicht vergönnt war, zusammenzukommen.

»In Wellness- und Erlebnishotels war er meistens auf der Jagd, wie er manchmal sagte, auf der Suche nach Abenteuern.« Aron zwang sich, seine altersmelancholischen Regungen zurückzudrängen. Der Tag versprach schön zu werden. Er lehnte sich über die Brüstung des Außenbeckens, das wie ein Adlerhorst über dem abfallenden Tal klebte. Unter ihnen lag der Wald. Obwohl er Zweifel hatte, dass eine derartige Anlage im Außenbereich eines Provinzortes auf Anhieb genehmigt worden war, gefielen ihm das Konzept und jedes Detail des Langenburger *Mawell Resorts*.

Die Stadt selbst kannte er aus Kindertagen. Die Residenz war des Öfteren das Ziel sonntäglicher Ausflüge gewesen. Nach der Schlossbesichtigung zerrten er und seine Schwester die Mutter in eines der Cafés, um *Wiebele* zu kaufen. Er musste neun oder zehn Jahre alt gewesen sein, als der Prunkbau in einer Winternacht vollkommen ausgebrannt war. Es sei so bitterkalt gewesen, hörte er noch viele Jahre später erzählen, dass das mühsam aus Hydranten gewonnene Löschwasser bereits in den Schläuchen eingefroren war. Als er das im alten Stil wieder aufgebaute Residenzschloss dreißig Jahre später mit seinen eigenen Kindern besuchte, war er über alle Maßen erstaunt darüber, dass man der Anlage an keiner Stelle ansah, zumindest im Innern vollkommen zerstört gewesen zu sein. Neu war lediglich ein Oldtimermuseum. Das hatte in seiner Kindheit noch nicht bestanden. Und auch das *Mawell Resort* gab es damals noch nicht. Alte Langenburger erinnerten sich daran, dass an dessen Stelle früher eine evangelische Familienerholungsstätte gestanden hatte. Das jetzige Resort hatte zweifellos ein Verrückter geplant. Im Inneren, vor allem im Spa-Bereich, waren mehrere zehntausend Tonnen Fels verbaut worden. In anderen Erlebnisbädern hatte sich Aron gelegentlich über Felsgebilde amüsiert, die gekonnt oder kitschig aus leichtem Kunststoff nachgebildet worden waren. Hier war alles aus massivem Stein. Einzelne kreisrunde Duschen hatte man mittels Kernbohrungen in den Fels geschnitten. Jedes Detail sang von wollüstiger Verschwendung.

Am Vorabend hatten sie sich auf Angies Initiative in der Hotelbar getroffen. Diese befand sich auf der obersten Plattform eines Turms, der vom Tal aus einer riesigen Sprungschanze glich. Aus der dreiseitig verglasten Bar hatte man einen guten Blick über das Jagsttal, auch hinüber zur Bächlinger Reiherhalde und auf die benachbarten Höhenzüge. Beim Rundblick aus der verglasten Turm-Bar drängte sich ihm erneut der Verdacht auf, dass der Betreiber dieser Anlage über erstklassige Beziehungen zu den Genehmigungsbehörden verfügen musste. Aron sprach Angie beim gemeinsamen Frühschwimmen darauf an.

»Trotzdem schön, oder?«, hatte sie lachend erwidert und war elegant untergetaucht.

Joschi war kein Frühschwimmer. Vermutlich schlief er noch. Am Vorabend waren sie zusammen mit einigen jungen Leuten die Letzten gewesen, die von einer gleichermaßen charmanten wie resoluten Bedienung in Richtung Aufzug komplementiert worden waren.

Den heutigen Tag würden sie im Spa verbringen. Es sollte ein warmer Tag werden, sodass sie die imposante Außenanlage genießen konnten.

Angie hatte sie alle eingeladen und damit – wenngleich anders als seinerzeit geplant – ein uraltes Versprechen eingelöst. Als das *Adlon* wieder eröffnet worden war, hatte sie aus einer Laune heraus nach einem Klassentreffen bei einem Absacker die Kühnheit besessen, die alte Clique eines fernen Tages anlässlich ihres sechzigsten Geburtstags in das Berliner Nobelhotel einzuladen. Mit Verköstigung und Übernachtung. Anreisen sollte jeder auf eigene Kosten.

»Dass du dich net verlupfsch«, hatte Joschi damals gemahnt. »Des wird ne scheißteure Angelegenheit.«

Aber gerade das schien sie zusätzlich angespornt zu haben. »Man darf nicht immer so pfennigfuchsend und knickrig aufs Geld schauen. Schließlich lebt man nur einmal. Und außerdem seid ihr mir das wert.«

Alle, die seinerzeit dabei gewesen waren, bestätigten bei späteren Anlässen, dass ihre Freundin schon recht *angezunden* gewesen sei, wie man damals zu sagen pflegte.

Aber sie ließ sich nicht von dieser Idee abbringen. Und so ganz allmählich wurde es zu einer gemeinsamen Parole, zu einer Abschiedsformel, gelegentlich auch zur kleinen Tröstung: »Morgen im *Adlon.*«

Als Angie, wie die anderen auch, langsam auf die Sechzig zuging, wurde sie immer mal auf die »*Adlon*-Idee« angesprochen. Bis sie eines Tages von dem neu eröffneten *Mawell Resort* berichtete und sogleich den Vorschlag unterbreitete, sie könnten doch auch dort ein gemeinsames Wochenende verbringen. Es sei im Spa-Bereich das bessere und in der Gastronomie ein mehr als akzeptables Angebot. Und die meisten hätten nach Langenburg die kürzere Anfahrt und man befände sich ganz in der Nähe der alten Heimat. Der eine oder andere könnte doch Besuche bei der Verwandtschaft mit dem gemeinsam verbrachten Wochenende verbinden.

Die Idee fand aller Zustimmung, wenngleich hinter vorgehaltener Hand kleine Geschmacklosigkeiten geäußert wurden: »Hat sie doch Angst vor der eigenen Courage gekriegt.« »Ah ja, vor allem wegen der Kosten.«

Bis die Idee nach Angies Geburtstag dann endlich in die Tat umgesetzt wurde, verstrich ein weiteres Jahr. Und man verständigte sich darauf, dass Angie, die wirtschaftlich nicht auf Rosen gebettet war, nur eines der beiden Abendessen bezahlte. Das sei teuer genug und niemand habe ein Problem damit, sein Scherflein beizutragen.

Am frühen Freitagabend traf man sich an einem reservierten Tisch in der Turm-Bar. Das sonnendurchflutete Jagsttal lag weit unter ihnen. Der Blick auf das Schloss war vorzüglich. Joschi, der nach Angie als Zweiter auftauchte, traf die sichtlich enttäuschte Freundin in der noch leeren Bar. Die Sonne brannte unbarmherzig auf die Glasfronten. Die Bedienung schwitzte.

»Stell dir vor«, klagte Angie, nachdem Joschi sie zur Begrüßung auf beide Wangen geküsst hatte, »wir sind nur der ganz intime Kreis.«

»Wer kommt denn?«

»Außer uns beiden nur Ari und Mary.«

»Und was ist mit den anderen?«

»Jacky Müller hat sich nicht gerührt. Auf zwei oder drei Mails kam nie eine Antwort.«

»Komisch. Gab's da mal was?«

»Nichts, von dem ich wüsste. Er war ja bereits nicht mehr auf den letzten Klassentreffen. Kudde und Smoky haben sich erst an- und dann wieder abgemeldet. Bei Smoky habe ich die Hotelstornierung gerade noch so hingekriegt.« Das mechanische Geräusch des ankommenden Aufzugs lenkte ihren Blick zur Tür. »Hey!«, rief sie strahlend aus. Aron betrat, die Location einer raschen Musterung unterziehend, die Bar. Küsschen und Umarmung folgten.

»Herbie Buhl durfte ich ja nicht einladen.« Angie setzte ihren unterbrochenen Bericht fort.

»Das war doch klar«, giftete Aron. »Entweder er oder ich. So schweinisch, wie er sich meiner Schwester gegenüber verhalten hat.«

»Ist ja schon ein halbes Leben her«, sagte Joschi.

»Joachim, das spielt für mich keine Rolle.« Es kam selten, ja eigentlich nie vor, dass jemand aus diesem Kreis Joschi Schreiner mit seinem richtigen Vornamen anredete. Aron hatte damit wohl die Ernsthaftigkeit seiner Einwendung zu untermalen versucht.

»Er kommt ja nicht. Also gibt es auch keinen Grund zum Streiten.« Angie sah auf ihre winzige Uhr, die sie an einem silbernen Kettchen um den Hals trug. »Wo Mary wieder bleibt? Ich habe auf acht Uhr einen Tisch im Restaurant bestellt.«

»War Mary jemals pünktlich?«, flachste Joschi.

»Früher war sie äußerst pünktlich. Mary war immer die gewissenhafteste von uns.« Wie magisch angezogen starrte Angie auf die Wölbung von Joschis Bauch.

Der früher so drahtige Bursche hatte in den letzten Jahren sichtlich zugelegt. Ein Wohlstandsbauch? Oder ein Zufriedenheitsbauch? Die letzten fünfzehn Jahre waren für Joschi gut gelaufen. Bis er weit über vierzig war, hangelte er sich von einem universitären Drittmittelprojekt zum nächsten. Zuvor hatte er nach einer mehrjährigen Tätigkeit für ein landwirtschaftliches Entwicklungshilfeprogramm den Anschluss verloren. Nach seiner Rückkehr boten sich ihm lediglich Chancen in Nachfolgemaßnahmen, die ihn entweder nach Afrika oder nach Asien geführt hätten. Wider seine politischen Kernüberzeugungen bewarb er sich auf die Stelle eines wissenschaftlichen Mitarbeiters der Landtagsfraktion der Grünen. Mit seinen Erfahrungen, dem erworbenen Wissen, seinen Stärken bei der Aufbereitung äußerst komplexer Sachverhalte und einer Ruhe verströmenden Bedächtigkeit machte er sich rasch unentbehrlich. Und da er niemals den Anschein erweckte, selbst nach einem Mandat oder einem höheren Parteiamt zu streben, mochten ihn alle. Nach jeder Wahl wurde sein Vertrag verlängert. Und als die Grünen 2011 erstmals den Ministerpräsidenten und mehrere Landesminister stellten, wurde er zum Referatsleiter im Umweltministerium berufen. Spötter nannten ihn *die kluge graue Maus mit den roten Tupfen*. Damit war gemeint, dass er seinen Job souverän, wenngleich fast bürokratisch erledigte. Doch hin und wieder floss in die geführten Grundsatzdebatten ein zarter Rest seiner früheren studentischen Radikalität ein, was ihm den Ruf einbrachte, der roteste aller grünen Funktionsträger in den Landesministerien zu sein.

Aron war sehr erleichtert gewesen, als sein Freund gerade noch rechtzeitig in einem sicheren beruflichen Hafen gelandet war. Im Hochschulbereich war er auf etliche Leute gestoßen, bei denen der Ruf auf eine Professur und das Scheitern im Berufungsverfahren immer wieder auf Messers Schneide tanzten. Und es gab hochqualifizierte Wissenschaftler, die nach vielen befristeten Anstellungen am Ende Hartz IV bezogen.

Gerade als die Bedienung erneut an ihren Tisch trat, um nach ihren Wünschen zu fragen, klingelte Angies Mobiltelefon.

Rasch huschte sie ins Freie hinaus. »Mist«, war zu hören und danach ein unzufrieden klingendes: »Na gut.«

Als sie zu den anderen zurückkehrte, sah man ihr die Enttäuschung an. »Mary kommt erst morgen. Ihr ist etwas dazwischengekommen, was sie meint, nicht aufschieben zu können.«

»Kommt, wir gehen essen«, schlug Joschi vor.

Angie hatte das Becken verlassen und war auf ihr Zimmer gegangen. Aron kraulte noch einige Bahnen. Als er den Kopf aus dem Wasser hob, sah er Joschi auftauchen. Er trug nichts als den hauseigenen Bademantel. Suchend schlenderte er durch die Reihen der frisch aufgestellten Liegestühle.

»Hey, Joschi«, rief Aron laut und reckte dabei den rechten Arm weit aus dem Wasser.

Joschi hatte ihn erspäht und kam mit schnellen Schritten an den Beckenrand. »Mary ist angekommen. Sie sitzt bereits im Restaurant.«

Für Aron gewöhnungsbedürftig war der Umstand, dass die Spa-Besucher zu den Öffnungszeiten des Nassbereichs in Badebekleidung – die meisten trugen darüber ihre Bademäntel – im Restaurant Getränke und kleine Snacks zu sich nehmen konnten. Schon von Weitem erkannte er Mary. Sie hatte es sich in einer um den Kamin gruppierten Sitzecke gemütlich gemacht. Vor ihr dampfte eine Tasse Tee.

Aron begrüßte sie mit den Worten: »Da bist du ja endlich.«

»Schön, euch zu sehen. Auch wenn wir nur so wenige sind.« Sie musterte Aron und wandte sich dann Joschi zu, der sich zu ihr hinunterbeugte. Küsschen links, Küsschen rechts. Sie verwirbelte ihm, immer noch sitzend, mit der hochgereckten Hand das Haar.

»Alte Leute sind nun mal nicht mehr so flexibel«, entgegnete Joschi.

»Wir sind doch noch nicht alt«, gab sich Mary gespielt entrüstet, »höchstens erfahren.«

»Wo warst du denn gestern Abend?«, fragte Aron.

»Tja, das wüsstest du gern.« Genüsslich breitete sie die Arme aus, sah ihn schelmisch an und fügte hinzu: »Das sage ich dir vielleicht mal später.«

»Ist es eine frische Liebe?« Er war neugierig geworden.

»Ich sagte doch, später.«

Das Arrangement beinhaltete einen warmen Imbiss. Angie, Mary und Joschi taten es der Mehrzahl der anderen Gäste gleich und vesperten im Bademantel. Aron hatte sich zuvor umgezogen, da er sich so spärlich bekleidet nicht wohl gefühlt hätte.

»Ungewöhnlich, aber äußerst praktisch«, befand Mary, die sich bei seinem Eintreffen bereits die zweite Portion Pasta auf den Teller schaufelte.

»Im Alter wird man bequem«, stichelte Joschi.

»Was soll's.« Angie lächelte süffisant. »Nur wer überlebt, wird alt. Im Übrigen sind doch diese Anlagen gerade für diejenigen, die gegen das Altwerden ankämpfen. Für uns *Silver Surfer.*«

»Noch so ein Unwort. Früher waren die Menschen bei wohlwollender Bezeichnung *im gesegneten Alter*. Heute erleben wir eine regelrechte Altersinszenierung. *Ü 50, 60, 70, Best Ager, Generation 50 plus, Silver Surfer, Silver Ager, Golden Ager*. Schwachsinn, um den Verfall zu übertünchen.« Aron blickte demonstrativ um sich. »Im Übrigen sehe ich hier viele junge Leute.«

»Alt, jung, Alt gegen Jung, die Debatte nervt«, raunte Joschi.

»Der Spruch von Angie ist gut. Nur wer überlebt, wird alt. Wunderbar.« Aron grinste und fuhr dann fort: »Jetzt werden die geburtenstarken Jahrgänge alt. Das ist nicht das Schlechteste. Vom Jahrgang meines Vaters sind die allermeisten im Krieg gefallen.«

»Früher gab es auch alte Leute«, mischte sich Mary ein. »Schon mein Urgroßvater wurde neunzig. Meine Urgroßmutter angeblich sogar fünfundneunzig.«

»Goethe wurde alt, Schiller nicht«, dozierte Aron. »Früher gab es einzelne Alte. Heute lebt bereits eine starke Kohorte von Achtzig- bis Hundertjährigen. Was das erreichte Lebensalter anbelangt, war Schiller für seine Zeit typischer als Goethe.«

»Manchmal bin ich schon verblüfft, ja beinahe erschrocken darüber, wie schnell das mit dem Altwerden ging«, sagte Mary. Dabei sah sie versonnen einem braungebrannten Burschen nach, der in knapp sitzender Badehose an ihnen vorbeihuschte.

»Hast du Probleme mit dem Altwerden?«, fragte Joschi. »Ich nicht.«

»Probleme habe ich eigentlich nicht damit«, erwiderte sie. »Ich wundere mich nur, wie schnell das alles ging. Eben waren wir noch jung.«

»Forever young«, flötete Angie und begann zu kichern. »Wir waren doch die *Young Generation*, die mit ihren Eltern gebrochen hat. Jung zu sein war per se progressiv. Deshalb tun wir uns so schwer mit dem Älterwerden.«

»Das ist doch Quatsch«, widersprach ihr Aron. »Wer früher alt wurde, wurde das meist ganz unspektakulär. Da wurde kein großer Zirkus daraus gemacht. Dieser ganze Jugendwahn ist doch in weiten Teilen marktvermittelt.«

»Schaut euch doch mal an, was heute für alte Leute alles angeboten wird«, sagte Mary.

»Tja, diese *Best Ager* oder wie man sie jetzt nennt, sind zahlreich und viele haben Geld«, warf Joschi ein. »Jugendkult und Altenwahn sind doch zwei Seiten derselben Medaille.«

»Unsere Idole sterben«, seufzte Angie. Jetzt ist auch noch Maureen O' Hara gestorben, die bissige Rothaarige aus den alten Filmen.«

»Wer soll das sein?«, fragte Joschi.

»Na die, die im *Glöckner von Notre Dame* die schöne Esmeralda gespielt hat«, sagte Angie.

»Der Film ist doch uralt. Ich wusste gar nicht, dass überhaupt noch einer von den Darstellern lebt«, erwiderte Joschi.

»Sie wurde fünfundneunzig«, ergänze Angie.

»Schau an, so alt wie meine Urgroßmutter«, meinte Mary anerkennend.

»Die meisten unserer Idole sind bereits gestorben.« Angie musterte Aron, während sie einen Apfel schälte.

»Lebt Bud Spencer noch?«, fragte Joschi.

»Der ist letztes Jahr gestorben«, sagte Mary. »Hast du das nicht mitgekriegt?«

Joschi zog die Schultern hoch und schüttelte unmerklich den Kopf.

»Der war nie ein Idol«, empörte sich Aron.

»Du hast dessen Filme früher doch auch ganz lustig gefunden.« Joschi fühlte sich zu Unrecht angegriffen.

»Das waren Filme für pubertierende Jungen«, erwiderte Aron. »Als ich *Zwei vom Affen gebissen* das erste Mal gesehen habe, war ich höchstens vierzehn. Carlo Petersoli hat Berlusconi unterstützt. Sein gleichnamiger Enkel ist ein in Rom aktiver Neonazi.« Er legte nachdenklich den Kopf in die Handfläche seines aufgestützten Arms. »Ich glaube, wir sind die Generation ohne Glauben und ohne Vorbilder.«

»Du bist doch Kommunist«, provozierte Mary. »Glaubt man da an nichts?«

»Ich war nie in einer Partei. Und glauben hieß für mich immer: nicht wissen.« Er sprach nicht weiter. Wer war er? Ein ernüchterter Kommunist? Wäre man dann noch Kommunist?

»Vernünftige Menschen brauchen keine Idole. Und ich glaube mittlerweile auch nicht mehr, dass sie Ideologien brauchen«, wandte Joschi ein. »Das Problem ist aber, dass Zukunftsängste, egal ob sie berechtigt sind oder nicht, der Nährboden für religiöse Eiferer, Populisten und andere Wahnsinnige sind.«

»Du machst es dir zu einfach«, erwiderte Aron. »Irgendjemand – ich weiß nicht, wer – hat einmal gesagt: ›Wenn die Menschen aufhören, an Gott zu glauben, glauben sie nicht nichts, sondern an alles Mögliche.‹ «

Joschi fläzte sich in das Polster und verschränkte die Hände im Nacken. »Könnt ihr euch noch erinnern: ›Das Leben ist ein Heidenspaß. Für Christen ist das nichts.‹ «

»Hab ich oft gehört«, sagte Mary begeistert. »Vom guten alten Wolfgang Ambros. ›Mir geht es wie dem Jesus – mir tut das Kreuz so weh.‹ Aber diese eine Textzeile über den Heidenspaß, der nichts für Christen sein soll, hab ich nie verstanden.«

»Das ist doch ganz einfach. Du musst im Leben dein Ding machen, ohne Religion.« Joschi klang gereizt.

»Da schließt sich doch der Kreis.« Mary sprach unverständlich, einen Apfelschnitz kauend. »Warum entdecken gerade die Alten so häufig wieder einen Gott?«

»Weil ihnen das irdische Leben nicht mehr viel zu bieten hat«, antwortete Joschi.

»Nein«, entgegnete Mary. »Wenn man älter wird, wird das Leben immer mehr vom Abschiednehmen bestimmt. Das macht den Menschen Angst. Sie suchen Halt.«

»Angst gehört nun mal zu jeder Existenz.« Aron klang gleichgültig, fast gelangweilt. »Aber man muss seine Angst in den Griff bekommen. Sonst hat man nichts vom Leben.«

»Gilt das auch für die Angst vor dem Tod?«, fragte Angie.

Aron zögerte einen Moment. Dann nickte er. »Chris hat ja viele Jahre mit seiner HIV-Diagnose leben müssen. Kein

Mensch hat ihm angemerkt, dass in ihm eine Zeitbombe tickt. Er hat sein Ding, das uns so merkwürdig erschien, weiter durchgezogen. Mittlerweile bin ich fest davon überzeugt, dass das Leben nicht nur erträglich, sondern schön sein kann, wenn man die Angst überwindet und sich ins Unvermeidliche fügt.«

»Auch in den Tod?«, fragte Joschi.

»Natürlich, auch in den Tod«, bestätigte Aron. »Und auch darin, dass das Universum irgendwann jedes Wesen spüren lässt, dass es nicht mehr gebraucht wird.«

»Du täuschst dich.« Mary wirkte aufgebracht. »Ich glaube nicht, dass das so leicht sein wird. Die Einsamkeit am Ende des Lebens. Die Dinge, die unerledigt bleiben. Und die anderen, die man noch gerne gemacht oder in die Hand genommen hätte.«

Angie nahm einen Schluck Wasser, dann noch einen. »Dein Atem geht schwer. Du spürst, dass sich bald das Todesröcheln einstellt. Aber du möchtest dir das vielleicht gar nicht eingestehen. Vor dir liegt noch die große Anstrengung des letzten Aufbäumens.«

»Stellst du dir so deinen Tod vor?«, fragte Mary. Und mit energischer Geste fügte sie hinzu: »Ich nicht.«

»Der Tod ist ein übler Geselle«, sagte Joschi und kicherte. »Immer hinterhältig, manchmal gnadenlos, oftmals schmerzhaft.«

»Schluss jetzt mit diesen morbiden Anflügen«, mahnte Aron. »Uns geht es doch prima. Wir sollten zuversichtlicher auf unser weiteres Leben blicken.«

»Also, auf das Leben.« Angie hob ihr Glas. Aron hatte einen Moment lang den Eindruck, als wolle sie sich über ihn lustig machen. Aber er schwieg.

Nach dem Mittagsimbiss *cruisten* sie durch den Spa-Bereich, wie Joschi es ausdrückte. Meist alleine oder zu zweit gingen sie in eine der Saunakabinen oder legten sich im Freien auf eine der zahlreichen Liegen.

Es war ein sonniger, trockener Nachmittag, wenngleich etwas zu kühl für die Jahreszeit. Sie hatten endlose Sicht, hinunter ins Tal, hinweg über die Wipfel der immer weiter nach unten abfallenden Schonung. Ewas versetzt zu ihnen erhob sich die Residenz. Sie wirkte aus der Ferne unbewohnt, wie ausgestorben.

Nach dem Abendmenü gingen alle kurz auf ihr Zimmer. Sie verabredeten sich auf halb zehn in der Bar.

Mary trat als Letzte aus dem Aufzug. Joschi war bereits zuvor auf die Dachterrasse hinausgegangen. Ein einsamer Schwimmer fläzte sich im beleuchteten Pool. Abschätzend musterte er Mary und tauchte dann prustend unter.

Joschi und Mary betraten gemeinsam die Bar. An dem mittags reservierten Tisch saßen bereits Aron und Angie.

»Es ist schön, dass es um diese Zeit noch hell ist«, begrüßte sie Angie. Dann saugte sie genüsslich an ihrem Caipirinha.

Joschi bestellte einen *Havana Club* mit Cola.

»Immer noch politisch voll korrekt«, stichelte Mary. »Wer *Havana Club* trinkt, unterstützt die kubanische Revolution.«

Als habe er diese Bemerkung ernst genommen, erwiderte Joschi: »Man muss sehr genau hinschauen. Bacardi verkauft einen *Havana Club – Puerto Rican Rum*. Der echte *Havana Club* schmeckt einfach besser als das Lotterzeug von Bacardi. Richtig politisch korrekt wäre es, keine Coca-Cola dazu zu nehmen.«

»*Afri Cola* ist auch nicht mehr, was es einmal war«, spottete Aron.

»Noch schlimmer ist die Geschichte von *Bionade*«, nölte Angie. »Gehört jetzt dem Oetker-Konzern.«

»Wie war das doch gleich?«, versuchte Mary sich zu erinnern. »Sexy-mini-super-flower-pop-op-Cola – alles ist in *Afri Cola*.«

»Hat mir nie geschmeckt«, erwiderte Joschi.

»Die Werbung mit den lasziv aus ihrem Ornat schauenden Nonnen war zwar modern, aber letztendlich auch nur Kitsch. Kitsch, der dazu gedacht war, eine andere, eine jüngere Käuferschicht anzusprechen.« Aron nippte an seinem Bier. Er war der Einzige, der kein alkoholhaltiges Mixgetränk bestellt hatte. »Und da waren dann noch die erotisch aufgemotzten Mädchen hinter den vereisten Scheiben, androgyne Frauen mit rasierten Köpfen und andere clowneske Gestalten.«

»Immer noch besser als das HB-Männchen oder die damalige Werbung für schlechten deutschen Cognac«, erregte sich Joschi.

»Wenn einem so viel Gutes widerfährt, das ist schon einen Asbach Uralt wert.« Aron sah versonnen ins Tal hinunter. Blaugraues Licht zeichnete die Landschaft, deren Konturen allmählich verschwanden. In den nahegelegenen Weilern gingen allmählich die Lichter an.

»Im Asbach Uralt ist der Geist des Weines«, ergänzte Joschi mit einem Grinsen.

Wenn er so grinst, sieht er am ehesten von uns allen noch jung aus, dachte Angie, die ihn gerade in jenem Moment betrachtet hatte. Es erinnert an sein früheres freches Lachen, das stets daherkam wie frisch aufgeschäumte Milch. Einfach überschäumend.

»Wisst ihr noch, wie wir früher Asbach Uralt zusammen mit Spalt-Tabletten eingeworfen haben? Nur weil behauptet wurde, das wirke wie Speed.« Mary lachte glucksend, während sie nach ihrem *Caipi* griff. Die Geräusche, die jetzt ertönten, ließen erahnen, dass außer dem langsam abtauenden Crash-Eis nichts mehr übrig war. Sie winkte die junge Kellnerin heran und bestellte einen neuen.

»Hab ich nie genommen«, entgegnete Aron.

»Nicht mal du, der alles eingepfiffen hat, was es zu kriegen gab?« Angies Stimme klang mit einem Mal schrill, triumphierend.

Aron war einen Moment lang irritiert. »Spinnst du? Du scheinst mich mit Honey zu verwechseln. Oder mit Smoky. So einen Scheiß hab ich nie genommen. LSD das allerletzte Mal bei der verunglückten Nummer auf dem Köcherhof. Mary«, er blickte zu ihr hinüber, »hat damals die ganze Zeit einen Ofen umarmt.«

»Pah, red doch keinen Stuss.«

Aron wollte aufbrausen. Doch Joschi kam ihm mit der Bemerkung zuvor, man sollte doch bei den mittlerweile selten gewordenen Zusammenkünften keinen Streit vom Zaun brechen. Und er fügte hinzu: »Jeder hat doch seine ganz speziellen eigenen Erinnerungen.«

»Merkt ihr eigentlich, dass wir schon die ganze Zeit nur über alte Geschichten reden?«, fragte Angie.

»Wahrscheinlich liegt das daran, dass unsere Vergangenheit schon länger währt, als wir noch Zukunft haben«, sagte Aron.

»Schon möglich.« Joschi nickte zustimmend.

»Darauf will ich mich nicht ständig reduzieren lassen«, erwiderte Mary energisch und fragte sogleich: »Wer von euch kifft denn noch gelegentlich?« In die nun eintretende Stille hinein fügte sie rasch hinzu: »Außer mir.«

Angie schüttelte unwillig den Kopf. Das Thema schien ihr nicht zu passen. »Als die Kinder kamen, hab ich es gesteckt.«

»Bis zum Fünfzigsten hab ich ein- oder zweimal im Jahr was geraucht«, gestand Aron. »Manchmal in Spanien. Ab und zu hatte ich an der Uni in Amsterdam zu tun. Einmal hat mich meine zweite Frau begleitet. Sie wollte unbedingt mal in einen Coffeeshop. Damals habe ich drei Gramm Libanesen gekauft. War gutes Zeug, leicht sedierend. Man wurde angenehm ruhig davon. Nicht so hibbelig wie von marokkanischem Haschisch.«

»Das war mir immer eine Spur zu halluzinogen«, mischte sich Joschi ein.

»Wir sollten wieder mal zusammen kiffen«, schlug Mary vor.

»Nein, das möchte ich nicht.« Man sah Aron sein Unbehagen an. »Vor ein paar Wochen habe ich an der Amsterdamer Uni wieder mal einen Vortrag gehalten. An der *Faculteit der Geesteswetenschappen.*«

»Wie heißt das?«, fragte Angie lachend.

»*Faculteit der Geesteswetenschappen.* Geisteswissenschaftliche Fakultät. Nicht weit weg davon, ganz in der Nähe des *Stadhuis*, ist immer noch der Flohmarkt. Den gibt es seit den Siebzigerjahren. Vielleicht sogar noch länger. Immer noch voller Touristen. Meist sind es jüngere, aber man trifft auch unsere Jahrgänge. Obwohl sich viele Leute dort drängten, wurde kaum was verkauft. Es war, als ob die Zeit stehen geblieben wäre. Überall das Hippiezeug. Ledertaschen, Gürtel, Klamotten, Gefäße für Räucherstäbchen, wie in den Siebzigern. Selbst gefertigter Schmuck im damaligen Design. Die Silberringe, die man auseinandernehmen und manchmal auch wieder zusammensetzen kann. Aus Silbergabeln geformte Armreifen, die Zinken nach beiden Seiten eingerollt. Aber es gab niemanden mehr, der das Zeug kaufen wollte. Die Jungen hatten Spaß daran, fanden das originell. Aber sie kauften nichts. Die Alten erinnerte das zwar an ihre wilden Zeiten. Aber entweder haben sie das noch irgendwo bei sich rumfahren oder sie tragen es nicht mehr. Es erinnert sie an ihre Jugend, aber sie haben die Sachen längst ausgemustert und entsorgt.«

»So wie wir auch«, sagte Angie leise, fast flüsternd.

»Ich habe noch einiges«, protestierte Mary. »Schmuck, Klamotten. Und manches passt mir auch noch.«

»Die Kleider waren ja damals weit geschnitten«, stichelte Joschi, was ihm strafende Blicke der beiden Frauen einbrachte.

»Jetzt aber zum Wichtigsten.« Aron zog sein Bierglas zu sich heran und beugte sich weit über den Tisch. »Als wir früher in Amsterdam oder sonst wo waren, ging es auch um Spaß, Abenteuer und Rausch. Aber für die meisten Freaks der damaligen Zeit hatte die Kifferei was Rebellisches. Wenn man einst vor dem Denkmal Joost van den Vondels im Vondelpark auf der Wiese saß oder lag und mit Franzosen, Engländern oder Amis ins Gespräch kam, ging es um Bewusstseinserweiterung, Spiritualität und Veränderung. Die individuelle und die gesellschaftliche.«

»Das war doch naiv«, unterbrach ihn Joschi.

»Ja, das war naiv, zweifellos.« Aron nickte seinem Freund zu. »Aber es roch nicht nur nach Haschisch. Es roch nach Revolte und Aufbruch. Als ich jüngst am Tag meiner Abreise durch die Amsterdamer Grachten gelaufen bin, schob sich mir vor jedem Coffeeshop schon morgens um elf eine Haschischwolke entgegen. Die Bürschlein auf Klassenfahrt und sonstige Provinzkinder gaben sich bereits am Vormittag die Kante. Saßen zugedröhnt auf den Einfriedungen der Grachten und den schmiedeeisernen Gittern der Brücken. Keine Spur mehr von Revolte. Nur noch Dröhnung.«

»Das ist mir zu pauschal«, schnaubte Angie. »Viele Kids are allright. Die machen halt auf andere Weise Politik. Über Facebook und so was laufen großartige Kampagnen.«

»Das mag ja sein«, erwiderte Aron. »Aber unter solchen Bedingungen gehst du als alter Mann nicht mehr in einen Coffeeshop. Außerdem haben die in Holland das Zeug dermaßen hochgezüchtet. Das kann nicht mehr gesund sein. Da geht es nur noch ums Zugedröhntsein.«

»Stimmt«, pflichtete Mary bei. »Das Zeug hat heute einen THC-Gehalt von fünfzehn, zwanzig Prozent. Wenn ich was rauchen will, stelle ich selbst ein paar Pflänzchen an einen sonnigen Ort, den man nicht einsehen kann.«

»Leute, wir sollten nicht so tun, als wäre früher alles besser gewesen«, protestierte Angie. »Ich glaube, die allermeisten halten ihre jeweils eigene Jugendzeit, sofern sie in friedliche

Zeiten gefallen ist, für die beste. Und die Kritik der Alten haben doch schon wir als eine Mischung aus Neid und Zurückgebliebenheit abgetan. So geht es jetzt unseren Kindern und sogar noch Jüngeren mit uns.«

»Halten uns für Gammelfleisch«, witzelte Mary.

»Ich erinnere mich an eine Geburtstagsfete, die ein paar Freunde gemeinsam im Seelbacher Jugendzentrum veranstalteten. Sie hatten an einem Samstagabend das ganze Haus für sich und ihre Gäste, alle so zwischen zwanzig und dreißig. Irgendwann kam ein Pärchen, wohl Stammbesucher, beide um die achtzehn. Die hatten wohl nichts von der geschlossenen Veranstaltung gewusst. Da sagt der doch zu seiner Freundin: ›Jetz' kommat se scho' zum Schterba ins Jugendhaus.‹«

»Von wegen Gammelfleisch. Der Tod ist zitronengelb und riecht nach Vanille.« Joschi lachte leise vor sich hin.

Aron hatte den Eindruck, dass sein bester Freund in Kürze sturzbetrunken sein würde.

»Das ist aber nicht von dir, oder?« Mary redete auch schon abgehackt und verlangsamt.

Kichernd erwiderte Joschi: »Ich hätte immer gerne so geniale Sätze erfunden. Aber das war mir nicht vergönnt.«

»Ich weiß, woraus das ist«, sagte Aron rasch. »›Der Mann der Friseuse‹. Stimmt's?«

»Stimmt.« Joschi gähnte herzhaft und ausgiebig.

»Ein schöner Satz«, sagte Aron nachdenklich und ohne sich von der Heiterkeit der anderen anstecken zu lassen. »Als damals im Bus die Bombe explodierte, roch es nach allem Möglichen. Irgendwie roch man auch die Angst derer, denen nichts passiert war. Nach Vanille hat es damals nicht gerochen.«

»Dennoch, es ist ein schöner Satz«, erwiderte Mary. »Ein schöner Satz aus einem schönen Film.« Sie schloss die Augen.

»Als ich Chris gefunden habe, war das weitaus weniger romantisch. Und auch da hat es nicht nach Vanille gerochen.«

»Du bist geschmacklos«, fauchte Mary.

Aron breitete wortlos beide Arme aus. Der penetrante Geruch der Raumlufterfrischer, die Chris im ganzen Zimmer verteilt hatte, kam ihm in den Sinn. Er erwähnte sie nicht.

»Gibt es gute Filme in Europa?«, fragte Joschi. »Irgendjemand hat einmal gesagt oder geschrieben: ›Außer für Pornofilme hat das abendländische Kino keinerlei Existenzberechtigung.‹« Gespielt fragend sah er in die Runde.

»Mensch, hör doch auf«, empörte sich Aron. »Wir haben doch zusammen viele tolle Filme gesehen.«

»Der Satz, den du da gerade gesagt hast, ist außerdem ebenfalls ein Filmzitat.« Angie lächelte überlegen.

Immer noch die alte Klassenbeste, dachte Aron. Er ärgerte sich, Chris und dessen Tod angesprochen zu haben.

»Der ist von mir«, schmollte Joschi.

»Und aus dem Film ›Das wilde Schaf‹.« Angie beugte sich vor und sah ihn nachsichtig von unten an.

»Das ist schon so lange her.« Aron verschränkte die Arme hinter dem Kopf und wippte mehrfach energisch nach hinten.

»Nacken?«, fragte Angie.

»Nacken. In den Siebzigerjahren haben wir den wahrscheinlich alle gesehen. War mit Romy Schneider.«

»Und Jane Birkin, der Schönen«, sagte Joschi genießerisch.

»Und dem wunderbaren Jean-Louis Trintignant.« Mary verdrehte in gespielter Verzückung die Augen.

»Das war doch nichts anderes als ein künstlerisch aufgemotzter Pornofilm.« Joschi ärgerte sich über Marys teenagerhafte Schwärmerei.

»Vordergründig war das ein Pornofilm«, erwiderte Aron. »Aber im Grunde genommen geht es um einen, der für seine Obsession radikale Entscheidungen trifft. Der Typ, den Trintignant spielt, gibt seinen Bankjob auf und stellt jeden Tag etwas an, was gegen die Normen und Gepflogenheiten verstößt. So radikal hat niemand, den ich kenne, gehandelt. Nicht einmal Chris. Dem ging es nur um Sex.«

»Manchmal wünschte ich mir, dass ich auch mal so ausgebrochen wäre«, seufzte Mary.

»Mir würde es schon reichen, Entscheidungen rückgängig zu machen, die ich heute für falsch halte.« Nachdenklich ließ Angie den Strohhalm in ihrem leeren Glas kreisen.

»Niemand kann wirklich wissen, ob eine frühere Entscheidung, die wir heute für falsch halten, für den Einzelnen nicht doch die beste aller Entscheidungsmöglichkeiten gewesen ist«, erwiderte Joschi.

Mary schüttelte ihre frisch geföhnten Haare und stand auf. Sie schwankte leicht.

»Das ist mir zu kompliziert. Leute, nehmt es mir nicht übel. Ich geh ins Bett.«

Aron glaubte in Joschis Gesicht einen Anflug von Enttäuschung erkannt zu haben.

Spät in der Nacht, auch Joschi war mittlerweile auf sein Zimmer gegangen, wurden Angie und Aron, wie schon am Vorabend, zum Gehen aufgefordert.

»Mei' Weib hätt mi gern amol wieder bei sich«, sagte der Barkeeper verschmitzt grinsend. Die Kellnerin, die sie zuvor bedient hatte, hatte längst Feierabend gemacht. Schon seit geraumer Zeit waren sie die einzigen Gäste.

»Ich kauf uns noch zwei Bier«, schlug Angie vor. »Draußen ist es schön.«

Auf der Außenanlage beschien sie der Mond. Es war mild. Ein lauer Wind umspielte die Dachterrasse. Nur vereinzelt vernahmen sie ein Rascheln im nahen Wald oder den Ruf eines Nachtvogels.

»Wir könnten hier oben bleiben«, schlug Aron vor.

»Ich sitze lieber unten.«

»Brauchst sicheren Boden unter den Füßen«, erwiderte er, als der Fahrstuhl sie ins Erdgeschoss brachte.

»Nicht mehr viel los mit unseren alten Freunden«, sagte sie beiläufig, als sie ins Freie traten. Zielstrebig steuerte sie eine Gartenbank an. Hier war es düster. Der Mond stand hinter dem Hotel.

»Ist mit uns noch viel los?«

Angie ignorierte seine Frage. »Eigentlich müsste man jetzt eine Zigarette rauchen.« Sie lehnte sich zurück und sah in den Nachthimmel.

»Oder kiffen«, erwiderte Aron.

»Ich denke, du kiffst nicht mehr.«

In der Ferne querte ein Flugzeug das Tal. Die Turbinen schnurrten leise. Die Positionslichter waren nicht zu sehen.

»Wir machen so vieles nicht mehr, was uns Spaß gemacht hat.«

»Aus Vernunft.«

»Ich glaube, es ist auch Angst dabei. Die Angst vor Schädigungen, Unvorhergesehenem, davor, die Kontrolle zu verlieren oder sich zu blamieren.«

»Das ist das Alter«, murmelte Angie.

»Das Alter – oder besser die Erfahrung – hält einen davon ab, Dummheiten zu machen.«

»Wahrscheinlich ist das so.« Sie verschränkte die Beine und stellte das Bier neben sich auf den Asphalt.

Er sah in ihre Richtung. »Meinst du, ich kriege dich irgendwann?«

Sie schwieg für kurze Zeit. Etwas raschelte in ihrer Nähe. Wahrscheinlich eine Maus. »Ich glaube nicht.«

»Und wenn ich mich ganz besonders anstrenge?«

»Auch dann nicht.«

»Wie sagen die Finnen: ›Wenn der Fisch nicht beißt, spart man den Wurm.‹« Er lachte mit einem Mal kindisch.

»Du bist albern.« Sie versuchte nach seiner Hand zu fassen. Im Dunkeln tapste sie ins Leere.

»Tja, wir sind wirklich nicht mehr die Jüngsten«, sagte er nach einer Weile.

»Das hat nichts mit dem Alter zu tun. Ich sag dir mal was: The Hip Spirit is gone.« Sie nippte an ihrem Bier.

Sigrid Ramge
Maifrost
Roman
Silberburg-Verlag